JN306165

高木彬光コレクション／長編推理小説

白昼の死角

新装版

高木彬《あき》光《みつ》

KOBUNSHA

光　文　社

高木彬光コレクション

白昼の死角

目次

白昼の死角

第一編　家族の法律

第一章　荒木家固有の田と畠

第二章 一、家の上の東の杉森は家附のもの

第三章 山きり、大夷弟の夫十

白昼の死角

1　恐るべき天才

私がこの物語の主人公、鶴岡七郎《つるおかしちろう》に初めて会ったのは、昭和三十三年の夏、箱根芦ノ湯《はこねあしのゆ》の温泉宿でのことである。

そのころ、私はひどい胃腸障害に悩んでいた。生まれつき、消化器系統の強さには、自信があったほうなのだが、作家生活にはいってからはろくに運動らしい運動もせず、毎日コーヒーをがぶ飲みし、百本近くの煙草《たばこ》を煙にしながら、十何時間もぶっ通しに机の前にすわっているという生活を十年あまりつづけたために、どうしても、体のあちらこちらに故障がおこってきたのだろう。

病名は急性胃腸カタルということだったが、疲労のために、神経もまいりきっていることを見ぬいた医者は、口をすっぱくして、転地療養をすすめてくれた。

たしかに、暑さとひでりつづきで、東京にいても仕事はろくにできそうもなかったし、日ごろは無茶ばかりをしている私も、すっかり弱気になっていた。

それで、トランク一杯に、原稿用紙と参考書をつめこむと、一月ほど滞在の約束で、芦ノ湯の旅館に部屋を借りたのだが、清涼な山気とぬるい硫黄泉《いおうせん》は、思ったよりも胃腸にききめがあった。

一週間もたったときには、健康は眼にみえて回復してきた。これが東京だったなら、とたんに気をゆるめてすぐぶり返しになるところだろうが、さいわいこういう山の中では、夜になってから遊びに出かけるわけにもいかなかった。

それで、私は夜になると、将棋盤にむかって将棋雑誌の棋譜をならべ、ひとりで楽しんでいた。

できるだけ、静かに駒を動かしているつもりでも、こういう山の中の宿だけに自然に駒音が隣りに聞こえたのかもしれない。

三日目の夜、女中が顔を出して、

「先生、実はお隣りのお客さまが、よろしかったら、将棋の相手を願えませんか——と申しておられます」

と言いだしたときにも、私は別にふしぎにも思わなかった。

「さあ、どうぞ、将棋連盟から『特二初段』の免状はもらっているけれども、実力は天《てん》壌無窮《じょうむきゅう》だと言ってくださいよ」

などと冗談を言いながら、部屋をかたづけさせて、私はこの思いがけない棋友をむかえた。

これが鶴岡七郎だった。

見たところ、私よりもちょっと下、三十を二つ三つ越したぐらいの年輩のようだった。眉《まゆ》は濃く、口は大きく、顎《あご》もボクサーのようにがっちりしている。ふといセルロイド縁の眼鏡の底で光っている両眼にはこちらを射すくめるような力があった。

一口にいえば、政治家、池田勇人《いけだはやと》をずっと若くし、さらに図太くしたような人相だった。よほどスポーツで鍛えているのか、浴衣《ゆかた》の袖からつき出している両腕も、隆々と肉がもりあがっていた。

「一局お願いいたします。こちらは退屈しきっていたので、駒の音を聞いたら、黙っていられなくなりましてね」

と言いながら、彼は楽しそうに駒をならべた。

勝負は六番さして、三勝三敗の指分《さしわ》けに終わったが、力量は彼のほうが、はるかに上と思われた。序盤はたいてい私の有利なように展開するのだが、中盤から終盤にかけてのねじりあいになると、圧倒的にむこうに分《ぶ》があった。それでもどうにかこうにか、五分五分の成績にこぎつけられたのは、私が何年間か、高柳《たかやなぎ》八段や芹沢《せりざわ》五段の稽古《けいこ》をうけて、序盤の形や定跡《じょうせき》にかけては、いくらか知識が上《うわ》まわっていたためだろう。むこうも、いい相手ができたと思ったのか、それから後は毎日のように、私の部屋を訪ねてきた。さいわい、こういうところまでは、めったに編集者も訪ねては来ないから、私はひさしぶりに、心おきなく、将棋三昧《ざんまい》にふけることができた。

私が推理小説の作家だということは、むこうは、早くから知っていたようである。しかし、私のほうは別に、彼の職業をたずねようともしなかった。ヒルマンの自家用車は持ってきているし、まだ独身のようだし、私のように病気の保養とも思えないし、おそらく、少壮事業家だろうが、結構な身分だと思っていたのである。

そのうちに、彼は私をドライブにさそってくれた。おりからの好天気にめぐまれて、富士をはるかに望む十国峠《じっこくとうげ》まで、車を走らせていたとき、私は隣りの運転台でハンドルを握っていた彼に、何気なく質問した。

「鶴岡さん、あなたのお仕事はなんですか？」

彼はちょっと首を曲げて、私の顔を見ると、にやりといたずらっ子のような笑いを浮かべた。

「まあ、あててごらんなさいよ」

「事業家ですか？」

「違います」

「株か小豆《あずき》の相場でもおやりなのですか？」

「違います」

映画俳優や流行歌手とは思えない。小説家や画家でもないはずだ。政治家としては、こんな若さで、自家用車を乗りまわせるとも思えない。正直なところ、私にはぜんぜん見当がつかなかった。

彼はそのとき、大声で笑いだした。

「私の商売は、先生のお書きになる小説のモデル——犯罪者なんですよ」

このときぐらい驚いたことは、私も最近おぼえがなかった。

いかに、推理作家というものは奇想天外な場面を考え出すのが専門だといっても、こんな場面は、はるかに私の想像を越えていた。

白昼、こういう場所をドライブしながら、わずか数日の知り合いにすぎない一作家に、自分の秘密をもらすような、阿呆な犯罪者がいようとは考えられなかったのである。

かすかな笑いを浮かべている彼の横顔を見つめながら、私はその言葉を冗談だときめこんでしまった。

しかし、この告白は、よほど彼の心にかかっていたのだろう。夕方、宿へ帰って、私

の部屋でビールを飲んでいる間に彼はテーブルの上に身をのり出して、

「先生は、さっき私が犯罪者だと申しあげたらおかしな顔をなさいましたね。それがほんとうだったらどうなさいます？」

とたずねてきた。

「このコップを持って廊下へ逃げだしますよ。青酸カリを入れられないうちに」

と、冗談を言ったものの、私は相手の眼を見てはっとした。彼は真剣そのものだった。決して嘘をついているとは思えない。

もちろん、私はこれまでに、警察署なり法廷なり、取材のために訪れた暗黒街なりで、数多くの犯罪者を見たことはある。しかし、敏腕な青年実業家のように思われる鶴岡七郎の印象は、そういう人びととはぜんぜん違っていた。

もし、彼が犯罪者だとすれば、その犯罪はどういう種類のものだろう？

大金を横領拐帯《かいたい》して、こうして一人で逃げまわっているのだろうか？　密輸とか麻薬の取引とか、そういうあくどい方法で、金を作っているのだろうか？

そういう私の心の動きを、顔色から見やぶったのか、彼は静かな声でつづけた。

「先生は松本清張《まつもとせいちょう》先生の『眼の壁』という小説はお読みでしょう。あれをどうお考えです？」

「傑作ですね。特に捜査二課の事件をあつかったあたりにはすっかり感心しました。ああいう作品は、とても私には書けませんねえ」

私は正直に答えたが、そのとき彼は大人が子供に対するような笑いを浮かべて言った。

「そうでしょうか。もちろん、推理小説としての評価は私にはわかりません。ただあの小説の中に出てくるパクリ詐欺は、私に言わせれば、児戯《じぎ》に類するものですよ」

「なんですって！」

私も今度は完全に打ちのめされたような思いがした。

「私が犯罪者だというのはそういう意味です。私は自分の精魂を傾けて、この十年、法律の盲点だけを研究してきたのです。いや、理論の研究だけではなく実行もしました。その中にはわずか半日で、資本金何億の上場会社を作りあげて、たちまち消滅させた事件もあります。一国の公使館を舞台にして、公使から門番まで全部の館員を半年近くだましつづけた事件もあります。先生はその話をお聞きになりたいとお考えですか？」

「うかがいたいものです。よろしかったら」

私はめったにない興奮を感じていた。

職業作家になってから、私は数えきれないほど、材料を売りこまれた。しかしその大半は、九割までは、どうにもならないものだった。

本人には、稀有《けう》の体験だと思われてもそれが作家の眼から見て興奮を感ずることは珍しい。まして、恋愛小説の題材ならばともかく、推理小説の題材となるような事件は、まず一つもないといってよかった。

彼はそのとき、その会社消滅事件と公使館事件との概略を私に話してくれたが、その物語には私も腹の底から驚嘆した。

驚くべき犯罪者には違いないが、犯罪もこれほどあざやかに、天才的になってくると、ふしぎなことには、人間を憎む気持ちがうすくなってくる。

それはたとえば、河内山宗春《こうちやまそうしゅん》とか、アルセーヌ・ルパンとか、そういう作り出された悪人に、われわれが一種の魅力を感じるのと似たような心境かもしれなかった。

「先生、ある時期になったら、この話は全部そのまま発表なさっても差し支えありませんよ。ただ、関係者の名前だけを仮名にしてくだされば――いまの二つの事件だけではなく、私の関係した全部の事件をお書きになってもかまいません」

この言葉は、いよいよ私をおどろかせた。

たとえ、彼がこうして打明け話をしてくれたといっても、私はそれをそのまま発表できるとは思っていなかったのだ。かりに相手が悪人としても、男と男の話として、秘密を打ち明けてもらったのだから、せめて形をかえた部分的な素材として、何かの作品に織りこめたら、それで上々と思っていただけなのである。

「それで、あなたにご迷惑はかからないのですか？」

「正直なところ、私は自分でも、いままでやってきたことが、このごろいやになっているのですよ。懺悔《ざんげ》話というわけではなくても、人間というものは、自分が新しい道にはいろうとしているときには、それまで犯してきた罪をいっさい誰かにぶちまけてしまいたいような、そんな心境になるものですね。先生と、こうしてここでお会いしたのも、これも何かのご縁でしょうから」

彼の声はふしぎなくらい澄んでいた。

その翌日から四日の間、私はほかの仕事を全部投げ出して、彼の物語をくわしくノートしていった。

のべ五十時間近く、大学ノート二冊をすっかり書きつぶして、それでほとんど疲れを感じなかったのだから、私もよほど興奮したのだろう。

だが、そうした仕事をつづけている間に、私の心の中には、一種の迷いとためらいが生まれていた。

この物語は恐るべき背徳の書となる危険がある。完全犯罪の教科書として悪用される恐れがある。何か犯罪がおこると、世間ではよく推理小説の影響で――と非難するが、そういうことになったら、どうしようという心配だった。

鶴岡七郎は、それから三日ほどして山を下った。そのとき、宿の前で車を見送りながら、私は心の中で、彼がこれからこの恐るべき天才をほかの方向にむけて、正しい道で成功してくれるように祈らないではおられなかった。

私の親友の伊吹《いぶき》検事が、この宿に私を訪ねてきたのは、それからさらに一週間ほど後のことだった。

彼と私はむかしの高等学校以来、数少ない親友の仲だった。文科と理科、法学部と工学部、そして検察官と推理作家というように、生涯のコースの大半は、ほとんど共通するものもなかったのに、いまでも兄弟のような友情に結ばれているのは、やはり、むかしの高等学校の寮生活のおかげだろう。

今度は、休暇で勤務している九州福岡の検察庁から上京し、そのついでに、私のところへ寄ってくれたのだが、私もいい機会だと思ったので、鶴岡七郎の話を持ち出し、私の創作した物語ということにして、彼の感想を聞こうとした。

ところが、この一連の事件は、私以上に彼を興奮させたらしい。最初はあれこれと半《はん》畳《じょう》を入れながら聞いていたのに、一時間もすると、すっかり真剣な顔になって、身をのり出してきた。それからは便所へ立つ以外は席もはずさず、私がもう打ち切ろうかと言いだしても、首をふって話をやめさせなかった。

そのときは、いちばん基本的な法律家の興味を持ちそうな事件の骨格だけをとりあげて話したのだが、それでもすべての事件を説明し終わるまでには七時間近くかかった。

「高木《たかぎ》君、これは恐ろしい事件だね。僕は自分で、まだこれだけの事件にぶつかったことがないだけに幸運だったよ」

そのとき、彼は大きく溜息をついて言った。これはもちろん、検察官という立場をはなれた一人の人間としての偽《いつわ》らざる告白だったに違いない。私はそのとき、せきこんで質問した。

「それでは、僕がこれを作品として発表したらどうする？」

とたんに、彼の顔から血の気《け》がひいた。その全身には痙攣《けいれん》のようなものが走った。

「やめたまえ。高木君、その作品の発表だけはよしたまえ」

「なぜだ？」

「なぜというのか？　君がいまさら、その理由をたずねるのか？」

彼は真っ赤になっていた。しかも青黒い怒りの影が、電光のようにその顔をかすめた。

「君がこれほど、法律に深い知識を持っているとはいかになんでも思えないから、おそらく、実際の事件だろうが、僕のこうして聞いた話の印象では、これは日本犯罪史上、最高といっていいほどの知能的犯罪だよ。ただ、君がこれを作品として発表したとしたら、それは法律に対する挑戦だ。悪の挑発だ。もし、誰かが君の作品を読んで、その筋書どおりの犯罪を大胆しかも細心に実行してきたとしたなら、われわれ検察官としては、ほとんど手の打ちようもないのだよ」

これは過去二十何年かの交友を通じて、私が初めて耳にしたくらいの怒りに満ちた言葉だった。しかし、彼の立場とその人生観からすれば、それもとうぜんのことだったろう。

あまり彼の態度がきびしかったので、私はそれ以上この問題にはふれず、それからは酒を飲んでそのまま横になってしまった。

床をはなれたのは、昼すぎだったが、それからは二人とも、まるで意地になったように、この問題にはふれなかった。

せっかく、この箱根の宿まで訪ねてきてくれたのに、このまま帰られては後味が悪いと思ったので、私はその夜、彼を芦ノ湖の湖水祭りにさそった。

箱根から、七色の電灯を一面に飾った納涼船に乗って、私たちは元箱根へむかった。

東京ではうだるような猛暑と水不足にあえいでいるというのに、この湖上は晩秋を思わせる涼しさだった。

それだけではなく、霧も出てきた。この調子では、花火や灯籠《とうろう》流しのほうもどうなることかと、私は心の中で心配していた。

だが、この霧のために、この祭りには、かえって夢の国のような美しさがともなってきた。

湖の上にただよう何百何千の灯籠も、速力を落として、ゆっくりと湖上を巡航する数隻の船の飾り電気も、鳥居の形に炎々と燃えあがるかがり火も、中空に開く七彩の花火も、霧というベールを通して見るだけに、かえって思いがけないまぼろしのような異常な美しさをもっていた。

「花火を見ると、僕はいまでも思い出すよ。戦争中の十字砲火を——。敵味方、命をかけたうちあいを」

甲板の木の椅子にもたれて、空を見つめながら、彼はぽつりと言いだした。

彼は、私とは違って、今度の戦争中は第一線で命をかけて戦ってきた勇士なのだ。

「悪かったかな？　さそいだして」

きのうのきょうで、また彼の感情を害したのではないかと心配した私は、せきこんでたずねたが、彼は黙って首をふった。

「かまわないさ。あれから十三年――。命をかけた戦争も、いまとなっては一つの夢だ」

それから一、二分ほどした後で、彼は突然、思い出したように言いだした。

「高木君、きのうの話はとり消すよ。あの作品は発表したまえ」

「どうしてだ？」

いったんこうと言いだしたら、なかなか、説を曲げない彼の性格は、私もよく知りぬいていた。それだけに、彼がこういうことを言いだした原因もわからなかったが、彼はそのとき、かすかな笑いとともに言葉をつづけた。

「僕はいま、あの花火を見ているうちに戦争中の教訓を思い出したのさ。敵も味方も、雨あられのような砲火をあびせあっているときには、動物的な本能と、戦争の体験によって身につけた知識とが、生死を左右する要素となる。それなのに、どんな激しい火力でもぜったいに弾丸《たま》をうちこめない場所がある。軍事用語では死角と言っているが」

「なるほど、それでは昨夜の話は、たくみに法律の死角をついた犯罪だというわけだね」

「そうだとも。そういう意味で、この事件を考え出し実行できた人物は、恐るべき悪の天才だ。それはいったい何者だね？」

「それは言えない。たとえ、君と僕との間でも、男として言えないことはある」

「なるほど、それではたとえ、僕がこの事件をあつかうことになったとしても、君を参考人として喚問《かんもん》はできないわけだな」

彼はいかにも検事らしい冗談を言った。

「とにかく、君の作品の主人公には、僕も大いに敬意を表するな。彼はルパンだ。戦後の日本の異常な社会情勢が生み出した超人的な犯罪者だ。もし君が、この人物の性格と行動とを、いま僕が印象づけられたように、あざやかに描き出せたなら、これはおそらく、君の作品中、一、二をあらそう傑作となるだろうね」

「そうすると、君は僕個人の名声なり収入なりのためにこれを発表しろというのか？」

私はちょっと皮肉な聞き方をしてみたが、彼は黙って首をふった。

「そうではないよ。高木君、人生というものは戦いだ。特にわれわれのように、毎日生々《なまなま》しい犯罪に直面している人間には、その実感も人一倍濃く強いものだ。ところが戦争というものは、攻撃兵器が進むにつれて、防御兵器も必ず進歩してくるのだよ」

「なるほど、君の狙いはわかった。この恐るべき完全犯罪の手口をひろく公開して、新しい犠牲者の発生を防げというのだね？」

「そうだとも。そういう意味で、今度の君の作品は、天下に対する一つの警鐘となるだろう。次には、誰が狙われるかわからない。この被害者たちの中には自殺する者も出るだろう。精神に異常をきたす者もないとはいえまい。一生を無にする人間もいるだろう。そういう人のうち何人かが、君の作品を読んで、事前に警戒してくれたら、それだけでも、君の役目は果たせるだろう」

「どうも、小説と修身の教科書をいっしょにされちゃかなわないな」

私は思わず苦笑いしたが、それと同時に、初めて心の迷いもはれた。

この友人のこのときの言葉があったればこそ、私は初めて、この背徳の物語を天下に公表する勇気と信念を持てたのである。

ただ、問題はその時期だった。

鶴岡七郎に約束した「ある時期」までにはおそらく数年かかると思っていたが、その後の情勢の変化によって、その時期は思いがけないほど、早くやってきたのだ。箱根の宿で、彼の話を聞いてからわずか半年の後に、私は早くもこの物語を筆にする機会にめぐまれたのである。

一編の小説の前おきとして、私のこの文章は少し冗長すぎたかもしれない。ただ私は読者諸君の前にこれだけのことをおことわりしないでは、この物語の幕をあげる気にはなれなかったのだ。

推理作家の想像を絶し、専門の法律家さえ驚嘆させた、この『世にも奇怪な物語』は、まず昭和二十三年の年頭にはじまる……。

2　一生を分《ふん》で刻む男

昭和二十三年一月六日――。

東京市谷《いちがや》の法廷で開かれている極東軍事裁判は、元首相、東条英機《とうじょうひでき》に対するキーナン首席検事の反対尋問によって、最高潮に達した感があった。

「首相として、戦争をおこしたことが、道徳的にも法律的にも間違ったことではなかったとあなたはいまでも考えておられるのか。ここで被告としての心境をうかがいたい」

法廷の死刑執行人という異名を持っているキーナンは、顔を真っ赤に紅潮させ、ふとい猪首《いくび》をふりながら、被告席の東条にむかってきめつけた。

「間違ったことではなかった。正しいことをしたと思っている」

東条英機の昂然《こうぜん》たる答えに一瞬、法廷には嵐のようなどよめきがおこった。

「サイレンス！　サイレンス！」

法廷執行者の叫びが、まだおさまらないうちに、キーナンは、いよいよ鬼検事といわれた本領を明らかにして、烈火のように憤《いきどお》った。

「試みに、この建物の屋上に立って俯瞰《ふかん》するがよい。全東京は一望の廃墟《はいきょ》、焦土と瓦礫《がれき》の町なのだ。全日本人は力を失い、雑草だけが生育を許されたこの国土に、あるいは呆然とし、あるいは苦しみに呻吟《しんぎん》している。この国民を追いやって、かかる愚かな戦争に突入させた張本人の口から、いまもなお、このような暴言を聞こうとは思わなかった」

キーナンは大きく見得を切って、雛壇《ひなだん》にならんでいるかつての陸海軍首脳たち、政治家たち、外交官たちを見まわした。

「それでは、被告は万一無罪釈放されたなら、これらの同僚と語らって、ふたたび同じことをくり返す用意があるのか？」

東条の頬から口もとには、かつて剃刀《かみそり》東条といわれた当時の笑いが浮かんだ。血迷うなといわんばかりの憫笑《びんしょう》だった。

プールエット弁護人は、即座に自分の席に立ち上がって異議を申したてた。

とかく、自分の職責から逸脱すると非難されているウエッブ裁判長も、このときだけは、異議を無条件でとりあげた。

この発言の前半は、裁判長の裁定によって、法廷記録から削除された。

キーナンはいよいよ憤然として反対尋問の終了を告げ、そのまま法廷を立ち去ったが、この瞬間の印象を、ある外国人記者はこう述べている。

「世界は東条の口もとを見ていない。東条の言葉を聞いた日本国民の表情に注目しているのだ……」

「東条もえらいことを言ったものだが、いったいどんな心境で、あんなせりふを吐いたのかねえ」

ラジオのスイッチを切りながら、鶴岡七郎は、ちょうどそのとき下宿へ訪ねてきた友人の隅田《すみだ》光一《こういち》にたずねた。

二人とも、同じ東大法学部の二年生だが、七郎は富山の医者の家の七男だし、光一は千葉鴨川《かもがわ》の医者の家の三男で、どちらも家業をきらって法律を専攻したという環境の一致が、いつのまにか、友情を生んだのだが、性格も容貌も、正反対といっていいくらい違っていた。

七郎は柔道三段のスポーツマンだが、光一のほうは、運動などぜんぜん軽蔑しきっている青白い天才なのだ。

そのかわり、才能の点にかけては、七郎は光一の足もとにもよれないと自分であきらめている。

光一の、東大での成績は、異常といっていいくらいなのだ。元首相、若槻礼次郎《わかつきれいじろう》以来の天才だと、教授たちが折り紙をつけるくらいだから、なみたいていの才能ではない。いや、才能だけではなく、努力の点でも、一日一日を分で刻んで、睡眠三百分、経済ノート七十分、瞑想《めいそう》六分——というように、こまかく刻んで日記にしるしてあるくらいだから、これも人間ばなれしているというほかはなかった。

「東条——軍国主義の幽霊が、いまさらどんなことを言ったところで、気にすることはないよ。もちろん、彼の心境では、日本を戦争へ追いやったのはアメリカだと、そういうつもりだったのだろうが、ただ、僕個人の立場から言えば、東条には大いに感謝しているよ」

鶴岡七郎はぎくりとして、この友人の顔を見つめた。

頭だけがばかに発達して、頬や顎には肉らしいものもない鋭い顔だが、最近はいよいよ青ざめてきて、紅を塗ったように赤い唇のほかには血の色もない。

ひょっとしたら、知らないうちに胸でもおかされていて、こういう病人にありがちな皮肉たっぷりな性格になってきたのかと思ったのだ。

もちろん、ある意味では、八千万国民のすべてが戦争犠牲者なのだが、光一にしたところで、この戦争で私腹が肥やせたわけではない。

それどころか、彼らが最初東大へ入学した昭和十八年には、もう学徒動員がはじまっていたのだ。

七郎のほうは、すなおに、国家の要請にしたがって出陣し、まもなく左の胸をわずらって除隊となり、郷里でずっと静養していて、やっと去年の四月から学校へもどってきたのだが、光一のほうは、兵隊生活をきらって、わざわざ東大を退学して、陸軍経理学校に入学し、陸軍主計少尉として終戦を迎えたのだ。

それも、戦火から遠くはなれた旭川北部《あさひかわ》一七八部隊に所属していたことだから、

「こんなばかばかしい戦争で死んでたまるか。どんな強引な手段をとっても生きのびるのだ」

と、日ごろ公言していたその狙いは、まず果たされたといっていいのだが、その代償も決してかるいものではなかった。

旭川は本土決戦作戦に対する一つの重要基地だった。したがって、ここに集積されていた物資食糧も莫大《ばくだい》きわまるものだったが、終戦とともに、その横流し事件がおこり、それが発覚したのである。

もちろん、彼は主謀者ではなかったし、また彼一人の力では、こういう動きをおさえきることは不可能だったに違いないが、とにかく彼は責任者の一人として、法廷にひき

出され、昭和二十年の十二月から翌年の二月までを極寒の札幌拘置所ですごさねばならなかったのである。

判決は、懲役一年六カ月、執行猶予三年ということだったが、たとえ実刑は科せられなくても、この打撃は大きいはずなのに、どうして、東条に感謝しているなどと言いだしたのだろう？

隅田光一は冷たく笑った。

「君はふしぎに思うかね。少なくとも、東条英機は大日本帝国を崩壊させてくれたよ。軍というものの力がなくなれば、金力が絶対万能の支配者になるが、個人が短い時間のうちに巨富を築きあげる機会は、少なくとも資本主義経済の下では、国家が勃興《ぼっこう》するか滅亡するか、こういう場合しかないのだよ」

まるで、外科医のメスのような冷たい真理に、七郎はふるえあがりながら溜息をついた。

たしかにそうだ。過去の財閥発生史は明らかにそれを証明している。ただ、それをこまでずばりと言いきる者がなかっただけなのだ。

「それで、その方法はどうするのだね？」

「むかし、高島嘉右衛門《たかしまかえもん》は銀の密輸か何かで投獄され、獄中で易経《えききょう》二巻をやぶれるまで読みつくして翻然と悟りを開いたというね。出獄してから、彼は事業界にのりだし、横浜港を近代貿易港として完成させ、いまでも高島町、嘉右衛門町という二つの町に、自分の名前を残している。僕も易経こそ読まなかったが、あの中で隅田理論といえるような金儲けの理論体系をくみたてたよ。八万三千五百分の時間はむだではなかったのだ」

「その理論というと？」

「二十万の資金で二億の金を作るという方法だよ。もちろん、これにはある程度の才能がいり勇気がいる。運もある程度は必要だが、数学的には完全無欠な方法だ。そして、この理論を実行に移すチャンスは、いまよりほかにはないと思うね」

光一は何かに憑《つ》かれたように、この理論を説明しはじめた。七郎は、何とかこの方法の欠陥を見つけ出そうと急所急所に意地の悪い質問をくり返したのだが、それはみな、鋭くはね返されてしまった。

その方法は、複利計算による金の蓄積だった。極端なことをいって、一つの勝負で投下資金を倍にできたら、勝負を十回くり返すことによって、資金は千二十四倍にふくれあがる。十万の資本は一億二百四十万になって返ってくるのだ。

もちろん、これには、その金に途中で手をつけないというかたい決心と、資本がどれだけ大きくなっても、一つの勝負にすべてを賭けて迷わないという大勇が必要なのだ。

この二つの条件は、修養と鍛練によって満たすことができるとしても、最後には運という条件が残る。

資本を倍にするということが、そもそもむずかしいのにそれを連続十回もくり返すということは、人間の力をこえた神業《かみわざ》ではないか？

鶴岡七郎は、まずこういう常識論を持ち出したのだが、隅田理論はとうぜん、これに対する反論を準備していた。

「もちろんそうだ。そのくらいのことを考えにいれなければ、この理論は実行できないさ。株でも土地でも商品でも十割の値幅をとるということはむずかしいかもしれない。時間もかかるし危険もともなう。インフレがぐんぐん進行すれば、ほかの物価も倍になって、結局同じことになるかもしれない。しかし、こういう時代では、一勝負ごとに三割の利益をあげられなかったらどうにもならないよ。これができないようだったら、勝負の方法そのものに欠点がある。初めから、金儲けを考える資格はないのだ。ところが三割の複利回転でも六回連続すれば資本は約五倍になる。二十七回の回転で千三百七十五倍――十割十回回転と似たような結果になってくるのだ」

こういう数字の計算は、七郎にもよく理解できた。ただ常識的な判断を下しただけでも、二十七連勝ということは不可能としか思えなかった。

「たとえば、雪の中で雪の球を転がすとする。――これが大きくふくれあがるか、まわりの雪の中に埋没してしまって動かせなくなるかは、周囲の条件いかんによってきまることだ。その点はどう考える？」

こんなかんたんなたとえをひいて、さらに追及をつづけたのだが、光一はぜんぜん動揺もしなかった。

「もちろん、それも計算の中にはいっているさ。計算をかんたんにするために、いま三十連勝が必要だと仮定する。勝率十割ということは、たしかに人間には不可能だろうが勝率七割から六割ということは、着眼と努力だけで達成できるだろう。五割の勝率の連続では、凡人の群れの中から抜け出すことは不可能だ。成功者にはなれないのだ」

これもまた、もっともな理屈だった。

「いいかね。ここで勝負の回数をふやすのだよ。資本に対して三割の利益をあげたときを一勝と計算し、資本が二割四分ほど減ったときを一敗として、どっちにしろ勝負を打ち切るのだ。これでかりに一勝一敗の成績だとすると資本金は二度の勝負をはじめる前とまず同額になるのだよ。もちろん、場合によっては、たとえば、株の売買手数料を回収したくらいで、ひかなければならないこともあるだろうが、この場合は引き分けとして計算にいれないのだ。この方法で、百回の勝負をしたとする。それで六十五勝三十五敗の成績をあげるとすれば、勝率は六割五分だ。これなら、人間としては、達成できない目標だとは思えないね。ところが、この場合には勝数と敗数の差だけが問題になってくる。六十五から三十五をひいて、三十勝が残れば、いまの理論は完全に実行できるのだよ」

七郎も、ここまで説明されてみれば、もう頭をさげないわけにはいかなかった。

「今度の戦争にしたところで、アメリカが勝ったのは、計算と、そのうえに立脚したチームワークのおかげだよ。日本の指導者たちは計算を忘れた。敵味方の総合戦力を計算したら、とうぜん必敗という結論が出てきたろうし、どのような方法に訴えても、開戦は回避するのが義務だった。もっとも、そのおかげで、僕は隅田財閥を作りあげるチャンスにめぐまれたわけだがねえ。どうだい、僕が五万円作るから、君もどこからか五万円工面してきて、この計画に一口のらないか。ほかに二人同志が見つかれば、この理論は実行に移せるのだが……」

「それはなんとかなるだろう。さいわい僕の叔父貴が闇成金《やみなりきん》だから、なんとかひっぱり出してくるが、どうして四人も数がいるのだ？　君と僕だけでたくさんじゃないか」

「そうは言えない。もちろん、あんまり多すぎても、船頭が多くて舟が山へ上る——というようなことになってしまうが、どうしても四人は必要だ、その理由は後で説明するが」

「木島《きじま》と九鬼《くき》はどんなものかな。彼らなら、君を尊敬しきっているし、金もなんとか出せると思うな」

二人とも、やはり東大法学部の学生だが、木島良助《りようすけ》は栃木の大地主の息子だし、九鬼善司《ぜんじ》の父は、銀座に進駐軍相手のキャバレーを開いていて景気がよい。五万ぐらいの金はなんとか調達できそうに思われた。

「君もやっぱりそう思うかね。僕もあの二人なら物になりそうだと思っていたが、それでは僕からくどいてみよう。とにかく、これからは青年の時代だ。青年の知恵が、すべてを征服できるということを、これから五年——いや、二百六十二万分《ふん》の後には、天下に証明してみせるのだよ」


木島良助も九鬼善司も、喜んでこの計画に加わった。

それから五日目には、鶴岡七郎の下宿で、第一回の顔あわせが行なわれた。

議長はとうぜん、隅田光一の役だった。これには誰も異存はなかった。

「それでは、これから会議にかかるが、その前に採決方法をきめておきたい。各自が基本の一票を持つことはとうぜんだが、僕は議長としてほかに一票を要求する。この権利がないと、どんな問題をきめる場合でも、二対二となって決着がつかなくなる恐れがあるのだ。このことについては異議はないね」

「異議なし」

三人が口をそろえて答えると同時に、光一は追い討ちをかけるようにつづけた。

「基本票数は五票、将来利益を分配するような場合も、この単位で分けることにする。僕は君たち一人の倍額をうけとるわけだが、これもこの会の性質上とうぜんと思う。もし、この比率に異存があるならば、出資金をまとめる前に退会してもらいたい」

誰も発言する者はなかった。

「反対がなければ可決と認める。次に会の名称だが『太陽クラブ』というのはどうだろう。別に国粋主義者に転向したわけではないけれども、この惨憺《さんたん》たる廃墟の上に、これからの青年が目標にできる一つの光を輝かしたい。それは太陽のように、強烈で偉大なものでなければならないというのが僕の理想なのだ」

「少し、大きすぎはしないかな？」

九鬼善司はちょっと首をひねったが、そんな異議を聞きいれる彼ではない。

「青年よ大志を抱け——とクラーク博士も言っている。国家は敗戦では滅びない。ただ国民が魂を打ち砕かれたとき滅びる——とビスマークも言っている。今度の戦争で負けたのは、東条はじめ、過去の指導者たちの責任だ。われわれ青年が、これぐらいの志を持つのはとうぜんきわまることだ」

「賛成！」

鶴岡七郎と木島良助は声をそろえて答えた。

「それでは、本件は四対一で可決されたものと認める。次に問題となることは、どうすれば、この資金をできるだけ迅速に回転して、隅田理論を実践できるかということだ。これについては、諸君の意見をまず聞きたい」

「なんといっても、物資を動かすのがいちばん早いんじゃないかな？」

木島良助が首をひねりながら発言した。

「僕の聞いている情報では、まもなく配給制度が改正になるそうだ。せっけん、マッチ、地下足袋《ぢかたび》、靴、ノート、タイヤ、洋傘、電球、ろうそく、鍋釜《なべかま》——そういう物資が切符制になって、少しずつでも公平に割り当てになるそうだが、その前に先手が打てたなら……」

「それは安全確実なようで、案外むずかしい。一方では危険をともなう方法だよ」

鋭く光一は切り返した。

「僕たちのいまの方針は、知恵にたよる以外にはないのだ。たった四人、それも世間の眼から見たら、まだ一人前になっていない学生たちだけで、天下をむこうにまわして戦わなければならないのだ。ところが、物資の取引には、適当な売り手と買い手を見つけるという問題がある。大量の物資を動かすうちには、とうぜん人の注意をひくことも計算に入れておかなければならない。いろいろの統制令がまだ残っている現在では、万一、事が発覚したら、現品を全部没収される危険も出てくる。僕の理論に従うと、一回の勝負では、全資本の二割四分以上の犠牲があってはいけないのだ。全資本を一挙に失うような危険を持った博打《ばくち》はぜったいできないのだ」

「それでは土地はどうだろう?」

九鬼善司がおそるおそる発言をはじめた。

「僕はある人から聞いたのだが、関東大震災のあとで、東京の土地は、ただみたいな値段で買えたということだ。ただ一面の焼け野原――廃墟をながめてみたときには、ここがもう一度復興するという実感は誰にも湧かなかったのだね。ところがその後数年して、東京は目ざましく復興した。地価もたちまち数十倍にはね上がった……。こういう例が前にあるのだ。いまのうちに、銀座裏とか日本橋とか、それとも渋谷、新宿、池袋――そういう駅に近い土地を買っておいたら、黙っていても、隅田理論の五勝か六勝ぐらいはできるんじゃなかろうか？」

隅田光一は、かすかに唇を歪《ゆが》めて笑った。

「理論としてはもっともだと思う。樺太《からふと》、朝鮮、台湾――まあ、満州とか大陸とかは別としても、現にそれだけの領土がなくなったのだ。しかも一方で人口は、いままでより急ピッチでふえると見なければならないし、地価はぐんぐん上がるだろう。インフレの速度よりは急速でね。――ただ、ここに一つの問題がある」

「それは？」

「この方法には、知恵を働かす必要はないのだ。どんなばかでも、買って、登記して、持ちこたえさえすれば儲かるという方法で知恵の勝利がうたえるかね？　まあ、将来、資本がふえた場合にはその一部を割《さ》いて別動隊を組織するのもいいだろう。しかし、二十万の資本では、坪二千円とおさえて百坪か。たいしたことはできないよ」

「それでは、金融業はどうだろう？」

七郎の発言に、光一はかるくうなずいた。

「たしかに、金融業というのは、資金を複利で動かすためには、有利で確実な方法だよ。しかし、いまのところは、僕にはまだ、実行に移すだけの自信がないね。これから、少なくとも半年の間、その方法をお互いに検討してみて、それから始めようじゃあないか。

異議はないね？」

「異議はないが、それでは半年の間、どうするのだ？」

七郎の次の質問に対して、光一は迷いの色もなく言いきった。

「株だ――。これから半年、二十六万分ぐらいの勝負はこれしかない」

「どうしてなんだ？」

「売り手と買い手を捜す必要がない。輸送保管の困難がない。法律にふれるおそれがない。どんな金額でもまとめて一気に勝負ができる。それに、いまではまだ取引所が開かれていないが、その復活は時間の問題だ」

「わかった。ただ、どういう銘柄を買うかが問題だというわけだな」

「それもたいして問題はない。きょうは帝劇、あすは三越――というのが、平和な時代には、日本人の一つの理想だったことがあるじゃないか。平和とともに理想はかわる。三越の株はいま三百七十円ぐらいしているが、僕の予想では一カ月ぐらいで五百円の線は突破する――。三百七十円の三割は百十一円、四百九十円を突破すれば、手数料を差し引いて、まず一勝はあげられるよ」

　この年の一月から三月にかけて、日本全土の廃墟の上に吹きすさぶ嵐は、まだおとろえを見せなかった。

グズ哲といわれた首相、片山哲《かたやまてつ》が、内外の緊迫した情勢に追いつめられて、総辞職を敢行したのは二月十日だったが、次の首相に指名された民主党総裁、芦田均《あしだひとし》が、社会党、国協党の協力を得て、組閣を完了したのはそれから満一カ月後の三月十日のことだった。

この一カ月の政治の空白は、そのまま日本の不安をあらわし、この内閣の前途の多難を示すものだった。

配給物資は、いくらかずつふえだしたが、それだけでは生活――いや、生存さえ、むずかしかった。法を尊んで、一粒の闇米も口にいれなかった山口《やまぐち》判事は、ついに栄養失調に倒れて死んだ。

正直者はばかを見る。ばか正直は餓死する――法律を蔑視するような囁《ささや》きが、人びとの間に、それからそれへと流れたのも、このころだった。

そういう世相を反映しておこる犯罪も、異常きわまるものだけだった。物価統制令はじめ各種の統制令に違反するいわゆる経済犯罪は、誰も問題にしないくらいだった。

戦争中から戦後にかけて、十人にあまる女性を強姦殺人の犠牲とし、淫獣《いんじゅう》と呼ばれた小平義雄《こだいらよしお》は、控訴審でも、ふたたび死刑を言いわたされた。

あずかった赤子《あかご》二百人のうち、百人あまりをわざと死亡させ、配給物資を横領し、闇に流して驚くべき利益をあげていた新宿柳町《やなぎちょう》の寿《ことぶき》産院、院長の石川《いしかわ》夫婦の鬼畜のような殺人罪が、早稲田《わせだ》署の手によって天下に暴露されてからまだ間もないうちに、豊島《としま》区長崎《ながさき》の帝国銀行椎名町《しいなまち》支店では、営業時間終了直後の午後三時半に、行員十数名が一度に毒を飲まされ、現金十数万円を強奪されるという怪事件が突発した。

東京地検の高木《たかぎ》検事は、記者団に、

「必ず二、三日中には犯人を検挙してみせる」

と、自信たっぷりな意見を発表したが、実際には松井名刺《まついめいし》という重大な手がかりがあったにもかかわらず、一カ月たっても、捜査はまったく五里霧中の段階を終始するばかりだった。

警察力に対する不信の声もしだいに高まりはじめた。銀座警察、新宿警察、上野警察などという暴力をともなった私設の警察機関の名前が人びとの噂にのぼりだしたのも、このころからのことだった。

この三カ月の間には、誰も日本がこのまま滅亡の道をたどるか、それとも目ざましく復活していくか、予想できる人間はいなかったに違いない。

太陽クラブの何回目かの会議は、三月三十一日に行なわれたが、そのとき問題になったのは、やはりこういうことだった。

そのとき、まず劈頭《へきとう》から、隅田光一は深刻な顔をして言った。

「僕は失敗したようだ。この二カ月の経過をふりかえってみたときに、まずそのことを諸君におわびする」

「どうしてだ？」

鶴岡七郎はじめ、他の三人は顔を見あわせてたずねた。

「三越の株の買い値は三百七十円、きょうの売り値が五百三十二円だから、手数料をさしひいて、四割二分ぐらいの儲けになる。隅田理論にしたがうと、まず最初の一勝はあげられたわけだが、これではとても問題にならない」

「ほかの物価が――たとえば、汽車賃にしても、倍になろうとしているのに、その間に一勝や二勝したくらいでは、しかたがないというのかね？」

「それもある。だが、それよりも、僕の見通しの間違っていたことは、日本がこのまま亡国の道をたどってゆくと考えたことだよ。これはぜんぜん反対だった。日本は必ず、何年かの間には、世界の強国として復活する」

三人はふたたび顔を見あわせた。こういう暗黒の時代に、指導者とあおいでいるこの天才の口から、こういう大胆な推理を聞くとは思っていなかったのだ。

「どうしてなんだ？　その理由は？」

「僕は日本が滅亡すると思ったからこそ、消費機関の筆頭ともいえるような三越の株を買ったんだよ。もちろん、これも値上がりした。しかし同時に、とても復活困難だと思っていた重工業の会社の株は、もっと大幅に値上がりしたんだよ。たとえば三菱重工が二・一倍、日立が一・七倍、日本軽金属が二・八倍というような上げっぷりだ。だから日本軽金属を買っておいたら、資金はいま六十万近くになっている。これなら、僕の理論でも、五勝近くはかせげたはずなんだ……」

「でも、個々の戦況でくさっては」

「くさりはしないが、重工業の復活ということは、そのまま国家の復興なんだ。もちろん、日本がこのまま復興してゆくという見込みはどこにもない。現実の姿としてはどこにも見えないが、ただ株価というものは、未来を伝えるバロメーターだ。これを否定することは、経済学のすべての法則を否定することだ」

三人とも、いちおう頭の鋭い学生だけに、この説明はよくわかった。

「しかし、われわれが財閥になれる機会はまだ失われたわけじゃない。国家が興隆する時期にも巨富を積む機会はいくらでもある。ただ、その方法をかえねばならないわけだ」

「その方法は？」

「僕は鶴岡君に言われてから、このところ一生懸命に金融のからくりを研究したよ。こういうインフレ時代にはあらゆる人間が、金の価値に、疑問をいだいている。旧円、新円の切り替えと預金の封鎖があってから、銀行の信用は地におちた……いまなら、莫大な金が集まる。たとえば月五分で金を集めて確実な担保をとって、一割に貸し付けられるなら、そのまま五分の利益になる。一億金が集められれば毎月の利益は五百万——一人に対して、百万円ずつの配当ができる。もちろん全部を分けてはどうにもならないが、十万ぐらいの配当は朝飯前だ」

三人はただ溜息をつくだけだった。

東大総長の収入が手取り四千四百円、慶大塾長の月収が税込み九千円と新聞に発表されたのは、つい最近のことだった。もちろん、どんな時代でも、学者の収入が実業家などにくらべて少ないのはとうぜんだが、それにしてもこれではひどすぎる——というような話が出たのは、つい一週間前のことだったのに……。

「そんな、うまい話があるのか？」

この二カ月の間、三越の株価の変動に一喜一憂していたことも忘れて、三人は身をのり出した。そして理路整然として、しかも流れるような隅田光一の説明に時間のたつのも忘れていた。

その夜、この会議がいちおう散会すると、光一は七郎をつれて有楽町までやってきた。

夜ともなれば、このあたりは、眼にあまるほどの街娼《がいしょう》が渦まいている。

「ああいう女たちは、もちろん軽蔑に値するが、だが一面では学ぶべき点があるね。戦争中の男の肉弾特攻精神は、いま彼女たちによって、うけつがれたような感がある」

悪魔メフィストのような笑いを浮かべて、光一は冷たく言った。

「どうだ、鶴岡君だって、僕以上に体が丈夫なんだから、セックスの要求は大変だろう。一つ思いきって発散するかね」

「こういう女たちを相手にしてか？」

天才といわれる光一としては、似つかわしくもないせりふだった。七郎は、びっくりして相手の顔を見つめたが、決して冗談を言っているようには見えなかった。

「女というものはどんな女でも大差はない。猫によく似た動物か、欲望をみたすための道具と思えばいいのだ。もちろん、便所にしたところで、水洗タイルばりのきれいなのに越したことはないけれども、軍隊の、いや刑務所のように汚ない場所でも用はたせる」

「これまた、恐れいったたとえだな」

こういうせりふを聞いたところでは、これが東大で若槻礼次郎以来といわれた天才だとは思えなかった。

「君は、そう言うけれど、セックスが鬱積《うっせき》していた日には頭はさえるものじゃないよ。彼女たちにしたところで、こちらとは無関係にでも喜ぶのだ。ことに、金がいらないとしたら、一挙三得の計じゃないか？」

「どうして金がいらないのだ？」

「僕は最近、ふとしたことから、このへんで顔を売っている血桜《ちざくら》の定子《さだこ》こと、吉屋《よしや》定子というズベ公あがりの女と知り合ってね。顔はいちおうまあまあだが、頭には脳味噌が一かけらでもはいっているか——、解剖してみたいくらいだよ。姐御きどりで、片腕に桜の刺青《いれずみ》などして凄《すご》んでいるが、こんな女をだますのはなんの苦労もないことだ」

「恐れいったな。正直なところ、学問なり、法律経済の理論なりに、君が才能を持っているのはとっくに認めていたが、女に対してそれほどの腕があるとは思わなかった」

「男を支配しようと思うものが、女の一人や二人を支配できなくてどうするのだ。ことに彼女たちは、いまのところは、アメリカ人のお客が九割までだ。もちろん、唐人《とうじん》お吉《きち》になったというような深刻な悩みは持っていないだろうが、それにしても、日本人が恋しくってたまらなくなる瞬間はあるらしい。そういう気持ちに、こちらがうまくタイミングを合わせただけ――。まさか、彼女のひもになって、金をしぼりあげようとは思わないが、週一度、百二十分は無償でおたがいの欲望を満たしあう契約がある」

「ふしぎな男だ。君は……。ところで、こっちはいったいどうするんだ？　僕も君ぐらいの実績ができるまで、金をはらって、この辺へ、通いつめなくっちゃいけないのかね？」

「それなら最初から誘いはしない。この間行ったときに、定子の妹分の良子《よしこ》という女に話をつけておいた」

と言いながら、光一は、日比谷《ひびや》映画劇場裏の一軒の家の前に立った。

「来るね？」

七郎はふしぎな好奇心に燃えていた。彼自身はまだ童貞だったし、病後でもあり、戦後の東京の生活には大変な疲労を感じていたために、女に対する欲望は、それほど強くはなかったが、この天才の別の一面を見とどけてやろうという気持ちが、かんたんに、ある一線をふみきらせたのだった。

戸をあけると、そこは暗くせまい土間だった。毒々しい化粧をした、夢遊病者のような女が、猫のように眼を光らせて、そこにたたずんでいた。

「ユー・マイ・パパ――。待ってたわよ」

煙草を土間に投げすてて、女はいきなり光一の首にだきつき、人目もはばからぬ接吻をあびせた。

七郎もさすがにその瞬間は呆然とした。男女の愛情が密室から出て広場のものとなったのは、善悪は別として、アメリカの影響による戦後の一般的な風潮には違いないが、こうして親友の痴態を眼の前にながめるということは、なんとなく空恐ろしい気がしたのだ。

だが、女の手をはらいのけると思いのほか、光一はまるでアメリカ映画に出てくる熱烈さでこれにこたえた。

髪から耳から、胸から腰のあたりまで、両手は一瞬のまもなく動きまわり、そしてその間、接吻は休むひまもなかった。

十分たった。まるで、ストップ・ウオッチで時間をはかっていたように、光一はぴたりと抱擁をやめた。

「良坊はいるかね?」

「このお方ね?」

女は初めて、なめまわすような視線を七郎のほうに投げた。

「二階よ。お上がんなさい」

急な階段を上がると、そこには形ばかりの廊下に、小さな部屋が二つならんでいる。

「こちらよ。別に、紹介なんかいらないわね。男と女の間の言葉は、万国どこでも共通だから」

襖《ふすま》を開き、夢遊病者のように唇を歪めて笑うと、女は七郎の背中をたたいて、一つの部屋へおしいれた。

その中には、十八、九の女が彼を待っていた。化粧はやはりあくどいが、顔のどこかに、まだ純情さの片鱗ぐらいは残っている。

それも、こういうすさんだ生活をつづけているうちには、たちまち消えてしまうものには違いないが、七郎はそれでも、かすかな自己満足を感じていた。

「鶴岡さん？　そんなにつっ立ってないでおすわんなさいよ」

七郎はあわてて、べたりとすわると、

「今晩は」

と、両手をついてしまった。

「まあ、純情なのね」

女はいかにもおかしそうに笑いながら、ちゃぶ台の上にウイスキーの瓶とグラスをの

せて、

「まず、形ばかりでもお杯《さかずき》しましょうね」

「うん」

光一がどんな話をしたのか、まだわからなかったが、そのグラスをながめながら、話の糸口を見つけようとしているうちに、なんともいえない女の叫び声が聞こえてきた。

戦後の急ごしらえの普請《ふしん》のせいか、部屋を仕切っている板壁も、まるでベニヤ板のようにうすかった。悪くかんぐれば、わざわざ隣り同士に、閨房《けいぼう》の物音をひびかせて、刺激をさらに強めようとしているのだとも受け取れないこともない。

まるで眼がくらむような思いで、七郎は酒を一気にあおったが、次の瞬間、女は彼の首に手をまわし、ひくい声で囁いてきた。

「ねえ、むこうに負けないくらいかわいがってね。あなたのほうがずっと男らしいもの……。精いっぱい、わたしをやまとなでしこにしてね、ねえ、いいでしょう？」

予定どおり、こちらは百二十分で切りあげて、光一は七郎と別れると、高円寺《こうえんじ》にある自分の下宿へ帰ってきた。

だが、二階の自分の部屋の窓から、電気の光がもれているのを見て、彼は思わず眉をひそめた。

　自分の予定表にはなかった訪問者があったのだ。一瞬に彼は俳優のように表情をひきしめた。さすがに電車の中では顔のどこかに虚脱したような感じが残っていたのだが、いまの彼は、まじめな東大の秀才という以外の何者でもなかった。

　玄関をはいり、階段を上がると、彼は唇を結んですーっと襖をあけた。

　十八か九と思われる、若竹のような背の高い娘がふり返って、あどけない笑いを浮かべた。

「お帰んなさい」

「よく来たね。恵美《えみ》が来ていると知っていたら、もっと早く帰ってきたんだけれど……。待ったかい？」

　さっきの彼とは、ぜんぜん人がかわったように、きちんと机の前にすわって膝もくずさない。

「ううん……」

　恵美子はいたずらっ子のように首をふった。だが、とたんにその顔はこわばった。

「あなたはまさか、ほかの女の人と？」

「冗談いっちゃいけないよ。僕を信用できないのか？」

光一は顔色ひとつ変えなかった。

「でも……、襟に口紅のあとが残っているわ」

「なんだ。何かと思ったらそんなことか」

ゆっくり煙草をとり出して火をつけると、

「電車がえらくこんでいてね、隣りに立っていた女が、おされて、ぴったり体をつけていたから、何かのはずみに、唇がくっついたんじゃないか。僕はちっとも知らなかった」

「ほんとうね？」

溜息をついた恵美子の手をとって、その手の甲に、まるで騎士《ナイト》のような接吻をすると、

「君がそんなやきもちやきとは思わなかった。工学博士のお嬢さんだから、もう少し理性的だと思っていたが」

「誰の娘でも、女は女よ」

恵美子は大きな眼をあげた。その眼はもうただの娘の眼ではなかった。

その夜おそく、光一はひとり机にむかって手記の筆を走らせていた。

それは決して、一日を、いや一生を分で刻んで生きている男の、時間表のような日記

ではなかった。この歪んだ天才児の偽らぬ告白だった。

「正午よりクラブ会議――わざと失敗を認めてみせる。三人とも信用した様子。

太平洋戦争で、日本軍部が国民の信頼を失った原因の一つは、誇大な戦果の発表にある。敗戦はできるだけ早期に認めることが、この戦いの教訓の一つ。

わが本来の目的は、大衆資金の獲得による乾坤一擲《けんこんいってき》の大勝負である。ただ、その日のために、できるだけ腹心の部下を養うことが必要――。三人が三人ずつの同志を作れば鼠算《ねずみざん》で大衆が獲得できる。

隅田理論はただ理論――。同志を獲得するための看板にすぎないのだが、この敗戦で合理主義者と化した青年層の心は、完璧《かんぺき》な理論をもってしなければひきつけることがむずかしい。

鶴岡に洗礼をさずけてやる。さだめて満足したであろう。

定子　3　帰宅後　恵美子　2

体力にはまだ十分の余裕がある。

くだらん女とは別れてしまえと人は言うだろう。しかし女一人を手にいれ、自分を愛させることが、いかに困難かを思えば、そう捨てるわけにはゆかないのだ。いったん別れて、またほしくなったとき、別れた女にくっつくのは、ほとんど不可能だ。

九月には二十七科目に優をとること。

高等試験に、行政・司法ともに、優秀な成績で合格すること。

月二十割保証――という企業の実態をいま一度調査すること。

いま、一人、若い女をものにすること」

まるで、精神分裂症の患者を思わせるような、とりとめなく前後する記録だった。学問への興味と、黄金に対する野心と異常なくらいの性欲が、彼の頭の中には、同時に、たがい違いにひらめくのだろう。あれほど理路整然たる金儲けの体系を立てながら、しかし、ひとりになったときには、自分でそれを軽蔑する。

娼婦と娘に、それぞれの相手役を、同じ日のうちにつとめ分けてみせる。

それが、この天才の本領だった。仮面をぬいだ姿だった。

「女はただの道具にすぎない。道具は多いに越したことはない」

と、ノートに書きこんで、彼ははげしく咳きこんだ。ようやく咳がとまってから、彼はハンカチについた血のあとを、科学者のように冷たい眼で見つめた。

「あと何分生きられるか――。急がねばならない」

それがその日の記録の最後の文章だった。

株から金融へ、その実践方針を切りかえた隅田光一の着眼は、いちおう正しかったように見えた。

四月にはいってから、株価は低迷期にはいって大きな動きも見せず、銘柄によっては、かえって相当の反落を示すようになってきた。

それに対して、金融のほうは、クラブ員四人が研究すればするほど、有望なように思われた。

光一は危険を感じて、物資の取引には直接手を出すことは避けたが、実際問題として、この時代は終戦直後ほどではないとしても、闇物資のブローカーが、いちばん手軽で有利な商売だということは定評があった。

たとえば、九鬼善司が四月の中旬につかんできた情報には、こんなものがある。

兜町《かぶとちょう》でも一流の名門といわれるある証券会社が、全国の支店長会議を開いたとき、その席上での議題はすべて、どんな物資がどこにどれだけあるか、それをひき出す方法はないかということに終始したというのだった。

最後には、たまりかねたある硬骨な支店長が憤然として立ち上がって、

「わが社はいったい今後、商事会社に看板を塗りかえるつもりか？　もし、それならば、まず定款《ていかん》を改正し、天下に態度を明らかにしてからにしていただきたい。われわれはい

ま、このような困難な時代には、どうすれば株の売買が円滑に行なえるか、どうすればお客を一人でもひきつけられるかを相談に集まってきたつもりだが、もし闇ブローカーになり下がれと言われるならば、私は即座に辞表を提出する」

という堂々たる正論を吐き、社長以下一同を沈黙させたというのだった。

今日では四大証券の一つに数えられている大会社の首脳部でさえ、真剣にこういうことを考えた時代だった。徒手空拳《としゅくうけん》一攫万金《いっかくまんきん》を夢みる人びとが、物資のブローカーを最善の道と考えたことにはなんのふしぎもなかった。

たしかに、それがうまくゆけば、ある品物を右から左へ動かすだけで、莫大な利益をあげることはそれほど困難ではなかった。

ただ、まったくの徒手空拳では、闇取引の性質上、商機を逃す恐れがあった。そのためには短期の見せ金が必要だった。品物を右から左へ動かす間だけ、その金を寝かせておけば、莫大な利益が保証されたのである。

もちろん、そういう性質の資金が、こういう混乱の時代に、正常の金融機関から借り出せるわけはなかった。闇取引には闇金融、そして闇金利がつきものだった。

トイチ——十日に一割とか、トサン——十日に三割というような金利は、ふつうになっていた。そして、それでも必要な資金は満たしきれなかった。

「絶対確実、有利利殖法あり、月一割保証」

というような三行広告が、新聞にずらりとならびだしたのも、このころからのことである。たとえ、出資者に、月一割の利息を払っても、ブローカーたちにトイチの利子で貸し付け、元利が無事に回収できれば、月に二割の儲けになるのだ。

たしかに、これがうまくいくなら、これ以上有利迅速な金儲けの方法は考えられないくらいだった。光一の次々に持ち出した資料を三人が一カ月かかって吟味検討したところによっても、満二年もすれば、隅田理論を遂行《すいこう》し、四人が億という金を握ることは、十分可能性があるように思われたのである。

四人はまず、高円寺のマーケットを借りて事務所に改造した。信用をつけるために、金庫だけは、釣り合いがとれないほど、ばかでかいものを据えつけた。

それと同時に、光一は渡辺《わたなべ》きぬ子という女をつれてきて一同に紹介した。

三十歳ぐらいの太った少し猫背の女だった。戦災にでもあったためか、右の手の甲と額の生えぎわに、かすかな火傷《やけど》のあとがあったが、別にそれほど目立ちもしなかった。

「担保を確実にとるためには、古物もあつかわなくてはいけない。それには、古物商の鑑札をうけなくてはいけないが、われわれは学生だから、ちょっとそれにはさしつかえがあるし、この人にたのもうと思うが、異議はないだろうね？」

三人は顔を見あわせた。さすがに、この半年近くのつきあいで、隅田光一の女癖がわるいことは、七郎だけではなく、木島にも九鬼にもわかっていたのだが、そのことだけで、この指導者を捨て去るにはあまりにもほかの才能が鋭すぎた。

その場では誰も反対する者はなかったが、その後で三人だけになってから、すぐにこの女のことが話題になった。

「わきがの臭いが強そうな女だね」

まず九鬼善司が、うがったような批評をすると木島良助は首をふりながら、

「ふしぎだねえ。隅田が好きになる女は二種類のタイプがあるようだが、それがぜんぜん正反対なんだからねえ。モーパッサンの『脂肪の塊』の娼婦のような肉感的な女と、かたくて知的な令嬢と」

「知っているのか？　そんな肉感的な女を」

なぜか、九鬼善司は顔色をかえてたずねた。

「うん、これは内緒にしてくれと言われているんだが、ここだけの話だから言ってもいいだろう。有楽町の姐御で、血桜の定子とか」

「君！」

九鬼善司はぶるぶるふるえながら、

「君はまさか、その妹分の良子という女と？」

「君もか？」

木島良助は、一瞬呆然としたように問い返したが、次の瞬間には腹をかかえて笑いだしていた。

「そうか、そうだったのか？　それだとすると、君と僕とは、俗にいう兄弟になるわけだな。ははははは、まさかそうとは思わなかったが、何しろ、ああいう商売女のことだ。おたがいに女房を寝取ったわけでもないんだから、ここは恨みっこなしにしようぜ」

「しかし、隅田も人がわるすぎる」

たしかに正面切って喧嘩をする問題ではないとしても、九鬼善司は、まだ気持ちが割りきれていないようだった。今度は七郎のほうにむかって、

「鶴岡、君はどうなんだ？」

「実は……僕もだ」

このおどろくべき真相には、七郎も唖然《あぜん》としたのだが、いまさら一人でかくしているわけにもいかなかった。冷や汗を流しながら答えると、九鬼善司もやっと納得がいったように笑った。

「はははは、これではしかたがないな。彼のすることは公平だよ。分配率が四割から五

割になっただけの話だ。彼が一人で女が一人、われわれが三人あわせて一人――むこうの女の五分の一は、われわれ三人が要求する権利があるのかねえ」

木島も九鬼も笑っていた。七郎もしかたなく、声をあわせて笑ったが、彼はこのとき、この天才隅田光一のやり方に、何か空恐ろしいものさえ感じたのだった。


太陽クラブが、正式な金融業者として発足《ほっそく》したのは、五月二十七日のことだった。

正式といっても、もちろん、警察へ届け出たわけではない。あとで警視庁が発表したところによると、この当時、東京にはこういう素人《しろうと》金融業者が、雨後の筍《たけのこ》のように、八千軒あまりも登場したということだが、その中に一つの新顔が加わったというだけだった。

しかし、その前夜発表された隅田光一の指導方針は、さすがに水ぎわだっていた。

「まず第一に各自の責任を分担する必要がある。鶴岡君には貸し付けならびに調査のほうを担当してもらいたい。九鬼君には預かり金を集めるほうの責任を持ってもらいたいのだ。木島君は会計ならびに副責任者として、僕が不在の場合には、クラブの責任を持ってもらいたい。渡辺君は出納《すいとう》ならびに担保物件保管の責任を持ってもらう。この部署には、異存はないだろうね？」

この言葉に、七郎は内心ぎくりとしたのだった。仕事の分担そのものには、決して異存はなかったが、副社長ともいうべき椅子には、いままでの交際の長さと深さからいって、とうぜん彼がつけるものだろうと予期していたのだ。それを木島良助にうばわれては、決して快くはなかったが、隅田光一の毅然たる態度には、不平を言いだすこともできなかった。

しかし、彼は後日、その人事の真相を光一の手記の中から発見したときには、さすがに愕然《がくぜん》としたのだった。

光一は、彼ら三人の男性的能力の強弱を良子という女を通じて探っていたのである。その結果、最も強烈な性欲の持ち主だった木島良助が副社長の位置に選ばれたのだ。一人の女を、三人の同志の恋人にしたということにも、ここまで緻密な目的がひそんでいたのである……。

「この事務所の権利ならびに整備には、八万の金がかかっている。ちょうど三越の儲けに匹敵する金額だが、出資金の二十万円はまだ手つかずに残っている。この半分の十万を、広告の費用につぎこむのだ。そうすれば、必ず百万の金が集まる。その二割をまた広告につぎこんで、だんだん預金をふやしてゆき、来年早々には都心へ進出する」

大胆な作戦には違いないが、二割といってもトイチにまわせれば、二十日分の利子なのだ。あえて反対をとなえることもなかった。

「金を集めるには、なんといっても信用が第一だ。そのためには、卒業までは、事務所ではぜったいに制服で通すことだ。学士さまなら娘をやろうかという時代は遠いむかしのことだが、まだ東大の角帽というものに対する信頼は漠然たるものにしても、社会のいたるところに残っている。この信用を利用しないという手はない。われわれが、背広を着こんでしまった日には、何千人かいるといわれる町の金融業者たちとぜんぜん変わったところはないが、東大生たちが制服制帽で、金融をはじめたということになれば、黙っていても、必ず人が話題にしてくれる。そうなったときにまず問題になるのは僕の成績だが、この点に関するかぎりは、諸君の誰もが認めるように、なに一つ非の打ちどころがないだろう」

光一は自信満々たる態度で、一同の顔を見まわした。

「金を預けるお客には、学生だからかたくやっている——ということを、口ぐせのように言い聞かせるのだ。間貫一《はざまかんいち》とかシャイロックのような冷酷さはぜんぜん表に出してはいけない。たとえ、元金には手をつけても毎月の利子だけはきちんきちんと払うのだ。口ぐせのように、何気なく、

——元金はお持ち帰りになりますか？

と聞くのだよ。まず、百人中九十九人までは、元金を返してくれ、とは言うまいね。人間というものはばかなものだ。ことに物欲に眼がくらんでいるときには一寸先も見えないものさ。まあ金庫の中には、百円札の形に切った紙きれを百枚ずつたばにして、無造作にほうりこんでおくのだね。いちばん上と下には本物の札を入れておかなければ格好がつかないが……。そうして、ときどきわざとらしくない程度に金庫をあけたりしめたりして、このたばを出し入れするのだね。お客が錯覚をおこすのはむこうの勝手だ。どういう見地から考えても通貨偽造行使罪は成立しないのだよ」

実に周到な演出だった。彼の天才といわれる所以《ゆえん》は、ただ数字的な理論体系にばかりでなく、人間性への見通しにも、はっきりあらわれていたのだった。

「僕の唯一の信条は、国際法の中にある、

『合意の契約は完全に履行《りこう》さるべし』

という一語につきる。これを、このクラブの標語にしてもらいたい。これがぜったいの信用を生むのだ。そして、金融の道で成功するためには、信用が、最大の資本なのだよ。必ず、太陽クラブの信条が、全日本を風靡《ふうび》する日は近い将来にやってくる。そのときこそ、われらの輝ける勝利の日だ」

隅田光一の弁舌には、たしかに、人を酔わせる力があった。かつて、ヒットラーの前に出る人間は、たとえ悪感情を抱いていても、その眼と弁舌とに魅了されて、たちまち熱烈な崇拝者にかわってしまったといわれているが、光一もそれによく似た力を持っていたのだ。それは狂った天才だけが発揮できる強烈な放射能のような力かもしれなかった。

杯がくばられ、お神酒《みき》がつがれた。

「それでは、われわれの前途のために乾杯」

だが乾杯が終わったとき、九鬼善司は思い出したように言った。

「明日はたしか海軍記念日だったな？」

「そうだ。旗艦三笠《みかさ》はいまでこそ、横須賀につながれたまま、ダンスホールになり下がったが、日本海の海戦は世界の戦史にまたとない完全な撃滅戦だ。僕も東郷元帥《とうごうげんすい》にあやかるために、この日を、活動開始の日に選んだのさ」

「すると、Z旗があがったわけだな。〝皇国の興廃この一戦にあり、各員一層奮励努力せよ〟」

木島は何気なく言ったつもりだろうが、七郎はこの言葉を聞いたとき、なにか不吉な予感を感じた。

たしかに運命のZ旗は、日本海海戦にも真珠湾海戦にもひるがえった。だが、それはミッドウェイの海戦にもレイテ湾の海戦にも、同じようにかかげられたはずなのだ。

自分たちが東郷艦隊として凱旋《がいせん》できるか、栗田《くりた》艦隊として敗走するか、それは誰にも予想のできることではなかった。

心の不安をまぎらわせるため、七郎はむりやり酒をあおりつづけた。

発足後の営業成績は、まず順調だった。

もちろん、最初から百万とまとまった金が集まるわけはなかったが、金を預けにくる客もその金額も一日一日とふえはじめた。

隅田光一はたしかに名演出家であり天性の名優だった。彼に会い、その話を聞いたお客は、ほとんど一人の例外もなく、虎の子の金を預けて、安心したような表情で帰っていった。

ただ、十日目には、彼らをひやりとさせるような事件がおこった。
五十三、四の男が眼を血走らせ、怒ったような足どりで事務所へやってきたのだ。洋服も着くずれているものの高級品の名残りがあり、容貌もどこかに学者らしい風格があった。
「隅田君はいるかね？」

せまい事務所を見まわしてたずねた。

「はい、いま昼食に出ておりますが、すぐ帰ってまいります。お預けでいらっしゃいますか？」

七郎はていねいにたずねたが、相手は、憤然としたように首をふった。

「違う」

「それでは貸し付けのご依頼ですか？」

「違う。ここで待たしてもらう」

この横柄《おうへい》な態度から、七郎は、この男が光一のむかしの先生ではないかと思った。光一はまもなく帰ってきたが、この男はすぐその前に立ちはだかった。

「隅田君だね？」

「そうです。あなたは？」

「山川省吾《やまかわしょうご》――恵美子の父だ」

七郎もそのときはぎくりとした。渡辺きぬ子があらわれる前後から、光一と恵美子の間がうまくいっていないらしいことは、彼らもうすうす気がついていたのだ。

「ああ、そうでしたか？」

光一は別に顔色もかえなかった。

「お話は、ここでうかがいましょうか？　それとも、よそで？」

「ここでいい」

二人は奥のデスクをはさんですわったが、たちまち冷たい敵意が流れた。

「君は恵美子をどうするつもりだ？」

「どうすると言われてもしかたがありませんねえ。男女の恋愛は自由です。本人同士の自由な意志によって成立進行すべきものですから、たとえ父親でも、第三者が……」

「何を言う。親には子供の幸福をまもり育ててやる責任があるのだ。いまさら、過ぎたことをとやかく言おうとは思わないが、君は娘と結婚する意志があるのかないのか？」

相手は声をふるわせていたが、光一の態度はいつものように冷静きわまるものだった。

「それは問題が違いましょう。恋愛は恋愛、結婚は結婚、その間には判然たる境界があってしかるべきです。おたがいに自信と愛情がなかったら、少なくとも結婚はすべきでないと思います」

「それでは、君は恵美子をなぐさみものにしたのか？」

「なぐさみもの？　それは古風な表現ですね。新憲法の下では、男女はすべて同じ権利を持っています。愛情のよろこびを楽しんだのは、僕ばかりではなかったのでしょう。ただ、僕のほうが先に愛情がさめただけですよ」

「だが、男と女は違うのだ。現に……」

「さいわい人工流産は、現在の法律では……」

「ばか！　悪魔！」

一瞬後には、席を蹴って立ち上がった山川省吾の掌が光一の頬で鳴っていた。

光一は、ちょっとよろめいて頬をおさえたが、まだ冷静さは失わなかった。

「白昼から、公衆の面前で暴力をふるわれるようなお方とは、もうこれ以上お話もできません、お帰りください」

「帰るなと言われても帰る。貴様は、貴様は小平義雄以上の色魔だ」

山川省吾は、学者らしい激情を爆発させると、全身をがたがたふるわせながらも、後もふり返らずに事務所を出ていった。

「隅田……」

さいわいほかにお客もいなかった。七郎があわててそばへかけよると、光一はかすかな笑いさえ浮かべながら、ゆっくり煙草に火をつけた。

「かまわないとも。おかげで僕の責任はかんたんに解除になったよ。ハル・ノートをつきつけて戦争を挑発したのはこちらかもしれないが、真珠湾で開戦の火蓋《ひぶた》を切ったのはむこうだからね」

虚勢とも見えない。負け惜しみとも思えなかった。すべてを合理主義の見地から割りきって、道徳的な呵責《かしやく》などはぜんぜん感じていないような態度だった。

「それより、鶴岡君、一時半には藤井《ふじい》さんのところの担保物件を調査に行くことになっていたろう。そっちへ行ってくれたまえ」

と言うなり、彼は、デスクの引出しから、ギリシャ語の単語帳をとり出してしらべはじめた。

何事もなかったような冷然たる態度に舌をまいておどろきながら、七郎は黙って事務所を出た。

藤井庄五郎《しようごろう》というのは、鍋屋横丁《なべやよこちよう》のあたりに住んでいるブローカーだった。話によると進駐軍の土産用に日本製の玩具《おもちや》をおさめているというのだが、三十万円の借り入れを申しこんできたのだった。

その家は、小さな工場を改造したものらしく、土間にはまるで問屋のように、商品の玩具が山と積んである。

たか子という十八、九のきれいな娘がいるということは近所で煙草を買いながら聞いてきたのだが、たしかに清純な感じのする健康そうな娘だった。

商品の説明をしているうちに、電話がかかってきて、庄五郎はちょっと座をはずしたが、そのとき、たか子はなんとなく恥ずかしそうにたずねた。

「父は、大変なお方だと、腹の底から感心しておりますけど、いったい、おたくの社長さん、隅田さんというのは、どんなお方でいらっしゃいますの?」

「そうですね。一口に言えば、恐るべき天才ですね」

きょうの光景を思い出しながら、七郎は苦笑いして答えた。

恐るべき天才——。たしかに隅田光一を評する言葉はこの一言につきたろう。だが、この言葉は数年後、東京地方検察庁の検事たちから、七郎自身にあびせられた批評だった。

あらゆる意味で隅田光一を上まわる鶴岡七郎の知能犯的才能は、このときはまだ十分にめざめていなかったのである。

昭和二十三年の後半期も、日本の激動はまだやまなかった。

南朝鮮、北朝鮮の相次ぐ独立、そして後日のあの動乱を予想させる三十八度線での紛争。

中共軍の全満州制圧。

ベルリン封鎖と、一日数千トンの物資を三分に一機ずつの輸送機でピストンのように送りこむ大空輸作戦。

これがふつうの時代なら、大変な話題となりそうな大ニュースも、ニュースの意義をなさなかった。日本人はほとんどすべて日常生活の緊迫にあらゆる注意をうばわれて、海の外へ眼をむける余裕を失っていたのである。

一人一日四本配給される硫黄マッチが五本になったということが、天下の大問題だった。

しかも、新聞の社説には、もし毛利元就《もうりもとなり》がいま生きていたなら、矢をたばねて折って見せるかわりに、硫黄マッチを集めてすって見せたろうという皮肉がのったくらいだった。

「二十世紀の科学の進歩、たった一本で、火のつくマッチあります」

こんな皮肉な広告が、店頭にぶらさげられたのもこの当時のことだった。

戦勝国のアメリカでは超音速機XS—一号が完成され、B三六型爆撃機は、一万五千キロの無着陸飛行に成功したというのに、たった一本で、火のつくマッチにあこがれるのが、敗戦国日本の悲しい現実の姿だった。

五月二十五日、太陽クラブの発足とほとんど同時に開始された昭和電工に対する捜査は、ついに芦田内閣を瓦解《がかい》させた。

最初は、二十九億円に上る復金融資の不正流用と、カーバイトの横流しという経済犯罪にすぎないと見られたこの事件は、栗栖《くるす》経済安定本部長官、西尾前副総理が相ついで逮捕されるに至って、重大な政治問題に進展した。

十月七日、芦田内閣は総辞職を決行し、十月十九日、第二次吉田《よしだ》内閣は成立したが、このときは誰も、この内閣の長命を予想する者はなかった。

芦田前首相の逮捕も時間の問題だといわれる十一月十二日には、東京裁判の最終判決が下された。

広田《ひろた》元首相の絞首刑、重光《しげみつ》、東郷両被告に対する長期禁錮《きんこ》刑——。この三人に対する量刑にはさすがに批判はあったが、東条英機以下の被告に対する判決に対してはとうぜんという声が高かった。

法と政治、そして過去の指導者たちに対する不信の感じが、これほど高まった時代は、明治以来の歴史の中でもほかにはなかったろう。もちろん、終戦末期にも、指導者たちに対する憤りは、国民の一人一人の胸の中に燃えていたには違いないが、それは声とはならないものだった。

こういう大衆の感情を、隅田光一は徹底的に利用した。

「われわれは、日本経済復興のための挺身《ていしん》特攻隊です。いまの政治家たちは、自分の保身と享楽だけをはかる職業軍人のような存在ですが、われわれは学徒動員時代の精神を生かして、ただ敵艦に肉弾体当たりするのです」

人間はすべて、過去もなく、未来もなく、ただ自分たちの一日一日の現在に忙殺されている時代だった。隅田光一の戦争中から戦後にかけての行動が、こういう美辞麗句とはぜんぜん相反するものであったとしても、誰もそこまでは深く掘り下げようともしなかった。

「われわれ学生一人一人は、一本のマッチのように無力な存在でしょう。しかし新聞に出ていた毛利元就のたとえのように、四本まとめてすれば火はつけられるものですよ」

これが、彼のよく好んで使うたとえだった。

「沈んだ太陽はまた昇ります。いまはまだ太陽は地平線の下にかくれていますが、いずれは暁がやってくる。日本人はもう一度自信をとりもどさねばなりません。その光、その熱、太陽は国旗にあらわれているように、日本人の理想でした。その忘れられた理想を一刻も早く日本人の心の中によみがえらせたいというのが、われわれの理想——。このクラブの命名のいわれなのです」

静かに、しかも力づよく、こういう言葉をくり返すときの隅田光一には、若い哲人のような風格さえ感じられた。

彼と五分も話をしているうちに、投資者たちの顔からは不安の影が消えた。

「あなたは信頼できる人です」

「あなたを信用して投資しましょう」

そういうきまり文句をくり返して、投資者たちは、金を預けて帰っていった。しかし、彼らが帰った後で、隅田光一はその金を金庫へ投げこみながら、自嘲のような言葉をくり返していた。

「嘘だ……人間が人間を信用できるなどということは考えられない。やつらが僕を信用するなんて真っ赤な嘘さ。過去の指導者たちに対する幻滅と、利子だけはきちんきちんと払うというごく平凡なやり方が、彼らを自己暗示に追いこんでいるんだよ……」

しかし、異常な時代には異常な作戦が成功するのだ。

彼らの毎月動かす金は一千万の線を越えはじめ、十二月には待望の都心進出が計画されるようになったのである。

八千人といわれる金融業者の中でも、半年にここまでの成功をおさめたものは、ほかにほとんどいなかったろう。

彼らの九割九分までは、異常な社会経済の渦の中に、浮かんでは消え、消えては浮かぶ泡のような存在にすぎなかった。

闇物資の取引は、たしかに成功すれば大変な利益をもたらすが、一面では詐欺にあいやすいという危険をともなっている。たとえ、貸し付けを受けた本人には悪意がなくても、取引の当事者の一人が詐欺にかかれば、それからそれへと将棋倒しの現象がおこって貸金の取り立てが不能になるということは、ざらに見られる現象だった。

こういう闇の金融業者は、こんなショックでまず利子が払えなくなり、たちまち信用を失って、姿を消していったのだ。

たとえ元金に手をつけても、約束の利子だけは必ずきちんと払う。担保物件に対しては、必ず公正証書を作り、返金不能の場合にはすぐに競売処分にする――。ごく平凡な方法だが、この平凡な方法が隅田光一の巧妙な演出、演技と相まって彼らに非凡な成功をもたらしたのだった。

事務所に使用する二階建ての建物も、銀座の松屋裏に見つかった。最初の予定をくりあげて、年内に移転を完了することになったのは、年末の金融逼迫《ひっぱく》を利用して、できるだけかせごうという作戦だった。

クラブ自体も株式会社に改組されて、東都《とうと》金融という名前にかわった。

「集める金は大衆から少額ずつでもいいけれども、貸し付けはできるだけ大口にしたほうがいいからね。今度は会社筋を狙うのだよ。君の役目はいちばん重大になったわけだ。

君を副社長というような、肩書だけ偉そうなポストにつけず、自由な立場で行動してもらおうと思った僕の気持ちはわかってくれるだろうね？」

光一は、七郎をかつ慰め、かつ励ますように言ったものだった。たとえ、多少の不満は抱いていても、彼に会って、話を聞いているうちにはなんとも言えなくなるのが、光一の持っているふしぎな力の影響だった。

新たに、男五名、女四名の社員が募集された。藤井たか子もその応募者の中にはいっていた。

七郎はむりを言って、たか子を会社へ入社させたが、面接試験が終わったあとで、光一は平気な顔で言いだした。

「藤井たか子——。この女は君に配給するよ。スタンプをおしてやりたまえ」

「どうしてだ」

七郎はむきになってたずねたが、光一は眉毛一筋動かさなかった。

「これからのわれわれの事業は、特に機密を要することが多くなると思うよ。ところが、女は、口のかるいものだ。たとえ月給を払って、いちおう生活を保証してやっても、それだけでは信用できるものではない。ただ、肉体を征服すれば、必ず魂もささげてくる。女を自由自在に、手足のようにあやつる方法はそれしかない。これは古今東西の歴史が証明するところだ」

「だが……、結婚してと言われたらどうするのだ？」

同じ戦後派の青年に違いはなかったが、七郎はまだ、光一ほど女に対して割りきった観念を持ってはいなかった。良心的な反発をちょっと口に出すと、光一はその小心さを軽蔑するように唇を曲げて笑った。

「何も遠慮することはないさ。今度の戦争で少なくとも男は九十万人ぐらい、女より多く死んでいるはずだ。ところが戦争中に徴兵検査をうけた壮丁の数は、毎年約六十万人だった。ということは、一年半分――九十万人の結婚適齢期の女たちが、未来の配偶者を事前に失ってしまったということになるのだよ」

「それが？」

「わからないのかね？　一夫一婦という形式は男と女の数が、ほぼ同じという条件のもとで初めて成立するものだよ。何かの拍子で、このバランスが破れれば、一夫二妻になったとしても、二夫一妻になったとしても、決しておかしいことはないのだ。性に対する欲望は、男にも女にも、形式的な道徳律以前の存在なのだよ。だから、われわれのように若く、経済的にも余裕のある男性は、バランスのとれない女性予備軍から特配をうける権利がある――。いや彼女たちの満たされない性欲を満足させてやる義務があると言ったほうがよかろうかねえ」

実に恐るべき詭弁《きべん》だった。理論的には一分一厘の隙《すき》もないようでいて、しかも何か、ふとい心棒が一本ぬけている感じだが、それも隅田光一の持っている女性観からいえば、まだ控え目の表現かもしれなかった。

「僕には、そんなまねはできないなあ。そんなことになると思ったら、あの人をこの会社に入れるんじゃなかったなあ」

「惚れているのか？　本心から」

光一の冷笑はいよいよ激しくなってきた。

「そうか？　僕はもう、とっくに手付けぐらいは渡しているかと思ったよ。まあ、いい、君の好きなようにするさ」

こういうことがあってから、七郎はたか子に妙にこだわりだした。

まだ正式に就職が決定しないうちに、やめてもらおうかと思って、その家を訪ねていってみたのだが、父と娘が手ばなしで喜んでいるのを見ると、さすがにそれも言いだせなかった。

「鶴岡さん、そろそろ闇も危なく、むずかしくなってきましてな」

庄五郎は彼をつかまえて愚痴のように言った。わずかの間に、背が曲がり、白髪《しらが》もめだってきたようだった。

　七郎はじっと眼をつぶった。進駐軍相手の商売とは表むきで、その実、彼はブローカーだった。この間も、くわしい調査で、そのことはわかったのだが、彼は光一にも内緒で、要求どおりの金を貸したのだ。

「でも、さいわいに二百万ぐらいの金が残りました。このうち、百万で家をたて、あと百万をおたくに投資しようと思いますが、どうでしょう？　毎月十万の配当に、娘が月給をもらえるなら、私のような年寄りとしては、もう言うところもないんですがねえ」

　すがりつくような弱々しい眼で庄五郎は七郎を見つめて聞いた。

　思わず眼をそらしたくなるような気がしたが、まさか、自分の会社がどうなるかわからない、と言えるものではなかった。

「ここしばらく、少なくとも日本の経済が常道に復するまでは、金融の仕事は大丈夫だと思いますよ。闇物資の取引ということは、もうまもなく、なくなってしまうでしょうが、おかしなことには、戦争中の物資調整法や、融資準則がまだ生きているんです。ですから、銀行のほうではなかなか、事業会社に金が貸し出せないのです。ところが、一方では労働攻勢もますます激しくなっているでしょう。ですから、来月の十五日には金がはいるとわかっていても、月給日になったら高利貸から金を借りても払わないわけにはいかない……、そこが会社の重役の泣きどころだし、われわれの商売の狙いですね。これは法律的にも、なんの問題もありません。たとえ、警視庁が眼を四角にしても、事業会社をつぶすわけにはいきませんからね。まあ、私立の銀行、とでも言いましょうか。絶対安全、有利確実な事業ですよ」

誰にもくり返すとおりのせりふを、彼はゆっくり話しつづけた。回を重ねるにしたがって、この理論は、もう彼自身のものとなっていた。

「なるほど、頭もよく、学問もおありになる人たちのお考えになることは違いますなあ」

庄五郎の声には、心からの感嘆のひびきがあるだけだった。

新会社が発足した十二月一日からは、預金も貸し出しも飛躍的にふえはじめた。場所と、株式会社という看板と、これまで一度も利子のことで問題をおこしたことがないという信用が、この学生たちの団体を、一躍、こういう業者間では一流の存在にのしあげさせたのだ。

隅田光一は、浅草の近くに、小さいけれどもきれいな新築の家を買いとった。

「社長ともなれば、場合によっては、家へお客を呼んでもてなさなければいけないこともあるからね。まあ、来年中には君たち全部に社宅がゆきわたるようにするけれども、辛抱してくれたまえ」

重役会議の席上で、光一はさすがに弁解するように言った。

木島良助も、九鬼善司も、そのときは、なんとも言わなかったが、その眼にはなんとなく危険な色が感じられた。

しかし、それから十日後の十二月二十日に、夜おそく下宿へ帰ってきた七郎は、女のお客が待っていると聞かされてびっくりした。

ひょっとしたら、たか子が来ているのかと、かすかな望みをいだきながら、襖をあけて彼は幽霊に会ったような肌寒さを感じた。

渡辺きぬ子だった。

もともと、いくらか猫背のこの女は、いつもよりずっと背中が曲がって見える。肉のあつい肩は、いつもはもっと官能的に見えるのだが、きょうはその後ろ姿もずっとさびしく、大きな野良猫のような感じがした。

「おじゃましております」

ふり返って、きぬ子はむりに微笑を作った。

「かまいませんが、寒かったでしょう」

火の消えた火鉢を見つめて、七郎は生唾をのんだ。炭とりもすぐそばにおいてあるのに、きぬ子は女らしい心づかいも忘れていたようだった。ほとんど白くなりかけた炭火の灰が、この女の心のいまの冷たさと寂しさを連想させた。

「ちょっと待ってください。いまかたづけます」

きぬ子の用件はわかっていたが、それに直面するまでに心の準備がほしかった。ゆっくりとオーバーをぬぎ、炭を火鉢につぎながら、七郎はこの女をどうなぐさめたらいいかと思案しつづけた。

きぬ子の身の上話は、彼も前に聞かされたことがある。

女学校を出ると同時に結婚して、いまでは十一と十二になる子供があるはずだが、薬剤師で小さな薬品工場を経営していた夫は、三月十日の空襲で爆死し、後には一物も残さなかったということだった。

きぬ子はそれから、弟の経営している小さな会社に就職し、女の細腕一つで子供を養い一人前に育てあげようとしていたのだが、いつからか、その前にあらわれた光一は、その人生の道をがらりと変えてしまったのだ。

その年増女らしい情炎のすごさは、七郎もいつか光一の口から聞かされたことがある。ひさしく孤閨《こけい》をかこっていたその肉体は、実際よりも十も若く、彼自身もてあますほどだと言っていたが、同じようなタイプで、きぬ子よりは十も若い杉浦珠枝《すぎうらたまえ》という女が今度社長秘書として会社で働くようになっては、きぬ子の運命は火を見るよりも明らかだった。

実際、銀座進出がはっきり具体化してからは、きぬ子のほうは、高円寺の事務所にはぜんぜん姿を見せなくなったのだ。誰も事の成り行きを察して、渡辺さんはどうしましたとたずねる者もなかったが、隅田光一はその先手を打つようにずばりと言いわたした。

「渡辺さんには、もうやめてもらうことにしたよ。ここまでくれば、古物商の鑑札がなくてもやっていけるし、これ以上あの人につとめてもらっては、会社の秩序が乱れるからね……」

それから、きぬ子が二号のような形で東中野《ひがしなかの》駅の近くのどこかの二階に住んでいるという話は聞いたことがあるが、こうして顔をあわせるのは、それ以来今度が初めてだった。

「鶴岡さん」

七郎が炭をついでいる間に、きぬ子は眼をすえて話しかけてきた。

「あの人はいまどうしています？」

「何しろ暮れで、どこも金ぐりが忙しいものですから……。ことに、会社は創立早々でしょう、徹夜ということはないにしても毎晩毎晩、取引先との交渉で大変なんですよ。僕にしたって、きょうはこれでも、帰りが早かったほうなんです」

それは、決して嘘ではなかったが、きぬ子はぴしゃりと言葉をはさんで、彼によけいなことは語らせなかった。

「でも、あの人、浅草あたりに家を買ったということじゃありませんか？　そっちには誰か、ほかの女を住まわせておいて、会社では杉浦珠枝とかいう女を秘書にして、ものにしてしまったそうじゃありませんか？」

女の本能というものは、七郎にしても、たしかに鋭いものなのだ。誰から、どうして秘密を聞き出したのかはしれないが、この話は嘘だと言いきることはできなかった。

「さあ、そんなことがあったのですか？　これは初耳でしたねえ。なにしろ、大口の金を貸し付けるようになってくると、相当の会社の重役でも、眼の色を変えて、頭をさげてくるご時世です。現に僕なども、よく待合なんかでご馳走になりますし、酔いつぶれれば、そのまま泊まってしまうこともありますが、社長などは、それが毎晩のことですし、そんな話がいつのまにか、あやまって伝わったんじゃありませんか？」

たとえ相手が信用してくれようがくれまいが、さしあたりは、こういうことでも言ってごまかすしか方法がなかった。

「それに杉浦さんにしても、まだ入社してまもないことだし、そんなひまなんか……」

「違います。あの人は、いったんこうと思いこんだら、どんなに忙しくたって、必ずやってのける人です。あの人の頭の神経は、どこかで眼に見えないストップ・ウオッチにつながっているのですわ」

うまいたとえだと感心しているひまもなかった。それからは、いかにも女らしいくりごとが一時間余りもつづいた。

前には男まさりの気丈な女だと思っていたが、いまでは平凡なかよわい女でしかなかった。気のせいか、前には首すじや腕にも産毛《うぶげ》のようなものが残っていたように見えたが、いまは肌もすべすべして完全な女になっているようだった。

だが、それだけに嫉妬も執念もすさまじかった。ぜひ、もう一度だけでも会わしてほしい。会ってじっくり気持ちを聞けば、まだあきらめようもあるというのだが、七郎には、そういう努力をしてみたところで、いったん離れた光一の心をとり返すことは不可能だと思われた。

だが、いつまでもこんな話をしていてもきりはなかった。終電車の時刻も迫ってきたし、きぬ子をこの部屋へ泊めるわけにもいかなかった。

三、四日中には、必ずそういうチャンスを作ってあげるから——、と言いきかせると、七郎はきぬ子を電車の駅まで送ってやり、帰ってきて溜息をつきながら、やっと新聞をとりあげた。

けさは寝坊をして、あわててとび出したために、まだ朝刊に眼を通してもいなかったのだが、それをひろげてぎくりとしたのは、南京《ナンキン》の断末魔の 形相《ぎょうそう》だった。中共軍が北京《ペキン》に無血入城してから、中国国民党は完全に分裂したらしい。孫科《そんか》行政院長は病気と称して、上海《シャンハイ》の自宅にとじこもり、中国はいま無政府状態にはいっているらしい。

蔣介石《しょうかいせき》総統の下野《げや》外遊以外には、中共との平和の道、ひいては国家を救う道はないと、国民党の幹部さえ公言しているというのだ。蔣介石が八年にわたる日本への抗戦に成功して、南京へ遷都して救国の英雄とうたわれてからわずか三年――。それは短い勝利にすぎなかった。

自分たちもさいわい、いまは異常な情勢にめぐまれて勝利の道を歩んでいるが、どうすればこの勝利を永続させられるかと考えると、七郎はその晩、なかなか寝つけなかった。

昭和二十三年は、まだ内外の混乱がおさまらないうちにあわただしく終わっていった。

十二月二十三日の午前零時からは、東条英機以下七人の戦犯に対して絞首刑が執行されたが、それに先だって、戦時中海軍報道課長として美辞麗句にかざられた大演説に、国民の人気の焦点となっていた平出英夫《ひらいでひでお》元少将が脳溢血で死亡したという記事が出ていたのも、皮肉な運命のいたずらと思われた。

A級戦犯容疑者として巣鴨《すがも》プリズンに監禁されていた岸信介《きしのぶすけ》たち十九名には釈放の命令が下された。このことの当否は別として、日本人全体の心に、戦争は終わったのだ――、という実感が生まれだしたのはこのころからのことだった。

太陽クラブの忘年会は、光一の新居で二十四日に行なわれたが、酒の前にはやはり戦犯の処刑のことが話題となった。

「ニュース映画で、ムッソリーニがさかさづりになった場面を見たときには、僕もぞっとしたが、東条もみっともない最期をとげたものだ。それにくらべれば業火につつまれたベルリンの総統官邸で、愛人といっしょに自殺したヒットラーの死に方が、いちばん劇的で英雄的だったかもしれないなあ」

木島良助はなんの気なしに言ったのだろうが、九鬼善司はとたんにその言葉をおさえて、

「でもヒットラーの最期もやっぱりみじめだったらしいよ。睡眠時間を極度にきりつめ

て、一個大隊の動きまで全戦線の動きを一人で指導するというのはやはり人間の力の限界を越えていたんじゃないのかな。それに侍医の調合する薬がインチキだったものだから、しまいには脳をおかされてしまって、半狂乱の人間になっていたらしいよ。なんでも総統官邸の地下室では、子供みたいに、菓子ばっかり食べていたらしいが、そのパン屑《くず》が例の髭《ひげ》にいつまでもくっついていたそうだ。これがふつうの人間なら吹き出したくなるところだろうが、かつては世界の征服を夢に見て全ヨーロッパをふるえあがらせた英雄の末路にしてはねえ……。もし、そのあたりの様子が映画にでも残っていたら、僕などはムッソリーニの最期よりも恐ろしく思ったかもしれないよ」

黙ってこの話を聞いていた鶴岡七郎は、ちょっとぎくりとした。九鬼はどういうつもりで、ヒットラーの話を持ち出したのかしれないが、これはそのまま、いまの光一にあてはまる言葉ではないかと感じたのだった。

この一年の間に、彼は光一という人間を徹底的に研究していた。そしてこの天才にも、致命的ないくつかの欠点があることを発見していた。

第一は彼の女性、ひいては人間に対する蔑視だった。もちろん頭の鋭い人間はどうしてもほかの人間をばかだと思いがちなものだし、またふつうの浮気ぐらいなら、青年にありがちな欠点として、深くとがめることもできないが、女性はただの道具であって、人間ではないという考え方には、どうしてもついていけなかった。

その二重性格はお客に対する態度にもよくあらわれていた。お客を前にしているときには寸分の隙もない模範的な秀才をよそおっているが、かげでは、

「こういうむく鳥が大勢いるおかげで、われわれは楽ができるんだよ。まあ、日本の大衆ほど、無知で愚かで無気力なものはないね。イタリアだったら、東条などは進駐軍の手にかかる前に私刑《リンチ》でなぶり殺しだったよ」

などと平気で放言している。それだけではなく、自分たち三人に対する態度にも、同志として見ているのか、愚かな大衆の代表者として見ているのか、わからなくなることも、ときどきあったのだ。

第二の欠点はその移り気だった。その着眼はたしかに天才的に鋭いが、その狙いを持続する耐久力はぜんぜん欠けている。

たとえば株でもそうだった。この八月に底をついた株価は、それから数カ月の間に眼を見はるほどの暴騰ぶりだった。日本石油、王子製紙など十倍になったのは特別な例としても、数倍に値上がりした銘柄は少なくない。

もし光一が四月にせっかく企てたあの作戦を打ちきらなければ、銘柄をうまく選んでのりかえてゆくことによって、隅田理論の十勝や十五勝はとうぜん達成できたはずなの

だ。

金融というのは、もともと自分が持ち出した案なのだし、経済変動の成り行きは、ふつうの人間には予測も困難なことだから、このことだけでは彼をとがめるわけにはいかなかったが、この指導者の耐久力の弱さは、将来なにかの形で大破局を生じそうな気がしてしかたがなかったのである。

第三に、七郎が最近恐れているものは光一の頭の乱れだった。おそらく乱淫と酒の影響だろうが、光一にはかつての頭の切れ味が失われてきたようだった。

ごくかんたんな利率の計算を間違えることさえおこってきた。つまらないことを度忘れすることもよくあった。そういうときは、

「僕もぼけたな、寝不足のせいかもしれないよ」

と笑ってごまかしてはいるのだが、眼の色も最近はどんより重く曇って力を失っている。その笑いもかわいて空《うつ》ろな響きがした。

知力だけで世界を征服しようという人間が知力に狂いを生じたときほど恐ろしいことはない。これはそのまま、太陽クラブの将来に暗い影響を投げかける凶兆だった。

七郎がこんなことを思い浮かべている間に、光一は怒ったように言葉をつづけていた。

「東条に僕が感謝していることは前にも言ったが、ある意味では軽蔑に値する男だね。

戦争中に明治天皇のむこうをはって、戦陣訓など出したのはまだいいとして、『生キテ虜囚《リョシュウ》ノ辱《ハズカ》シメヲ受クルナカレ』という金言をみごとにふみにじったのは彼自身じゃないか。生きていて開戦当時の日本の立場を堂々と世界に声明するつもりなら、へたなところでピストルなどうたなければいい。ほんとうに自殺するつもりなら、頭をうちぬいても、青酸カリを飲んでもずっと確実に死ねるはずだ。はははは、僕ならかりに自殺するとしてもあんなぶざまな死に方はしないよ。その点、近衛《このえ》公爵のほうがはるかにりっぱだったねえ。最後のどたん場へ追いつめられて、死神と直面しなければならなくなったときには、ふだん弱いと思われている人間のほうが、はるかに勇気を見せるものさ。ははははは」

七郎はとたんに妙な悪寒《おかん》を感じた。この笑いはむしろ狂笑と呼びたいようなものだった。言葉そのものにも鬼気があったが、そのときの光一の表情は、現在この瞬間に死と直面しているようにこわばっていた。

四人とも、後はそのまま黙りこんだ。しばらくして、木島はとってつけたようなエロ話など持ち出したが、誰も笑いはしなかった。

それでも酒がまわりだすと、この場はどうにかにぎやかになった。

どこからどうして捜してきたのか、光一がこの家に住まわせている島浦三枝子《しまうらみえこ》という女は、むかしある伯爵が赤坂の芸者に生ませた落としだねだということだった。

そう言われてみれば、この女には、美貌と若さの魅力だけではなく、ふしぎなくらいの気品があった。この戦争のおかげでむかしの上流階級も、斜陽族といわれるまでになり下がってしまったが、三枝子はこのまま、どこの令夫人におさまってもつとまりそうな感じだった。

そのうえに、母親の血筋のせいか、客あしらいもうまかった。ついでくれる酒をうけながら、七郎もようやく心の安まる思いがした。

この女性なら光一の配偶者としては過ぎた相手といってもよかった。最後にこれだけの女性を捜しあてられれば、彼の執拗な女あさりも必ずしもむだとはいえなかったし、ここで光一が平和な家庭生活をいとなむようになってくれれば、その精神も以前の健全さをとりもどし、事業のほうにもいい影響があるだろうと考えたのである。

だが、その安心も、ほんのつかのまのことにすぎなかった。

玄関のベルが鳴り、女中が取り次ぎに出たようだったが、その次の瞬間には、血相をかえた渡辺きぬ子が、女中をおしのけるようにしてこの部屋へとびこんできたのだ。

光一は顔色を変えて杯をおとした。木島も九鬼も三枝子も、石となったように体をこわばらせたが、きぬ子は一同を見わたして嘲《あざけ》るように言った。

「きょうは忘年会なんでしょう。わたしも今年はさんざんこき使われたんだもの。この会に出席する権利はあるわねえ」

「渡辺君、君はいったいどうしたんだ？」

三枝子の手前をつくろおうとしてか、光一は平然とたしなめるように言ったが、きぬ子は三枝子を見つめながら、その言葉をはね返すように、

「これがあなたの新しいお妾《めかけ》？」

たとえ、裏ではその立場にがまんしていたとしても、女にとっては、こういう言葉を面とむかってたたきつけられるほどの痛手はない。三枝子は電流にでもうたれたように大きく全身を痙攣させ、テーブルのはしを両手でぐっとおさえていた。

「渡辺君、君はいったい、なんというまねを！」

「お体裁をつくろうのはよしてちょうだい。女はあんたにとっては、みんな便利な道具なんでしょう」

見たところ、酒もはいっているようだが、きぬ子の言葉は鋭かった。

その態度から推察しても、この女はすべてをあきらめたに違いない。ああして自分の下宿へ訪ねてきてから、まだ四日しかたっていないが、その心境には、なにか重大な変

化がおこったに違いない。おそらくあれから、光一と二人でどこかで会って、完全に愛想をつかし、こうしてその幸福を破壊してやろうと、捨て身の作戦に出てきたに違いないのだ。

七郎は一瞬にそう感じたが、その間をとりなしてやる余裕もなかった。

「あなたが書いた手紙があるわ。これ読んで、みなさんに聞いてもらいましょうか。――十一時故郷の家へ帰った僕は寝苦しくうつらうつらしているうちに、何度もあなたの夢を見ました。かわいいえくぼ、ふっくらした乳房、健康そうに日やけした肩や腕などが、ちらちらと眼の前に……」

「やめろ!」

光一は青筋をたててどなった。

「そんな手紙なんかおぼえはない。きっと筆跡も違うだろう。誰かの創作なんだろう」

「創作だということは、ちゃんとあなたの手帳に書いてあったわ。――この手紙は私の創作である。別にこんな夢を見たわけでもなく、寂しさを感じたわけでもないが、こういう文句をならべなければ、ラブレターにならないからだ……」

「見たのか。僕のノートを見たのか?」

光一は真っ赤になっていた。日ごろは血の気もないほど蒼白く見えるその顔も、いまは怒りのために赤鬼のようになっていた。

「見たわよ。人に見られて悪かったらどうしてあんなことを書くのよ」

きぬ子は、勝ちほこったように一同の顔を見まわして言葉をつづけた。

「とにかく、こんな偽善者は、こんな詐欺師はほかにはないわ。この人が、自分のノートの中にどういうことを書いているか——、それを読んだら、みなさんだって、びっくりするに違いないわ。唾でも吐きかけてやりたくなるでしょうよ」

と言ったとき、きぬ子は、顔をおさえてよろめいた。光一の手から杯がその眼のあたりへ飛んだのだ。

「君たち、何をしているんだ。この女を外へつき出したまえ！」

九鬼善司はやっと腹をきめたように立ち上がった。そして、きぬ子の肩をたたくと、

「渡辺さん。あなたのお気持ちはよくわかりますけれども、いまここで、そんな話をなすってもどうにもならないじゃありませんか。とにかく、僕といっしょにどこかへ行きましょう。そこでゆっくり、あなたのお話をうかがいますから」

と、なだめすかし、ほとんど、むりやりにきぬ子を外へつれ出した。

しかし、招かれざる客は去っても、後へ残した影響はどうにも、とりかえしがつかなかった。光一は眼をすえて、コップに酒をつぎ、一人で二、三杯あおったが、それまで

唇をかみながらうつむいていた三枝子は、ようやく腹をきめたように、光一の前にぴったりすわって言った。

「あなた、いまの女の人のお話はほんとうなんですの？」

七郎と良助は顔を見あわせた。

三枝子はもう二人がこの場にいることを意識していないようだったが、これだけ、男女の神経がとがりきってしまっては、座にいたたまれない思いだった。

「ほんとうだったらどうするというんだ？」

光一はふてくされたように言いだした。

「それだったら、それだったら、わたくしはおひまをいただきますわ」

三枝子は血を吐くような声で答えた。

何とか三枝子をなだめすかすと、後は光一一人にまかせて、二人はこの家をとび出した。

酔いもすっかりさめてしまって寒々とした空恐ろしさしか残らなかった。その気持をまぎらわそうとしてか木島良助は七郎を「酔月《すいげつ》」という白山下《はくさんした》の待合へさそった。

七郎にしてもいやおうはなかった。このまま、誰もいない下宿へ帰るのでは、神経がもちそうにもなかったのだ。

「隅田はいまごろどうしているかねえ?」

芸者がやってくる前に、酒を飲みながら七郎がたずねると、良助も首をふりながら、

「まあ、彼ほどのベテランのことだから、二人きりになれば、後はうまくごまかすだろうが、それにしても、女癖の悪さも度がすぎるなあ。それもなんとか、きれいに後始末をしておけばいいんだが、次々にぼろを出すからな」

と、苦い顔をして答えた。

「頭のほうがあんまり先走りしすぎて実行がともなわないんだよ。たえず何かの夢を見て、夢を追っていなければ生きがいがないんだね。天才には往々見られる欠陥だが、ただ、杉浦君のほうはどうなんだ。今度はむこうがあばれだすんじゃないのかな?」

貸し付けと調査のほうを担当して、外へ出ていることが多いものだから、七郎は杉浦珠枝の行動を観察しているひまがなかった。良助ならば副社長という格で、しょっちゅうそばにいることだから、自分よりはくわしい事情を知っているだろうと思ってたずねてみると、良助はかえってこの質問を待っていたというような顔で、

「それが困っているんだよ。彼のことだから、彼女を黙って見のがすはずはない。どこかのホテルへつれこんで、物にしてしまったらしいんだ。

──処女をよそおって見せた非処女。

というのが彼の批評だったが、まあ、そういう文学的表現はどうでもいいさ。彼の前に男を知っていようがいまいが、われわれの知ったことではないけれども、問題は別なところにある。昼から、社長室に鍵をかけて、僕でもはいっていけないことがある。ただ、電話にだけはちゃんと出ているようだから、例の調子で、一瞬に行動を切りかえるのかもしれないがねえ」

「うむ」

七郎はただ溜息をつくほかはなかった。光一の漁色の悪癖も、それが私生活だけでとどまっているならまだ救いようがある。いまから、ここまで公私が乱れきってきては、どうにもならないという絶望感がわいてきたのだ。

「それだけならばまだいいがね。杉浦のほうは彼を便利な道具としか思っていないんじゃないのかな。どうも彼の小切手帳を利用して、ちょくちょく自分の小遣いを引き出しているらしいんだが」

「彼が、ただの道具としか思っていないとしたら、女にしたって、男を道具と思いこむ権利を持っているだろうからね。彼女は、すべての女性を代表して、このドン・ファンに復讐戦をいどんでいるのかもしれないが」

七郎はもう光一にいい加減さじを投げかけていた。こういうこともたしかにあり得ることだったし、こうした乱脈がつづいたならば、自分たちの事業が崩壊することは、火を見るより明らかだったが、いまの七郎には、それも自分とはなんのかかわりもない他人のことのように感じられたのだった。

杯では満足できなかった。吸い物椀の蓋に銚子《ちょうし》の酒をつぎこんで、ぐっと一息にあおりながら、

「ただ、こんなことをしていた日には、隅田理論の実現どころじゃないぜ。さいわいに、いまのところは、はいってくる金のほうが多いから、なんとかやりくりしていけるが、どこかでバランスが崩れたら、それこそ万歳突撃するしか手がなくなるよ。いったい彼はどういう方法で、自分の理論を実現しようとしているんだい？」

「それがねえ」

良助もつりこまれたように、自分も吸い物椀の蓋に、酒をつぎこみながら、

「金融のかたわら、もう一度株をやりたがっているんだ。二十万の金ではしかたがなかったが、こうして毎月一千万の金がうごくようになれば、相当以上の勝負ができる。それがいったん成功したら、いままでの多少の損害はとり返して、あまりがあるというんだよ」

「たしかに、株もいままでのような値上がりがつづいていったら、月一割の利子ぐらい、払ってはいけるだろうがねえ」

いよいよもって、危険を感じさせる計画だった。隅田理論を株で実践するためには、利益に途中で手をつけず、複利複利でつみ上げていくことが、ぜったいの条件なのだ。光一の性格の弱さに対する不安は、いま別問題としても、毎月出資者に高利の利子を払い、しかも集まった金の中から、わけのわからない金が流れ出すようでは、この理論の実現はとても望めることではないのだ。

「木島、僕はこのクラブから脱会しようと思うがねえ」

酒の勢いも手伝って、七郎は思わず、こんな言葉を口に出してしまったが、良助もぎくりとしたように眼を見はった。

「わかる。君の気持ちはよくわかるが、それはもう少し待ってくれないか?」

「なぜだ?」

「僕だって、それほどばかではないつもりだ。この一年間君と隅田の人物を、じっくり比較研究していたんだが、その結果、君のほうが大物だという結論に達したのだよ。これは決して、お世辞ではないつもりだがねえ」

「うん」

七郎が黙って二杯目の酒を飲みこんでいる間に、良助は勢いこんで言葉をつづけた。

「たしかに隅田という男は、剃刀のように切れる男だ。鋭さでは誰もかなわないが、そのかわり、いつ崩れるかわからないような脆さがある。それにくらべて、君のほうは大《おお》鉈《なた》みたいな感じがするんだ。鋭さというよりも、強さがある。どういうときにも、勝負を投げないというねばりがある。これがいつかはものを言いそうな気がするんだよ」

「ほめるなあ。それは、君の買いかぶりじゃないのかね」

と言いながらも、七郎は内心ぎくりとしていた。

たしかに彼は自分でも何かやれそうだという漠然たる自信を持っていたのだ。ただ、隅田光一というあまりにも異常な天才が、その前に立ちはだかっていたために、自分の力を実際に発揮する機会に恵まれなかったのだ。

「こうなったら、隅田には、やるところまでやらせてみるしか方法はないと思うよ。それで彼の失敗がはっきりとしたとき、責任を追及して詰め腹を切らせたうえで、社長を君にしてもらう。それ以外には、このクラブを――いや、われわれの事業を立て直す道はないだろうね。もっとも、今年はもう、どうにもしようがないから、年が明けてからになるだろうが、今晩はこんな話を忘れて飲もうじゃないか」

「うん……」

七郎も大きくうなずいた。隅田光一に失望を感じたのが自分だけではないということが、いくらか彼をなぐさめたのだ。

そう感じた瞬間に、急に酔いがまわってきたようだった。

「今晩は、あり……」

酔いのせいか、このとき部屋へはいってきた二人の芸者のうち一人の顔が、天女のように美しく見えた。七郎は、すぐに杯を返しながら、

「君の名前は?」

とせきこんでたずねた。

「綾香《あやか》と申します。どうぞよろしく」

綾香、綾香、綾香――と、七郎は口の中でその名をくり返していた。

3　ムッソリーニ作戦

波乱に満ちた昭和二十三年は終わり、新しい年、昭和二十四年はやってきた。

表から見たところでは、太陽クラブ、東都金融の仕事は日を追って発展の道をたどっているように思われたろう。しかし、その内部は日を追って腐敗と紊乱《びんらん》をきわめ、組織全体は、悲劇的な崩壊への道を急いでいたのである。

それは冷静に考えれば、誰にもわかることだった。

すべて、このような企業では、指導者一人の性格が、そのまま事の成否を支配するものだが、隅田光一の素行がここまで乱れ、新しくやとわれた女秘書の杉浦珠枝までが、会社の金を使いこんで、自分の贅沢に消費するようになってきては、その運命も火を見るより明らかなことだった。

木島も九鬼も、次々に会社の金を流用して自分の家を手に入れた。

光一も、その話を聞いたときには、さすがに苦い顔をした。しかし、自分が最初に手本を示したことだけに、それに対して、断固たる処置をとることはできなかったのである。

七郎も木島や九鬼から、今度は家を買ったらどうだとすすめられたが、その言葉には従わなかった。

もちろん、彼にしたところで、自分の家がほしくないわけではなかった。ただ彼がほかの三人にくらべて、いくらか冷静だったというだけなのだ。こういう方法で手に入れた家は長くもちきれるものではない、と見通していただけなのである。

貸し付けを主として担当している七郎だけの責任とは言いきれないが、やはりこういう金融難の時代だけに、回収不能になる貸付金は少なくなかった。

もちろん、こういう企業のことだから、そういう危険はある程度、計算にはいっているのだが、そういう損害の比率が大きくなってくれば、他人の金を預かって急速に回転しなければ成立しないこの種の仕事は、たちまち崩壊の運命にさらされる。

たとえ、全員がまじめに努力して、一銭のむだな支出がないようにしても、そういう危険は本質的にともなっているのに、こういう不当な出資がどんどんかさむようでは、太陽クラブの内輪《うちわ》が火の車となるのもわかりきったことだった。

その崩壊の危険をなんとか回避するためには、たえず新しい投資者の金を集めてこなければいけないのだ。それも金利を生むような貸し付けにはまわしていられない。なんとか信用を維持して、次の金を集めるために、前の出資者に対する支払いへまわさなければならないのだった。将来のことなどはぜんぜん考えていられない、自転車操業といわれるような悪循環が始まってきたのだ。

たとえ、むかしにくらべては頭がにぶってきたといっても、天才といわれた隅田光一が、こういう事態の悪化に気がつかなかったわけはない。

出資者たちに対する彼の態度は、表面はいよいよ誠実さを増し、いよいよ丁重になってきたようだった。しかし、そういう演技に全力をあげればあげるほど、その反動も大きくなる。その性格分裂症的なあらわれも、日を追って激しくなってきたようだった。

だが、ある意味では、それも人間としてとうぜんのことだったかもしれない。

右からはいってくる金をすぐに左への支払いにあて、見えすいた嘘をつきながら、一日一日を送らなければいけない剣《つるぎ》の刃わたりのような状態は、人間の神経には、たえきれないほどの緊張の連続なのだ。こういう状態では、誰にしろ酒と女に気持ちをまぎらわせたくなってくるだろう。

そうして、度が過ぎた酒色は、しだいしだいに人間の感覚を麻痺させてくる。きょうまでなんとかやってこられたのだから、あすも、明後日もなんとかやっていけるだろうという誤った自信を植えつけてくるものなのだ。

鶴岡七郎だけは、こういう危険をまだ冷静に見ぬいていた。ただ彼がこのクラブを脱退して、自分だけでも安全なところへ逃げこめなかったのは、やはり女のためだった。

この点に関するかぎり、七郎も自分の手だけは白いと言いきれる自信はなかった。

あの晩から、彼は綾香に対する恋のとりことなってしまったのだ。

東大生ともあろうものが、芸者などにのぼせあがって——と、理性の声は叱咤《しった》するが、彼はこの点に関しては完全に理性をなくしていたのである。

もし、このクラブを脱会したならば、一学生にすぎない彼には、とてもこういう待合などへは、通うことはできなかった。

彼だけが家を買おうとしなかったということが、ほかの三人には、大変な心の負担を感じさせたのだろう。

どこかで飲もうという相談がおこったときには、必ず七郎が場所を選定することになった。また、金づまりに困っている会社筋では、どのような手段に訴えても、急場をしのぐ貸し付けを希望した。一晩ぐらい自分の好きな待合に、好きな芸者を呼んでもらうぐらいのことは条件とさえ言えなかった。

このようにして鶴岡七郎は、危険を前途に感じながら、ついにほかの三人とともに、あの破局へ突入していったのである……。

五月十四日、東京、大阪、名古屋の証券取引所は再開を許された。その前には一種の株式ブームがおこったが、これは太陽クラブの経営を一段と困難な状態に追いこんだ。

金というものは、金利の高いほうへ流れるという物理的性質を持っている。

月一割の利子、安全確実な投資――といううたい文句は、たしかに昭和二十三年には、一般の投資者にとって大変な魅力だったに違いないが、兜町では乞食でさえも五万円持っている――、という噂が流れたくらい、株成金が現実にあらわれてきた二十四年には、この看板の魅力もうすらぎはじめたのだ。

最初は、利子だけもらえば解約しようとする者はなかったのに、解約者はしだいしだいにふえはじめた。

「元金はお持ち帰りになりますか？」

とたずねる隅田光一の声には力が失われてきた。

「返していただきましょう」

と、お客が答えたときには、やはり失望の色がかくしきれなかった。

「これは、これからどうなさいます」

それでも、平気をよそおってたずねるのだが、その答えはほとんどきまっていた。

「なんでも株はたいへん儲かるそうじゃありませんか。三カ月で倍ぐらいになるのはわけがないそうですね。私の知っている奥さんも、ガスの出がよくなったのに眼をつけて東京ガスの株を買ったところが、これが大変な値上がりでしてね……」

もちろん、こうしてあげる実例は、人によって違ってはいたが、このクラブから出ていく金の大半は、直接に兜町へ流れていくことだけは疑うこともできない事実だった。

隅田光一の顔からは、一日一日と、血の気が失せた。数学的には完璧という隅田理論を実行に移しているのは、もはや彼自身ではなかったのだ。彼が愚昧《ぐまい》と軽蔑している一般大衆だったのである。

こういう非常の事態は、非常の方法でのりきるしかないと決心したのだろう。取引所の再開数日前に開かれた重役会議では、光一は預金の利子を、いままでの月一割から、二割にひきあげることを提案してきた。

七郎はこの話を聞いたとき、さすがに耳を疑った。いまの月一割の利子でも、実質的には赤字赤字の連続なのだ。それなのに、その出血を二倍にしようということは、自分で自分の首をしめようとする暴挙としか思われない……。

彼の猛烈な反対を、光一はまた独特の詭弁で屈服させようとした。

「いいかね。むかしから芝居には仕込みに金をかけろという法則があるよ。たとえばわかりやすいように、いまの金で数えるとして、かりに俳優から大道具、小道具、宣伝費まで、三百万円かけて二百五十万しか収入がなかったとする。これでは五十万の損だが、かりに六百万の金をかければ、今度は七百万の収入があげられるから、百万の利益があがる——、というのだよ。われわれのいまのピンチをのがれるのは、これ以外には道がない」

これが一年半前だったら、七郎は一言も反対せずに、その言葉に従ったに違いない。しかし、この天才の実体を知りつくした彼は、もう黙ってはいなかった。

「それは芝居や映画なら君のいうことも成りたつだろう。しかし、そういう水商売の法則をそのままわれわれの仕事に応用できるわけはなかろう」

「いや、いま当面の問題は、どうすればできるだけ多くの大衆資金を集められるかに絞られる。金は金利の高いほうに流れる——。これは、水が低きにつくのに匹敵する経済学の公理だよ。いま預金の金利を倍にすれば、とうぜん三倍の金は集まるはずなのだ」

「はいる金が三倍になるということは、こっちの払う金利の総額が六倍になるということだ。だが、何がなんでも金を集めればいいというならば別の話だが……」

「いや、何がなんでも集めればいい」

「その金を持って、ドロンをするつもりか」

光一の眼は血走り、その顔は紫色になっていた。その口からは、いまにも狂笑が爆発しそうな感じだった。

だが、何本か煙草を煙にしていた光一は、ようやく、いつもの平静さをとりもどしていた。

「よろしい。それではどうして二割の利子を払いきるか、その方法を説明すればいいのだね。株だ、大衆資金で株をやるのだよ」

「これから何が倍になるのだ？」

「そうではない。兜町でブームがおこったときには必ず相場は天井だ。これから売りにまわるのだよ。おそらく、いまの相場は早かれ遅かれ崩壊する。一年で十倍になった株があるということは、逆にこれから半年で十分の一になる株が出てくるということだ。古来、兜町で巨富を積んだ人間は、九割まで売りで当てたのだ。空《から》売りには三割の証拠金がいるけれども、もし五百円の株が五十円に暴落すれば、われわれの投下資本はとたんに三倍になって返ってくる。半年間、のべ三千万の金を投入できたなら、九千万の収入でこっちの支払う金は元利あわせて六千六百万――。二千四百万円はこちらの利益になる計算だ」

「理論はたしかにそうだろう。ただ、実際にそれほどうまくいくものかねえ」

「戦争は終わった。戦後の異常経済もどうやら終わりに近づいたのだ。これからの経済はインフレからデフレに変わってくる。アメリカからは、いまシャープが日本の税制調査にやってきているだろう。この活動は必ず何カ月か後には、日本の経済をゆすぶるような旋風となってあらわれるよ。そのときこそ、兜町には自殺者が出る。株成金は一転してもとの歩《ふ》になり下がる。そのときが、われらの勝利のときなのだ」

隅田光一の天才はまたよみがえったのかもしれない。このごろの彼とはぜんぜん人が違ったような鋭い調子で、彼は今後の経済情勢の見通しを語りつづけた。

たしかに、このときの光一の予言は、その半年後には完全に実現されたのだ。七郎も後では、そのことを虚心坦懐《きょしんたんかい》に認めないわけにはいかなかった。しかも、今度も隅田光一は、自分の知力の勝利を謳歌《おうか》することはできなかったのである。

数時間にわたる大激論の末に、採決が下された。木島がこの説に賛成したために、その結果は最初のとりきめによって三対二となった。

たしかに、この非常手段は流れ出していく預金の足をひきとめるには有利だった。

「本社の事業が、日を追って発展の一途をたどっているのは、われわれの信念と熱気を信用して、預金をつづけてくださる投資者のみなさまのおかげです……。そのご愛顧にこたえるためには、われわれとしても、利息をできるだけ多くして、預金者のためをはかるしかありません。さいわいに本社の利益は毎月毎月幾何級数的に増大しています。これを幾分なりとも、みなさんに還元したいというのが、われわれの願いなのです」

光一は、お客の顔を見るごとにくり返した。この戦法が効を奏して、ふたたび預金はふえはじめたが、その足どりは、最初の予想からは、はるかに下まわっていた。

この年の七月一日には、東京の大新聞が東都金融の記事をとりあげた。

「おすなおすなの大はやり
　社長様には東大生
太陽クラブへようやく
　監査の眼も光る」

こういう見出しを見たとき、七郎は思わず床の上にとび上がった。彼の恐れていた最悪の事態が発生しそうになってきたのだ。

莫大な数にふくれあがった素人金融業者に対して、警視庁がようやく、鋭い眼を光らせはじめたという情報は、彼も最近耳にしていた。ただ、全面的に、こういう機関を弾圧した日には、その影響も甚大《じんだい》だから、眼にあまるところから一軒ずつ潰していくのだ――という情報は、たしかにもっともらしかった。

そこへ、当局を刺激するような、こういう記事が出た日には、司直の手がのびるのも時間の問題に違いない。それが七郎のそのときの確信だった。

彼は朝食もそこそこに会社へ出かけたが、出社してきたときの光一の眼は、いつもよりずっと晴ればれしていた。

「鶴岡、君はけさの新聞を見たかね？」

「見たとも。それでびっくりしているんだ」

「そうだろう。一銭も金をかけない宣伝だからね。あれほど天下の大新聞が大きく書きたててくれるというのは、百万円の広告をする以上の効果があるよ。これで預金はまた飛躍的に増大する。われわれの計画もやっと軌道にのりだしたね」

この言葉には、七郎も唖然としないではおられなかった。彼と光一の感覚には正反対といってよいくらいの食い違いがあったのだ。

たしかに、記事そのものには悪意があるとも思えない。

「……ただ取締まり当局では、法の抜け道をゆくこの種、銀行類似の業者に対してようやく監視の眼を光らせている」

とあるのが、唯一の危険な暗示だった。しかし、七郎にはこの記事が、警察側の動きを誘発せずにすむとは思えなかったのである。

その点を鋭くつっこむと、光一は真っ赤になって憤慨した。その場にやってきた木島や九鬼をまじえて、すぐに重役会議が開かれたが、その結果はやはりいつものように、おたがいに平行線の上を走っているような感じだった。

数時間すぎて、七郎は最後の言葉を持ち出した。

「たしかに、われわれ二人の言っていることは感覚の相違だと言われれば、どうにもしようのないことだ。ただ、この際は用心にこしたことはないんじゃないだろうか。もし僕の心配が杞憂《きゆう》でおさまってしまったら、それはまことに結構な話だが、せめて最小限度の用心だけはしておくほうがいいんじゃないか」

「というと?」

「重要書類だけを一まとめにして、風呂敷か何かに包んでおくのだよ。もちろん金庫に入れて鍵をかけておくとしても、警察がふみこんできたときには、すぐ処分できるようにしておくのだ」

「焼くのか?」

「まさか、そういう時間はあるまい。この社長室に、野球のスポンジ・ボールを用意しておく。下の受付には、非常ベルを準備する。そのベルが鳴ったら、ボールを窓から、むこうの『みすず』の店のガラスへたたきつけて、いっしょに風呂敷包みを窓から投げ、むこうに拾ってかくしてもらうのだよ」

みすず――というのはせまい小路をへだてて、この建物と並んで立っている喫茶店だった。むこうにしてみれば、大事なお得意のことだから、これぐらいのことはしてくれるだろうと思われた。

光一は、そんな必要はあるまいと、あくまでも否定したが、採決の結果は、思いがけなく木島良助が賛成のがわにまわったので、この動議は三対二で可決された。

それから二日、七郎は一歩も会社を出ずに警戒にあたっていたが、別に警察がやってくる様子もなかった。

それに反して、新しいお客は朝からわんさとつめかけてきた。

「キソクショオクレ　ツキシダイ　カネオクル」

などという電報も次々に地方からまいこんできた。

光一は得意満面だった。

「どうだい、鶴岡、やっぱり僕の言うことは正しかったろう。僕がどれほど法律を研究してみても、この仕事には違法性がないのだ。ただ、ひっかかるとすれば、銀行法違反が精いっぱいのところだが、なに、警察の連中には、そこまで法律を研究している人間は、一人もいやしないよ」

いかにも彼らしい高言だったが、それも長くはつづかなかった。

七月四日の朝、九時十分——。

社長室には、とたんに合図の非常ベルが鳴りひびいた。

ちょうど、この部屋で光一と話をしていた七郎も、この瞬間はぎくりとした。

「隅田、来たぞ！」

「ばば、ばかな。誰かが間違えて……」

「そんなことを言っている場合じゃない。金庫の鍵をはやく！」

光一は、はじかれたように飛び上がった。一生懸命、金庫をあけようとしているのだが、手がふるえて、鍵が鍵穴にはいらないのだ。

その間に、七郎は約束どおりにボールをにぎって、窓から「みすず」の店先のガラスにたたきつけた。とび出してきた女の子に、手をふって合図すると、金庫のそばへかけもどり、光一の手から鍵をひったくって扉を開いた。

紫色の風呂敷包みをとり出して、窓から外へ落とした瞬間には、ノックもせずに数人の警官がこの部屋へはいりこんできた。

「隅田光一はどっちだね？」

「あ、あ、あなたがたは？」

「京橋警察署の者だ。隅田はどっちだと聞いているんだ」

光一は崩れるように、デスクの前のソファに腰をおろした。

その全身はがたがたと眼に見えるくらいにふるえていた。

「ぼ、ぼくです……」

「てめえか？　てめえが東大生のくせに、高利貸になり下がった大ばか野郎か？」

刑事の言葉は、まるで強盗か殺人の犯人に対するように乱暴だったが、もう光一には、
その非礼をとがめだてする気力もないようだった。

「とにかく貴様には逮捕状が出ているんだ。すぐこの場から、警察まで行ってもらおう」

「なんの……なんの容疑です？」

「詐欺――。それから、物価統制令の違反だ」

「物価統制令違反？　ば、ばかなことをいってはいけません。金利は物価とは違うでしょう」

「野郎、なめんな！」

この刑事は、拳《こぶし》でデスクをどかんとたたくと、

「正直者が食うや食わずで、生きるために血みどろになって働いているというのに、手めえたちのしていることはいったいなんだ。学生だったら、学生らしく勉強を第一にしたらどんなもんだ。学資がなくって、アルバイトに、かつぎ屋でもするというのなら、まだしもかわいげもあるが、インチキな広告を出して、人の金を集めて、自分の家を買って、妾をかこって――それでまだ、盗人《ぬすっと》たけだけしく言いわけをするつもりか？　文句があるなら、署へ来てから二十日の間、ゆっくりならべろ」

光一の顔には、ぜんぜん血の気がなかった。

人によっては、地獄にたとえる軍隊生活さえ、陸軍経理学校への道をたどることによって、恵まれた条件のもとに送ってきた彼にとっては、これだけの罵言《ばげん》を面とむかってあびせられたことは、生まれて初めての経験だったに違いない。

たちまち、がちゃりと音をたてて、手錠が光一の手首にくいこんだ。

「立て、立たねえか」

文字どおり、刑場にひかれるように光一はよろよろと立ち上がった。

「鶴岡君、あとはたのんだよ……。もう、君だけがたのみの綱だ」

その声も血を吐くようだった。その言葉を聞いたときには、七郎も自分の運命のことさえ忘れて、この敗将にむかしの友情をよみがえらせていた。

直接に逮捕令状が出たのは、隅田光一と木島良助の二名に対してだったが、七郎も九鬼善司も、参考人として、翌日、京橋署へ出頭を命じられた。

「これでもこっちとしたら、ずいぶん寛大な処置をとったつもりだぜ。四人いっしょに捕まえるのはわけないが、それではたちまち臨時休業の貼り札を出さなければならなくなるだろうからな。まあ、君たちが穏便な処置をしてもらいたいなら、この際はできるだけ誠実に努力して、預金者のほうには、なるたけ迷惑をかけないようにするんだな」

捜査令状をつきつけた部長刑事は、憎々しげな調子で言ったが、さすがに七郎もそのときだけは、なんとも返事ができなかった。

参考人——といえば、いちおう格好もいいし、警察へ行くときにも、手錠はかけられずにすむわけだが、ただそれも、いうならば一時的な安心にすぎないのだ。取調べの進行状態によっては、いつ逮捕状が発行されて参考人から被疑者にならないともかぎらない。警察の玄関をはいるときは自由の身であっても、外へ出るときも自由だという保証はどこにもないのだった。

何本かの煙草を煙にしながら、七郎は必死に対策を考えつづけた。

こうなることはわかっていたのだ。

いつかは、いつかは、時間の問題にすぎないと、自分では十分に決心をきめ、そのときの対策も必死にねりあげていたつもりなのに、やはりこうして現実の破局に直面すると、迷って冷静な判断もできなくなるのが、人間の弱さであり悲しさなのだろう。

「ねえ、鶴岡さん、あの人は、もうこれでおしまいなのね」

光一の秘書の杉浦珠枝が、そっと彼の耳に囁いてきた。さすがに会社の中では、人目をはばかって、いつも「社長さん」と呼んでいるのだが、このときだけは、やっぱりあわてていたために、われを忘れて、かくされたその関係を明るみに出すような言葉をもらしてしまったのだろう。

「さあ」

七郎が返事をためらっていると、珠枝は、いよいよ声をうわずらせて、

「こうなることはわかっていたのよ。このあいだも、占いに見てもらったら、あの人は半年以内に死ぬか刑務所へ行くか、どっちかだと言われたのに……。わたしがそう言っても、あの人といったら、占いなんか迷信だと言って、ぜんぜん相手にしなかったわ。あの人が悪い……。悪かったのよ！」

と叫びだした。

「黙りたまえ」

七郎はその腕をぐっとおさえて、

「いま、ここには誰もいないけれど、そんな話が人に聞こえたらどうするんだ。君だって、隅田君を責める資格はないだろう」

「まあ、わたしが、何をしたとおっしゃるのよ？」

珠枝は眉をつりあげ、両眼を血走らせた。

「君だって、月給以外にいろいろな金を……」

「失礼ね。あれはあの人がくれたのよ。金額はいくらでも勝手に書きこんだらいいと言って、サインした小切手をくれたのよ。それがどういうところから出たお金かは、わたしの知ったことじゃないわ。貞操蹂躙《じゅうりん》の慰謝料としたら安いものよ」

女だし、興奮しているからむりはないと思いながらも七郎はかっとした。相手の横っ面《つら》をなぐりつけたくなる衝動を、彼は必死におさえきった。

「とにかく、わたしは、きょうからこの会社をやめるわ。こんな悪党の作った会社でいつまでも働いていたら、こっちだって体に傷がつくわ。無理心中はまっぴらごめん、はなして、その手をはなしてよ！」

珠枝は七郎の手をふりきると、駆けるように扉の前まで急ぎ、ノブに手をかけながら、大きくこちらをふり返った。

「いいわね。わたしのことを問題にするようなことがあったら、お返しにあなたたちのしていたことを、すっかりばらしてしまうわよ。わたしのほうは、始末書ぐらいですむでしょうが、あなたがたは一人のこらず完全に刑務所行きよ！」

七郎が返事するひまもなく、珠枝の姿はこの社長室の外へ消えてしまった。

無意識に、また煙草に火をつけて、気をしずめようとしているうちに、九鬼善司が真っ青な顔をして、この部屋にとびこんできた。けさは、ちょっと用事があって遅れる、ということをきのうから言っていたから、たったいま、会社へついて、隅田と木島が逮捕されたということを耳にしたのに違いないが、さすがにその全身はがたがたふるえていた。

「鶴岡、やられたね。やっぱり、君の言ったとおり……」

「うむ」

「それで書類は？」

「かろうじて間にあった。むこうの店で預かっていると思うが、これからどんな事態になるかわからなかったから、この部屋を一歩も出られなかった。そんなわけで、まだそれを確認しているひまもなかったが……」

「うん」

九鬼も崩れるように椅子に腰をおろして、

「僕たちにも出頭命令が出ているそうだね」

「あすの朝九時から——。きょうはまず二人にぬきさしならない事実だけを認めさせておいて、留置の理由を固めるつもりだろう。そのうえで、僕たちを呼び出して、事件の全貌を洗い出そうという敵の作戦じゃないのかな」

「なるほど、隅田は社長、木島は副社長——だから、まずこの二人に逮捕状が出たのはとうぜんとして、僕たちのほうもまだ安心はできないわけだな。まあ、新しい法律のおかげで、警察のほうでも、それほど無茶なまねはできなくなったはずだが、このクラブの発生当時のいきさつからいっても、僕たちをとらえようと思えば、いくらでも手はあるわけだな？」

「たしかにそうだ。ただ、彼らには気の毒だけれども、いまの段階では、できるだけ、二人で犠牲を食いとめるのだね。僕たちまでつかまった日には、事業全体が崩壊する。彼らを救い出すこともむずかしくなる」

「わかった。二人に罪を着せるわけではないが、われわれは、知らぬ存ぜぬでおし通すのだね」

九鬼善司も、ようやく現在自分たちのおかれている微妙な立場を理解できたようだった。

「いま、階段の途中で杉浦君にあったよ。血相かえてかけ出していったが、差入れにでもかけつけたのか?」

「それだったらまだ頼もしいがね」

七郎が事のいきさつを話して聞かせると、善司もあきれたように溜息をついた。

「もう少し、ましな女かと思っていたが、隅田のほうもつまらない女を選んだものだな」

「彼の女性観からいえば、いつかは必ず女に復讐される運命なんだよ。船が難破するときは、前に鼠が逃げ出すそうだが、まあ、そういったところかね」

杉浦珠枝だけは例外として、会社の内外にそれほどの動揺が見られなかったことは七郎にも予想外のことだった。

「まあ、このごろでは、経済問題で警察へ呼ばれるぐらいは、珍しいことじゃありませんからね。なにも、そんなに心配なさることはありませんよ。別に逃げかくれしたり、抵抗するわけじゃなし、警察にしたって、手錠なんかかけなくともよさそうなものなのに……。やつらはやっぱり、むかしの考えからぬけきっていないんですな」

ちょうどそのとき、ここへ訪ねてきて、手錠をかけられて連行される光一の姿を目撃した客さえ、こんなことを言って七郎たちをなぐさめたくらいだった。

「何しろ、諺《ことわざ》にも、出る杭《くい》は打たれる、高い木ほど風あたりが強い、ということがあるくらいですからな。あなたがたのご成功があまり急速ではなやかだったものですから、よそからのねたみや反感が集中したのですよ。たとえば、日蓮上人《にちれんしようにん》にしても何度かの法難にあわれました。しかし、上人の信念も、宗派の生命も、そういう災難では、少しもそこなわれなかった。社長さんの日ごろの信念は、今度の小難でいよいよ鍛えられるでしょう」

日蓮宗の信者という別のお客は、数珠《じゆず》をまさぐりながら、そんなことを言っていた。

そういう言葉に、機械的にうけこたえしながら、七郎は別のことを考えていた。

きょう一日は、きょうだけは、このままで持ちこたえられるだろう。しかし、あすの朝刊には、とうぜん、このことが記事になってのるはずなのだ。その結果は、少なくとも新しい預金はばったり止まるものと思わなければならない。契約の期限の来た預金は、必ず元利ともに引き出されていくだろう。

株の空売りによって、一度に巨利を博そうとする光一の作戦は、まだ始まったばかりで、成果をあげていなかったし、取付けに似た事態がおこれば、支払い不能の状態が発生することはさけられなかった。そして、一カ所でそういう事態がおこったら、全面的な崩壊は、もう時間の問題にすぎなかった。もし光一の作戦がうまくいきさえすれば、なんとか処理できたはずの月二割という高利は、いまとなっては、大変な重荷になってきたのだ。

そしてあす――、その運命が決せられるはずのあすという日には、彼も九鬼も警察へ呼び出されて、会社にはいられないのだ。幹部四人が四人まで、警察へ呼び出され、しかも自分たちの預金はどうなるか、心配になった預金者の大衆が、先をあらそって、ここへおしよせてきたならば、いまは冷静な社員たちも、しだいにおちつきを失ってくるだろう。隅田光一にしこまれた接客法の演技にしても、たかが半年の付焼き刃だけに、たちまちめっきがはげると思わなければならなかった。

どんなに頭を絞ってみても、起死回生の妙案は見つからなかった。そのうちに、会社の顧問弁護士をしている古里鋭輔《ふるさとえいすけ》もかけつけて、善後策の協議をはじめたが、やはり急には結論も出なかった。

「物価統制令の違反ということが、逮捕状の理由の一つになっているのですね。このことだったら、なんとか弁解の余地はあるだろうと思いますが、早急に釈放されることは、むずかしいかもしれませんな」

弁護士は額に縦皺をよせて考えこんだ。

「実際問題として、金利が物価といえるかどうかということは、いま法曹界では一つの課題となっているんです。もちろん、物価統制令なるものは、戦争を完遂するための非常手段として生まれたような法律ですから、いろいろなところに無理があるのはしかたがないでしょう。ことに戦争が終わってしまえば、その無理もいっそう目立ってくるわけでしょうが」

「それで？」

弁護士のおちついた話しぶりが、七郎にはもどかしくてたまらなかった。

「あなたがたも、金融王といわれる金森光蔵《かなもりこうぞう》氏のことはご存じでしょう。去年の長者番付では、全国のベスト・ワンになっていますが、彼がやっぱり、この統制令違反にひっかかりましてね。現在、裁判が進行中ですが、まもなく第一審の判決が下ると思います」

「するとその裁判の結果がいちおう判例となって、われわれの場合にも適用されるわけですね？」

「裁判官としては、もちろんそのとおりでしょう。ただし金森氏の場合にしても、第一審で有罪となれば、とうぜん控訴するでしょうし、この問題が法律的に最終的な結論を得るまでには、かなりの時間がかかると思わねばなりますまいね」

「それでは詐欺の点はどうです？」

「ご承知でしょうが、法律的に、詐欺という犯罪ぐらい、あつかいにくいものはないのですよ。まあ、誰が見ても詐欺だとわかるような犯罪を、連続してくり返す場合は別ですが、私たちが事件をあつかっていて、どっちが犯人だかわからなくなるような場合は間々あります。ほんとうに紙一重というところで、加害者と被害者が逆転するということも決して珍しくないのですがね」

「それで、今度のわれわれの場合は？」

「どんなに高利を払うと宣言したところで、実際にその契約を履行していればなんの問題もないわけですがね。その点は、いったいどうなのです？」

七郎と善司は顔を見あわせた。彼らの知っている範囲では、この契約も、きのうまではなんとか実行されてきたはずだった。もちろん、光一や木島がかげで約束を破っていたかどうかは、彼らにもわからなかったし、あす以後は、これもどうなるか見当がつかなかったが、正直にその事情を説明すると、弁護士はいよいよ深刻な顔をした。

「そこは微妙な点ですね。検察当局としてはとうぜんその点をついてくるでしょう。われわれとしては、ここで警察の手がはいらなかったら、そういう結果は生じなかったろうと頑張って、無罪まで持ちこむ自信はありますが、ただ警察側としては心理的な方法で、実際的な効果を狙っているんじゃないでしょうか。この際は、自分たちのとりあげた事件が、有罪か無罪かということは、それほど考えていますまい。それよりも隅田さんと木島さんを相当長期間にわたって身柄を勾留《こうりゅう》し、接見禁止の処置をとって、この事業を壊滅させるということが、ほんとうの狙いじゃないかと思うのですがね」

それも警察側としてみればとうぜんのことだったろう。戦後の異常社会には、異常経済が自然発生するものだが、警察官にそのような理解を望むことは、とうていできない相談だった。

弁護士の言葉を聞きながら、七郎は、暗澹《あんたん》たる気持ちで眼をとじた。

その日はあわただしく暮れてしまった。午後からは、新聞記者たちも大勢つめかけてきたが、七郎は、

「お話しすることは何もありません」

の一点ばりでおし通した。ジャーナリズムを敵にまわすことは、もちろん危険には違いないが、この際、一歩でも後退することは、たちまち、自分たちの足場が全面的に崩壊することを意味するものだった。

善司と二人で、一日社長室で頑張りつづけ、当面の応急処置を講じていた七郎は、光

一のところへかかってくる女の電話の数が多いことにあきれてしまった。

もちろん、こちらからぼろを出すことはないから、社長はいま外出中で、きょうは帰らないと思います――。と答えて電話を切るのだが、名前を名のった女で、しかも彼らの知らない人物が四人もあったのである……。

四時にいちおう仕事を打ちきったとき、二人はくたくたになっていた。七時間にわたる緊張の連続が、その神経をまいらせてしまったのだ。しかし、休養をとっているひまもなかった。これから、金庫の中からとり出してかくした重要書類に眼を通して、あすの対策をたてなければならなかった。

二人は、日ごろ行きつけの近くの料理屋へおちつくと、「みすず」の店へ電話をかけて、さっきの風呂敷包みをとどけてもらった。

だが、この包みを開いたとき、七郎の眼にまずふれたものは、数冊の大学ノートだった。

「これはなんだ?」

善司はその一冊をとりあげて、ぱらぱらとページをくっていたが、たちまち、ぴくりと顔をあげて、

「鶴岡、これは隅田の手記だぜ」

「なんだ。それを重要書類として、会社の金庫の中にかくしておいたのか？　あれ以来、よくよく女というものには信用できなくなったらしいな」

と言いながら、七郎もそのノートをとりあげてページを開いてみたが、そこは偶然、彼が光一につれられて、有楽町の街娼、良子を訪ねた日の記録だった。

電流のような悪寒が、とたんに七郎の全身を走った。彼は、ほかのすべてのことを忘れてこの手記に読みふけった。

そこには常人ならばとうてい筆にはできないような、赤裸々な性交の描写があった。性交、手淫《しゅいん》の回数までが克明に記録されていた。一人の女の肉体を、ほかの女の肉体と比較し、自分のそれに対する反応を、精細に描写していくその文章には科学者のように冷静な客観もなく、文学者のように情熱的な主観もなく、ただ恐ろしい悪魔的な自己陶酔があるだけだった。

「暴力で女の体を征服する味はたまらない。そして一方、暴力は女を傷つけ、彼女は私嫌いになった女はこうして厄介払いするにかぎる。一挙両得の強姦である……」

から離れていくであろう。

「年増の情炎は激しいものだ。残り少ない時間をぎりぎりまで活用しようという本能が、その肉体を火のように燃え上がらせるのだろうが、きぬ子のこのごろの痴態には、私もすっかり閉口した。ちょっと会わねば欲しいと思いはするものの、いざ会ってみると、あまりにもわずらわしい。かえって、若い娘のほうが、性欲的——あまりに性欲的でなくていいかもしれない……」

「週一回は有閑日として、友人と無意味な話をするのもよかろう。だが、少なくとも性欲日としては、週に五日をあてる必要がある……」

「いちばん厄介なことは、彼女が僕に惚れているらしいことだ。どうして、女というものは、性欲の処理と恋愛の感情を、はっきり分離できないのだろう……」

「私はなんのために生きているのか？

死ぬ必要と死ぬ機会がないからこうして生きているのだ。

いつでも自殺していいし、またいつ死神が訪ねてきても、こころよく死のうと日々新たに思いきめつつ、せめてもの退屈しのぎを見つけて生きているだけだ。それは何かといえば真理の探求である。

真理——それは決して学問の世界だけにあるものではない。女性獲得の方法にも、黄金獲得の方法にも必ずどこかに絶対的な真理はひそんでいるはずだ……」

このノート全部は、ほとんどこういう文章の連続だった。われを忘れて、この一冊を読み終えたとき、七郎は茫然自失の状態におちいってしまった。

この狂える天才の全貌――とはいえないまでも、かくされた恐ろしい一面は、光一自身がこのノートの中ではっきりとあばいて見せていたのである。

九鬼善司も、思いは同じだったのであろう。自分の手にしたノートをぱたりと閉じて、

「鶴岡、彼は、隅田という男は、世にもおそろしい怪物だね」

と、溜息をつきながら言いだした。

「うむ……。頭は天才、体は悪魔、これを一口に言うならば怪物に違いないだろうね」

二人は顔を見あわせて、しばらく黙りこんだ。沈黙は黄金なり――という諺もあるが、このときばかりは、一言も語らないほうが、おたがいに気持ちを通じあえるような気持ちがしたのだった。

「鶴岡、君はこれから隅田をどうするつもりだ？」

しばらくしてから、善司は七郎の気持ちをさぐるように言いだした。

「どうするとは？」

「見はなすか？　助けるか――と聞いているのだよ」

「助ける。見はなすわけにはいかないよ」

善司はぎくりとしたように、七郎の顔を見つめた。

「どうして？」

「これが彼の得意の時代なら、僕はこの手記を読んだ瞬間に、おそらく絶交状をたたきつけたろう。ただ彼の失意の瞬間にそういうまねをすることは僕にはとうていできないのだ。僕はヒットラーという男は大きらいだが、それでも彼が今度の戦争で、最も偉さを発揮したのは、バドリオによって、アルプスの山中のどこかに幽閉されたムッソリーニを飛行機で助け出したことだったと思うな。もちろん、それはムッソリーニに半年の自由を与えただけ、最後は同じだったろうが、それにしても、あれだけ自分の足もとに火がついているのに、そこまでの作戦をたて、それを実行するということは、なかなかふつうの人間にはできることではない。僕は自分の身さえ自由なら、必ず彼を無傷のままで救い出すよ。どのような手段を講じても——。ただ、それから後のことは、おのずから別の問題になってくる」

「ムッソリーニ作戦か？」

この一言は、九鬼善司の心にも、強い感銘を与えたらしい。両腕を組んでしばらく考えこんでいたが、やがて大きくうなずいた。

「よし。やろう。いつか木島が言っていた。——僕たちは指導者を間違えていたかもしれない。ある意味では、鶴岡のほうがずっと大物だと。——お世辞じゃないが、僕はいま初めて、彼の言葉がほんとうだと考えはじめたよ」

その翌日の朝はやくから、京橋署へ出頭した鶴岡七郎には厳しい取調べが始まった。

まず問題となったのは、大和《たいわ》機械という会社に貸し付けた金のことだった。

三月十九日から四月二十三日まで、七十六万円を貸し付けたとき、利子として最初に二割一分を天引きし、さらに三万百九十円二十銭を追加利子としてとったことが警察側に知れたのが、この逮捕のきっかけらしかった。

「大ざっぱに計算しただけでも、これは日歩六十八銭ということになるよ。隅田は事実をはっきり認めているが、君も貸し付けの担当重役として、こういうことをした事実は認めるだろうね」

大須賀《おおすが》という経済主任は強い近眼鏡のかげから、ぎょろりと鋭い視線を光らせた。

「たしかに、そういう事実はありました」

「事実を認めるならば問題は簡単だ。こういう高利が社会主義と法律に反することは誰にでもわかることだろう」

七郎は唇をかんでうつむいた。

もちろん、この相手の言葉が全面的に間違っているとは言いきれない。ただそれは、平常な経済状態のもとで、銀行から融資をうけられるような安定した社会で、はじめて通用する言葉なのだ。

日本全体の経済はまだ常態に復してはいない。大銀行でさえ、営業の困難になやんで、高い裏金利をとって貸し出しを行なっていることは、もはや公然の秘密になっている。いや、それさえ戦争中に作られた融資準則という融通のきかない法令が生きているために、銀行側も事業者側も有利な取引と知りながら貸し付けを行なえないということも、珍しくはない状態なのだ。

一日歩七十銭に近い金利は、法律の条文だけを楯にとればたしかに暴利ともいえるだろう。しかし、事業を経営していれば、生死の竿頭《かんとう》に追いつめられて、背に腹はかえられないという場合も往々にして発生する。そういう場合の借金は、たとえていえば、カンフル注射のようなもの、事業の生命を救うためには、金利のことなど問題にしていられないのだ。

しかも、その契約は、おたがいの合意のうえに成立したものだし、第三者が干渉することはないはずだ。

それが七郎の信念だった。彼はこの信念をぶちまけて、主任と一戦をまじえたかった。おそらく彼一人だけの問題だったら、七郎は後のことは考えず、ここで堂々たる論戦を展開したに違いない。

ただ、この際はそういう信念を貫いていいかどうかには疑問があった。

隅田光一を無傷のままで助け出す——。この一事を心に誓った以上、自分たちはあくまでも自由の立場にいる必要があった。そのためには、ここで果敢な理論闘争をはじめて、係官の心証を悪くすることは、ぜったいに禁物だと思われたのである。

彼は腹をきめなおして顔をあげた。

「やっているときは夢中でした。でも、いまこうして考え直してみると、たしかにゆきすぎだったと思います。最初はこういう際ですから、できるだけ、くにの親にも学資の心配をかけたくない、なんとかアルバイトぐらいのことができないかと思ってはじめたのですが……。何しろ、学徒動員の最中に、胸をやられたものですから、かつぎ屋のように体力を消耗するまねもできませんし、隅田君の話がいかにも理路整然としていて、もっともらしく思われたので……。アルバイトのつもりが、時のはずみで、こんな大仕掛けなことになってしまったわけなんです」

七郎がこれだけ下手《したで》に出るということは、この主任は予想していなかったらしい。その峻厳《しゅんげん》な表情もちょっとゆるんだようだった。

「それでは、君たちのしていたことが、間違っていたことを認めるのだね？」

「誰でもやっていることですから、かまわないだろうというのが最初の考えでした。それに、隅田の話を聞いていると、特にそういう気持ちになってくるのです。ご承知でしょうが、彼は東大法学部はじまって以来といわれる天才です。総理大臣になった若槻礼次郎の学生時代から、何十年か、これだけの成績をあげた学生はなかったというのが、先生たちの定評です。そういうわけですから、彼の言うことは、ぜったいに間違っているとは思えませんでした」

「それで、ずるずると深みにひきずりこまれたというんだね？」

「はい……」

「しかし、君にしたところで、いちおう法律を専攻している大学生だ。自分で、常識と照らしあわせて、彼の言葉を批判してみる気にはなれなかったのかね？」

「いまにして思えば、それが正しかったと思います。ただ実際問題として、われわれが中学から高等学校、大学と進んできた時代は、軍部の最盛期でしたから、指導者の意志はぜったいのものでした。承詔必謹《しょうしょうひっきん》――というような思想を、われわれは戦時中に、腹の底までたたきこまれたものですから、それがいつのまにか癖になって指導者の言葉を批判するということがなかなかできないのでしょう」

「でも、それは言いわけにならんだろう」

「別に弁解ではありません。たとえば今度の戦争でも、私の友だちで絞首刑になった男がいます。まじめないい男でしたが、戦争中に捕虜を殺したことが、戦犯裁判で問題に

なったのです。もちろん上官の命令ですが、

――上官ノ命令ハ即《スナワ》チ朕《チン》ガ命令ト心得ヨ。

ということは、軍人勅諭にも、はっきりうたってあるでしょう。ところが、むこうの裁判官は、日本人の、特に、軍隊の内部の感情というものがわからないものですから、

――それでは、天皇がその場にあらわれて、被告に直接命令を下したのか？

と、わけのわからない質問をしたそうです。もちろん、今度の場合は、それとは違いますが、いったん、指導者とあおいだ以上、私は、軍隊で上官に対したときと同じ気持ちで、彼にも対してきたつもりです。彼の意志は、私にとっては、絶対的な命令でした。もちろん、その命令を実行したのは私ですから、その全責任は、私自身にあります。どうか、彼のかわりに私を処罰してください……」

大須賀主任に対する彼の答弁は、終始こういう調子だった。

表面では、自分の責任だということを強調しながら、その実は、自分は忠実な命令の実行者にすぎないという主張を、言葉をかえてくりかえし、相手にのませようとしたのだ。

この主張さえ通ったならば、七郎に光一以上の罪を科すことは、法律の常識をはずれ

ている。ことに、戦争犯罪で往々見られた、この点の矛盾を最初につかれては、警察側としたところで、その考え方を全面的に反駁《はんばく》することは、とうていできない相談だったろう。

物価統制令の違反については、光一がここで得意の法律論を展開すれば、解決は時の問題だと思われた。ただ、後にのこった容疑は詐欺だった。これはたしかに、隅田と木島の命とりになりそうな要素を含んでいたのである。

もちろん、苦しまぎれのことには違いないが、木島良助が言を左右にして返金に応じなかった預かり金は、九口の元利をあわせて、百八十万ぐらいあったのだ。

このことは、七郎にも初耳だった。この金がどこに流れていたかは自分にはわからないし、あるいは、会の名前を利用して、木島が個人的に集めてきた金かもしれないが、その被害者から被害届が出ている以上、警察権が発動されたことも、決して無理とは思えなかったのである。

取調べは、何度か中断されながら夜までおよんだ。

警察側としては、微妙な経済問題だけに、ごく慎重な態度をとり、四人の取調べを並行して行ないながら、その自供をたえずつきあわせて、今後の捜査方針の大綱を決定しようとしていたのだろう。

夕方ごろ、廊下で待たされていた七郎は、眼の前を通りすぎた二人の男の思いがけない会話を耳にした。

「下山《しもやま》国鉄総裁が、けさ役所へ出かける途中、三越本店から行方不明になったそうだ」

「共産党かな？　それとも国鉄従業員のしわざかな？　どっちにしろ、また忙しくなりそうだな」

私服の刑事か、それとも、この警察署に詰めているどこかの新聞記者なのか、そこはよくわからなかったが、このときは、七郎も、現在の自分の立場さえ忘れたほどの興奮を感じていた。

もし、この話がほんとうだとしたならば、一国の国鉄総裁という大人物が白昼誘拐されるような事態が発生するようでは、戦後の日本の混乱もここにきわまったというべきなのだ。たとえ、自分たちの計画は、いったん挫折したとしても、この動乱時の風雲に乗じて、巨富を積む機会は、これからもまだまだ残されているように思われたのである……。

取調べは、夜になってからもつづいたが、主任の態度はしだいに変わってきたようだ。

できるだけ、急速にいままでの貸付金を回収し、預金者の損害を最小限度に食いとめたうえで、この会社を解散したいと言いだした彼の言葉が、その心証をよくしたのかもしれなかったが、これからも必要がある場合は、随時出頭するという約束で、彼は九時ごろ帰宅を許された。

隅田と木島は、処分がきまるまでしばらくこのまま勾留されるということだったし、九鬼善司も、家を買ったということが問題になっているのか、いちおうあすまで留置されるということだった。

しかし、この家の問題だけならば、七郎もそれほど心配していなかった。もちろん、会社の金で買いとって、自分の名義に書きかえたというのでは、明白な背任横領だが、そこには法律にふれないような逃げ道が用意してある。

たとえば、隅田光一の場合なら、表面上は島浦三枝子に金を貸し、その家を抵当にとったことになっている。その返金がなかなかはかどらないために、社長自身がその家に下宿し、毎日返金を督促しているのだ――、と頑張り通すなら、すれすれの線で、背任横領にはひっかからないはずだった。

この場合、肉体的な関係の有無《うむ》は問題とならないのだ。たとえ、捜査陣がそのことを追及したとしても、それは下宿をしているうちに、事後に自然発生した関係だと頑張り通すなら、『犯意ナキ行為ハコレヲ罰セズ』という刑法の大原則によって、無罪の判決が下ることは明らかなことだった。

これは隅田光一が、六法全書と判例集を微《び》に入り細《さい》をうがって調べあげた結果、発見した一つの法の盲点だった。木島も九鬼もとうぜん、この例にならっていたろうし、こちらのほうは大きな問題にはなるまいと思われた……。

外は沛然《はいぜん》たる豪雨だった。

天気予報でも、雷雨の発生を知らせていたので、洋傘《こうもり》は準備してきたが、それでも京橋署を出て、地下鉄の京橋駅へたどりつくまでには、ずぶ濡れになったくらいだった。

下宿へ帰る気はしなかった。神田駅まで来て車を拾うと、彼はまた「酔月」へやってきた。雨のせいで、お座敷がなかったのか、綾香はすぐにやってきた。

七郎はもう浴衣に着かえて、ビールを飲んでいたが、いままで極度の緊張をつづけていたせいか、酔いはぜんぜん感じられなかった。

「どうしたの？　顔色が悪いけれど」

もう、二人は完全にただの芸者とお客の関係をはなれていた。綾香の言葉にも、他人行儀な遠慮はなかった。

「けさの新聞で見たろうね、隅田と木島がつかまったんだ。そのことで、僕も京橋署まで行ってきたのさ」

「まあ、そんなことがあったの」

綾香もびっくりしたようだった。お客の経済状態に関しては情報の早い花柳界で、今度の事件を知らないでいるということは、ふしぎなくらいだったが、七郎はその理由も深く考えずに、ゆっくり事情を話して聞かせた。

「もうこうなっては、われわれの事業も壊滅だね。これからは、どうすれば、彼らをうまく助け出せるかということが問題になるだけだ。もう遊ぶ金も自由にできなくなるし、おまえの顔も見られなくなるだろう。そう思ってきょうは最後のお別れにやってきたのだが……」

そう言われても綾香は少しも動じなかった。かえって、かすかな微笑さえ浮かべて、

「そうね。隅田さんとは、もういいかげん手を切ったほうがいいわ。あの人に頭をおさえられている間は、あなたのほんとうの力はのばしきれないのよ」

「でも……」

「人間なんて、一度や二度の失敗は誰にでもつきものだわ。ことに事業なんかしようという人は、それこそ七転び八起きがあたりまえよ。戦争だってそうでしょう。マッカーサーが命からがら、コレヒドールから逃げ出したとき、日本人はみんなそのことを軽蔑したものだわ。日本人の司令官なら、それこそ腹を切って死んだろうと笑ったもんじゃない？　ところがいまはどうでしょう。たしかに日本の将軍たちは、大勢腹を切って死

んだけれども、一時の恥をしのんだマッカーサーは、いま東京におさまって、陛下まで見おろす主権者になってしまったのよ。いま、日本人のだれが、マッカーサーを軽蔑できて？」

「うむ」

七郎は夢中でビールをあおった。このくらいのことは、綾香に言われるまでもなく、常識で承知していることなのだが、ただの芸者とばかり思っていた女の口から、こう言われると、それは名僧知識の口から出た説法に数倍する力で、彼の胸を圧してきたのだった。

「戦争というものは勝てばいいのよ。勝ちさえすれば、途中でどんなことがあっても、人はなんとも言わないのよ。あなたは、こう言ったら、気にするかもしれないけれど、あなたがたは、こういう仕事をはじめるんだったら、まず学生服をぬいでかかるべきだったわね。足を泥の中にひたして、身を粉《こ》にして、働く覚悟がなかったら成功なんか望めないわ」

「うむ……」

七郎はただうなりつづけるだけだった。学生服の商法には、たしか光一が指摘したような長所もあった反面に、こんな脆さがあったのだ。学生だから——という気持ちが、この仕事のどこかに尾をひいて、今日の敗戦の遠因となっていなかったとは、彼も言いきる自信がなかった。

「今度の失敗にこりて、学問第一で生きるというならそれでもいいわ。また、制服をぬいでしまって、金貸しとして生きようとするならそれでもいいわ。要はあなたの決心一つよ」

「それで、おまえはどうするのだ？」

断崖の上に追いつめられたような気持ちで、七郎は真剣に問い返した。

「わたしの気持ち？　これを見て」

綾香はさっと浴衣の左の袖を肩口まであげて見せた。そのとたんに七郎も息をのんだ。いつのまに彫ったかしれないが、その左の二の腕には、「七郎いのち」という青い刺《いれ》青《ずみ》が浮かんでいたのである。古風な、むしろ野蛮と言いたいような愛情の表現には違いなかったが、七郎はこのとき、初めて学生服をぬぎすて、泥沼の中へ足をふみこむ決心をかためたのだった……。

その翌朝、下山国鉄総裁は無惨な轢《れき》死《し》体《たい》となって、北千住《きたせんじゅ》付近の鉄路の上で発見されたが、これがもう二日早く起こったら、それとも隅田たちの逮捕があと二日おくれたら——と、七郎は思わず歯ぎしりしていた。

もちろん、この二つの事件の間には、直接なんの関係もあるわけではない。ただ、間接的な関係は、見のがすことはできなかった。

国鉄従業員の大量整理をめぐって、話題の中心となっていた下山総裁が、突如として怪死をとげたということは、ジャーナリズムを沸騰させたのだ。この大事件のために、紙面をおおわれて、デスクで没にされた小事件の原稿はどれだけあったかしれないのだ。

もし、ここに二日のずれが起こったならば、隅田光一たちの逮捕のニュースも、紙面の片隅に追いやられるなり、あるいは完全に黙殺されるなりして、世間の注意をひくこともなく、終わったかもしれないのだが……。

新しい預金は、ばたりと跡をたった。資金の回収も順調には進まなかった。期限の来た預金に対する支払いもおぼつかなかった。

これを詐欺というならば、その犠牲者は日を追ってふえるはずだったのである。

もちろん、隅田光一の両親も、木島良助の両親も、あわてて上京してきた。七郎はその顔を見るのもしのびなかったが、さいわい誰も事情を了解してくれて、彼を責める言葉は一言も吐かなかった。

あとは、光一たちを救い出す、いわゆるムッソリーニ作戦だが、京橋署では、なんとかしてこの二人だけでも起訴に持ちこまなければ、面子《メンツ》がたたないと思っているように、厳重な接見禁止の処置をとって、両親にさえ面会を許可しなかった。

光一の鋭いが脆い性格を知りぬいている七郎は、それが心配でたまらなかった。法律論では崩れることはあるまいが、その神経がまいってしまったら、係官たちの作ってい る、見えすいた罠にさえおちこむ危険がある。

その自滅を食いとめるには、なんとか留置所の中と連絡をとる必要があった。

二日間必死に頭をしぼった結果、ようやく七郎は窮余の一策を思いついた。警察を出てきた九鬼善司が、

「京橋署の留置所は川に面している」

と言った言葉が、この計画を生むヒントとなったのである。

その計画というのは、川にボートをうかべ、暗号で外部の情報を伝えることだった。

「だが、それが隅田たちにわかるかな?」

九鬼はその成果をあやぶむような顔をしていたが、七郎は今度は強硬だった。

「もちろん、事前に暗号の文句までうちあわせておいたわけじゃないから、ぜったいに確実だとは言えないが、隅田にしたって、あれほど切れる男だし、留置所では酒にも女にもおぼれるわけにはいかないから、必死に頭をしぼるだろう。もし、僕たちが、それ

だけ努力しても、むこうに通じないとしたら、それは彼らの罪なのだ」

「よし、やってみよう」

九鬼も大きくうなずいた。

その晩、二人は相屋橋《そうやばし》からボートに乗って、京橋の下を通りぬけ、京橋署の下まで漕ぎよせた。

「よかろう。このへんで」

「よし」

七郎は用意してきたポータブルの発条《ぜんまい》をまいて、レコードをかけた。戦後あらゆる人びとの口に親しまれた「リンゴの歌」――。これは、光一も酔いがまわると、はずれた調子で口ずさんでいたものだが、七郎はこの歌をこの通信のコールサインに使おうと考えたのだった。

「リンゴはなんにも言わないけれど
　リンゴの気持ちはよくわかる
　リンゴかわいや……」（サトウ・ハチロー作詞）

甘い女の歌声が、暗い水上にこだまして流れた。まだこのあたりの夜は廃墟も同然だった。この歌声をさまたげる騒音も何ひとつとして聞こえなかったのである。

これは考えようによっては、実に皮肉な歌詞だった。

おそらく隅田光一も、留置所の鉄格子のはいった窓ごしに聞こえてくるこの歌声を耳にして、無限の物思いにふけっているだろう。これが彼らの通信手段であることまでは、まだ気がついていないとしても……。

ころあいを見はからった七郎は、ボートの上で大声をはりあげた。

「ヒットラーはまだ生きているってね」

「ムッソリーニのことは忘れていないさ」

打ち合わせどおり、善司は応じた。

ヒットラーとムッソリーニ——。この悲劇的な二人の名前の組み合わせが、隅田光一に、何かの暗示を与えることを二人は信じて疑わなかったのである。

「ジンゲルはまだ、それほどさわいではいないな」

「そっちはなんとかまとまるさ。烏《からす》だ。烏の権兵衛《ごんべえ》だ」

ジンゲルというのは、学者たちが芸者を呼ぶときの通称だった。被害者は警察官の隠語ではガイシャという。この二つも隅田光一の頭ならなんとか結びつけられるだろう。

そして、最後の一言は、サギをカラスと言いくるめるという諺にこじつけて、詐欺の容疑だけはぜったいに否認しろという暗示だった。

彼らのいうムッソリーニ作戦は、このようにして、その幕を切っておとしたのである。これは後でわかったことなのだが、この暗号通信は結果論として、完璧に近い成功をおさめたのだった。

「リンゴの歌」をコールサインとして始まる毎晩の謎の会話に、留置所の中の二人は、必死に耳を傾けていたのだ。そして、その暗号を分析判断し、ともすれば崩れようとする気持ちをひきしめながら、捜査陣に必死に反撃をいどんだのである。

これは、警察側にとっても、完全に意表をつかれた出来事に違いなかった。

接見禁止という非常手段に訴えて、外部との面会通信を遮断したかげには、なんとしてもこの二人だけは起訴処分まで持ちこんで、眼にある金融業者たちの活動に、見せしめの一撃を与えようとする意図がひそんでいたには違いないが、こうして外部の情報が、筒ぬけに留置所の中へ流れこんで行く状態では、隅田光一だけの才能をもってすれば、誘導尋問の裏をかくぐらいのことは、なんでもなかったのである。

あせりにあせった京橋署では、差入れの着替えや食事の中に、秘密の通信文がかくされているのではないかという疑いまで持ちはじめたのだ。毎日三度の弁当は、それこそ重箱の隅まで楊枝でつつくような厳重な検査をうけたのだが、そういう平凡な方法では、これほど大胆不敵な通信法の秘密を発見することはとうていできなかったのである。

しかし、それにしても、このムッソリーニ作戦は多事多難の連続なのだった。

留置所の中にいる二人にしても、この暑さに、四畳ぐらいのうす暗い部屋の中で、毎日を送りむかえることは、たいへんな苦痛だったに違いない。一夜をここで送った九鬼善司の話では、一室に収容されていた人間は、七人に上ったというが、これはほとんど、人間の生存できる最小の空間だともいえるだろう。それにまた、そこに同居する人間も、殺人、強盗、窃盗《せっとう》など、ありとあらゆる犯罪者なのだ。

眼鏡ははずされ、服のバンドはぬかれ、こういう動物的な生活をつづけていくということは、一種の精神的な拷問だともいえるだろう。

少しでも神経に弱さを持った人間ならば、すぐにでも拘禁性《こうきんせい》の神経衰弱におちいりやすい状態なのだ。

そういう状態に追いこまれれば、ふつうの人間はどうしても弱気になりやすいものである。たいていの罪なら、あっさり認めてしまって、保釈にでも持ちこみ、自由をとりもどしたうえで、あらためて法廷での闘争に全力をあげようと考えるのも、少しもふしぎなことではないが、隅田と木島の二人は、よくこの危険を回避して、十日を頑張り通したのだ。

しかし、肉体的には、自由を許されているとはいっても外部の七郎たちの苦心や努力は、それに数倍するものだった。

　この毎晩の通信にしても、ただ、中の二人をはげますだけのものではない。その裏付けとなる事実がなかったならば、なんの効果もあげられないのだ。二人は、毎日、被害届を出した当人たちのところを歴訪して、告訴をとり下げてもらうように、真剣な運動をつづけたのである。

　ただ、それには、少なくとも元金だけでも即時返済するくらいの誠意は示さねばならなかった。だが、社長と副社長の二人を逮捕され、対外的にはいっさいの信用を失いつくした太陽クラブとしては、それも容易なことではなかったのだ。

　隅田光一が、株の空売りの証拠金として、証券会社に預けておいた金も一銭のこらず回収しなければならなくなった。

　光一の最初の思惑どおり、相場がこの間に崩れていて、株価が下落していたなら、この金にも十分利が乗っているはずなのだが、この年の下半期におこった歴史的な崩壊相場は、まだその片鱗《へんりん》も示していなかった。

　専門的な言葉でいうなら、上げ悩み下げしぶりの保合《もちあい》状態だったが、それでも銘柄によっては、かなりの上げを示していたために、ここで現金を回収するためにも、相当の犠牲をはらわなければならなかったのである。

それに加えて、七郎は今度の問題が、法律的にどうあつかわれるかということも、研究しなければならなかった。

彼は睡眠時間さえ極度に切りつめて、古里弁護士から借り出した山のような判例集に眼を通していった。

そして、その結果、彼は一つの冷たい事実に直面したのである。

彼らのように、不確定多数の人間から資金を集め、それを金融にまわすことは、明らかに銀行法の違反となる。それは、隅田光一も前から気がついていたことなのだが、さいわいそういう罪状が適用された例はいままで一度もなかった。

高金利が物価統制令に違反したという判例も、いまのところは一件もない。

ただ、彼らのような場合には、取りこみ詐欺の条項が、そのままあてはまるのだった。

『誇大虚構、実現不可能ト見ナサレル条件ヲ約シ、ソレニヨリテ、不確定多数ノ大衆ヨリ、零細ナル資金ヲ集メ、ソノ条件ヲ履行セズ……』

判例の冷たい法律的な文章が彼の網膜に焼きついて、しばらく離れようともしなかった。

もしも、彼らの努力が効を奏せずに、この被害届がすべて撤回されなければ、警察署なり検察庁なりが、この判例を適用してくることは、火を見るよりも明らかだった。

しかも、彼の努力を空しくするような悲報は、相ついで訪れてきたのである。

この事件が、社会に及ぼす影響を恐れたらしい東大当局は、彼ら四人に対して無期限の停学処分を通告してきた。

綾香にああ言われてからは、七郎は自分から退学届を出して、実社会の生活にふみ切ろうという意志をかためていた。

だから、こういう処分にしても、これでかえって、決心を実行に移すきっかけができたと考えて、あんまり気にもしなかったのだが、九鬼善司にとっては、やはりこれは相当の衝撃を与えたらしかった。

しかし、七郎にとっては、これよりもさらに恐るべき情報が、相ついでやってきたのである。

それは古里弁護士が、ごく内々に京橋署の上層部から聞き出してきた情報だったが、警察側では、その方法までは想像できないにせよ、留置所の中の二人が秘密に外部と連絡をとっていることだけは、かぎつけたらしい。それを防止するために、今後一件でも、被害届が発生したならば、それをきっかけに、鶴岡七郎と九鬼善司を逮捕し、是が非でも、とりこみ詐欺として送検しようとしているということだった。

ムッソリーニ作戦は、たしかに半ばは成功したが、その反面では、このような危険を生じたのだった。ついに七郎も、最後の決心をかためずにはおられなくなったのである……。

むかしから軍事的天才というものは、勝ちいくさより、敗軍の際に、その真価を全面的に発揮するものだといわれているが、鶴岡七郎の犯罪者的天才は、こういう破局に直面した瞬間、初めて全面的にめざめたのだ。

毒をもって毒を制する——という諺を地でいって、彼は進んで詐欺の罪を犯すことによって、現実に、いま身に迫っている詐欺の罪からのがれようとしたのだった。

これは、すこぶる大胆な着想のようだが、彼は彼なりに十分の成算もあったことだった。およそ、あらゆる犯罪の中で、詐欺ほど安全有利なものはない——。こういう秘密を、彼は多くの判例の中から読みとったのである。

もちろん、古い戦前の統計だが、強盗によって得た金をその刑期で割って計算すると、その収入は一日あたり、わずか七銭にしかついていない。かりに物価指数を四百倍として現在の貨幣価値に換算してみても、一日二十八円にしかついていないのだ。それに対して、詐欺のほうは、五円三十一銭ということになっている。同じ計算をしてみれば、二千百二十四円になるという皮肉な結果が生まれるのだ。

それにまた、検挙率から比較してみても、強盗などでは、九割八分までが、刑をまぬがれないのに対して、詐欺の場合は、証拠不十分で釈放される割合も五割以上にのぼっている。

常識的には、犯罪の成立は明白だと思われる場合でも、弁護士が鋭く法律の不備をついたために、無罪となった実例を、彼は判例集の中からいくつも発見できたのである。

これは実に皮肉な話だが、冷たい事実に違いなかった。

彼らのように、最初はなんの悪意もなく出発した場合でも、その後の情勢いかんによっては、完全に詐欺と見なされる場合もあり、またその反面では、最初から詐欺をはたらく意志で罪を犯していながら、現在の法律では裁ききれないという場合もあるのだ。

しかし、最初から細心に緻密な計画をたて、大胆不敵にこれを実行するならば、七郎にはその成功はむしろ容易なことのように思われた。

もちろん、それは道徳的にとがめられるべき行為だったに違いない。だが、七郎はこういうことを考えながら、それほど良心の呵責《かしゃく》を、感じたわけではなかったに違いない。

そういう意味では、彼もたしかに、典型的な戦後派青年の一人だったに違いない。

戦後派——アプレ・ゲールの道徳観の喪失は、多くの人びとの眉をひそめさせたものだが、その遠い原因の一つは彼らの成長した時代の社会環境なり教育方針なりにあったということは、今日ではもう定説となっている。

いまから冷静に考えれば、満州事変の発生したころからの日本の社会情勢は、どこかに大きな狂いがあったのだ。

勝てば官軍——という思想は、いわゆる軍閥だけではなく、昭和初期からの日本人の大半を支配した根本思想だった。

いや、日本の過去十数年の過ちを裁くと称して行なわれた極東軍事裁判でさえ、ある意味では、連合国側の官軍思想のあらわれともいえるのだった。

たとえば、いわゆるマニラ虐殺事件の弁護に立ったあるアメリカ人の弁護士は、広島、長崎に原子爆弾を投下したアメリカの態度を非難して、

「みずからこのような暴挙をあえてした連合国側には、日本の残虐行為を裁く資格はない」

と断言している。それに対して、ウエッブ裁判長は、語るに落ちた一言に、この裁判の本質を思わず暴露してみせたのだ。

「この軍事裁判法廷は、日本側の非行を裁く目的で開設されたものである。連合国がこの戦争中にいかなる行為に出たとしても、それはこの法廷でとりあげるべき問題ではない……」

法学部の学生として、このウエッブの一言を聞いたとき七郎は、連合国の官軍意識に大いに反発を感じたものだったが、それはまた彼と同年輩の青年たちが、共通して抱いた感情だったろう。

少なくとも、七郎はこのときから、

『法は正義なり』

という法律の根本思想に、大いに疑惑を感じたのだ。

その結果として、彼の心に生まれたものは、

『法は力なり』

という思想であった……。

法律が正義でないならば、力をもって、それを踏みにじることにも、良心の呵責は感じないですむ。

鶴岡七郎が、こういう危機に追いこまれたとき、自分のたよりにした思想はこれ一つだった。もちろん、彼としては、たよるべき力といっても、自分の知力があるだけだったが、彼がこれから数年にわたって、まるでスポーツの新記録を樹立しようとするような意気ごみで、数々の詐欺事件を計画し、実行していったのもここに原因があったのである。

古里弁護士から、この情報を聞かされたとき、九鬼善司の狼狽は、その極限に達していた。

今度の事件が原因となって、彼はいま自分の家から勘当されたも同然の状態になっている。父親が若い継母に迷って、子供のことなど、どうでもいいような態度をとっているらしいのだが、もともと光一や七郎にくらべては、独立独行の精神にはとぼしいだけに、彼が弁護士の帰った直後泣きだしそうな顔をしたのもむりのないことだった。

「鶴岡君、これはどうしたらいいんだい？　いまのところ、どんなに内輪に見つもっても、これから十日間のうちに、百万ぐらいの金は入用じゃないか。それがはいらなかったら、僕たちは完全にお手あげだよ。隅田たちを助けるどころか、こっちも留置所から、刑務所まで行かなくちゃいけないのかね？」

「そうはさせない。いままでは、隅田たちを助け出そうとしたのは、友情からだけのことだったが、今度は僕たちの自衛のために、彼らを助け出さなければならなくなったんだよ。どのような非常手段をとっても、彼らを証拠不十分で釈放させないかぎり、こっちも、同時にアウトだね」

「でも、そういう方法が考えられるのか？」

「あるとも。いますぐ、百万の金が作れたら、なんの文句もないわけだろう」

いかにも自信ありげな七郎の態度は、善司をすっかりおどろかせてしまったらしい。

そんなことがどうしてできる――、というような表情で、眼を見はり、七郎の顔をしばらく見つめていた。

「まあ、僕がいろいろ法律の問題を調べてみたところでは、このままでいったら、僕たち四人が、詐欺で起訴されることだけは、ぜったいに間違いがなさそうだ。まあ、これからの方針は、この現実を頭にたたきこんで、覚悟をきめることから出発するのだね」

「それで？」

「どうせ、そういう運命になっているものなら、毒をくらわば皿までで、ほんとうに詐欺をするんだよ。しくじったところでもともとだ。うまくいって、ここで百万の金ができたら、両方の罪がいっしょに逃げられる。たしかに一か八かの非常手段だが……」

「なんだって！　詐欺から助かるために詐欺をするのか？」

「そのとおり。いやならここであきらめて、刑務所へ行こうか」

「鶴岡、君はまた、なんという、図太い男だ」

大きく溜息をついたものの、九鬼善司も、七郎に対する信頼感はまだ失っていなかったらしい。テーブルの上に身をのり出して、

「聞こう。君はいったい、どんなことをしようと考えているんだね？」

「割り切ってしまえば、なんでもない話だが、この現実の世界では、勝利が絶対だということさ。たとえば、今度の東京裁判にしたところで、弁護団長の清瀬《きよせ》一郎《いちろう》博士は冒頭陳述で、この裁判が国際法の見地から見れば無効だということを堂々と声明していたろう。法理論から見たならば、たしかに博士のいうことには、一点の隙もなかったよ。しかし、連合国のほうでは頑として、そういう主張をうけつけなかったね。ひかれ者の小唄としかうけとらなかったろう。負けた者には正義を云々《うんぬん》する資格がないというのは、残念ながら、この世の真実に違いないよ」

「いまのたとえは、よくわかる。それで？」

「失敗者には、あらゆる罪の責任がおわされる。ところがいったん成功して、富と地位とを築きあげられれば、途中でとったあらゆる手段はすべて合法化される――。いまの国家の問題を個人の場合にあてはめれば、こういう結論が出てくるのだ。どういう財閥にしたところで、その発生の当時には醜聞《スキャンダル》がつきものだ。一代で巨富を積もうという人間は、必ず途中で、詐欺師だとか、強盗も同じことだとか、手きびしい悪名をうたわれるものだが、彼が成功して莫大な財力を積みあげてしまえば、世間ではもう途中の出来事については何も言いはしない。要するに勝てばよい。勝ちきればいいのだ」

「うむ……」

善司は両腕を組んで眼を閉じた。彼も戦後派の青年だけに、この飛躍的な論理の中に、七郎が言わんとしていることの内容はすぐくみとってしまったらしい。だが、七郎は相手がなんとも答えないうちに次の言葉をつづけた。

「それに、君は今度言いわけのために、投資家たちの間も歩いてみていったいどんな印象をうけた？　大衆というものは、無知なようで、あんがいこわいものなんだ。ことにわれわれがこうして集めてきた金は、彼らが汗水を流して積みあげた虎の子のような貯蓄だよ。その点では、僕たちのしたことは、少なくとも、道徳的には非難されてもしかたのないことだったね」

「その点は、僕もまったく同感だ。この金がかえってこなかったら、首でもつらなければいけない——と、いまにも泣きだしそうにしている預金者の顔を見るたびに、こっちのほうが、泣きたくなったくらいだよ」

「そうだろう。ところが、これが大会社を相手に詐欺を働いて、それで成功できたらどうなる？　もちろん、むこうにしたところで、いちおう損害をうけることだから、決して好感は持ってくれないだろうが、あすの生活にも困っているような人間が一万円なくするより、大会社の百万円のほうがなくなったときの傷はかるい……。こっちにしたって道徳的な悩みは少なくてすむだろう」

「まるで鼠《ねずみ》小僧《こぞう》次郎吉《じろきち》か、アルセーヌ・ルパンのような考え方だな」

善司がこういう冗談を持ち出したのも、心の中にいくらかおちつきをとりもどした証拠かもしれなかった。これならば、脈がありそうだと考えた七郎は、自分が判例集の中から拾い出した、無罪の判決をうけた詐欺事件の実例を一つ一つ話して聞かせた。

「なんだ。石炭を液化して石油を作るというふれこみで、戦争前の金で何百万と集めておいて、それで無罪になっているのか？」

その一例だけでも、善司は腹の底から驚嘆したらしかった。

「そうだとも、この判例を読んだだけでも、僕は法律というものの一つの盲点を発見したね。これがたとえば、海水から石油をとるというように、学理上不可能なことならば、それだけで詐欺は成立するんだよ。ところが、石油というものは化学的には炭化水素といって、炭素と水素の化合物らしい。石炭というものは、炭素が主成分になっているものだから、これに適当な方法で、水素を化合させることができれば、とうぜん石油になるはずだ。もちろん、適当な方法というものは、口で言うのはかんたんだが、いざ実行となってくると、たいへんな技術的困難をともなうわけだから、そうかんたんなものではなかろうが、そこがこの犯人の狙いだったんだろうねえ」

「うん、それで、判決文には、いったいなんと書いてある？」

「要するに、発明発見というものは、その途中で、いろいろと不測の困難に遭遇するものだというんだよ。どういう事故で、初めの目的が達成できないともかぎらないが、学理的に可能と認められている以上、そのような失敗を詐欺と断定することは、国民に発明的意欲を失わせる恐れがあるというんだよ。もちろん、この被告が、集めた金の全部を女遊びにでも注ぎこんで、本来の研究のためには、一銭も使わなかったなら、裁判所でも、こういう判決は下さなかったに違いないが……」

「なるほど、その何割かが、自分の懐ろに流れこんでいたとしても、帳簿のうえさえきちんと数字があっていたら、裁判所では、有罪の判決は下しきれないというわけだね」

「そのとおりだよ。そしておそらく、この被告はそのくらいのことはしていたんじゃないかと思う。これは大胆な想像だが」

「よし、わかったよ。ただ、いますぐには、その方法は応用できないな。僕にしたって君にしたって、法律の知識は少しぐらい持ちあわせているが、科学技術の知識にかけては、ぜんぜんおぼつかないからな。にわかじこみの付焼き刃をやらかすとしても、こういう急場にはまにあうまい」

「それはたしかにもっともだ。だが、僕はいま自分たちでもできそうな手は、いくつか考え出してみた。それならすぐにでも金になるし、また、ぜったいに警察が尻尾をつかめないやり方だ。九割まで安全な方法で、僕たちはこれから数日の間に、百万以上の金をつかめるのさ」

「それはどういう方法なのだ?」

七郎の語りつづけた一つの手段に、善司は眼を輝かして聞きいっていた。それは、株券を利用する一つの詐欺だったが、その実行方法を聞き終わった瞬間、善司は大きく溜息をついて言った。

「鶴岡、君は恐るべき悪の天才だ」

七郎は思わず苦笑した。彼は頭にこれ以上の方法をいくつか描いてきたのだ。いま打ち明けたことなどは、ほんの序の口にすぎなかったのである……。

4　詐欺からのがれるための詐欺

　詐欺の罪を切りぬけようと、七郎たちが決心した夜のことだった。

　帝国ホテルの正面玄関にとまった大型車は、白い洋服に黒の蝶ネクタイをむすんだ四十前後の男を吐き出した。

　東京じゅうの有名なホテルは、ほとんど一軒のこらず、アメリカ軍に接収されて、ふつうの日本人の宿泊は認められなかったが、それではいろいろさしさわりもあるということになったので、ここだけは一部解除になっている。といっても、宿泊料は安くないし、そういうことが一般に知れわたっていないために、利用者もあんまり多くないのだが、この男はいかにもおちつきはらった態度で、ボーイにトランクをわたすと、しゃあしゃあとクロークへ近づいていった。

「いま東京駅から電話をした京都の梅田《うめだ》だが……。部屋は用意してあるね？」

「いらっしゃいませ」

クロークの奥から姿をあらわした白服のマネージャーは、ていねいに挨拶しながら、鋭い視線をこの男の全身に投げかけた。

およそ、一流ホテルのマネージャーともなれば、お客を一目見ただけで、その職業から収入から現在の懐ろぐあいまで、すぐに見やぶるだけの修練を積んでいるものだが、この男の言葉なり態度なりには、別に彼の不安を呼びおこすものもなかったらしい。

「一週間ほどご滞在になるというお話でございましたね？」

「そうだ。初めてだから、これだけ預かっておいてもらおう」

この男は小脇にかかえた鞄の中から、無造作に札束をとり出して、相手の眼の前に積みあげた。縦横十文字に紙帯のかかった百円札の束が七つ――。これだけの金をつきつけられればマネージャーも信用するのがとうぜんだった。

「バス付き、シングルでよろしゅうございますね？　ご宿泊料はこのとおりでございますが」

「うん」

「それではこちらにご住所とお名前を」

「うん」

男は胸のポケットから、パーカーの万年筆をとり出すと、きちょうめんな字でカードにサインをした。

「京都市中京《なかぎょう》区《く》二条《にじょう》河原町《かわらまち》下《さが》ル
貿易会社社長　梅田英造《えいぞう》（四二）」

マネージャーは、七万円の預かり証とひきかえに、そのカードをうけとると、いかにも職業的な微笑を浮かべて、

「お部屋は三階の三一六号室でございます。すぐご案内させますから」

と、ボーイに眼で合図をした。

部屋へはいって、浴衣に着かえると、この男はほっとしたように一息ついた。いままでは、いかにも社長然とした威厳をつくっていたその顔には、まるで狐のような狡猾《こうかつ》な表情がにじみ出てきた。

彼は受話器をとりあげると、クロークを通して、ある番号をよび出した。

「そちらは『酔月』さんですね。鶴岡さんにおねがいします。そうです。梅田と言ってくだされればわかります」

まもなく、電話からは、七郎のひくく、ふとい声が流れ出した。

「うまくいったか？」

「大丈夫です。三階の三一六号室——。むかしにくらべればおちましたが、やはり帝国ホテルだけのことはありますな。料理はまだどうかわからないけれど。これで、女でもいたら天下泰平、まるで大名暮らしですよ」

「贅沢をいうな。一週間の辛抱だ」

七郎はこの男の有頂天な態度をたしなめるような鋭い調子で、

「酒もある程度まではいいけれども、あんまり度を越してはいけないよ。浴衣で廊下へ出かけたり、食堂へ行くとき靴をはかないで出かけたりしては、いっぺんにお里が知れるぜ」

「そのへんのことならご心配なく、ホテル住まいは慣れています」

「もちろん、君のことだから、そのへんにそつはないと思うがね。この一週間は大事なときだ。あすは朝から出かけて——、そうだな。一日じゅう用事はないから、映画でも見て適当に時間をつぶしてくれたまえ」

「ホテルには？」

「一流のホテルだったら、お客の行動に干渉はしないよ。留守中に、こちらからいろいろ電話をかけておく。一流会社だけの名前を使うから、聞き流しておいてくれればいいのだ」

「明後日は？」

「おひるごろ——十二時ちょうどに会社で会おう。僕と名ざしでこないで、社長に金融のことで相談があって来たと言うのだ。一千万以上の話だから、下っぱの人間に会ってもしかたがないと大見得を切るのだよ」

「そのへんのところは心得ています。まあ、細工はりゅうりゅう、仕上げをごらんになってください」

「それでは、万事よろしくたのんだよ」

この男は、何度かうなずいて電話をきると、そのままベッドに横になり、うすい仙花《せんか》紙《し》のエロ雑誌をひろげ、にやにやと下卑《げび》た笑いを浮かべていた。

その姿は、もちろん生地《きじ》には違いないが、こういう一流の大ホテルに滞在するような実業家とは見えなかった。

鶴岡七郎が、こういう男を帝国ホテルへ送りこんだ真意は、どこにあったのだろうか？

その翌々日の午前十一時ごろから、東都金融の社長室では、七郎と善司が、二枚の紙片を前にして、真剣な顔でむきあっていた。

紙片といっても、それはただの無価値な印刷物ではない。

この六月に増資払込みを終わった北洋《ほくよう》製紙の新株引換証なのだ。株券というものは、どの会社でも、特別な用紙に精巧な凹版印刷をして作製させるものだから、平和な時代でもかなりのひまがかかる。まして、戦争のため、大印刷会社が被害をうけて、その復旧もなかなかはかどらない現状では、新株が持ち主の手にわたるまでには、五カ月はたっぷりかかるのだった。

その間は、この引換証が株券同様のあつかいをされて、自由に売買されるのだが、ここにならんでいる二枚は、その番号までがぴったり一致していた。

こういう有価証券の性質として、同じ番号のものが二枚あるのは、一方が偽物に違いないのだが、善司がさっきからどんなに眼を光らせて調べてみても、その真偽は識別できなかった。

「恐れいったよ、君のお手なみには。どうしてこんなまねができたのだ?」

善司は舌をまいて言いだしたが、七郎のほうは平気な顔で、

「ある印刷屋をだきこんだのだよ。本物の株券だったら、とても偽造はできないが、こんな引換証だったら、同じ紙を手に入れるのもなんの苦労もないらしい。あとは、本物を写真にとって、銅版さえ作れば、何枚でも同じものができるんだ。まあ、番号だけは、別に打ち直さなければいけないが、これでは誰にも見分けはつくまい」

「たしかに」

善司は大きくうなずいた。

「もちろん、警視庁がどこかで、精密な科学的検査をしたら、わからないこともないだろう。しかし、なにか事故でもないかぎり、証券会社でも取引所でも、いちいちそんな手間をかけてはいられない。とすれば、これは現金同様だ。この一発で勝負をきめるなら、ここのピンチは切りぬけられるね」

「いくら作る？」

「五万株——。一株二百三十円だから、一千百五十万ぐらいだね。もちろん、こういう仕事だから、印刷所のほうにも相当に金を使わなくっちゃいけないが」

「それはどこだ？」

「それは言えない。たとえ、君と僕との間でも、これだけは秘密にしておかないと、いつどこから事が破れるかしれないのだ」

「それで？」

「一昨日も言ったが、こうして見本刷りと実物を並べてみても、区別ができない以上、どこでもフリーパスするよ。ただこういうものの性質からいって、新株が実際に発行されて、これと引き換えられるようになってくれれば、同じものが二枚ずつあるわけだから、会社はとうぜん騒ぎだす。そこで科学的検査でもされれば、もちろんこっちが偽物だということがわかる。それから売り主をさかのぼって調べてくれば、どんな証券会社でも、あつかった株券のナンバーは全部記録してあるから、ここまでくるのは時間の問題だ。こちらが正当な方法で、これを手に入れたということが証明できない以上、有価証券偽造行使罪で、確実に二年は刑務所行きだ」

「それを途中でひっくりかえすのだな」

「そうだとも。一昨日も言ったように、ここに一人の幽霊を登場させる。京都の梅田貿易という会社の社長で梅田英造という男だ。この男を相手に、貸し出しの証書を作って、これを担保に、八百万という金を貸し付けたことにするんだよ。こっちは逆にこの引換証を担保に入れて、どこからか金を借り出すのだ。もし、その間に、株の空売り作戦がうまくいったら、この引換証もとりもどせるし、その場合は、偽物は一枚もあらわれないわけだから、なんの問題にもならないわけだが、まあ、そこまで予定してかかるのは、いくらなんでも甘すぎるだろうね」

「それで、その男は？」

「もちろん京都に連絡が行くだろうが、そんな会社も、そんな男も、どこにも見つかりっこはないいさ。ところが、むこうは、ちゃんと一昨日から帝国ホテルに泊まっている。

こっちは、いちおうホテルへ電話をして、そういう人間がいるかどうか、たしかめたうえで、持ちこんできた株券の時価の七掛けまで貸し付けることになるのだから、警察がつっこんできたところで、いくらでも言いのがれはできる。そのために、彼にきちんとした身なりをさせ、帝国ホテルで一週間も遊ばせておくんだからね。詐欺にしたって、資本を投下しておかなかったら、いざというときの逃げ道はできないのさ」

「それでその男は？」

「僕の郷里の男だが、満州では相当の地位までいった男だから、いちおう恰幅もいいし、押し出しもきくよ。ただ、ご多分にもれずこまっていてね。百万とまとまった金がつかめれば、くにへ帰って水商売でもやりたいというんだ。まさか、全国指名手配になるほどの事件でもなし、ことに本名がわからないのだから、事件は永久に迷宮入りだ」

「その男がその役を承知したのかね？」

「もちろんさ。もうすぐここへやってくる。そうしたら、三十分ほど、むだ話をして帰せばいい。商談の内容は契約書になって残るわけだし、そういう男が訪ねてきたことは、いくらでも証人ができるからねえ」

「うむ……」

九鬼善司は、腕ぐみしてうなるだけだった。最初、話を聞いたときには、七郎の説明に感心しながらも、まだ納得できないような表情がどこかにあったが、いまはもう、不安の影も完全に消え去っていた。

「ただ、この方法は何度も使えないよ。一度なら、こっちもだまされましたので、と頭をさげてすむけれど、二度三度となるとそうもいかない。そうそう道具に使えるような適当な相手も見つかるまいし、印刷所のほうも、何度かくり返しているうちには、そちらから足がつく恐れがある。詐欺という犯罪で成功するには、同じ手を何度も使わないこと、十分の資本と時間をかけて周到な準備をしてかかること、こういう二つの注意がいるのだ」

九鬼善司は、まるで学校の講義を傾聴する模範生のような表情で、七郎の話に聞きいっていた。

「鶴岡、君は恐るべき悪の天才だ」

彼がいつもの賛辞をくりかえしたとき、室内電話のベルがなった。

下の受付からだった。

「京都の梅田貿易という会社の社長さんで、梅田英造さんというお方がお見えでございます。いま、帝国ホテルにお泊まりのようでございますが、大口の融資について、ご相談がございますそうで」

「富沢君に話を聞いてもらうように言ってくれたまえ」

証人は一人でも多いほうが有利なのだ。受話器をかけ終わった七郎は、カメラのかげにかくれて俳優たちの演技を見まもる、映画監督のような満足感を感じていた。

起死回生のこの非常手段がものをいって、ムッソリーニ作戦は成功した。

彼らは、この五万株の引換証を担保にして、日本証券金融から六百万円の金を借り出すことに成功したのである。

この点なら、もし警察からつっこまれたとしても、金ぐりのための便法だと言えばすむ。法律的な見地からいえば、この梅田英造が捕まって彼の口から七郎との関係が割れるか、それとも印刷所のほうから、秘密がもれないかぎり、どこからも尻尾を出すことはないはずなのだ。

だが、この梅田英造と名のった男は、百万円の分け前をうけとると、すぐ帝国ホテルをひきはらい、郷里へ帰ってしまったし、印刷所のほうも、百万円の分け前をうけとって、眼前に迫っていた差押えの窮地から救われたのだ。残りの金の大半は、さしせまった支払いにあてられたが、この支払いが順調に行なわれたために、京橋署としても、取りこみ詐欺の件では、どうしてもつっこみきれず、物価統制令違反の件だけで、書類を送検したまま、いちおう光一と良助の身柄を釈放しなければならなくなったのだ。

逮捕から数えて二十一日目のことだった。日ごろはタフな木島でさえ、すっかりまいったような顔をしているくらいだから、光一のほうは、前よりもずっと青ざめて肉がおち、まるで幽霊のようだった。

「あなた、おやつれになったのね」

光一を出迎えた三枝子は、すっかり涙ぐんでいた。忘年会のきぬ子の事件で、心を傷つけられたところへ、こういう事件をまきおこしたのだから、別れてもしかたがないはずなのに、こうして七郎たちといっしょに、彼を迎えに出たところが、やはり古風な貞女らしさだったろう。

「うむ……」

だが、光一は三枝子とは多くを語らなかった。そちらには、かるくうなずいたきり、七郎たちの手を握って、

「君たちの友情には感謝するよ。ムッソリーニが生きているかぎり、ヒットラーのことは忘れられないだろう」

と、あの暗号通信にことよせて、感謝の気持ちをちらりともらした。光一ほどの傲慢な自信家がこういうことをもらすようでは、よくよく弱ったのだろうと思いながら、七

郎は木島の視線を眼で追ってはっとした。

彼が同棲していた女は、由利《ゆり》しげ子というあるキャバレーの女給だった。一日も男なしでは過ごせないような肉感的な女なのだが、彼が留置所へ行くと同時に、もう帰ってくる見込みはないと思ったのか、バンドのドラムマンを家にひきいれて、同棲しはじめたのだ。

もちろん、七郎たちも、ほってはおけないとは思ったのだが、このムッソリーニ作戦に忙殺されて、そっちには、かまっているひまもなかったのである。

だから、しげ子はここへやってくるはずもなかったのだが、木島としては、誰よりもこの女に出迎えてもらいたかったにちがいない。七郎たちに感謝の言葉をのべるのも忘れたように、

「あれは、しげ子はどこにいる？」

と空ろな声でたずねた。

「そのことについては後で話そうよ」

善司の言葉にうすうす事情を察したのか、彼は、

「そうか？　やっぱりそうか」

と、力のない声で呟き、そのままうなだれてしまった。

一同はすぐこの店を出ると、つれだって、三枝子の家へやってきた。

一風呂あびて、心づくしのビールを口にした瞬間には、光一も良助も、初めて生きた心地をとりもどしたらしい。

「うまい……。まったく極楽だね」

と舌鼓《したつづみ》をうちながらもらした言葉は、それこそ二人のいつわらない心境だったろう。

その顔を見つめたときに、七郎は、自分の責任はこれでおわったと感じた。

彼はこの二十日の間に、大衆を苦しめることの辛さを、しみじみと身にしみるくらい味わってきたのだ。そして、光一の指導方針には、もう従いきれなくなっていたのだ。自分で罪を犯してまで、こういう結果にこぎつけられれば、もうこのクラブを脱退しても、誰にも責められることはあるまいと思ったのである。

だが光一は、留置所の中でも、事業のことだけは忘れるひまもなかったらしい。一杯のビールを飲みほすと、もうその後はうけようともせず、七郎たちにむかって、この二十日間の成り行きをたずねてきた。

七郎もこの詐欺のことだけは、彼らに話すつもりはなかった。いずれは警察をあざむくことにもなるだろうが、そのためには、まず味方からあざむいてかかったほうがいいだろうと思ったのである。

ただ帳簿を整えるためには、梅田英造に貸し付けたことになっている八百万円を、どこからか入金させておく必要があったのだ。

これは、架空の投資者を作ればすむことだった。つまり帳面上は、二十人の投資者が持ってきた金を、この偽造証券を担保として梅田英造に貸し付け、その証券はまた、日証金に担保にいれて六百万円を借り出したことになっている。この共犯者と印刷所に払った二百万円は、架空の投資者に利子を払ったことにして、なんとか捻出できるのだった。

こうすれば、帳簿上は、警察からどんなにつっこまれても、びくともしない体裁を整えている。だが、こういうからくりを知らない光一は、自分たちが捕まっている間に、八百万円もの新規投資があったと聞かされて、すっかり自信をとりもどしたようだった。

「そうかい。君たちにはずいぶん苦労をかけたけれども、その調子では、まだ大衆はわれわれを見すててはいないのだね。それならば、まだ大丈夫だ。災いを転じて福となすことも、できないわけはあるまいな」

七郎は、暗澹たる気持ちで顔をそむけた。

自分のしかけたトリックには違いないが、そういうあやまった判断のうえにたって、次の計画をすすめるならば、今後の事業方針には必ず狂いがくるはずなのだ。それを最後の忠告として言い残したうえで、いますぐにでも辞意を表明しようと思って、七郎がそのきっかけを待っているうちに、光一は、突然、彼にむかって、思いがけないことを言いだした。

「鶴岡君、君は金森光蔵という高利貸を知っているかね?」

「名前だけは……」

「あすでも会ってみようと思うんだが、いっしょに行ってくれないか?」

「なんのために……」

「僕たちは、いちおう物価統制令の違反でひっかかっているわけだね。僕は、金利は物価でないと頑張り通して帰ってきたのだが、この問題は、彼のほうが先輩になるわけなんだ。だから後輩としていちおう意見を聞いておこうと思ってねえ」

七郎はごくりと生唾をのみこんだ。

彼ほど自信の強い男が、人の意見を聞こうと言いだしたのは珍しいことだった。これがあの手記を見る前だったなら、七郎は、光一も二十日の留置所生活ですっかり気が弱くなった——と信じたろう。

しかし、全身自我の塊りのような彼が、これぐらいのことで、その我《が》をすてたとは思えなかった。

女も、大衆も、同志さえも、自分の目的のための道具としか考えていない光一が、ただ人の意見を求めるために、わざわざ出かけるわけはない。今度はこの人物を利用して、何かをたくらんでいるのだろうと、七郎はそこまで推理したのである。

ただ金森光蔵という人物は、七郎にとっても大いに魅力のある対象だった。金融の道に志した彼としては、一度この人物の門をたたいて、その意見を聞いてみたいという願望をひそかに抱いていたのである。

それには、これが絶好の機会と思われた。表面は隅田光一をたてて、その裏にまわり、この人物の見解をただせることは、彼にとっては願ってもないことだった。七郎は喉のあたりまで出かけていた言葉をビールといっしょに飲み下すと、いましばらく、光一と行動をともにしようと決心したのである。

金森光蔵との会見は、それから三日後に、日本橋の一角にある彼の事務所で行なわれた。

古里弁護士が中にはいって、むこうの顧問弁護士と話をつけ、この約束をまとめたのだが、木造二階建てのこの事務所の前に立ったとき、隅田光一は思わずあっと声をあげた。

「金森金融株式会社」

と書いてある看板の下に、事もあろうに、差押えのしるしをあらわす赤紙が、ぺったりはってあったのである。

七郎は近づいてその上の文字を調べた。債権者は東京国税庁——。とすれば、苛烈な徴税旋風は、昨年度の収入では全国最高といわれたこの金融王にも、遠慮なくおそいかかって、その足もとをゆすぶっているのに違いないのだ。

「鶴岡、どうする?」

光一の声には迷いの響きがあった。ふり返ってみると、その顔には、くっきりと失望と落胆の影がにじみ出ていた。

「どうするとは?」

「この調子では、彼に会ってみてもむだじゃないかと思ってねえ」

語るに落ちた一言に、七郎は光一の真意をさとった。

金利が物価統制令の対象になるかどうかという問題について、ご意見を拝聴させていただきたい——というのは、ていのいい口実で、その実は、金森光蔵からの融資をあおごうとしているのだなと見てとったのである。

だが、七郎にとって、いま最大の関心は金よりもその人物だった。

たとえば、金森光蔵については、こんな逸話も伝わっている。

彼がまだ学生で、アルバイトに貸金の取り立てをしていたころ、ある親分のところにのりこんだが、かんかんになった子分の一人は、彼の頑固さに業《ごう》を煮やして、

「金ならこれを持っていけ」

と、彼の太股《ふともも》をねらって、ずぶりと短刀を突き刺したそうである。しかし金森光蔵は傷の痛さと出血にもめげず、その場を一歩も退《ひ》こうとはしなかった。

その度胸と強情我慢に感心したこの親分は、元利をちゃんと耳をそろえて返済したばかりでなく、別に治療費と見舞金として金一封を包み、そのうえに人を通じて、自分の娘をもらってくれないかと申しいれてきたそうである。

もちろん、こんな話は、ともすれば尾鰭《おひれ》がつきやすいものだから、ある程度は小説化されているのかもしれないが、この人物についての噂をほかにもいろいろ耳にしている七郎には、そのくらいのことはいかにもありそうに思われたのである……。

「そんなことを言ったところで、いまさらしようがないじゃないか。せっかく約束をしておいて、ここから引き返すわけにはいかないだろう」

七郎は語気を強めて、相手の決心をうながした。二十日の留置所生活は、まだ光一の心に癒えきれない傷痕をとどめていたのかもしれない。何か決断しなければならないと

きでも、その速度はむかしほどではなくなっていた。

「そうだねえ……」

「もし、君が彼に会いたくないならば、ここから君だけ帰りたまえ。僕が一人で会ってみる」

「よし、行こう」

光一も、やっと決心をきめたようだった。

受付へはいって、七郎は静かにあたりを見まわしたが、ふしぎなくらい、社内の空気はおちついていた。

机にも椅子にも、これ見よがしに、べたべた赤紙がはってあるのだが、受付の女の子にも、社員にも、別に焦慮《しょうりょ》の色は見えないのだ。あのとき、自分たちの会社はこれほど平静ではなかったが——と思うと、七郎はいよいよもって金森光蔵という人物に尊敬の念をいだいたのである。

名刺を持って、二階へ上がった女の子はすぐに帰ってきた。

「この暑さでございますから、社長はたいへん見苦しい格好をいたしております。それでもかまいませんでしたら、お目にかかると申しておられます」

「どうぞ、おかまいなく」

七郎は光一に先まわりして答えた。

しかし、階段を上がって、社長室へはいったときには、七郎でさえ、眼を見はらずにはおられなかった。

シャツにステテコ一枚で、しかもボタンがはずれているために、中から大きな臍《へそ》が顔を出しかけているのだ。

いかに差押えをくわされて、現在は苦境に立っているといっても、二十三年度の所得額は九千万円と査定され、二位の岩波《いわなみ》書店社長、岩波雄二郎《ゆうじろう》を五千万円もひきはなした人物にしては、思いもよらぬ格好だった。

スタイリストの光一は、いかにも意外だというような顔をしていたが、七郎のほうは、そのいがぐり頭の精悍な表情と、人を射るような眼の光から、なんともいえない圧迫感を受けていた。

彼はそのとき、ふと東京裁判のニュース映画を思い浮かべた。

かつては日本帝国を支配し、東亜諸国を制圧した陸海軍の将星たちが、あらゆる勲《くん》章《しょう》略綬《りゃくじゅ》をはぎとられ、被告席についた姿のなんとみじめだったことか。

ああして、裁きの座にひき出された被告たちの中で、過去の威厳の片鱗でもとどめていた人びとは、ほんの数名しかいなかったが、眼前の金森光蔵は、こうして裸同然の姿で、しかも苦境の底に沈みながら、猛将と高僧の風格を同時に感じさせたのであった。

初対面の挨拶が終わると、光蔵は今年五十二とも思えないような若々しい声で言いだした。

「どうです。君たちもぬがんですか。なにしろ、このとおり扇風機まで差し押えられている状態では、原始的なようでも、このほかに暑さをしのぐ方法がないのだよ。はははは、何しろ国税庁というところは、まったく血も涙もないのでなあ。われわれだったら、同じ赤紙をはるにしても、見えないところ見えないところと選ぶぐらいの情はあるがねえ。ところがやつらときたらこのとおり。私は百花繚乱の花吹雪とこれを形容しているのだが」

「失礼します」

七郎はぱっと上着をぬぎすてたが、光一はぴくりと眉をひそめて、

「いや、僕はこのほうが勝手ですから」

と冷たい調子で言った。

「そうですかな？」

光蔵は、別に悪くすすめもしなかった。

「いま、お仕事のほうはお忙しいですか？」

光一はまず儀礼的と思われるような質問をはじめたが、光蔵はデスクの上の原稿用紙をとりあげて、

「敗軍の将あえて兵を語る——。このとおり税務署の眼を開いてやろうと思って、『高利高速金融論』という大論文を執筆中」

もちろん、その内容にまでは、くわしく眼を通すひまはなかったが、七郎はその原稿を見た瞬間に、思わずうむとうなってしまった。

原稿の書き方というものには、おのずからその人物の性格がにじみ出てくるものである。

たとえば、日銀総裁、大蔵大臣などを何度かつとめあげた、ある財界の大御所が雑誌にたのまれて、原稿を書いたとき、大学教授をしているその息子は、はらはらして注意したそうである。

「お父さん、最初は一字下げて書き出し、〈。〉や〈、〉は一字ずつスペースをとるのですよ。それからときどき行《ぎょう》をかえて。そうしないと、読みにくくてしかたがないんです」

ところが、その財政家は断固として、大学教授の忠告をはね返したという。

「いや、わしはむこうに、四百字詰めの原稿用紙で十五枚という契約をしたのだ。そう

いう約束をした以上、六千だけ字を書く義務がある。〈。〉や〈、〉は、たとえ活字としては一字分でも、お金をいただくべき字ではない。書き出しを下げたり、行をかえたりして、読みやすくするのはむこうの仕事だろう」

七郎は光蔵の原稿を見たときに、この逸話を思い出したのだ。

紙こそ二十字二十行のふつうの原稿用紙だが、字のほうは三十字、二十三行ぐらいはあるだろう。その文字も傍若《ぼうじゃく》無人《ぶじん》の変化を示して、この財政家とは別の意味で、印刷屋泣かせだろうと思われたのである。

「これは下書きでいらっしゃいますか?」

まるで定規《じょうぎ》をあてたように、きちょうめんな字を書く光一は、この原稿が神経にさわってしかたがなかったのだろう。眉をぐっとひそめて、なじるようにたずねた。

「いや、このまま印刷屋へわたすとも。何とか組んでくれるし、訂正はゲラ刷りでやれるが、まず必要はないだろう。要は文章の内容で原稿の体裁じゃない。なにも、原稿をそのまま、写真製版するわけじゃないんだからな」

光一は、相手を軽蔑するように、かすかに唇を歪めて笑ったが、七郎は逆に、ぐっとバンドをしめ直した。金森光蔵の言葉なり文字にあらわれた性格は、一見粗放のようでいながら、そのかげに、実に緻密な思慮がはらわれているように思われたからである。

「その論文はどういうご趣旨です？」

七郎は身をのり出してたずねた。

「私は現在の社会で金融業者のうける待遇にがまんできなくなったのでね。君たちにこういう話をするのは、釈迦に説法かもしれないが、世間では、金貸しというと、すぐにシャイロックとか間貫一とか、病人の布団をはいでくるような冷酷無情な人間だと思いこんでいるじゃないか。これはどういうわけだろう？」

「つまり、世間は前資本主義時代の考え方で金融というものを見ているんじゃありませんか。まあ、シェークスピアなり、尾崎紅葉《おざきこうよう》なり、そういう文豪の作品の影響もあるには違いありませんがね」

光一の言葉に光蔵はぎょろりと眼をむいた。

「そのとおり――。あらゆる産業には、中間業者、問屋というものの存在が認められている。たとえば、甲という会社が工場を拡張するために鉄材が入用になって、乙という製鉄会社に発注した場合、直接に乙が甲に品物をわたすことはまずないだろう。たいていは、丙という特約店を通して取引するのだが、甲乙ともに一流の上場会社であってなおそのとおり――金利を物価統制令で縛ろうというからには、諸君は金を物と認めているのだろう。それでは、物品取引の場合にかならず適用されるこの原則が、なぜ応用されないのかと、私は係官たちに食ってかかったのだがな」

「透徹したご高見です。僕たちは、取調べをうけている間には、そこまで頭がまわりませんでした」

光一も今度はすなおに頭を下げた。

「むこうも苦しくなったのだね。そのためには銀行なり信用組合というものがあるじゃないかと逆襲するのだ。よろしい。それでは銀行があらゆる金融の注文に応じられるだろうか？　もちろん、担保もなければ、利子どころか、元金の回収もおぼつかないような危ない企業への貸し付けができないと、ことわるのはとうぜんだとしても、そこには戦争中に作られた融資準則という頑固一徹な規則がある。もちろん戦時中ならば、重工業なり飛行機会社なりへの融資が、あらゆることに優先することはとうぜんだろうが、戦争が終わった後までも、そんな規則を金科玉条《きんかぎょくじょう》のように奉《たてまつ》っているのは、たいへんな矛盾だよ。経済というものは日に日に流動変化する生物《いきもの》なのだ。それを固定した死物と考え、廃物となったような法律で規制しようとするところに役人たちの救うべからざる頑迷さがあるのだ」

「僕たちも、その点は力説したのですがねえ。とうてい認められはしませんでした」

光一も、京橋署での苛酷な取調べの思い出が胸にかえってきたのか、唇を噛んで答えた。

「私はこんなことを言った。私のところへ来るのは、たいてい午後二時五十五分のお客だ。銀行などではまにあわない切羽つまった金策で真剣にたのんでくるのだ——とね。そういう人たちにとっては時間は金以上のものだ。たとえば、東京から大阪へ行くにしたところで、普通列車を利用するなら規定の運賃だけですむだろう。そんならなぜ、よけいな金を出して、急行や特急に乗るのだ？　時間を金に換算し、金融における中間業者の存在を認識させようというのが、この論文の目的なのだがね」

「卓抜なご高見です。その論文が世に出たなら、それは、国をあやまる官僚主義に対しては、痛烈な警告となるでしょう」

「とにかく、彼らの最大の過失は、帳簿のうえにあらわれた数字がそのまま実在すると思いこむことだよ。たしかに、私は数字のうえでは昨年度最高の所得があったかもしらん。しかし、回収不能の貸金まで計算に入れたなら、実際の所得は新聞に出ている数字の何分の一かだ。ただ、警察や税務署は、そういう事実はこれっぽっちも認めようとしないからね。そういう貸金は債権だ。ふつうの商行為では売掛金にあたる勘定だ。だから、何年かした後に、どうしても回収不能とわかったら、そのときは税金を免除するというのだ。実情にはぜんぜん即しない理論だが、とにかく、むこうの言い分だけで、私もこうした裸の花見をしなければならなくなったわけなのだよ」

こういう言葉を、光一は敗将の愚痴とうけとり、七郎は一時の挫折に屈しない不撓《ふとう》不屈《ふくつ》の闘志のあらわれと解釈したのだった。

こういう意見の食い違いは、それから二時間近くの会見を終わったときにあらわれた。

この事務所を出て、近くの喫茶店にはいり、アイスコーヒーをすすりながら、光一はいかにも軽蔑するように言った。

「金森光蔵という男は、もっと人物かと思っていたが、実際こうして会ってみると、たいしたことはないね。相手にするだけの男ではないよ」

「違う。思った以上の大人物だ」

「ばかな……。たしかに、高利金融論の信条には傾聴すべき点もあるが、それからあと二時間の話は、すべて空虚な精神主義のお説教にすぎんじゃないか。あと何年かの後には、国家社会の不正をあばき、悪に挑戦するのだと豪語しているが、それは竹槍を磨いて、シャーマン戦車にいどみかかろうとした日本軍部の考え方と、何の異なるところもないよ。特攻攻撃も結構だが、敵の航空母艦に行きつく前に、十字砲火にうちまくられて、頭から海の中へつっこむのがおちだろうよ」

「そうかな、僕はそうとは思わない」

七郎の反対を、光一は冷たく笑ってはね返した。

「ははは、君にはもともと、神がかり的なところがあるからな。ちょっとでも感心させられるような話があると、その相手をすぐ無条件で信用したがる」

「そういう性格があればこそ、君にもここまで黙ってついてきたのだよ」

この痛烈な皮肉には、光一もたちまち顔色をかえて黙りこんでしまった。

「とにかく、僕はここからもう一度、あの事務所へ引き返してみる。金森さんの膝をだいて、もう一度たのんでみたいことがある」

「むだだ……。それだけは。僕もとっくに見ぬいている。いまの彼はさかさまにしてふりまわしてみたところで、鼻血も出まい」

「金を借りに行くのではない。今度の機会をのがさずに金貸しというものの心得を、いま一度ただしてみたいのだ」

「それでは、君の勝手にしたまえ」

光一は憤然としたように席を蹴って立ち上がった。七郎が事務所へもどって、受付にもう一度話をすると、女の子もちょっと妙な顔をしたが、七郎の真剣な気魄《きはく》におされたように、すぐとりついでくれた。

「どうした。何か忘れ物かね？」

彼が部屋にはいっていくと、原稿にむかっていた光蔵は、ペンを持つ手も休めずにたずねた。

「違います。金森さんに、重大なお願いがあって、もどってきました」

「金か？ その話なら、いまの私にはどうにもならん」

「そういうことじゃありません。私を、あなたのところで使っていただけませんか」

「なんだって！」

光蔵もこの言葉にはびっくりしたらしい。静かにペンをおくと、鋭い視線を七郎の顔にあびせた。

「君も物好きな男だな。いまの隅田君の話だと、君たちの会社は、一時の障害はあっても、日を追って発展の道をたどっているということじゃないか。それなのに、なぜ、そういう会社の重役の椅子をほうり出して、差押えを食っている私のところへ、飛びこんでこようと言いだしたのだ？」

「あなたというお方の人物に惚れこんでしまったからです。好きと嫌いとはどれほど違う。命ただやるほど違う——と歌の文句にもあるとおりです」

「そんなに質問をはぐらかすな。実のところ、君たちのほうにしたところで、二進《にっち》も三進《さっ》ち

進《ち》もいかないのだろう。話を聞くというのは口実で、実際には、金を借りにきたのだろう？」

「実は……そのとおりです」

「そういうけれど、うちにしたって、いま、新しく人間をやとい入れるだけの余裕はない。いまここにいる連中に、どうして飯を食わせていくか、それだけで私はいっぱいだよ」

「何カ月でも、ただ働きで結構です」

「ばか！　わしが正当な働きに対して、正当な報酬を払わない男だと思っているのか」

雷が落ちてきたような一喝だった。さっき七郎が見てとっていた猛将らしい一面がついに爆発したのだった。

「君が歌の文句を引用したから、私は諺で答えよう。世のなかにただほど高いものはない。君は、この文句をどう思う？」

「……………」

「私は君たちの話を聞いていたときから、その前途に対してはたいへんな不安を持っていた。物価統制令の違反の件は、たしかに同病相あわれむが、大衆の金を月二割という

条件で集めて、しかもそれ以上の利潤を上げようとするのはてんで無茶な話だ。その条件をさらに十分の一に切り下げたところで、長く実行はできないだろう。君たちは、そのあたりに矛盾を感じないのかね？」

「たしかに……、おっしゃるとおりです」

「投資家の立場になって考えてみたまえ。月二割の利子では年に二十四割、元金は約三倍半になる計算だ。これだけの仕事は、株でもなんでも、相当な危険をともなう投機だよ。これを手ぶらで、君たちに代行してもらおうというところに、一般大衆の甘さがある。まず、これから半年もすれば、預かってある元金も残らず吹っ飛んでしまうだろうが、そのとき、投資家大衆は、ただほど高いものはない——という諺の意味をつくづく悟るだろう。金儲けの技術をただで買おうとしたためのとうぜんの失敗だ」

「………」

「それはまた逆に君たちにも言える言葉だ。こうして大衆から集めてきた金を、君たちはただ集まったぐらいに思っているだろう。対象が多くなってくれば、注意も分散し、責任感もうすくなってくるのは人情だ。まして、君たちはまだ年が若い。こうした金を前にしたとき、酒や女への個人的な欲望がわいて出るのは自然だが、そういうただの酒や女が、後でどれだけ高くつくか、君たちもまもなく悟るだろう」

七郎は全身を冷や汗にぬらしていた。この人物の恐ろしさの片鱗がようやくわかり出したのだ。

「君たちが金儲けのために金融をやりだしたのなら、それは初めからまちがっている。金儲けのためには、金融業ほど遠まわりの道はない。こういう理屈がのみこめるまでには、まず十年はかかるだろう」

「金森さん。それでは？」

「まず死ぬのだ。死んで、そうして生きかえるのだ。切り結ぶ太刀《たち》の下こそ地獄なれ、身を捨ててこそ浮かぶ瀬もあれ――。私にしたって、これまでに何度か死んできた男だよ」

ここに猛将の一面が消えて、高僧の一面があらわれたのだ。七郎もいちおうの字句の意味は理解できても、この真意はつかみきれなかった。

「ここに百万円の金があるとする。君たちのいまのやり方では、これが八十万円以下にしか使えない。だが、これを二百万にも三百万にも、ときには一千万にも使うのが人間だ。何度か死んでみたら、それぐらいのことはわかってくるだろう。まあ、何年かして、何度か生きかえってからまた訪ねておいで。私はきょうは忙しい……」

光蔵がまたペンをとりあげたのを見て、七郎は一礼して部屋を出た。

実際の第二次世界大戦史をたどっても、ヒットラーがムッソリーニを幽閉から救い出したあの劇的な冒険は、この盟友にわずか数カ月の自由を与えたにすぎなかったが、七郎たちが心血をそそいだこのムッソリーニ作戦も、結局は太陽クラブの命脈を半年のばしたにすぎなかった。

光一たちの勾留中は、かろうじて切りぬけられた返金の契約は、その後では実行が困難になってきた。

債権者たちの応対に疲れきって、神経衰弱のようになった九鬼善司は、また、あの株券偽造の手を使おうと言いだしたが、七郎は断固としてこの提案を拒絶した。

「詐欺で成功するというのは、まじめな仕事で成功するよりずっとむずかしいものなんだよ。これは奇襲だ、わずかな兵力で、敵の不意をつき、最大の戦果をおさめるというのが奇襲の原則だ。それなのに、君は今度の戦争の教訓を忘れたのかね？」

「というと？」

「真珠湾で成功した戦法はミッドウェイでは失敗したということさ。詐欺で失敗する人間は、一回の成功に有頂天になってしまって、おなじ手を二度三度とくり返すからなんだ。山本元帥も、町の詐欺師も、そういう点では、なんら異なるところがないね」

こういう大胆なたとえを、冷然と引用してみせるのが、やはり鶴岡七郎の戦後派的な一面に違いなかった。

「それでは、君はどうするのだ。この会社がつぶれてもかまわないのか」

「かまわない。僕は自分で犯罪をおかしてまで、隅田を助け出したんだ。僕たちも女も、ただの道具と考えて、あの手記の中で、冷たく軽蔑していた男をね。その後は、もう彼だけの責任だよ。僕がまだ、この会社にとどまっている唯一の理由は、隅田という男が、どうしてこの局面を収拾するか——、そのお手並みを見とどけたいということだよ」

善司は大きく溜息をついた。しかし、愛情も友情も自分一人の目的のためには捨ててかえりみないようなあの手記を見てからは、彼もまた光一には、むかしの尊敬と友情を感じられなくなったのだろう。それからは、二度とその話を持ち出すこともなかった。

元利はついに支払い不能の状態におちいった。

債権者にわびる光一の態度は、一見いかにも誠実と真情にあふれていたが、そばから冷たく観察している七郎は、それが精魂こめての演技であることを見やぶっていた。

何度か、債権者委員との交渉が行なわれた結果、東都金融は東都証券と名前をかえて、新たに再発足することになった。

表面にかかげた事業方針は、株券を担保とする金融と、後の保《ほ》全《ぜん》経《けい》済《ざい》会《かい》なり投資信託なりのように、大衆資金を集めて、安全確実有利に株式投資するということだったが、光一はとにかくこのうたい文句と、旧債権に対しては、十一月二十五日から毎月三百万円ずつ支払うという契約で、債権者たちをいちおう納得させたのである。

ただ、こういう合法的な正面作戦だけでは、三百万の返金もおぼつかなかった。光一のほんとうの狙いは、一割程度の証拠金で株の売買をさせ、しかも競馬の呑み屋のように、お客の失敗を予定して、その証拠金をまきあげようという作戦だった。

「大衆は、株というものは買えば上がるとしか思わないよ。だから、一割の証拠金だけで差額がとれると考えたら、必ず飛びついてくるとも。たとえば一万円の金があって、これで百円の株を買うなら百株しか買えない。十円上がっても千円しか儲けにならないが、一割の証拠金なら千株買えるから、一万円の儲けになる。これなら必ず飛びつくはずだ」

「それからどうする?」

「その証拠金で、こちらは売りにまわるのだよ。むこうは株の上がることしか考えないから、手数料をひいて一割上がったら倍になるとばかり思っている。ところが逆に一割下がったら、この証拠金はパアになる。これをこちらがいただくのだ」

「株が下がるという自信があるのか?」

「下がる。いままでの最高値は、ダウの百七十六円二十一銭だが、一年以内にこれは半分以下に暴落する。そのときになれば、われわれは巨億の富を積めるのだ」

それから彼は憑かれたように自分の推理の根拠を語りはじめた。その雄弁は前よりさらに力をましたようだった。しかし、その論旨にはひきつけられながらも、その人物に信用がおけなくなっていた七郎は、改組を機会に辞職を申し出た。

「鶴岡、君はこの大事な瀬戸際に、僕を見すてて、逃げ出すのか？　君という人間は、もう少し友情に富んだ人間だと思っていたが」

隅田光一には、天才的な人間だけがもつ偏執狂的な過信があった。

「自分は選ばれた天才である。あらゆる女性も友人も、この天才に奉仕する義務がある」

とその手記に書いていたくらいだから、自分は相手をどのように虐待しても、むこうからそむかれることはないと思っていたのだろう。それだけに、七郎がこうして辞任を申し出たときは、失望と怒りに、全身から青白い鬼気があふれたようだった。

「この瀬戸際というけれど、僕は最悪の時機には君を捨てなかった。いや自分の力以上のことをしてまで、君を助けたつもりだ。いま、こうして君が自由の身になって、事業の再建も見通しがついたときに、別れたいと言いだしても別に卑怯とか、不人情とか言われることはないだろう」

「それではなぜだ？　せっかく最悪の時機を脱して、やっと前途に光明が見えだしたのに、なぜ君はやめると言いだしたのだ」

「人間は餌だけでは動かない、ただ、それだけの理由だよ」

光一の顔は醜く歪んだ。彼の手記には愛人や友人を家畜にたとえて、餌のやり方が細かにしるしてあったのだ。自尊心を傷つけられて憤然としたのか、それからしばらく、光一は七郎に対して口もきかなかった。

もちろん、この手記が警視庁に押収されていたとしたら事態はさらに悪化したろう。だが、それを同志の者が眼にしても、自分に対する気持ちにはかわりがあるまいと光一は考えていたらしい。

鋭さの反面の甘さだった。天才的な人間が往々見せる過度の自信が、こういう結果を生じたのだ……。

重役の椅子は辞退するが、いましばらくは嘱託《しよくたく》として、前と同じ仕事をつづけるというのが、数日後に成立した最後の妥協条件だった。

それから十一月の初旬まで、隅田光一は超人的な努力をつづけた。その睡眠時間も毎日二百分を割ってくる状態だった。

その全精神は株価の動きに集中された。しかし十一月の初めまでは、彼の予想していた株価の崩壊はおこらなかった。それに加えて、いったん信用を失ってしまったこのクラブには、なかなか新しい投資が集まってこなかった。十一月になってからは、光一は会社へ来ても、ラジオの経済市況を聞くことをやめてしまった。

「僕は死ぬよ。もう、生きていることが面倒くさくなったし、やりたいことはやったから、生きることの意味が、なくなった」

彼は七郎をつかまえて、ぽつりとこんな言葉をもらした。眼にも声にも力がなかった。魂の脱け殻のようなその顔は、これがかつての東大法学部の歴史的な天才だとは、とうてい思えなかったのである。

「死ぬのだね。死んでそうして生きかえるのだ。ほんとうの君はそこから誕生するのだ」

七郎は金森光蔵の言葉をひいて光一をはげましたが、こういう哲学的な言葉は、それを聞く人間の心によって、どうにでも解釈できるものなのだ。光一がこの言葉を自分と同じように解釈したかどうかは、七郎にもわからなかった。

十一月の二十日になっても、三百万円の支払いに対する目標はぜんぜんつかなかった。首脳部の間の会議では、いま一度、債権者委員会に頭を下げて、支払いを待ってもら

うほかはあるまいという結論が出たが、光一はただ物憂げに、

「うん、そうしよう」

と答えただけだった。

二十四日は給料日だった。ここまではどうにか始末できたものの、金庫の中にあと一万円ぐらいの現金しか残らなかった。

光一は最後の金策に出かけるといって会社を後にした。

そして藤井庄五郎が血相かえて、社長室へ飛びこんできたのは、それから十分ほど後のことだった。

「社長、隅田はどこにいる！」

泡をふきながら彼は叫んだ。その顔はこの世のものとも思えないほど青白かった。

七郎もそのときはぎくりとした。この男もまた太陽クラブの投資で百万円をふいにしたあわれむべき犠牲者の一人なのだ。

光一の逮捕された直後には、娘のたか子もそのまま会社をやめてしまったが、それはこの父の憤激の結果だろうと、七郎はいままで信じていたのである。

「社長はいま外出中ですが、返金のほうは、あす債権者委員会のお方とご相談……」

と言いかけた九鬼善司のネクタイをわしづかみにして、庄五郎はどなった。

「金じゃない、娘を……娘を返してくれ」

「お嬢さんを？」

「そうだ、これだけ苦心してためた虎の子は使いはたす。娘には手をつけて傷物にする。あげくのはては、心中にまで、ひきずりこもうとは何事だ」

「心中？」

この一言を聞いたとき、七郎の全身にはなんともいえない悪寒が走った。

「それはどうして？」

「娘から手紙がとどいたのだ。親に先立つ不孝は許してくれと」

「それでは、たか子さんは、あなたの家にいるのではないのですか」

「君たちは、そんなことも知らなかったのか？　娘が家をとび出して、神田の小川町《おがわまち》に住んでいることを……。むかしならほうっておくんではなかった。しかし、世の中が変わってから、子供は親の自由にならなくなった……。たとえ傷物になってもよい。隅田の姿でもなんでもよい。ただ生きていてさえくれたら……」

庄五郎はすべての気力を失いつくしたように、椅子に身を沈めて大声で泣きだしたが、もうこれ以上の説明は、七郎も聞く必要がないことだった。

光一が、たか子を物にしろと彼にすすめたときには、まさか自分の野心はなかったのだろうが、いつのまにか光一はまた貪婪《どんらん》な食指を彼女にのばしたのだろう。たか子のほうも、最初は父親の損害をなんとかとり返そうとして自分の身を犠牲にしたのかもしれないが、やはり肉体の関係が生じた後では、自然に愛情もわきあがって、のっぴきならない窮地に追いつめられた光一の死出の旅路をともにしようと、決心したのかもしれない……。

「木島、九鬼、金庫の鍵を！」

たちまち、われにかえって七郎は叫んだ。そして、木島がふるえる手であけた金庫の中を捜して、遺書らしい一通の封筒を捜し出した。

「合意の契約は履行さるべし——、というのがわが生涯をつらぬく原則である。ただし、死体は物体である。物体には契約は無効なのだ。これが、私の死を選ぶ原因である」

まず、最初の奇妙な三段論法が七郎をおどろかした。

「太宰治《だざいおさむ》は疲労と乱酔の後に、醜い最期をとげたが、私は彼を軽蔑する。少なくとも、自分は息をひきとる瞬間までは、冷静な判断を持っているつもりなのだ」

光一が死を望んでいることはこの文章を見ても疑う余地はなかった。ただ、その後の文章に、七郎は息もとまるような思いだった。

「さいわいに、私は、自分もいっしょに死にたいという女を二人持っている。たか子は死ぬ前には必ず自分を殺してくれと要求している。三枝子も死におくれはしないと言っている。まず、たか子を殺し、三枝子を殺し、そして、私が死ぬならば、三人の望みは同時にかなえられるのだ。三つの死体は、べつべつのところから発見されるだろうが、これは決して狂気や錯乱の結果ではない。あくまでも、三人の自由な意志と、冷静な判断によって行なわれたものだ……」

「隅田、貴様は錯乱している。二人の女といっしょに心中するばか野郎があるか」

七郎は光一が眼の前にいるように叫んだ。

彼は、いままでこの一瞬ほど、この友人に軽蔑と怒りを感じたことはなかったのである。

木島も九鬼もすっかり顔色をかえていた。九鬼は七郎と行動をともにして、同じように嘱託になっていたが、木島は新会社でもひきつづいて副社長の位置についている。しかし、こういう非常の場合には、地位や肩書をぬきにした人間の裸の力だけがものをいう。七郎が二人を叱咤するような態度に出ても、どちらもなんとも言わなかった。

「とにかくこれはこうしてはおけない。事は一分一秒を争うのだ。とにかく、この心中は食いとめないと。犠牲者は一人でも少なくするのだ。九鬼、君は藤井さんといっしょに、たか子の下宿へとんでいってしかるべき手をうってくれ。木島君は三枝子さんのところへかけつけろ。僕はここに残って、臨機応変の処置をとる」

「行こう!」

木島はぱっと立ち上がって部屋をとび出した。九鬼善司も庄五郎の腕をとって後につづいたが、一人になると、七郎にはまた新しい怒りがこみあげてきた。

彼が光一に死ねと言ったのは、いままでの小さな自我と天才意識を捨てて、大死一番、生まれかわったつもりで出直せというつもりだった。そうなれば、株式会社の本質からいって、光一も法の定める範囲で責任をとればいいはずなのだ。たとえ、大衆の投資家に迷惑をかけたとしても、それは事業の再建に成功すれば、将来なにかの形で償いもできるだろうと思われた。

それなのに、光一は最後まで自分の我執《がしゅう》にとらわれて、そこから一歩もぬけきれなかったのだ。事業に失敗したから、死んで債権者におわびをするという素直な人間らしい言葉さえ吐けなかったのだ。自分の理念にやぶれていながら、最後にまた新しい理念をうち出して、どこまでも自分の行動を合理化しようとしていたのだ。もちろん、それもあわれむべき自己満足にすぎないのだが……。

時間のたつのがおそかった。七郎が煙草を三箱も空にしたころ、九鬼から電話がかかってきた。

「鶴岡君、運がよかった……。なんとか、たか子さんだけは助けられそうだ」

その声は、人間らしい喜びにはずんでいた。

「そうか。よかった。よかったな、しかしどうして？」

「偶然だ。いや奇跡といっていいかもしれない。街を歩いているところを、ふっと車の中から見つけたんだ。それから有無をいわせず、近くの宿屋へつれこんだ……。いま、お父さんが涙を流して説得にかかっている。むこうも、しゃくりあげるだけで、なかなか口を割らないけれども、僕の想像では、彼とどこかで待ちあわせて、それから現場へ行くところじゃなかったかと思うな」

「うん」

七郎は胸をなでおろした。たしかに幸運には違いない。奇跡といってよいような出来事だが、とにかくこれで三人のうち一人は命が救えそうなのだ。

木島良助から電話がかかってきたのは、それからさらに三十分後だった。

「鶴岡君、三枝子さんはなんとかつかまえたが、そっちはどうだ？」

「たか子さんも、どうにか発見できたがね。いまは浅草のうちかな？」

「そうだ。こっちのほうは一分も眼がはなせない状態だ。僕が何を言っても、嘘だと言って聞かないのだ。その手記を持って、これからすぐに来てくれないか？」

「よし行こう」

七郎はためらいもせずに答えた。これで三人のうち二人まで助け出す見込みがついたのだ。最後に残された光一にしても、いたずらにその行方を追って暗中模索《あんちゅうもさく》するより、三枝子を質《ただ》して、その口から秘密を語らせるほうが早道だと思われたのである。

彼はすぐ、車をとばして三枝子の家へかけつけたが、奥の座敷で、木島と三枝子は一言もものを言わずに睨《にら》みあっていた。

きょうを最期と思いつめて、死化粧をしているのも、三枝子をいっそう美しくしていた。いつもの気品は凄気《せいき》にかわっていたが、その青白く光る皮膚は、たとえば芝居の紅葉《もみじ》狩《が》りや戻橋《もどりばし》や変化《へんげ》の性を裏にかくした美女を連想させた。

木島は黙って隣りの部屋のほうへ顎をしゃくったが、その間の襖を開いて、七郎はごくりと固唾《かたず》をのみこんだ。

寝室にはちゃんと布団が敷いてあったが、その床の間には、墨絵の観音像がかけられ、菊とカーネーションの花が大きな花瓶いっぱいにいけてあった。しかも香炉《こうろ》には香がたかれ、花の香りといっしょになって、なんともいえぬ感じをただよわせていた。

三枝子が死の決意をかためていることには、疑いの余地もなかった。

「三枝子さん、死んでは、死んではいけません。それはたいへんな心得違いです」

二人の間にべたりとすわって七郎は言った。舌が上顎にくっついているような感じだった。喉もからからにかわいて、声も思うように出なかった。

「それはわたくしの自由です。あなたには、いままでいろいろお世話になりました。そのことは心から感謝しておりますけれども、これだけは、わたくしの決心どおりにさせてくださいまし」

「あなたがた、お二人の？」

「そうです。あの人は言いました。鶴岡君たちは自分をムッソリーニにたとえたが、ほんとうはヒットラーだろうと――エバ・ブラウンは、いっしょに死んでくれるだろうと――東条のような生き恥はさらしたくないと――みんな、わたくしにはうなずける話です」

言葉は静かでやわらかだったが、そのかげには、てこでも動かない女の一念が感じられた。むごいようでも、ここで自殺を思いとどまらせるには、この女の心の中の偶像を破壊するほかはないと七郎は決心した。

「三枝子さん、あなたは隅田という男の正体を知らないのですね。ほかの点はいまぬきにしても、あれほど女というものを軽蔑し、玩具《おもちゃ》にしぬいた男はない……。それを承知で、あなたはいっしょに死ぬのですか？」

「それは……。あの人の浮気のことは、わたくしもよく知っております。いままでも何度か別れようと思いました。でも、でも、いまのみじめなあの人に、最後までついて行けるのは、わたくしのほかにありません！」

「そこがあなたの間違いです。これがまだ、二人だけで死のうというのなら、われわれとしてもとめますまい。ただ彼はほかにも一人、女を殺して三人心中をたくらんでいる……。その片割れとなるのでは、あなたもあまり、みじめすぎはしませんか？」

「嘘です！　いまも木島さんからそのことをうかがいましたが、あの人は、いまとなっては、そんなことを……」

「証拠があります。僕たちの口から出た話では信用できなくとも、彼が自分のペンで書いた文章なら信用できるでしょう」

七郎は手記のページをひらいて、三枝子の前につきつけた。それを読み下した三枝子は、いままでの緊張もがくりと崩れたように、畳の上に身を投げて泣きはじめた。

その号泣は何時間かつづいた。体の中の血が一滴のこらず、涙とかわって、ほとばしり出たかと思われるくらいだった。

その間にも、二人は電話と玄関のベルに注意を怠らなかった。

たか子を殺せる見込みをなくした光一は、とうぜんまもなくこの家へやってくるだろうが、そのときはどのような手段に訴えても、彼を説得し自殺を思いとどまらせようとしたのだ。

しかし、電話のベルが鳴ったのは、夜の十一時二十五分だった。

会社に宿直で残っている社員の一人から、光一がいま、ボストンバッグをさげて、会社へもどったと知らせてきたのである。

「金策ができたのだろうか？　それで、彼はこの三人の心中を思いとどまったのだろうか。百円札で三百万というと、ちょうどボストンいっぱいぐらいになるが」

どういう場合でも、人間というものはともかく希望的観測をしたがるものだが、木島良助は、この話を聞いただけで、もう声をはずませていた。

だが、七郎には、そういう甘い見通しは持てなかった。あの手記の中に残された文章からいっても、光一が敗北を自覚していることには疑いも持てなかった。このボストンバッグの中にはいっているものも、会社の命を救うための現金などではなく、自分の命を絶つための凶器に違いないと思われたのである。

「それならいいが……。この調子では、きっと恐ろしいことがおこるだろう。とにかく僕は会社へもどってみる。君はここに残って、三枝子さんの見張りをしていてくれないか」

会社の社長室へ電話をすれば、なんでもないことだったが、たとえば、投身自殺を企てている人間に、危ないと声をかけることは、かえって彼の命を危うくする恐れがあるのだ。

現在、隅田光一は、精神錯乱の一歩手前という状態にありそうだし、たとえわずかの衝撃でも与えることは禁物だと思われたのである。

「わたくしも、おともいたします」

真っ赤にはれた眼をあげて、三枝子はきっぱり言った。その凄気をはらんだ美貌には、そのうえに、さらに怒りの影が濃く尾をひいてきたようだった。

「行きましょう。すぐに」

三枝子がこう言いだしてくれたのは、七郎にもありがたかった。これから先はどういうことになるかわからないのに、ここで力を分散するのは、彼にもつらかったのである。

三人はすぐ家を飛び出して車をひろった。

「銀座の松屋裏まで大至急！」

深夜の街に人影はなかった。車は交通信号を無視した速さで疾走していたが、その速度さえ、いまの七郎にはもどかしかった。

三人とも、それぞれの思いにとらわれて、口をきく余裕もなかったが、車が最後の街角を曲がった瞬間に、七郎は座席の上にとび上がった。事務所の二階の社長室の窓が、狂わしい血の色にそまっているのを認めたからである。

「火事だ！」

三人はころがるように、車をとび出し、二階の窓を見上げた。

影絵のように、黒い人間の影がうつった。隅田光一に違いない。両手で、髪をかきむしりながら、部屋の中をおどり歩いているらしい。一瞬後にはその影は消え去ったが、次の瞬間うつった影は、書類らしいものをかかえて、四方にまきちらしていた。

「隅田！」

「あなた！」

「錯乱している！」

三人は一瞬、化石となったように、その場に立ちすくんでしまった。七郎も、物心ついてからこのかた、これほど恐ろしい光景は目撃したこともなかったくらいだった。

「木島、三枝子さんをたのんだぞ。僕はできたら、彼をつれ出してくる！」

七郎は、横の小路へかけこんで、裏口の戸を乱打した。寝ぼけ眼《まなこ》で、とび出してきた宿直に、

「火事だ！　いったい何をしていたんだ！」

とどなりちらすと、二階へ突進した。

と叫びながら、二階の階段をかけ上ったときには、社長室の扉の隙間から、もう真っ赤な炎の舌がはい出していた。

たとえ、多少の火傷は覚悟しても、中へは飛びこめそうにもなかった。

「隅田！　隅田！」

「隅田！　隅田！」

その叫びにこたえるように、常軌を逸した高笑いがひびいた。

「リンゴは……なんにも言わないけれど
リンゴの気持ちはよくわかる
リンゴ……かわいや」

舌のもつれた歌声が激しい咳《せき》にまじって聞こえ、ふたたび狂気の哄笑《こうしょう》となった。

業火《ごうか》は二階の床をはいはじめて、七郎の足をすくませ、もうもうたる白煙は、彼をいまにも窒息させそうだった。

光一が、放火のために使ったものか、かすかなガソリンの臭いも鼻をうってきた。

「ばか！　ばか！　ばか野郎！」

煙と怒りに、涙をぼろぼろこぼしながら、七郎はどなった。しかし、もう、部屋の中からは、なんの答えもかえってはこなかった。

これ以上進んで光一を助け出すことは、いや、このままここにとどまることは、死を覚悟しなければならなかった。

彼はすべてをあきらめて、階段をかけおりた。階下の電話機を使って、火事だと知らせることが彼の最後の努力だった。

木島と三枝子のところへもどってきたときには、もう炎はガラス戸をやぶって二階の屋根へふきあげていた。たとえ消防車がかけつけてきたところで、光一の命を救うことは、とうてい望めなかったのである。

「どうだ？　どうだった？」

木島はせきこんでたずねたが、七郎は暗澹たる気持ちで首をふるほかはなかった。

「だめだった……。どうにか、社長室のドアのところまでたどりついたが、猛烈に火がふき出していて、近づこうにも近づけなかった。それにもう、彼は完全に錯乱していたよ。げらげらと笑いながら、あの『リンゴの歌』を歌っていた……。なんとか助け出してやりたいのは山々だったが、僕にはとてもできなかった」

もちろん、こういう説明は、三枝子に納得させるためにくり返しただけだった。

「みじめだったね。頭ひとつにたよっていた人間が、自分の頭に自信を失ったときほど、みじめなものはない……」

こう呟いた木島の一言も、たしかにいつわらない実感だったに違いない。けたたましい警笛を高鳴らせて、消防車はまもなくこの場へ到着した。そして消防夫におしのけられるまで、三枝子は木島にだきかかえられるようにして、静かに合掌をつづけていたのである。

火事は、事務所を半焼しただけでおさまったが、この事件が世間に与えた影響は大きかった。

第一回の支払いをあてにしてやってきた債権者たちも、この恐ろしい現実を前にしては、発する言葉もない状態だった。

七郎たち三人も、警察から厳重な取調べをうけたが、係官たちも、あの光一の手記を読んで、彼にすべての罪があると考えたのだろう。ことに、この三人心中をなんとか未然に防止した彼らの努力を買ったのか、その責任を深くつっこもうとはしなかった。

ただ、そのときの係官の言葉は、七郎の心に忘れられない印象を刻みこんだ。

「天才と狂気はむかしから紙一重だと言われているが、隅田はどこかでむこうがわへ行ってしまったんだね。戦後派ということは、義理も人情もふみにじって、理屈と算盤《そろばん》で、人生のすべてを割りきろうとするが、それがどういう結果になるかは、君たちもわかったろう。まあ、死んだ人間をこれ以上鞭《むち》打とうとも思わないが、君たちも、これで眼をひらいたら、これから心をあらためて、正業につくのだね……」

この係官の言葉をそのまま反映したように、それから数日間の新聞は、戦後派を責める言葉でいっぱいだった。

「天才社長の狂い死に
　戦後派商売の決算期」

「さまたげられた三人心中
　事務所に放火して高笑い」

その見出しだけを拾いあげてみても、論説や投書欄にとりあげられた意見をみても、針よりも冷たく鋭い敵意と軽蔑が、この太陽クラブに集中されたことは、七郎にもよくわかった。

彼は歯をくいしばって、この非難にたえ、光一の葬式や会社の解散計画というような善後処置に万全の手をうっていった。

ふしぎなことに、光一に対する反感や憎しみは、その悲惨な最期をきっかけとして、心から消え去ってしまったのだ。冷静に自分の心境を判断してみても、七郎はやっぱり、光一と自分は、根本的に共通するものの考え方を持っていたことを認めないではおられなかったのである。

おりもおり、弱り目にたたり目というように、例の株券偽造の事件が発覚した。七郎は、警察署へ呼び出されて、峻厳な取調べをうけたが、さすがにあそこまでねりあげた計画には、一分の隙もなかった。

ことに、光一が死に、事務所が焼けた現在では、彼の弁解も楽だった。

「なにしろむこうは、社長とむかしからよく知っている仲だということでしたから、われわれも信用したのです。実際、個人的な秘密もいろいろ知っていましたし……。連絡をとろうにも社長と接見禁止ですから、どうにもしようがありません。それで、帝国ホテルにも問いあわせたのですが、たしかに、そういうお客は泊まっておいでになるというものですから、独断の処置をとったのです」

「それで、隅田は釈放されてから、なんと言ったのだ？」

「ああ、その人なら軍隊当時に旭川で、いろいろ世話になったものだと言っていました。その後の動静は聞いていないが、なるほど、京都で貿易会社などやっているのか、一度会いたいものだと言って、ホテルへ電話などかけていましたが、ひきはらった後だというので、忙しさにまぎれて、ついそのままになったようでした……」

「なるほど、ただ、君たちは最初、彼に会ったとき、ふしぎに思われなかったのかね？　君たちが実際したように、株屋を通じて、日証金から金を借りれば、低利で時価の六割まで借りられるのに、なぜ大変な高利を払って君たちの所へやってきたのかと」

「それが、午後二時五十五分のお客でして、特急料金を惜しんでおられなかったのだと解釈しました」

さっそく、ここで金森光蔵から聞いてきた話が役にたったのだ。一時間あまり、それでもできるだけ控え目に、受け売りの高利高速金融論を展開すると、係官も苦笑いしながら、感心したように耳をかたむけていた。

だが、その結果は七郎の予想したとおりだった。警察のほうでは、専門の証券会社でもだまされるような精巧な偽造証券を、半素人のように経験の不足な彼らが偽物と見やぶれるわけがない、と断定したのだ。

梅田英造に対しては、全国に指名手配の通達が飛んだ。しかし、まだ警察力が完全に立ち直っていないこの時代には、架空の住所、架空の名前で、ただ一度だけ犯罪をおかした人間を捕えることは、難中の難事だった。

ことに株券詐欺というように、比較的地味な犯罪では、強盗殺人などと違って、警察も、気合いの入れ方が足りなくなるのだろうか、とにかく、この指名手配に対する反響はぜんぜんなく、事件そのものも迷宮入りのまま、時効となってしまったのだ。

これは鶴岡七郎の犯罪史の中で、第一の勝利だったのである。

光一の葬式は、彼が死んでから四日目に、郷里の鴨川で行なわれた。

かつては、東大でも歴史的な秀才とうたわれ、どれほど出世するかしれないとその将来を嘱望されていた彼が、いまは事やぶれて、罪と汚濁《おだく》の中に、その短い一生を終わらなければならなかったのだ。

葬式の日は、ちょうど日曜だったので、七郎たちも、残務整理の余暇をぬすんで、三枝子といっしょに、通夜と葬儀に列席したが、両親や親族の悲嘆はたとえようもなかった。

葬式そのものも、人眼を恥じるように、この地方の名門とは思えないほど寂しかったが、七郎としてもこの間は、始終、針のむしろにすわっているようなつらさを感じたのである。

彼のいま一つの心配は、三枝子とたか子がこれからどうするかということだった。

たか子のほうは、若さの力で、なんとかこのショックをはね返せそうだったが、三枝子のほうは、古風な貞女らしい一面があるだけに、葬式がすんだら、彼の跡を追って自殺するということも考えられないではなかった。

だから、鴨川へ出かける前の日にも、彼は三枝子に会って、いろいろ心境をたずねてみたのだが、三枝子はそのとき、思いがけない告白をしたのである。

「わたくしも、たしかにあのときまでは、死のうと思っていたのです……。火事を見たときに、自分も火の中へとびこんで死のうと思ったのです……。でも、翌日から、体のほうが……。お医者さまに見ていただいたら、赤ちゃんができているというのです……」

七郎も胸をうたれる思いだった。むかしから、いろいろな名画の題材となった「受胎告知」――。女としては、まず父親になるべき男に打ち明けて、喜びをわかちたいはずなのに、隅田光一はそのときも待たず、この世を去ってしまったのだ……。

「いまとなっては、もう、あの人が、この世にのこしたのは、この子一人だけです……。わたくしは、どんなことになっても、生きながらえて、この子を育てあげなければならないと思いました。ですから、わたくしが自殺するのではないかということでしたら、どうぞ、ご心配なさらないでくださいまし」

七郎も、この決心を聞いてようやく安心した。もちろん彼女の今後には、また大変な苦労と困難が待ちうけていることは想像もできたが、さしあたりの危機だけは、どうにか回避されたと感じたのである。

東京へ帰ってきてからも、しばらくは、砂を嚙むような苦しい毎日がつづいたが、そのうちに、あっとおどろくような出来事がおこった。

十二月にはいってから、シャープ税制のあおりを食って株価は大暴落をはじめたのである。

現在でも、ダウ式平均が一割ぐらい下がれば、大新聞が第一面の記事としてあつかうくらいだが、このときの暴落はその程度のものではなかった。ダウ式平均は、百円の線を割り、八十円すれすれの線までおちこんだ。最高値から見れば五割の暴落だった。平均値でこれだけの変動があったということは、個々の銘柄では、最高値の十分の一になった株さえあったということだった。

兜町からはとたんに笑いが消えた。大小無数の株成金は一瞬に歩《ふ》にかえったのだ。錯乱した人間も出た。夜逃げはもちろん、再起不能の痛手を負って、自殺した人間の数も決して少なくなかったのである。

この惨憺たる結果を見て、三人は、天をあおいで嘆息しないではおられなかった。

隅田光一の予言は、彼の死後、わずか一ヵ月のうちに、完全に実現されたではないか！

極端なたとえをひくならば、株式相場の売りと買いとは、博打で、さいころの丁半の目に金をかけるようなものなのだ。

株を買っている人間が、財産を一瞬に無にするような敗北を味わったということは、空売りにまわっていた側が、とたんに巨万の富を積むことができたということだった。

もし、隅田光一が、あそこで一時の恥をしのんで生きのび、債権者側にあと一ヵ月の猶予をしてもらえたら、彼は失敗者の側から転じて、偉大な成功者となれたのである。

三人が、ここで死んだ子供の年を数えるような、はかない計算をくり返したところによると、あのまま既定の方針をつらぬき通していたら、その収益は、いままでの負債を全部返し、再出発の費用をつみあげ、それでなお、あまりがあるという線に達していたわけだった。あらゆる戦史に、無数の実例があるように、勝敗の転機は、最後の一瞬のねばりの有無にかかっていたのであった……。

もし、隅田光一に、金森光蔵の不屈の闘志が十分の一でもあったらと、七郎は嘆かないではおられなかった。世間はその表面にあらわれた姿しか見ようとしないが、戦後派のほんとうの敗北は、こんなところにあったのである。

だが、こういう株式相場の崩壊は、そのまま一般社会の不景気に対応するものだった。いつとどまるかわからないといわれた戦後の悪性インフレは、こうして終わりを告げたのだ。これから日本の経済は、神風の再来といわれた朝鮮戦争の突発までは、苦難の道を歩まねばならなかったのである。

しかし、鶴岡七郎にとっては、これこそ絶好のチャンスだった。

不景気のため、金ぐりに困って、倒産寸前に追いこまれた大会社も、彼はいくつか数えあげることができた。

彼がいままで必死にねりあげた大計画を実行に移すとしたなら、こういう会社は、次から次に好餌となるだろうと思われたのである。もちろん、彼はこの計画を自分ひとりの胸に秘めたまま、木島にも九鬼にも打ち明けはしなかったが、あまりにも泰然とした彼の態度が、かえって二人に別の疑惑をいだかせたのかもしれない。

残務の整理もだいぶ進んだある夜、二人は彼の下宿を訪ねてきて、真剣な顔で言いだした。

「鶴岡、君はこれからどうするつもりだ？」

「さあ、年が明けてから考えるさ」

七郎は笑って態度をぼかしたが、九鬼善司の追及は急だった。

「君はまた、何か、新手の詐欺を考え出したんじゃないのか？　もし、そうだったら、僕たちも一口のせてくれないか？」

「おいおい、あんまり人聞きの悪いことを言うなよ」

七郎はわざととぼけた顔をして見せたが、二人のほうには容赦はなかった。

「いや、実は、こうして二人とも勘当同様の身となってしまっては、来月からさっそく生活にこまるんだ。いよいよ後は、強盗でもやるほかはなかろうと、木島君とも話しあったくらいなんだよ」

「ずいぶん就職のほうも捜しまわってみたんだが、世間では、太陽クラブの残党かと白い眼で見て、てんで相手にしないんだよ。こうなれば、毒をくらわば皿までで、詐欺でもやるほか手はなかろうと決心したのだ」

「それでは、一人でやりたまえ」

七郎は冷たくつっぱなすように言った。

「なぜだ?」

「世間には、でも先生とか、しか先生という言葉がある。ほかには何もできないから、教師でもしようとか、教師しかできない男だとか、そんな種類の人間を軽蔑して言った言葉だ。そんな調子で、詐欺をやろうというんじゃあ、発覚は火を見るよりも明らかだよ。僕はこれ以上、人のまきぞえは食いたくない。だから、ご随意に——というのだ」

木島は真っ青になっていた。怒って席を蹴って立つかと思いのほか、がばりと畳の上

に両手をついて、

「鶴岡君、いまの言葉は失言だった。許してくれたまえ」

と真剣な調子でわびだした。

「とにかく、今度はいちおうここで別れて、三人べつべつの道を歩いたほうがいいんじゃないのか？　たしかに僕もいろいろのことを考えているよ。それを実行するためには何人かの腹心がいることは事実だ。しかし、そういう人間は、たとえば将棋の駒のように、ぜんぜん、こっちの思うとおりに動いてもらわなくちゃならないんだ。君たちと僕とは、いままでは、対等の友人としてつきあってきた。その友人をただの道具として動かすことは、僕にもしのびないし、君たちにもがまんできないだろう。そういう内部の不和が直接、事の破れを招くことは、僕たちがいままでさんざん苦労して体得した真理じゃないか。そういうあやまりを二度くり返したくないから、僕はこういうことを言うのだよ」

「いや、そのことならば心得ている。隅田は友情や愛情を表面でうたいながら、結局は人間を道具としか見ていなかった。それにくらべたら、君のように、最初からずばりと秩序を立ててくれたほうが、どれだけ気持ちがいいかわからないよ」

「正直なところ、僕たちは、指導者なしではどうにも動けない人間なのだ。そのかわり、誰かが作戦をたて、命令を出してくれたなら、それを実行する第一線部隊長としての能力は、そんなに人には負けないつもりだが」

それは七郎も認めていた。そして、彼の犯罪計画を実行に移すためには、たしかにそういう役者も何人か必要だったのである。

「実はこういうものを用意してきたのだ。君には笑われるかもしれないが、男がここまで腹をきめたのだから、信用してもらっていいだろう」

九鬼善司がポケットからとり出したのは、血判のあともなまなましい二通の契約書だったのである。

5　パクリという詐欺

鶴岡七郎が、このとき頭に描いていた大犯罪の構想は、そのほとんどが、約束手形——いわゆる約手を利用する詐欺であった。

約束手形というものは、法律的には、いろいろむずかしい規定があるが、常識的には、むかしの借金の証文のようなものだと考えていただいてもいいだろう。

たとえば、物を買う場合に、現金をならべるなり、小切手を切ったりするのは、誰でもわかるふつうの方法だが、このほかに、相手が承知してくれさえすれば、約束手形をわたして取引をすますこともできるのである。

現金ならば、受けとった側にはなんの問題もないわけだし、また小切手でも不渡りにならないかぎりは、その日か翌日の午後には現金にかえられる。ただ、手形は三十日から九十日ぐらいの間のある日を最初から規定して、その日に支払いをするという証書なのだ。

ところが、手形をうけとった側では、金ぐりの都合や何かで、その約束の支払い日まで、黙って待っていられないという事態も往々発生する。

こういう場合には、この手形を金融業者のところへ持ちこんで現金にかえるのは、経済活動の常道なのだ。これを「手形を割引する」とか、「手形を割る」とかいっているが、たとえば、ここに六十日後に支払いを指定した百万円の手形があるとして、かりにこれを日歩十銭で割引したとすれば、六十日の間の利子は六万円となる。

だから、手形の持ち主は、百万円の手形をわたして九十四万円の現金をうけとり、金融業者のほうは、六十日の間待って、百万円の現金をこの手形と交換にうけとり、その間の利子をかせぐことができるのだ。

もちろん、実際問題としては、部分的にいろいろ細かなあやもあるが、とにかくここに述べたようなやりかたが、手形金融というものの根本的な原則なのである。

ところが、会社などで、金ぐりに追われ、一時的に急場をしのごうという場合にも、この手形金融は利用されている。

この場合には、買った品物の代金の支払いにあてるというような本来の目的からはなれて、最初から割引にまわされるのだが、手形はあくまで手形だし、この証書一枚を見ただけでは、目的まではぜんぜん見分けもできないのだ。

そして、万一約束の期日に、自分の取引銀行に、その手形の額面に相当するだけの預金がなければ、不渡り処分をうけることになる。

不渡手形に対する罰則は、戦後何度か改正されたが、原則的に三カ月の間に二回、不渡手形を出せば、即座にあらゆる銀行取引が停止されるのだ。

これは、刑法上の犯罪にはならなくても、事業をしている会社や個人にとっては、死刑の判決にひとしいものである。取引先に対する信用もとたんにゼロになり、仕事をつづけていくこともできなくなるために、どのような無理をかさねても、不渡りだけは出さずにすまそうとするのが、あらゆる事業家の厳守する最後の一線なのだ。

また、これを逆に考えれば、こういう良心がこの手形制度をささえる支柱なのだ。手形だけはなんとかおとさなければ――という信念が、事業家たちの間にしみこんでいないかぎり、たいていの文房具屋で一枚七円で売っている手形用紙が、何百万、何千万という金額を書きこまれ、現金のかわりに通用するという現象はおこり得ないだろう。

そして、この信用を維持するために、法律はさらに規定を設けている。

たとえ、途中で盗難とか詐欺とかいう事故にあった手形でも、その手形が、そういう犯罪とはなんの関係もない善意の第三者の手にわたった場合には、手形の振出人は、支払いの義務から解除されないのだ。

これは、手形というものが、金融の必要上、支払い日までぐるぐると何人かの人間の手にわたることが多いために設けられた規定だが、ここには俗にパクリと称する巧妙な詐欺罪が発生する可能性があるのだった。

ある会社が金融のために約手を発行して、急場をしのごうとする場合、金の貸し先を紹介してやると持ちかけて、うまくこの手形を手に入れられれば、そして、それをこの犯罪とはなんの関係もない金融業者のところで割り引いてしまえば、犯人としては濡手《ぬれて》に粟《あわ》のようなぼろ儲けができるし、会社側としては泣きの涙で、支払い期日には額面どおりの金をそろえ、その後始末をしなければならなくなるのである……。

ここまでは、ちょっとでも法律を学んだ人間なら、また実際商売をしていて手形をあつかっている人間なら、誰でも知っているようなごく基本的な知識にすぎないが、鶴岡七郎が心血をそそいで考え出したのは、この手形を詐欺する方法だった。

彼はこのとき、木島や九鬼の熱意にほだされて、その中の一つだけを打ち明けたのだが、天下に名前を知られた大会社の偽物を、午後の二時に作りあげ、午後四時にはまた跡形もなく消滅させてしまうという奇想天外の大トリックには、二人とも舌をまいて感心していた。

「なるほどな。それだけの舞台装置をしてかかれば、どんな会社の重役でもまず完全にひっかかるだろうな」

「五、六千万——いや、一億ぐらいの金をパクるのはわけがなさそうだ。どうだ。すぐにでもとりかからないか」

二人は膝をのり出したが、七郎は大きく首をふった。

「それにはちょっと時機が早い。それだけの大芝居をうつためには、費用も準備しなくちゃいけないし、脚本から役者まで、すっかりそろえあげなければいけない。まず、僕の考えでは、準備に半年はかかると思うな」

「それでは、それまでの間、どうすればいいんだ？」

「まず、小さなことからはじめて時をかせぐのだね。その間に資本をつみあげて大芝居の日にそなえるのだ」

いかにも自信ありげな七郎の言葉に、木島と九鬼は顔を見あわせて、今後の忠誠を誓ったのである。

太陽クラブはこうして隅田光一の自殺とともに解体し、その残党たちはこれから地下にもぐったのだ。

これまでの事件は、新聞にも部分的にはあつかわれた、一般社会での出来事だが、これから後の事件はすべて、犯人側と被害者と、そして一部の捜査官のほかには知る者もないほどの出来事だった。

それはすなわち、鶴岡七郎の不敗の記録を意味することになる。ただ、彼が最後に他人の失敗から思わぬ敗北を味わうまでの道は、決して生やさしいものではなかった。彼自身が「会社殺し」という異名をとったことはしかたがないとしても、その途中には血なまぐさい現実の殺人さえ何度か行なわれていたのである。

年が明けて、昭和二十五年の一月になってから、鶴岡七郎は田村町《たむらちょう》の近くの外国人相手の美術商の二階に部屋を借り、

「手形金融　六甲商事《ろっこう》」

という看板を出した。

金融業者として、警察にも届け出て登録をすませておいたのは、後でパクった手形を割り引くようなことがおこった場合、詐欺罪のほうは、あくまで知らぬ存ぜぬでおし通し、善意の第三者をよそおうための工作だった。

この部屋を借りるための契約金も、テーブルや椅子や金庫を整えるための費用も、彼は独特の押しとねばりで、二カ月後の約手をおしつけて、まにあわせたのである。

後には、あの第一の犯罪のときに頭をはねておいた金が二十万円ぐらいしか残らなかったが、さしあたりはこれで十分だった。

彼の予定表にしたがえば、二カ月以内には、第二の犯罪を完全に遂行できるはずだった。それが成功しさえすれば、自分の振り出した手形をおとすぐらいのことは、朝飯前の芸当だったのである。

木島や九鬼とは、表むき太陽クラブの解散とともに袂をわかったことになっていた。あくまでも、過去とのつながりは、さけなければならなかったが、唯一の例外は藤井たか子だった。

その父親の庄五郎は、あのときの興奮がたたったのか、あれからまもなく、脳溢血の発作をおこし、この世を去ってしまったのだ。

虎の子のようにしていた貯金をなくし、そのうえに、光一のために貞操をうばわれたこの女には、七郎もさすがに同情を感じていた。

どうせ、当分は事務所といっても看板だけで、しじゅう外へとんで歩くつもりだとしても、やっぱり留守番の役をつとめる女事務員ぐらいは必要だった。

それで、たか子から再出発についての相談をうけたときには、自分のところへ来て働かないかと、いちおう話をしてみたのだが、たか子は一も二もなく承知した。

この事務所へ越してきてからも、働きぶりはまじめだった。ああして、隅田光一と情死をはかろうとしたことなどは忘れたのかと思われるぐらい、その顔にはうれいの影もなかった。

いかに、若さというものが、どんな打撃もはね返すだけの力を持っていたとしても、こういう平静さは、七郎にもなんとなく腑におちなかった。

「君は隅田のことを思い出さないかね？」

彼はあるとき、思いきって、わざとまだなまなましい傷口にふれるような残酷な質問をしてみたのだが、たか子は別に顔色もかえないで静かに首をふった。

「いいえ、あの人のことは、もう思い出すこともありません。わたしは第一、あの人をこれっぽっちも愛してはいませんでした」

「それではなぜ、あのとき、心中までしようと決心したんだい？」

「あの人にしたところで、最後の最後には、一人で死んで行くことが寂しくてしかたがなかったのでしょう。女にしたって、そういう気持ちになることはないでもありませんもの」

男を知ったせいもあるだろうが、たか子の顔も話の調子も、この半年のあいだに、急に大人になったようだった。

現に、このときの言葉にも、謎のような調子があり、七郎のほうを見つめる眼にはふしぎな光があった。

彼はそのまま黙ってしまった。これ以上、このことについて話をつづけるのは、なにか危険があるような気がしたのだった。そして、それからしばらくは、七郎は事務的な用事のことを話すだけで、個人的な話や感情的な問題については、いっさいふれようともしなかった。

もちろん、信用もまだついていないせいだろうが、仕事のほうはさっぱりなかった。たまに訪ねてくる人間があっても、それはたいてい、どこの銀行でも相手にしない中小企業家だった。

「いずれ、調査のうえでご返事いたします」

というのが、七郎の最初の挨拶だったし、

「いろいろと調査いたしましたところ、おたくの信用状態では、残念ですが、ご融資できません」

というのが、きまり文句のような第二の挨拶だった。

「こうして、お金をどこへも貸さないで、お仕事がやっていけますの？」

あんまり同じことの連続なので、たか子も心配になったのか、ある日、しばらくためらった後で、たずねてきた。

「そんなことは何も心配する必要はないとも。あんまり妙なところへ金を貸し付けては、資金がこげつくおそれがあるからね。あせるな、さわぐな、早まるな——というのが金儲けの秘訣だよ」

七郎は、なんの屈託もなく笑っていた。

七郎が銀座で、かつて光一の恋人だった血桜の定子に会ったのは、この事務所を開いてから二週間後のことだった。

「ねえ、あなたはいつかの学生さんじゃない」

と、むこうから声をかけられて、七郎もちょっと面くらったくらいである。

険《けん》のある眼や、狐のような顔の形は、二年前とちっとも変わっていなかったが、あのころにくらべて、化粧はいくらかうすくなっていた。金まわりもよくなったのか、着ている和服もよほど金目のもののようだった。

「学生からはすっかり崩れてしまったがね。君はいま何をしているんだい？」

「新聞で見たけれど、あの人も気の毒だったわね。さんざん、女を泣かせた天罰よ。ところで、わたしはいま油屋《あぶらや》一家の幹部をしている太田洋助《おおたようすけ》に見そめられて所帯を持ったの。わたしのような女にしてはいちおうの出世よ」

油屋一家——といえば、たしかに新宿あたりを縄張りにしている香具師《てきや》のはずだった。

この名前を聞いたとき、七郎の頭には一つの考えが閃《ひらめ》いた。この女が現在、そういう境遇になっているとしたならば、これから彼の実行しようとしている犯罪に対しては、たいへん役に立ってくれそうに思われたのである。

「それはよかった。おめでとう。それで、あなたはいま、何十人という人間を顎で使える身分になったというわけだね？」

「おかげさまで、姐《あね》さん、姐さん――とたてられているから。それにしたって、親分の光なり、うちの亭主の光でしょうけれどね」

光一に脳味噌が一かけらでもはいっているかと軽蔑された女にしては、自分のほどを知っていたし、話の筋も通っていた。

「どう、お茶ぐらいつきあってもらえるかね」

「わたしのほうがおごってあげるわ」

やっぱりこういう女でも、光一がどうして狂い死にをするようになったか、といういきさつは知りたかったのかもしれない。自分から先にたって、近くの喫茶店へはいると七郎をせきたてて光一の死ぬまでの事情を問いただした。

「やっぱり、わたしが思っていたとおりだったのね。あの人は、高等香具師みたいなところがあったのよ。ベシャって、人をだますことにかけては、天才的なところがあったのよ。でも、あんたみたいにずぶといところがなかったのね。あんただったら、そういう目にあっても死ななかったでしょうし、第一、最初からもっと大胆に、もっとあくどいことを考えていたでしょう」

定子は鋭い視線を七郎の顔に注いだ。

この女は、たしかに光一のようにかたよった才能の人間には、性欲以外に何物もない、売春婦同然の女に思われたかもしれない。しかし、世間的な知恵と、人間を観察する力にかけては、そんなに捨てたものではないと、七郎は心の中で思っていた。

「ところで、あなたはいま何をしているの？」

「新橋で小さな金融業をはじめたが」

「金貸し？　間貫一ね」

こういう女に手形の説明をしたところでわかってくれそうもなかったから、彼はそのことについては一言もふれなかった。

「ところで、実はあなたを女と見こんでたのみがあるのだが、ひとつ聞いてはもらえないかね」

「浮気の相談？」

「残念ながら、いまのところは商売のほうが忙しいんで、あなたのような美人に会っても浮気心はおこらないが……。人を集めてもらえるだろうか？」

「何人ぐらい？」

「さしあたって一人、後では五十人」

「一人というのは、貸金の取立て役ね？　それだったら、いまちょうどいいのがいるわ。五十人というのは、なぐりこみのほうかしら。それだったら、ハジキやミシンぐらい入用になるわねえ」

いかにもこの女らしい推理だったが、七郎は笑って首をふった。

「あいにく、そんな役じゃない。一人のほうは詐欺か何かの前科者がいい。百万ぐらいの金で、二年ぐらい刑務所に行ってくれるような男だ。それから五十人のほうは、半年ぐらい先になるだろうが、これは半日だけの仕事なんだ。かたぎのつとめ人にみえそうな人相のいい男で、身なりのしゃんとしたのを集めてくれればいい。喧嘩でもなんでもないが、日当はたんまりはずむつもりだよ」

「ガン首のいいのを集めるのね？　それはたいしてむずかしくもないけれど、半年先の約束をいまからするのは早すぎるわ。その三日前ぐらいに声をかけてよ。別の一人のほうは急ぐの？」

「こっちはなるたけ早いほうがいい。ほうぼう口はかけているが……」

「百万も出してくれるなら、二年ぐらい臭い飯を食ってこようという男はわんさといるわ。五人でも十人でもまわしてあげるから、その中からいいのを選んでよ……。でも、本人には八十万と言っておくから、残りの二十万はわたしの手数料として払うのよ」

「刑務所入りの報酬のピンをはねようというのは、あなたもいい腕だ。ははは」

七郎は冗談めかして笑ったが、そのとき定子は剃刀のように鋭い眼で彼を見つめ、突き刺すような調子で言った。

「あなたも悪ね。何を考えているか、わたしにはわからないけれど、あの人やいまの亭主よりは、桁違いの悪党みたいな気がするわ。でも女には気をつけなさい。女は男が悪党なほど惚れこむものよ」

定子はこの約束をわすれなかった。その翌日から、七郎の事務所には、ぽつりぽつりと、刑務所行きの志願者があらわれはじめた。

その中で、五番目にあらわれた前島実《まえじまみのる》という男が、いちばんものになりそうだった。戦争前に証券会社につとめていて、お客から預かった保証金を猫ばばし、一年刑務所へ行ってきたというのだが、風采も押し出しもいちおうだったし、年も三十になったかならないというところで、七郎が今度の役を割り当てようとしていた役者としては、ぴったりしていたのである。

「君はどういう秘密でも守れるかね?」

七郎はそれでも念のためにたずねてみた。

「警察でも、裁判所でも『死んだ蛤《はまぐり》』になればいいのですね? あなたに教えられたとおりのせりふを言って、泥をはかなければいいのですね?」

この男は、最初から自分の役所《やくどころ》をのみこんでいた。七郎は、とりあえず毎月一万円のサラリーを出すことにして、彼を遊ばせておいたのである。

そのうちに木島良助はあちらこちらとパクリの舞台を捜しまわっていたが、とうとう適当な場所を見つけ出してきた。

静岡県島田《しまだ》にある静岡銀行島田東支店の次長吉井《よしい》広作《こうさく》という人物に、ある筋を通して接触できたというのだった。

七郎はいよいよほくそ笑んだ。役者はやとった。舞台はきまった。あとは犠牲者を捜すだけだった。

しかし、それは、たいしてむずかしいことではなかった。平均株価が、半値に暴落するというような不況の真っ最中だけに、どの会社も金ぐりには青息吐息の状態だった。約束手形を、銀行利息に毛の生えたぐらいの利子で割り引いてもらえるならば、どこでも飛びついてきそうだったのである……。

鶴岡七郎は事務所の中で、網の中央にわだかまって餌食を待つような蜘蛛に似た注意を、四方にはりめぐらしていた。

そしてまもなく、彼の情報網には耳よりなニュースが聞こえてきた。米村《よねむら》海運という一流の海運会社の子会社米村産業が、金融にこまって、四千万円から五千万円ぐらいの金額を借りたがっているという情報だった。

こういう会社が、急場の金を作るためには、もちろん手形を発行して、それを割引してもらうしか方法はない。

七郎は、ひそかに九鬼と木島をよんで実行計画を相談した。

予定どおりに、木島は吉井次長の家族関係、親類関係を全部洗い上げ、彼の甥《おい》にあたる吉井公雄《きみお》という青年に、碁会所で最初近づきになり、それから一杯飲むぐらいの仲まで進んでいたのである……。

準備はほとんど終わったのだ。七郎はいま、昂然《こうぜん》と眉をあげ二人に言いわたしたのである。

「この手形はわれわれがいただくのだよ。まあ、全額というわけにはゆくまいが、少なくとも一千万円はかるいところだろう。刑務所へ行く前島実には配当百万、君たちにも配当は百万ずつ――。その残りは、全部僕がもらうが、それには異存がないだろうね？」

「かまわないとも、君という人間がいなかったら、僕たちではどうにもならないんだ」

「刑務所へ行って百万もらうんじゃ、考えるが、こっちが行かなくてすむならねえ」

木島も九鬼も、近ごろでは、すっかり悪の色に染まっていたのだった。

悪盛んなれば天に勝つという諺もあるが、ここで鶴岡七郎たちには耳よりなニュースがはいった。

木島良助は、吉井公雄の口から、彼の叔母にあたる吉井次長の妻久美子《くみこ》が株で大儲けをしたという話を聞き出してきたのである。

これはなんでもない話のようだが、七郎には聞きのがしにできない情報だった。

素人は株といえば買うものだとばかり思いこんでいる。だから相場が上昇一方のときには、たいていは儲かるし、それを自分の大手柄のように吹きまくるものなのだが、いったん相場が崩れだすと、大損をして青菜に塩のようにしょげかえるものなのだ。

これだけ相場が崩壊した後に、彼女だけが無傷でいられるわけはない——、というのが七郎の直感だった。

「これは、ひょっとすると、その次長自身にも、くさいところがあるんじゃないかな？」

「というと？」

「あのとおりの熱狂相場になってくると、誰でも実力以上の勝負をしたがるからな。自分の力で株を買うなら、相場の下げで損をしても、運が悪かったとあきらめようもあるけども、そういうときはえてして、借金してまでも勝負をしようとする。上げ相場のときには、誰でも無理が通る。しかし、そういうときに、相場が崩れたら、それこそ悲惨なことになるのだよ」

木島もはっとしたようだった。

「それでは、次長が、銀行の帳簿をごまかして……」

「それは大いにあり得ることだと思うな。もちろん、次長という地位についていたなら、出納係《すいとう》やなにかと違って、そうそうかんたんに見やぶられるような下手な細工はしなかったろうが、何かあるのだ。もし、彼にそういう弱みがあったとすれば、この際は、彼自身を仲間にひきずりこんだほうが、話はスムーズに進むとも」

「それはたしかにそのとおりだろうが、ただ、問題はそれをどうして確かめるかだぜ。こっちが警察の人間だったらともかくも、銀行の次長をつかまえて、あなたは使いこみをしているでしょうとは聞けないだろう？」

「手はある。まかせておきたまえ」

七郎は自信満々だった。

前に立てておいた計画は、またこの次にでも実行できる。今度、次長をくどきおとせれば、それに越したことはないと思ったのだ。

それから二日後、彼は何枚かの偽名刺を用意して島田へむかった。

まず、最初に彼は、吉井広作の自宅を訪ねていった。玄関へ出た久美子は、たしかに美人には違いなかったが、その眼はうれいに沈んでいた。顔全体が暗く、いまにも泣きだそうとしているような感じだった。これは、どう見ても株で大儲けをした人間の表情とは考えられなかったのである。

「富士証券の静岡支店からまいりましたが、株式投資のおすすめに……」

用意してきた偽名刺を出して、七郎は、まず切り出した。

「いりません！」

「いや、奥さんはそうおっしゃいますが、株式投資は、日本復興のためにはもっとも……」

「いりません！　誰になんと言われたところで、孫子《まごこ》の代まで、株なんかに手を出すもんですか！」

そのヒステリックな叫びを聞いただけで、七郎は自分の予想が正しかったことをさとった。

「それでは、今度の下げ相場で、だいぶご損をなさったのですか？」

「よけいなことを言わないで……。帰って、帰って！　そうしないと警察を呼びますわよ」

「呼ぶなら呼んでごらんなさい。あなたのほうが、ご損をなさるだけです」

七郎はがらりと、声と態度を一変させた。彼一流の、はったりのきいた大芝居だったが、この変化は久美子にとっても、すこぶるぶきみに思われたらしい。

「あなたは……あなたは……」

と、柱につかまって呟いた。

七郎はなにも言わずに、いま一枚の名刺をさし出した。私立探偵の肩書のはいった名刺だった。

「探偵さん！　あなたが……」

「そうです。実は本店のほうからたのまれて、いろいろと調査に歩いているのです。おたくのご主人……いや、こっちの支店の営業状態に、若干不審な点があると、頭取が申しておりますので」

久美子の全身は激しく波をうっていた。いまにも倒れそうな体を必死に爪でおさえているのだが、その顔は死人の色に近かった。

「ちょっとお上がりになりません？　せっかくおいでくださったのに、そこではなんでございますもの……」

こうして、自分をひきずりこんで座をはずし、警察へ知らせるということも考えられないではないが、この女には、それだけの考えはなさそうだった。

眼も、声も、体も、全面的な敗北を物語っている。どのような犠牲をはらっても、なんとか頭取の耳にこの秘密がもれることだけは、食い止めなければならないという感情が、奇妙な媚態《びたい》となってあらわれていた。

「失礼します」

七郎は、相手に立ち直りの隙を与えまいと腹をきめた。少なくとも、この前哨戦《ぜんしょうせん》では、彼は勝利を確信できたのである。

彼を応接間へ通すと、久美子はすぐに化粧を直し、紅茶を盆にのせて出てきた。

「なんにも、おかまいできませんけれども……」

久美子は上眼づかいに彼を見あげて、消え入りそうな声で言った。露をやどしたようなその両眼は、心はともかく肉体がある行動を決意したことを雄弁に物語っていた。

「あなたは、あなたは、わたくしが株で損をしたということを、本店へ報告なさいます？」

「さあ、それは……」

七郎も思わせぶりな間《ま》をおいて、

「私としてはできるだけ、自分の役目に忠実でありたいと思います。もっとも、私立探偵というのは、本職の警察官とは違いますから、たとえ間違った報告をしたとしても、汚職の罪に問われることもありません」

と言いながら、七郎はそっと相手の手を握った。しかし、もうすべてを観念しきっているのか、久美子はその手をふりきろうともしなかった。

人妻というものは、いったんある線をふみ越えると、後はとどまるところを知らないのだ。

冷静に相手の痴態を観察しながら、七郎はこの女が主人の危急を救おうとして、心ならずも彼に身をまかせているのか、それとも本心から彼に惚れこんでしまったのか、判断に苦しんだくらいだった。

しかし、いったん女の肉体を征服してしまえば、その心をあやつることは、彼にとってもそれほどの難事ではなかった。

ある意味では、単純そのもののようなこの女をたくみに誘導尋問して、彼は、この夫が銀行の金を三百万円ほど持ち出し、株ですってしまったことを探り出したのである。

こういう事実をつきとめれば、後の仕事はむずかしくもなかった。

彼は、銀行のひけどきを狙って、吉井次長を訪ねて行った。今度さし出した名刺は、米村産業の会計課長の肩書だった。

島田の一流料亭に招待すると、吉井広作は別に疑う色もなく承知した。

もちろん、地方銀行でも支店長の女房役をつとめるだけの人物だから、表面は貫禄もあり、平静もよそおってはいるが、やはりその顔の皮膚の下には、罪の意識が沈んでいるのを、七郎は見のがさなかった。

杯のやりとりがいちおうすんだ後で、七郎は女中を遠ざけて、攻撃の火ぶたを切った。

「吉井さん、実は、私はこういう者ですが」

おそらく、これから極秘の商談が始まるものと期待していたのだろうから、私立探偵の肩書のついた名刺を出されたときの相手の動揺は大きかった。

われを忘れて、杯をぽたりと畳へおとしながら、

「探偵さんが……どうしてこんなまねをなさるのです」

「それは、その理由は、胸にお聞きになればおわかりになると思います」

「なんですって！　私がなにか、やましいまねをしているとでもいうのですか！　冗談にもほどがあるでしょう」

もちろん、最後の虚勢なのだ。ぜったいに弱みをみせまいとしているのだが、妻の口からすべてを探り出してきた七郎にとっては、それはむなしい抵抗にすぎなかった。

「冗談でこういうことは申せません。あなたの奥さんが、駿河《するが》証券とどういう取引をなさって、どれだけ損をなさったかは、とっくに調べあげています。その金がどういうからくりで捻出されたかは、本店から調査にくれば、まもなく判明するでしょう。もちろん、銀行の帳簿はたいへん複雑でしょうから、われわれのような素人は、何日かかっても、どこにどういうからくりがあるか、見やぶることは困難でしょうけれどもね」

「すると、あなたは本店から？」

「そこはご想像におまかせします。私の報告がどこまでとどくかは、あなたの出ようーつですが」

七郎はゆっくりと言葉をつづけた。

「これが万一、表沙汰になったとしたならば、あなたはとうぜん、横領罪で刑務所へ行くほかはない。ただ、本店の側としては、支店長を補佐する役のあなたにそんな間違いがあったとすれば、これは銀行自体の信用にもかかわることだから、できるだけ、事を内輪に内輪にとおさえて、表面には出さないようにするでしょうね」

「それで？」

「先手を打って辞職をなさるのですね。ほかの事件の責任をとる形にして――。そのときは、少なくとも、あなたの横領は、刑事問題になりますまい」

吉井広作は、救われたというような顔をして、やっと額の汗をふいた。

「わかりました……。こうして、わざわざ個人的に、その秘密を打ち明けてくださった、あなたのご好意には感謝のほかはありません。それではいちおうひっかかっている仕事だけをかたづけて、辞表を提出することにいたしましょう。まず、十日ぐらい待っていただければ、なんとか後始末はできると思います。それまで、頭取のほうへ、あなたのご報告を伏せていただけますか？」

七郎は卑屈なくらいおどおどしている相手の格好を見て、魚は網にかかったと感じた。

こういう小心そうな男が銀行の金をつかいこんで、株などにつぎこむということは、常識では想像もできないようなことだが、たしかに、昭和二十四年上半期の株式相場の白熱的な上げぶりには、こういう小心な銀行人さえとりこにしてしまうような魅力があったのだ。

「伏せましょう。あなたのほうで、そういう出方をなさるのなら……。ただ、そのほかに一つの条件があります」

「私にできる条件でしたなら」

「できますとも。いやしくも、あなたが次長のポストにいるかぎり、それはできない相談ではない。米村海運が裏書きした、米村産業の手形を割っていただきたいのです」

「それは金額にもよりますが」

「金額はおそらく四千万から五千万——。それをあなたは受けとってすぐ東京へおいでになる。表面は、おたくの銀行で割引する、ということにして、その実は日本銀行で再割引する。つまり、あなたのほうで日銀から金を借りて、それを米村産業に貸し付けるということになさるのです。もちろん、日銀から地方銀行へ金を貸し付けるときの利子は、地方銀行がお客へ貸し出すときの金利よりはるかに安いわけだから、銀行としては、とうぜんその間の利鞘《りざや》がかせげるわけですね。ただし、もし、この手形に途中でなにかの事故がおこっても、あなたは銀行人としての過失をとがめられても、刑法上の罪人とはなりませんからね」

もちろん、銀行の支店次長ともなれば、七郎がここでかけた謎の意味を理解できないわけはなかった。

真っ青になって、彼は叫んだ。

「その手形を私からパクるのですね！」

「そういうわけではありません。米村産業側としては、おたくの看板を信用して手形をあずけ、預かり証をもらって東京へ帰ります。金額が金額だから現金になるまでには、二日かかると言ったとしても、むこうは信用しますとも……。そして、あなたは私の紹介するある人間を信用して、その手形をおわたしになる。そのある人間というのは、前科一犯の詐欺師で、口のうまいことにかけてはたいへんなもの……。誰がだまされたところで、ふしぎはないのです」

「それで、その男は？」

「いずれ刑務所へ行くでしょう。ただそのときの罪名は、窃盗でもない、詐欺でもない。預かった手形を横領しただけのこと、これは判例によりますと、懲役二年がせいぜいです」

木島や九鬼はあるとき、隅田光一と彼の頭を比較して、隅田には剃刀の切れ味があり、鶴岡には大鉈の迫力があると評したことがある。しかし、この二年、太陽クラブの組織の中で、光一と仕事をともにしていた経験は、七郎にとっても決してマイナスではなかった。

彼はこの間に、光一の鋭さを学び、それを第二の本性として身につけることに成功したのである。

それがこの大芝居の場合には、相手の反撃を許さない鋭い切りこみとなってあらわれたのだった。

「あなたもずいぶん大胆なお方だ……。もし、私がここから警察へ電話をかけて、このことを全部話してしまったら……」

この一言は、吉井広作の良心の最後のもだえだったかもしれない。だが、その言葉には力がなかった。

七郎は、嘲《あざけ》るような冷笑とともに、このかよわい反撃をはね返した。

「私はそんな話をしたことを否定しますよ。ここには、私たちの話を聞いていた証人が一人もいるわけではない。なんの証拠が残っているわけでもない。ただ、私は、銀行マンとしてのあなたにいろいろ手形事故のお話をうかがっていたというだけです。ところが、あなたがいままでしたことには、歴然たる証拠が残っているでしょう。この取引はいったいどちらに分《ぶ》がありますかね」

「あなたは私を脅迫なさるのですか？」

「脅迫――ということは、法律的には犯罪実行の手段としてする害悪の通知ですね。ところが、私は法律的には善意の第三者、この手形の横領とはなんの関係もないのです。私がいまあなたにお話ししていることは、交渉です。商談の一種です。もちろん、この交渉をおうけになるもならないも、それはあなたの自由意志だ。私はなにもあなたを強制して、何かの行動にふみきらせるつもりはありません」

吉井広作は泣きだしていた。大の男ともあろうものが、こうしておいおい、声をあげて泣きだしたということは、七郎のあわれみを乞おうとする一念からなのか、それとも自分がいま追いこまれたこの悲境を、涙とともに悔いているのか、七郎にはなんとも解釈できなかった。

ただ、彼はきびしく心をひきしめて、相手の激情を見つめていた。煙草を何本か灰にしたとき、吉井広作は初めて顔をあげ、空ろな調子で呟いた。

「しかたがありません。やりましょう。こうなっては、毒をくらわば皿までですね」

自嘲のようなその言葉を、また七郎は、鞭をふるようにたたき返した。

「あなたがどういう心境か――、それは私にもわかりません。ただ、この取引は、あなた自身のおためになるのです」

その夜のうちに、七郎は東京へひき返した。

この夜、吉井広作と久美子は、おたがいに相手に打ち明けきれない罪の意識をいだきながら、眠れぬ夜をすごしたろう。

しかし、このときの七郎には、罪悪感などどこにもなかった。彼の心を満たしているものは、征服感と勝利感だけだったのである……。

こういう準備工作が終わった後に、この犯罪は、まるで精密機械のような正確さで運ばれていった。

前島実は、たくみに米村産業の会計課長と知り合いになった。そして、自分に五十万円の礼金を包むならば、ある銀行にたのんで、手形を割ってやると持ちかけたのである。これは米村産業にとっては、渡りに舟というような耳よりのニュースだったろう。

この当時、事業会社はすべて、銀行融資がなかなかうけられないで、青息吐息の状態だったのだ。会社の生死が問題になるために、無理を承知でカンフル注射のような高利の金融に飛びつかねばならなかったのだ。

仲介者に五十万の謝礼というのは、五千万円の融資に対して、わずか一分の割合にしかつかない。会社としては、その程度の出費を惜しんではいられなかったのである。

それから四日目、米村産業の金融担当重役は、経理部長を同伴して島田東支店へ吉井次長を訪ねてきた。

もちろん、前島実もそのときは、いっしょに島田まで行ったのだが、米村産業側としては、なんといっても、銀行を訪ね、次長に面会を求め、支店長室で五百万円の手形十枚を渡し、次長のサインした預かり証をうけとったのだ。

彼らがこの手形をパクられるということを、夢にも思わなかったとしても、これはとうぜんのことだろう。

一方吉井次長としては、このときわざと支店長の不在の日を選び、それを口実にしたのである。

もう、いっさいの話はついているが、ただ、金額が金額だけに、支店長が本店の会議から帰ってくるまでは、最後の手続きがすませられない。だから二日の間、待ってもらいたいと言ったのだった。

米村産業側としては、これを疑うわけはなかった。それどころか、吉井広作に三拝九拝し、安堵の胸をなでおろして東京へ帰っていったのである。

ところが、吉井広作は、この手形を鞄に入れ、その次の列車で前島実といっしょに上京してきたのだ。

二人はそれから東京駅前のある宿屋へおちつき、前島実は日銀の知人をたずねるということにして、この鞄を持ち出した。

もちろん、吉井広作は、この手形がパクられることは百も承知だった。ただ、このとき二人の会話を聞いていた女中が証人になってくれることは、最初から計算にはいっていたのである……。

それから、前島実はすぐに、この手形を七郎の事務所へ持ちこんできた。

「うまくいったな」

「大丈夫です。とられる人間がなれあいだから、こんなやさしいことはありません」

この刑務所行きの志願者は、白い歯を見せて笑っていた。

吉井広作は、完全にだまされたような顔をして、四時まで黙って、宿屋で待っていることになっている。それからあわてて警察へ届け出る手はずになっていた。もちろん、預かり証も、正式に銀行が発行したものではないから、後で問題がおこっても、銀行は責任をとらなくてすむのだった。

七郎は手形をいちおうあらため終わると、そのまま事務所を出て、木島と九鬼が待っている近くの料理屋にやってきた。

「こちらの勝ちだ。獲物はこれだ」

机の上にならべられた十枚の手形を見て、二人は大きく溜息をついた。七郎の手腕に対しては、全幅の信頼をおいていたろうし、その計画に対しても、成功は確信していたろうが、やはりこういう犯罪には、不測の事態が往々にしてともなうことだから、こうして手形を眼の前につきつけられるまでは、不安をおさえきれなかったに違いない。

「四千五百万……五千万」

十枚の手形を数えあげて、木島はかすかにふるえていた。

「天才だ。君はたしかに天才だ」

九鬼善司も、額の汗をぬぐいながらくり返した。

「そんなに喜ぶにはまだ早い。戦争というものは、敵が白旗をあげるまでは追撃の手をゆるめてはいけないんだよ。問題はまだ後にある。もし、あの男に百万円の現金をつかませる前にむこうがつかまったら、こっちもいっしょに刑務所行きだ」

鶴岡七郎は、かすかな笑いを浮かべて言った。しかし、この手形を現金化する方法についても、彼は十二分の成算をいだいていたのである。

五百万円という金額を書きこまれた約束手形が十枚、あわせて五千万円の有価証券は、こうして巧妙なパクリによって、三人の眼の前の机の上にのったのだ。莫大な金額に相違ない。ただ、三カ月後の支払い指定日が来れば、ほとんど絶対的な強制力をもって、五千万円の現金にかわるこの証書も、いまのところは、まだ十枚の紙片にすぎないのだ……。

もちろん、これが合法的に手にはいったものだったら、これを割り引くのはなんの困難もない。

米村産業自体には信用がうすくとも、その裏書きをしている米村海運は、一流中の一流会社である。

その親会社が、支払い保証をしているこの手形なら、どんな金融業者でも、手持ちの資金がありさえすれば、喜んで現金化するだろう。

ただ、そこには「手形の確認」という障害がある。手形を受けとろうとしている側は、取引銀行を通じて、手形の振出人に、ほんとうにそういう約手を振り出したか、どうかを確かめられるのだ。これはもちろん、手形の偽造や、盗難や詐取《さしゅ》などに対抗するために作られた一つの便法なのである。

だから、この際、彼らがもしも、この手形を、ほかの金融業者に持ちこんだら、むこうはとうぜん米村産業に問いあわせて、それから現金をわたしてくれると見なければならない。その場合、米村産業のほうでは、それこそ愕然とするだろう。

その手形は、静岡銀行島田東支店の大金庫の中に、安全確実に保管されてあるはずなのだ。

それが、重役たちが東京へ帰ってきてから、わずか数時間のうちに、東京の金融業者のところへあらわれては、どんな無能な重役でも、思わず椅子からとび上がるだろう。

その結果は、いずれ一同の逮捕となってあらわれることは、火を見るよりも明らかなことだった。

事件がこんなふうに進行していった日には、いかに刑務所行きの代役をやとっておいたとしても、役にたつものではなかった。

この手形も、善意でしかも合法的に手に入れたという筋を通さないかぎり、刑務所へ行くのは、彼ら自身の番になるのである。

鶴岡七郎が、このことを最初から計画にいれておかないわけはなかった。

彼の持論にしたがえば、犯罪――。ことに詐欺のようなぜったいの知能犯では、事前の準備と事後の工作がもっとも重大な段階なのだ。

この二つにくらべれば、たとえば、手形をパクるというような現実の犯罪行為は、枝《し》葉末節《ようまっせつ》のわざにすぎない。

詐欺で失敗し、検挙されるなどということは、この途中の末節にばかり力をいれすぎて、肝心の予備工作と後始末をおろそかにするからだと、七郎は信じていたのである。

「それではこれから行ってくるよ。九鬼、覚悟はしているだろうな」

彼は手形を鞄にいれて、九鬼善司の顔を見つめたが、相手はふてくされたような笑いを浮かべて言った。

「かまわんとも。毒をくらわば皿までだ。おやじが僕のことをかまってくれないのだから、こっちもおやじのことなどどうなったって知るものか。ことにあの強欲おやじのことだから、あまいぼろ儲けだと思ったら、あんがい欲にころぶだろうよ」

七郎は笑った。銀座のキャバレー「美女林」を経営している善司の父、九鬼勝章《かつあき》の性格はあらかじめ調べがすんでいた。

電話で面会の約束もしておいた。あとは得意の舌と押し出しとにものをいわせ、人情と欲とにからませて、相手を陥落させるだけ――。

これは七郎にとっては、それほどの難事とも思えなかったのである。

車へ乗ると、彼は静かに眼をとじた。新橋から銀座までわずかの距離を行くあいだに、彼の頭には、どこかの警察のどこかの部屋で、これから展開されるはずの光景が浮かびあがった。

その主人公は彼ではなく、吉井広作次長だった。

「君は自分の銀行で、米村産業の手形を割ると約束しておいて、それを個人で東京へ持ってきた。これは明白な犯罪行為だろう」

取調べにあたる係官の辛辣《しんらつ》な追及に対して、次長は脂汗をだらだら流しながら必死に抗弁するだろう。

「いや、それはなにも私どもだけではなく、どんな銀行でもやっていることです。銀行は、ただ一般から金を預かってそれに利子を払うだけではやっていけません。それを、確実なところに貸し付けなければ商売になりません。しかし、資金の関係から、どういうご要望にも応じるというわけにはゆかないだけです。ところが、こちらの貸付金利が日歩で二銭六厘、こちらが日銀から借りてくる金利が一銭九厘とすれば、そこに七厘の利鞘があります。

ですから、この取引が無事に終われば、私のほうは概算三十一万五千円の利益になったはずなのです……」

この抗弁は、通るはずだ。犯意なき行為はこれを罰せず——という刑法の大原則がある以上、誰もここまでの段階では、吉井広作を罰することはできないのだ。

「それでは、なぜ君自身が、この手形を日銀へ直接持っていかなかった？　それは銀行の支店次長ともなればとうぜんのことじゃないか、それだけ大きな金額の手形を、一度か二度しか会ったことのない素人に預けて、それで次長としての職責がはたせるかね？」

これは次長にとっては、もっとも痛い急所をついた質問だが、その答えは、とっくに七郎が教えてある。

「それはたしかに一世一代の不覚です。ただ、正式に日銀へ持ちこめば、話がきまるまでは日数もかかります。極端な場合には、上役のほうで却下されるおそれもあります。なにしろ、万事は顔のご時世なのに、私のような地方銀行の支店次長ぐらいでは、それほど日銀には顔もありませんから……」

苦しいきわどい逃げ口上だが、吉井次長もこのあたりの駆け引きには、自分の運命をかけているのだ。なんとか、捜査陣を納得させられる線まではこぎつけられるだろう。

「それに、前島実のほうは、最初から日銀に顔があり、再割引までひきうけるという話でした。そして、最初の約束どおり、彼は米村産業さんの重役を案内して、五千万円の手形を持ってきたのです。それをまた彼が日銀へ持っていくのは、最初からの条件でした。彼が話をつけしだい、私も日銀まで出むくことになっていたのですが……」

このあたりの次長の行動は、たしかに黒とも白とも決しきれない微妙なものを持っている。

ただ、彼が積極的に、自分がだまされたことを主張し、捜査に協力するならば、最悪の場合でも起訴猶予にはこぎつけられるはずだった……。

車はキャバレー「美女林」の前にとまった。七郎はまた新たな決戦の場にのぞむ覚悟で車をおりた。

「君が善司の友だちかね。やはり太陽クラブのグループかね？」

この建物の三階にある社長室で、九鬼勝章はぎょろりと眼を光らせた。

年は五十六歳、むかしはずっとやせていたという話だったが、こんな商売をはじめて、あくどい稼ぎをするようになってきてからは、金もでき、貫禄もともなってきたのだろう。頰のあたりにも肉がつき、腹もぐっと出てきて、新興財閥らしい風格を備えている。

善司の話では、金まわりがよくなると同時に、何人かの女をものにして、家庭のことなどかえりみなくなったというのだが、それでもばかな子供ほどかわいがる親心のあらわれなのか、善司——という名前を口に出したときには、かすかな影に似たものが、顔をかすめたようだった。

「まあ、そういったところです。もっとも、あの会社が解散してからは、何度も顔をあわせてはいませんが」

「それで用事はなんだね？　君を通して、わしにわびをいれて、家へもどりたいというのかね？　それとも、また何か不始末をやらかして、わしに尻ぬぐいをたのみにきたのかね」

「まあ、尻ぬぐいといえば尻ぬぐいですが、あなたご自身にもお得になるような話です」

「というと？」

七郎は鞄の中からあの約手を二枚だけとり出して、デスクの上においた。

「米村産業といえばたいした会社ではありませんが、親会社の米村海運は一流中の一流ですし、その裏書きがあることですから、この手形も一流品だと考えていただいていいでしょう。これを、あなたのところで、割っていただきたいのです」

相手は不審そうな顔で、七郎の名刺とこの約手をとりあげじっくりと調べていたが、ようやく破顔一笑した。

「なるほど、君はあの会社がつぶれてから、金融ブローカーに転向したわけだな。しかし、これだけの金額を割る資力がないので、善司の縁故をたよって、わしに相談を持ちかけてきたというわけだね。まあ、割引料にもよりけりだが、まあ、その前にいちおうこれを確認させてもらおう」

相手の気持ちが動いていることは、七郎にもよくわかった。電話機をとりあげようとした手をおさえると、

「確認はなさらないほうがおためでしょう」

九鬼勝章は、怒りに顔をゆがませてふり返った。吐き出す息もあらあらしく、

「なぜだ？」

「それをなさると、九鬼君が、刑務所へ行かねばならなくなるからです」

「善司が刑務所へ？」

「そうです。あなたがこれを確認されても、いや、さかのぼって私がこの約手を見送っても、私自身は痛くもかゆくもない……。ただ九鬼君が捕まって罪人になることは、友人としてしのびないから、こうしてご相談に上がったまでです」

「話を聞こう！」

がくりと椅子に腰をおろして、九鬼勝章は吠《ほ》えるように言った。

ここまで相手を自分のペースにまきこめれば、あとは七郎の独壇場だった。彼は淡々たる調子で、この犯罪の予備計画と、それが実行されたいきさつを物語った。

ただ、その中で自分のはたした役割を、九鬼善司が行なったものとしたことだけが、事実と異なっていただけであった。

「まあ、私はこうして金融の看板をかけていますから、九鬼君にしても、むかしのよしみで、パクった手形をうちへ持ちこんできたのでしょう。

ところが、様子におかしいところがあるので、いろいろたずねているうちに、彼は脂汗を流しながらいっさいの秘密を白状したのです。

私はそのときどなりました。

——ばか野郎、そこまで詐欺の計画を周到に立てたのなら、それを現金にかえる方法も、最初から考えておけ。

そう言ってみたところで、いまとなっては後の祭りです。かりにこの手形を返してみたところで、犯罪は犯罪。詐欺の罪は消えませんからね」

七郎はここで煙草に火をつけて、相手の顔色をうかがった。

九鬼勝章には、怒りの色はもう、どこにも見あたらなかった。ただ、感嘆の表情が顔じゅうにみなぎっていたのである。

「それでは、わしも、だまされたことにすればいいのだね？　善意の第三者になって、君を信用して、この手形を割引する。そうすれば、善司はこの事件からはぜんぜん無関係になってしまうのだね？」

「そうです。そしてあなたは、いま八百万の現金を資本投下して、三カ月後には絶対確実に一千万円を手に入れられます。ただ、万一警察から調べがあった場合には、私と話を合わせていただかなければなりませんが……」

九鬼勝章は立ちあがって、後ろの金庫をあけ、小切手帳をとり出しながら、七郎の眼を見つめて鋭く言った。

「鶴岡君、この事件の全部の筋書を書きおろしたのは君じゃないのかね？」

「さあ……」

「善司はそこまで頭の切れる男じゃないよ。あれはたしかに、誰かの立てた計画をしゃにむに、実行することはできるだろう。ただ、これだけの計画をたてて、実行できたというのなら、わしはかえって、あれをほめてやりたいくらいだが……」

なにかの謎をかけているような言葉に、七郎は笑った。この男も相当に欲の皮のはった人間だ。食らわすに利をもってすれば、これから何度か道具として利用できると思ったのである。

「君はきょうからしばらくは忙しいだろうが、いちおう仕事がすんだなら、ゆっくり飯でも食おうじゃないか。これがこの道で何十年か食ってきた海千山千の曲者《くせもの》だったらともかく、わしの息子と同じ年で……。わしはいままで、君のような怪物を見たことはない」

この手形二枚、一千万円の額面のものを八百万円の現金にかえてしまえば、この犯罪はこれで完全な成功をおさめたといえる。

八十万の札束をうけとったときに、前島実はにやりと笑った。

「さあ、あとは捕まればいいだけですね。懲役二年ということになっても、仮出獄があったり、恩赦があったりするでしょうから、実際に刑務所へ行くのはまあ十カ月でしょうか。月割りにして八万円――わるいかせぎじゃありませんなあ」

実際、彼はその三日後には逮捕された。しかし、警察で彼がのべたてたせりふは、いかにも巧妙なものだった。

その二日の間に、鶴岡七郎は日銀につとめている先輩の川田剛《かわだつよし》をたずね、またしても得意の押しと弁舌で、相手をくどきおとしたのだ。

もちろん、これはただ話を合わせてほしいという程度にすぎなかったが、このおかげで、前島実の罪はすこぶる軽くなったのだ。

前島は、川田と旧知の関係だということを強調しつづけた。そして、十枚のうち八枚は、日銀へほんとうに持ちこむつもりだと頑張ったのである。

ただ、五百万ほどさしせまった金の必要があったので、前に一、二度会ったことのある鶴岡七郎の事務所を訪ね、二枚の約手を割ってもらうようにたのんだと供述したのだ。

もちろん、そこにはたいへんな損害が生じるわけだが、それは米村産業に頭を下げて、個人的な借金にしてもらうつもりだった――と、主張しつづけたのだ。

この申したてが通るなら、そこには詐欺罪も窃盗罪も適用できない。こういう種類の犯罪の中では、もっとも罪のかるい単純横領罪しかあてはめきれないのだが、その場合の刑は、前科を条件に入れても、せいぜい二年だろうということは、七郎が判例集を研究して、とっくに調べあげていたことだった。

鶴岡七郎も、とうぜん警察へ呼び出されて取調べをうけた。しかし、話がここまで進んでくれば、警察官を翻弄するぐらいのことは朝飯前の芸当だった。

彼は、自分の商売は手形金融だから、手形の割引をたのまれれば、資金があるかぎり、これに応じるのがあたりまえだと主張したのである。ただ、それだけの資金がなかったので、旧知の九鬼勝章をたずね、手形をわたして金をもらい、自分が手数料をとって、残金を前島実に支払ったと言いはった。

これは話のつじつまがぴったりあっていることだから、警察としても、どうにも手がつけられなかった。

ただ、手形の確認を怠ったということを責めて、始末書を一本とっただけだったが、こんなものでよかったら、七郎は百本でも二百本でも書くつもりだったのである……。

そして、九鬼勝章はこの事件では、完全に善意の第三者だった。米村産業側としては、支払い日に一千万円の現金をそろえないかぎり、どうしてもこの手形をとりもどす方法がなかったのである。

こうして七郎は、配当をすました後に、五百万円の現金と、額面四千万円にのぼる八枚の手形を残したのだ。わずか一回の犯罪にしては、十二分といえる戦果だった……。

前島に対する警察の追及は、とうぜん、残り八枚の手形と、七百万円以上の現金をどうしたかということに集中される。しかし、それに対する答弁も、ちゃんと予習がすんでいた。

「なにしろ、八百万近くの金はかさばりますし、新しいトランクを買ってきて、手形といっしょにいれて電車に乗ったのです。ところが、どうして米村産業を納得させようかと、必死に頭をしぼっていたので、注意が散漫になったのでしょう。電車の中で置引きにあって、見事に別のトランクとすりかえられてしまいました。といって、まさか警察へとどけるわけにもいきませんし、吉井さんのところへ戻ってはいけません。とほうにくれて、三、四日あちらこちら逃げまわっていましたが、あきらめて帰ってきたところを捕まったのです……」

もちろん警察側としては、最初からこんなせりふをほんとうにするわけはない。

どなったり、おどしたり、最後にはなぐりつけたりして泥をはかせようとするだろうが、彼がなんとかして、この試練にたえぬくだろうということは、七郎には自信が持てたのだった。

ただ、問題は残り八枚の手形の処分法だった。ある意味では、これは時限爆弾のようなもの、へたに深追いした日には、七郎自身が大変な死地に追いこまれないとも言いきれないのだ。

数日間、情勢判断をした結果、ある結論に達した七郎は、ある料理屋へ血桜の定子をよび出した。

「さあ、おかげさまで、第一回戦は無事終了したよ。いろいろと骨を折ってもらってどうもありがとう。これは約束の二十万」

札束を眼の前にならべて見せると、定子は眼を輝かしていた。

「前島からも話は聞いたわ。こまかなことはよくわからなかったけれども、あなたは悪の天才なのね……。もし、わたしたちの仲間だったら、日本一の大親分になれるわよ」

「いよいよ、金貸しをくいつめたら、君たちの仲間にはいってバイをするかな。舌でベシャって人をだますことは、大いに自信ができたよ」

七郎はなんの屈託もなく笑ったが、それから世間話とともに、酒がまわるにつれて、定子は奇妙な媚態を見せはじめた。

「ねえ……。あなたは今晩ひまなんでしょう。わたしもきょうは実家へ帰るって言ってきたから、どこかで一晩つぶしてもいいの」

ふれなば落ちんどころではなく、落ちたからふれてもらいたいような誘惑なのだった。

七郎もにやりと笑いながら、

「据え膳くわぬは男の恥――。というけれども、君の場合はちょっとこわいな。よくも、うちの姐さんに手を出したな――と、若い連中におどされて、ドスでもつきつけられたらたまらんからね」

「あら、わたしたちの仲間じゃあ、仲間同士のバシタ――女房に手を出すことはたいへんなご法度《はっと》だけれど、バシタが素人といい仲になったってなんともないのよ。別にわたしが指をつめなきゃいけないわけでもないわ」

「いや、香具師《てきや》の間の憲法はどうなっているかしれないけれど、正直なところ、いまこっちには殺される危険があるからね。正直なところ、これ以上、一人でも敵を作りたくないのさ」

「やられる？　あなたが？」

「そのとおりだ。もちろん、警察に尻尾をつかまれるようなまねはしていないが、米村産業のほうでは、蛇《じゃ》の道は蛇《へび》で、残りの手形が僕のところにあることをかぎ出すかもしれないし、そうなれば、暴力団を使っておどしにくるかもしれない。僕も、柔道には自信もあるから、むざむざ負けはしないが、へたをすると片腕ぐらいはやられるよ」

「まったく、近ごろの若いのはあきれたものね。乱暴で、気が短くて、ろくに仁義も知らないんだから」

「そこでもう一つ相談がある。あと五十万ほしくはないかね？」

「今度もまた刑務所へ行く人間を捜せばいいの？　ああ、わかった。あなたの用心棒をつとめて、脅迫にきた相手をバラす役なのね。それなら五年がいいところだわ」

「そうじゃない。君の旦那を、男にしてあげようと思うのだ。商売が商売だから、弁舌はたつだろうし、五十万の金はいちおう使いでがあるだろう。それもこっちの腹をいためるわけでもなし、君の旦那があぶない橋をわたらなければいけないわけでもない。かえって、むこうに感謝され、こっちは命の危険がなくなるという、何拍子もそろった話なんだが……」

その二日後、米村産業の本社へは、奇妙な男が訪ねてきた。

身なりはきちんとしているが、眼は鷲《わし》のように鋭く光っている。左の小指は、第二関節のあたりからぷっつり切れており、その隣りの薬指にはめられている金の指輪と、奇妙な対照を見せていた。

「重役さんに、それも経理担当のお方にお目にかかりたいのだが」

凄みのきいただみ声のせりふと、名刺の、

「関東油屋一家、太田洋助」

という文字に、受付の女の子は、かすかに身ぶるいしたようだった。

「ちょっとお待ちください」

と答えて、奥へはいっていったが、まもなく、

「どうぞ」

と玄関脇の小さな応接間へ案内した。

「ご用件は？」

小きざみな足どりではいってきた四十前後の男を、頭のてっぺんから足の爪先まで、じろりと鋭い眼で見つめて、

「君がこの会社の重役かね？」

「いや、重役はただいま会議中ですから。私は庶務課長の綱島《つなしま》です。たいていのご用件なら、私がかわってうかがいますが」

「ふん」

太田洋助は軽蔑をこめて冷たく鼻で笑った。

「四千万円の手形の問題でもか？」

たのだが」

「そうだ。この会社が振り出した五百万円の手形が都合八枚――。そのことでやってき

綱島課長は真っ青になって、がたがたふるえはじめた。

「あなたが……」

「ことわっておくが、こちらは別に、その手形をここへ持ってきているわけじゃない。

妙なことでもした日には、どんなことになるかわからないと、重役にそう言うのだな」

「ちょ、ちょっとお待ちください」

課長はあわてて、部屋をとび出していったが、十分ほどして帰ってくると、今度は最

敬礼をして言った。

「どうぞ三階のほうへおいでになってください。重役が会議を中座して、お目にかかる

と申しております」

とうぜんだといわんばかりに、太田洋助はうなずいた。

高級応接室らしい、はるかにりっぱな部屋へ通ってしばらく待っていると、五十前後

の恰幅のいい男が、二人の部下をつれてはいってきた。

「専務の雨宮兼二《あまみやけんじ》です。なにか、うちの会社の手形のことについて、問題があったので

しょうか」

名刺をうけとった洋助は、ていねいに頭を下げた。

「専務さん、実は奇妙な話でして……。ただ、おたくにはご損がゆかない話だと思ったので、こうしておうかがいしたのですが」

「そのお話とおっしゃると？」

「実は、ご承知かと思いますが、私どもの本職は香具師で、ただ、私は私立の大学を中退していますから、仲間うちではインテリで通っていますが」

「なるほど、それで？」

「そういうわけで、私はいろいろの人間から相談を持ちかけられるのです。まあ、もぐりの弁護士とでもいったような形ですな」

洋助は、ここでゆっくりと外国煙草に火をつけると、

「ところで、最近、私のところへ相談にきた男がおりました。その名前は、口がさけても言えませんが、置引き――つまり、電車の中などで、鞄やトランクを失敬するのが商売だとお考えください」

「その男が？」

表面では平静をよそおってはいるが、雨宮専務の指先が、かすかにふるえているのを

洋助は見のがさなかった。

「その男が数日前に、国電でトランクを一つすりかえたとお考えください。ところがその中からは八百万近くの現金とおたくの振り出した約手が八枚——、合計四千八百万円の金額のものが出てきたと、こういうわけです」

「……」

「やつも金額がかさばりすぎるものですから、びっくりしてしまったようですがね。それでも現金は商売だから、ありがたくちょうだいした。ところが、手形というものは、どんな性質のものかわからないものだから、あちらこちらと相談に歩いたあげく、私のところへ持ってきたというわけです」

「それで、あなたは？」

「それでご相談にやってきたのですよ」

洋助はつっぱなすように冷たく笑った。

「まあ、その男は、私の言うことならたいてい聞いてくれるでしょうが……。ただ、ほかの人間に妙な知恵などつけられたら、どんなことになるかもしれませんからね。たとえば、この手形が、ぐるぐるといろんな人間の手をまわったあげく、支払い日に銀行へ提出されたなら、おたくとしては、いやでも応でも、その手形を落とさなければならなくなりますな。もちろん、おたくは、紛失届を出して、いちおう責任を回避なさるかもしれませんが、そのときには、やはり四千万円の現金を供託しておいて、問題が解決するまで待っていなければならないわけですね……。その犯人がわかるまでには何カ月、いや何年かかるかわからない。ただ、いまのうちなら、私がその男に一声かけさえすれば、その手形はすぐにこちらへもどってくる。どうです。そちらのご返事は」

雨宮専務は、ハンカチで額の汗をふきながら答えた。

「それはそれはご親切に……。いや、実はその手形は私どもの会計課長があるところへはこぶ途中にすられたものでして、こちらとしてもたいへん困っていたところです。いかがでしょう。現金とその手形をいっしょにお返しねがえれば、そのご本人のお名前はうかがわないことにして、あなたに、その現金の一割と、ほかに金一封をさしあげますが」

「ふざけんな！」

その本領を発揮して、洋助は部屋のガラスが割れそうな大声でどなった。

「その男にしたって商売だ。現ナマまでも返せとは、こっちの口がさけても言えるものか。おれは、おまえさんたちの立場を考えてやればこそ、こうして手形だけでもとりもどしてやろうかと、がらにもねえ仏心を出して、こうしてやってきたのだが、そっちがそんなにつけ上がるなら、ここからこのまま帰るだけだ」

雨宮専務は、マラリヤのようにふるえていた。やはり、このあたりが、三等重役といわれる戦後派の限界だったに違いない。

「ことわっておくが、おれをこのまま警察へわたしでもしたら、事はいよいよあらだつぜ。手形はそのまま交換にまわるだろうし、それに命知らずの子分や兄弟分も大勢いることだから……。いったい、おまえさんは、生命保険をいくらかけている？」

金融界にはサルベージという言葉がある。

これは本来『海底に沈んだ船をひきあげる』という意味なのだが、この世界ではそれから転じて『パクられた手形を取りもどす』という意味に使われているのだ。

新憲法が施行されてから、犯罪捜査にあたって、暴力行為を用いることは全面的に否定され、証拠の比重は旧憲法の時代から見れば飛躍的に増大した。

これはもちろん、人権尊重という立場から見て、大いに喜ぶべきことには違いないが、しかし過渡期の現象として、この昭和二十五年ごろには、捜査の第一線で働いている警察官たちの不慣れから、多くの事件が未解決におわったことも否定できない事実だった。

特にそういう現象は、経済事犯にめだっていた。

もともと、経済にからんだ犯罪は、殺人や強盗などの凶悪犯罪とは違って、複雑精妙でありながら、表面に出ない要素が多いのだ。

それに、各警察署の経済担当者たちも、一方では戦後の経済界の激変になかなかついてゆけず、また、一方では、新憲法にその活動を束縛されて、十分な活動ができなかったのである。

パクリ詐欺が、当時の流行犯罪となったのも、金融難を反映し、こういう警察力の弱化につけこんだ必然の現象だとしたら、サルベージという反対手段が生まれたのも、毒をもって毒を制するような必要悪だといえないこともないだろう。

十分の注意をはらいながら、しかも万一パクリにあったような場合、会社側として第一に望むことは、その被害を最小限度に食いとめることは言うまでもない。

極端なことを言うならば、詐欺のような犯罪では、だまされるほうにも、ぜんぜん落度がないとは言いきれないのだ。被害者としては、犯人を捕えるということよりも、損害をできるだけ少なくすることが急務なのである。

こういうサルベージの専門家たちは、金融業者たちの間を泳ぎまわりながら、蛇の道は蛇とでもいうような鋭い感覚で、このような事故にあった手形が、現在どこに存在しているかをかぎ出すのだ。

そして、会社側からの依頼をうけて、この手形を取りもどしにかかるのだが、もちろん、そこには微妙きわまる戦いが展開されるのがふつうである。そして最悪の場合には暴力行為にまで発展していくこともないとは言いきれないのだ。

鶴岡七郎が頭をなやましたのはこの点だった。米村産業側からの依頼をうけて、サルベージ屋が動きだしたという情報をすばやくとらえたのだ。

その触手はとうぜん、近い将来、彼のところまでのびてくるものと思わなければならなかった。そして、この世界ではまだ新参者にすぎない彼には、そのような事態が発生した場合、勝ちぬく自信がなかったのである。

どうせ、取りもどされる手形なら、先手をうって、できるだけ有効に使ってやろうと七郎は決心したのだった。

太田洋助をこうして、にわかじこみのサルベージ屋にしたてて、米村産業へ送りこむことによって、彼は第一に、今後の油屋一家の協力を期待することができた。

将来、彼が計画している犯罪の遂行のためにも、また、その後に生じるサルベージ屋の反撃に対する護身のためにも、こういう私設警察に似た組織と手をにぎることはぜったいに必要だった。

第二に、これは、前島実なり吉井広作なりに対する間接的な援護となる。

前島実が、警察に捕まってから申したてた物語は、あまりにもばかげたものだった。もちろん、最初から、その自供がそのまま認められるだろうとは、七郎も予想していなかったが、手形がこういうあらわれ方をしたということが警察の耳にはいれば、あるいは、この奇妙な物語も信用されないともかぎらない。

——ばかなやつだ。せっかく作った金を置引きにさらわれて、自分は一銭も手に入れずに刑務所へ行くのか。

などと捜査官たちが囁きだしたならしめたものなのだ。もちろん、それで横領の罪がかるくなるというわけではないが、その追及の度がゆるめば、万一の場合の七郎の危険も少なくなってくるのである。

そして、第三に、米村産業の側としても、五千万円の損害を覚悟していたのに、それが一千万ちょっとでおさえられたら、とたんにほっとするだろう。もちろん、一千万の被害は痛いには違いないが、それでも、大難が小難でおさまったと考えて、前の二枚の手形のほうはあきらめようとするだろう。

これが、鶴岡七郎の狙いだった。そしてこの狙いは完全に成功したのだ。

彼の意をうけた太田洋助は、こうして米村産業にのりこみ、さんざん大芝居とかけひきをやったあげく、あの八枚の手形を返してやって、八十万の現金を手に入れたのである。

「先生は五十万ぐらいとおっしゃいましたね。なに、そこはこっちの舌一枚で——、最初百万とふっかけて、あとは夜店のバナナのように、むこうの顔色を見ながら、小きざみに値を下げていったんで、三十万は余禄だけれども、これはいただいておきますぜ」

あとで、洋助は彼にむかって、笑いながら言ったものだった。

第二の犯罪をこうして完了すると、七郎たちは息つくひまもなく、次の犠牲者の物色にかかった。

当座の資金には事をかかなくなった。彼らは毎晩キャバレーやバーを飲みまわって、女たちをからかいながら、お客の一人一人にむかって、蜘蛛のように鋭い視線を投げていたのである。

そのうちに、九鬼善司は、絶好の相手を見つけ出してきた。

帝国通運の経理課長をつとめている伊達《だて》道美《みちよし》という男だった。

「世の中というものは広いようで狭いもんだねえ。こいつの女房は誰だと思う？」

善司はいわくありげに、七郎の顔を見つめて聞いた。

「知らんな。僕は千里眼でも占いでもない」

「杉浦珠枝――。隅田の秘書をしていた彼女だ」

「あの女か？」

七郎の心には、むらむらと、かつての怒りがよみがえった。

この女が、隅田光一をまるめこみ、月給以外に、かなりの金を、小切手帳を使ってくすねていたことについては、七郎としても、それほど責めたくはなかった。

光一の女性観からいって、いつかは女性の側から、手きびしい復讐をうけることも所《しょ》詮《せん》さけられない運命だったかもしれない。

戦後の若い女には、貞操というものの価値評価が極端に下落している。恋愛は恋愛、結婚は結婚とはっきり割りきってしまって、自分の肉体をできるだけ高く売りつけようとするのが現代女性の通念だとすれば、三枝子なり綾香なりのような女は、かえって珍しい存在かもしれなかった。

その点でも七郎は珠枝を責めようとは思わなかったが、ただ彼の心をいつまでもえぐってやまないものは、光一が捕えられた日に、この女が投げた一言だった。

――わたしのことを問題にするようなことがあったら、お返しに、あなたたちのしていたことを、すっかりばらしてしまうわよ。わたしのほうは、始末書ぐらいですむでしょうが、あなたがたは一人のこらず完全に刑務所行きよ！

嘲りと、冷たい敵意をこめたこの言葉は、いまでも七郎の鼓膜には深く刻みこまれて離れることもなかった。

あのときから、七郎は、この女にいつかは復讐してやりたいという一念を心に燃やしたのだった。

もちろん、それは草の根をわけても捜し出してというほど、強烈なものではなかったが、これこそ天与の機会だと七郎は思いこんだのである。

「彼女はよほど悪い星の下に生まれおちたらしいな。どうして、いまのその男と結婚するようになったかはしれないが、自分の亭主が刑務所へ行くようになったら、彼女は少しは骨身にこたえるだろうよ」

冷たい笑いを浮かべて七郎は呟いた。

九鬼善司のほうも、ここまでは予想していなかったのだろう。あきれたように眼を見はって、「彼を破滅させようというのか？　今度は前のように、会社をくびになるぐらいではすまないのか。少しかわいそうな気がするな」

とひとりごとのように言っていた。

「そう思うならやめたまえ。どうせ、この世の中は弱肉強食だ。食うか、それとも食われるか、二つに一つしか道はないのだ。戦争にへたな情けは禁物、非情な計算に徹したうえで、大胆にその計画を実行するほかには、勝利への道はないのだよ」

「でも、君は米村産業に、四千万円の手形を返してやったじゃないか？」

このなれあいサルベージについては、七郎も敵をあざむくにはまず味方からという方針をとって、この二人にも多くを語らなかったから、どこかに不平が残っていたかもしれないが、彼は笑ってこの批判を黙殺してしまった。

「君はそういうことを言うがねえ。僕はルパンや鼠小僧のような義賊を気どるつもりはぜんぜんないのだ。また、犠牲者のほうに、あわれみをかけようとは思わない。もし、残りの四千万円を、安全に現金化できると思ったら、なんの遠慮もなくいただいたろうが、ここでいったん屈しておけば、これから先はいくらでも金儲けができるのに、こんなところでしくじったんじゃ、算盤にあわないよ」

七郎はここでいったん言葉をおさめると、鞭でうちのめすようにきびしくつづけた。

「それに、君たちは、血判までして、僕の指導方針にはなんの文句も言わずに従う、と誓ったはずではなかったのかね？　もし、このくらいのことで弱音を吐いたり、苦情を言ったりするようなら、いまから手を切ってもらっても、僕はぜんぜん気にしないが」

「悪かった。このとおりあやまるよ」

善司は両手をついて、すなおにわびた。

「そういうことは重々心得ているつもりだが、ついむかしのくせが出て、対等の友だちのような気持ちになってしまうんだろう。今後は十分に気をつけるが、ただ、これだけは話してくれないか？　君はどうして、彼女をそんなに憎んでいるのだ？」

「人間というのはおかしなものだ。他人のなにかの行動で傷つけられたときより、なにかの言葉で傷つけられたときのほうが、ずっと恨みが残るものだよ」

　善司はもうそれ以上さからわなかった。ただその顔には、いままでぜんぜん知らなかった七郎の一面にふれて、ぎくりとした、というような驚愕の表情がみなぎっていた。

「ところで、その伊達というのはどんな男だ？　それによって、こっちの打つ手も違ってくるが」

「才子だよ。とにかく、三十をちょっとすぎたばかりで、帝国通運ともあろう大会社の本社の経理課長になったのだから、いちおうの人物には違いないね。まあ、僕の見たところでは、隅田の才能を一まわり小さくして、十ぐらい年をとらせたら、ああいうふうになるんじゃないかと思ったな」

「そういう人間ならしかけやすいね。これは柔道でもそうだし、戦争でもそうだろうが、むこうが逃げまわっているときには、なかなか、こっちの大わざはきまらないんだよ。敵が攻め気を出してきて、わざをかけようとした瞬間の力を逆用しさえすれば、すっぱりと、はなれわざがきまるんだ。戦争でも、殲滅戦《せんめつせん》に成功できるのは、そういう場合しかないと聞いたことがある」

「でも、どういうわざをかけるのだ？」

「まあ、そこはまかしておきたまえ」

七郎は冷たい自信をこめて笑った。

「とにかく、彼女がどうしてこの男と結婚するようになったか、そこまではわからないが、ああいう女の性格は、一朝一夕になおるものではないとも。これがふつうの女なら、まず十中の八、九まで、つれそう男の好みによって、どんな色にもそめられるものだが」

「隅田ほどのドン・ファンの鼻面をつかんで、ふりまわした女だから、それ以下の男と結婚しても、良妻賢母でおさまっていられるわけはないというんだね？」

「そうだとも、そういう女とつれそったサラリーマンの亭主は災難だ。重役にならなければ承知しないとか、あなたのように甲斐性《かいしょう》のない男はいないだろうとか、しょっちゅう、尻をひっぱたかれる……。まあ、これも、ときには薬に違いない。けれども、それが年じゅうつづいた日には、どんな亭主でもじりじりしてくる。ことに、女房に惚れていた日には、女の虚栄心を満足させるために、どんなことでもやりかねなくなるのだ」

「心理学者だね、君は……。それほど鋭く、まだ一度も会ったことのない男の心理を解剖できるものかなあ」

「詐欺というのは心理戦だよ。敵を知り、おのれを知れば百戦して危《あや》うからずと、むかしの兵法にも書いてある」

七郎は、相手の弱気を鞭うつように言葉の調子を強めて言った。

「とにかく、不自然にならないような格好で、その男を僕にひきあわせてみてくれないか。どういう手をうつかはそれからきめるが、二度と同じ手は使わないよ」

「わかった。二日か三日もしたら、カモが猟師の前へ、のこのこ出てくるだろう」

九鬼善司も、白い歯を見せて笑いだした。

6　虚栄の変相

鶴岡七郎はその日から、帝国通運と何かの取引をしている小会社で、金づまりにあえいでいるところを捜しはじめた。

天下に名前を知られている大会社でさえ、金融面では青息吐息の時代だったから、その下請けのようなことをしている会社などは、四苦八苦を通りこして、いわゆる「死に死に」の状態に追いこまれているところも、それこそ数えきれないくらいだったのである。

だから、蛇の道は蛇——というような鋭い感覚を働かせて、帝国通運へオイルブレーキを納入している鹿島《かじま》精機という小会社の社長、鹿島詮蔵《せんぞう》が、額面五十三万円の帝国通運の手形を割ってもらいたがっているという情報をかぎ出すまでには、まる一日とかからなかった。

七郎は、あるブローカーを通じて、帝国通運といえば一流会社だから、その手形なら銀行利子に毛の生えたぐらいの利息で割ってやってもいいと、むこうに囁かせた。

もちろん、ご多分にもれず、金融には困っていた鹿島詮蔵は、一も二もなく、この話にとびついてきた。

会見は、その翌日、七郎の事務所で行なわれたが、七郎はその手形をわずか一瞥《べつ》しただけで、眼の前に四十九万八千円の札束を積みあげて見せた。

「こちらも商売ですから、月二分の利子はいただきます。それでよろしいですね?」

この条件は、間にたった金融ブローカーから聞いていたはずだが、鹿島詮蔵はかえって不安そうだった。

「あの……。ほかに調査料とか、手数料とか、そういうものはいらないのでしょうか?」

「それは一銭もいただきません。私はもと太陽クラブの隅田社長の下で働いていたのですが、あの会社がつぶれてから、金融王といわれた金森さんの教えをうけて、金融というものは、かたく長く、根気をつめていかなければ成功しないということを悟ったのです。ですから今後も一流会社の約手以外はあつかわないつもりですし、利子のほうも、できるだけ低利でゆきたいと、思うのです」

もちろんこれは、狼が衣を着たようなせりふだったが、七郎はまさか言葉の調子や態度やそぶりから、その下心を見やぶられるようなへたな芝居はしなかった。

戦争中に作られた戦時金利調整法は、戦争がすんでもまだ死物となってはいない。この法律で定められている最高金利は年二割だが、月二分まではたとえ警視庁が耳にしても、まず問題にはならないのだ。

法律の盲点と死角をついて連続的に詐欺を働いてゆこうとする彼には、表看板の金融業で警察からにらまれることが最大の禁物だった。そのためには、表にあらわれた取引では、損をすることさえ必要だったのである。

こういう深い魂胆が裏にかくされているとも知らず、鹿島詮蔵はびっくりしたようだった。彼自身は、技術屋あがりで正直一途の性格らしいが、その眼には、かすかな涙さえ浮かんでいるようだった。

「いや、感心しました。そのご挨拶には――。私ももう五十九になりますし、独立して事業をはじめてからでも二十七年になりますが、失礼ながら、街の金融業者で、あなたのような方がいるとは思いませんでした。月二分というお話は聞きましたが、実際には、手数料とか調査料とかいう名目で、結局高い利子になるだろうと思っていましたが」

「いや、正直は最善の商法だと言います。もし私のやり方がお気にめしましたら、今後とも長くおつきあい願いたいものです」

七郎は、かすかな笑いを浮かべて言うと、ついでにちくりと急所にふれた。

「実は、帝国通運のある重役からも、おたくの製品は非常に優秀だという話を聞いているのです。私自身はごらんのように、かけ出しの微力な金貸しですが、さいわい銀行筋とは、いろいろ接触もありますし、場合によっては、融資をお世話してもよろしいのですが……」

「ぜひ、ぜひ、お願いいたします」

相手は机に両手をついて、ていねいに頭を下げた。三拝九拝という感じだった。

常識的には、ぜんぜん考えられないような出来事だが、七郎はただ一度こうして会っただけで、親子のように年の違う相手を完全に心服させられたのだった。これも、黄金の持つ魔力のおかげだと、七郎はそのとき、心の中で思ったのである。

もちろん、銀行を紹介してやろうというのは、実行の見込みもない大はったりにすぎなかった。ただ、帝国通運に戦いをいどむためには、これから何度か、この人物と接触し、徹底的に利用してかかる必要があったのだ。

「よろしゅうございましたわね。初取引がおできになって」

この客が帰ると、たか子はそばへ寄ってきて喜びの言葉をのべた。

「これで、君にもつづけて月給が払えそうだよ」

七郎は笑って答えたが、たか子の言葉は彼にも意外なくらいだった。

「わたしは別にそのことを心配してはおりませんの。ただ社長さんが、また、前の会社のときのように、乱暴なことをおはじめにならないかと、それぱかり心配しておりましたの。金貸しも、ああいうやり方なら、ほんとうの人助け――。借りるお方にも喜んでいただけますわね。ほんとうにようございました」

この娘はまだ彼のほんとうの意図を知らないのだ。ああして、光一にだまされて、一度は、死のうとするまで思いつめたのに、まだ子供のように純真さを失わない女ごころが、七郎にはふしぎでもあり、またあわれに思われてならなかった。

「とにかく、あすでもゆっくりお祝いに飯でも食おう。きょうは、ちょっと用事があるから先に帰るよ」

問題の約手を鞄にいれて、彼は近くの料理屋へやってきた。そこから電話をかけて、彼はある人物を呼びよせた。

一時間ほどして、彼の前にあらわれたのは、髪がもう半白になりかけた、眼のおちつかない職人ふうの男だった。

「また、新株引換証を印刷するんで？」

と声をひそめて聞いたところをみると、例の北洋製紙株券引換証偽造事件に一役買った印刷屋は、この男だったに違いない。

「いや、今度はずっとまっとうな公明正大な仕事だよ」

七郎は笑って鞄の中から、例の約手をとり出した。

「これと同じ用紙を使って、見わけのできない約手は印刷できないかね？　帝国通運という大会社ともなれば、さすがに街で売っている手形と違って、紙も特製のものらしいが」

相手は、この手形をとりあげて、ためつすがめつ眺めていたが、やがて、いかにも技術者らしい自信たっぷりな笑いを浮かべて言った。

「この紙なら、値段がちょっとはりますが、手にははいります。印刷だってかんたんです。でも、その後は？」

「後の細工はこちらにまかせておけよ」

七郎は冷たい笑いを投げかえした。

七郎が「不夜城」というキャバレーで、伊達道美に紹介されたのは、その二日後のことだった。

やせて、きょときょとと、おちつきがない感じだった。

なんでも七郎たちの調べたところでは、品行方正、成績優秀、身体強健――。まるで修身の教科書からぬけ出してきたような堅物らしかった。この若さで大会社の本社の経理課長というような重要な位置についたのも、その人物なり、才腕を買われてのことだろうが、それだけに、こんな場所には、何度も足ぶみしたことはないらしい。女にかこまれて、酒を飲みながら、なんとなく、お尻がおちつかないような感じなのだが、珠枝のような無軌道な戦後派女性が、どうしてこんな男と結婚する気になったのかと、七郎も第一印象から疑問をいだいたくらいだった。

それにくらべて、彼といっしょにやってきた部下の川口護《かわぐちまもる》という男は、ずっと世なれているようだった。年は四十をすぎているらしいが、学歴がないために、若い課長を上にあおいで、一介の経理課員として、甘んじていなければならないのだろう。

しかし、そのいかにも欲の深そうな大きな口と、色好みらしい下がった眼尻を見たときに、七郎はまず、この男から陥落させようと決心した。

初めから、この店では、偶然出会ったことにしようというふれこみだったから、七郎も名刺をとり出して挨拶したきり、世間話のほかにはなにもしなかった。

ただ、七郎は真剣に、この二人が女にむける視線を注意しつづけていた。

川口護が、肉づきのいい一人の女を膝にだきあげ、イブニングの胸のあたりをいじりはじめたのを見て、七郎はわが事なれりとほくそ笑んだ。

このしつこい攻撃をいくらか持てあましたのか、立ち上がって、洗面所のほうへ歩きだしたこの女を、彼は跡を追ってひくい声でよびとめた。

「はるみさん、君はたしかにはるみさんといったね？」

「ご用ですの？」

とふり返ったこの女に、彼はすばやく一万円の札束をにぎらせた。

「これ、なんですの？」

「チップだ」

「まあ、いけませんわ。そんなこと……。わたし、ここではいただけませんの」

自分に気があるとでも思ったのか、この女は妙なしなを作り、いかにも惜しそうな顔をしながら、七郎に返そうとした。

「まあ、いいからとっておきたまえ。それだけじゃない、君はあと九万円ほしくはないかね？」

「十万円……。全部で」

この女も、金には動くだろうと、七郎が第一印象でにらんだのも、そう間違っていないようだった。うすぐらい照明の下でもはっきりわかるほど、貪婪《どんらん》な眼を光らせて、

「あなたと？」

と七郎の耳によせて囁いてきた。

「違う。いまのお客に徹底的なサービスをしぬいてくれればそれでいいのだ。君の魅力にぞっこんまいってしまって何度も裏を返すほど、濃厚なサービスをしてもらえないかね」

「まあ……」

あまりにも、七郎の言葉が、率直で歯に衣《きぬ》きせないものだったためか、はるみはちょっとたじろいだ。

「わたしに体を売れとおっしゃるの？」

「いや、僕は君から愛情を買いたいのだよ。それが本物であっても、偽物であってもかまわないが、とにかく本物に見せさえすれば、それでいいのだ」

「というと、あなたは愛情ブローカーというわけなのね」

女は自嘲のような笑いをもらした。

どうせ、キャバレーの女などというものは、現代の高級娼婦にすぎないよ――と、その内幕を知りぬいている九鬼善司は、いつか軽蔑をこめて言っていたが、自分が直接くどこうとするのではないだけに、七郎もかえって大胆につっこめたのだった。

「それは、あの人にたのまれてなの？　それとも、何かの取引に、わたしを利用なさろうとしてなの？」

女の眼は、蛇のようにねばっこい燐光を放ちはじめた。

「まあ。取引のためだと思ってもらえばいいな。君がいやだというのなら、ほかの女を捜すまでだ。世の中に、女は星の数ほどいるからな」

隅田光一が死んでから、七郎は自分でもふしぎに思ったくらい、その考え方が彼と似てきたことを感じていた。たとえ相手がどのような女にしろ、一年前にいまの言葉がほかの男の口から出るのを聞いたなら、彼は嘔吐をもよおすような嫌悪感におそわれたに違いない。

しかし、自分があくまで大きな目的を完遂しようという立場に追いこまれてくると、やはり目的のためには手段をえらんでおられなかったのだ。

「負けたわ、あなたという人には……。こんな強引な人は、いままで見たこともないわ」

はるみはあきらめたように呟いた。

「それではやってくれるね？」

「やるわ……。でも」

七郎はポケットから九万円の小切手をつかみ出して、無造作に女の掌《て》におしこんだ。はるみのほうはおそらく洗面所かどこかで、その小切手の金額をたしかめたのだろう。席へ帰ってきたときの川口護に対する態度には、娼婦だけの持っている蜜のような甘さがあった。

その媚態と、れい子という女にそそいでいる伊達道美の熱っぽい視線を観察しながら、七郎は氷のように冷たい笑いを浮かべていた。

詐欺という犯罪は、被害者の側にも、なんらかの油断なり欲なり隙なりがなければ、ぜったいに成立するものではない。

今度の鶴岡七郎の狙いは、女を使って、伊達道美と川口護の二人を陥落させることにあった。

もちろん、大会社の課長クラスで、羽《は》ぶりをきかしているならば、取引先に供応されることも少なくはないだろう。そのときには場所も指定できるだろうし、またいわゆる社用族として、会社の金を遊興費にあてることも、ある程度まではできないこともないだろう。

しかし、女というものは、ことにこういう女は、底の知れない泥沼のようなものなのだ。いったん惚れこんでしまったら、どれだけのものを投げ出しても、容易に満足はさせられない。

これでもか、これでもか——と思いこむ気持ちが、しだいしだいに、犯罪を誘発しやすい環境を作りあげていくことを、七郎は鋭く見ぬいていたのである。

はるみのほうも、伊達道美の誘惑をたのんだれい子のほうも自分たちに与えられた使命を、それほど不審に思っている様子もなかった。

日本では大きな取引を円滑に行なおうとするためには、むかしから、酒と女がつき物なのだ。待合がキャバレーとかわっても、その舞台に登場する女たちの役割には、それほどの変化が見られないのだ。

七郎は、木島や九鬼と交代に、このキャバレーへ通って、この二人の男の変化を観察しつづけていた。

一週間たつかたたないかに、この二人の男は、すっかり女のとりことなったようだった。

伊達道美にも、前のように内気なおどおどしたところがなくなってしまった。家庭で妻の珠枝のために、尻に敷かれきっているその反動もあるのかもしれないが、れい子のためには、どんな犠牲をはらっても惜しくないような気配が感じられる。

そこまでの変化を見ぬいたうえで、七郎は一歩をふみ出す腹をきめた。

「伊達さん、世の中というものは、広いようでせまいものですねえ。実は人から聞いたのですが、あなたの奥さんは自殺した学生社長の隅田光一がやっていた金融会社に、つとめていたことがおありだったようですね」

あるとき、彼は何気ない調子で、さぐりの針をいれてみた。相手はちょっとぎくりとしたようだったが、内心の動揺をかくそうとするように、強いて虚勢のこもった笑いをもらすと、

「ご存じでしたか？　なにしろ戦後は闇でもしないかぎり、どんな人間でも、生活のためには、働かなければいけない状態がつづきましたからね」

「そうですとも。ことに、奥さんは美人だし、頭は切れるし、職場でも光っていましたよ。世の中がもう少しおさまってくれれば、必ずりっぱな男が眼をつけてくるだろう。玉の輿《こし》に乗って、いい奥さんになるだろう……と、私もよく社長と話しあっていたものです」

「すると、あなたは当時なにを？」

「死んだ隅田君とは、学生時代に仲がよかったものですから、たのまれてならび重役になっていたものですよ。

ただ、後では意見が食い違ったものですから、辞職して、嘱託におさまりましたがね。

そういうわけで、奥さんとも、毎日のように顔をあわせていたものですが」

「そうですか。それはふしぎなご縁ですな」

相手の声には、恐妻病の患者に共通する独特の虚勢が感ぜられた。

「もしも、家内にお会いになっても、このことはどうか内緒におねがいします。前はどうだったかしれませんが、このごろは、猛烈なやきもちやきになりましてね」

「ははははは、そのことならばご心配なく、男同士のおつきあいでは、そんな野暮なこともできませんよ」

手ごたえは十分すぎるほどだった。こういうかたい男にかぎって、いったん崩れだしたときの転落の速度は大きいものだ。

いまは夢を見るままに見させておけと、七郎は心の中であざ笑っていたのである。

川口護の、のぼせぶりは、それよりもいっそう激しいようだった。彼はキャバレー通いの資金につまってきたらしく、九鬼善司を通して七郎に借金を申しいれてきたのだ。

これが、七郎たちの待ちうけていた好機だった。事務所へ訪ねてきた川口護を、七郎は近くの料理屋へさそったが相手はまだ酒もまわらないうちに、

「いかがでしょう、鶴岡さん。三月の末になれば、期末手当が出るのですが、それまでなんとか、三万円ほどご融通ねがえませんか」

と両手をついてたのんできた。

「それっぽっちですか」

七郎は名優のような貫禄を見せて笑った。

「それっぽっちとおっしゃると？」

「あなたは、あのはるみという女に夢中なのでしょう？　ところがあの女を狙っているのはあなたお一人じゃない。私の知っている若手の実業家も、とっくに彼女に目をつけています。ただ、いまは仕事の関係で九州へ行っているようですから、ここのところは、ご無沙汰のようですがね」

もちろん、これは根も葉もない真っ赤な嘘だった。しかし、この言葉を真《ま》にうけたのか、相手は急に青ざめた。

男の嫉妬というものは、場合によっては、女性よりはるかに強烈なものなのだが、このときの相手の心に激しい嵐が荒れていることは、七郎も、一瞬に見ぬいたのである。

「女遊びが悪いとは申しません。現に私も夜になると、どうしても足がむずむずして止まらなくなるのですからね。ただ、女は彼女だけではない。たとえば、あのキャバレーの中でも、ほかにいい子はたくさんいるでしょう。その中から、適当なお相手を物色なさったらいかがです」

「考えて……みます……」

未練たっぷりの声だった。切るに切れない煩悩《ぼんのう》がたけり狂っている顔色だった。杯の酒をゆっくりと口へはこびながら、七郎はこの瞬間こそ、最後の切り札を投げ出す絶好のチャンスと見てとったのである。

「おかしなこともあるものですね。あなたのような立場におられる方が、わずかばかりの金にこまっておられるという理由は、私にはわからない」

ひとりごとのように、七郎はひくく呟いたが、相手はとたんに、打たれたように顔をあげた。

「鶴岡さん、それはどういう意味なのです」

「あなたのようなお方が、会社の外にいる誰かとちょっと手を結べば、金に不自由なさることは、ぜったいあるまいということですよ。

もちろん、誰が見ても、すぐにくさいと気がつくような方法なら、私もお話ししませんがね……。まあ、私に言わせれば、横領とかなんとかで捕まるのは阿呆も阿呆――。知能水準がふつうの人間より、二、三桁《けた》もひくいばか者だけですよ」

一瞬、奇妙な沈黙が流れた。しかし、その次の瞬間には、川口護は七郎の言葉の含みをさとったらしく、身をのり出して、

「鶴岡さん……、これはここだけのお話ですが……、それはどういう方法です？」

と、真剣な調子でたずねてきた。

こうして、誘惑に心は動かされていても、この男、川口護には、まだ良心なり保身意識が残っている。なにかの犯罪にさそいこむようなことを言いだしたら、それこそ青くなって逃げだすだろう。

それが七郎の直感だった。だから彼は奥の手というべき切り札を投げ出すようなことはしなかったのである。

「いや、いまは口がすべって、少し極端な言葉も使いましたが、正直なところ、これは、あなたの会社に、一銭もご迷惑のかからない方法なのですよ。もちろん横領罪にもならない。強いて言えば、背任になるかもしれませんが、それもおそらく問題にはなりますまいね」

静かな調子で七郎は言った。

「それはどういう方法です？」

相手はほっと安心したらしい。それと同時に、眼は光をまし、言葉の調子も強くなった。

「それはなんでもないことです。いま、私のところへは、融資してほしいという申し込みはいくらでもあります。もちろん約手の割引ですが、その条件は日歩五十銭――。これが現在の市中金利なのですよ」

「それで？」

「まあ、あなたにこういうことを申しあげるのは、それこそ釈迦に説法でしょうが、手形には裏書きということがありますね。AからB、BからC、CからDと手形が流通するたびに、証書の裏に名前を連記していくわけですが、これは別の意味では万一手形が不渡りになったとき、支払い保証の責任をとっているわけでしょう。ですから、帝国通運の裏書きがあれば銀行としては、ぜったいに間違いがない手形と考えてくるわけですね」

「それはおっしゃるとおりです」

「それで、あなたのところで、裏書きなさる手形は、毎日何枚ぐらいありますか？」

「多い日は百枚近く――。平均四十枚ぐらいはありましょうか」

「それは一枚一枚、伝票とてらしあわせて判をおすのですか？」

「重役も部長も忙しいものですから、ただ印鑑をおすだけですよ。ただ、課長が一枚一枚眼を通すわけですが」

「それでは、なんとか伊達さんもくどきおとさなければなりますまいね」

わざと淡々たる調子で、七郎は言葉をはさんだ。

「とにかく、私の提案は、私が金融をひきうけた手形をあなたのほうへまわし、それを、あなたがほかの手形といっしょにして、帝国通運の裏書きをしたうえで、また私のところへ持ってきてくださることです。おたくの取引銀行ならば、とうぜん、その裏書きを信用して、日歩二銭六厘の銀行金利で割引する。だから、そこは、毎日四十七銭四厘の金利の差が生まれるわけでしょう。そのうち三十銭をあなたがたにさしあげて、残りを私がちょうだいする。

これならば、この手形が、不渡りにならないかぎり、あなたがたのほうには、ぜんぜんご迷惑がかからないわけでしょう」

「なるほど……」

川口護はうなずいた。

「たしかに、銀行でも、約手の支払い保証をするときには、信用提供料として、日歩何厘かを請求してきますからね。それと同じで、帝国通運の信用を売るわけなのですね？」

「そうです」

「ただ、その手形が不渡りになれば、とうぜん、うちに支払いの義務が発生してくるわけですが、そのへんは大丈夫なのですか？」

「それはこちらも商売ですよ。どういう手形が安全か、どこが不渡りを出しそうかは、すぐにぴんときます。ぜったいにご迷惑のかかるまねはいたしません」

「あすまで、いや明後日まで、考えさせてください……」

川口護の声は弱々しかったが、このとき、七郎は勝利を九割まで確信していた。

その翌日、どう話をつけたのか、彼は伊達道美といっしょに、七郎のところへあらわれた。そして、この条件をのんで帰ったのである。

完全に七郎の思うつぼだった。それから彼は、手持ちの資金を利用して、どんどん手形を割り引いて川口護にまわしてやった。銀行では首をひねるような発行人の手形でも帝国通運の裏書きがあれば、金融界では帝国通運の発行した手形と同じに見なされる。だから銀行へ持ちこまなくても日歩七銭ぐらいではすぐに割れ、七郎にも日歩十銭ぐらいの利鞘がころがりこんでくるのだった。

これで、伊達道美なり川口護なりは、いちおう遊興費に事をかかなくなったわけだった。だが、七郎はこれぐらいの収穫で満足していたわけではない。彼のほんとうの狙いは、伊達道美を深みに追いこむことだった。

それから一ヵ月ほどして、七郎はかねて用意しておいた手形用紙に、帝国通運の社長の署名と印鑑を偽造したものを作り、これを市中に流しはじめたのだった。

もちろん、精巧きわまる偽造手形だから、すぐには発見されることもない。一枚の金額がかさばってくれれば、確認される危険もあるが、額面が十万円から二十万円ぐらいでは、発行人の帝国通運の名前の信用で、そのまま流通してゆくのだ。

ただ、支払い日がやってくれば、ここでは別の問題が発生する。

たえず、銀行に何千万円という預金を持っている大会社のことだから、この手形が不渡りになる恐れはぜったいにないといえる。

もちろん、偽造ということがわかれば別の話だが、七郎は手本にした本物の手形と比較して、用紙、印刷、署名、印鑑、どの点からみても発覚の危険はないという自信を持っていたのだった。

しかし、本社の帳簿の帳尻は必ずあわなくなってくる。こういう偽造手形が落ちていくたびに、その預金の金額がへってゆくのはとうぜんのことなのだ。

ただ、東京だけでも、何十という営業所を持ち、毎月のべ何億、何十億という金が動いている、こういう大会社では、その帳尻があわない理由がどこにあるかということは、そうかんたんに見やぶれるものではない。

そして、その責任者である経理課長がこうして酒色におぼれ、私欲をはかるようになってくれば、そういう調査は自然におろそかになってくる。自分の心のどこかを刺激する罪の意識が、そういう探索には、たいへんな抵抗となってあらわれるのだ。

これから十カ月の間に、七郎がこの偽造手形によって、帝国通運から吸い出した金は三千五百万円に上った。鹿島詮蔵に対する良心的なささやかなサービスも、川口護や伊達道美に投げてやったわずかの餌も、この莫大な収穫にくらべれば物の数でもなかった。

「三月危機には、中小企業の一部倒産もやむを得ない」

これは、この年の三月一日、大蔵大臣池田勇人が国会で言明した言葉だった。

この放言はもちろん、「貧乏人は麦を食え」以上の暴言として、世間から猛烈な非難をあびたが、現実の姿はさらにきびしかった。

日本全体の国力なり生産力は、いくらかずつでも、回復の足どりをたどっていたが、その余慶はまだ中小企業までまわってはいなかった。戦後四年にわたって、こういう商売がどうにかつないでこられたのは、必要悪ともいえるような闇取引の力には違いなかったが、いわゆる隠匿物資の量にもしぜん制限はあり、それに警察力が目ざましく強化されてきた現状では、そういう一攫千金的な金儲けは、ほとんど不可能になってきたのである。

そこへ、アメリカ側からの至上命令によって、はげしくきびしい徴税旋風が吹きすさんできては、長わずらいからやっと回復した人間が、また大出血を強いられたようなものだった。破産、倒産は相ついだ。不渡手形も激増した。市中金利はまたしても、大きくはね上がったのである。

人びとはささやかな娯楽をパチンコや競輪に求めた。名古屋の一角に生まれたパチンコは、たちまち全国いたるところへひろがっていった。千円札は発行されても、めったに聖徳太子の顔もおがめない人びとには、こういう小資本でできる投機が唯一のなぐさめだったのである。

そのあいだに、七郎は着々と金融業者としての地盤を固めていった。帝国通運へまわして裏書きさせる手形の利鞘だけでも、経費や生活費には事をかかなかったし、偽造手形のほうの収入は、それに数十倍するものがあったのだ。

そして彼は、三月下旬のある日、偶然に三越本店で伊達道美の妻になっている珠枝に出会った。綾香にダイヤの指輪でも買ってやろうかと思って、貴金属売場へ足をはこんだとき、彼はそのケースの上で、あれこれと指輪を物色している珠枝の姿を見かけたのである。

この思いがけないめぐりあいに、彼はにたりとほくそ笑んだ。

わざとそばに近よることもさけて、遠くからその様子を観察したのだが、身につけている凝った和服といい、総鰐皮《そうわにがわ》のハンドバッグといい、いまの生活の豪奢《ごうしゃ》さが、頭のてっぺんから足の爪先までにじみ出ていた。

こみあげてくる悪魔的な笑いをむりにおし殺しながら七郎は、ゆっくりとそのそばへ近づいていった。

「お珍しいですな」

「まあ……。鶴岡さん」

後ろをふり返って、珠枝は声をふるわせた。一瞬のあいだにその視線が、七郎の顔から全身に走ったのは、いかにもこの女らしく、七郎の服装から、彼の現在の金まわりを判断しようとしていたのだろう。

「お買い物ですか？」

「ええ、これをいただいておくわ」

いままでは思案に迷っていたらしいが、この瞬間に、珠枝は持ち前の虚栄心を爆発させたのだろう。一つのケースを指さし、ハンドバッグの中から千円札の束をとり出し、その中から五十一枚をぬきとって店員にわたした。

「だいぶ景気がよろしいようですね」

「ええ、主人は株の天才で、毎月サラリーのほかに十万ぐらいは儲けますのよ」

七郎は大声をあげて笑いだしたくなった。男が表面に出せない不正な収入を得た場合、株の利益だといって、経済事情にうとい妻をだますのはよくあることだが、株で利益をあげるためには、売りにしても買いにしても、その値はばが大きく動くことがぜったいの条件なのだ。こうして、株価全体が、低調のどん底に沈滞して、せいぜい三円、四円の高下をくりかえす現状では、そのような奇跡はとうてい望めない。

「それは結構なことですね。むかしからあなたの人相は、人なみすぐれてりっぱだったし、いつかは玉の輿に乗れる人だと思っていましたよ」

と言うと、彼は店員にむかって、ケースの中の十一万五千円と定価のついているダイヤの指輪をさして、

「君、これくれないか」

珠枝は一瞬、眼を見はった。

女というものは、たとえなんの関係もない相手に対してでも、顔から着物から装身具まで自分のものと比較して、優越感を味わったり、劣等感に胸をかきむしられたりするものだ。

この瞬間に、この女が顔も知らない七郎の愛人に対して、むらむらと嫉妬の炎を燃やしたことは容易に想像できたのである。

「どなたへのプレゼントですの？」

彼が鞄から札束をとり出し、その枚数をかぞえているあいだに、珠枝はちょっと上ずった声でたずねてきた。

「さあ……。それはともかく、どこかでお茶でも飲みませんか？」

「お供しますわ」

女性がダイヤの光に眼をくらまされることは、「金色夜叉《こんじきやしゃ》」以来、不変の真理だと、そのとき七郎はふわりと思った。

二人は三越を出ると、すぐそのむかいの喫茶店にはいった。

「このごろは、何をなさっていらっしゃるの？」

上眼づかいに七郎の顔を見つめて、媚びるような調子で聞いた。

「ああいうことがあった後では、まさか大学へもどるわけにもゆかないし、といって、ならい嘘の履歴書を書いて、どこかへつとめるわけにもゆかないでしょう。ですから、おぼえた金貸しを一人でやって、どうにか細々と暮らしをたてているだけですよ」

「まあ、そうですの」

軽蔑するように珠枝は唇を曲げて笑った。その顔には、また一種の優越感がかえってきたようだった。

「ところで、あなたの旦那さんは？」

「帝国通運の本社の経理課長――まだ三十ちょっとで、ここまでこられたのだから、あとで重役になれることは間違いないでしょう。算盤のはやいことと、経済界の見とおしの明るいことでは、上の人からも、天才的だといわれているの」

この女らしい自慢にも、七郎はだまされはしなかった。

ここまでくるうちには、伊達道美のことはすっかり調べあげてある。

彼が若くして、こういう地位に抜擢されたのは、社長の女婿《じょせい》となったためだ。ただ、その妻というのは結婚後ずっと体がわるく、子供もできないうちに、二年ほどして膵臓《すいぞう》腫瘍《しゅよう》という珍しい病気にかかり、ぽっくり死んでしまったのだ。

もちろん、社長としてみれば、最初からその人物なり才能なりを見こんで、娘をめあわせたのだろうから、その娘が病気で死んだからといって、いったん与えたポストをとりあげるというわけはないだろう。珠枝としては、後ぞいといっても、ほとんど初婚も同様の男と結婚できたのだから、満足してもいいはずだが、外へはこうして見栄をはり、内では、たえず彼をつかまえて不平不満をぶちまけているに違いないのだ。

「それはよかったですねえ。おめでとう。そういう人なら一度お目にかかりたいような気がしますねえ」

「でも、あなたなどとは、ぜんぜん肌合いが違うから。金ぐりにこまっている小会社だったらともかく、あなたのお仕事のお世話になることも、ないでしょうし」

「まったく、われわれとは、月とすっぽんのように身分も違いますからね。せいぜい、株でかせいでもらって、キャデラックかクライスラーでも買ってもらうんですね」

「あなたもはやく正業におつきなさいまし」

もちろん、深い事情までは知らないだろうが、この一言は七郎の胸にぎくりとこたえてきた。世の中には、自分でも気がつかないうちに、危険なとげのある言葉をたえずまき散らしている人間がいるものだが、珠枝もそういう女の一人だった。

そして、七郎という人物の本質を見ぬけず、二度もこういう刺激的な言葉をもらしたというところに、この女の誤算があったのである。

もちろん、七郎はこの場では顔色ひとつ変えなかった。それからあたりさわりのない会話をしばらくつづけて立ちあがると、彼はぽつんと何気ない調子で言った。

「車でお送りしましょうか？」

「自家用車をお持ちなの？」

「クライスラーまではゆきませんが、フォードの中古を手に入れましたよ。電車でとびまわっていたんじゃ、時間ばかりかかって仕事になりませんからね」

「いいえ、わたくしタクシーで帰りますわ」

その眼には激しい怒りの色があった。高利貸が自家用車を乗りまわしているのに、自分たちは——といわんばかりの顔だった。

別れをつげて、三越裏の駐車場のほうへ歩きだしながら七郎は勝利を確信した。

この女はきっと今夜も夫にがみがみ嚙みついてゆくだろう。夫からもっと金をせびって、ダイヤも大きなものとかえたがるだろう。株でもっと儲けて、クライスラーぐらい買って——と、わめきちらすだろう。

あそこまで伊達道美に毒のある蜜をすわせ、一方では誰の責任かわからない赤字を続出させておけば、彼がこれから落ちて行く先はわかっていた……。

彼はそれから、自動車に乗ってアクセルをふんだが、小網町《こあみちょう》の角まで来たときには、わざわざ車をとめて煙草を買った。

見たところ、何気ない行動だったが、彼はこのとき、むこう側の四階建てのビルディングをながめて、かすかな微笑を浮かべていたのだ。

この建物は、一階が信濃銀行の東京支店、三階と四階は、常陽《じようよう》精工という会社の本店になっている。

ここには、彼の友人がつとめていたものだから、数回訪ねてきたことはあるが、そのときの会社の印象から、彼はすっかりこの舞台に惚れこんでしまったのだった。

半年のあいだ、心魂をくだいてねりあげた大犯罪を行なうのは、この建物のほかにはないと彼は信じていたのである。

煙草に火をつけると、彼は、また車を運転して、新宿歌舞伎町《かぶきちよう》にある、太田洋助の家へやってきた。

せまい小路を折れ曲がって、しもた屋ふうの二階家の前までくると、背の高い指のない男が、ちょうど表のガラス戸をあけて出てきた。

「太田君なり、姐《あね》さんはいるかね」

「あなたさまは」

いかにもずぶとそうな七郎の人相と、こういう言葉から判断して、これはただものではないと思ったのだろう。相手はちょっと眼を光らせた。

「鶴岡と言ってくれればわかるはずだ」

「ちょっとお待ちなすって」

家の中へ姿を消した男は、まもなく出てきて、ていねいに小腰をかがめた。

「兄さんは留守でござんすが、姐さんがお目にかかるそうです。どうぞおはいりなすって」

「ごめん」

七郎はうなずいて玄関にはいった。長押《なげし》には一家の者から贈られたらしい大入り札が額にはいってかかっている。階下は六畳一間に四畳半一間、定子の姿は見えなかった。

「どうぞお二階へお上がんなすって」

「うん」

何気なく、階段を上がってみると、そこは長四畳に六畳の二間だったが、定子はその六畳に布団をしいて、半裸の姿で寝そべっていた。七郎がちょっと眼を見はると、

「モンモンをしてもらっているところよ。こんな格好でごめんなさい」

と乳房をかくしもせず、起きあがって、煙草に火をつけた。

「お邪魔じゃないかね？」

「かまわないのよ。あんまり痛いもんだから、いま一休みしようと思っていたところ、ちょうどよかったわ」

わざと肌もいれないのは、刺青《いれずみ》を彫りかけているせいもあるだろうが、そのほかにな

にかの底意があるのかもしれない。

このあいだの誘惑は、金の話が出てきたので、中途で終わってしまったのだ。七郎も据え膳を食わないのは、なんだと思ったのだが、どうしてもああいうふうに太田洋助の力を借りる必要があったことだし、それにはその女房と関係があってはまずいと思ったので、肌にふれてもいなかったのである。

「実は例の五十人を集めてもらいたいのだが……、これから毎週土曜日ごとに招集してもらいたい。十二時までに頭数をそろえて、二時になって用事がなかったら解散していい。

用事がなかったときの日当は五百円……。働いてもらったときには、千円というのではどうだろう?」

「それだけいただければ、御の字ね。おしきせは、背広?」

「そうだ。できるだけ、かたぎのサラリーマンふうにこしらえて……。そういう人相の男をできるだけ入れてもらいたい」

「わかったわ。そのことはすぐに準備にかかるけれど、急がないなら、もうちょっと待っていてくださらない? 針の責苦がすんでから、またゆっくりご相談しましょうよ」

煙草をすてて、定子はまたうつぶせになった。有楽町の時代から、二つ名の由来の腕の桜はあったはずだが、今度は姐御としての貫禄を増すために、背中に彫っているのだろう。

二匹の竜が、雲を呼んで飛びまわっている図だったが、七郎はその無知を笑えなかった。ああして珠枝がダイヤに眼を輝かせるのも、この女がこうして痛さをがまんするのも、結局は虚栄心の変形なのだ。女の虚栄心ぐらい恐ろしいものはないと、彼は心の中でしみじみと思っていたのである。

7　完全犯罪

木島も九鬼も、このごろでは、金融業者の看板こそ出していないが、世間では金融ブローカーといわれるような人種になっていた。

もともと、こういう商売は、闇物資のブローカーと大差がない。一方で金にこまっている人間を見つけ出し、一方では金があまって適当な融資先を捜している人間を見つけ出し、取引が成立した場合、いくらかの手数料をもらってひき下がればいいのだ。だから、資本といっても舌一枚、あとは、いちおう身なりをきちんと整えておく程度の余裕と、人を信用させる程度の風采と、いちおうの外交手腕があればすむ。こういう役を甘んじてつとめる腹心を持つことは、七郎にとっても、ぜったいに必要な条件だった。彼が一回の犯罪ごとに、その役まわりにくらべれば、多すぎるくらいの配当を投げ出していたのも、隅田光一とはまた違った打算の結果だった。

たとえば、光一の手記にはこんなことが書いてあった。

「利害をはなれた友情、愛情、自己犠牲――。そのようなものはこの世にあり得ない。たとえば人は、特攻隊の精神をたたえるが、それは戦争という魔力がかもし出した集団催眠術の作用にほかならない。世人は、特攻くずれ――と軽蔑するが、催眠術からさめた人間の行動としてはむしろ自然なことなのだ。男も女も餌で動く。そして、平和な時代にはなおのこと、黄金にまさる好餌はない」

たしかに、九鬼も木島も、このごろは七郎の言葉には無条件服従だった。それはかつての太陽クラブでも見られないようなことだった。

今度も、一億円の金を借りたがっている新陽《しんよう》汽船という会社を捜し出してきたのは、木島良助の功績だった。

「三千万円はいただきだね。これだけの芝居を打つのでは、そのくらい手に入れなかったら算盤にあわないよ。あとの七千万円まで欲ばった日には、こっちの体もあぶなくなるが」

「わかった。ところで筋書は？」

「帝国ホテルに三日前から、木下雄次郎《きのしたゆうじろう》という男を泊めている。日本造船の重役だが」

「それもまた、例によって、偽者というわけだな」

このごろは以心伝心の間だから、ここまで話を聞いただけで、木島はにやりと笑いだした。まだ、造船界は終戦直後の不況から脱してはいないが、それでも神戸と長崎に巨大な造船所を持ち、船だけではなく、重機械の製造にかけても、長年の技術的伝統をもつこの会社は、腐っても鯛というべき存在なのだ。

かつて、隅田光一が予言したように、日本の重工業が復活してきたとしたら、この会社などは、優良会社の最右翼として戦前にまさるともおとらぬ発展を示すことには間違いはない。

「ほんとうならば、船会社と造船会社は、いわば親類筋だから、かみあわせたくないのだがね」

良助の言葉を黙殺するように、七郎はつづけた。

「しかし、ありがたいことには、今度の追放令のおかげで戦争中の大物は、たいてい影をひそめたからな。いまでは相当の大会社でも、重役陣にはずいぶん妙なのがまじっている。バーのやとわれマダムのようなものだから、こっちのトリックには気がつくまい」

「それで？」

「僕は、今度の事件では、ぜったいに表には出られない。あくまでも、善意の第三者になりきらなければ、最後の収拾ができないからな」

「それでは、僕の役割は？」

「その新陽汽船の連中に一杯のませて、それとなく日本造船の支店には知り合いがあるかと聞いてみるんだね」

「ないと言ったら？」

「電光石火、この土曜日には一億円の手形をパクるのだ。日本造船ともなれば、銀行に一億円ぐらいの信用があってもぜんぜんおかしくはない。銀行からふつうの利子で借り出して、いくらか中間の利鞘をとって、そちらの手形を割ってあげてもいいと、もらしていたと持ちかけるんだよ」

「たしかに、日本造船のほうでも、そこで利鞘がかせげれば、銀行へただ金を預けておくより有利だろうからね」

　良助のほうも、光一や七郎まではゆかなくとも、相当以上の頭だから、これだけで、自分の役まわりもせりふものみこんだらしかった。ただ、ここまで七郎に心服してはいながらも、まだ一分の不安は残っていたのか、眉をひそめて、

「ところで、もしも彼らが、日本造船の内情をよく知っていたとしたらどうする？」

「そのときは、別のムク鳥を捜すんだ。深追いは怪我のもとになる」

「わかった」

木島良助はうなずいた。

「木下雄次郎は東京の支店長だよ。神戸の本社から最近転任してきたが、なにしろ、このとおりの住宅事情だから、適当な家が見つかるまでホテル住まいをしているのだ」

「わかった。それで、僕と知り合いになったきっかけは？」

「キャバレーで会ったことにしよう。むこうが酒に酔って、高等学校の寮歌を小声でうたいだした。それで、君が先輩かと思って、声をかけたということにしよう。証人がいないとまずいから、まず今夜でもそのとおり実行しておきたまえ。むこうにはすぐ電話をかける」

「それで？」

「もし、新陽汽船のほうの話がうまくいきそうだったら、日本造船の支店はさいきん引っ越したらしいですね――と、何気なく言ってみるのだよ。場所をはっきり言ってはいけない。なんでも小網町のへんと聞いていますが、と言葉をにごしておくのだね」

「それからほかに心得は？」

「手形の現物を持ってこさせるのは、ぜったいに土曜日の午後――。きょうは火曜日だからあと四日の余裕がある。むこうがあわてて飛びつくようならしめたものだ。そこまでのばす理由はなんとでもつけたまえ。支店長が本社に帰って土曜日にまた東京へ戻ってくるというのが無難かな」

「僕のいまうけている感じでは、新陽汽船の連中は、必ずとびついてくるだろう。しかし、一億円といえばたいへんな金額だ。いかにむこうの連中がお人よしだとしたところで、初対面の相手を信用して、それだけの手形をわたすかな?」

「信用させる。ぜったいに一分の疑惑も持たせずに、手形をつつしんで預けさせる」

七郎は満々たる自信をこめて言いきった。


それから一時間後のことだった。

帝国ホテルの一室で、七郎は木下雄次郎と名のる男に、せりふと演技の指導をはじめていた。

この男もまた、七郎がどこかから捜し出してきた人形の一つにすぎないのだろう。

しかし、でっぷりとふとったその体は、いかにも重役タイプだし、五十をすぎた年齢も、いかにもその役にふさわしい。

「いいかね。むこうは喉から手が出るほど金につまっているのだ。それに、新陽汽船といえばまだかけ出しの二流会社、日本造船といえば一流中の一流会社、同じ重役とはいってても格は違うし、ことに金を借りにきているんだから、むこうは必ずひけ目を感じているはずだ。それを無言のうちに、威圧して見せればいい。僕が新陽汽船の重役だと仮定して、まず初対面の感じを出してみたまえ」

この男はうなずいて、テーブルのむこうに立ちあがった。

「あなたが新陽汽船の重役さんですか。さあ、どうぞ、おかけください」

「待った。新陽汽船さんと言いたまえ。重役さんはいらない。君にしたって、大会社の重役だ。一億という手形を、ただの会計課長あたりが、一人で持ってくるかどうか、それぐらいのことは常識でもわかるだろう」

七郎が鋭く一カ所一カ所にだめをおすと、相手はうなずいて、忠実にせりふをやりなおした。「あなたがたが新陽汽船さんのお方ですね。さあさあ、どうぞ」

「そこで名刺の交換になる」

七郎はまた注釈をはさんだ。

「むこうはとうぜん、ポケットの紙入れからでも出してわたすだろうが、君はそれにつりこまれちゃあいけないよ。机の上なり引出しの中なりに、名刺の箱を準備しておいて、その中からおもむろに引き出してわたすのだ」

「わかりました」

「口だけではいけないから、実演してみたまえ」

男は立ち上がって、書字机のほうへ近づき、名刺をとってきて七郎にさし出した。

「支店長の木下です。よろしくお見知りおきを」

「しゃべりすぎる」

七郎はまた首をふってNGを出した。

「お見知りおきを――というのは、よけいなせりふだよ。君はあくまで上手《うわて》に出るのだ。無意味にいばりちらす必要はないけれども、なにもぺこぺこしてむこうの機嫌をとる必要はない」

「支店長の木下です。よろしく」

「よかろう。それから後しばらくは、常識的にいって、世間話の段階になる。こんなところで、ぼろを出してはいけないから、君は重厚で不言実行型の性格だとむこうに吹きこんでおく。あくまでしゃべりすぎないように、たいていのことは、はあ、そうですな――とか、うむ、うむ――とうなずいておくのだ。むこうのほうはいらいらしてきて、早く商談にはいりたがるよ。とにかく、この勝負は、なるべく短時間に切りあげる必要があるのだ」

「わかります」

「ただ、むこうは必ずこんなことを言いだすだろう。――おたくはたいへんなご精励なようで。土曜日の午後でも、これだけ大勢残って働いておられるのですか？　さあ、君はなんと返事する」

「はあ、そうですね」

「少しは、頭を働かせろよ」

七郎は、テーブルをたたいて、少し語気を強めた。

「同じせりふでいいのなら、なにもこっちは、わざわざこれだけをとりあげて問題にしはしない。いいかね。——なにしろ、最初は賠償賠償で、私どものほうの施設も、フィリピンあたりに持っていかれるんではないかという噂もとんだくらいですが、だいぶ雲行きがかわりましてね。とにかく、総司令部のあっせんで、まず三万五千トンのタンカーを二隻《せき》建造することになりました。その準備で、私もこのとおり、本社と東京の間を、週に二回も往復しているのです——復唱！」

相手は、ゆっくり煙草に火をつけながら、いまのせりふをもう一度くり返した。

「せりふが生《なま》だ。もう一回」

自分が表面に出られないだけに、演出家としての七郎の苦労はなみたいていのものではなかった。

精密機械のようにしくまれた計画なのだ。あらゆる役者は、自分の演ずる部分的な場面についての知識しかない。それ以上の知識を与えては、後で不測の災いをかもし出すおそれがある。といって、一つの歯車、一つのネジが狂っても、完全犯罪というべき全体の計画が、たちまち崩壊してくる危険がある……。

しかも、犯罪というものの性質上、全部の役者を現実の舞台に登場させて、舞台稽古をつけることは許されない。

各人各自の演技をみがきあげさせることは、ぜったい必要な条件だが、こうしていくつかに分かれた部隊を、一定の時刻に一定の場所に集結させて、偉大な戦果をあげなければならないところに、脚本家であり演出家である七郎の苦心があったのだ。

それから四日目の土曜日のおひるごろ、太田洋助の家には、続々と人が集まりはじめた。

彼の素姓を知っている近所の連中は、なぐりこみでも準備しているのかと、戦々恐々としていたらしいが、それにしては、わりあい人相もよく、服装も比較的きちんとしていた。

家の中では、太田洋助と定子と九鬼善司とが、面接試験官をつとめていた。

「おまえはだめだ。顔の傷がいけねえ」

「でも、兄貴、これは片山《かたやま》組との出入りで受けたむこう傷で」

「つべこべ言うな。ふだんはともかく、きょうは、相手をおどしつける必要はねえ」

「おまえはだめよ。左の小指をつめているからね」

定子は、くわえ煙草を口からはなすと、もう一人の男に言った。

「でも、姐《あね》さん、これは親分を意見するためにつめた指なんで」

「理由は別——。とにかく、きょうの仕事だけは、傷のない人間でなくちゃ、つとまらないのよ」

どうせ香具師《てきや》の息がかかっている一党を集めてくるのだから、こういう人間の多いのは当然しごくのことなのだ。

しかし、この問答を聞いていながらも、九鬼善司は、膝のあたりが、がたがたしてきてたまらなかった。

七郎の計画の全貌は、彼と木島が誰よりもよく知りぬいている。このうえもなく大胆な、それでいてこのうえもなく精緻な計画なのだった。これがスムーズに進むなら、成功はほとんど疑いない。しかし、たとえば戦争でも、最初の予定にははいっていなかった不測の出来事が、雄大きわまる作戦を一瞬に瓦解させてしまうことがある……。精妙きわまる作戦ほど、そのような途中の変化に対しては、適応性が欠けるのだ。

　一人一人と、合格して二階へ集められていく人間の姿を見るたびに、九鬼善司は、なぜか、自分がミッドウェイを攻撃に出かける航空母艦の艦長になったような気がしてきた。

「九鬼さん、これで四十五人集まりましたぜ」

　太田洋助は、ほっと一息ついたように煙草に火をつけて、

「まだ、このうえにいりますかい？」

「どうして？」

「あとはあなたと私で四十七人——。忠臣蔵の討ち入りと同じ数だから、かえって縁起がいいんじゃないかと思いましてね」

「わかった。それではこれで締切りにしよう」

「大入り、打ちどめよ」

　定子は、まだ玄関先に残っている志願者たちに声をかけた。

　善司は、洋助に五万円の金を渡すと、この家をとび出して、事務所で待っている七郎に電話をかけた。

「人数は集まりました。エキストラが四十五人、それに僕たち二人をあわせて四十七人、赤穂浪士《あこうろうし》の討ち入りと同じで縁起がいいと彼が言うので」

「はははは、いかにも彼の言いそうなことだね」

七郎は笑いだしていた。電話の声を聞いただけでも、善司はすっかりおどろいた。自分のほうは、こんなぐあいにふるえがとまらないのに、七郎の声にはぜんぜんなんの変化も感じられなかったのである。

「まあ、腹がへっては戦さができぬ――、というからね。昼飯にすしでもとって、食わしておいてくれたまえ」

「そうしましょう。僕のほうは喉につかえて何も通りそうにはありませんがね」

「こわいのか。さっきから声がふるえているよ」

「大丈夫……。武者ぶるいですよ」

善司は無理に笑おうとしたが、声は笑いにならなかった。

「それでは一時三十分から四十分のあいだにもう一度、電話をかけてくれたまえ」

電話をかけおわったとき、善司は自分の心の思わぬ変化に初めて気がついた。

死んだ隅田光一に対しては、社長社長とあがめてはいたが、心の底では、対抗意識なり、競争心なり、友人同士としてのこの感覚が最後までぬけきれなかったのだ。

しかし、七郎に対する現在の感情は、ぜんぜんそれと違っている。いつのまにか、彼は、七郎の言行に対して、ぜったいに頭の上がらない感じをいだくようになっていた。

悪――。たしかにそれに違いはない。光一の行動には、まだどこかに善意のひらめきが残っていたが、七郎の全行動をつらぬくものは、すさまじいばかりの悪念なのだ。

しかも、自分はずるずるとその魅力にまきこまれ、彼をあがめる気にさえなっている。

この変化がどんなところに原因するのか、善司にはなかなかその理由がつかみきれなかった。

洋助の家へ帰っていくと、階下の茶の間で長火鉢に頰杖をついていた定子が、その顔を見るなり眉をひそめて、

「九鬼さん、顔色が悪いわよ、大丈夫？」

と聞いた。

「大丈夫のつもりだが」

「じゃあ、これをうってあげよう」

長火鉢の引出しから、定子は注射器とアンプルをとり出した。

「それはなんだ？」

「ヒロポン」

ふだんなら、善司も、このおそるべき覚醒剤の名前をきいただけで、それこそ飛びあがって逃げだしたろう。しかし、この恐ろしい出撃を前にしては、薬の力でも借りるほかには、心をおちつける手段はないと思われた。

一時三十分ちょうどに、善司はもう一度電話をかけた。

「こちらの準備は、いっさい終わった。すぐに出動したまえ」

七郎の指令は短く鋭かった。

「はい、すぐに出かけます」

ヒロポンのあやしい作用のせいか、善司はなにも恐ろしいものがなくなっていた。敵の巨艦に体あたり攻撃に出かける特攻機の乗組員たちが、出撃寸前にこの注射をすることにきまっていたという噂も、ほんとうだろうと、うなずけた。

洋助の家へ帰ってきて、彼は冷たく言いきった。

「さあ、出かけよう」

「おい、みんな、いよいよ討ち入りだ」

洋助は二階へむかってどなった。

「おまえさん、待ってよ」

定子は洋助の肩に切り火をうちかけると、

「勝ってきてね」

とはげますように言った。

まるで大石内蔵助《おおいしくらのすけ》にでもなったつもりか、洋助はすこぶる上機嫌だった。家を出るなりその口からは小声の歌がとび出した。

「勝ってくるぞと勇ましく
　誓って家を出たからにゃ
　　手形ぱくらにゃ帰らりょか……」

「しっ！」

　善司はあわてて、その腕をおさえた。

　十台の自動車に分乗して、一同は日本橋の小網町へむかった。常陽精工の本社には、土曜日のこの時刻になれば、守衛一人と宿直の社員二人しかいなくなるということは、ちゃんと調べてある。

　この四階建てのビルの入口で車をとめ、頭数を数えおわると、九鬼善司は一同をひきいて、階段をのぼった。三階の本社の扉を開くと、隅のほうで将棋をさしていた二人の男がたち上がった。

「なにか、ご用でしょうか？」

「日本橋税務署のものだが、ここの調査にやってきた」

　偽の名刺と偽の令状をとり出して、善司は鋭く言いきった。

「それでは、社長に連絡を……」

「それはいまのところ、許せない。君たちはこっちにいたまえ」

この社員たち二人と守衛を、小応接室へおしこむと、善司は一同に顎をしゃくった。

前に命令しておいたとおり、四十五人のエキストラたちは、みな思い思いのデスクにむかって、いっせいに帳簿をくったり、算盤をはじいたりしはじめた。

その間に、善司はもう一度階段をおりると、あたりの様子をうかがいながら、「常陽精工株式会社」という看板を、自分の用意してきた「日本造船株式会社東京支店」という看板とかけかえた。

午後二時三分のことだった。

日本造船といえば天下に名前を知られた大会社――。しかし、その架空の東京支店は、このようにして、わずか一瞬の間に登場し、数時間の寿命を保っただけなのだった。

実におどろくべき離れわざだった。たしかに鶴岡七郎の心血をかたむけたこの犯罪は、世にも奇怪な大魔術とでも評するほか表現のしようもなかったのである。

それから七分後の二時十分には、木下雄次郎と名のるこの男は、事務員ふうの若い女といっしょに、車でこの現場へ到着した。

たったいま、かけかえられたばかりの「日本造船株式会社東京支店」という看板を見たとき、彼の口もとには、狡猾きわまる笑いが浮かんだ。

「やっとるね。君」

入口のあたりに立っていた九鬼善司に、彼はゆっくりと話しかけた。いかにも、大会社の重役らしいおうような口ぶりだった。

ただでもいらいらしている善司は、ちょっと、むかついた。

仲間の自分に、こんなにいばり散らさなくてもよかろう——、と思ったのだが、一瞬に恐ろしい真実に思いついて自分の怒りをぐっとおさえた。

この男は役者——。それもいま、花道へ登場してきたところなのだ。

たとえば、中村吉《なかむらきち》右衛《え》門《もん》は町人に扮《ふん》したときには、楽屋でも、人にやわらかく挨拶したが、侍に扮したときには、昂然《こうぜん》として、人を見くだしていたといわれている。

これは名優としては、とうぜんの心がけに違いないが、ここまでこの男を教育しぬいた鶴岡七郎も、たしかに演出家としては、抜群の才能を持っているといえるだろう。

彼はていねいに頭を下げると、

「支店長さん、どうもご苦労さまでございました。さあ、どうぞ、私がご案内いたしましょう」

と、先に立って、階段を上がった。

だが、三階まで来たときに、彼がガラスの扉を指さして眉をひそめた。

「いかんね。君、これは」

「はっ」

善司もその瞬間は青くなった。ガラスの上には、金文字で、「常陽精工株式会社」と書いてある。

これがむこうの重役の眼にとまったならば、精緻をきわめた、この完全犯罪も一瞬に瓦解する危険があったのだ。

「実は鶴岡君からも言われてきたのだが、ボール紙で応急手当てをしておきたまえ」

「はい……」

不格好には違いないが、このガラスまで、すりかえることは不可能に近いのだ。

女の子がわたしてくれたボール紙をこの扉の上にはりつけて、会社の名前をかくしながら、彼は七郎の細心の注意に舌をまいていた。

もちろん、階下の銀行とこの会社とはなんの関係もあるわけではない。ただ、銀行の看板が、人間、ことに、事業家に与える信用はぜったいなのだ。その同じ建物の中に、事務所を持っていることだけでも、相手にはたいへんな信頼感を与えるだろう。

そしてまた、当直の社員たちにしてみれば、税務署員と称してのりこんだ彼らに対しては、おびえこそすれ、なんの疑惑もいだいてはいないのだ。

もし、小応接室へとじこめられた彼らが、なにかの拍子に、この事務室の中をのぞいて見たところで、帳簿をくったり算盤をはじいたりしているこの四十五人のエキストラは、税務署の役人たちが、忠実に自分の義務を遂行しているところだとしか思わないだろう。

しかし、まもなく、ここを訪ねてくる新陽汽船の重役たちには、これらの人びとは、土曜の午後も残業して、忙しく働いている日本造船の社員たちにしか見えないだろう。銀行の上の事務所、この人数――。これが一億円の手形を詐取するために設けられた、豪華な舞台であることは、誰にも見やぶられるわけはない。

九鬼善司も、このガラス戸にボール紙をはり終わったとたんに、やっと安心感をおぼえたのだった。

「みんな、一生懸命やっとるね」

事務所へ足をふみいれ、忙しそうなふりをよそおっている人びとを見まわして、この偽支店長は、いかにも満足そうに言った。

「一人だけ、受付に、すわらせておいてくれたまえ。この子は、お茶を出す役だから」

彼といっしょにきた女の子は、持ってきた鞄の中から、電熱器と紅茶のセットと湯わかしまでとり出し、事務室の一隅で、支度をしはじめた。

鶴岡七郎の演出は、どんな細かな点まで見おとしてはならなかったのである。

奥の社長室へはいっていった偽支店長は、ゆっくりとデスクのむこうの回転椅子にもたれて、煙草をくゆらしはじめた。

よほど七郎に重役としての演技をしこまれたのだろう。その椅子にも、長くすわりつけているようだった。人相といい、服装といい、そのおちつきぶりといい、九鬼善司がどれだけ意地わるく、観察眼を働かせても、一点の非も、見いだせなかったのである。

「お客さんは、二時二十分ごろおいでになるはずだ。準備はいいね？」

「はい、準備はすべて完了です。支店長、どうかこの取引がうまくいくように、心からお祈りしています」

九鬼善司も、この瞬間は、神に——いや悪魔に、この計画の成功を祈りたい気持ちでいっぱいだった。

この大犯罪は、精密機械にも似た正確さをもって、一分の狂いもなく進行をつづけている。

しかし、どのような戦争にも、犯罪にも、不測の出来事が、精巧緻密な計画を崩壊させ、思わぬ敗北をもたらす危険は、たえずともなっているものなのだ。

たとえば、もし、日本造船の社員の誰かが、偶然この時刻に、この建物の前を通りあわせて、この看板に眼をつけたとしたら……。

「大丈夫だよ。君、まさか、そういう男が、かりにいたとしても、すぐ警察へかけこもうという気はおこさんだろうからね。わずか二時間たらずの間だ。そのあいだ、頑張り通せれば、それでこっちの勝ちなのだ」

前に、彼がこの危惧《きぐ》を口にしたとき、七郎は笑って言ったものだった。しかし七郎ほど強靭《きょうじん》な神経を持ちあわせていない善司には、その万々一の可能性でさえも、不安でたまらなかったのである。

彼がハンカチで額の汗をふいたとき、太田洋助が近づいてきて、奥の部屋のほうへむかって顎をしゃくった。

「ねえ、たいした役者じゃありませんか」

「いやもうたいした演出家だよ」

ヒロポンのききめがうすらいできたのか、九鬼善司の心には、また新しい恐怖がみなぎってきていた。

二時二十五分――。

一台の高級車がこの建物の前にとまって、四人の男を吐き出した。

新陽汽船の稲垣雷造《いながきらいぞう》専務、経理部長の酒井嘉徳《さかいよしのり》、それに木島良助と、彼に新陽汽船を紹介した金融ブローカーの今泉昌男《いまいずみまさお》だった。

「ここですな?」

稲垣専務は、良助のほうをふりむいてたずねた。

「たしか、ここの三階と四階だと聞いていますが……。信濃銀行東京支店はこちらですから……。入口はこちらのようですね」

わずか二十分前にかけられた看板を見て、あとの三人はうなずいた。

木島良助のこのせりふにしても、演技にしても、一つ一つが計算され、練習によって磨きあげられたものなのだ。

その当時はまだビルディングの建築も進まず、空襲の傷あともいたるところに残っていた。無傷に近い建物には、進駐軍がはいりこんで動かなかった。たとえ一流会社でも東京支店というのなら、このくらいの規模でも決しておかしくはなかったのである。

四人は相前後して階段を上がった。三階へ来ると、良助は先に立って、ボール紙でかくされたガラス戸をあけると、

「日本造船さんはこちらですね」

と小声でたずねた。

小声といっても、あとの三人は、すぐ後ろについてきているのだから、この言葉が聞こえないはずもない。

「そうです。どちらさまでしょう」

「木島良助と申す者ですが、新陽汽船のお方をご案内してきたと、支店長さんにおとりつぎ願えませんか」

「ちょっとお待ちください」

受付に待っていた男は、小急ぎに奥の部屋へはいっていった。

そのあいだ、この事務室の光景は、いやでも三人の眼にはいってくる。太田洋助の督励よろしきを得て、四十五人のエキストラは、猛然と帳簿をくり、算盤をはじき、大熱演を展開していた。

この中のだれ一人として、自分たちが、どんな数字を計算しているのかわかる人間はいないのだが、そういう真相を打ち明けても、このときはこの三人は信用しなかったことだろう。

まもなく、受付の男は帰ってきて、

「さあ、どうぞ、お待ちしております」

とていねいに挨拶した。

木島良助に案内された一同は、この事務室を横ぎると、奥の部屋へはいった。

偽重役は「ラッキー・ストライク」の煙をはきながら、わけのわからぬ書類をくりひろげていた。おそらく、その内容は一字一行も、彼には理解できなかったろうが、

「GHQがこれほど軟化してきたのか」

と小声で呟くあたりは、いかにも堂に入ったものだった。

「木下さん、こちらが新陽汽船さんのお方です」

と良助が声をかけると、相手はゆっくり腰をあげ、

「さあ、どうぞ。むこうへ」

と、机の引出しから名刺の箱をとり出し、隅のソファを指さした。

今泉昌男は、けさ十時から良助といっしょに帝国ホテルを訪ねていって彼に会っている。ほかの二人は初対面だったが、三人ともに、この大魔術にはすっかりまどわされてしまって、一分の疑惑もいだいていないことは、そばから鋭くその表情を観察している良助には一目でわかったことだった。

初対面の挨拶をしているうちに、紅茶も出てきた。

「おたくはたいへんお忙しいようで……。土曜日というのに、いつもこれだけ残ってお

られるのですか?」

稲垣専務は、感心しきったような調子でたずねた。

「なにしろ、最初は賠償賠償で、私どものほうの設備も、解体されて、フィリピンあたりに持っていかれるんではないかという噂もとんだくらいですが……」

これもまた、一言一句、七郎にたたきこまれ、磨きをかけられたせりふなのだ。いまでは、完全に自分のものとなってしまっていて、なんのよどみも感じられない。

「なにしろ、米ソの間の雲行きも、このごろでは、だいぶあやしいようで……。朝鮮半島でも、近いうちに、三十八度線で火をふくんじゃありませんかねえ」

「はあ、そうかもしれませんなあ」

偽重役は、背をそらして、ソファによりかかると、腕時計の針を見つめた。

こちらも忙しい体だから、国際問題はいいかげんのところで切りあげて、はやく本題にはいってくれといわんばかりの応対だった。

稲垣専務もつりこまれたように身をのり出すと、

「実は約手のことですが、こちらさまでお世話ねがえますか?」

「一億円を、木島君なり、今泉君なりから、うかがった条件でよろしいのですね。承知しました」

稲垣専務は、肩の荷をおろしたように一息ついた。後生大事に、小わきにかかえていた鞄の中から、額面一千万円に分けた十枚の手形をとり出すと、

「よろしくお願いいたします」

と最敬礼をした。

「承知しました。もうきょうは銀行もおしまいで、仕事になりませんから、月曜までお待ちください。午前中に確認させまして、間違いがないということになりましたら、すぐ銀行振出しの小切手をおわたしいたします。そうですな。二時ごろまた、ここへおいでになっていただきましょうか。それまでは、預かり証をおわたししておきますから……」

「結構です。どうぞ、よろしくお願いいたします」

完全に自分が罠にかかってしまったことも知らず、稲垣専務はまた最敬礼をくり返した。

条件については、それからまた、こまかな打ち合わせはあったが、そんなところで、ぼろが出るわけもなかった。

新陽汽船側の三人は、木島良助といっしょに安心しきった様子で帰っていった。謝礼の金とは別に、ここで一席慰労の宴をもよおすことは、重役としてはとうぜんのことだ

ったろう。

三時四十二分――。あたりの人通りがとぎれるのを待って、九鬼善司はまた看板をすりかえた。

あとは退却戦の段階だった。ガラス戸の上のボール紙もはがされ、お茶の道具もかたづけられた。帳簿がしまわれ二人の社員も守衛も、ようやく軟禁から解放された。

「仕事は終わった。社長には、月曜の午前中に、日本橋税務署へ出頭するように伝えておきたまえ」

いかにも、もっともらしい最後のせりふを残して、九鬼善司はこの戦場を去ったのだ。

二人の社員はそれからあわてて、ほうぼうへ電話をかけたらしい。しかし、社長は一泊で、川奈《かわな》のゴルフ場へ出かけていたし、専務は大阪へ出張中だった。そして、もしこの二人が東京にいたところで、とるべき手段もなかったろう。

月曜の二時――。稲垣専務と酒井部長は約束どおりにここへやってきた。建物の入口にかかっている看板のかわっていることには、ぜんぜん気がつかなかった。ちょうど入口のガラス戸もあいていて、常陽精工という金文字も眼にはいらなかった。

「新陽汽船の稲垣ですが、支店長さんにお目にかかりたいのです」

「はあ……」

受付の女の子は、びっくりしたように眼を見はった。

「木下さんに、お話ししてくだされればわかります」

今度は稲垣専務も強気に出た。

「ちょっとお待ちください」

名刺をあずかって、奥へはいっていった女の子は、まもなく帰ってきた。

「どうぞ、こちらへ」

だが、奥の部屋へはいったとき、稲垣専務はおやと思った。建物もおなじ、部屋もおなじなのだが、相手の人間はかわっている……。

「あの、木下さんはどちらに？」

「私が木下雄次郎ですが」

この社長とおなじ名前を使わせたことも、鶴岡七郎の悪魔的ないたずらだった。

「まあ、どうぞ、そちらへ」

新陽汽船という会社にしたところで、実業界では、そうそう無名の存在ではない。

木下社長も、用件はわからないながらも、そこの重役が訪ねてきたのでは、粗略なあつかいもしなかった。

一昨日すわったソファに、腰をおろしながら、稲垣専務はまだ自分が詐欺にかかったという、冷たい、恐ろしい現実を認識しきっていなかった。

どこかに何か間違いがある。——そこまでは、混乱しきった頭にも理解できるのだが、その間違いが何かはのみこめなかった……。

紅茶が出てきた。しかし、稲垣専務も酒井部長も、それに手をつける気力もなかった。

「ところで、ご用件はいったいなんでしょう」

いつまで待っても、こちらが口をきらないので、待ちくたびれたか、木下社長のほうから、先に切りだしてきた。

「実は一億円の手形のことです」

「一億円の手形ですって？」

「そうです。一昨日、たしかにこちらの木下さんにおわたししたのですが、きょうの二時、確認をすまして、小切手にかえていただくお約束で……」

木下社長も呆然としていた。もちろんどんな人間でも、やぶから棒に、こんなことを言いだされては、呆然としないほうが、どうかしているだろう。

もちろん、彼も日本橋の税務署から、土曜日の午後、電撃的な調査をうけたという話は聞いている。それで、けさも、あわてて、公認会計士といっしょに、そちらへ出頭してきたのだが、むこうでは、ぜんぜんおぼえがないといわれて、狐にでも化かされたような思いをしたところだったのである。

といって、どのような頭の持ち主でも、事件と、いまの稲垣専務の言葉とを一瞬にむすびつけ、その真相を見やぶることは不可能に近かったろう。

「わかりませんな。あなたのお話は、私にはさっぱりわからない」

木下社長は首をふった。

「でも、ここは日本造船の東京支店でしょう」

「日本造船？」

「そうです。あなたはいったい、ほんとうの木下さんなのですか？」

もちろん、稲垣専務としては、混乱と昏迷の極に達して、つい、口をすべらせてしまったのだが、朝からいらいらしていた木下社長のほうも、この瞬間には、堪忍袋の緒を切ってしまったのだ。

拳でどんとテーブルをたたき、社員たちから、原爆社長といわれている、その本領を爆発させたように、

「君たちはいったいなんだ？　夢でも見ているのではないのかね？」

と、冷たい罵言《ばげん》をたたきつけた。

「……」

「うちは常陽精工だよ。階下《した》の看板にも入口の扉にも、ちゃんと書いてあるだろう。いまあげた名刺にも、ちゃんと印刷してあるが、いったい、日本語は読めないのかね？」

「……」

「まあ、かりに、このビルディングの四階に、日本造船の事務所でもあるというなら、一階お間違いになりましたな——と、笑って挨拶もできるだろうが、間違えるにもほどがある。日本造船の東京支店は丸の内のどこかの、赤煉瓦の建物の中にあるはずだ。そんなことは、会社名鑑でも調べれば、いや、電話帳でも調べれば三分でわかるだろう」

「それが、最近、ここへ越したというので」

「わしは戦争中から六年、この建物のこの階に会社を持っているが、そんな話は聞いたこともない！」

「専務さん……」

酒井部長も、真っ青になって、左手の名刺を、右手の人差し指でたたいていた。

「常陽精工株式会社社長　木下雄次郎」

自分でも、この名刺の文字に眼をおとして、稲垣雷造は、がたがたふるえながらとび上がった。

「詐欺だ！　パクリだ！　一億円を！」

「僕のほうで、君たちから、一億円の手形をパクったとでもいうのかね。ばかも休み休み言うがいい。もし、何か言いぶんがあったら、警察へ行きたまえ」

木下社長は立ち上がって、デスクの上のベルをおし、あらわれた女の子に冷たく言った。

「お客さまのお帰りだ。これから、東大病院へおいでになるらしい」

「し、し、失礼しました」

稲垣専務は、酒井部長にかかえられるようにして部屋を出た。事務室にいる社員たちの顔ぶれもぜんぜん違ってしまっている。ガラス戸の上の金文字も「常陽精工」にちがいない……。

階段をおり、入口を出て、看板を見つめたとき、稲垣専務はよろよろとよろめいて、アスファルトの上に倒れた。

彼はそれから、一間《けん》ほど歩道をはって自動車へころがりこむと、

「日本橋署へ……。警察へ……」

と血を吐くような声でうめいた。

このとき、この建物の向かい側にある喫茶店の二階で、窓に面したテーブルにすわっていた鶴岡七郎は、新しい煙草に火をつけながら、勝利の笑いを浮かべていた。

この大芝居では、彼はいままで、ぜんぜん表面に出ていなかった。ただ、心魂をかたむけつくした大計画大作戦だけに、彼は勝利の一瞬を自分の眼で見とどけたくてならなかったのだ。

この重役の悲壮な姿は彼をこのうえもなく満足させた。それからまもなく、車を運転して、事務所へ帰ってくる途中でも、七郎は、こみあげてくる笑いをおさえきれないくらいだった。

一億円の手形を詐取するという大眼目は、これでみごとに達成されたわけだった。そして、新陽汽船の重役が、詐欺にかかったという事実をはっきり認識した以上、局面は新たな段階にはいったのだ。

たとえば今度の戦争でも、ドイツ軍は何度となく、スターリングラードの占領を放送したが、ドイツ軍が市街の大半を制圧した後も、熾烈《しれつ》な市街戦はいぜんとしてつづいていた。そして最後には、逆にドイツ軍が包囲され、寒さと飢餓と弾薬の不足のために、兵力の半ばは死に、半ばは捕われ、ドイツの全面的な敗北に大きく拍車をかけたのである。

いわゆる戦中派の特徴として、今度の戦争の戦訓は、七郎たちの頭の中に深くきざみこまれて、はなれることもなかった。手形のパクリそのものを、市街への突入にたとえるならば、それを現金にかえ、自分たちが犯罪に無関係なことを証明するのは、次の段階の市街戦——。そして、この段階に勝ちぬけないかぎりは、スターリングラードの悲劇のように、勝者と敗者が逆転することは、最初から覚悟していなければならないことだったのである。

だから、この日、稲垣専務が血相をかえて日本橋署へかけこんだころ、木島良助はなにくわない顔で、銀座裏にある新陽汽船の応接室で待機していた。

この手形が小切手にかわったならば、彼と今泉昌男とはここで謝礼を二十万円ずつ受けとることになっている。金融ブローカーとしては、とうぜんの報酬だが、もし良助がここに姿をあらわさなければ、詐欺の計画を事前に知っていたものと見なされ、とたんに共犯者の容疑をかけられることになるのだ。

「さあ、いまごろは受け渡しがすみましたかねえ。あと二十分もすれば稲垣さんも帰ってこられるでしょうな」

応接室で、良助と相対していた今泉昌男は、腕時計を見つめてにこにこしていた。

「そうですねえ。話がうまくゆくときは、万事とんとん拍子に進むものですから……。私も、この取引がこんなにスムーズにはこぶとは思っていませんでしたよ。みんな、あなたのおかげです」

良助は、相手にむかって、ていねいに頭を下げた。むこうは二十万円の謝礼がほしさに、この社の幹部連中をくどきおとしただけなのだが、自分のほうは、このパクリの収益の一割を配当してもらうことになっている。安く見つもっても三百万――。良助としてはこの男に、どれほど頭を下げても下げたりない思いだった。

十分ほどして、部屋の外はとたんに、がやがやしはじめた。

「ああ、お帰りになったようです。思ったよりも早かったですなあ」

今泉昌男は顔の表情をくずし、煙草を灰皿にもみけして立ち上がったが、そのときドアを蹴あけるように部屋へはいってきた人びとの姿を見て、一尺ばかり飛びあがった。

警官二名、それに刑事らしい男が、じろりと白い眼で二人を見つめて、

「今泉昌男に、木島良助か？」

「………」

「これからすぐに、日本橋署へ出頭してもらおう」

「な、なんです。ど、どんなことで？」

良助もわざと狼狽をよそおってたずねた。

「理由はおぼえがあるだろう。くわしいことは署へ行ってから話すがいい」

冷たい手錠が手首にくいこんだ。良助には、前におぼえのあることだったが、決してこころよい感触ではなかった。

二人が廊下へつれ出されたとき、五十をすぎた一人の男が、顔を赤紫色にそめ、拳をかためてその前に立ちはだかった。

山中《やまなか》社長だった。この会社の死命を制するような巨額の手形を詐取されたと知って、興奮の極に達したのだろう。全身をがたがたふるわせ、

「貴様……。貴様たちは……」

と吐き出すように呟きながら、良助の頬をなぐりつけようとした。

さいわいに刑事がそれをおさえてくれたが、二人はそのまま裏口から表につれ出され、自動車に乗せられた。

「どうしたんでしょう。どうしたんでしょう」

今泉昌男は真っ青になって、良助の耳に囁いたが、良助も首をふって、

「わからない。僕にはさっぱりわけがわからない……」

と答えただけだった。

日本橋署へついてから、良助は今泉昌男とひきはなされて、熊谷《くまがい》経済主任の前へひき出された。

いまこそ彼が立役者だった。鶴岡七郎に指導されて、何日かねりあげた絶妙の演技を見せるときがきたのだ。

型どおり、住所姓名経歴をたずね終わった後に、熊谷主任は、まず最初の一撃をあびせてきた。

「君は太陽クラブの残党だね。あれだけの事件をまきおこして、世間に迷惑をかけておいて、まだこりてはいないのか？」

「それはお話がちがいましょう。あのとき、隅田君が自殺しなければ、債権者の方たちがあと三ヵ月、元利の支払いの延期を認めてくだされば、株を空売りしていたうちの会社は、相場の崩壊で、莫大な利益をあげられたはずです。このことは、京橋署の調査と、その後の事実ではっきりと証明されることとです。社長にねばりがなかったために、失敗に終わったことは事実ですが、事業失敗罪というような犯罪でもないかぎり、私どもには、なんのやましいところもありません」

熊谷主任が、ちょっと困ったような顔をしたのを見て、良助はするどく切りこんだ。

「そんなことで、私はいまさら、手錠をかけられて、ここへつれてこられたのですか？」

「そうではないよ。君、問題は一億円の手形のことだ。そっちにはおぼえはあるだろうな」

「あの手形が、偽造だったとおっしゃるのですか？　日本造船のほうが、怒って訴え出たのですか？」

「なにをいう、白《しら》を切ろうとしたって承知しねえぞ」

主任は眼を怒らせ、拳で机をどんとたたいて、大声をはりあげた。

「あの支店長は偽者だ。日本造船の支店はあんなところにない。さあ、貴様は、あの偽支店長をどこから連れてきた？」

「偽者？　木下さんが？」

良助は一度眼を見はっておどろいたふりをよそおうと、今度は大声で笑いだした。

「はははは、主任さん、ご冗談をおっしゃってはいけません。日本造船といえば天下の大会社ですよ。その支店長が帝国ホテルに泊まっていたところで、なにもおかしくないじゃありませんか。木下さんは、ちゃんとあそこの支店長室にいたし、いったい、どこが間違っているのです？」

良助のほうの取調べは、これから三時間近くつづいたが主任が自信を失いかけてきたことは、時がたつにつれて明らかになってきた。

実際、捜査陣としては、この世にも奇怪な大魔術には、完全に翻弄されたのだ。

稲垣専務、木島良助、今泉昌男がべつべつに語った自供と、常陽精工の当直社員たちの取調べから、事件そのものの性格は、その夜になって初めてはっきりしたのである。とはいっても、それは表面にあらわれた、半ばの真実にすぎなかった。金融犯罪というものは、本来地味で隠微《いんび》な性質をもっている。そして被害者の側としても、へたをすると会社自体の安否にかかわるほどの信用問題となるだけに、できるだけ公表をさけようとする。

だから、この事件にしても、新聞紙上には一度も顔を出さなかったが、実際には、東京地方検察庁と警視庁の合同捜査が大規模に進められていたのだった。

その中心となったのは、昭和電工事件をはじめ、後日の陸運事件にいたるまで、戦後の東京に発生したすべての経済事件に敏腕をふるい、鬼検事と呼ばれた福永博正《ふくながひろまさ》だった。

「これはおそらく、日本犯罪史上、もっとも巧妙、もっとも悪質な知能的犯罪だ」

捜査会議の席上で、福永検事は語気を強めて言ったのである。

「帝国ホテルに宿泊していた主犯、木下雄次郎と名のる男がキャバレーで木島良助と知り合いになり、それから今泉昌男を紹介された。彼は、それから数十人の部下をつれ、税務署から調査にきたと称して常陽精工の本社へのりこみ、日本造船東京支店の看板をかけて、一億円の手形を詐取した――。いまのところ、表面にあらわれた事実はこのとおりだが、僕にはこの事実が全部だとは信じきれない」

「では、どこに疑問があるとおっしゃるのですか？」

日本橋署からやってきた熊谷主任は、身をのり出してたずねた。

「僕にはまだはっきりしたことは言えない。いま当面の問題は、まずその木下雄次郎と名のった男を逮捕することにあるだろうが、あんがいそいつは、ただの人形ではないのかな。この事件の裏には、天才と称していいくらいの大犯罪者が隠れているのではないのかな。彼がいっさいの筋書を書き、登場人物に役をわりあて、演技をつけ、自分は舞台の横から笑ってこの事件をながめていたのではないかな……。まあ、この手形がどこへどう流れたかが判明すれば、その黒幕の正体もいずれはわかってくるだろうが。恐るべき天才がいたものだね」

福永検事は私語するような調子で言った。さすがは東京地検でも、随一の切れ者といわれるだけに、彼は表面にあらわれた形相だけから、事件の本質をある程度まで見やぶっていたのだった。

だが、それ以上の追及を期待することは、この段階ではとうてい無理なことだったろう。そして、いつもの彼とは人が違ったように瞑想家《めいそうか》的で説得力を欠いたこの言葉は、捜査方針の大勢を動かすことができなかったのである。

木島良助と今泉昌男は、十二日間、日本橋署へ勾留されたが、どのような峻厳な取調べをつづけても、当局は、この二人が黒だという証拠をおさえることはできなかった。最初、熊谷主任に対して、良助のうってみせた芝居はまったく真に迫っていたのだ。百戦練磨の熊谷主任さえ、最初の取調べの後では、この男もまた奇想天外の大芝居にあざむかれて、二十万円の謝礼をふいにしてしまった、あわれむべき犠牲者だと思いこんでしまったのである。

そのうえに、隅田光一といっしょに、京橋署に捕えられたときの経験が、彼に留置所ずれとでもいうような自信と底力を与えていた。何日、自由を束縛されても、留置所ではまだ、差入れの美食も口にすることができる。何度つっこんでこられても、九鬼善司なり、太田洋助なり、鶴岡七郎なりの名前を口に出すことはなかった。この線にぼろが出ないかぎり、彼がこれ以上危険な立場に追いこまれることはない。

そして、今泉昌男のほうは、最初からこの犯罪についてはなんの知識もなかったのだ。こちらをどれほど責めてみても、この大犯罪の秘密は、片鱗も判明するはずはなかったのである。

しかし、福永検事のほうは、最後まで木島良助に対する疑惑は捨ててはいなかったらしい。どうしても、この二人は釈放しなければならない段階にきたらしいと、熊谷主任が報告に行ったとき、何分間か、苦吟した後で、かっと眼を見開いて言った。

「君、隅田光一という男は、ほんとうに死んだのだろうか？」

「すると、あのとき、事務所で焼け死んだのは替え玉で、本人はまだ生きている。そして今度の犯罪を計画し、実行したとでもおっしゃるんですか？」

「まさかねえ」

福永検事は、自分で自分の妄想《もうそう》をうち消そうとするように、首を大きくふって苦笑した。

「そういう探偵小説的な考えは成立しないだろう。ただ、僕は今度の犯罪には、どこかに隅田光一的な考え方を感じるのさ。彼がまだただの学生だったころ、僕は東大の刑法ゼミナールの講師となって出かけたとき、彼から質問されたことがある。刑罰計量論とかいう彼の作り出した刑法体系についての質問だったが、そのときは、さすがに東大法学部はじまって以来の天才と言われるだけのことはあると思ったものだった。もしかしたら、木島あたりは、太陽クラブで、二年間彼といっしょに仕事をしているうちに、そういう思想なり考え方を身につけたのではないのかな。それを積極的に犯罪のほうへ利用したならば……。その意味で、隅田光一という男は、まだ生きていると言えるかもしれないよ」

「七度《ななたび》生まれかわって、悪業を行なわん——。というわけですか。それでは、もう一度帰って、木島を調べてみますが、私の見たところ、彼は白です。おそらく後はどうにもならないでしょう」

福永検事は大きく溜息をついて、それ以上はなんとも言わず、釈放令状にサインをし、判をおした。


木島良助が釈放された翌日、鶴岡七郎は一人で、新陽汽船の本社へのりこんだ。

「おたくの振り出した総額一億円の手形のことにつきまして、お話があってまいったのです」

最初からこう切り出されて、応接室へ出てきた庶務課長は、がたがたとふるえだした。

あわてて部屋をとび出すと、稲垣専務をつれて帰ってきたが、彼はこの十日ばかりのうちにすっかり憔悴《しょうすい》してしまっていた。

もちろん、七郎は彼と直面したことはなく、歩道をはって、自動車にころがりこむところを、むこう側の二階の窓から瞥見《べっけん》しただけなのだが、そのときのかすかな印象からでも、この重役は、自分の責任を感じるあまり、夜も眠れず、八キロぐらいやせたのではないかと思われた。

「うちの手形のことについて、なにかお話がおありだそうですが、それはいったいどんなことでしょう」

力のない声で彼はたずねた。これがふつうの人間なら、とうぜん人間らしい憐憫《れんびん》の情なり、良心の呵責なりにおそわれるところだろうが、七郎にはそんな情は微塵もおこらなかった。

「おたくが、日本造船にあてて一千万円の手形を十枚、振り出されたことはたしかでしょうか？　それが私の手にはいったものですから、いちおうお話しにあがったのです」

「あなたが、どうして？」

稲垣専務の眼には、とたんに怒りと不安と安堵と、同時におこるはずのない相反する感情が入り乱れて光をはなった。

「私の商売は手形の割引です。ところが十四日の火曜日、帝国ホテルに泊まっている木下雄次郎という人物から電話がかかって、金融のことについて、相談したいと言ってきたのです。こちらも商売ですから、さっそく出かけていったのですが」

「なるほど、それで？」

「むこうは日本造船の東京支店長だと名のりました。本店のほうから最近赴任してきたが、適当な社宅が見つかるまでホテル住まいをしているというのです。用件というのは四千万円ほど、短期間の融通がつかないかということでした。なんでも、六日目には、どうしてもそれだけの手形をおとさなければならないし、銀行からの融資のほうは、精いっぱいのところまできていて、もう手段をえらんではおられないというのです」

「それであなたは？」

「私も手形金融では、毎月一千万ぐらいの金を動かしてはいますが、正直なところ、その額は少々身にあまる金額です。ただ、商売ですから、場合によっては、金主から借りてきてもなんとかするつもりで、それでは日本造船の約手を発行してくれと申しいれました。ところが、むこうは、そのかわり、相当額のほかの会社の手形を担保に入れることにしてはどうか――と、言うのです。それから、あれやこれやと交渉をつづけた結果、彼は、おたくで振り出した一億円の手形を持ってきたのです」

「それはいつのことですか？」

「十八日の土曜日――。五時ごろのことでした。前の日から電話があって、その日のその時間にしてもらいたいというので、四方八方かけまわって、それだけの金を現金でそろえておいたのです。さいわい千円札が出ているので、それほどかさばりませんでしたが……」

「それで、取引は完了なさったのですね……」

「そうです。私は前にも、少額ですが、おたくの手形はあつかったことがありますから、署名とか印鑑とか、そういう個々の特徴については、なんの疑念もおこらなかったのです」

「………」

「ところが昨夜、ひょっこり木島良助君とばったり、あるキャバレーで出くわしたのです。彼とは去年まで、いっしょに仕事をしていた仲ですから……。彼は私の顔を見るなり、今度はたいへんな詐欺にかかって、えらい目にあったと言いだしました。いったいどうしたんだ——、ということになって、話を聞いているうちに、私もびっくりして飛びあがりました。私が担保として預かったその手形は、事もあろうに、彼が世話して、みごとにパクられた物だというじゃありませんか」

「………」

「私もあわてて、ホテルや、警察や、いろんなところに連絡してみました。そして、彼の話に間違いのないことを確かめたうえで、こちらへご相談にあがったのです。いったい、これはどうすればよろしいでしょう？」

今度の場合、七郎はあくまでも善意の第三者になりすます必要があった。

それで、下手《したで》に下手にと出たうえで、いかにも小心者らしく、相手の気をひいてみたのだが、稲垣専務も前の事件にこりているのか、慎重そのもののような態度だった。

「私どものほうとしては、どうしたいということは、かんたんに申しあげられません。ただ、あなたのほうのご希望はどんなことなのです？」

「私のほうでも、おたくの立場に対しては、たいへんご同情申しあげております。できるなら、この手形は、だまってこのままお返ししたいのですが、おたくのような会社と違って、私のような個人には四千万という金は大金です。それも自分一人の資金なら、まだあきらめようはありますが、大部分の金は、金主のほうから借りてきているような始末ですから、ぜんぜん動きがとれません」

「それでは、あなたは、わたしどもに、四千万円払って、その手形を買いもどしてほしいとおっしゃるのですね」

「そうしていただければ、万事うまくおさまるのではないかと思いますが……。ただ、これは私のほうから申せば真剣なご相談です。私のほうも、やっと商売が軌道にのり、世間の信用もできかけているのに、こういうことで、ゆすりとか、詐欺の共犯とか、見られるのはかないません。ですから、そちらのほうで何かいいお考えがありましたら、ぜひ聞かせていただきたいのです」

「わかりました。私の一存というわけにはゆきませんから、社長とも相談したうえで、あらためてお返事いたしましょう」

表面は平静をよそおっているが、この相手の心の中に、激情の嵐があれ狂っていることは七郎にもよくわかった。

もちろんその言葉だけで判断するならば、七郎の行動自体には、不注意をとがめられる恐れはあっても、法律的に犯罪とは認められないのだ。

そして、七郎は言葉だけではなく、わずかな動作の一つにも、相手を刺激するようなことはさけたつもりだった。

しかし、ああいう事件があってからは、すべての人間が悪人に見えるのか、それとも理屈ぬきにして本能的にこの男が真犯人だと感じたのか、七郎を見つめる稲垣専務の眼には、仇敵《きゅうてき》に対するような怒りと憎悪の色がみなぎっていた。

だが、そんなことはぜんぜん気にもならなかった。

ていねいに挨拶して、この本社を後にしながら、彼は心の中で、これからの事件の進展を想像していた。

――いまの顔では、やっこさん、必ずすぐ警察へ届けて出るな。そのほうがいい。かえって勝負が早くなる……。

警察で取調べをうけた場合、自分がぼろを出しはしないか、というような不安は、ぜんぜんおこりもしなかった。――それなら、こっちの怒りだす口実ができる。

善意の第三者が、わざわざ相談にいってやったのに、警察沙汰にするとは、と開き直れるのだ……。

彼はそのとき、頭の中で、警察へ呼び出される場合を想像して、ふつうの人間には理解もできない喜びに酔っていたのだった。

七郎が予想していたように、その日の午後には、日本橋署から刑事がやってきた。

「ちょっとおたずねしたいことがありますので、これから署までご足労願えませんか」

新憲法の精神が、ようやく下部の警察官にまで徹底しはじめたせいか、それとも上の連中が、七郎に対してはまだ決定的な容疑をかためていないのか、相手の態度はしごくていねいだった。

「例の一億円の手形のことですか？　こちらが、せっかく親切気をおこして、事を内々でおさめようとして、新陽汽船さんへ相談にいったのに、むこうで何か誤解して、あなたがたのほうへ届けて出たのですか？」

わざとむっとしたようにたずねてみると、相手はこまったような顔をした。その顔色を見ただけで、七郎は、その後の事の進展が自分の思惑どおりに進んでいることに、確固たる自信を持ったのである。

「それで、勾引状《こういんじょう》をお持ちなのですか?」

「いや、それほど正式なものではなく、任意出頭というような形でおいでねがいたいのです。係のほうでも、いろいろと当時の事情をうかがったうえで、真犯人の逮捕に力を貸していただきたいのだろうと思いますが」

「わかりました。それではすぐにお供しましょう」

七郎は、吸いかけの煙草を灰皿にもみ消して立ちあがった。恐怖とか不安とかいうような感情はぜんぜんおこりもしなかった。

藤井たか子も、最初警察と聞いたときには、太陽クラブ当時のことを思い出したか、ちょっと青くなったが、七郎の悠然たる態度をそばから見ているうちに、ようやくおちつきをとりもどしたようだった。

階段をおりようとしたときにも声をひそめて、

「たいへんですのね。大丈夫でしょうか?」

とたずねたが、七郎は笑って答えた。

「大丈夫だとも、こちらは法律的に、なんの間違いもしていないからね。きょうはおそくなるかもしれないが、あすはふだんどおりに出てこられるだろう」

こうして刑事と応対していても、自分の態度なり顔色なりには、なんの変化もおこっていないことを、七郎は、逆に、たか子の顔色から読みとることができたのだった。

日本橋署では、熊谷主任が取調べにあたったが、木島良助のときとは違って、その態度はずっとていねいだった。

主任のほうは、新陽汽船のほうから連絡があって、この手形を彼が持っていることが判明すると同時に、すぐ福永検事に報告して指揮をあおいだのだが、さすがの七郎にもそこまでは見やぶれなかった。ただ、最初から頭ごなしにどなりつけられるだろうと思っていただけに、かえってぶきみな思いをいだいたことは事実だったのである。

「すると、あなたとしては、その手形を担保に、四千万円を彼にご融通なさったというわけですね。その本人なり、手形なりに、なんの疑惑もおおこしにならなかったのですか？」

「それがなにしろ、船会社と造船会社では取引関係があるとしても、ぜんぜんおかしくありませんから。これが、たとえばビール会社の重役と称して、船会社の約手を持ってきたなら、私だってこれはおかしいと思うでしょうが……。むこうの説明では、新しくタンカーを一隻つくるための前渡金だというので、私もなるほどと思ったのです」

七郎がいちおう、新陽汽船でならべたような説明をくり返してみせると、主任はすかさず反撃してきた。

「それにしても、日本造船ほどの一流会社が、こう申してはなんですが、あなたのような市中の金融業者から金を借りたいと言ってきたことを、あなたは不自然だとお考えにならなかったのですか？」

「主任さん、あなたこそ、経済界の実情をご存じないようですね」

するどく七郎は切り返した。

「たとえば、日本橋のこの付近から、丸の内銀座にかけて本社をかまえている大会社でも、今度のデフレ政策と税制の改革のおかげで、内輪は火の車というようなところが多いのです。たとえば、このすぐ近くの近藤《こんどう》製薬なども、業界では有数の会社ですが、六億という金を高利で借りて四苦八苦、青息吐息の状態でしょう。どの会社でも、金融担当の重役となれば、苦労はたいへんなものです。いま、銀行の重役どころか、貸出し係ともなれば、毎晩毎晩ご招待で床の間の前に据えられ、ご馳走は食いあきたと悲鳴をあげているそうじゃありませんか。それにしたって、銀行もない袖はふれないから、事業会社としても勢い急場の金は市中の業者にたよらなければいけなくなる……。これが不自然だというならば、政治そのもののどこかに原因があるんじゃありませんか」

「それはお話のとおりでしょうな」

熊谷主任も、この署で経済事犯を担当している以上、こういう冷たい現実だけは、あえて否定もしなかった。

「それで、あなたは正式に契約書をお作りになって、四千万円をお貸しになったわけですね。その契約書は？」

「ここにあります」

七郎は鞄から書類を出して主任に見せた。もちろん、法律的には一分一厘の隙もないように作りあげた契約書なのだ。これで、利子が猛烈に高ければ、金森光蔵や隅田光一の場合のように、物価統制令違反ですぐに逮捕される危険が出てくるわけだが、こんなところで、ぼろを出す気づかいはぜったいになかった。

この手形を七郎が自分で割引したというのなら、なぜ新陽汽船側に確認する手続きを怠ったと責められてもしかたのないところだが、それを担保に金を貸したというのでは、その追及ものがれられる。すでに帝国ホテルから姿を消してしまった偽重役がつかまらないかぎり、そしてその口から七郎との関係がばれないかぎり、法律的に彼はあくまで善意の第三者、ああして新陽汽船のほうへ話しにいったことも、善意の行為と見なされるのだ。

「それで、その手形は現在どこにあります？」

「ある人のところに預けてあります。こちらも手持ちの金だけでは、まにあわなくて、

だった。

「それはぜったいに申しあげられません。こちらの営業上の秘密ですから」

七郎はきっぱりと答えたが、熊谷主任の困ったような表情はいよいよ度を加えるだけ
二千四百万円ほど借りてくる必要がありましたから」

「それは誰です？」

七郎はきっぱりと答えたが、熊谷主任の困ったような表情はいよいよ度を加えるだけだった。


取調べをいったんうちきった熊谷主任は、すぐ東京地検にでかけて、福永検事にこのことを報告した。


五十に近いこの鬼検事も、この瞬間は、興奮のためか、顔を真っ赤にそめていた。

「それかな？　主犯は。隅田光一とは親友で、最初の会社の重役陣にも加わっていたとすると、いつのまにか隅田的感覚を身につけていたとしてもおかしくはない」

「私も最初はくさいかなと思いました。ですから、おっしゃられたとおりに、できるだけていねいに扱いながら要所要所でさぐりをいれてみたのですが、ぜんぜん隙がないのです。せめて、高利で金を貸していてくれれば、統制令の違反で捕えて、じんわりと責めあげる手もあるのですが」

「もし、彼がこれだけの事件を計画し、ここまで完璧に演出できた主犯だとすれば、そ

んなところでぼろを出すわけはないよ。どうだい、切れそうな男かね？」

「それが、ちょっと見たところ、鈍重そうな男なのです。東大出の秀才というと、いかにも自分は利口者だと、顔に書いてあるような人間が多いのですが、彼の場合は、顔を見ただけでは、少し足りないんじゃないかという気がしましてね」

福永検事は眉をひそめた。彼はこのとき、『唐宋《とうそう》獄官令』の中にある『鞫《きく》獄《ごく》の官は五聴を備えよ』という名言を思い出していた。

鞫獄の官とは司法官、五聴というのは、取調べをうける人間の口もと、眼の色、挙動などを注意深く観察しつづけて、無言の天の啓示を聞くという意味だが、この純東洋的な法思想は、高文に合格したときから、彼には終生の処世訓となっていたのだ。

自分がもしも、この男、鶴岡七郎に直接会って尋問するようなことになったら、少なくとも熊谷主任より、多くのことを見やぶれるかもしれないとは思ったが、いまのところは、その段階ではなさそうだった。

「どうだい？　君は、この男を何かの容疑で送検できる自信があるかね？」

「だめです。どんな理由もつけられません。またかりに、むりやり送検してみても、こちらでは起訴はできないでしょう」

「できないね。実際にはどうかしれないが、この契約書があるかぎり、法律的には彼はたしかに善意の第三者だ。このまま、彼を罪におとそうというのには、手形法全体を改正するか、それとも彼がこの犯罪に関係のあることを、他の角度から証明できるか、二つに一つしか道はない」

「それでは、彼の手にある手形は有効だというわけですね。それを無効にするためには、新陽汽船のほうとしても、まず一億円の現金を供託しておいて、裁判に持ちこむほかはないわけですね？」

「そうだとも。会社のほうでは、何カ月か何年か、その一億円を寝かしてかからなければいけないわけだよ。そのうえ、勝訴となる可能性は、鶴岡の刑事責任が証明された場合だけ——。原告側には分《ぶ》のない戦さだ。へたをすると、裁判費用まで持ち出しになる」

「彼のほうでは、自分が貸したと言っている四千万円さえ取り返せれば、この手形はむこうに返すと言っているのですからね。ただ、いまのところ、その手形はまた誰か第三者のところに渡っているらしいし、期限がきたら、四千万円ではすまなくなるわけですね」

「そうだ。会社としても四千万円で泣いてしまうか、最悪の場合、一億円の損害を覚悟してあくまで強気でおし通すか、そこは微妙なところだろうが、そんなに金ぐりに困っている会社が、一億円の金をそれほど長く寝かせておけるかねえ」

福永検事も、広い額を手でおさえて、しばらく苦吟をつづけていた。

「とにかく、新陽汽船のほうに対しては、僕からどうしろとは言えないよ。ただ、われわれとしては、この際、鶴岡七郎をだまって自由にしてやるほうが得策じゃなかろうかね？」

「泳がせて、その身辺を洗ってみろ――と、おっしゃるのですね？」

「そうだ。むこうがもしも真犯人だとすれば、この際、検事勾留ぐらいは覚悟しているだろう。それが嫌疑が晴れたと思いこんだなら、ほっとするだろう。気持ちがゆるめば必ずぼろも出るだろう。それでもし、その偽重役とでも接触するようなことがあったら、そのときこそ新陽汽船の連中に面《めん》通しさせて、一挙に逮捕したまえ」

「もし、彼が隙をみせないようでしたら？」

「熊谷君、君にはいまさらこんなことを言うのは、釈迦に説法かもしれないが、犯罪者というものは、必ずどこかに弱さを持っている。思いあがりも、虚栄心も、そういう弱さのあらわれだが、彼がもしこの事件の犯人だとしたら、この成功に思いあがって、また近いうちに必ずこの種の犯罪をやりだすね。ところが、どんな天才でもそれほど新手は考え出せるわけはなし、次には必ず隙を見せるだろう。その失敗を待つよりほかに道はあるまい」

「そういたします」

と答えたが、熊谷主任はいかにもくやしそうだった。

「検事さん、こうなると新憲法は不便ですね。むかしだったら、それこそどんなに焼きを入れても、泥を吐かせるところですがねえ」

彼としては、いかにも警察官らしい興奮と怒りのあまり、思わずこういうことを口に出してしまったのだろうが、福永検事はびくりと眉をひそめた。

「そんなことを言ってはいけないね。われわれ検察官はあくまで理をもって事を決すべきだ。力で勝負をきめようとするのは、法の根本精神に反することだ。僕は九十九人の罪人が罪をのがれるより、一人の無実の人間が罪に問われることを恐れるね」

これもまた彼がいつも表明している処世訓の一つには違いなかったが、福永検事も今度ばかりは、自分で自分の言葉に対して、一種の疑念をいだいていた。

それは、戦中派のインテリに対して、彼がいままで漠然と感じていた不安から来るものだったろう。

戦いの意義を見いだせず、しかもたえず死の運命にさらされてきた人間が、その破壊的エネルギーをどこかにむけたら恐ろしいことになる。それが暴力行為の形で発散されたなら、まだ防ぎようはあるとしても、知力で勝負に出られたなら、現在の不完全な法の網では、あるいは防げないかもしれないというのが、彼の前から危惧していたことだった。

少なくとも、この犯罪は、彼のそういう危惧が一つの現実となってあらわれたことを示していた。この日から、鶴岡七郎という男の名前は、彼の記憶に深く刻みこまれて、はなれることもなかったのである。

その夜七時ごろ、鶴岡七郎はいちおう調書をとられたうえで帰宅を許されたが、鋭敏な彼の神経には、逆に何かの不安が感じられた。

彼は警察の玄関をくぐったとき、少なくとも四十八時間の監禁は覚悟していたのだ。新憲法が施行されても、警察側の取調べには、これだけの持ち時間が与えられている。

木島と彼のむかしの関係だけをとりあげて考えても、敏腕な警察官ならば必ず何かの疑惑をいだくはずなのに、その点については、ほとんどなんの追及もされなかったのが、ふしぎなくらいであった。

最初取調べにあたった熊谷主任が途中から姿を消し、はるかに無能そうな別の係官がその後の調べにあたったということも、彼には納得がいかなかった。

あらゆる追及、あらゆる質問に対して彼の準備していた答えはすべてむだになったのだ。ほんとうならば、完璧の勝利を喜んでいいはずなのだが、彼の心にはかえって妙な空虚感がみなぎりはじめたのである。

自由は警察側の罠だな——と、彼はあらゆる理屈をぬきにして直感した。もしかしたら、留守の間に、事務所も捜査されているかもしれないと考えたので、彼は車をとばして事務所へもどってきた。

まだ電灯はついていた。はっと思いながら階段を上がると、そこには藤井たか子が一人ですわっていたが、七郎の顔を見たときには、ぱっと喜色が顔にあらわれた。

「お帰りなさいまし。お早かったですこと」

と言う声もかすかにふるえていた。

「なに、たいしたことはないと言ったろう。留守中には誰も来なかったかい?」

「どなたも……」

ここでも張り合いぬけしたような感じだった。自分が出たときとなんのかわりもない。この事務所を見まわして彼は大きく溜息をついた。

「帰ってもいいと言っていたのに……」

「でも……終電車までは、お待ちしているつもりでしたわ」

たか子の声はやさしかった。まるで母性愛のような感情が、声にも態度にもにじみ出ていた。

「それでは残業手当のかわりに、飯でもご馳走しないと悪いね」

七郎はめったになく弱気になっていた。一人では、やりきれないような気持ちだった。

たか子をさそって、彼は大森《おおもり》まで車をとばした。初めての料理屋だったが、二人を恋人同士だと思ったらしく、離れの座敷に通してくれた。

「君はまだ隅田のことを思っているかい」

杯を口へはこびながら七郎はたずねた。ある意味では残酷な質問だが、今夜の彼はぎりぎりの一線まで、誰かと対決しなければ、がまんできない気持ちだった。

「いいえ、ちっとも」

たか子は強く首をふった。

「去る者は日々にうとしかねえ……。ところが、ふしぎなことに、僕は彼が死んで時間がたてばたつほど、彼のことが忘れられなくなるんだよ。まるで、隅田の魂が自分にのりうつったんじゃないかと、理屈では割り切れない考えが、ときどきふわっと胸に浮かんでくるんだがねえ」

「あの人はたいへんな偏執狂でした。でも、あなた、いいえ、社長さんは、どんなことがあっても偏執狂になるような人じゃありません」

「そうかねえ。でも、世間では、善人の偏執狂のほうが、正気の悪党よりも、始末がいいと思っているかもしれないな」

「どうして、そんなことをおっしゃるんですの？　それは世間では、金貸しというと、病人の布団まではいで持っていくような、血も涙もない人間ばかりだときめているようですけれども、社長さんは堂々と法律のきめた利子しか、お取りにならないでしょう？」

「男には、女にわからない道があるのさ」

七郎は苦笑いして答えたが、たか子のほうも眼をあげてきっぱり言った。

「女にも、男にはわからない道があります」

謎のような言葉に違いなかった。だが、女の言葉の謎は往々、愛の神秘をひめているものなのだ。

「でも、君は？」

「なぜ、あの人といっしょに死のうと決心したかとおたずねになりたいのでしょう？　女が誰かといっしょに生きようと思いつめて、どうにもならないときには、どんな男とでも、いっしょに死にたくなるものですわ」

たか子の眼には、言葉の謎を解き明かす爛々たる光がみなぎっていた。七郎とは立場がかわっていても、彼女もまた、今夜はぎりぎりの一線で、彼と対決を望んでいるに違いなかった。

それにしても、今夜のたか子は美しかった。綾香には見られない清純さに、一種の妖艶さまでが加わって、お伽話《とぎばなし》に出てくる仙女のようなふしぎな魅力を発散していた。われを忘れて七郎はその体をだきしめた。その唇を求めても、たか子はとうぜん来るべきものがきたというように熱く甘い接吻を返すばかりだった……。

警察当局と検察庁が、深慮遠謀の結果、遠まきの作戦をとった意味は、新陽汽船の幹部たちによく理解できなかったのかもしれない。それともまた、その翌日、七郎が投函した内容証明の速達が、彼らをこのうえもなく激昂《げっこう》させたのかもしれない。

彼が警察へ呼び出されてから三日目、事務所へは突然二人の来客があった。

頬のあたりに傷痕のある四十がらみの男と、二十五、六のチンピラふうの青年と、これが、かたぎでないことは一目でわかった。

新陽汽船のサルベージだな――と七郎は一瞬に直感した。

「高島《たかしま》一家の加藤というが、君が鶴岡七郎かね？」

高島一家といえば、たしか、浅草あたりに縄ばりを持つやくざ者、近ごろは暴力化したと言われているが、この男はその中でも幹部に数えられている一人なのだろう。その声も陰《いん》にこもって、鳥の鳴き声のようにしわがれている。

「そうです。僕が鶴岡ですが、ご用はなんでしょう」

相手の眼をじっと見つめ、七郎は鋭くはね返した。

「ご用件？　いいかげんわかっているだろうが、念のために話そうか。新陽汽船の手形のことだ」

「ああ、あれですか？　あのことでしたら、会社側と正式に交渉をいたしますから、ご仲介にはおよびません。それとも正式の委任状をお持ちですか？」

「委任状？　これだ」

相手がポケットからとり出したのは、黒光りのする拳銃だった。

さすがにその一瞬は七郎もぎくりとした。金は血を呼ぶ——。というのは、イギリスの古い諺だし、サルベージに暴力がともなうことは、常識として知っていたが、やはり自分が突然その場に直面してみると、彼ほど大胆不敵な男でも興奮せずにはおられなかった。

「君があの手形をパクったことは、こっちには、よくわかっている」

ぶきみな声で相手はつづけた。

「おれは、四の五のいうのはきらいだ。つまらない三百代言みたいなせりふは聞きたくない。さあ、その手形はどこにある？　それを返すか、それとも……」

一瞬、七郎の腹はきまった。

いつか、金森光蔵の口から聞いた、

――死ね、そして生きかえるのだ。

という言葉が、ふしぎな実感をともなって頭をかすめてきたのだった。

銃口を胸の直前につきつけられながら、七郎はそのときふいと子供のころに読んだ講談の一節を思い出していた。

武芸の達人であるこの主人公は、山の中で狼におそわれ、刀も抜かずに、その眼を睨みつけ、これを追いはらったという話だった。名前はわすれてしまったが、その主人公になった気持ちで、七郎はまたたきもせず、この相手の眼を睨み返した。

この男が、場合によってはほんとうに引き金をひくつもりなのか、それともただの威嚇なのか、その眼の色から必死に読みとろうとしたのである。

柔道にかけては黒帯の腕前だが、真剣勝負の経験がない彼には、その区別もなかなかできなかった。ただ、彼は本能的にこの視線をそらすことが危険だと感じていた。

この睨みあいは、何分つづいたか、やがて相手は血走った眼を大きくむいた。

「早くしろ、その手形はここにあるのかないのか？」

「金庫の中をあけてみたまえ。あるかないかは一目でわかる」

鋭く七郎は切り返した。

「なに！」

「へたな探偵小説を読むと、消音装置つきのピストルというのが出てくるが、実際にはそういうものはないそうだね。ただ、銃口を体にくっつけてうてば、それほど音はしないそうだ」

「なんだって！」

「その拳銃はＳＷかな。それなら貫通力が強いから骨ぐらいすぐに吹っとぶよ。どうも音は消せそうもないな」

「てめえなんかに、ピストルの講釈は聞きたくねえ！」

どなったとたんに、相手の右腕はがくりとふるえた。指が自然に動こうとするのを、肩で必死におさえているという感じだった。

「まあ、とにかく金庫をあけてみよう」

「うむ……」

やっと勝ちみが出たと思ったのか、相手は銃口を横へしゃくった。

金庫のほうへ歩いて行きながら、七郎は、たか子が灰皿をにぎりしめ、真っ青になってふるえているのに気がついた。

——よせ。

眼でそう言うと、七郎はゆっくりと金庫の文字盤をまわし、扉を開いた。

「さあ、手形はこの中を捜してもないよ。この勝負は、どうやらこちらの勝ちらしい」

「なんだと！」

「さっき、僕をあのままうち殺したら、単純殺人で最低懲役三年だ。ところが、こうして拳銃をつきつけて、金庫をあけさせた後で殺せば強盗殺人になってくる。中の品物がなくなっていようがいなかろうが、それには関係なく、判決は無期か死刑か、どちらかしかない」

「うむ……」

この罪名と、刑期の問題は、七郎の予想した以上の衝撃を相手に与えたらしかった。

視線はちょっと下に落ち、全身が力を失ってかすかにふるえていた。

いまは暴力化したといっても、もともと生粋《きっすい》のやくざだけに、この男は罪名をえらく気にかけているようだった。ただの殺人罪に問われて、刑務所へ行くことは平気でも、強盗という汚名を着せられては――という感じが、とたんに表情ににじみ出てきた。

「まあ、この際はおたがいに、筋をたてて話をしてはどうかな？　僕をいま殺しては君の損だ。それで手形でもとりもどせばまだしもだが、あいにく、ここには、はいっていないのだよ。ほんとうのことを言って、僕にはまだ、自分で何千万という金を動かせる力はない。あの手形を担保にまた金を借りてきて、あのペテン屋に渡しただけだ」

「それで、手形はいまどこにある？」

この男の声からは急に力がぬけたようだった。前と同じ言葉をくり返してはいるのだが、まるでオウムの声のようだった。

「言えない。それは――。君だって、誰にこの仕事を頼まれたのか、その名前は男として口外はできないだろう」

「うむ……」

「僕の話が嘘だと思ったら、この中をあらためてみたまえ。もし、新陽汽船の振り出した手形が一枚でもあったら、全部、熨斗《のし》をつけて、君に進呈するよ」

「……」

「とにかく君もわざわざここまで来てくれたことだから、手ぶらでも帰れないだろう。

どうだい、僕が金一封を包むから、ここで手打ちの杯をしようじゃないか？」

四千万という金を握ったも同然の七郎にしてみれば、ここで、十万や二十万の金を投げ出すことはなんでもなかった。いやこの敵を味方につけ、後で何かに利用することまで算盤に入れれば、それは安い投資にすぎなかったのだ。

相手の眼にも、ちらりと動揺の影が動いた。もともと金で動いているサルベージなのだ。それ以上の金を相手方からつきつけられれば、寝返りをうったとしてもふしぎはない。

ただ、彼をその最後の一線でふみとどまらせたものは、やはり生まれながらの反骨、やくざらしい土性骨《どしょうぼね》だったろう。

まるで、唾でも吐きだすような調子で、

「なめんな。おれは乞食じゃねえ」

と言うなり、ぎょろりと眼を光らせた。

七郎もその瞬間はぎくりとした。こういう気合いと気合いの戦いは、ちょっとこちらがやりすぎてもたちまち逆襲をまねくのだ。ほんの一言の言いすぎが、相手を妙に激発して、いったんおさまりかけた殺意をよみがえらせることも決してないとはいえないのだ。

「きょうの勝負はおれの負けだ。ただ、これで戦争が終わったわけじゃねえことは、十分心にとめておけ」

捨てぜりふのような言葉だが声には妙な重みがあった。七郎が次の言葉を口から出そうとした瞬間に、二人の姿は部屋の外に消えてしまっていた。

「あなた！」

たか子がそばへかけよってきて胸へとびついた。あの夜から後でも、人の前では相かわらず、社長さんと呼んでいるのだが、この一瞬は興奮にわれを忘れてしまったのだろう。

「よかったわ……。ぶじで……。でもどうして？」

と、とぎれとぎれの言葉の中に、喜びと不安と疑惑を託して囁いてきた。

「事故手形だ。こういう商売をしていると、どうしてもさけられないが……」

この女には、彼はまだ秘密を打ち明けていなかった。男を知った女でありながら、聖処女のような清純さを持つこの女性には、彼の悪意の噴出をさまたげる何かがあったのだ。

腕でその体をだきしめながら、彼は、この敵が次にはどんな手を打ってくるかと頭で必死の思案をつづけていた。

その日の夕方、この二人は木島良助の家へやってきた。

彼はいま、銀座のバーにつとめていた江波《えなみ》みどりという女と同棲していた。太陽クラブ当時の家は、会社の債権になっているわけだから、あのとき処分してしまったが、こうして七郎からの配当がたえずはいってくるようになっては、新しく家を買うぐらいのことはなんでもなかったのである。

彼は少なくともここしばらくは、責任を痛感しているように見せなければならない立場だった。キャバレーや待合へ行くことも、七郎から禁じられている。

だから、きょうもおとなしく、早くから家へ帰って、表むき改悛《かいしゅん》の情を示していたのだが、ちょうどそのとき、みどりが買い物に出かけていて、一人で留守をしていたのが不運のもとだった。

玄関のベルが鳴ったので、土間までおりて、

「どなたです？」

と声をかけると、むこうはふといだみ声で、

「日本橋署の者だが、ここをあけてもらおう」

と、かさにかかった言い方をしてきた。

――警察！

この一瞬は、木島も全身がささくれだった。七郎がたいした追及もされないで釈放されたということは、とっくに知っている。少なくともきょうの昼まではなんの問題もなかったはずだが、ひょっとしたら、あの偽支店長が逮捕され、その口からいっさいの秘密が暴露されたのではないかと思うと、ふるえがとまらなかった。

といって、いまさら逃げも打てない。出たとこ勝負でゆくしかないと腹をきめて、表の戸をあけたが、二人の顔を見たときには、別の恐怖がわきあがった。

「高島一家の加藤という。警察の名前を使って悪かったが、こうでも名のらないと、ここをあけてくれまいと思ってな」

「ご用件は？」

「胸におぼえがあるだろう。まあ、ここでは話もしにくかろうから、奥へ通してもらおう」

相手は上着のポケットに右手をつっこんでいるが、その不格好なふくらみ方は、拳銃が中にひそんでいることを示していた。

ここまでくれば、木島にも相手の目的は推察できた。言われるとおりに奥の八畳に通して、自分が床柱を背にしてすわると、

「ご用件は？」

と冷たく聞いた。

「政《まさ》、この家に誰かいるか見てこい」

と言いながら、ピストルをとり出してテーブルの上におくと、

「日本造船の偽支店をでっちあげたときからの、からくりを聞きにきた」

「……」

「てめえは兵隊に行ったかどうかしらねえが、この距離でこのハジキを食った日には、九分九厘まで命はねえ。てめえが自分の罪を白状したら、別荘へ行かなくっちゃならねえだろうが、詐欺の初犯はせいぜい三年がいいところだ。さあ、命がいいか？　刑務所がいいか？」

もちろん、この二人がきょう鶴岡七郎のところを訪ねていったということは、まだ聞いてはいなかったが、木島も窮地に追いつめられた者だけが持ち得る本能的な直感で、ある程度までの秘密は見やぶっていた。

新陽汽船は、警察の力に見きりをつけて、暴力サルベージにたよったのだろう。その一支隊は鶴岡七郎のところを訪ねて、手形の現物を奪還しようとし、また、その一支隊は、こうして彼を脅迫して泥を吐かせようとしているのだろう。

もし、七郎がこの事件の共犯者であることがわかれば、手形がその手にあるかぎり、

これは無効のあつかいをうけるから、新陽汽船の側としては、これをとり返したも同様の成果をあげられるのだ……。

「兄貴、うちには誰もいませんぜ」

「うん、これでゆっくりおちついて話が聞けるわけだな」

この男、加藤清吉《せいきち》は、ひきつった傷痕をゆがめて笑った。

だが、ほんのわずかの間に、木島良助の腹はきまっていた。

どんなことがあっても、七郎だけはこの事件にまきこんではいけないのだ。たとえ、自分がこの凶弾の的となって命を失うような目にあっても、七郎がこの手形を詐取した主犯であることをもらしてはいけないと、なにかの声が囁いたのだ。

それは、決して打算の産物ではなかった。友情というよりさらに強い信仰とでもいうべき感情のあらわれだった。

「君たちに言うことは何もないよ。あの手形のことについては、警察にいるあいだに、言うべきことは残らず言ってきた。それは、新陽汽船さんにも、たいへん迷惑をかけてすまないとは思っている。しかし、今泉さんもそうだが、僕も見方によっては被害者の一人だ。あの男には完全にだまされて、二十万円の謝礼をふいにしてしまったのだ」

「野郎、なめんな！」

拳でどんとテーブルをたたいた反動で、ピストルが宙にはね上がった。

「警察じゃ、アメリカ仕込みの新憲法のおかげで、調べかたも生ぬるくなったようだし、軍隊もなくなってしまったが、おれたちの世界じゃそういうわけにはいかねえぞ」

「………」

この言葉は決してただのおどしや強がりではない。血に飢えたような狂わしい光が両眼に燃え、痙攣するようにぴくぴく動く口角も、底知れない悪意を物語っているようだった。蛇のようにぶきみなその視線は、たとえ七郎の悪意に鍛えあげられたとはいっても、もともとインテリである彼には、長くうけとめきれるものではなかった。

「あの手形のパクリを考え出したのは、鶴岡だったろう。太陽クラブ以来のくされ縁で、てめえも手先となって動いたんだろう。さあ、返事をしねえか？　返事を」

「………」

「兄貴……」

良助が黙りこんでしまったのを見て、政はぱちりとジャックナイフの刃を開いた。

ピストルでうち殺してしまっては、目的が達しきれないから、これで指の一本や二本はおとしてやろうかという顔だった。

「言わねえのか。ここで言わねえというのなら、どこかの宿屋へいっしょに行ってもらおうじゃねえか?」

「……」

「なにも心配することはねえやな。てめえだって留置所には二回もお世話になってるだろう。六畳の部屋に十人もつめこむようなまねはしねえ。もてなしのほうも、まかないも、ずっとていねいにするつもりだが」

これ以上、ここに長居をつづけては、かえって自分たちの危険が増すばかりだと見て、今度は一家の息がかかっているどこかの家へつれこみ、じんわりと泥を吐かせる作戦に切りかえるつもりだろう。

そこまでの狙いは、彼にも読みとれるのだが、拳銃とジャックナイフと、二つの凶器を前にしては、抵抗の手段も見いだせなかった。

だが、その次の瞬間には思いがけないことがおこった。二人の後ろの襖ががらりとあいて、鶴岡七郎があらわれたのだ。

しかもその形相はすごかった。右手を上着のポケットにつっこんだまま、

「二人とも武器をすてて手をあげろ!」

と、たたきつけるように叫んだ。

その一瞬、良助はわれをわすれて、テーブルのピストルにとびついた。七郎に殺人罪

を犯させたくない、七郎を殺させてはならないということしか、その念頭にはなかったのだ。

「野郎！」

わずか一瞬、七郎のほうに注意をうばわれた隙に、たのみとする武器をうばわれて、加藤清吉はいきりたった。テーブルごしに右手をのばして、良助から拳銃をとりかえそうとしたが、それに呼応して、良助の拳銃は火を吐いた。

殺意というものはなかったが、指が自然に動いた——というのが、そのときの彼のいつわらない心境だった。ぱっと生あたたかい血のしぶきが、顔にかかったとき、良助は初めてわれに返った。百メートルの有効射程を持つというこの拳銃で、至近距離から射たれては助かるわけもない。別に狙ったわけではないが、弾丸はまともに相手の心臓のあたりをぶちぬいたらしく、あおむけに倒れた男の左の胸からは、泉のように赤い血がほとばしっていた。

「助けてくれ！　助けて！」

たのみにする兄貴がこうしてうち倒され、しかも二人から拳銃で狙われては、勝ち目はないと思ったのだろう。政はナイフをつかんだまま、両手をあげてうめいた。

「ナイフを投げろ。むこうの隅へ」

七郎は微動もせずに呼びかけた。政がそのとおりにするのを見て、初めてポケットから右手をぬき出したが、その手に握っていたものは一本の万年筆だった。

この勇気には、良助も舌をまいた。映画ではよく使われる手に違いない。自分も知識としては知っていたが、ただの知識と、その知識を二人の凶暴な相手に応用することは、ぜんぜん別の問題なのだ……。

「こいつらは僕の事務所へやってきてね、それから、君のほうが心配になって、かけつけてきたのだが……。いま、そこで奥さんに会ってねえ」

七郎は部屋に一歩ふみこむと、自分の後ろで柱につかまって、がたがたふるえているみどりにむかって声をかけた。

「奥さん、医者をよんできてくれませんか。傷はだいぶ重いようですから、できるだけいいお医者をたのみます」

なんでもない言葉のようだが、そこには冷たい悪意が自然にみなぎっている。

どうせ手当てはとどくまいが、医者のくるのをできるだけおくらせて、その間に出血多量で死なせてしまえという含みさえ感じられるのだ。みどりがあわててむこうにかけ出して行くのを見送って、七郎はゆうゆうと煙草に火をつけた。

「どうせ、近いうちに会えるだろうと思っていたが、あんがい早かったな」

「……」

「この男はこうして死にかけているが、僕たちはなんの罪にもかからないよ。その一つ前の理由は別として、ともかく君たちは、凶器を持って人を殺しにきた現行犯だ。恐喝か脅迫に殺人未遂、それに対してこっちのほうは、その凶器をうばって相手を倒したのだから、とうぜん正当防衛が成立する」

「それに公職詐欺が加わる。こいつらは、日本橋署のものだといって僕に表《おもて》をあけさせたのだ」

そばから木島が、からからにかわいた声でつけ加えた。

「この拳銃にしたところで、とうぜん木島君の指紋がついているが、その下にはそっちの指紋がついているはずだから、誰が最初に持っていたかはすぐにわかる。そのナイフには、君自身の指紋がついているはずだ」

「畜生！」

政は両手で頭をかきむしり、悲痛な声でうめいたが、七郎の次の言葉は、良助にも意外なくらいだった。

「どうだ、死んでいく人間のほうは、しかたがないとして、君のほうはまだ娑婆に未練もあるだろう。君だけでも刑務所に行かないですむようにしてやろうか？」

「おれが、刑務所に行かずにすむのか？」

「そうだ。君を刑務所にやるかどうかは、僕たちの証言ひとつ、このナイフを証拠として警察に出すかどうかによって決まることだ」

「それで、助けてくれるためには、おれにどうしろというのだ？」

自暴自棄になっているこの男は、かすかな希望に眼を光らせた。

「それはなんでもないことだ。こちらにしたところで、これから君たちのような無法者に、兄貴の仇だとつけねらわれたくはない」

七郎は、勝ちほこったような笑いを浮かべて、

「たとえ、身を守るためとはいえ、こちらも人間一人を殺したことだ。百万円の現金を香典として包んであげよう。そのかわり、この男が殺されたことについては、いっさいを水に流すよう、あの手形のことについては、これからいっさい口出しをしないよう、親分はじめ一家の者に納得させてもらいたい」

「百万円――。それだけ包んでくれるのか？」

どうせ、新陽汽船のほうでは、一桁違う金額しか出そうとはしなかったのだろう。政は兄貴の死も忘れたように眼を光らせていた。

医者がかけつけたときには、もう完全な手おくれだった。

もちろん警察もやってきたが、相手が札つきの悪党で、しかも凶器をたずさえて他人の家へのりこんできたのでは、正当防衛の成立することにはなんの疑惑もなかった。

五日後には、高島一家の組長、高島長蔵《ちょうぞう》と、七郎の間に手打ちの式が行なわれた。加藤清吉は、ただ死んで一家をうるおしたにすぎなかったのである。

そして、その結果はまもなく、新陽汽船側の無条件降伏となってあらわれた。

たしかに、法律的にはなんの解決も見いだせず、最後の手段としてたよった暴力までが、このような敗北を味わっては、会社側としても、七郎の要求を全面的にのむほかの道はなかったろう。

それから数日後、七郎側の弁護士と新陽汽船の顧問弁護士の間には、正式の文書が交換され、それからまもなく七郎は、一億円の手形とひきかえに、四千万円の現金を手にすることができたのである。

これは鶴岡七郎の全犯罪史を通じても、特筆されるべき三大勝利の第一事件だった。

たしかに、鋭敏な福永検事の注意をひいたというわずかの失敗をのぞいては、この完全犯罪には瑕瑾《かきん》と称すべきものもなかったのである。

8　導入を使う詐欺

この年の六月二十五日、北朝鮮軍は、突如として三十八度線を突破し、三日の後には韓国の首都、京城《ソウル》を陥れた。

韓国軍の主力は、わずか一週間の戦闘でほとんど壊滅《かいめつ》し、アメリカ軍を中心勢力とする国連軍も、釜山《ふざん》の橋頭堡《きょうとうほ》に追いつめられて、ダンケルクの悲劇を再現するのではないかといわれる状態だった。

後に、アメリカ軍の仁川《じんせん》逆上陸から、この半島で一進一退の攻防戦が展開され、お互いに勝利もなければ敗北もない長期の消耗戦となってからは、この戦争は、日本経済の復興には神風のようなものだといわれたが、それまでは、どんな鋭敏な経済人でも、前途の見通しはたてきれなかった。

歴史的に見れば、これも世界的な規模で展開されている米ソの冷戦が、一番の脆弱《ぜいじゃく》点《てん》から発火爆発したものだともいえるだろうが、戦火の痛手からまだ十分に立ち直っていない日本人には、物事をそれほど冷静に客観的にながめる余裕はなかった。

ベルリン封鎖などとは違って、これは対岸の火事としてながめているわけにもいかなかった。当時の日本人の大半は、これが第三次世界大戦への契機となり、アメリカ軍の駐留している日本本土が、原爆攻撃にさらされるのではないか、という冷たい不吉な想像におののいていたのだった。

鶴岡七郎や木島や九鬼が集まったときには、話題も自然とこの問題にふれた。

「どうなるかねえ。われわれは？」

「この調子では、朝鮮全部が赤化して、次は日本ということになるんじゃないかな。これでアメリカが原爆でも持ち出し、むこうがそのお返しに、日本の基地に原爆を投下でもしたら、万事はご破算だな」

「いまのうちに、せいぜいパクれるだけパクって缶詰でも買いこんで疎開するか」

冗談のように言ってはいるが、木島と九鬼の言葉や顔の表情には、この戦争のみじめさ苦しさを身をもって体験してきた、戦中派だけの持つ深刻な不安があった。

「へたをすると、われわれもアメリカの手で戦線へ追い出されるぜ」

「そのあげくにはシベリア行きか？　ぞっとするなあ」

こういう非常の事態には、インテリが常に正確な判断をするとはかぎっていないのだ。

知識と想像力の豊富は、かえって妄想を生み、判断をあやまり、行動に勇気を欠くような結果を生じがちだが、この二人の会話を耳にしていた七郎は、この二人にはまだまだ芯の弱さがあると感じていた。

「なにもそんなに心配することはないさ、アメリカだって世界一と誇っている大国だ。マッカーサーも、コレヒドールから逃げだすとき、『自分は再び帰ってくる』と公言して、そのとおり実行してみせた人間だ、どんな犠牲をはらっても三十八度線は奪回するだろうよ」

この言葉を聞いて、善司は半信半疑の表情で七郎の顔を見つめた。

「たとえ、原爆を使ってもか？」

「使いっこない。彼らが日本へ原爆を投下したのは、こちらになんの報復手段もないと見きわめがついたのが、一つの大きな原因だよ。それはアメリカが腰をすえて、本格的な原爆攻撃をはじめたら、北朝鮮などいっぺんにふっ飛んでしまうだろう。ただ、その後ろには中共があり、ソ連がある。この二国を敵にまわしてまでアメリカは本格的な戦争を始めるような愚はしない。極端なことをいうならば、朝鮮を全部失っても、アメリカの面子《メンツ》はつぶれるだろうが、国家としての生存権にはなんの影響もないのだ。日本が、太平洋戦争のはじまる前に、南方の石油をおさえられたのとはわけが違うよ」

木島も九鬼も、このごろでは、七郎の情勢判断を神様のお告げのように尊んでいる、その口から、はっきりこう言いきられて、初めてほっと安心したようだった。

「それでは、今度の動乱は、僕たちにはぜんぜん影響がないというわけかね？」

「そうはゆかない、これだけ近いところに戦争がおこっているのだ。日本はとうぜん軍事基地として、いままでより重視され、莫大な金が動きだすよ。前の世界大戦では、日本は終始局外者だったから、濡手で粟のようなぼろ儲けができたのだが、今度は前の傷が残っていることだし、そうかんたんにはゆかないだろう。それでも、この戦争が三年もつづいてくれれば、日本の産業は、十年ぐらい回復が早くなるね」

「それでは、すべてが万々歳かな」

「そうは問屋がおろさないさ。われわれのいましている仕事は、世間が不景気で会社が金ぐりに四苦八苦して、どんな高利の金でも借りなければ商売がやっていけないから成功するんだよ。銀行の力が充実してきて、金融がゆるみ、世間一般が好景気になってくれば、パクリのほうも開店休業さ」

「なるほど、世界の大勢が、そこまでわれわれに響いてくるとは思わなかったよ」

木島と九鬼は顔を見あわせて、溜息をついた。

「ただ、満つれば欠けるは世の習いだ。たとえ、これから何カ月かして、いまでは予想もできないような、好景気がやってきたとしても、それは一時的な現象だよ。景気循環の法則からいっても、必ずまた不景気がやってくる。何年後か、そこまでは見通しがつかないが」

「それまで、正業につかなくちゃいけないのかね」

「それとも、そのあいだ、刑務所の飯を食っているか。ぱっとしないぜ」

冗談にしては悲壮な調子だったが、七郎は泰然自若《たいぜんじじゃく》としていた。

「なにもあわてることはないさ。世間一般の景気が回復するまでには、まだまだ時間がかかる。その間にかせげるだけかせいで、後は一年でも二年でも、ゆっくり遊んでいるんだよ。一年を十日で暮らすいい男――、というのはむかしの相撲《すもう》とりではなくって、いまのわれわれにあてはまる言葉かもしれないね」


七月二日のことだった。七郎の事務所へは吉井広作が訪ねてきた。

物事に動じたことのない彼も、この人物の顔を見たときには、かすかに胸がいたむのをおさえることができなかった。

もちろん、支店次長として、三百万ほどの金をつかいこんだというような罪は、前におかしていたにもせよ、この人物を破滅させた一半の責任はたしかに七郎にあるのだった。

　顔色は青く、げっそりこけた頬には、剃りのこした髭が二、三本のこっている。眼も真っ赤に充血して、きょときょと動いておちつきがない。これが半年ほど前までは、静岡銀行島田東支店次長として、羽ぶりをきかした人間とは思われないほどの変わり方だった。

「いかがです。このごろは？」

　強《し》いて自分の感情をおし殺して、七郎は何気ない調子でたずねた。

「おかげで無罪釈放にはなりましたが、銀行のほうはくびになりまして……。ははは、ああいう失策をしでかした人間は金融界では使ってくれるところもありませんよ」

　その笑いに、木枯らしのような自嘲の響きがあった。

　七郎にも、この人物が彼のところを訪ねてきた真意はわからなかった。あの事件がかたづき、手形が現金化されてから、彼は自分の分け前の過半をさいて、三百万を彼の妻にわたしてある。詐欺のためには、その貞操をふみにじった女だが、こうして前の使いこみ分を補塡《ほてん》させ、法の裁きから救ってやったのが、七郎のせめてもの情けだったのだ。

　それにしても、あのときのパクリの成功がその後の犯罪を成功させる原因となったことは間違いがなかった。場合によっては、小遣いぐらい出してやるつもりで、七郎は彼を近くの料理屋へさそった。

「米村産業のほうでは、銀行を訴えましてね。もちろん民事訴訟ですが……。支店長の業務を代行する権限を持っていた私が、支店長室であの手形を受けとったのですから、いっさいの責任は銀行にあるというのですよ。まあ、結審までには、あと何年か、かかるでしょう」

酒を口にはこぶ手を休めて、吉井広作は思い出したように言いだした。

「それが、私とどんな関係があるとおっしゃるのです?」

七郎はわざと怒ったような顔をしてみせた。

「はははは、なんでもありません。ちょっと思い出しただけですが、お気にさわったらお許しください」

相手は卑屈に近い態度だった。どんなことをしても、七郎の機嫌を損じたくないというような様子が、顔にも声にもあらわれていた。女中が料理をはこんできて、部屋を出て行くのを待って、畳に両手をつくと、

「鶴岡さん、ひとつ、私をあなたの下で使ってくれませんか」

とたのみこんだ。

「はははは、何をおっしゃるのです。私のところは、いまあなたがごらんになったよう

に二階借りのわび住居。社員といっても、私のほかには、女の子一人しかいないくらいですよ。腐っても鯛という言葉もありますが、あなたは地方銀行とはいいながら、一軒の支店の次長までおなりになったお方ですし、私のようなところでは、とうてい使いきれませんね」

「いや、表むきはそうでしょう。しかし私も銀行マンとして、長年飯を食ってきたことですから、金融に関する面では、表も裏も、くわしい秘密を知っています。こういう知識は、あなたの金融業者としてのお仕事ばかりでなく、たとえば私立探偵のような裏のお仕事にも、お役にたつのではないかと思うのですが」

含みを持った言葉だった。もちろん吉井広作としては、あの事件の秘密を知ってしまったうえで、消極的にでも、みずから犯罪に加わったのだ。そして、七郎の知謀と勇気にすっかり惚れこんでしまって、毒をくらわば皿までという心境になったとしてもふしぎはない。

しかし七郎のほうは、ちょっと躊躇《ちゅうちょ》していた。銀行という組織の秘密を隅から隅まで知りぬいているこういう人物を腹心に持つことは、とうぜんある面では、彼に莫大な利益をもたらすだろう。しかし、精神のどこかに脆さを持っていそうなこの男の耐久力には疑問があった。木島や九鬼でさえ、七郎は腹の底から信用しているわけではなかったのに、こういう中年男がいざという場合、鉄火の試練にたえられるかは、なんともいえなかった。

「それはどういうことなのです？　たとえばどういう方法が現在役にたつとおっしゃるのですか？」

わざと気のない調子で七郎はたずねた。

「いま銀行の応接間は、わりあい自由に使えるのですよ。私はそういう場所をいくつか知っていますが、その必要はありませんか？」

「それで？」

「正直なところ、銀行という銀行はどこでも、いまたいへんな預金不足になやんでいるのです。ですから、もちろん表面には出ませんが、導入という現象がさかんにおこっているのですよ。金は金利の高いほうへ流れる——。これは金融の原則ですね。ところが、法律で定められたふつうの利子では、なかなか預金が集まらないから、闇の裏金利をつけて、金を集めることが、預金係の仕事の一つになっているのですよ。おわかりでしょうね。この意味は？」

七郎は大きくうなずいた。死んだ隅田光一の考えは、ある意味ではまだ生きている。いや、現在光一が吐いたと同じ言葉はこうして生粋の銀行マンの口からくり返された。

の銀行の行動そのものも太陽クラブの活動を、堅実無比の看板の下にそのまま大きくしたものだといえないことはない……。

「現在、銀行の表むきの金利は、定期で、年六分ですが、特殊に導入した預金には、日歩十銭の裏金利がつきます。一年ではざっと三割六分、これを銀行という看板で保証したならば、たいていの人間は飛びつきますよ。銀行の看板――。それはどういう人間にでも、ぜったいの信用を与えるものです。たとえば、米村産業にしても、銀行の屋根の下でなかったら、あれほどかんたんに手形をわたすこともなかったでしょうが」

自分から進んで、悪の道へ足をふみこむ決心をしたといっても、まだあの事件の思い出は完全に心を去っていないのだろう。広作の声には血のにじみ出るような感じがあった。

七月九日の二時ごろ、吉井広作は日本橋の室町《むろまち》にある大洋《たいよう》信託銀行の日本橋支店で、営業部長の津田兼太郎《つだけんたろう》と親しそうに話をしていた。

彼がさし出した名刺には、大阪ではかなり有名な織物問屋、加藤商店の専務という肩書がすりこんである。もちろん、名前は偽名だが、きょうは服装もきちんとしており、髪も理髪店へいってきたばかりだから、自然に支店次長当時の風格がもどってきている。

この営業部長も、彼の正体について、疑惑をいだいている様子はぜんぜんなかった。

「実は私どものほうでは、今度東京に新しく支店を設けることになりまして、東京生まれの私がこうして赴任してきたのです。事務所もその先の福徳《ふくとく》ビルの三階にきまって、今月の十六日から仕事を始めることになったのですが、ついてはいろいろとご相談がありまして、こうしておうかがいしました」

吉井広作には、いつもの替え玉とは違って、七郎があらためて教育する必要はまったくなかった。銀行の中で身につけた知識を裏返しに利用するだけだった。十分と話をしないうちに、相手はたちまち広作のペースにまきこまれてしまった。

「いや、おそれいりました。大阪のお方はどなたも算盤におくわしくていらっしゃいますが、あなたのようなお方は初めてです。それだけつっこんだお話をうかがうと、われわれのような銀行マンもたじたじですよ」

一瞬、広作はぎくりとした。あまり調子にのりすぎて、うっかりぼろを出したかと思ったのだ。しかし、相手の顔には尊敬の色はあっても疑惑の影は見えない。ただ、これほど銀行なり金融なりの内幕にくわしい相手なら、こちらもよほど緊張してかからなければならないと思いつめたような感じだった。

そのとき、二人の男がこちらに近づいてきた。一人は七郎の息がかかっている金融ブローカーの江沼教雄《えぬまのりお》という男、いま一人はいままで闇物資の取引で何千万という巨富を積んだ鹿子島義一《かこしまぎいち》というカモだった。

七郎は、江沼教雄を使って、鹿子島義一をだましこんだのだ。物資の取引に終戦直後のような妙味がなくなり、株式市場もまた不振をきわめている今日では、遊んでいる金を銀行の保証の下で、年三割以上にまわせるという話なら、すこし欲の皮のつっぱった人間は誰でも飛びつくだろう。とりあえず、一千万の現金を預けようということにこぎつけるまでには、それほどの手腕を必要としなかったのである。

「こちらさんが営業部長さんです」

江沼教雄は、吉井広作と津田兼太郎のちょうど中間を手で示して言った。

この二人のうちどちらが、ほんものの営業部長か、わからないような暗示を与えるところが、七郎のトリックだった。

「ちょっと失礼」

広作は兼太郎のほうに挨拶をして立ちあがった。そして二人のそばへ近づくと、声をひそめて、

「実はいま重要な相談中ですし、あなたのお話は表面には出せない問題ですから、ちょっと応接間のほうでお待ちになっていただけませんか」

と囁いた。

もちろん、正式に銀行へ預金するのなら、公然と窓口で用はすむわけだが、こうして裏金利のともなってくる話になれば、金を預けるほうにも弱みが出てくる。ことに、江沼教雄のあいまいきわまる紹介の後に、こういう挨拶があったことだから、鹿子島義一が、彼のほうを、ほんものの営業部長だと思いこむのも、これは、とうぜんのことだったろう。

「結構です。どうぞ、ごゆっくり」

安心したようにうなずいて、二人はむこうへ去って行った。

「失礼しました」

広作は、また津田兼太郎のところにもどってきた。

「何か、お急ぎのご用件ですか?」

相手は何気なく言ったつもりだろうが、彼の心臓はちぢみあがった。

「いや、たいして……。豪州からの羊毛の買い付けについて、GHQとの……」

自然と言葉尻もあいまいになったが、相手のほうは、営業上の最高機密に属するような話だと思ったのか、たいして追及もしなかった。

「それではちょっと失礼して、むこうの話を聞いてまいりたいのです。場合によっては、すぐ本社のほうへ電話しなければなりませんから」
二、三分して、彼はためらいながら言いだしたが、この部長のほうは、彼の意図を疑っているような様子もなく、
「どうぞ、どうぞ、ごゆっくり」

と言って、来客用の小さなテーブルから自分のデスクへ帰っていった。

鹿子島義一たちの待っている応接間へはいっていったとき、吉井広作は完全におちつきをとりもどしていた。もう、たいした芝居をする必要はない。いままで自分が堂々とくりかえした銀行員としての行動を、その生地《きじ》のままやってのければいいのだという安心感が生まれたのだ。

「お待たせしました。私が営業部長の津田兼太郎です。どうぞよろしく」

いま交換したばかりの名刺を、相手にわたして、彼は堂々と偽名《にせ》のりをあげた。

「鹿子島義一です。このたびはいろいろとお世話になります」

「いや、こちらこそ……。何しろ、こういうお話は極秘中の極秘でしてデスクのほうではちょっとまずいのです。へたをすると銀行法の違反で、えらいことになりますから」

「そうでしょうな。現在市中金利は四十銭から五十銭していますからな。私にもずいぶんそんな条件で金を貸してくれという申し込みはあるのですが、私は金貸しではないか

らと言ってことわっているのです。たいした欲もありませんしな」

とはいうものの、どんぐり眼《まなこ》でユダヤ鼻、人相を一目見ただけで、強欲のかたまりのように見える顔なのだ。それに、一日十銭の裏日歩によだれを流して飛びついてくるようでは、たいした欲はないなどといえるものではなかった。

しかし、笑うにも笑えなかった。こちらが剣《つるぎ》の刃わたりをしているような心境では、ユーモアを理解する余裕は生まれるものではない。

「まあ、とにかく、銀行におまかせ願えればぜったいに間違いはありませんから。ただ、お金は現金でお持ちくださったでしょうね。ふつうの預金でしたなら、小切手でもよろしいのですが、これは特別の裏口取引ですから」

「その点は十分心得ております。ではここに一千万円ありますから」

相手は鞄をあけて、千円札の札束を無造作にとり出した。

「それでは、失礼ですが、あらためさせていただきます」

銀行員としての熟練の度合いは、紙幣を数えるときの手さばきに、もっともよくあらわれている。だが、その点にかけては、吉井広作も二十年近くの経歴を持つベテランだった。その年功にものをいわせれば、ここでぼろを出すことはぜったいになかった。

「たしかに……。それでは、少々お待ちください。いますぐ、証書を持ってまいります」

彼は風呂敷にその札束をつつみ、

「何しろ、こういう裏口導入は、うちの中でも秘密に運ばなければなりませんので、気骨がおれてかないません」

と言って、むりに笑ってみせた。

彼はそれから営業部長の席にかえり、この包みを無造作に鞄に入れ、五分ほど前の話の残りをつづけた。

江沼教雄は時間を見はからって彼を迎えにきた。

「ちょっともう一度失礼いたします」

「どうぞ、どうぞ」

なんと忙しい男だろうと思ったのか、津田兼太郎はちょっと眼を見はっていた。

だが、応接間へひっ返したときの吉井広作の手には、金額一千万円の定期預金の証書と裏金利の金額を書きこんだ手形があった。彼は七日の日に一万円の金を預け、証書の文字だけを見事に改竄《かいざん》していたのだった。

銀行の内部事情についての彼の知識と、七郎の部下の技術をもってすれば、このくらいのことは、それほどむずかしくはなかったのである。

犯罪は形を変えた戦争である。

それは、鶴岡七郎の信念であった。ふり返ってみれば、彼の物心ついてから世に出るまでの数十年、日本は軍国主義一色に塗りつぶされて、すべての自由はしだいに圧迫されてきたのだが、彼は彼なりにその教育の中に一つの悟りを開いていたのである。

戦中派の一人として、彼は終戦後発表された、あらゆる戦史戦記に読みふけった。そしてその戦訓を完全に咀嚼《そしゃく》し、形をかえて、大胆に犯罪へ応用していったのである。

彼が自分の犯罪史に、不敗の記録を樹立した真の原因はおそらくここにあったろう。たとえば、一つの事件での彼の切りあげ方は、木島や、九鬼でも、眼を見はるほどあざやかだったが、それは、攻勢終末点という、戦略思想から出発するものだった。

日本とドイツの敗因の一つは、この攻勢終末点の認識をあやまったためだといわれている。つまり、一つの攻勢作戦を成功するためには、前線と基地との連絡、物資の輸送などに万全の準備を整えなければならない。それを忘れて、いたずらに進撃をこととすれば、たとえばガダルカナルとか、スターリングラードのように、敵の逆襲をうけて回復不能の痛手をこうむるということは、彼の頭から一刻もはなれない教訓だったのである。

しかし、木島や九鬼でさえ、このごろになってようやく理解しはじめた七郎の考え方は、年もちがい、交際の日もあさい吉井広作には、ぜんぜんのみこめていなかった。

それが、一つの悲劇のもとだった。

こうした導入詐欺によって、一千万という現金を手に入れ、無事に銀行を出たとたん、彼は誰にもありがちな、しかし、犯罪者にとっては危険このうえもない考え方にとりつかれたのだ。

罪というものは、いったん犯してみると案外やさしく、しかも悪魔的なスリルに満ちたものである。

そして、戦いと同じように、一つの成功が自信を生んで次の犯罪を成功させ、しだいしだいに、高慢の度を加えさせ、最後には救いがたい奈落《ならく》へ突入してゆくものなのだ。

吉井広作も頭脳の点では人なみ以上の人物だが、ああして株の売買に熱中して銀行の金を使いこみ、その罪をまぬがれようとしてパクリ詐欺に荷担し、そして今度は自分から計画をたてて、導入詐欺を始めるようになってきては、善悪に対する平衡《へいこう》感覚を失い、冷静な情勢判断をあやまるようになったのも、人間として、無理からぬことだったかもしれないが……。

「ねえ、君、くたびれたろうから、帰る前にビールでも一杯飲んでいこうじゃないか」

広作は銀行を出て三町ほど行ったところで、相棒の江沼教雄に声をかけた。

「そうですね。何しろ、こっちも腹芸腹芸の連続ですから、すっかりくたびれてしまいました」

相手も肩をおとして、溜息をついた。

二人はさっそく近くのレストランにはいったが、さいわいそこの二階は、ほかのお客の影も見えないくらい空《す》いていた。

「乾杯しよう」

戦いの後のビールはうまかった。そのほろ苦さは、そのまま罪の意識に共通するのかもしれなかったが、緊張ががくりとゆるんだせいか、広作にはウイスキー以上に強い酒に感じられた。

江沼教雄も思いは同じだったのか、いつもは酒に強いはずなのに、ビール半本でもう顔を真っ赤にほてらせていた。

「あんがい、かんたんにすんだねえ。腹をきめると、金儲けというものはやさしいものだ」

「そうですねえ。ただ、役者がよく演出がうまくないと、こんなにうまくいくものではありませんがねえ」

「ところでどうだ。君はもっと、金がほしくないかね?」

この一千万円は、七郎に四百万、こっちの二人が一人三百万の割合で分配することになっている。例によって、吉井広作は、銀行の営業部長と称して、あるアパートの一室を借り、江沼教雄はだまされてお客を紹介した形をとっているのだが、もともと、詐欺などやろうというだけに、全身、欲のかたまりといっていい男なのだ。

なにかを暗示するような広作の言葉に、ぎょろりと眼を光らせて、

「鶴岡さんのところにこの金を持って行かずに、二人で山分けして、どろんするというんですか？」

と問い返した。

「そうじゃないよ。約束は約束……。いったん男同士が腹をきめて、払うと言ったものは、必ず払うのだ」

「それじゃあ、どうするというんです？」

「いいかね、君」

吉井広作はテーブルの上に身をのり出して、

「僕は長いあいだ、銀行につとめていたから内部の事情はよく知っているが、これは、絶対安全といってもいいような詐欺なんだ。少なくとも、あの定期と約手の期限がくる三カ月間は、銀行の看板にだまされて、被害者がさわぎだすことはないんだ。だから、

それまでの時間を、もう少し有効に使ったほうがいいんじゃないかね？」

「というと、この同じ手を、なんどかくり返したほうが得だというんですね」

「そうだとも。もちろん、今度は約束どおり、鶴岡さんに指導料を払うとしてもだね、今度からは、君と僕とで山分けにできる。こういう預け主が、ほかに二人あったとすれば、一人が一千万、二十人もいたとすれば、君も僕も一億円ずつの現金を握れるから、一生なにをしなくても左うちわで暮らせるということになるね」

「考えてみます……」

江沼教雄の声は弱々しかったが、十分に心が動いていることは、広作には一目でわかった。

「まあ、一日二日をあらそうこともないけれど、よく考えておいてくれたまえ。ただ、いまの話は、鶴岡さんには内緒だよ」

それから二週間ほどして、七郎は良助から電話で呼び出された。

緊急の用事があるというので、すぐ支度をして、銀座の喫茶店まで行くと、木島と九鬼が青い顔をしてすわっていた。

「どうした？　二人とも、深刻な顔をして」

七郎が笑って椅子に腰をおろすと、

「鶴岡さん、あの男、吉井広作という人間は信用できるだろうか？」

と良助が声をひそめてたずねてきた。このごろでは、二人とも七郎の人物と手腕には、完全に傾倒してしまっているから、名前を呼びすてにすることはないのだが、それでも、きょうの言葉には、七郎を責めているような感じがある。

「どうして、そんなことを聞く？」

「うむ」

良助は言いにくそうに、ちょっと口をつぐんだが、今度は善司がかわって、

「配当が少なすぎたのではないかな？」

「そんなことはないさ。彼の配当は利益の三割、三百万という金がそっくり懐ろにはいったのだから、かなりの贅沢をしても、一年は遊んで暮らせるだろう。そのうちには、また何か、いいチャンスを見つけて、働いてもらうからと言ってある」

木島と九鬼は、顔を見あわせた。

「あなたは彼にだまされたよ」

「彼のしていることを、このまま見のがしていた日には、われわれまで破滅する」

「なんだって」

　これは、七郎にも意外な言葉だった。両手の指を組んで身をのり出すと、

「話をきこう」

　と冷たく言った。

「大洋信託の事件は、あなたの指揮で行なわれたのだし、それも完全に成功したのだから、僕たちとしては、なんにも言うことはない。ただ、同じ手を短いあいだに二度も三度もくり返すということは、たしかにあなたの日ごろの方針に反している。攻勢終末点の原則を忘れたのではないかね？」

「彼があれから、また、同じ手を使っているのか？」

　七郎は思わず固唾をのんだ。

　いかに総司令官なり、軍参謀長なりが、あらゆる条件を検討して、絶対不敗の大戦略をたてたとしても、第一線部隊の指揮官が、その命令を無視してあばれまわっては、全戦線が崩壊するおそれがある。

　そして、戦争の場合には、局部的な敗北でおさまるとしても、犯罪の場合には、全員の命とりになる可能性が大きいのだ。

「そうだよ。彼はあれから、関東信託と大東京信託へのりこんだ。同じ導入の手を使って、両方で、べつべつのカモから、あわせて三千万円ぐらいまきあげたらしい」

「あなたは、ほんとにそれを知らないのだね」

「知らない」

七郎も苦笑しようとしたが、その唇は途中でこわばってしまった。

吉井広作が自分の責任において、こういう詐欺をつづけてゆくというのなら、彼には、それをとめる理由も根拠もなかった。

しかし、吉井広作たちの手では、通帳の改竄も専門の技術屋にまかせるほどうまくゆくとは思えなかった。

もし、被害者の一人でも、どこかに疑惑をいだいたなら、この犯罪はたちまち崩壊してしまう。

二度三度と回数が重なっては、江沼教雄のほうにしても、だまされたという言いわけはきかなくなる。そして、二人が逮捕されるような事態が発生すれば、七郎の身に危険がおよぶのも、完全に時間の問題なのだ。

「とにかく、彼は外様大名《とざまだいみよう》だからな。決して二人を悪く言うわけではないが、僕たちのように全面的に、あなたに心服していたわけではないしね」

「あなたがいつもあて馬に出した人間は、いつでも完全に人形の役をはたして、ひき下がったんだが、今度は人物の選定にあやまったようだな。彼は人形になりきれる人間ではなかったんだよ」

「フランケンシュタイン博士は生命を創造しようとして、怪物を創り出し、その怪物に勝手気ままな行動をされて、おさえきれなかったという小説があるが、ある意味では、彼もその創造者に害をなす怪物だったかもしれないな」

二人が、七郎を責めているのではないことは、その顔色から察しがついた。

木島も九鬼も彼の安全を気にすればこそ、親身になって危険きわまるこの事態を、早く収拾しようとしているに違いない。

そこまでは、七郎にもよくわかるのだが、さすがの彼にも、この際とるべき最善の方法はすぐには思いつかなかった。

「とにかく、いままでのことはしかたがないとして、今後の危険は未然に防がなくっちゃいけないな。新しい計画があったなら、すぐに中止させよう」

「それから後は？」

「それより前に聞きたいことがある。そういう情報はどうして手に入れた。それはたしかなものなのか？」

「たしかだ。僕はあの吉井広作という人間はなんとなく信用がおけなかった。それで、ずっと子分に彼を見はらしておいたのだ。二軒の銀行で芝居をうっていることはわかったし、金額のほうは、出てきたときの鞄のふくらみようから察したのだが」

木島は思いつめたような顔で、

「どうだい。この処置は僕がつけよう。あなたには、あそこで命をすくわれた恩義がある。それを返すためにも、ここは一番、身を投げ出して、あなたにぜったい迷惑がかからないように解決をしてみせるから、ひとつまかせておいてくれないか？」

「暴力だけは使わないだろうな。多少、おどしたり、はっぱをかけたりするのはしかたがないとしても……」

「大丈夫だ。僕を信頼してくれたまえ」

良助は気負いこんだ調子で答えた。

日ごろ鋭敏きわまりない七郎としては珍しく、今度は後手《ごて》の連続だった。

木島はああいうことを言ったが、彼は彼なりの手をうつつもりで、吉井広作と江沼教雄の行方を捜しまわったのだが、その日は二人とも、とうとう捕えきれなかったのである。

しかも、その夜、江沼教雄は高島組の子分の沢柳《さわやなぎ》定吉《さだきち》という男の家の二階につれこまれていた。

全身に刺青を彫った沢柳は、両腕をまくりあげ、シャツのボタンをはずして、胸の般若《はんにゃ》をひけらかしながら、

「おい、おまえさんはこのごろ、銀行を利用して、だいぶかせいだそうだな」

と、すごみなせりふを、きかせはじめた。

「冗談おっしゃっちゃいけません。それはこちらも金融ブローカーが商売ですから、小切手を切ったり約手をおとしたり、いろいろ銀行のお世話にはなります。しかし、それは商売人なら、誰でもやっていることです」

「なめんな!」

沢柳定吉は、三白眼を怒らせて、

「それは、おまえの取引銀行ですることだろう。そういうまっとうな取引なら、こちらは何も言わねえが、大洋信託、関東信託、大東京信託、この三軒では何をしやがった?」

江沼教雄はふるえあがって、口もきけなかった。

彼は行きつけのキャバレーの入口から人相のわるい二人の男におどかされ、自動車でむりやりここへつれてこられたのだが、元来、知能犯的傾向を持つ人間は、暴力には弱いものなのだ。

この男の人相と、刺青と、腹巻の間にはいっている短刀が、もともと弱気なこの男には、たえきれないほどの恐怖を与えた。

「どうして、それを……」

われを忘れて、つい自分の罪を認めるような言葉が口からとび出した。

「ということは、やっぱりやっているんだな。こちとらの眼は節穴じゃねえ。問うに答えず、語るにおちるとはこのことだな」

沢柳定吉は、ぶきみな笑いをもらしたが、江沼教雄の眼には、それと同時に、相手の胸の般若も唇をつりあげて、にたりと狂笑したように見えたのだった。

「なあ、こっちの博打にしたところで、テラ銭というものは、ちゃんといただくのが定法だ。ただ、いかさま賽《さい》などを使って、やらずぶったくりに、相手から、金をまきあげようというのは、博打うちとしても、風上におけねえようなまねだぜ。おまえにしたって、困っている人間に金を融通してやって、利子をとるとか、手数料をもらうとかいうのは、高利貸は高利貸なりで、まだ、まっとうな商法だろうが」

江沼教雄は、こういういやみを聞きながら、頭の中で、必死に彼なりの思案をめぐらしていた。

もちろん、警察官でもないこういう連中が、ただ社会正義のために彼をいじめているとはぜったいに思えない。

人の弱みにつけこんで、こうして彼が不当な方法で手に入れた金の中から、かなりのものをむしり取ろうとしているのだろう。

それなら、まだ、駆け引きのしようがあるというのが、このとき彼の心にいだいた思惑だった。

「それで、そっちはいくらほしいというのです？　なにも私をこんなところへつれこんだのは、警察や被害者の側からたのまれたわけではないでしょう？」

「いくらだと？」

相手はぎょろりと眼を光らせた。

「てめえがかすめた金は、三度でざっと四千万かな。まあ、半分と言いてえが、てめえにしたって、刑務所行きを覚悟で体をはっているんだろう。四つ一の一千万でまけてやろうじゃねえか」

せいぜい百万と思っていたのに、一桁違うこんな金額を持ち出されて、彼は思わずとび上がった。

「そんなに出しては元も子もなくなる！　たしかにとった金額はそれくらいだが、おれが全部を懐ろにいれたわけじゃない！」

「仲間がいるのか？　それは誰だ？」

彼が口ごもったのを見て、沢柳定吉は横にいる子分のほうへ、顎をしゃくった。

まだ新しい俎板《まないた》が、眼の前に持ち出された。

相手はその横の畳の上にぶすりと短刀をつきつけた。

「指の干物がこれで二、三本できるかな」

「言う！」

彼はもうこれ以上がまんができなかった。頭の中のどこかの神経が、この瞬間音をたてて、ぷっつり切れたような気がした。

「言うか？」

「言う。だから、それだけはかんべんしてくれ。この計画をたてたのは、六甲商事の社長の鶴岡七郎、こっちといっしょに銀行にのりこんだのは、静岡銀行の支店次長をしていた、吉井広作という男だ……」

「鶴岡七郎……」

沢柳定吉の眼からはとたんに殺気が消えたようだった。

「なんだ、鶴岡さんが一枚はいっていなさるのか、それじゃこっちもへたな物言いをつけるんじゃなかったが、おどかしてごめんよ」

「知っているのか?」

「商売こそ違うが、この間、うちの親分と義兄弟の杯をした仲だ。ちょうど、そのお友だちの木島さんも来ていなさるが、きょうのところは水に流してもらって一杯やろうじゃねえか」

ここまではすべて、木島がおろした筋書どおりの進行だった。

あのサルベージ問題が、逆転してからは、雨ふって地かたまるという諺のように、七郎たちと高島一家にはふしぎな親しさが生まれていたのだ。

それは、一家の組長高島長蔵が、悪の一念に徹しきった七郎の人物に、すっかり惚れこんでしまったせいもあるだろうが、とにかく、木島はこういう条件を徹底的に利用しぬいたのである。

こうして、骨身にしみるほどの恐怖をあたえ、二度と、七郎の命令にそむくようなまねをさせまいというのが、最初の狙いだったが、この芝居はいくらか度を越して、別の効果を生んだのだった。

それから始まった酒もりで、江沼教雄はぐでんぐでんに酔ってしまった。神経がまいってしまったために、酒が恐ろしいまわり方をしたのだろう。

沢柳定吉が泊まれといっても、こんな恐ろしい家に泊まれるかと言いだして聞きはしない。

しかたがないから、良助は自分の運転する車で、家まで、送ってやろうと言って、彼をつれ出したが、相手はもう、誰の車に乗っているのかわからなくなっているのだろう。

車が走りだすとまもなく、

「警察へ、運転手、警察へ！」

とわめきだした。

「警察へ？」

「そうだ。おれは、たいへんな悪党たちの手先になって、何千万という詐欺を働いたんだ。その金を横からゆすられて……。死ぬような思いをして……。それくらいなら自首して出る……。金を返せば執行猶予だ」

ハンドルを握りしめながら、木島良助はぎくりとした。

酔っぱらいのうわごととかたづけてしまえば、それまでだが、この男のこれからの行動には、たしかに彼らの死命を制する危険な要素が含まれている。

一瞬、冷たい殺意が良助の頭にひらめいた。

「運転手、とめてくれ、便所だ、便所だ」

いまの言葉を忘れたように、江沼教雄はわめきだした。

「はい」

ちょうどそのあたりは、人通りもなかった。

車をとめると、良助は、相手が焼けあとの塀ぎわまで歩いて行くうちに、うしろのトランクをあけ、スパナをとり出した。

近づいていった良助を警官だとでも思ったのか、

「君、君」

「立ち小便ぐらい、ぐずぐず言うな。これから自首して、君に手柄をたてさせてやる」

一瞬、良助のスパナはうなりをあげた。

まともに頭をたたきのめされて、相手はひくくうめいて、丸太ん棒のように倒れた。

まだ息はあるらしいが、このままにしておくわけにはいかなかった。

下山国鉄総裁のように、これからどこかの線路に投げこみ、完全に止《とど》めを刺してやろうと思いながら、良助はその体を車へかつぎこんだ。

ふしぎなくらい、悔恨も良心の呵責もおこらなかった。正当防衛とはいいながら、すでに人間一人を殺した彼は、もう血に対して無感覚になりはじめていたのである。

その晩、七郎はさすがに悪夢になやまされていた。江沼教雄たちの処分はいちおう、木島と九鬼にまかせたが、彼は彼なりに部下を走らせ、江沼と吉井広作をおさえようとして、必死になっていたのである。

しかし、木島良助は今度だけは、七郎に報告もせず、自分自身の判断をすすめていたのだ。

そして、臨時の作戦本部にあてていた「酔月」へ、良助から電話がかかってきたのは、翌朝の九時ごろだった。

「早くからおこしてすまないが、江沼の件について知らせたいことがある」

声はいつもよりかわいていた。七郎はその声音《こわね》にふっと不吉なものを感じていた。

「彼の行方がわかったか？」

「うむ、昨夜一晩かかってやっとかたづけた。もう彼がぼろを出す気づかいはないが……。電話ではくわしい事情は話せない。そっちへ行ってもいいだろうか？」

「うむ……。待っている」

電話を切って部屋へ帰ってきたとき、綾香は鏡台からふり返って心配そうに聞いた。

「あなた、どうなすったの？　顔色がわるいわよ」

「昨夜、あんまり消耗しすぎたからな」

「うそ、あれぐらいで……。いつものあなたらしくもないわ」

なんと言われても、けさは元気になれなかった。もし、間違って、最悪の事態が生じたとしても、事情がはっきりのみこめれば、そこで捨て身のうっちゃりもできそうだが、こういう中途半端の状態では、あれこれと妄想にとりつかれるばかりで、心も定まらなかったのだ。

「まあ、なるようにしかならないさ」

煙草に火をつけながら、思わずひとりごとを言ったのが、綾香の癇《かん》にさわったか、

「わたしのことも」

と、眉をつりあげてたずねてきた。

「いや、何もおまえのことを言っているわけじゃない。仕事のことで、気になってたまらないことがあるものだから、つい口に出てしまったんだろう」

「それでは、いつ、いっしょになってくださるの？」

「結婚か？」

七郎は思わず溜息をついた。たしかにたか子が彼の事務所へやってくるまでは、彼は余裕ができたなら、この女と結婚するつもりでいたのだ。

むかし草加《そうか》に住んでいた博打うちの娘だということだから、教養の点が欠けていることはしかたがないとして、器量も十人なみ以上だし、世間的な知恵では申し分もなかっ

た。

考えようによっては、あのときまで迷っていた自分を、敢然と悪へふみきらしたのもこの女だった。体の中に流れる血が血であるために、悪に対する強さでは、むしろ彼以上のものを持っているかもしれない。

ただ、現在の七郎は、心の中でなにか綾香に反発するものを感じていたのだ。決して愛情がうすれたとも思えない。三日もはなれて会わずにいれば、がまんができなくなるくらいなのに、こうして顔をあわせていると、別の意味でがまんができなくなる感じがする。それが何にきざしているかは、彼にもよくわからなかったが……。

「あなたのお仕事が、いちおう、格好がつくまでは、わたしは何年でも待っているつもりだったのよ。でもこのごろでは、前とちがって、あなたもりっぱにやってゆけるんでしょう。それなのに、いつまで、わたしにこんな商売をさせているおつもり？」

「うむ……」

七郎はまだなんとも答えきれなかった。

「もし、こんな女を奥さんにするのがあなたのためにぐあいがわるいようなら、二号さんだってかまわない……。がまんするわ。わたしはあなたといっしょなら、一生日かげでも辛抱するわ」

寝物語の約束は約束にならないということがあるが、綾香もそれを十分知っていればこそ、この問題は朝になってから切り出したのだろう。

「そのことだったら、決して忘れているわけじゃない。ただあと半年——、この暮れまで待ってくれないか?」

「なぜ?」

「おれはいま、大きな仕事を考えている。一生に何度という大勝負だ。しかし、それを成功させるためには、こっちの芝居にぴったりと呼吸をあわせてくれる芸者が一人、入用なのだ。これから、ほかの女と深間《ふかま》になった日には、おまえだっていい気持ちはしないだろう」

これも、日本造船の看板すりかえに匹敵するような大芝居だった。あれほどの人数は必要としないが、心理的な勝負としては、はるかに高度のものだった。この作戦も、七郎は半年の間、心血をそそいで練りあげて、いつでも実行に移せる自信がついていたのである。

七郎の真剣さにおされたように、綾香も黙ってうなずいた。

「木島さまがお見えでございます」

襖の外から女中が声をかけた。電話があってから時間がそんなにたっていないところをみると、この近くまでやってきて、そこから連絡をしたのだろう。いつもの木島らしくもない行動だが、そこにも七郎は一つの不安を感じていた。

「おまえは、ちょっと、むこうへ行っていてくれ」

「はい」

こんなに早い時間に、待合に泊まっている人間のところへ訪ねてくるというのは、よほど重大な用件がなければできないことだ。

綾香もおとなしく部屋を出たが、それと入れちがいにはいってきた良助は、真っ青になっていた。

「どうした？」

「江沼はやった、殺したのだ」

「殺した？　ばか！」

この瞬間は、七郎も完全にわれを忘れていた。思わず相手の頬を平手でなぐりつけて、しかもそのことに気がついたのは数分すぎてからだった。

「木島、貴様は……。僕があれほど暴力を使うなと言ったのに、この間のことは正当防衛だから、誰が考えても筋は通る。ただ、江沼という男は自分から人をおどすような人間ではない。それをどうして殺したのだ？」

「すまん。あなたのためにも、僕たちのためにも、彼だけはどうしても眠らさなければならないと思ってやったのだが……。最初、スパナで頭をなぐりつけたときはまだよかった。あとで、まだ息のある彼の体を車ではこんで、陸橋の上から汽車の線路へ投げこんだまでは、それほど悩みもしなかったが、それから後は魂がぬけたようになってきたのだ。今度の戦争では、フィリピンでずいぶん敵も殺したのに。平和な時代に、人を殺すということは、こんなにこたえるものだろうか」

七郎は眼をとじて溜息をついた。

太陽クラブの同志四人の中で、実戦の経験を持っているのは木島良助一人だけ。彼は学年こそ同じだったが、途中で浪人していたために在学中に徴兵猶予の期限がきれ、フィリピンで、山下《やました》兵団の一員として戦い、かろうじて生還したという経歴の持主だった。

もちろん復学してからは、そういう惨烈《さんれつ》な思い出は、過去の悪夢と感じ去ったように、めったに口にも出さなかったが、やはり生死の間に身につけた教訓は、いざとなると第二の本能のように表にあらわれるのだろう。

自分の身をまもるためには、場合によっては人を殺してもしかたがないと信じ、それを実行に移した気持ちもわからないではなかったが、いまはそういう感傷にふけってはおられなかった。

「話を聞こう」

七郎は自分の心を鬼にして言った。

良助は思ったよりも静かな調子で、昨夜からのいきさつを語りだしたが、さすがに殺人の場面あたりからは声もふるえはじめた。

「いまから考えてみれば、あれからどこかへつれこんで、一晩ゆっくり待つべきだった。本人だってばかじゃないんだし、いままでのことがやりすぎだったと悟ったら、またとるべき方法もあったと思うが……、そのときの僕はあせっていたのだね。こういう調子だとすれば、たとえ今夜は自首を思いとどまらせても、必ずどこかでぼろを出すと思ったのだ。さいわい、頭をなぐりつけたときも、人には見られなかったし、死体——いや、虫の息で生きている彼を陸橋の上から投げこんだときも見ている者はなかった。ただ、重かった。やわらかな岩のような感じがした。そしてずしんという鈍い音を聞いたとき、僕は体じゅうの勇気をなくしてしまったんだ」

この述懐を聞きながら、七郎は必死に頭を働かせつづけた。いまとなっては相手を責めてもしかたがなかった。

ただ、突発的におこったこの事件を、どのようにうまく収拾するかということが、その最大の問題だった。

「投げこまれるまで生きていたということになれば、頭の傷もとうぜん落ちたときにうけたということになるだろうな。それで、財布や紙入れなどには、手をつけなかったろうね?」

「もちろんだ」

「すると身元はすぐわかる。強盗という説はまず出ないだろうが、自殺か他殺かという点は、とうぜん問題になるだろうな。まあ、下山事件の例からいっても、この点については、はっきり断定がくだせまい。ただ、彼の昨夜の行動については、ほかに、知っている者はいないのだろうかね?」

「キャバレーの入口から、おどして自動車へつれこんだところを見られていなければ、あとは高島組の身内だけだ」

「それではなんとかなるだろう。ただ、そのつれ去られる現場を目撃されていたら――。これは、運を天にまかせるしか方法はない」

七郎の思索は鋭く、同時にあらゆる方向へ走った。

「自動車の中に血痕はついていないだろうな?」

「ない、少なくとも僕の調べた範囲では」

「それでは、きょうのうちに事故をおこすのだ。人をひいてはまずいが、何かにぶっつけて、そのまま解体屋に出すのだ。肉眼ではわからなくっても、科学的検査では何かの痕跡が出てくるかもしれない」

「それでは僕に危険のおよぶ恐れがあるのか？」

「ある。例の導入事件で表面に出ているのは彼だ。被害者も三人になったことだし、新聞を見て、おやと思えば、銀行へ行ってみるということも考えられる。そして、詐欺が明るみに出てくれれば、いままでブラックリストにのっているわれわれは次々に洗われていく」

「うむ……」

「車は昨夜、誰かに貸したことにするのだ。架空の借り手は僕が考える。君は昨夜、僕といっしょにここへ泊まったことにして、アリバイをたてるのだ。用心にこしたことはない」

「うむ……」

「もちろん、その借り手にしても、アリバイにしても、警察のほうがぜったいに君だと狙いをつけて、鋭くつっこんできたならば、必ず破れるような薄弱なものだよ。ただいちおうの嫌疑なら、これでどうにかそらせるだろう」

「すまん、すまない。なんともおわびのしようがない」

「心配するな。ここまでは友人としてぜったいのことだ。それは同時に僕のためにもなる」

七郎は初めて煙草に火をつけ、興奮をいくらか静めると、

「しかし、これだけはことわっておく。この後始末がすんだなら、君は僕からはなれて、独立してくれたまえ」

良助は、うたれたように身をふるわせた。

「なぜ、なぜだ？」

「それぐらいのことがわからないのか？　犯罪は戦争と同じこと、命令にはぜったいに服従することが必要なのだ。君は江沼教雄の裏切りを責め、これを殺して秘密を保とうとした。その気持ちはわからないでもない。ただ君は暴力はぜったいに使うな――という僕の指令を裏切ったのだ」

「……………」

「人間のあらゆる情熱は、窮極のところ黄金にとどめをさす。これはサマセット・モームの名言だが、そういう意味で、僕の計画していることは、もっとも非情なもっとも情熱的な犯罪だ。一度はともかく、二度までも暴力を使った人間と、僕は今後の行動をと

もにできない」

「わかった……」

良助は畳に両手をつき、血を吐くような声で答えた。

「あなたの性格はよく知っている。僕がこれからどんなにわびをいれても許してはくれないだろう。たしかに僕のしたことは、どんな制裁をうけてもしかたがないことだった……。これぐらいの罰ですむなら、まだかるいと言わなくっちゃならないだろう」

「うむ……」

七郎も身を切るような思いだった。同じ別離とはいっても、隅田光一との死別に数倍する悲壮な感情が、胸を刻んできたのだった。

「僕は、自首して出るようなまねはしない。たとえ一人になったとしても、できるだけ法の裁きからは逃げるつもりだ。ただ、ただ、僕が万一捕まって絞首台へ追いあげられるようなことがあっても、あなたの名前は一言も口からもらさない。上官の命令にしたがって、絞首刑になった戦犯のように、僕は黙って死んでゆくつもりだよ……」

こうなると、吉井広作をつかまえることが最大の急務だった。

彼もさすがに、良心の呵責を酒と女にまぎらわせようとして、昨晩は芸者をつれて箱根へ遠出していたらしいが、この日の夕方になって、アパートへ帰ってきたところを、七郎の部下におさえられ、「酔月」へつれてこられた。

「吉井さん、あなたは僕を裏切りましたね」

七郎の鋭い第一声に広作は真っ青になってうつむいた。

「何がです。私が何をしたと……」

「かくしてもだめです。関東信託と大東京信託――。この二つの銀行で、あなたは何をやったのです？」

相手の全身はふるえはじめた。肩がおち、顔は畳からはなれなかった。

「あなたはなんです！　僕のような男の顔もまともに見られずに、警察なり検察官なりをだましおおせると思っているのですか！」

「申しわけありません。みんな……私がわるかったのです……」

蚊のなくような声で広作は答えた。

「世の中には、悪かったとあやまってすむこととすまないことがあります。この新聞のこの記事をごらんなさい」

夕刊を眼の前につきつけられて、広作は飛びあがらんばかりに体をそらし、

「あなたが、あなたが！」

「僕は昨夜はずっと、綾香という芸者といっしょにこの待合に泊まっていました。あなたが箱根へ行っていたのと同じようなアリバイがあるのです」

「……」

「ただ、警察ではどう思うかもしれません。僕は決して、この殺人を教唆《きょうさ》したわけではないのです。しかし、あなたが一度の成功に思いあがって、三度まで同じ手口を重ねたように、犯罪には犯罪自体の連鎖反応的発展性があるものです。詐欺が新たな詐欺を生んでも、詐欺が殺人に進展しても、なんのふしぎもないのです」

「……」

「しかし、あなたが警察へ捕まったら、どういうことになりますか。今度の三回の事件で、彼とたえず行動をともにしたのは、あなた一人、そこにはいつかの事件のように、銀行員としての善意とか、人間としての不注意とかで、弁解できる要素はまったくない。三度も同じことを連続しては常習犯、しかも警察では利益の分配か何かにからんで、あなたが誰か人を使い、彼を殺させたのだと思いこむかもしれないのです」

「ああ……」

血を吐くような声で広作はうめいた。両手で髪の毛をかきむしりながら、

「私はどうすればいいのです！　鶴岡さん、お願いです。勝手なことを言うようですが、

もう一度。もう一度だけ、私を助けてくれませんか！」

と悲壮な訴えをもらした。

「悪の道から足を洗うのです。それ以外、あなたが救われる道はありません」

「とおっしゃると？」

「犯罪の道で成功することは、世間が考えているよりも、ずっとむずかしいことですよ。そこには人なみはずれた知恵と、不撓不屈の勇気と、たえざる練磨が必要です。戦争以上に、常住座臥《じょうじゅうざが》、緊張の連続が要求されます。あなたのような人間には、それはとうてい無理でしょう。ですから今後犯罪からは、ぷっつり縁を切りなさいと申しあげるのです」

「わかりました。でも、その方法は？」

「今度こそ、僕の言うとおりにしますか？」

「誓って……」

「それでは、今夜中に、あのアパートをひきはらいなさい。あなたの正体がわかるようなものと現金だけを持って、道具の類いはいっさい残して、行方不明になるのです」

「そうして、それから？」

「警察の手は、おそらくあすか明後日には、あなたのところへ伸びてくるでしょう。しかし、あなたが身をかくして島田へ帰ってしまったなら、その行方は当分捜しきれません。今度の上京は、就職運動のためだったということにして、むこうではしばらく謹慎をつづけるのですよ」

「その後は？」

「半年ぐらいしたならば、食いつめたような格好で、大阪か名古屋かそれとも九州か、そういう遠方へ行って、正直に生活の設計をたてるのです。少なくとも、今度あなたは一千何百万という金を手に入れたはずです。その金にものをいわせようとしたなら、そのときこそ、あなたは墓穴を掘るでしょう。もともと、あなたのような人間には事業など性《しょう》にあいますまい。悪銭身につかず——ということになるのがせいぜいですから。たとえば、無記名の債券などにしておいて、それも、銀行に預けて手もとにはおかず、しばらくは、その金をあてにしないで働くのですね」

もともと、銀行員だった広作には、七郎のこの言葉がぴんとひびいたようだった。

「わかりました。全部、あなたのお指図どおりにいたします。ただ、私が独断で儲けたこのお金のうち、あなたにはどのくらいさしあげたらよろしいでしょう」

「僕はいりません、一銭も」

七郎は強く首をふった。

「それは、あなたが自分で危険をおかしてつくったお金です。場合によっては、この夕刊にこういう記事が出たのもあなたの番だったかもしれない。それをいただくということは、僕の良心が許しません。それはあなたと奥さんが、自由になさるべきお金です」

「家内と?」

吉井広作の眼からは、はらはらと涙がこぼれた。聞こえるか聞こえないかの、かすかな声で、

「鶴岡さん、こんなことをおたずねしてはなんですが、家内の子供の父親はもしかしたら、あなたではないのでしょうか」

七郎は内心愕然とした。あるいは、あのころ広作たちは使いこみという罪の重荷におしつぶされて、夫婦といっても名ばかりだったかもしれない。そして、男に飢えている女の肉体には、精神の悩みとは別に、わずか一度の交渉でも、子供が宿ることはあるのだ。

だが、むかしと違って、ずっと楽になっている中絶手術を、なぜこの女がとろうとしなかったか、それは七郎にもわからなかった。

「知りません。それだけはおぼえがありませんよ」

七郎は無限の感慨をおし殺して答えた。

吉井広作はその夜のうちに東京を去ったが、その翌日、被害者の訴えから、導入詐欺の疑惑をいだいた警察側は、江沼教雄の手帳によって、その知人たちをかたっぱしから洗いあげ、広作のアパートにも捜査の手をのばしたのである。

しかし、この部屋の住人と吉井広作とを結びつけるものは何ひとつ発見されなかった。もちろん、この人名簿の中に名前の出ていた七郎や良助も、いちおうの取調べはうけたのだが、少なくともこの導入詐欺に関するかぎり、表面に出ていなかった二人に対しては、警察もそれほど疑惑を抱かなかったのだ。

これは鶴岡七郎の犯罪史の中では、辛勝と言いたいような事件だった。彼は四百万円の現金こそ手にいれたが、同時に二人の部下を失ったのである。

9　ジョーカーを捨てる

その年の末までは、鶴岡七郎も事件らしい事件をおこさなかった。二人の人間を殺し、二人の部下と別れたことが、七郎をいよいよ慎重にしたのだった。犯罪にも戦争と同じような勢いがある。勝ちに乗じているときは、どこまで深追いしてもいいが、いったん風むきが変わったとみたら、臆病といわれるぐらい大事をとって次の機会を待つべきだというのが彼の信念だったのである。

それでも、表看板の金融業は、時とともに信用も出てきて、忙しくなる一方だし、帝国通運のほうからは、偽造手形で毎月、何百万という金が流れこんでくる。

彼は悠々自適しながら、じっくりと次の犯罪計画をねりあげてゆけばよかったのだ。

そして十一月三十日のこと、彼の事務所には、思いがけない女がたずねてきた。

伊達珠枝――。しかし、あれから一年とたたないうちに、そのかわりかたは眼を見はるばかりだった。

ミンクのコートを無造作に着こみ、指にも二カラットはありそうなダイヤがきらきら光っている。

「銀座まで、お買い物に出たから寄ったのよ。このごろお忙しい？」

とたずねる態度も、驕慢《きようまん》そのものだった。

七郎は心の中でほくそ笑んだ。この格好は、どう見ても一介のサラリーマンの妻としては身分不相応なものだ。しかし、虚栄のかたまりのようなこの女は、それをわざわざ彼に見せつけようとしてやってきたのに違いない。

「こちらは貧乏ひまなしで。でも、あなたはおきれいになりましたね。だいぶ景気もよさそうですし」

「株というものは、儲かるものらしいわね」

七郎は、腹の底からこみあげてくる笑いをかみ殺すのに骨をおった。

たしかに、朝鮮戦争の勃発《ぼつぱつ》以来、閑古鳥《かんこどり》が鳴くといわれた兜町も、いくらか活気をとりもどしてはきたが、まだブームといわれるような状態からは遠かった。毎日、兜町に通いつめている玄人《くろうと》筋なら知らないこと、ずぶの素人《しろうと》がつとめの合間に儲けられるような相場ではない。

年間に動く金は、東京都の総予算に匹敵するといわれる帝国通運では、経理を担当する人間が悪事を思いたったなら、どれだけの金を使いこんでも、かんたんに尻の割れる恐れはない。一方では七郎の発行している偽造手形で、毎月帳尻のあわないことに悩まされ、しかし一方では、こういう女を妻にもって、完全に尻にしかれている伊達道美が、毒をくらわば皿までという心境になって、ずるずると悪の泥沼へおちこんでしまったことは、もう火を見るより明らかだった。

「それはよかったですねえ。むかしの知り合いの運がよくなるのを見るのはうれしいものですよ」

今度は笑いをおさえる必要もなかった。だが、珠枝は、この言葉の裏にかくされた秘密と、皮肉に気がつくような女ではなかった。

「どう、自動車を見てくださる？」

「自動車までお買いになったんですか。豪勢ですなあ」

珠枝は胸をそらして笑った。

「クライスラーではないけれど、ビュイックよ。進駐軍のほうからの出物があったらしいの」

「拝見しましょう」

二人は前後して階段をおりた。自分で運転しているのかと思ったが、運転手がちゃんと扉を開いて待っていた。

「どう、天気もいいし、これからどこかへドライブしない？」

虚栄の勝利をとことんまで味わいぬきたいのか、珠枝は笑ってさそいかけたが、七郎はその手にのらなかった。

「残念ながら、僕は、きょうとても忙しいので、また今度別の機会にしていただきます」

「そう、残念ね。では、ごめんなさいまし」

人を見くだすようなぞんざいな会釈をして、珠枝は車で走り去ったが、七郎がまだ家にもはいらないうちに、

「社長さん」

とたか子が声をかけてきた。いま、近くの銀行へ使いにやったところだが、その顔も真っ青だし、体も、がたがたふるえている。

「珠枝さんね？」

「そうだ。どうかしたかい？」

「上でお話しいたします」

たか子はなぜか、深刻に思いつめている様子だった。二階の事務所へもどると、七郎

の眼をじっと見つめて、

「ねえ、お願い。あの人とはもうつきあわないで」

「やいているのか？　別になんでもないんだよ。ミンクと自動車が見せたくて、わざわざやってきたのだろうが、ここには、煙草一服する間もすわっていなかったよ」

七郎はいたわるように言ってきかせたが、たか子は大きく首をふった。

「いいえ、わたしはちっとも……、やきもちなどで言うんじゃありません。ただあの人は恐ろしい人、隅田さんを破滅させたくらいなんです」

「小切手を使って、会社の金を使いこんで？」

「いいえ、あの人は、いまはどうしているかしれませんけれど、前の恋人というのは、警部補だったんです。隅田さんと両天秤をかけていて、あの会社の秘密をのこらず、警察へばらしていたんですわ」

「なんだって！」

これは、七郎もいま初めて耳にしたことだった。もちろん、隅田光一のしたことに落度はあるにもせよ、あの後で失敗を転じて成功を得るチャンスがあったことを思えば、彼を悶死《もんし》させた最大の原因は、この女の裏切りにあったとも考えられるのだ。

「そうだったのか。そうだったのか……」

われを忘れて七郎は呟いた。

たしかに、彼がいまこの女に対して行なっている復讐は、わずか一言の侮蔑に対するものとしては、あまりに激しすぎた。

ただ、光一の眼に見えぬ執念が、いつのまにか彼の心にとりつき、本能的な憎しみをかきたてて、こういう結果におとしいれたものだとすれば、これはむしろ寛大すぎる復讐だったかもしれなかった。

「まあ、彼女もずいぶん出世をしたよ。死んだ隅田君も、あの世で喜んでいるかもしれないがね」

新しい煙草に火をつけながら、七郎は、ゆっくりと呟いた。

鶴岡七郎もその一人には違いないが、虚無と頽廃《たいはい》が支配する暗黒街には、ときどき思いがけないほどの才能を持った人間が転落してくるものだ。

その学歴の才能だけを考えれば、日のあたる社会の表面に出ても、りっぱに成功できるはずなのだが、その性格の底にひそんでいる何物かが、太陽の光に反発させ、こういう道を選ばせるのだろう。

政田《まさだ》雄祐《ゆうすけ》もその一人だった。表面は私立探偵という看板をかけてはいるが、そのかくされた本職は、恐喝、脅迫、法律とすれすれの冒険をつづけ、他人の弱みにつけこんで自分の懐ろをこやしている人間だった。

殺された江沼教雄の妻の菊子《きくこ》は、こともあろうに、この人物に事件の調査を依頼したのだ。夫が詐取した金の分け前、一千万という金はうまく温存して、警察へは知らぬ存ぜぬでおし通したのだが、たとえこの金を半分つぎこんだとしても、夫を殺した犯人を見つけ出し、仇《かたき》をうとうという心境になったことは、この女としても無理はないことだったろう。

この依頼をうけたとき、政田雄祐は、金になるな――という直感をいだいた。たとえ、直接手を下したのはどこかの暴力団の一員だとしても、そのかげで糸をひいたのは、相当の金力を擁している知能犯たちに違いない。それならば、その罪を食い物にすることによって、自分がうるおうというのが彼の思惑だった。

依頼をうけてから数カ月のあいだ、彼は自分の素姓をかくして、あらゆるところに出没した。

キャバレー、鉄火場、麻薬の取引所、香具師《てきや》や博打うちの住居など、暗黒街の断面をいろいろかぎまわっているうちに、彼はある刺青師の仕事場で思いがけない耳よりな話を聞きこんだ。

持ちこみの酒を飲みながら、自分の番を待っていた二人の男が、酔いがまわったせいなのか、うっかり口をすべらせたのだ。

「なあ、兄貴、いつかの忠臣蔵、四十七士の討ち入りな。あれはいったいどんなわけなんだ？」

「わからねえなあ。でも、わけのわからねえ帳面をひっくりかえし、算盤をはじいて、日当千円にありついたんだから、こっちとしては文句も言えねえやな」

「だが、あのとき親玉は税務署の役人だとか言ってたぜ。おれたちが税務署の役人たあ笑わせるじゃねえか」

政田雄祐はぎくりとした。もちろんこの話が自分のいま眼をつけている事件と、なにかの関係を持っているとは思わなかったが、こうして断片的にでもひらめいた秘密の形相は、悪に対する彼の嗅覚を鋭く刺激してきたのだった。

彼自身も、若気のいたりで、ぐれはじめたとき、両腕に桜の刺青を彫ったのだ。私立大学の法科を卒業していながら、彼がこうして社会の裏街道を歩まなければならなくなった理由の一つもそこにあるだろうが、暗黒街の生活には刺青もまた一つの武器に違いなかった。

「あつい、あつい。十二月というのにストーブのおかげで夏みたいだ」

と言いながら、彼はわざわざ上着をぬぎ、ワイシャツの袖をまくりあげた。そこから、ちらりとのぞいた刺青が、この二人にも同類項のような親近感を覚えさせたらしい。

「旦那、一杯いかがで？」

と茶碗をつき出しながら言った。

「酒ならこっちが買うよ」

そばにいた刺青師の女房に千円札をわたして、別に一升買ってきてくれるようにたのむと、自分もさしてくれた酒をぐっとあおって、

「まったく酒でも飲んでいなかった日には、針の責苦にはたえられねえからな」

と、わざと伝法な口をきいた。

「旦那の図は腕に桜で？」

「うむ、背中もやろうと思っているが、男のくせに臆病だからな」

「じゃあ、腕はうちの姐《あね》さんと同じでござんすねえ」

「ほう、そんないきのいい姐御がいるのか。君たちは、いったい、どこのお身内だ？」

「関東油屋一家、太田洋助のうちの若い者でござんす」

「そうかい。あの一家で、近藤富吉《こんどうとみきち》君ならよく知っているよ。たしかいま、千葉の別荘へ行っているはずだが」

「ご存じでござんすか？」

「うむ、貴様とおれの間柄だよ」

政田雄祐はにやりと笑った。この何年か、暗黒街に半分足をかけて身につけた知識は決してむだではなかったのだ。

この二人のうち、兄貴分のほうは、いくらか、骨もありそうだが、もう一人のほうは、こんな商売には似合わないくらい、口がかるく、お人よしのように見える。

これならば――と、彼は心の中でほくそ笑んでいた。

この家からの帰りに、政田雄祐は眼をつけた一人をある料理屋へつれこみ、正体もなく酔わせたうえで、いわゆる忠臣蔵四十七士討ち入りの秘密を探りだした。

もちろん、この子分のほうは、酒で呂律《ろれつ》もまわらなくなっていたし、もともと事件の全貌を知っているわけではないのだから、それは断片的な情報には違いなかったが、偶然にも彼は、鶴岡七郎が洋助の家を訪ねていったとき、それを定子にとりついだ当人だったのだ。

鶴岡七郎、税務署員をよそおった四十五人のエキストラ、日本橋の常陽精工、そして、ボール紙でかくされたガラス戸の金文字――。こういうとぎれとぎれの言葉は、そのかげに何かの大犯罪がひそんでいることを暗示するものだった。

政田雄祐は、このとき、最初自分がのり出した目的のことも忘れてしまって、まずこの事件にとっくんでやろうと冷たい闘志を燃やしたのである。

江戸時代には、目明かしが犯罪者を捕える手段の一つとして、別の犯罪者の罪をわざと見のがしてやり、その口から仲間の秘密をあばかせる方法が、なかば公然と行なわれていたようである。

現在では、もちろんそのような手段は認められていないが、それにしても、政田雄祐のように、片足を闇に、片足を日なたにかけている人間は、警察側にとっても一種の利用価値を持っているはずなのだ。逆に、政田雄祐のほうからいっても、警察にある程度の顔がきくということは、身についた財産の一つといえる。彼が日本橋署の熊谷主任と、ある程度のつきあいがあることも、それほど不自然な話ではなかった。

それから三日目の夜、雄祐は熊谷主任をさそって、ある料理屋の二階で杯をあげていた。

「もう御用おさめも近いから、あんたもせいせいするだろう」

雄祐の言葉に熊谷主任は苦笑いして、

「子供のころには、正月になるというと、それこそ指折り数えて待っていたものだが、おたがいに四十すぎると、正月もあんまり楽しいものではないさ」

「門松や、冥途《めいど》の旅の一里塚――か」

「そこまで悟りを開いているわけでもないが、年をとると一日一日がたつのはしごくはやいね。それに、今年はいろいろな事件があって、未解決になっているのも多いんだ。このまま、御用おさめで年を越すのでは、こっちもいい初夢は見られそうにもない」

「そんなに経済事犯が多かったのか」

「うむ、なんといってもご時世だからな」

熊谷主任は苦い顔をして、杯を口にはこんだが、雄祐は相手が杯をおくのを待って、

「なんでも、日本橋の常陽精工では、たいへんな事件があったらしいじゃないか」

「知っているのか？」

熊谷主任は眼をまるくしていた。

「まあ、蛇の道は蛇だから。もちろんくわしい内容は知らないが、偽者の税務署員が何十人か、会社の事務所へのりこんで、たいへんな犯罪をやってのけたという噂は、どこかで聞いたものさ」

雄祐の立場から見れば、ここで手の内を明かすことは下《げ》の下《げ》というべき愚策だった。

それよりは、こうしてカマをかけながら、事件の真相を探り出すほうが、はるかに得

策だと思われたのである。

「それでは、一つ事件の内容を話してあげようか。そのかわり、なにか関係のありそうな情報をおさえたら、こっちへ提供してもらいたいが」

「それは、言われなくてもわかっている。あんたと僕の間柄では、魚心に水心だなんて他人行儀なことも言わんよ」

熊谷主任としても、この事件は、今年じゅう胸につかえていたしこりだったに違いない。鬱憤《うっぷん》を一度に吐き出すような調子で、休むひまもなく語りつづけたが、それを聞いている雄祐のほうも、このあざやかな手口には、あいた口がふさがらない思いだった。

「その後で、この木島という男は、高島組の子分一人をピストルでうち殺している。しかし、相手が武器をたずさえて脅迫にやってきたのだから、これは誰が見てもりっぱな正当防衛だ。おそらく、彼は新陽汽船からサルベージをたのまれて、出かけていったには違いないが、結局殺され損に終わったのさ。木島と鶴岡が共犯で、この一億円の手形を詐取したろうということは、まず推定ができるのだが、いまのところは、この二人を罪に問うような、なんの証拠もないのだよ」

熊谷主任は、残りの酒をコップにつぎこんで一気にあおったが、もうこのときには、雄祐は鶴岡七郎がこの事件の首魁《しゅかい》であることに、なんの疑いも持たなかった。

もしここで、油屋一家の太田洋助の名前を持ち出し、鶴岡七郎が人集めを依頼した四十七人が、その日その時刻に常陽精工へむかったのだという情報をぶちまけたら、それこそ熊谷主任はとび上がるだろう。欣喜雀躍《きんきじゃくやく》して、まず太田洋助の身柄をおさえ、それから新陽汽船に連絡をとって、面通しでもさせたうえ、じわりじわりとしめあげて、泥を吐かせようとするだろう。

それでも、鶴岡七郎のところへ、法の手がおよぶかどうかは、まだ疑問の余地があるが、そういう方法をとったのでは少なくとも彼の懐ろに、一銭もころがりこんでくるわけがなかった。

「なるほどな。そういう事件が未解決になっていた日には、あんたが頭をいためるのもむりはないな。そのことについて、何か役にたちそうな情報がはいったら、いつでも無償で提供するよ」

ベルをおして、女中に酒を言いつけると、

「ときに江沼教雄という金融ブローカーがこの夏殺されたらしいが、その事件は、あんたのほうとは、なんの関係もないのかね？」

と、わざと気のない調子でたずねた。

「うん、殺人のほうは僕の係ではないし、日本橋署の管轄でもないが、彼が三軒の銀行で導入詐欺をやっていたことだけはたしかだね。前にも、終戦直後だったが、電線の闇取引で捕まって、たしか罰金二万円と懲役六カ月、執行猶予三年という判決をもらっているはずだ」

「そっちの事件に、この鶴岡や木島が関係している形跡はないのか？」

熊谷主任は、新しい酒をコップにつぎこみながら、

「僕も最初その話を聞いたときには、その偽者の営業部長と、日本造船の偽支店長とが、同じ人間ではないかと思って、関係者をずいぶんつっこんでみたのだよ。しかし、人相も年ごろもぜんぜん違っていることだし、どう見ても、同一人とは思えない。だからその線の追及は、むだだと思ってあきらめたのだ」

「それで、江沼教雄とこの二人にはぜんぜんなんの関係もなかったのか？」

「手帳やうちの住所録には、二人とも名前は出ていたし、商売上、何かの交渉があったことも事実らしい。しかし、この二人のどちらにも、この男を殺さなければならないような切羽つまった事情があるとは思えない。いちおうアリバイも洗ってみたが、二人とも、その晩は、ある待合に泊まっている。まあ、新陽汽船の事件はともかく、こっちの事件は、二人とも白だろう」

「そうだろうな。どっちも、東大法学部の学生くずれだとすると、人殺しまではやらな

いだろうな。これが詐欺とか横領とかいう知能犯なら別だろうが」

雄祐のほうは、熊谷主任から聞き出せることは、せいぜいこの程度だろうと見切りをつけて、退却戦にうつったのだが、今度は相手のほうが雄祐の意図を妙にかんぐりはじめたようだった。

「ところで君は、ずいぶん、この二人のことを気にしているが、何かあったのか？」

「いや、こういう商売をしていると、万事に疑いぶかくなってね」

「なんだか、皮肉を言われているようだ」

熊谷主任は、苦笑していた。

「これは失敬。なにもあんたにあてこすりを言うつもりはないが、実はあの太陽クラブには、僕もまんまとひっかかったんでね。金額はたいしたこともないけれども、あの隅田光一という男が、自分のポケットに入れたらしくって、会社の帳簿にはのっていなかったらしいよ。それからというもの、太陽クラブの残党となると、どうしても反感が先にたつのさ。まあ、隅田の下で働いていた人間なら、どうせ、まともなことは考えっこないよ」

雄祐はたくみに、熊谷主任の追及をはぐらかし、それから女のことに話題を転じて、もうこのことにはふれなかった。

しかし、このとき、彼の心の中にひそんでいる悪の本能は、小声で彼に囁いていた。新陽汽船の事件だけではなく、江沼教雄のおかした詐欺も、ひいてはこの後の殺人も、何かの形でこの二人に関係を持っている……。

彼は自分の直感を信じた。そして、近いうちに、もっと秘密を探ったうえで、首魁の鶴岡七郎と対決してやろう、と冷たい決意をかためたのだった。

——朝鮮戦線のアメリカ将兵は、本国でクリスマスを迎えられるだろう。

マッカーサー元帥は、以前からすこぶる楽観的な声明を発表していたが、この予想は、中共軍の介入という冷たい現実に出あって、跡形もなく粉砕された。

のびきっていた国連軍の戦線は、いわゆる人海戦術にあって、随所で寸断されたのだ。

ダンケルクの悲劇を再現したような悲壮な退却作戦が、いたるところでくり返され、戦争はいやおうもなく、長期戦の形相を呈しはじめたのである。

ここまでくれば、この戦争が日本経済の復興に大きなプラスとなることは、疑う者もないくらいだった。

もちろん、冷静に考えてみれば、長い太平洋戦争で致命的な痛手をうけた日本が、朝鮮戦争のおかげで復興するということは、実に皮肉な現象だったが、当時の日本人の大半は、そんなことを思ってみる余裕もなかった。ただ、鶴岡七郎は、しだいに楽になっていく金融情勢を注視しながら、次に自分の打つべき手段を真剣に考えつづけていたのである。

政田雄祐が、七郎の事務所を訪ねていったのは十二月十日のことだった。

「なにか、金融のご相談でしょうか？」

私立探偵という肩書のはいった名刺と、一癖も二癖もありそうな相手の人相を見たときには、七郎もなんとなくいやな感じがしたが、強いて自分の感情をおし殺してたずねた。

「まあ、そういえばそういったところです」

雄祐のほうでも、七郎の顔を一目見たときから、これは、なみなみならぬ手ごわい相手だと感じていたのだった。

「とおっしゃるのは、どういう意味でしょう。ナゾナゾみたいなことを言われても、私には、わけがわかりませんな」

「ちょうど、新陽汽船の重役と、常陽精工の社長とが、一億円の手形のことで、おたがいに、わけのわからない問答をくり返したようにでしょうか」

七郎も内心これはと思った。この男は、商売がらどこかから情勢を探り出し、何かの秘密をかぎあてたに違いない。もちろん、暴力に訴えそうなタイプには見えないが、その秘密を利用して餅代ぐらいをせびりにきたな——というのが、七郎の最初の印象だった。

「ははあ、例の手形のお話ですか。実は私も商売をはじめた早々、ああいう事故手形にぶつかって弱りきったものですよ。でも、そのことなら、その後で、新陽汽船さんとのほうに、話しあいがつきまして、無事に解決したのです」

「結局、忠臣蔵の討ち入りは、めでたしめでたしで終わったということになるわけですな」

政田雄祐の言葉には、一言一言に、七郎を刺激してくるものがあった。もちろん、彼のことだから、顔色を変えるようなまねもしなかったが、この男の秘密を探る能力は相当のものだということだけは、七郎も認めないではおられなかった。

「いかがです。これからごいっしょにお食事でも……。事務所では、ゆっくりお話しもできませんから」

七郎は腹をきめて、相手を近くの料理屋へさそった。一杯二杯と、何気ない杯のやりとりがつづいたが、表面はなごやかな会食と見えるような、この場の光景のかげには、まるで決闘の場のようなすさまじい殺気が底流していた。

「私は私立探偵のお方にも、ずいぶんお会いしましたが、あなたほどの腕を持っておられるお方は、これが初めてです。これからもいろいろとお力をお貸し願いたいと思います」

七郎はいちおう下手《したで》に出て、相手の気をひいてみたが、政田雄祐は笑いもせず、

「それは条件しだいですね。人形と同じように使われて、あげくのはては、江沼教雄氏のように、線路に投げこまれるのでは、算盤にあいません」

と、短刀で肺腑をえぐるような返事をした。

「江沼君とはお知り合いだったのですか？　私も二、三度会ったことはありますが、お気の毒な目にあわれたものです。世間では金貸しというと、血も涙もない氷のような人間だとか、自分は楽をして、懐ろ手でえげつない金儲けばかり考えている人間だとか、一方的にきめてしまっているようですが、こういうことがひきつづいておこるようでは、まったく危ない商売ですよ」

「まったく、どんな商売でも、安全確実な金儲けは、望んでもできないようですね。あなたも前に、高島組の子分に狙われて、危ないところを助かったようですが」

「ご存じですか？　それは私自身にも手落ちがあったことは認めますが、とにかくつま

らない誤解からピストルをつきつけられて、私も青くなったものです」

「それで正当防衛とは言いながら、むこうにしてみれば、とにかく身内の一人を殺されたわけでしょう。それでも、黙って泣き寝いりしているのですかねえ」

「まあ、ある人を中に立てて、手打ちの式はすませましたから。同じやくざの仲間でも、あの一家には、まだ、むかしからの伝統も残っていて、素人筋とはできるだけ、いざこざをおこすまいという方針のようですし」

政田雄祐はかすかな笑いを浮かべた。

「それで、その仲裁人というのは、油屋一家の太田洋助君ですか？」

「なんですって！」

「あそこの姐御は血桜の定子、このごろでは二匹竜《にひきりゆう》の定子と名のりを変えたようですが、とにかくあなたは自分でその家を訪ねていって、五十人ほど人間を集めてくれと彼女にたのんだでしょう。その四十五人をひきいて、忠臣蔵の討ち入りのように、常陽精工へのりこんだのは、太田洋助君とあなたの友だちの九鬼善司君、それが最後には税務署の役人か、日本造船の社員かわからなくなって、とんだ悲喜劇がもちあがったらしいですね。まあ、日本橋署の熊谷主任あたりが、こんな情報を聞きこんだなら、それこそ小おどりして喜ぶでしょう」

　七郎もさすがに今度の追及には、冷たい戦慄を感じていた。この男の手に入れた情報は恐るべきもの、完全犯罪と思いこんだ彼の牙城を、根底からゆすぶり動かすだけの力を持っていたのである。

「それはかりではありませんね。江沼教雄氏は死ぬ当日、昼のあいだに用事をすませて、夜はどこかのキャバレーへ行くはずだったようです。ところが、彼は高島組の息のかかっているある家にむりやりつれこまれた形跡がある。こういうことをかぎだしたら、警視庁の捜査一課はさだめし喜ぶでしょうね」

　これはもちろん、政田雄祐のはったりだった。江沼教雄の殺害と太田洋助がなんの関係も持っていないことは、油屋の子分から確かめられたのだが、それならば高島組の力を使うほかはなかったろう、と見ぬいた彼の眼光も、やはり相当なものだった。

　だが、七郎はここでは、一分一厘の弱みも見せるわけにはゆかなかった。

「たしかに、われわれのような金融業者と暴力団とは、あるいは同盟を結んだり、あるいは一戦をまじえたり、いろいろの事件がたえませんからね。ひょっとしたなら、江沼君と高島組のあいだにも、何かの関係があったかもしれませんが、それは私たちの知ったことではありません。たとえ、あなたがそういう疑惑を警察へもちこんでいかれたとしても、捜査はおそらくなんの進展もみますまい。新しい憲法の下では、証拠がないかぎり、人間を刑罰に問うことはできないというのが原則です」

「それはたしかにそうでしょうが……。なんでも、今年の春先には、静岡銀行島田東支店の支店次長が、銀行員としてはあるまじき大失態を演じたようですね。そのときの手形は、たしかにあなたのところへまわってきたはず——。この支店次長のほうは、いまどこでどうしているのでしょう？」

「さあ、そのへんは私にもなんともわかりかねますが、常識的に銀行のほうはくびになったんじゃありませんか。それから後はどうなったか、私は風のたよりにも聞いてはいません」

「そうでしょうかね。私は江沼教雄氏と組んで、導入詐欺をやってのけたのは、彼ではないかと睨んでいるのです。たとえば、お札を数えるときの手さばきでも、経験のない人間にはできないほどあざやかなものだったようですが、もし被害者なり、舞台に使われた銀行の当事者なりが、彼の写真を見せられたら、どういうことになりますか」

さすがの七郎も、この相手には舌をまいた。彼は悪の道へ足をふみこんでから初めて、かんたんに料理できそうにもない強敵に出くわしたのだった。

「なるほど、きょうは、いろいろとおもしろいお話をうかがいましたが、それであなたのご希望はどういうところにおありなのです？」

「私ですか？」

虚無と頽廃の底に沈んでいるような暗い両眼には、そのとき、勝利を確信したような強い光がひらめいた。

「正直なところ、私は探偵という職業にいや気がさしているのですよ。もちろん金融業という仕事も、いろいろな意味で危険には違いないでしょうが、その危険をのりきって成功するということも、刺激とスリルがあっておもしろいんじゃありませんか。そんなわけで、私自身も、この道にはいりたいと思いだしたのですよ」

「金融業というのは、いまのところ、届け出制です。所轄の警察へ行って、ご相談なされば、手続きの方法などは教えてもらえます」

「それは表むきのことでしょう。ただ世の中には、たとえば、あなたがたのいままでなさってきたような裏街道があるということは、商売がら私にはよくわかります。そういう意味からも、私はあなたの歩いてこられた道を徹底的に研究しぬいたのですよ」

「それで？」

「あなたは、私のことを私立探偵としては珍しいほどの人間だと言われましたね。そういう賛辞は、そのまま熨斗をつけてお返しいたしましょう。あなたもたしかに金融業者、それも裏街道のお方としては、天下に珍しい手腕家です。年こそ若けれ、私がこの道に志すからには、兄事《けいじ》すべき人間は、あなたのほかにはないと思ったものなのです」

敵はようやく、手の中のカードをさらしてみせたのだ。この妥協的な態度には、七郎も、いくらかほっとした。現金よりも、黄金の卵を産んでくれる鶏がほしいという相談なら、また手の打ちようがないでもない……。

「そうですね。ご希望の件はよくわかりました。なんとかお世話したいと思いますが、いま急には……。しばらくお待ち願えますか」

「ごもっともです。それでは十日お待ちしましょう。年内には、また熊谷君といっしょに、飯を食うことになっていますから」

「ただ、いまのお話はあまり他人にはお話しなさらないほうがいいでしょう。あなたがそういう情報をどこからお集めになったかはしれませんが、たとえば香具師《てきや》でも博打うちでも、仲間の秘密をよそへもらした人間には、たいへんな制裁が待っているものです。指の一本二本はおろかなこと、裏切り者は殺せということになっても、なんのふしぎもないことです」

「それは十分気をつけましょう。ただ、私のような人間は殺したほうが早いなどとお考えになるのも間違いですよ。江沼君のようなお人よしとは違って、私は一種の生命保険とでもいうような手段を準備しています。もちろん、私の生きている間は、めったなこともしませんが、万一私が死んだときには、いままで集めた情報は、一つのこらず、警察の手にわたることをご承知ください」

表面は大きな声を一度も出すことのなかった平和な会食だが、これは真剣勝負に近い虚実の応酬だった。この強敵との会見を終わって、事務所へ帰ってきた七郎は、さすがに冷や汗がにじみ出すのをおさえることができなかった。

木島良助とは、いったん袂《たもと》をわかったのだが、この問題が再燃し、ここまで紛糾してくれば、そういうことも言ってはおられなかった。七郎はすぐ彼と九鬼を待合へよびよせて、緊急に対策を相談せねばならなくなったのである。

七郎の説明が進むにつれて、二人ともしだいに青くなりだした。

「どこで秘密がもれたのかな。あの四十五人にしたところで、あの一家の息のかかった精兵ばかり、めったに口を割る気づかいはないはずなのに」

九鬼善司は大きく溜息をついていた。

「それが蛇の道は蛇なのさ。たしかに四十五人も一度に人間を集めた日には、一人や二人、口のかるいやつがまじっていても、ふしぎはないとも」

七郎は思わず苦笑しながら、

「やつの話には、多分にはったりがまじっていると僕は思った。ただ、かんどころだけは、いやになるほど、ぴしゃりぴしゃりとおさえている。たとえば、四十七士の討ち入りの件にしても、僕が最初あの家へ訪ねていったことまで知っているのだから、その秘密をもらした人間は、おそらく太田君の直系の子分だろう。そのことを彼に話したら、むこうはえらいさわぎになる。張本人がわかったら、指だけではすまないだろうが、そこまでのことはしたくない」

「それではやるか?」

木島良助は、両眼にぶきみな光をたたえて短く言った。

「どうせ僕の手は血でよごれている。こうなれば、二人も三人も同じことだ。あなたたちには誓って迷惑はかけないよ」

「やめたまえ、殺人という行為には、僕は前から反対だった。ことに今度のような相手は一筋縄ではゆきっこない。へたにかたづけようとしたら、こっちが墓穴を掘る危険も十分にあるのだよ」

「それではどうする」

「僕はいままで何時間か、頭をしぼりつくしたのだが、もう、こうなっては方法がない。餌をくわせて、彼を泥沼へひっぱりこむしか手がないと思うんだよ」

「その餌とは？」

「帝国通運のいっさいの権利――、偽造手形までふくめてだが、それを渡して、彼に秘密をまもらせるしか方法はない」

「なんだって！」

木島も九鬼も、これにはびっくりしたようだった。毎月三百万以上の金を産んでくれる大財源を渡さねばならないのか、と言いたげな表情だった。

「君たちの気持ちはよくわかる。しかし、あちらのほうの仕事をこれ以上つづけていくのは、危険このうえもないことなのだよ」

「どうしてだ？」

「君たちも知っている伊達珠枝――。彼女はこのごろ、自家用車など乗りまわしている。運転手つきのビュイックだ。もちろん、亭主のほうが、毒を食らわば皿までという心境になって、自分でも大胆な使いこみをやりださなければ、課長ぐらいの分際で、女房がこれだけの車を乗りまわせるわけはないが、そういう不正な贅沢が、いつまでも人の眼につかないですむと思うのは、たいへんな考えちがいだよ」

「なるほど、それではむこうの経理の不正の発覚は、時の問題だというわけだな」

「そうだとも。あと半年か一年か、まず二年とはもつまいな」

七郎は二人の顔を見まわして、

「たとえはおかしいかもしれないが、ああいう仕事はトランプにすれば、ジョーカーのようなものだと思うよ。ある場合には、ほかのどういう札よりも強い万能の切り札だが、逆にばば抜きという遊びでは、これを最後まで持っていた人間が貧乏くじをひくことになる」

「なるほど、それではこの際、彼をだまして、ジョーカーをおしつけようというわけだね」

「そうだ。これだけ金の卵を産んでくれる鶏ならば、誰でも宝物と思って飛びついてくるだろう。おそらく、彼にもこの鶏がもっている毒は見当がつくまいね」

七郎は笑った。たとえ最初の一度は相手に勝利を譲っても、最後の勝利はこちらにあるという自信を秘めた笑いだった。

「それで？」

「ただ、問題はその方法だ。僕自身が、この脅迫におびえ、ジョーカーをゆずったということが、彼にもれてはまずいのだ。この際は木島君に損な役まわりをおしつけるようだが、ひとつ、みんなのために犠牲となってはくれないだろうか？」

「なるとも。お安いご用だよ」

一瞬の間もおかずに彼は答えた。

「僕は、場合によっては、死刑の言いわたしをうけたとしても、しかたのない人間だよ。刑務所へ二年三年行ってくるぐらいのことは、それにくらべればなんでもないが、それでは、僕は政田雄祐とかいうその男と、最後まで行動をともにして、いっしょに刑務所まで行ってくればいいのだね？」

「僕からは言いにくいが、最悪の場合には、そこまで腹をきめてもらえないか。彼の狙っていることは、僕たちと同じような金融犯罪での成功だ。しかし、それは、彼が考えているほどやさしいものではない。性格的にいって、彼はこういう方面で成功する素質をもってはいないのだ」

木島も九鬼も眼を見はった。

「そうかねえ……。僕が話を聞いてうけた感じからいうと、彼は、あなたまではいかなくても、隅田君ぐらいは切れそうな感じだが」

「それに勇気もありそうじゃないか。あなたほどの人間に物言いをつけて、これだけの獲物を吐き出させようというのは、ふつうの人間にはできないことだよ」

「まあそのへんのことは、おいおいわかってくるだろうが」

七郎も冷たい笑いとともに、

「彼はおそらく、いままでどおり探偵の道をすすんでゆけば、これ以上成功できる男だと思う。断片的にかぎ出した情報を分析整理したうえで、眼に見える事件の隙間隙間にはめこみ、表も裏もぴったり合った事件の真相を再現してみせるというのは、たしかにすぐれた能力だ。しかし、ぜんぜん何もないところから、すべてを生じる独創力を、彼が持ちあわせているかどうかは、これとは違う問題だよ」

「なるほど、犯罪者として成功するために最も必要な能力は、独創力——。彼はその力を持ちあわせてはいないというわけだね?」

「まあ、一度や二度、会っただけの印象で、人の能力を批判するのは、冒険すぎるかもしれないが、僕のこの判断はあまり間違ってはいないだろう。木島君もできるなら、彼の失敗を見とどけて、最後の瞬間に、ジョーカーを彼におしつけて、身をかわしたほうが利口だぜ」

「心得ている。最悪の場合には、彼とさしちがえて死ぬまでだ。もう一度、特攻精神をふるいおこせば、天下に恐れるものもない」

木島良助は、かたい決意をこめて言いきった。

それから三日後、七郎はもう一度政田雄祐に会うと、木島の身柄を預かってほしいと言いだした。相手は最初は意外なような顔をしていたが、木島がかわって、帝国通運の件をもち出すと、小おどりして喜んだのである。しかも、木島はこの権利の代償として一千万円の手形を政田から要求し、それを七郎たちに置き土産として残しておいたのである。

しかし、政田雄祐にとっても、この一千万円の投資は決して高いものではなかったろう。帝国通運の偽造手形をほとんど無制限に使うことによって、彼はわずか三カ月の間に一千万円の手形をおとし、そのうえに、数百万の利益をあげることができたのである。

このジョーカーの利用価値は、あと半年ぐらいだろうと考えた七郎の予測は、期限の点だけではあやまっていた。

帝国通運の経理の不正が発覚したのは、それから二年後のことだった。この間に伊達課長たちの使いこんだ金額と、政田雄祐が偽造手形でひき出した金額とは、あわせて二億円にのぼっていたのである。

しかも、この事件は、ただの一会社の問題にはとどまらなかった。戦後最大の経済事犯といわれた陸運疑獄は、後日、この不正経理の問題にからんで白日の下にあばき出されたのである……。

それはずっと後の話だが、こういう苦戦の連続は、七郎にも一つの教訓を与えた。どのような人間も心から信用することはできないと痛感した後は、次の大犯罪を自分一人の力だけで強行しようと腹をきめたのである。

その新しい犠牲者は大和《やまと》皮革という会社であった。

10　八方やぶれの戦術

大和皮革という会社は、皮革業者としては日本の四大会社の一つだが、経営は決して楽ではなかった。

もちろん、たとえば株価の高低からでもわかるように、どのような時代にも、産業の業種によって、好況不況の差は出てくる。

朝鮮事変の長期戦化が予想されるようになってから、終戦後、火の消えたような格好だった重工業界は、とたんに生気をとりもどしたような感じで、どの会社も戦争景気を謳歌しはじめたが、皮革業界には、まだ春はめぐってこなかった。矢島《やじま》皮革という四大メーカーの一つは、昭和二十四年の暮れに、巨額の不渡りを出して倒産していた。そして残された三社の中では、大和皮革が最も危ないということは定評だったのである。

この社長の野崎寿美男《のざきすみお》はまだ若かったが、専務の上松利勝《うえまつとしかつ》は、明治二十七年生まれ、先代の社長を助けて、前掛けをかけ、辛苦をともにしてきた苦労人だった。

本社は東京の新富町《しんとみちょう》にあり、工場は静岡県の三島《みしま》にあるが、経理のほうは赤字の連続だった。この会社が立ち直るかどうかは、アメリカの特許になっているクローム皮革の製造機械を買い入れて、動かせるかどうかにかかっているというのが業界の定説だった。

社長と専務はいろいろの役所にお百度参りをした結果、どうにか、機械の輸入許可をうけることには成功したのだが、この計画には、最初からかなりの無理がともなっていた。計画自体は優秀でも、それを完遂するまでの資金の融通ができなかったのだ。どの銀行も、話を聞いただけで、首をひねった。たしかに事業の回転資金にもつまって、高利の市中金融にたよらなければやってゆけないような状態の会社が、新しい大設備に莫大な金をかけようとするのは、銀行家の眼から見れば、一か八かの博打に見えたかもしれない。

そういう情勢の下にあった昭和二十五年の五月、鶴岡七郎は初めて上松専務に会ったのだが、正直なところ、七郎には相手の第一印象は決して好ましいものではなかった。

小さな皮屋から身をおこし、相当の大会社にまでのしあがった人物としては、まぬがれないことかもしれないが、上松利勝の印象は、どさまわりで年を食った旅役者の座頭か、小博打うちを思わせる感じがあった。

こういう材料をあつかうような人間は、どうしても、気のあらい連中が多いだろうし、場合によっては、自分でも啖呵《たんか》ぐらいは切らなければならなくなるだろう。そういう経歴が、やがて第二の天性となり、風貌にまでも自然とにじみ出てきたのかもしれない。

「私が生まれたのは、ちょうど日清戦争のときでしてね。父親が戦勝を祈願して、私にこういう名前をつけてくれたのだということです」

こういう話を聞いたとき、七郎は心の中でほくそ笑んだ。利勝とは勝利をさかさまにした名前ではないか。勝利の反対は敗北なのだ。彼はこういう名前を子供につけて、得々としていた相手の親の愚かさを笑うとともに、自分が今度はこの相手をたたきのめしてやろうと、激しい闘志を燃やしたのである。

「そうですか。何しろ、われわれは太平洋戦争以外、戦争というものを経験していませんからね。あなたは、今度の戦争も負けるとはお考えにならなかったでしょうね？」

何気ない会話の中にも、七郎はちらりと挑戦の言葉をまじえたのだが、相手はそれまでのことは、考えてもみないようだった。

「そうですね。シナ事変の間はともかく、こっちから、アメリカとイギリスに戦争を売りつけたときには、私も東条首相は錯乱したのかと思ったものです。でも、因果はめぐる火の車ですねえ。日本も、日清戦争以来、戦争というものは、必ず勝つものだと思いこんで、結局は、元も子もなくしてしまったし、今度の戦争に勝ったアメリカのほうも、いまになって、朝鮮などで、日本のかわりになって手を焼いているんじゃありませんか」

なんでもないような、ごくありふれた会話だったが、ふしぎなくらい、この初対面のときのやりとりは、七郎の頭に深くきざみこまれて、離れることもなかったのである。

それから七郎は、黙って、彼の会社の手形を割引してやった。むこうも用心しているらしく、その手形の金額も十万円単位だったが、七郎の作戦が効を奏して、こちらを信用したのか、しだいに、その手形の金額を増してきて、何百万という額面のものを持ってくるようになった。

銀行でも警戒しているような会社の手形だから、信用の度はうすい。したがって、たとえば、一千万の手形でも、すぐに現金にしようとすれば、七百万円ぐらいにしかならない。それを七郎は、自分が出血してまで、九割程度の現金をそろえてやったのだ。上松専務が、七郎を大いに徳としたことはいうまでもない。

「いつも、あなたのおかげで助かりますよ。実は、私にもあなたと同じ年ごろの子供があって、ブーゲンビルで戦死したのですが、こうしてあなたにお会いするたびに、私はいつも、その息子のことを思い出してしかたがないのですよ」

というような言葉が、七郎に会うたびに、いつでも口からとび出した。

「いや、少しでもお役にたてば結構です」

七郎は顔に微笑をたやさなかったが、その心の中の声は、かすかな嘲笑とともに、

――まあ、豚はできるだけふとらせろよ。

と囁いていたのであった。

そして、彼が頭巾《ずきん》をぬぎすてるときはきた。昭和二十五年の暮れもおしつまってから、上松専務は、彼にクローム皮革製造装置の輸入についての金融の相談をもちかけたのである。

「鶴岡さん、われわれとしては、この半年、農林省に通産省、それから大蔵省にお百度をふんで、ようやく輸入許可までこぎつけたのですが」

冬の西日が、窓からさしこんで、専務の顔を、酒に酔ったように赤くそめていた。しかし、この言葉には、謎をかけているような含みがあることを、七郎は聞きのがさなかった。

「それはおめでとうございました。クローム皮革というと、ぴかぴか光る皮でしょう。

その新製品が世に出れば、おたくのほうも、長年のピンチからぬけきれるわけですね」

「まあ、二年もしたら、うちもいろいろの方面で、面目を一新しているでしょうね。私にとっては、これが最後の仕事になるかもしれませんが……」

——そういうことになるでしょうな。

と七郎は口の中で呟いた。彼の予想に狂いがなければ、この相手は、この装置の輸入問題にからんで、大失敗をやってのけるわけなのだ。もちろん、専務の椅子も投げ出さなければならないだろう。たとえ先代からの功労者でも、会社の命とりになるほどの大出血をまねいたのでは、その運命は、火を見るよりも明らかなのだ……。

「それで、あなたにご相談というのは、その間、かなり巨額の手形を割ってくださる金融業者を見つけてはいただけないかということです。もちろん、われわれとしては、銀行方面にもできるだけの手は打っていますから、機械が動きだすようになれば、低利の金に借りかえられるだろうと思いますが、ここでずるずる日をおくらせては、はいるべき機械もはいらなくなるのです」

「その期間は？」

「約半年と睨んでいます。九十日払いの手形を二度、切りかえしていただけばいいと思います」

「それで金額は全部でおいくら？」

「五千万円ほど必要なのです。いかがでしょうか。来春早々でよろしいのですが、あなたのお知り合いの中に……」

「そのくらいの額でしたら、私一人の力でも割ってさしあげられますよ。もちろん、ある程度は、私のかげの金主の力も借りなければならないでしょうが」

七郎はこともなげに言って、ゆっくりと新しい煙草に火をつけた。

上松専務は眼を見はった。七郎の正体を知らない彼は、七郎の金つくりの能力を、せいぜい一千万までと軽くふんでいたのだろう。

「失礼ですが、あなたのお年で？　それも、この仕事をおはじめになってから、まだご経験もあさいとおっしゃるのに」

「年齢とか経験というものは、ある場合には、たいへんものを言いますが、ある場合には、たいして問題にならないんじゃありませんかねえ」

これもまた、鋭い皮肉をきかせた言葉だった。悪魔的な性格を持っている七郎は、こうして相手を料理しようという前には、自分の意図を何気ない会話の中にまじえて、勝利の喜びを前から味わおうとしていたのである。

「とにかく、私の金主というのは、名前ははっきり言えませんし、国籍もどことは言えませんが、銀座にキャバレーや料理屋を何軒も経営していて、いつでも億の単位の金は動かせると言っているのですよ。たしかに、私財にしたところで、何十億あるか、わからないでしょう」

「中国のお方ですか？」

上松専務は、なるほどというような表情になった。たしかに、終戦後数年、日本に進出してきた中国人の経済的活動に関しては、あらゆる点で定評があった。

もともと、華僑《かきょう》という人種は、商売上手では世界的に名声を博しているし、それに戦勝国民の強みで、日本の法律にはしばられないという特権を持っていた。へたをすると日本の経済は全部中国人に支配されてしまうぞ——という声も、昭和二十三年ごろまではあったくらいだった。

ただ、国府と中共との抗争で、外部に対しての発展力が弱まったためかもしれないが、このごろでは、そういう声もあんまり聞こえなくなった。だが、その中の成功者は、ここ数年の間に莫大な巨富を積んで、次の機会を待っているのだろうということは、誰にも想像できたのである。

そして、詐欺に成功する秘訣の一つは相手の想像力を刺激して、薔薇色《ばらいろ》の夢を見させることだ。もちろん、七郎はそういう人間など金主に持っていたわけではない。ただ、上松専務に彼の背後の財力を信じこませれば、それで事は足りたのである。

「まあ、そういったところですが」

七郎はあいまいに言葉をぼかした。

「鶴岡さん、それではひとつ、そのお方をご紹介くださいませんか。いや、私としては、あなたのお話を疑うとか、あなたをぬきにして、話を進め、直接取引にもちこもうとか、そういう気持ちはさらさらないのです。ただ、念には念をいれるというだけの意味しかないのですが」

明治人というのは、すべての行動に、背骨《バックボーン》が一本通っているといわれるが、たしかに上松専務も、今度はえらく慎重だった。

これがいつもの七郎なら、すぐに人形になるような中国人をひっぱりだして、相手を信頼させようとしたに違いない。しかし、今度は七郎も強気だった。

「その人と私との関係は、信頼と友情のうえに立脚したおつきあいです。私の兄は医者をしていますが、今度の戦争中に、あるところでその人の命を助けてやったことを、むこうはたいへん徳としているのです。それが、今度私がこういう仕事をするようになってから、ご援助いただいている理由ですが、私自身の信用もお疑いならば、ひとつ証拠をお見せしましょう」

七郎は鞄の中から、何枚かの手形をとり出して、デスクの上においた。例の帝国通運の偽造手形の最後のものだった。金額はそれほどのことはないにしても、一流中の一流といわれるこの大会社でさえも、彼を通して金融を行なっているという発見が、上松専務にある安心感を与えたことは、疑いもない事実だった。

「たとえば、おたくが工場の建築でもすることになって、どこかの製鉄会社に鉄材を発注したとしましょう。その会社が直接取引に応ずることはまずないでしょう。自分のところの特約店になっている問屋筋を指定して、そちらと取引してくれと言うにきまっていますね」

「まず、ふつうの場合には……」

「私の場合がやはりそのとおりなのです。その人はいろいろの理由で表面に出たがらない。あなたをご紹介してみても、まず会ってはくれないでしょうし、またあなたがほかのルートから、その人に会われたところで、金融の話などなさったら、自分はいままで、そんなことはしたおぼえがないとつっぱなすでしょう。まあ、私という人間が信用できなかったなら、遠慮はいりませんから、どうぞほかへ話をまわしてください」

「わかりました。社長とも相談したうえであらためてお話しいたします」

上松専務は九割まで、七郎の術中におちいったようなものだった。

七郎にとって、多事だった昭和二十五年は終わり、昭和二十六年がやってきた。

ふつうの金融業者は、年の暮れこそぎりぎりまで殺人的に忙しいが、新年からはひまになる。

どういう事業家にしたところで、越年資金のほうは、年内に準備を終わるものなのだ。まさか、門松もとれないうちから高利貸のところへ飛びこんできて、金を貸してくれとたのみこむ人間はいるものではない……。

七郎も新年は、たか子といっしょに関西へ出かけた。京都、大阪を見物して、白浜《しらはま》温泉へ、豪華な新婚旅行のようなコースをたどったのだ。

「しあわせかね？」

白浜の旅館のベランダの籐椅子で、七郎は海を見ながら、たか子に聞いた。

「ええ、とても」

たか子は、やさしい微笑を浮かべて答えた。

「隅田君とくらべて、どっちかね？」

「また、そのお話？　そのことだったらもうおっしゃらない約束じゃありません？」

たか子は美しい眼で、七郎を睨んだ。

「そうだったねえ。ただ、僕という人間の心からは、いつまでも、彼のイメージが消えないのさ」

七郎は苦笑いしながら言葉をつづけた。

「世の中には、好敵手とか、ライバルとかいわれる存在がある。表面では、にこにこ笑いあっていても、腹のなかでは、この野郎、おまえにだけは負けてたまるか――と、歯ぎしりしている競争相手だ」

「あの人が、あなたにとって、そんな相手だとおっしゃるの？」

「まあ、聞きたまえ。少なくとも、太陽クラブが発足した当時、僕にはそんな大それた考えは持てなかったよ。つきあいを始めてから日もあさく、むこうの学校の成績が僕なんか問題にならないほど、ずばぬけてよかったせいもあるだろうが……。とにかく、彼は僕たちにとっては偶像のような存在だった。僕だけではなくって、木島も九鬼も、彼の言うことなら、百パーセント信用してついていったものだ。ヒットラーという人間には、反感をもっている相手でも、一度その前へ出て、眼を見たり、声を聞いたりしているうちには、いつのまにかそのとりことなってしまうような、ふしぎな力があったというが、彼にもたしかにそういうところがあったね」

「わかります。あなたのおっしゃることは」

「ところが、僕は彼といっしょに、仕事をはじめてから、おやと思いだしたんだ。もちろん、どんな人間にも欠点はある。そして、その欠点は外部からながめているよりも、内懐ろにはいってみたほうが、よくわかるというのは真理だよ。ただ、学問的な才能は別として、彼の事業に対する能力には、疑問のおこる点が少なくはなかったよ。いつのまにか、僕には一種の自信が生まれた。これぐらいのことなら自分でもやれるという信念が、僕を支配してきたのだよ」

「……」

「それから僕は、彼を追いこすことに必死になった。ただ彼は死んでしまった。自分から、勝負を投げてしまったのさ……」

たか子の眼には涙が浮いた。どんなに忘れようとしても死出の旅路をともにしようと誓った男のことは、心から離れないのだろうと思いながら、七郎は言葉をつづけた。

「あれからちょうど一年ちょっと……。僕が計画し実行してきた仕事のほうは、九割九分までうまくいった。しかし僕は一つの仕事をするたびに、たえず、これが隅田なら、どんな手を打ったろうと考えるのだよ。もしかしたら、彼には僕のやっているようなことはできないかもしれない。しかし、考えようによっては、僕よりも、ずっと、上手《うわて》の方法を考え出したのではないかという気もする」

「むごいわ。あなたという人は……」

「たしかにむごいかもしれない。死んだ隅田をよみがえらせて、どうだ、君ならこういう場合にどんな手をうつとたずねるわけにもゆかないからな。ただ、僕の心の中には、まだ彼の幽霊が住みついて離れないような気がするのだ。なんだ、このくらいのことならば、僕ならもっと手際よくかたづけるよと笑っているような気がするのだ」

「忘れてください。もうあの人のことは」

「僕にしたところで忘れたい。ただ、ほんとうに彼を忘れるためには、もう一度その幽霊をよび出して、ぎりぎりの対決をしなくっちゃいけないのだよ」

七郎はたか子の眼をじっと見つめて、

「おまえは彼と僕と、二人の男を知っている女だ。むごいようだが、一言聞く。二人を比較してどうなのだ？」

たか子は真っ赤な眼で七郎を見つめた。

「あなたは、信用してくださるかどうかしれませんけれども、それではほんとうのことを申しましょうか。わたくしは、あの人とはなんでもなかったのです」

「なんだって！」

七郎は思わず眼を見はった。最初、たか子の肉体を征服したときには、一種の処女らしさを感じたものだったが、まさか、彼女がほんとうの処女だろうとは思ってもいなかったのである。

「わたくしは、ある晩、あの人に待合へつれてゆかれました。そこが、どういう場所かということは、ぜんぜん知りませんでした。あなたがいつまでも、わたくしのことをかまってくださらないので、いくらかやけになっていたことはほんとうですが、まさかあの人と」

「それで?」

「最初はただのお料理屋さんだと思ったのです。お酒を飲まされて、わたくしはふらふらになるほど酔いました。でも最後のときには、わたくしは必死に抵抗したのです。酔いもなにもさめてしまって、一晩じゅう……。とうとうあの人は言いました。

——まあ、いいさ。こういうところで男と一晩泊まったということになれば、君がどんなに無実だと言っても信用しないよ。鶴岡君にしたって、そう思うだろう。

たしかにそうかもしれません。父はあのとおりむかしかたぎの人間です。わたくしが家へ帰っていったときには、それこそ火のように怒りました。そこへ、差出人の名前も書いてない手紙がやってきました。待合の名まで書いてあります。そんなことから、わたくしは家におられなくなったのです」

たか子は涙をふきながら、しっかりした調子で次の言葉をつづけた。

「でも、ほんとうに死のうと思ったのは、こういうことが、あなたの耳にはいっては、もう、あなたをどんなに思ってみてもしかたがないと思ったからです。信じていただけますか。この話……」

たしかに、これは常識では納得できない話だった。

七郎はこれまで、男を知りぬいている自信があったが、女の心を知っているという点ではまったく自信がなかった。

ただ、このときのたか子の眼には、女心の神秘さがいっぱいにあらわれていたのである。

「信ずるよ、おまえだけはね」

と言ったとき、彼の心がとたんに軽くなるのを感じた。

いままで、心のどこかにこびりついて離れなかった光一の亡霊が、一瞬に去ったような気がしたのである。

この旅を終わって、東京へ帰ってきたとき、上松専務は総額五千六百万の手形をそろえて、彼に五千万円の現金を作ってくれるようにたのんだ。

七郎は三日の猶予を求め、それを四千三百万円の現金にかえ、相手には一銭も渡さなかった。

このままゆけば、彼は詐欺横領の罪に問われて、逮捕されることは火を見るより明らかだった
しかし、七郎には、自分の舌と腹だけで、この窮地からのがれる、十分の自信があったのである。

この計画は、たとえば日本造船事件のように、大勢の人間の力を借りる必要はなかったから、七郎も九鬼善司と綾香以外には、秘密も打ち明けなかったのだが、この話を聞いたとき、善司は真っ青になっていた。

「どうしたのだ？　あなたはいったい正気なのか？」

いままで七郎が聞いたこともないような言葉が口からとび出した。

「おどろいたかね？」

七郎は微笑を浮かべたまま問い返したが、善司はいよいよせきこんだ。

「おどろいたとも。ヒットラーがソ連に侵入をはじめたときのドイツ人の気持ちは、こんなものだと思うよ」

とやり返した。

「なるほど、それでは君はこう思ったのだね。僕はこの一年、ほとんど不敗の進軍をつづけた。もちろん、人間のことだから多少の失敗もあったし、計画が計画だから、危険をおかしたことはしかたがないとしても、とにかく法律には一度も問われることがなく、莫大な黄金を手にいれた。その戦勝に思いあがって、気がゆるみ、自分の墓穴を掘るような暴挙に出た――と、言いたいのだね」

「正直に言えば、そのとおりだ」

善司は大きく溜息をつき、かるく頭を下げながら、

「もし、この計画を始める前に聞いたら、僕はどういうことをしても、あなたを止めたろうと思う。その相談をしてくれなかったということは、僕が軽蔑されたというより、あなたが思い上がって油断したようで、僕は残念でたまらないのだよ」

「そんなに心配することはないのだがねえ」

七郎は、相手をなぐさめるように言ったが、善司は聞こうとしなかった。

「これが、心配する必要がないというのか？　とんでもない……。これが成功したならば、世の中には、詐欺や横領で、刑務所へ行く人間は一人もいなくなるじゃないか？」

「それは理屈だ。六法全書の条文に照らしてみれば、たしかに今度の事件は、純粋な詐欺横領の形をとっているが」

「ところが、検事なり裁判官なりという人種はね、六法全書の条文と判例のほかには、天下にたよるべきものがないと思っているのだよ。これはもう、常識以前の常識だ」

「しかし、その六法全書にも盲点はある。警察の行動にも一種の死角というものがある。それをうまく利用すれば、こちらは安全だ。同じ種類の罪をおかした百人のうち、九十九人が刑務所へ行くとしても、僕だけは行かずにすませられるのだよ」

「信じられない」

善司は髪を両手でかきむしりながら、

「とにかく、これまでやった事件は全部、あなたが『善意の第三者』だった。うらの事情は別として、法律的に事件の表面を追うならば、警察は必ず犯人と目されるほかの人間にぶつかったのだ。たとえ、その男が行方不明になっていても、実際にはあなたの人形だったとしても、とにかくその人間がいたからには、そいつがクッションのような役をして、あなたの身には直接危険がおよばなかったのだ。ところが、今度の事件では、そういう中間体がない……」

「その点は十分計算ずみだとも。今度はむこうの専務を、その中間体に使うのだよ」

九鬼善司は眼を見はっていた。

「わからない。僕にはあなたの言っていることがぜんぜんわからない。たしかに、あなたのような人間を信頼して、五千六百万円という巨額の約手をわたし、それを割ってもらうようにたのんだということは、むこうもたいへんな落度だろう。その金が返ってこないとなれば、会社もやめなければいけなくなるだろうし、道義的にも責任を問われることは理解できるが、少なくとも、彼は刑法上の罪人にはならないはずだ」

「ところが、彼を刑法上の罪人にできたなら、少なくとも彼と僕とは、同罪になってくるのだよ。僕を刑務所へやろうとすれば、彼もいっしょについてこなければならなくなる。自分が罪をのがれるためには、僕もいっしょに助けなければいけない……。この事件がもう少し進んでくれば、彼はとうぜん、そういうジレンマにぶつかるはずなのだ」

「その罪は？　彼がひきずりこまれるはずの罪名は？」

「業務上横領ならびに背任罪——。僕のおかした単純横領よりは、はるかに刑が重いのだ。むこうがへたにもがいたら、こっちが執行猶予になって、むこうだけが刑務所に行く、というような事態も考えられる」

七郎の言葉の意味は、まだ完全に理解はできなかったろうが、善司はいくらかおちつきをとり戻したようだった。

「まあ、あなたにそれだけの自信があれば、僕としてはもう何も言うつもりはないが、少なくとも今度の作戦は、八方やぶれだということだけはたしかだね」

「八方やぶれか、うまいことを言う。しかし、僕としてみれば、今度だけは、はっきり表面に姿を出して、彼と勝負をしてみたくてしかたがなかったのだよ」

「その専務を、あなたはそれほど憎んでいるのか？」

「憎い……。個人的には、なんの恨みもないとはいえるが、とにかく今度の戦争をまきおこし、日本を四等国に追いこみ、僕たちの友だちを無数に戦死させたのは、彼ら——いわゆる明治人たちの責任だよ」

「それはわかる。それなのに、彼らは口を開けばたえず近ごろの若い者はとか、戦後派の人間はとか、われわれを軽蔑するようなことばかり言っている。僕だって、むっとするようなことは、たびたびなんだがねえ」

「だから、今度は僕がそういう青年層の代表として、明治生まれの人間の代表としての彼と正面から一戦をまじえようというのだよ。頭と頭、腹と腹とで対決して、いわゆる戦前派の連中に、あっと言わせてやりたいのだ。今度、君にたのむ役はたいしたことではないが、黙ってついてこられるだろうね？」

ここまで言われては、善司も最後の腹をきめたようだった。

「よかろう。僕はあなたを信ずるよ。どうせ、最後の最悪の場合には、刑務所までても、一蓮托生《いちれんたくしょう》でついていこうと、覚悟をきめていたのだからね」

口ではいさぎよく言ったものの、さすがにその顔には血の気もなかった。

もちろん、男同士の約束だから、最初の三日は、上松専務もなんとも言わなかったが、四日目からは、追及も急になってきた。

手形をわたして五日目に、七郎の事務所を訪ねてきたときには、眼の色もすっかりかわってしまっている。

「鶴岡さん、期限から二日すぎましたが、いったい、お約束のお金はどうなったのです？」

「すみません。こういうわけではなかったのですが……」

七郎は神妙に頭をかいてみせた。

「とにかく、相手が関西へ出かけていて、まだ東京に帰ってきていないのです。きょう、あすじゅうにはもどってくると思っているのですが」

「それではいたしかたありません。いったん手形を返していただきましょう」

「それは相手の秘書にわたしてあるのです。翌日、本人がきたならば、すぐ小切手を切ってくれることになっていたのですが、その秘書も、その晩から東北に出かけて、まだ帰ってきていないのです」

「鶴岡さん」

上松専務の声は、まるで白刃のような鋭さを持っていた。

「秘書というのは、ふつうは、社長と行動をともにするのですがねえ。今度はその二人が、べつべつの行動をとったというのですか？」

「いや、小さな会社の社長とか、小金持ちならともかく、あれほどの大金持ちともなれば、大会社の社長のように、秘書を二人や三人はやとっていますよ。つまり、私が手形をわたしたのは甲の秘書、本人は乙の秘書をつれて旅行に出かけたというわけです」

上松専務の顔には、不信と怒りの色がはっきりとにじみ出ていた。明らかに、逃げ口上だとわかるようなこのせりふにひっかかるほど、彼は甘くはなかったのだ。

「それでは、今度こそそのご当人の名前をうかがいましょう。あなたとしても、こういう段階までくれば、その名前を明かしてくださる義務はあるだろうと思います」

「それは、男と男との話しあいですから、最後まで申しあげられません。私としては、それを申しあげて、あなたの疑惑をといていただきたいのは山々ですが、業務上の秘密は、あくまでも厳守しなければならないというのは、金融業者の鉄則なのです」

「それでは、警察に行ってもですか？」

「警察……」

七郎はわざとおどろいたような顔をしてみせた。

「そうです。これが百万までの金でしたら、私のほうも、これまでの関係がありますから、表沙汰にしたくはありません。しかし、会社の浮沈にかかわるような金額になると、私としても責任上、このことは警察に相談しないわけにはいかないのです」

専務の声はきびしかった。

「警察のほうは、とうぜんどういう方法に訴えても、あなたを調べて、誰に手形をわたしたか、その相手の名前を聞き出そうとするでしょう。それで、あなたの言っていることが正しければ、その中国人が旅行から帰ってきて、手形のかわりに小切手を切ってくれさえすればあなたはちょっと、不愉快な思いをなさるだけで、大手をふって警察から帰ってこられるでしょう」

「たいてい、そういうことになるだろうとは思いますがね」

「それなら大いに結構です。私のほうとしましては、なにも、あなたが罪人となることを望んでいるわけではありません」

専務の両眼は燃えていた。口から怒りを爆発させることは、必死におさえているが、心の中にあらわれている激情は、どうしても眼にひらめくのだ。

「ただ、警察の取調べで、あなたの言っていることに少しでも嘘があったとわかれば、それだけで、あなたは詐欺の罪に問われる。その人物の秘書以外の男の手に、あの手形が渡っていたならば、そこからは横領罪が成立する。もし、その秘書があなたをだましたとすれば、それはパクリになるでしょうが、私が彼に会って、自分であの手形を渡したのではない以上、あなたの罪は消えないのです」

「私も、大学では法律を学んできた男です。ことにこういう商売をするようになってからは、小切手法と手形法の知識を忘れては、一日もやってはゆけません。刑法の方面にしたところで、あなたが、いまおっしゃったようなことは十分心得ております」

「それならば、もう、言うこともありますまい。私はただ念をおしただけなのですが、それではこれで失礼しましょう」

椅子から腰を浮かしかけた上松専務を、七郎はかるく手でおさえた。

「ちょっとお待ちください。私もいちおうこれまでは、金融業者として、なんの間違いもなくやってきた男です。ちょっとした手違いから、業界なり世間なりに、妙な評判がたつのはいやなことです。要するに、五千万円のお金をそろえてお渡しすれば、たとえ、それを一時ほかから融通してきたとしても、それでこの問題は解決するわけでしょう」

専務はデスクのむこうに立ったまま、まだ警戒の心をゆるめた様子はなかった。

「それは、あなたのお仕事のうえのテクニックでしょうから、その金をどこから工面なさろうとご随意です。私どもとしましては、五千万円の現金なり、銀行振出しの小切手なりをお渡しいただければ、その出所はあえて問いません。ただ、それは期限の問題です。ここまできては、もう長期の猶予はできません」

「あすいっぱい、お待ちいただくわけにはまいりませんか？」

「あすの三時まで待ちましょう。そのうえは一分一秒も……。その条件でよろしいですか？」

「銀行から金をおろしてくるのなら、きょうじゅうにもかたをつけますが、その時間では、あるいは無理かもしれませんね。ただ、私としては、あすの晩までには、一銭もあまさず、五千万円の金を作っておみせします」

こういうあたりが、いわゆる明治人の背骨《バックボーン》なのか、専務はここへきてからは、一歩も譲歩しなかった。

「私のほうの猶予の限界は明日の午後三時、この時刻から一分一秒おくれても、あなたに対して、警察権は発動されるでしょう。しかし、それから何時間かしてあなたのほうが間違いなく、その現金をそろえてくださるならば、実質的に、あなたは警察には行かなくてもすむはずですがね」

「わかりました。それでは明日の三時から、小石川《こいしかわ》白山下の『酔月』という待合でお待ちください。金のほうは、できしだい、そちらへお持ちいたします。あなたにも、いろいろご心配なりご迷惑なりおかけしたことは、私としても、心から申しわけなく思っておりますから、この金が無事にそろったら、そのときは一杯やって、過ぎたことを水に流し、気持ちよくお別れしようじゃありませんか」

「そうですね……」

上松専務の顔には、一分の安心感が返ってきたようだった。九割九分までの不信は残っているとしても、彼自身にも手落ちはあることだしそのくらいのことは認めてもいいというような表情で、

「場所はあなたのご指定どおりで結構です。五千万円そろったならば、そのときは私もあなたにきょうの失礼をおわび申しあげ、その労をねぎらうぐらいのことはいたしましょう。ただ、明日の三時という時間をお忘れなく」

かるく、形式的に頭を下げて、専務は部屋を出て行ったが、その姿が消えた瞬間、それまで青くなって、この会話に耳をすませていたたか子は、椅子を蹴って、七郎のそばへかけよってきた。

「あなた！」

「なにも心配はいらないよ。僕の顔色はかわっているかね？」

「ちっとも……」

七郎は笑って煙草に火をつけながら、

「こういう商売をしていると、このくらいのことは往々にしてあるのさ。だが、おまえがいま聞いた話は、忘れないでいてもらいたい。ひょっとしたら、その証言が、あとでこちらが警察へ行かないですむためには、たいへん役にたつかもしれないからね」

それからすぐに、七郎は事務所を出かけ、その日も翌日ももどってはこなかった。彼としては、その間、たいしたことをしていたわけではないが、上松専務が、万一、約束の時刻以前に警察へ訴え出ては、えらいことになると思ったのと、金策のためにあちらこちら飛びまわっている――という格好を整えるためだった。

上松専務は、翌日の二時五十分に「酔月」へあらわれた。七郎のかわりに、彼を待っていたのは、九鬼善司だった。

彼は専務を部屋へ案内すると、前もって七郎と打ちあわせていたとおり、

「私は鶴岡の下で働いておる九鬼善司です。社長は、いままで三千二百万ほど準備しておりますが、あと千八百万円そろえるのが、少し手間どると申しております。全額がそろいしだい、かけつけてくることになっておりますが、その間は、私がお相手させてい

ただきますから」

と挨拶した。

「そうですか？」

この話のとおりだとすれば、もう約束の金の六割以上はそろっているはずだから、いくらか愁眉《しゅうび》を開いてもいいはずなのに、上松専務は一分一厘も警戒をゆるめる様子はなかった。腕から時計をはずして、テーブルの上におくと、強くだめをおした。

「お約束の時間までには、あと五分しかありません。鶴岡さんも、このことは十分ご承知でしょうな」

「十分、心得ているはずです。まあ、とにかく何かめしあがりませんか？　お酒とおビールと、どちらがよろしいでしょう？」

「鶴岡さんがここへ見えられて、お金をならべてくださるまでは水一杯もいただきますまい……」

上松専務は頑として、善司の言葉をはね返した。

そのころ、日本橋署の熊谷主任は、仕事のうえの連絡で、築地《つきじ》署のほうへ出むいていた。藤倉健吾《ふじくらけんご》というここの経済主任は、当面の打ち合わせをすませた後で、時計の針を見ながら言った。

「君はたしか、鶴岡七郎という男には、だいぶ悩まされたと言っていたな。去年じゅうにおこったいくつかの未解決の事件のかげには、彼が暗躍していたような形跡がある。ただ、なにしろ、筋書が実にうまくできていて、彼と事件の直接の関係はつかみきれない。それで苦労しているという話だったね」

「言った。今度は彼が、こっちの管内で何かやったのか？　しかし、やつは、めったなことでは、尻尾をつかませるような阿呆なまねはしないぜ」

「ところが、今度は、思ったよりもかんたんに長い尻尾を出しているのだ」

藤倉主任は、大ざっぱに、事件の概要を話して聞かせると、

「むこうの専務は人物でね。とにかく、男の約束だから、三時までは待とうと言っていた。それまでに金がそろったら、自分で警察へやってきて、迷惑をかけてすまなかったと、手をついてわびるといっている」

「なるほど、実際問題としては、たとえ誠意をもって実行しても、金策が約束より一日二日おくれるということもあり得るからね。鶴岡の弁明にしたところで、この事件に関するかぎりは、いちおう、もっともだとうなずけるがねえ」

熊谷主任は首をひねった。

「そして、三時に金がそろわなければ？」

「その待合のまわりには、警官と刑事とを張りこませてある。しかし、実際問題として、彼のやってくるのが、一時間や二時間おくれたとしても、それだけで、彼が待合へやってきたところを捕えるわけにはゆかないよ」

「それではどうする？」

「とにかく、彼が待合へはいるまでは、黙って見送るはずだ。彼が上松専務に会って、どういう話をするかで勝負はきまる。専務が金をうけとって五千万円あることを確認すれば、もうこの事件には、われわれの出る幕はない。電話で連絡がありしだい、網は解いてやるつもりだよ」

「それで、その金がそろわなかったら？」

「ここまできては、鶴岡にしたって、手ぶらで出かけるわけにはゆくまい。あやまるにしても、三千万か四千万か、いちおう、相手に納得してもらえそうな額をそろえたうえで、頭を下げるしか手はあるまいが、専務のほうは、約束の金がそろわなければ、席を蹴って立つと言っている。専務が待合を出たときから、こちらの逮捕令状は効力を発揮する」

「なるほど、そういう場合には、会社の損害も少なくてすむし、鶴岡七郎のほうは罪をまぬがれないわけだ。ただ、あとの金をすぐにそろえる見込みがあれば、専務も待つかもしれないし、こっちのほうもせいぜい書類送検、執行猶予になる可能性は十分だな」

「そのことはなんとも言えないが……。もう三時はすぎた。網はとっくに張られたはずだ」

藤倉主任は安心したように言ったが、前の事件でさんざんこりている熊谷主任のほうは、まだ安心しきれなかった。

彼は電話を借りて、検察庁の福永検事にこのことを報告した。

「なんだと。鶴岡七郎が、そんな事件で、そんなところで、ぼろを出したというのかね？」

検事も不審そうだった。

「もし、彼がこういう事件で捕まるようなら、少なくとも日本造船の偽支店を作りあげた真犯人は、彼ではなかろうね」

「私もそう思います。あんまり性格が違いすぎまして」

「天才と凡人ぐらいの差はあるとも……。もし鶴岡七郎が前の事件の犯人なら、少なくとも表看板の金融業では、ぼろは出すまい。多少時間はおくれても、彼は五千万の金をそろえて、その待合へかけこむだろうよ」

しかし、福永検事のこの断定はあやまっていた。

ここまでは刹那的にみえたこの八方やぶれの犯罪は、この後で天才的な性格をあらわしてきたのである。

鶴岡七郎が、今度の犯罪でとった作戦は、多分に心理的なものであり、そして何段構えかの柔軟性をもっていた。

この日、彼はある場所にとじこもって朝から偽の札束を作っていた。太陽クラブで隅田光一がやったのと同じ方法で、新聞紙を千円札と同じ大きさに裁断し、いちばん上と下とに、本物の千円札をのせて、百枚ずつたばねる。こうして、偽の十万円のたばを、五百、作りあげたのである。

それをしながら、彼は九鬼善司にたえず電話をかけて、小刻みに現金がそろってゆく状況を、上松専務の耳にいれることを忘れなかった。

この作戦は、専務が怒って、待合から帰ってしまえばおしまいなのだ。宮本武蔵《みやもとむさし》と佐々木小次郎《ささきこじろう》の巌流島《がんりゅうじま》の対決のように、敵を体力的にも精神的にも、耐久力のぎりぎりの限界まで追いこみ、一気に勝負をきめる必要があったのである。

午後三時には、残金は千八百万円ということになっていた。

四時には、残金が千四百万円になった。

五時には、千百万円、六時には九百五十万円、七時には六百三十万円、八時にはあと二百八十万円というように、七郎は一時間ごとに、小刻みに電話で残金をへらしていった。そして九時には五千万円の金が全部そろった。これからすぐに持参するからと、最後の電話をかけたのである。

九鬼善司さえ、この電話には、すっかりだまされたようだった。

「七所借りか？　たいへんだったな」

と、同情するように言ったところをみると、彼も上松専務の顔を六時間も見ているうちに、すっかり情が移ってしまって、七郎がほんとうに、この金をそろえて持ってきてくれればいいという気になったのかもしれない。

「たいした苦労はなかったよ」

この偽札の束をぎっしりつめこんだ赤皮のトランクを見つめて、七郎は笑った。

「とにかく、これからすぐにかけつける。上松さんには、あと三十分もすれば到着するからと、そう言っておいてくれたまえ」

「待っている」

電話を切ってから、七郎はいま一度、上着の内ポケットをあらためた。

そこには、銀行振出しの本物の五千万円の小切手がはいっている。七郎はこの手形を割って作った四千三百万円に自分の金を七百万円加え、銀行へ持ちこんで、この小切手にかえておいたのだ。

これが最後の切り札だった。現金も同然と考えられるこの小切手をわたすなら、そこにはなんの問題もない。ただ、この場合には、彼の損害は、いままでの餌まで加えれば、一千万円以上にのぼるのだった。

もちろん、最悪の事態には、これを相手に提供して、自分の罪をのがれなければならなくなるだろうが、七郎はこれを使わないですませられることに、十二分の確信をいだいていたのである。

彼はあと十五分だけ時間をつぶすと、このトランクをさげて自動車へ乗った。「酔月」からちょっとはなれた検番《けんばん》の前で車をおりたのは、九時二十五分のことだった。

せまい小路の入口と、むこうの出口には、刑事らしい男が立っていた。

——この寒いのに、六時間も立ちん坊をするとは、なんともご苦労さま。

口の中で、そう呟くと、彼は大手をふって盛り塩のしてある待合の入口をまたいだ。

「いらっしゃいませ」

女中も、うすうす事情は察しているのだろう。声をふるわせて彼を出むかえた。

その後からあらわれた九鬼善司は、だまって帳場の襖を指さした。ここにも、刑事が張りこんでいるという合図に違いない。

七郎はわざと襖のむこうにまで聞こえるような大声で、

「だいぶおそくなったが、金は全部そろったよ。上松さんにも、君にも心配をかけてすまなかったね」

と言って聞かせた。

これではまだ、警察権は発動できない。あと数分が最大の勝負どころだった。

女中と善司に案内させて、二階の一室にはいると、上松専務は床柱を背にしてすわっていた。彼としても、昨夜はほとんど眠れなかったに違いない。そしてこの六時間の待機にしたところで、焦慮と不安に悩まされて、疲労と困憊《こんぱい》の極に達していたことは、疑う余地もなかった。

額の上の白髪も、わずか一日で、めっきりふえたように見えた。両眼も真っ赤に血ばしっているが、七郎の顔を見たとたんに、怒りと不安の影だけは去ったようだった。

「おそくなりまして、まことに申しわけありません」

トランクを、自分の横におくと、七郎は畳に両手をついて、ていねいに挨拶した。

「前にも申しあげたような事情で、ほうぼうから金を集めてきたのでおそくなったのです。五千万円は一円ものこさず、ここにあります」

トランクをテーブルの上にのせると、彼はゆっくり蓋を開いて見せた。

いちばん上にならんでいる札は、一枚の例外もなく、本物の千円札ばかり、どのような鋭敏な人間にも、一目見ただけでは、この下がすべて新聞紙の集積だと見やぶれるはずはなかったのだ。

「そうですか。それでは、あらためさせていただきます」

上松専務が手をのばした瞬間、七郎はぱっとトランクの蓋を閉じ、大きく横におしやった。

「何をなさるのです。失礼な！」

全身の気力を集中させて、七郎は叫んだ。

「失礼とは？」

専務もぎくりとしたように、手を宙に浮かせたまま、七郎の顔を見つめた。

「私に手違いのあったことは、前から重々おわびしています。きょうも長時間お待たせしたことは心から申しわけなく思っています。ただ、私としても、そのあいだ遊んでいたわけではありません。男同士の約束をはたすために、きのうからきょうにかけて、休みもせず、飯も食わずに飛びまわって、やっとこの金を作りあげたのですよ」

「………」

「少なくとも、現在の段階では、この金はまだ私のものです。あらためてくださいとも、お受けとりくださいとも、まだ申してはおりません」

「それは、いちおうの理屈ですが、ただ……」

「あなたは、この金がそろったならば、そのときには、きのうの失礼をわびたうえで、私の労をねぎらうと言われましたね。こうして、金をそろえて、あなたの前にあらわれたからには、私はもう、あなたに恥じるところは微塵もない。それなのに、金をあらためる前に、なぜ『ご苦労さまでした』ぐらいの一言をおっしゃらないのですか。私は、それを失礼というのです」


上松専務は一分か二分、眼をとじ黙りこくっていた。

そして、心の中で、七郎の言葉を嚙みしめて、たしかに筋が通っていると感じたのだろう。眼を開き、畳の上に両手をついて、ていねいに頭を下げた。

「あなたのご立腹は、たしかにごもっともです。ほんとうにご苦労をおかけしました。あなたのお言葉を全部うかがい、お礼を申しあげてからにしても、何分もかかりますまいに、年がいもなく、あせったようです。その点はこのとおり、上松利勝、両手をついて、おわびいたします」

「そうですか?」

七郎はその白髪頭を見つめて、冷たく言った。たしかに立ち上がりの一瞬は、有利のうちに展開したのだ。しかし勝負はまだこれで終わったわけではない。この専務を完全におとしいれて、このトランクと小切手を持ち帰るまでには、一瞬の油断も許されなかった。

「とにかく、金はここから足を生やして逃げだすわけではないのです。九鬼君、このトランクをそっちの違い棚のほうへおいてくれたまえ。上松さん、お金をあらためていただく前に、まず乾杯して、おたがいの気持ちのしこりをほぐそうじゃありませんか?」

「そうですね。いや、今晩のこの家の勘定は、私のほうでいっさい持たせていただきます」

「いけません、それだけは。最初のお約束をたがえたのは私のほうの不始末です。こちらとしては、その間も、誠心誠意、行動しておったのですが、心ならずもご心配をおかけして、申しわけなく思っております。それで、ここへお越しを願ったわけですから」

二人がこうして、ゆずり合っている間に、九鬼善司はトランクをとりあげて、違い棚の前においた。

間髪をいれずに酒が出てきた。

「ご苦労さまでした」

「ご心配をおかけしまして申しわけありませんでした」

「私もここではらはらしていましたが、ほんとうに安心しましたよ」

三人は杯をあげて、口から祝いの言葉をのべた。いままでの緊張もやっとほぐれたのだろう。上松専務も、この一杯の酒を飲みほしただけで、その顔は人がかわったように明るくなった。

「それではちょっと失礼して、社長に金ができたことを、電話で知らせてまいります」

「どうぞ」

勝負の二段目、前さばきもこちらの有利に展開したのだ。七郎はかすかな笑いを浮かべながら、部屋を出ていく専務の後ろ姿を見おくって、次の場面を想像した。

少なくとも明治生まれのこの男は、刑事を寒いところに張りこませながら、自分が酒を飲んでいるというようなことはできないはずなのだ。

あらためて、おわびに出るからと言って、刑事たちの囲みをとかせるだろう。そして、ついでに社長に電話をかけて、金はもらったと報告するだろう。

それから一時間ほど、ここで慰労の酒宴をつづけたうえで、金をあらため、そしてもどってゆくつもりだろうが、そうは問屋がおろさないのだ……。

「今度の勝負はこっちの負けだね。むこうが刑事をつれてくる。あなたがこうして、現金をそろえて頭を下げてくるようでは」

偽札束のトリックを知らない善司は、ひくい声で耳に囁いた。

「さあ、戦争はまだはじまったばかりだよ。あと何時間かすぎるまでは、勝負はなんともわからない」

「というと？」

「その事情は後で、あすでもゆっくり話す。今夜は君は彼が帰ってきたらすぐ帰りたまえ。刑事たちが囲みをといてしまえば、もう恐れる必要もないことだ」

もちろん、これには何かの狙いがあると思ったのだろう。九鬼善司はちょっと首をかしげていたが、

「わかった、僕としては、これから後のあなたの芝居を見ていたいが、あなたの命令はぜったいだ」

とはっきり答えた。

七郎が立ち上がって、トランクに鍵をかけたとき、上松専務は足どりもかるく部屋へはいってきた。

「たいへん失礼をいたしましたが、社長も喜んでおります。会社の浮沈にかかわるよう

な問題だったので、やむを得ず非常の処置はとったけれども、その点はくれぐれもおわびしてほしい——と申しております。あすにでもまたお目にかかって、お礼なり誤解のおわびなり、申しあげたいといっております」

「いや、誤解は誰にもあることです。そのお言葉にはおよびません」

七郎は、トランクのほうを見つめて笑った。この中に五千万円の現金がぎっしりつまっていると思ったのは、完全に相手の誤解。——しかし詐欺という犯罪は、敵の誤解と信用とを徹底的に利用してかからねばならない知能的犯罪だったのである。


それから念のため、七郎は便所へ行くと見せかけて階下《した》へおり、帳場で様子をうかがっていた綾香から、かんたんに事情をたしかめた。

ここには、部長刑事ともう一人の刑事が待機していたらしいが、上松専務はその二人の前に平身低頭してあやまり、二人を帰したうえ、社長に電話をかけ、

「金は完全にできました。むこうにも一席設けないといけませんから、あと二時間ほどしたら、おたくのほうへまいります」

と報告したというのである。

「そういうが、二時間はかかるまい。わかっているな」

と七郎がだめをおすと、綾香は両眼を輝かせて答えた。

「わかっているわ。わたしにも一世一代の大芝居よ。細工と仕上げを見ていてちょうだい」

安心して、七郎が部屋へ帰ると入れちがいに、善司はもどって行った。あとは上松専務と七郎と、そして綾香の三人になった。

わずかの酒でも上松専務はすっかり酔ったようだった。

空腹と疲労と、緊張がほぐれた解放感だけでも、酔いのまわりは早いはずなのに、念には念をいれて、七郎は酒に睡眠薬をまぜておいたのだ。そして、綾香も腕によりをかけて濃厚なサービスをつづけたのだ。

「鶴岡さん、私はほんとうに感心しました、あなたには。うちの社長にしても、われわれは最初、いまどきの若い者に何ができるか——というような、かるい気持ちで見ていたのです。ところが、どうして、見なおしましたよ。もう、われわれのような老骨は、いさぎよく引き下がるべき時期ですかなあ」

舌がもつれ、話がくどくなりはじめるのは、酔いがまわりはじめた最初の段階なのだ。

七郎は、コップに注いだふつうの酒をちびちびとなめながら、科学者のように冷たい眼で、じっと相手の酔態の進行状態を観察した。

「すると、今度は、私という人間の能力も、すこしは、買っていただけるでしょうね？」

「買いますとも、大いに——。もしも、あなたのようなお方が、うちの会社にはいってくだされば、うちも飛躍的大発展をとげられるでしょうが。いや、あなたのような人物が、一介のサラリーマンでおさまっておられるわけはありませんなあ」

ただの空世辞《からせじ》とは思えない。ほんとうに、七郎の手腕力量、誠実さを高く評価しているような言葉だった。

七郎は、ここでいよいよ、一撃に勝負をきめようと決心した。

「それはともかく、私がここで、このお金を準備しなかったら、こう申してはなんですが、おたくの会社はつぶれましたね？」

「そうでしょう。つぶれますね。まったく、うちとしてはすべてを賭けた背水の陣でしたよ」

酔いが専務の心を裸にしていた。いつもなら、ぜったい口外しようとしない弱気な見通しが、口からとび出したのだ。

「そのクローム皮革の機械を入れたところで、うまくゆくかどうかは、やってみなければわからないでしょう？」

「そうです。技術的には、問題はないでしょうが、製品が売れるかどうか、生産が軌道にのってくるまでの金ぐりがうまくゆくかどうか、問題は山積していますなあ」

「それで、万一おたくの会社がつぶれたような場合、あなたはどうなさるおつもりですか？」

綾香の注いだ酒を、上松専務はゆっくりと口に運んだ。顔は真っ赤にほてり、眼もとろんとしていた。酒にとかした薬がきいて、彼は意識を失いかける一歩手前にあるようだった。

「それで、私の人生は、終わりを告げるわけでしょうな。いまさら、私のような老人を、ひきとってくれるような会社も、物ずきな人間もどこにもありますまい」

「そのときは、私がおひきうけしましょうか」

「ほんとうですか。お願いしますよ」

重大な問題を話しているのに、上松専務の口からは、大きなあくびが、二度もつづけてとび出した。

「ところで、どうせ会社がつぶれるようなら、いまのうちに、いいことをやっておいたらいかがです？」

「いいこと」

「クローム皮革なんかどうでもいいじゃありませんか。機械の輸入なんかしばらく見おくって、この金で株でも買うのですよ。朝鮮事変の長期化で、これから倍以上に値上がりするような株は山ほどありますしね。……私といっしょにやりませんか?」

「それも結構ですなあ。やりましょうか」

専務のほうは、ほとんど意識を失いかけて、ただ七郎のいうことに、相槌をうったのかもしれない。

ただ、この危険な一言を、相手の口からさそい出すのが、七郎の最後の目的だったのである。

一会社を代表すべき地位にある人間が、会社のうけとるべき金をその本来の目的以外の投機取引のために流用する計画に賛成した以上、この瞬間から、上松専務には、刑事責任が発生したのだ。

背任ならびに業務上横領罪——。

そして、この会話の内容を確認するために、ちゃんと綾香という証人が、二人のそばについていたのだ。

「私は、もう帰らないと……」

「まあ、よろしいじゃございませんの? そんなに酔っておいでなのに、大金を持ってお帰りになっては、おあぶのうございますわ。今晩は、ここにお泊まりなさいましね」

綾香はしなだれかからんばかりにして、自分の杯を専務の口へ持ってゆき、酒を子供にミルクでも飲ませるように注ぎこんだ。

専務は、もういっさいの抵抗力を失ったようだった。

「し……しつれい……」

と言いながら、そのままごろりと横になったが、その口と鼻からは、たちまち雷のようないびきがもれはじめた。

――勝った。

子供のような相手の寝顔を見つめながら、七郎は口の中で呟いた。

自分がこうして、偽札ばかりを持ちこんだのに、相手は内容も確認せず金はそろったと社長に報告した――。その瞬間から七郎自身の詐欺横領の罪は消えたのだ。これで、トランクを持ち去れば、五千万円と見えたのは、実は無価値な新聞紙の断片だったという証拠はどこにも残らない。そしてまた、事件が表面化した場合には、七郎は専務からの依頼で、投資のために預かったのだと抗弁できる。

この際の主犯は上松専務自身、法律的に論ずるかぎり、七郎はその従犯者にすぎないのだ。

「後はよろしくたのんだよ」

「まかせておいて」

綾香とひくく囁きあうと、七郎はそのまま立ち上がり、違い棚の前のトランクをさげて部屋を出た。

上松専務が眼をさましたのは、その翌朝の七時だった。彼は最初、自分がどこに寝ているかわからなかった。ただ隣りに寝ている女と、枕もとの屏風とを見た瞬間、恐怖が心をおそってきた。彼はがばりと布団をはいで身をおこした。

「おめざめ？」

綾香は、かすかに眼を開けて言った。

「ここはどこだ？」

「あら、お忘れ？『酔月』――白山下の待合さんよ」

「金は、あの赤皮のトランクは？」

「あなたがぐでんぐでんに酔ってらしたんで、鶴岡さんが、これは僕が預かっておくからね――と言って、お持ち帰りになりましたわ。なんでも、それで株を買って、お二人で儲けようというお話がまとまりましたわね」

上松専務は愕然とした。自分が意識を失う寸前の会話がとぎれとぎれの悪夢のように頭にもどってきたのだった。

罠！　言葉の中にしかけた罠！

彼は冷酷な現実をさとった。もはや、自分が無傷のままでは、鶴岡七郎の行為を責めることができないのだ。

「やられた！」

膝をたたいて、彼は思わずうめいていた。冷や汗が滝のように流れ出した。しかし、彼は自分をこれだけの罠に陥れた鶴岡七郎という人間の才能には、憎悪や怒りとは別に一種の敬意を感じないではおられなかったのである。

上松専務は、早々に身支度を整えると、社長の自宅へかけつけた。

社長の野崎寿美男は、七郎とも年は二つしか違わない。先代の社長の父が死ぬときにも、

「わしが死んだ後は、上松君を父と思え」

と遺言していたというだけに、上松利勝に対する態度も日ごろから、ふつうの社長と専務のあいだには見られないものをもっていた。

「ご苦労さま——。昨夜はどうしたのかと思って、待合へ電話をかけてみたら、お寝《やす》みになったということでした。まあ、あなたも疲れていたろうし、金をうけとった瞬間にいままでの緊張がゆるんで、がっくりきてもむりはないと思って、ほっておいたんですが」

社長の言葉はいつもよりていねいだったが、上松専務は腸《はらわた》をちぎられるような思いがした。

「申しわけありません。ご心配をおかけしました」

「まあ、そんなことはもういいじゃありませんか。金さえはいれば。鶴岡君も、きのうは一生懸命、骨を折ってくれたようですし、昨夜あれからもらったところで、けさこの時間にもらったところで、実際的には違いがないのですからね。ただ昨夜一晩、ゆっくり寝られるか寝られないか、それだけの違いだったでしょう」

その一晩の安眠は実に高価な代償を要したのだ——。勝ってかぶとの緒をしめきれなかった自分の不覚が、万力《まんりき》のように、専務の胸をしめあげてきた。

「申しわけありません。その金は——、持ってこられなくなったのです」

「なんですって！」

野崎社長も真っ青になった。

「昨夜あなたは、電話で金はそろったと言ったでしょう。それがまた、待合で盗まれてしまったというのですか？」

「そういうわけではありませんが、とにかく私の話をお聞きください。お許しくださいとは申しません。私はくびの座へなおったつもりで、こうしてやってきたのです」

「うかがいましょう」

野崎寿美男はすわり直して、かすかに声をふるわせた。

上松専務は、なに一つ包みかくさず、昨夜のいきさつを物語った。

「いまにして思えば、彼の行動は、全部細かな計画のうえにたっていた大芝居ではないかと思います。六時間もこちらを待たせて、そのあいだ一寸刻みに金のできた報告をつづけて、席をたたせなかったのも、金をあらためようとしたとき怒りだしたのも……。それに、こっちがいくら疲れていたといっても、あの酒のまわり方は、ふつうではありませんでした。ひょっとしたら、薬でもまぜてあったのではないかと思いますが、もちろん、なんの証拠もありません」

「でも、鶴岡君のほうとしては、ほんとうに善意で行動していたのではありますまいかね。あなたが酔いつぶれてしまったのを見て、こんな大金を待合へ預けておいてはあぶないと思い、いちおう自分が預かって帰ったうえで、きょうにでもまた、とどけ直すつもりじゃないのですかね」

人間というものは、どういう窮地に追いこまれても、ともすれば希望的観測にかたむきやすいものなのだ。野崎社長の言葉も、楽観論としては、筋道が通っていたが、上松専務は大きく首をふった。

「そうなればまことに結構です。だが、私の考えでは、彼は二度と自分からこちらへ顔を出すことはありますまい」

「どうして？」

「彼はこの金で株を買ったらまもなく倍になりますが、やりませんか――と、もちかけてきました。それも、その場の座興というようなかるい調子でした。これで深刻な相談だったら、私は、とんでもないと、一言のもとに、はねつけてしまったでしょうが、あまり、むこうの調子がかるいし、酒もまわっていたので、つりこまれて、それも結構ですな。やりましょうか、と言ってしまったものです」

「それは、酒席の冗談としては、誰にでもありそうな話じゃありませんか。ただ、昨夜のけさでは、まだその金は株にかわっているわけではないでしょう。少し面子はつぶれても、あなたが頭を下げて、昨夜の話は、酒のうえの冗談でしたとあやまってしまえば、それですむんじゃありませんか」

「私はなにも、自分の面子などにこだわっているわけではありません。頭を下げればすむのなら、何千回でも、下げますとも——。ただそういうふうにしてききめがあるのは、相手に敵意や悪意がないときだけです。これが最初からの計画なら、彼はこれから何日か、自分の家へも帰らなければ、自分の事務所へも、こちらの会社へも顔を出さないでしょう。そういう話のあったことは、芸者が一人、証人になります。何日かして、彼をつかまえたとしても、その間にあの金で株を買ってしまったと言われれば、それまでの話です」

野崎社長も、いまは真っ青になっていた。

「上松さん、なんとかそこは法律的に、うつべき手はないのですか？」

「あの一言を私が口から吐いた以上、事態はかわってしまったのです。うちの会社としては、私を訴えるしか方法がない……。私と鶴岡個人の関係はまだ後に残りますが、むこうは委任されたといって逃げるでしょう。私が罪に問われたら、彼もとうぜん従犯ということになるでしょうが、どういう検事でも、それ以上の罪には問いますまい。金を返してくれ——というのは、彼と私との民事問題、解決までには何年かかるかわかりません」

野崎社長は、魂がぬけ出るような溜息をついた。

「とにかく、彼は法律の隅から隅まで研究しぬいているのでしょう。そこに微妙なあやをつけてくるあたりは、敵ながらあっぱれです。待合へ持ってきたあの金にしても、うちの手形を割って作った金ではなく、彼が自分で八方算段をして、まとめたものだということになっている。お渡しします――というまでは、たしかにあらためきれなかったのです」

「まあ、とにかく、この問題は弁護士とも相談して、最善の手段をとりましょう。それであなたは？」

「まず、私の持ち株をぜんぶ提供いたします。退職金は一銭のこらずお返しします。田舎の山林も処分して金にかえたいと思いますが、これにはいくらか時間がかかると思いますから、しばらくお待ちください……」

「……………」

「それでも、お腹立ちなら、私を背任業務上横領の罪で告訴してください。私はもうどのような目にあっても、やむを得ないと、腹をきめているのです」

「できません。それだけは、どうしても……」

野崎社長は首をふった。

「あなたを訴えるくらいなら、会社がつぶれてもしかたがない……。死んだ父も、草葉のかげで、私の決心に賛成してくれるでしょう」

その一言は、まるで血を吐くようだった。

上松専務の予想どおり、七郎はそれから四日のあいだ、自宅にも事務所にも姿をあらわさなかった。もちろん、大和皮革のほうには、なんの連絡もなかったことはいうまでもない。

大和皮革の顧問弁護士たちは、必死になって、法律の条文と判例集を研究しつづけた。

しかし、この点に関するかぎり、七郎の計算にはなんのあやまりもなかった。多少、時間はおくれたとしても、彼は約束の金をそろえて、約束の場所にあらわれ、専務はこれを確認したのだ。

その際、金がそろっているかどうかをあらためなかったのは、専務の過失不注意で、七郎の刑事責任ではない。

そして、その後の行為については、すべて専務の責任が優先する――。七郎一人を罪に問うことはできないという結論が、再確認されたのである。

大和皮革としては、涙をのんで、警察に出してある被害届をとり下げねばならなかった。野崎社長は、さすがに自分の感情をおさえきって、実質的には大損害をうけたことは、一言も口には出さなかったが、このことを腹にすえかねたある重役は、かねて知り合いだった熊谷主任に、このことを打ち明け、なんらかの方法で、鶴岡七郎をたたきのめす方法はあるまいかと、相談をもちかけたのである。

熊谷主任は、さっそく福永検事に、このことを報告したが、さすがの鬼検事もこれには呆然としたようだった。

「やったね……。やはりこわい男だ」

東京地検きっての偉材といわれるだけに、彼は話を聞いただけで、数人の弁護士が数日かかって達した結論を、一瞬に見やぶってしまったのである。

「そういうような手もあったのか……。ひょっとしたら、そのトランクの中にも、五千万円は、はいっていなかったかもしれないよ。上に一列、本物の札束をならべてあっただけで、一皮むけば何が出てきたかはわからないね」

「私もそう思いました。例の日本造船の偽支店の件もそうでしょうが、おそるべき心理作戦ですね」

「そう思う。長年この道でたたきあげてきた苦労人の専務の鼻面をつかんで、ふりまわすような男なら、看板すりかえの大手品ぐらい演出することは、それほどむずかしくもなかったろうね」

検事はいかにもくやしそうだった。そこまで事情は見ぬけていながら、法律的には、この悪人に、一指もふれることができないというジレンマが、彼をこのうえもなく悩ましたのだ。

「なんとかならんものでしょうか。私も、その話を聞いたときには、この野郎――と、ひとごとながら、歯ぎしりしたのですが」

「できない。今度の問題では……。前の事件で尻尾を出せば、別の話だが、あちらのほうでは、その後新しい証拠は、なに一つあがっていないのだろう？」

「私も、このことはたえず気にしていたのです。しかし、なんといっても、新しい経済事犯は、次から次へとおこってくるので、どういう大事件だとしても、一つの犯罪には、そうそうかかずらってはおられないのです」

「君の立場はよくわかる。しかし、鶴岡七郎という男はこういう知能犯としては、おそらく百年に一人という天才だろう。もちろん、彼の犯罪は、これだけではおさまるまいが、規模の大小、金額の多少は別として、これほど、あざやかな手口には、僕は生涯、何度もお目にかかることはあるまいね」

　福永検事は、自分の立場も忘れたような感嘆の言葉をもらし、そのまま、眼をとじて考えこんでしまった。

五日目になって、七郎はようやく事務所に姿をあらわしたが、どこからどうして、このことをかぎつけたのか、上松専務は、それから一時間もたたないうちに、この事務所を訪ねてきた。

　七郎としては、この再度の対決は、とうぜん予想していたことだった。悪罵《あくば》も脅迫も覚悟していた。例によって暴力団をさしむけられることもないではなかろうと考えて、高島組のほうへも手を打っていたが、相手の言葉は思ったよりもおだやかだった。

「鶴岡さん、やられましたね……」

　その声には、一種の諦観《ていかん》に似た響きさえ感じられる。相手がこれほどやわらかに出てくるとは思ってもいなかっただけに、七郎もちょっと答えができなかった。

「いや、なにも私は、皮肉や恨みごとを申しあげるつもりはありません。私は十四のときに小僧にやられ、先々代の社長から、それこそ箸の上げおろしまでしこまれました。先代の社長とは、主人と番頭のような関係で、三十年近く苦労をともにしてきました。前後あわせて四十何年……。そのあいだ、たいした失敗もなく過ごしてきたのですが、今度の事件は、私の生涯で最大最高の失敗でしたね。ちょうど、日本が明治以来、きずきあげてきた富国と領土を、この無謀な戦争で一挙に失ったようなもの——。人間の幸福と不幸、成功と失敗は、棺桶の蓋をしめるまでわからないと言いますが、私はこれで、一生を失敗者として、終わらなければならなくなるのでしょう」

「……」

「とにかく、私はこの年月、いろいろの人間にめぐりあいました。わずかのことを根にもたれて、猟銃でうたれたこともあります。暴力団に総会屋、詐欺師に横領犯人と、ずいぶん相手にしてきました。しかし、一度も負けたと思ったことはありません。あらゆる事態に最善の手段をつくして、最後の勝利をおさめてきたつもりですが、今度は完敗といってもいいのです。私はもう、頭をさげて、あなたの軍門に無条件降服をするしかありません」

「それで、私にどうしろと言われるのです」

七郎は、心を鬼にしてたずねた。

「あのお金は、もうどうにもならないのでしょうな？」

「あなたの委託によりまして、適当な方法で投資しました。おたくの会社が振り出した手形に見あうだけのお金は、いちおうお返しした形になるわけですから、そのことはもう私の関知した問題ではないはずです」

あるいは、こうして膝を抱いて話せばと、一縷《いちる》の望みを抱いていたのかもしれない。

上松専務の口からは、力のない溜息がとび出した。

「その点はよくわかります。私も男――。自分がいったん口から出した言葉には、あくまで責任をとらなくてはなりますまい」

「ただし、あなたと私との個人的な問題は別の話です。私はもう、大和皮革という会社には、なんの責任もないわけですが、あなた個人に対しては、たいへんな責任をもっている……。どうせ、あなたはまもなく、会社をおよしにならなければならないでしょうが、その後の身のふり方についても、お約束どおり、私にできるだけのことはするつもりですし、また退職金ぐらいのことならば、なんとかお立てかえいたします」

第三者が耳にしたならば、なんと図々しいせりふだと思うだろう。しかし、七郎は最初から、何百万かの金額は、この相手に分けてやるつもりでいたのだ。それも決して、同情のあらわれではなく、この相手の罪をいっそう確定させ、ぬきさしならないところまで追いこもうとする、冷たい打算の結果にほかならなかったのだ。

「ほんとうに、その気持ちがおありですか？」

「あります」

「それならば、私個人のことは、お考えになる必要はありません。ただ、あなたのお力で、このさい、会社を救ってくださいませんか？」

「それはどうして？」

「あなただけの知恵と力がおありになれば、どこかの銀行筋を動かすことも、ぜんぜん不可能ということはありますまい。今度の問題はいちおう棚あげにするとして、あれだけの金がほかから低利で借りられれば、クローム皮革の製造装置も、いったんは据えつけられるのです。むこうの手形は、書きかえ書きかえで時をかせぎ、社長以下社員一同が、石にかじりついた気持ちで頑張れば、何年かのうちには、今度の手傷から回復することも不可能ではありますまい……」

自分のことは、いっさい無にして、ただ会社のことを思っているこの専務の真情には、さすがに七郎も心をうたれた。

「そうですね。できるかできないかはわかりませんが、とにかく、全力はつくしてみましょう」

七郎はこう答えるしかなかった。

「お願いします。口はばったい言い方ですが、あの会社は、私にとっては子供のようなもの——。私も、余命いくばくもありますまいが、少なくとも自分の眼の黒いあいだは、全力をつくしておきたいのです」

上松専務の言葉には、自分の身を切るような悲痛な響きがともなっていた。

それから三日後、野崎社長は突然、七郎の事務所を訪ねてきた。

「ご用事はいったいなんでしょう。おたくの手形のことについては、上松さんと十分お話をしてありますが」

先手をうって、七郎はきめつけたが、野崎社長は空ろな声で言った。

「その上松さんが死んだのです」

「なんですって！」

この一言には、七郎も愕然とした。なるほど、そう言われてみれば、相手の眼は泣きはれたように真っ赤になっている。決して、芝居とは思えなかった。

「自分の持っている株券を売り、山林と家とを売って、いちおうの金を作ったうえで、昨夜切腹したのですよ。すぐに病院へかつぎこんで、応急処置はとったのですが、出血多量でどうにもならなかったのです。腹だけならなんとかなったかもしれませんが、返す刀で頸動脈を切ったのが、致命傷になったのですね」

七郎もさすがに呆然としていた。これが事実だとすれば、たしかに武人もおよばないような壮烈な最期だというほかはなかった。

明治生まれの人間の気骨は、この瞬間に、あらわれたのだ。

彼はおそらく、青年期に、乃木《のぎ》大将の殉死のニュースに粛然と襟を正し、終生忘れられないような感銘をうけていたのだろう。

その心境は、今度の戦争が終わると同時に、自決した何人かの武将の心境とも、一脈相通ずるものがあるかもしれなかった。

彼は自分の死によって、こちらの反省をうながしたのかもしれない。脅迫しても、哀願しても、とうてい攻めおとせないとみて、最後の手段で、人間としての真心をゆすぶろうとしたのかもしれない……。

あらゆる考えが、その瞬間、七郎の頭に渦をまいた。

野崎社長は、ハンカチで眼頭をおさえていたが、七郎のほうも、しばらくは声を出せなかった。

「お気の毒でしたね……」

数分後に、はじめて彼は口を開いた。

「そうです。気の毒なことをしました」

野崎社長も、しみじみとした調子でつづけた。

「遺書には、今度のことはいっさい、自分の責任だと書き残してありました。あなたを責めるような言葉は一言もありませんでした。ただ、自分がこうして死んだことは、できるだけ早く、あなたに知らせてくれ——というので、私が自分でお知らせにまいったのです」

「……」

「上松さんは、私自身にも、自分の失敗をわびるばかりで、あなたを責めるような言葉は一言も吐きませんでした。あなたを告訴するならば、まず自分を訴えてからにしてくれと、血を吐くようにしてたのみました。こうして死んでしまえば、死人に口なしで、あなたの立場はいっそう強くなってきましょう。私としても、もう一度、あなたを訴えようという気はありません。ただ、一言いわせていただきますが、私はあなたが憎くてたまらないのです」

「お気持ちはよくわかりました」

七郎はしみじみとした声で答えた。彼はこの瞬間までは今度の事件は完勝だと、ひそかに誇りを抱いていたのだ。しかし、上松利勝は、人間として、実に見事な敗北を展開してみせたのだ。この一撃で、彼の勝利感は完璧にゆすぶられてしまったのである。

「私のお話はこれだけです。それでは、おいとまいたします」

野崎社長は立ちあがった。

「お待ちください。私は上松さんから、最後に五千万円の——銀行融資をたのまれました。前の手形の件はいちおう棚あげにして、それで会社の起死回生をはかろうというのです。私は全力をつくそうとお約束しましたが」

「それを実行してくださるかどうかは、あなたのお気持ちひとつできまることです。私からはお願いしますと申せません。それでは失礼いたします」

野崎社長は、冷たく答えて、この場を去ったが、それから七郎は全力をあげて銀行側の工作にかかった。

犯罪をおかすのにくらべれば、何倍かむずかしい仕事だった。その交渉をつづけながら、七郎は、野崎社長や、上松専務が高利の市中金融にたよらなければならなかった理由を、身にしみて悟ったのである。

さいわいに、七郎の努力はむくいられた。大阪に本店を持つある銀行が、融資に応じてくれたのだった。

これは七郎の犯罪史を通じては唯一の善根だったかもしれない。五千万円を七郎からとりもどすことはできなかったが、上松専務は、自分の死によって会社の命を救ったのだ。

11　三人の女

人間の予想というものは、ともすれば極端から極端へ飛躍する。

戦後のいわゆる経済評論家たちの予想によると、日本の経済は、終戦後二、三年のうちには完全に崩壊するはずだったのだ。

第一次大戦後のドイツのように、致命的な悪性インフレがおこり、物価も天文学的数字に上昇し、生活の不安は暴力革命をまきおこし、天皇制などは、たちまちどこかへ吹っとんでしまう——という予想が、その大勢をしめていたと言ってもよい。

しかし、終戦後五年、昭和二十六年の初めまで、そういう現象はおこらなかった。

物価はたしかに数百倍となったが、これも学者の予想にくらべて、はるかに低い上昇率だった。

たとえ無惨な敗北に終わったとしても、アメリカ、イギリス両国を敵にまわして、数年の戦いをまじえた力は、日本のどこかに潜在されて残っていた。

朝鮮戦争を契機として、日本の国力はめざましい勢いで復活の道をたどっていったのである。

この現実におどろいた評論家たちは、百八十度の転回をみせた。

——朝鮮戦争は、百年戦争になるだろう。かつての、スペインがそうであったように、アメリカ、ソビエト両国ともに、ここを新兵器、新戦術の実験場とし、第三次世界大戦がはじまるまでは、兵火をおさめないだろう。

その大戦がおこるまで、数十年間、日本は前線基地として、たいへんな繁栄をつづけるだろう。

このような意見は堂々と新聞紙上にも発表されたのだ。

しかし、鶴岡七郎はこういう意見も信じなかった。

世界の人類は本能的に戦争を憎悪しつづけている。ソ連がいかに独裁国家であっても、民衆の総意に反して、世界大戦をおこすことはあり得ない。

朝鮮戦争にしたところで、一年か二年の後には、両陣営の妥協が成立し、いちおうの平和がとりもどされるだろうというのが、彼の現実的な予想だった。

ただ、いわゆる、特需景気というものは、日本の経済に特効薬のような作用をおよぼしたことは事実だった。

いままで、金ぐりになやんでいた各会社の内容は、日を追って充実してきた。

七郎がその悪魔的天才をふるうような時期は、いちおう去ったのである。

彼はこういう情勢を判断して、いったんは戈《ほこ》をおさめるべきだと思った。

深追いは身の破滅のもと、そして、このような好景気も、それほど長くつづくわけがない。

もう一度、不況の波がおそってきて、会社が弱点を暴露するまで、何年でも待機しようと思ったのである。

いままで、非情な犯罪によって作りあげた金も、何千万円かに達していた。金融業の正道を守りつづけるには、十分な資金だった。

それに加えて、彼もやっぱり人間だった。

上松専務の悲壮な最期は、良心というものをもたないような彼の心にも、ある影響をおよぼしていた。

事務所も、日本橋の白木屋のそばに移し、家も、池袋近くに新築をはじめたが、彼の心は、何となく憂鬱な雲にとざされていた。

勝利の後の空しさというものは、どのような人間にも、つきものかもしれないが、彼は、自分の求めていた莫大な黄金を手に入れた瞬間、一種の迷いにとりつかれたのだった。

それに拍車をかけたのが、たか子の言葉だった。

もちろん、いったん肉体的な関係ができてしまえば、女は、鋭い本能で、男のすべての体臭をかぎわけてしまうものだが、事務所で、毎日顔をあわせて、たえずお客にも接しているだけに、その反応も早かったのだろう。

ことにこの大和皮革の事件があってからは、その顔も、暗雲にとざされたように曇っていた。

七郎はある日、たか子を自動車で、家の工事現場へさそった。

「これが僕たちの住む家だ。どうだ。うれしいかね？」

「うれしいわ」

とは言っているが、その顔には微笑がひとつも浮かばなかった。

「これができれば、おまえにも事務所づとめはやめてもらう。籍もいれるし、子供もつくれる。いままでは、仕事の基礎をかためるために、無理も言ったし、ともかせぎもしてもらわなければならなかったが」

「わたくしは、あなたといっしょなら、どういう辛抱でもするつもりです。ただ……」

「ただ――、とはなんだね？」

「それは、こういうところでは話せません」

たか子は、唇をかんでうなだれた。

「それでは、飯でも食いながら話そうか」

七郎はたか子を車に乗せて、アクセルをふんだ。

たか子と結婚するならば、これはとうぜんいつかは、打ち明けなければならない秘密だった。

しかし、二人とも、いままでは申しあわせたように、この問題にはふれなかったのだ。

本郷《ほんごう》の東大のそばに「松の寮」という閑静な料理屋がある。

二人は、その奥座敷におちついたが、たか子は、まだしばらく無言のままだった。

料理がはこばれ、女中が席を去ったとき、たか子は初めて口を開いた。

「あなた、上松さんはどうして自殺なさったんですの？」

もちろん、これは七郎の予測していた質問だった。ゆっくり杯を口にはこびながら、

「男の世界には、女の理解できない面があるんだよ。たとえば、経済活動というものは、すべて平和の中の戦争だ。勝つ者があれば必ず負ける者がある……。負ければ、時と場合によっては、命をなくすこともないではないのだよ」

「そのくらいのことはわかります。ただわたくしの心配していることは、別なのです。

これがたとえば、むかしの真剣勝負にしても、正々堂々とはたしあいをして、それで、相手を斬ったとしたら、むこうもあきらめがつくでしょうし、こちらもあとに、妙なしこりを残さないでしょう。ただ、それが、大勢でかかったり、だましうちをしたりしたら、勝っても、勝ちとは言いきれないんじゃないでしょうか」

「それは、古風な、鉄砲以前の考え方だね」

七郎はかるい笑いを浮かべて、

「近代戦というものは、勝つためには、手段をえらんじゃいられないんだよ。遠からん者は音にも聞け――、と名のりをあげていた日には、それこそ、笑いものにされるだろう。われこそは――までゆかないうちに、それこそ蜂の巣みたいになってしまうからさ。それが一方では、原子爆弾のような、大量殺人兵器を発明し、実戦に使ったとしても、勝ってしまえばなんのとがめもうけない。もし日本が原爆を使って、それで負けたとしてごらん。発明者と司令官は絞首刑――。戦争というものは、もともとそういうものなのさ」

「それで、あなたは、勝つためには、どんな悪いことをしてもかまわないというのね」

たか子は、比喩《ひゆ》にはだまされなかった。その質問は、ずばりと核心をついて七郎の急所をえぐったのだ。

杯をおいて、七郎は答えた。

「そうだよ。僕は悪党だ。詐欺の常習犯と言ってもいい。それでおまえはどうするね？」

かねて覚悟していた返事には違いないが、心の底には、よもや、と思う気持ちもいくらかは残っていたのだろう。

たか子は真っ青になって身をふるわせた。

「どうして、どうして、そんなことを……。あなたほどの知恵と勇気がおありになれば、誰にも恥ずかしくないような方法で、いくらでもお金儲けはできるじゃありません？」

「誰にも恥じない生活――、というのをおしつめれば、闇米などは、一粒も口にしてはいけないことになる。いつか新聞に出ていた判事のように、栄養失調で死ななければならなくなるよ」

「でも、そこには、誰が考えても、はっきりとした境があるじゃありません？　生きるためには、どんな人間でもしているように、闇米を買って食べるのと、何千万という金をつかもうとして、詐欺をするのとの間には、たいへんな違いがありますわ」

「そう言うけれど、罪は罪、僕に言わせれば五十歩百歩の違いなんだよ」

七郎は、いつのまにか、この女だけは、どうしても、説得しなければならないという気になっていた。

肉体は完全に征服したが、たか子の魂の中には、まだ愛情とは別に、七郎に反発するものがあることを、彼はとっくに見ぬいていた。

その、最後の障壁をたたきこわさないかぎり、彼の勝利は、完全なものとは言えなかった。

「そう言うけれども、財閥ができ上がるまでには、そのかげに、ずいぶん悪事がかくされているのだ。たとえば丸菱《まるびし》財閥にしても、その起源は、明治維新の当時、藩の金を流用して、闇取引のようなことをしたのにあるんだ。いまは、大会社中の大会社といわれる食料品の業者でも、かげでは、麻薬をあつかって、それで、今日の基礎をきずいていたという例がある。こういう話は、たとえて言えば、公然の秘密だ。ちょっと経済界の事情にくわしい人間なら、誰でも知っていることだがね」

「それにしたって、ほかの人がやって成功したからといって、あなたがやっていいということにはなりませんわね。わたくしは、あなたのことを案ずればこそ、こんなことを言っているのです。そういう悪事をして成功するのは、それこそ一万人に一人、十万人に一人という割合じゃないでしょうか？」

「どこの刑務所でも、年じゅういっぱいなところをみると、おまえの言うことはたしかにもっともだと思う。ただ、一万人に一人でも、十万人に一人でも犯罪で成功できる人間があるとするなら、おれはその一人になるだけの自信がある。たとえば昨年の正月から、この一年にやってのけた二つの事件では、こっちが主犯だということは、ちゃんと警察にもわかっていたろう。大和皮革の事件のときには、刑事が何人か、待合を包囲したくらいだ……。それなのに、やつらは指一本も出せなかった」

「……」

「なぜだ——と、おまえは聞きたいのだろう。そのわけはいたってかんたんだ。こっちの知恵が、むこうの考えからずっと上まわっていただけの話。勝負は前からわかっていたのさ」

「……」

「世間の人間は、賭けと投機を、同じことだと思っているね。たとえば儲けの純粋なものは、サイコロの丁半だ。これには理屈というものがない。いかさまを使わないかぎり、次に出る目が、丁か半かは、神様でなければわからない。しかし投機というものは、たとえば相場をはるように、絶対不敗の場面がある。研究一つで、勝率はいくらでも高められるものなのだよ」

「……」

「犯罪は投機のようなもの、賭けとは性質が違うんだよ。危険はあるが、知恵と力で、なんとかその危険はのり越えられる、ちょうど熟練した登山家が、どんな危険な岩壁でも征服できるようにね。おれはこの一年、たいへんなスリルを味わいながら、自分の計画した犯罪には一つのこらず成功してきた。投機はやり方ひとつでは、勝率十割に高められる。これからどんな犯罪をやっても、おれはぜったいに失敗しないよ」

たか子の口からは、魂がぬけ出すような吐息がもれ、その眼からは大粒の涙がしたたりおちた。

「でも、でも……。世の中に万一ということがありますわ。百回の戦いのうち九十九回までは成功しても、最後の一回で負けたなら、それが命とりになるんじゃないでしょうか」

「人間、一日先のことは、たとえ、高島易断《たかしまえきだん》にもわかるまいよ。ただ、おれはおまえが世間なみの幸福を求めて、おれと結婚するつもりなら、それは間違っていると言いたかっただけなのだ……。これだけのことを頭においたうえで、おまえがこれからどういう道を選ぼうが、それはおまえの勝手なのだ」

七郎の冷たい言葉に、たか子の心に残されたかすかな希望は、完全にうち砕かれてしまったようだった。

「あなたはむごい。……むごい人！」

畳の上に身を投げて、たか子は大きく泣きくずれた。

「わからない……何もかもわからない……」

うわごとのような呟きが、何度となくその口からもれていた。

七郎が綾香に会ったのは、その翌日のことだった。

もちろん、あの事件の後でも、一、二度は顔をあわせていたが、逆に上松専務が死んでからは、大和皮革を救うための仕事に忙殺されていて、ゆっくりとくつろぐひまもなかったのだ。

「どうも、この間はご苦労だったね。やっと後始末も終わったよ」

「あなたとわたしの仲では、あらたまってお礼などいらないけれども、よかったわね」

「おまえの芝居がうまかったせいだ。いかになんでも、おれ一人では、どうにもならなかったからな」

「みんな、あなたのお仕込みよ。わたしだって、あんなおじいちゃんといっしょに寝るのはいやだったけれども、あなたのためだと思えば、好き嫌いは言ってもいられないじゃないの」

綾香はお銚子をとりあげた。

「どう、一杯、過ぎたことはすっかり忘れてしまえ——というのが、あなたのいつもの主義じゃない」

「うむ」

七郎は杯を口にはこばず、途中でとめて、

「上松さんはあれからすぐに死んだよ。それもむかしの侍のように、腹を切っていさぎよく死んだのだが」

「自殺？」

綾香はびくりと眉をすくめたが、その次の瞬間には、かるい微笑さえ浮かべていた。

「弱かったのね、あの人は……。どうせ、年寄りのことだから、そんなことがなくったって、あと、何年も生きられなかったでしょうに。ばかなことをしたものね」

「ばかなこと——。おまえはほんとうにそう思うのだね？」

「思うわよ。損をしたって、それは会社の金じゃない？あの人だって、会社にとっては、それこそ長年の功労者だったんでしょう？どんなに失敗をしたところで、いまさら刑務所へやられる心配もなかったんでしょう。それなのに、あのくらいのことで思いつめて死ぬなんて、よっぽど気が小さかったんだわ」

「うむ」

七郎はゆっくり杯を口にはこんだ。

「それで、おまえは、あの人がかわいそうとは思わないのかね?」

「かわいそうだと言えばかわいそうでしょう。ちょうど、戦争で、手足をなくした傷《しょう》痍《い》軍人のように……。お線香の一本ぐらいはたててやるけれども、一度も夢にも見ないもの。まさかこれから、幽霊になって化けて出るわけでもないでしょう?」

その言葉は、まるで、竹を割ったようにすっきりしていた。

たか子とは同じ女性の一人なのに、人によって、これほど反応が違うものかと、七郎は、内心舌をまいたくらいだった。

綾香は、七郎が下においた杯をとりあげ、手酌でぐっと飲みほすと、

「もう、そんなことを気にするのはおよしなさい。いつまでも、死んだ人間のことをくよくよ思っていては、気がめいるわ。これからの仕事にもけちがついて、勝てる戦いも勝てなくなってよ」

と、また杯を七郎につきつけた。

「まったく、おまえにはかなわないなあ」

「鬼の女房に鬼神——と、むかしからいうでしょう。あなたのような男と一生つれそうには、これぐらいの毒婦でなければつとまらないのよ」

「毒婦か？　かわいい毒婦だな」

と、かるく相槌をうったものの、七郎にはまだ最後のふんぎりがつかなかった。

この大和皮革の事件が成功したら、綾香には芸者の足を洗わせ、所帯を持たせるとは約束していた。

しかし、彼にはいま建築中の新居に、綾香をいれるつもりはなかった。

たしかに、綾香が言うように、これからまた、いくつも連続的に犯罪をおかしていくためには、こういう女は絶好の伴侶に違いない。

もし、彼が何かの手違いで、警察に捕まるようなことがあっても、この女なら顔色ひとつ変えないだろう。

すぐ差入れの準備をし、弁護士をたのみ、留守宅を守りながら、何年でも待っているだろう。

その点に関するかぎり、たか子のほうはまったくたよりにはならないのだ。

これから結婚したとしても、容易なことでは彼に屈服しようとはしないだろう。

女だけの持つ愛情を武器として、一日一日、彼の心をかえようとして、必死の努力をつづけるだろう。

そして、背後からそういう牽制をうけることは、決してプラスにはならないのだ。

彼がこうして、いくつかの事件に、連続的に勝ちぬいてきたのも、一つには、決して後ろをかえりみず、事件に没頭できたためだった。

たとえ、道具としては、どのような人間を使っても、そういう人間の意見には、ぜったいに心を動かさないというのが彼の信念だった。

導入詐欺の事件だけは、その例外に近かったが、それはあれほどの苦戦をまねく結果となったのだ……。

しかし、そういういっさいの計算を超越して、七郎は、たか子に心をひかれていた。

この二人の女のどちらを愛しているのか——と、聞かれたら、彼はおそらく、どちらとも答えたろう。

ただ、綾香に対する愛情は、自分と共通するものに対する親しみであり、たか子に対する気持ちは、異質のものへひかれていく、憧れに似た感情だともいえるだろう。

どのような犠牲をはらっても、彼は、たか子を手ばなす気持ちにはなれなかったのである。

「ねえ、もう、わたしの仕事は終わったわけでしょう。いつ、ひかせてくださるの？」

綾香は鼻をならして、七郎にたずねた。

「いつでもいい……。ただおまえとは結婚できないよ」

長い瞑想からわれに帰って、彼は冷たい声で答えた。

「まあ……。するとわたしはお妾さんというわけね」

「おまえは、それでもいいと言ったじゃないか」

綾香はちょっと震えていた。眼尻をかすかにつりあげて、

「それじゃあ、あなたは、わたしのほかに好きな人がいるのね？　そっちの人と結婚して、わたしは一生日かげにおいておくつもりなのね？」

と、つめよってきた。

「そうだねえ。男というものは、一度に何人かの女を愛するというのが宿命じゃないのかな。少なくとも、おれには二人の女が必要なんだ。もう一人は、おまえとはまるっきり反対な型の女だが……」

「どこかの金持ちのお嬢さま？　毒はどこにもないというのね？」

綾香は、しばらく唇をかんで黙っていた。

しかし、まもなく、その口もとにはかすかな笑いがもどってきた。

「いいわ。それでも……。わたしが頑張ればいいんでしょう」

「頑張る？」

がまんする――という言葉を間違えたのではないかと思って、七郎はオウムのように

くり返したが、綾香は大きくうなずいた。

「そうよ。男をあらそうのは、女の勝負なのよ。こうして芸者なんかしていると、思ったとおりのこともできないけれど、一対一になれば、勝負はこっちのものよ。その人がどんな女でも、わたしは勝ってみせるから……。名前なんかどうでもいいの。ただ、あなたを、完全に自分のものにできたなら、勝負はわたしの勝ちなのよ。まあいいから見ていらっしゃい……」

七郎がなんとも答えないうちに、綾香は次の言葉をつづけた。

「あなたは悪人、いまさら善人になろうとしてもなれないのよ。日本一の大悪人になるように、あなたの運命はきまっているのよ」

七郎は、全身に冷水をあびせかけられたような思いがした。

上松利勝の自殺と、たか子の影響で、迷いかけていた自分の心が、たたき直されたように思ったのだ。

それからまもなく、綾香は芸者をよして、目白《めじろ》に家をかまえ、新居にはたか子が住むようになった。

七郎は、二人の女を平等に愛しながら、ふつうの金融業者としての生活を送りつづけた。

少なくとも、昭和二十六年いっぱいは、彼の犯罪史において、空白のページがならんでいたのである。

鶴岡七郎の閑居は、それからさらに半年、昭和二十七年の六月まで、一年半のあいだつづいていた。

といっても、彼は決して、たか子に動かされて、犯罪を思いとどまったわけではなかった。

こういう種類の知能犯で、ぜったいに成功を期するためには、細心に完璧な計画をねりあげ、それを大胆不敵に断行するのはもちろんだが、そのほかに時期、場所、そして犠牲者の選択にも万全を期してかからなければならない。

適当な条件が整うまでは、彼は何年でも待ちつづけるつもりだったのである。

さいわいに、こうして何度かの連続的な犯罪に成功したために、彼の手もとには、何千万という金が残っていた。それを、正常な方法で金融にまわしても、生活にはなんの不足もなかった。

一部をさいて投資した株もひきつぐ値上がりで、わずかの間に、彼の資産は一億を越えていたのである。

九鬼善司も、有楽町の駅前に「リヨン」という喫茶店を開いた。

若い妻のとき子の美貌と愛嬌は、映画人や新聞記者などの間にも人気を集めて、多くの客をひきつけたが、もちろん、善司にしても、喫茶店の主人で一生を送るつもりはなかった。

これは便利な一時のかくれみのにすぎない。そして、いろいろな情報を集めたり、秘密の連絡をしたりするためにも、こういうところに足がかりをもつことは決してむだではなかったのである。

そして、少なくとも、表むきは絶縁の形になっていた木島良助から、七郎のところへ連絡があったのは、六月二十日のことだった。

何か深刻な相談らしいので、七郎は指定の時間に、指定の料理屋へ出かけていったが、そこには良助のほかに九鬼善司も来あわせていた。

「どうした。しばらく会わなかったが、元気か」

「うん」

良助の答えは重く、顔色は暗かった。

その表情を見ただけで、七郎はなにかおこったと感じていた。

料理が一通り出されると、良助は女中を遠ざけて、

「いよいよ最後のときがきたようだ。それで、きょうはお別れに一杯やろうと思ってね」

と、すべてをあきらめきったような笑いを浮かべた。

「ばれたか？　帝国通運の一件が」

「うむ……。二百万や三百万ならともかくも、一億を越えて二億に近い穴があいては、どんな大会社だって気がつくよ。けさ伊達課長が捕まったらしい。いずれは政田雄祐なり僕にも、警察の手はのびてくるだろうと思ってね」

「うむ……」

「僕は、うちへ来る新聞記者から聞いたのだが、彼はクライスラーとビュイックと、自家用車を二台も持っていたらしいな。会社への往復にも、それを使って、重役以上の贅沢をしていたらしい。さすがに、自分の家や会社の玄関には、横づけにしなかったらしいが、けさも家から一町ほど先で、クライスラーに乗りこもうとしていたところをパクられたらしいね」

そばから善司が言葉をはさんだ。

「僕の知っているだけでも、女房のほかに五人の女がいたはずだ……。キャバレーの女や、芸者や、素人娘など。熱海《あたみ》にも別荘を持っていたし、料理屋も持っていたし、食料品の会社もつくったはずだが……。そのうち、何人の女が差入れに出かけるかは見物《みもの》だね。ことにあの女房がどんな顔をするか、いっぺん拝見したいものだよ」

たしかに、孔雀《くじゃく》は羽をもぎとられたのだ。

夫を株の天才と信じ、横領によって不正に手に入れた富を背景に、驕慢な振舞いをつづけていただけに、今日の珠枝は、完全な半狂乱におちいっているだろうと七郎も思った。

「それで、あなたの考えでは、捜査はどこまでのびると思う？」

覚悟はきめているといっても、やはりそのことが気になるのか、木島は七郎の顔を見つめて声をふるわせた。

「自分たちの使いこみは弁護の余地もないだろう。経理の任にあたる人間が、会社の金を横流しして、個人の贅沢に使ったのでは、業務上横領で、実刑になることは間違いがない。ただ、火の手がどこまでひろがるかというのは別の話だが……」

七郎も、この瞬間は、必死に頭を働かせた。

「これが、どうせ死刑をまぬがれないような犯罪ならば、人間は洗いざらいに、全部の罪をぶちまけようという気にもなるものだ。しかし業務上横領罪は最高十年。――それならば、被告としてはできるだけ、自分の罪をかくそうとするね。二段三段に防御線をしいて、同じ刑務所へ行くにしても、できるだけその期間をちぢめようとするのは人情だよ」

「それで？」

「少なくとも、僕がやっているあいだ、伊達課長は、偽造手形の件には気がつかなかったのだよ。ただ、正当な手形の裏書きをしてリベートをもらっただけだ。これにしたところで職権の濫用《らんよう》には違いない……。強いて言うなら、刑法第一六七条の私印不正使用罪が適用されて、三年以下の懲役が加わるだけだが、ここまで彼は自白しまい」

「もし、自白したら」

「こっちはせいぜい執行猶予だ。銀行にしても、小切手や手形に支払い保証をするときには、信用の貸与料として金をとるわけだし、それと同じようにして、帝国通運の信用を借りようとしたのだと言えば言いわけはつく。むこうの取り分はずっと多いから、こっちをこの事件で実刑にもちこむことは、どんな検事にも無理なことだよ」

「たしかに、あなたという人は、どういう場合でも、安全な退路を準備しておかなければ、事をはじめないからな」

そばから善司は感嘆したような声で言ったが、七郎は、そちらには一言も答えずに、

「それで結局、問題は偽造手形のことになる。君にしろ、政田にしろ、その点ではいままで万全を期していたわけだろう。僕が教えていたように、たえず架空の第三者を作り、

そういう人間から割引をたのまれたということにして、市中に流していたのだろう」

「僕はそうしていたのだが……。ただ、その手形は期限がくると、必ずむこうへもどっていたはずだから……。捜査二課が帳簿を調べれば、必ず発見されるだろう」

「まず見つかるね。ただ、さいわいに、ふつう汚職をする人間は、自分の使いこんだ金を克明に帳面につけてはいない。そういう不正手形が発見されたところで、警察では、伊達課長自身が誰かと組んでやったと睨む公算が五割ぐらいだ。むこうがどんなに否定しても、ほかの横領罪のほうがはっきりしているのだからね。たいてい、彼がそれまで背負いこむことになるだろう」

「それでは、たいてい大丈夫かな？」

「政田君にしたって、刑務所へ行きたいわけはなかろうし、たとえ火の粉が飛んできても、なんとか途中で食いとめるさ。まあ、金の卵を産む鶏は、これで寿命がきたわけだけれども、さんざん卵を食った後だし、ここでいちおうあきらめるのだね」

七郎は静かに笑っていた。

その後で、この事件の進展は、たしかに七郎の予測した線をたどっていった。

これだけの大会社の本社の経理関係の帳簿をいちいちひっくり返し、その不正の跡をたどるというのは、なみたいていの仕事ではないのだ。

それに、これが、たとえば昭和電工事件のように、内閣をゆすぶるぐらいの重大問題へ、進展してゆく見込みがあるというのなら、捜査陣としても張り合いはあるだろうが、どんなに検討してみても、これは、いまのところ政界と結びつきそうにはなかった。

表面にあらわれた事件の形相は、あくまで一課長の汚職にすぎなかったのである……。ただ、伊達道美が自供した使いこみの金額と、実際の損害のあいだには、一億以上の開きがあった。

この問題を必死に追及した捜査陣は、ようやく巨額の偽造手形が出まわっていた、という事実を確認できたのだ。

その裏書人に名前をつらねていた七郎も、警視庁へ呼び出されて、取調べをうけたが、彼ほどの男がこんなところでぼろを出すわけはなかった。

政田雄祐にしても、おそらくとぼけて通したのだろう。少なくとも、この偽造手形に関するかぎり、警察側は、これが七郎の計画し実行した犯罪だという確証は、片鱗もつかめなかったのである。

そして、七月十一日には、珠枝から、七郎のところへ電話があった。声にも、力がなかったが、会って話したいことがあるというのだ。

七郎にも、この女がどれだけたたきのめされたか、見ておきたいという冷酷な興味はあった。

むこうの指定した午後三時に、銀座の資生堂のパーラーまで出かけて行くと、珠枝はこぼれるような微笑を浮かべて彼を迎えた。

この瞬間は、七郎も相手の心理が理解できなかった。

ふつうの妻なら、夫のあれほどの大罪が発覚し、何年かの実刑はまぬがれないとなったら、これほど、しゃあしゃあとしてはいられないはずなのに、珠枝は、いつもより化粧も濃く、指にもダイヤは相かわらず、光っている。

「元気ですかね。このごろは……」

相手の気持ちが読めないので、七郎はさしさわりのないことを言ってテーブルについた。

「わたくしは元気よ。でも、あなたは、新聞をごらんになっているんでしょう?」

「まあ……」

「まやかし者だったのよ。あの人は……。わたくしには、たいへんな働きがあるように見せかけて、女を何人か囲って……。あげくのはてはあんなことに。こっちも格好が悪いことといったらないわ。どうして、男というものはあんな獣《けだもの》ばかりなんでしょう」

七郎は心の中で苦笑していた。

もちろん、自分にも、伊達道美の行為を責める資格はないが、さりとて、この女にも、自分の行状を棚にあげて、夫だけを責める資格はないはずなのだ。少なくとも、この女と結婚していなければ、彼はおそらく、有能なサラリーマンとして、こつこつと、出世への階段を上っていたに違いない。

社会を動かすのは、九割九分までが男だが、男を動かすのは女の力なのだ……。

「ああいう旦那にくらべれば、隅田さんのほうがはるかに人物だったわ。わたくしという女は、よくよく男運がないように生まれついているのね」

相手は深刻そうに溜息をついたが、七郎にはそれも道化の芝居のように思われた。

「まあ、あなただけの若さと器量があれば、いまから人生にそれほど愛想をつかすこともないでしょうよ。一度や二度、結婚に失敗したところで、まだまだ機会はありますとも」

心にもない言葉だったが、珠枝はすぐそのさそいにのってきた。

「そうかしら？　どうせ、わたくしもああいう人を、何年も刑務所から出てくるまで待ってはいられないから、刑がきまりしだい別れるつもりだけれども……。誰か、いい人があったら、お世話してくださる？」

「それは、相手さえあれば、むかしのよしみでね。ただきょうのご用件はどうなのです。まさか、旦那捜しのご依頼だけではないのでしょう？」

「実は……。あなたに、少しお金をお借りしたいの」

七郎はちょっと黙った。

あるいは、この女が、今度の事件の真相を、曲がりなりにもかぎつけて、ゆすりのような行動に出てきたのか——という考えが、ちらりと頭をかすめたのだ。

「なにしろ、あの人ときた日には、ほかの女にばかりお金をつぎこんで、わたくしにはちっともかまってくれなかったでしょう。家も家財も、会社から仮差押えを食ってしまうし、月給だってもらえないのよ……。別れるにしたって、保釈ぐらいはしてやらないと、世間からも悪口を言われるでしょう」

「そのダイヤでもお売りになったら」

七郎はかるい皮肉をこめて言った。

「まあ、これまで？　それはあんまりねえ。これはわたくしの魂よ。家宅捜査のときにも、これをかくすのに、ほんとうに苦労してしまったのに……」

「それで、担保は？」

「担保？」

「そうです。僕は金貸しです。それも、あなたをはじめ世間の人間がすべて軽蔑している高利貸――。確実な担保の裏付けがある約束手形でもいただければともかく、そうでもないかぎり、一円も金は出せません」

「手形？　そのかわりに、わたしの体ではだめかしら？」

ふつうの女では、めったに吐けない一言を平然と口走って、珠枝はじっと媚をふくんだ眼で七郎を見つめていた。

この瞬間、七郎はまた悪魔的な着想に思いついた。

表面はともかく、本質的には娼婦の塊りの権化《ごんげ》といえるようなこの女を、とことんまで、徹底的に、うちのめしてやろうという考えにとりつかれたのだ。

とりあえず、三十万という条件をかんたんにのんで七郎はこの場を別れた。

金をわたすのは二日後という約束だったが、その翌日にはもういっさいの準備が完了した。

約束の日の夜、銀座のある料理屋で、珠枝と会った七郎は、無造作に、三十万の札束を、鞄からとり出してつきつけた。

「さあ、これが、手形の割引料――。これで手形の現物は僕のものだ」

「まあ、ずいぶん現実的な言い方をなさるのね」

珠枝もくやしそうに唇をかんだ。七郎の粗暴な態度を軽蔑しているような怒りの色が浮かんだ。しかし、一時の感情は、三十万という現金の魅力の前には影をひそめたらしい。

「いいわ。取引は取引ね……。わたくしの体はあなたのものよ。煮て食おうと、焼いて食おうと、いいようになさいまし」

珠枝の眼からは怒りが消えて、奇妙な自信がそのかわりに座を占めた。

自分の肉体にぜったいの誇りを抱いているこの女は、これだけの侮辱をうけても、まだほんとうに負けたと思っていないのだろう。

ひとたび肉体を提供すれば、その後はどんな男でも、自分の思いどおりに鼻面《はなづら》をつかんでふりまわせると考えているに違いない……。

七郎もその場ではなんとも言わなかった。食事をすますと、彼は珠枝をつれて、木島良助の家へやってきた。

「ここは？」

とうぜん、待合なり宿屋なりへつれ込まれると予想していたのだろう。珠枝は不審そうに眼を見はっていた。

「僕のかくれ家だ。ただ、ことわっておくが妾宅ではないよ……」

「さすがにご商売だけあって、しめるところは、しめるのね」

かるい皮肉は言ったものの、珠枝もここまでやってきて自分の言葉をひっくりかえすようなまねもしなかった。七郎は、良助から預かってきた鍵で玄関をあけ、珠枝を中に案内した。居間もきれいに掃除はゆきとどいていたが、どこにも人影はなかった。ウイスキーと炭酸水と、つまみものを入れた皿がちゃんとテーブルの上に準備してあった。

「寝間着と布団は隣りの部屋に——。風呂もちゃんとわかしてある」

「魔法の家ね？」

珠枝も、ようやくおちつきをとりもどしたようだった。

「とにかく、風呂へはいりたまえ」

「中から鍵はかかるんでしょう？　一人でなくちゃ、わたくしはいやよ」

見えすいた反語——。逆手の誘惑に違いない。だが、七郎はその言葉をわざと額面どおりにとってみせた。

「まあ、ゆっくりはいってきたまえ。僕は一杯やっている」

珠枝はきっと七郎を睨んだが、それ以上さからいもしなかった。

珠枝が風呂にはいるのを待って、七郎は裏口に近い女中部屋の襖をあけた。

そこでは、太田洋助が、褌《ふんどし》一本の素っ裸で、ウイスキーをちびちびやっていた。

もともと、香具師《てきや》の幹部だし、女房にもああいうまねをさせるくらいだから、背中から腕、股《もも》から胸にいたるまで白い地肌も見えないような総刺青の体なのだ。

「いいね？」

「わかりました」

ひくく囁くと、七郎はすぐに、部屋へもどってきて、ウイスキーをちびちびやりはじめた。

珠枝はまもなく帰ってきた。

「いいお風呂――。一人では、もったいないくらいだったわ」

「それは君の希望だ。さあ、かわりに僕がはいってこよう。君はお化粧でもして飲んでいたまえ」

七郎はかわりに一風呂あびると、また部屋へ帰ってきて飲みはじめた。

珠枝もかなりの酒量だった。もともと酒には強いところに、かすかに残っている良心の呵責をまぎらわせようとする気持ちと、自然と媚態をあらわそうとする気持ちとが手伝ったのだろう。

七郎も眼を見はるほど、あざやかな飲みっぷりだった。

それでも、いつのまにか、眼はとろんとし、唇もゆるみだしていた。あらゆる抵抗力をなくしたような顔だった。

そのうちに、突然、電灯が消えた。

「停電かしら?」

「そうだろう。もう寝ようよ」

寝室が次の間になっていることは、もうさっきからわかっている。珠枝はそのまま立って、むこうの部屋へはいった。

七郎は、便所へ行くと見せて廊下へ出た。そこには、太田洋助が舌なめずりしながら立っている。

こうして、電灯が消えたのも彼のしわざ――。男のすりかえをやってのけるための準備だった。

「あとは君にまかせるよ」

「合点でさあ……。ヤー様のお手並みを見ておくんなさい」

七郎のかわりに、洋助は珠枝の待っている寝室へ黙ってすべりこんでいったのだ。

七郎はそのまま服を着かえて自分の家へ帰ってきたが、翌日彼のところを訪ねてきた太田洋助は、香具師独特の絶妙の話術で、つぶさに昨夜の戦闘状況を物語ってくれた。

「どうも先生、ご馳走さまでした……。ああいう女を抱かせてもらって」

「それで、僕でないとわかったときには？」

「さすがに半狂乱でしたぜ。もちろんかたぎの女なら、このモンモンを見せつけられたら、飛びあがるのがあたりまえですがね。そこで、こっちは先生の言われたとおりのせりふを言ってやったんです。

——手形というものは、いったん現金で買いとったら、後は誰にわたそうが持ち主の勝手だとね」

「怒ったろうな。そのせりふには」

「怒ったところで手おくれでさあ。まさか、ナオコマシで訴えて出るわけにもゆかないでしょう。でも、むこうも一晩、ずいぶん楽しんだはずですよ。むかしから、女郎の泣きどころを知っているのは、ヤー様のほかにはないというくらいでしてね」

「それで？」

「こっちも、毒を食らわば皿までで——。正体がばれてから、あと一度だけしかけましたよ。ところが、あの女ときた日には、それまでこっちの横っ面をはるようなまねをしたくせに黙って身をまかせたじゃありませんか。まったく女というやつは、どこまで本気かわかりませんねえ……」

「それが女だ。ことにあの女は、へたな玄人以上の娼婦かもしれないよ」

「まったく……。ああいう女は、こっちの仕込み方ひとつでは、りっぱな大姐御になりますぜ。裏を返してもかまいませんか？」

「君が手を焼かなければ――。だがねえ。あの女はふつうの男には、どうにも料理のできない女だ。ただの女なら、こういう目にあわされたら、それこそ自殺ぐらいはしかねないだろうがねえ……。僕も、あの女には仕返しできたのか、善根をほどこしてやったのか、わからなくなったくらいだよ」

七郎は苦笑しながら答えた。

男というものの心理だけは、彼は完全につかんでいる自信があった。そうでもなければ、連続的に詐欺で成功をおさめるということは、とてもできない相談だった。

しかし、女というものは――。ことに、こういう目にあわされながら、しかも男の肉体を求めてやまない珠枝のような性格は、彼の理解できる線からはるかに超越していたのである。

12　三日間の報酬

鶴岡七郎が悪の天才と称される一つの理由は、その着眼の鋭さと、応用の独創性にあったことは間違いない。

たとえば、ニュートンは、リンゴが木からおちるのを見て、万有引力の法則を発見し、ワットは鉄瓶の湯がたぎり、蒸気が重い蓋をおしあげるのを見て、蒸気機関の法則を発見したといわれている。

むかしから、こういう現象を目撃した人間は、それこそ何千万人、何億人あったかしれない。しかし、そのほとんどすべての人間は、その現象を深くみきわめて、その中に黄金の法則を見いだすことができなかった。ただ百年に一人の天才だけが、こういう飛躍的な着想に思いあたったのであった。

七郎もまた、子供の写し絵と、刺青とから、巨額の黄金を産むような詐欺の新手に思いついたのである。

写し絵――。特別の紙に印刷してある絵を、紙ごと肌の上にはりつけ、水でぬらして紙をはぎとると、絵だけが肌の上に残るといういたずらがあることは誰でも知っている。これはある意味では、子供の刺青ごっこといえるかもしれない。しかし、これを詐欺に利用したということはおそらく、鶴岡七郎が最初の人物だったろう。

彼は、日本造船の偽支店を作りあげる準備のために、太田洋助の家を訪ねていったことがあった。ちょうどそのとき、姐御の定子が、刺青師を出張させて、背中の刺青を彫っていたために、彼はいやおうもなく、その凄艶《せいえん》な裸像と刺青施術の光景を見せつけられたわけなのだが、そのとき彼の注意をひいたものは刺青の下絵だった。

七郎はこのときまで、こういう特殊な風俗には、たいして興味も関心も抱いてはいなかったから、小説や講談の予備知識で、刺青の下絵というものは、何十枚か帳面に閉じてあり、お客の注文によって、それを手本に、筆で直接肌に絵を描き、そのとおりに針で墨を入れてゆくものだとばかり思っていた。

ところが、このとき刺青師の持っていた下絵というのは、全部が雁皮紙《がんぴし》のようなうすい紙に、スタンプインクのような紫色の絵の具で実物大の絵を描いたものだけだった。ちょうど、定子の刺青が終わった後で、子分が一人、白むくの体に、新しく刺青を彫りはじめたから、この下絵の使い方もいっぺんにのみこめた。

まず、望みの図柄を描いた下絵を肌におしあて、その上を水ばけでなでるのである。それから静かに紙だけをはがすと、下絵どおりの線が、そのまま肌に残るのだ。刺青師はその線を筆でちょこちょこ修整し、そのとおりに針を進めていくのである。

もっとも、これは一部の刺青師だけに使われている簡便法で、伝統を尊ぶ多くの刺青師は、むかしどおり、下絵帳を手本に、一人一人の体にあわせて下絵をつくるというのだが、これは極端なたとえをひくと、仕立て服と既製服との違いだろう。

しかし、そういう市井《しせい》の風俗の技術的変化などは、七郎にはどうでもいいことだった。彼は、この二つのいたずらめいた些事《さじ》から、不可能を可能にするような犯罪を思いついたのだった。

一口にいえば、それは印鑑の転写である。

印鑑というものが、商取引で、どれだけの重要性をもっているかは、いまさら説明するまでもない。

たとえば、小切手にしても、署名と印鑑さえ、銀行にとどけてあるものと一致すれば、金額は自筆でなくともかまわないのだ。署名はとどけ出てあるゴム印でも代用できるが、印鑑は首の次に大事にするのが、事業家ならば誰でも持っている心がけである。

その印鑑が自由に転写できたなら……。

鶴岡七郎は、タイプ用紙とパイプを使うことによって、この問題をかんたんに解決してしまったのだった。

印鑑そのものは貴重品のとりあつかいを受けていても、それをおした紙というのは、わりあいかんたんに手にはいる。

たとえば、支払いのすんだ約手や金額を書き損じた小切手などは、破りすてられるのが通例なのだ。その場合、印鑑をおした部分がそのまま傷つかずに残っているということは十分にあり得ることなのだ。

そうして手に入れた実際の捺印《なついん》の上に、タイプ用紙のようなうすい紙をのせる。そして、根気よく、鼻の脂をとって、紙にしみこませる。その上をパイプなり、万年筆のお尻なりでゆっくりこすると、朱肉はそのまま脂にとけて、紙の上にはちょうど印鑑に彫ってある文字と同じ左右反対の印像が残るのだ。

この紙を、必要とする用紙、たとえば手形の紙の上にのせて、もう一度パイプでこすりなおす。

そこに残る印像は、本物の印鑑でおしたものと寸分も違わないのだ。

刺青の下絵と写し絵のヒントから、この方法に思いついたとき、七郎は欣喜雀躍したものだった。

帝国通運の事件をはじめ、いくつかの犯罪に、彼はこの印鑑転写の技術を巧妙に利用していた。印鑑偽造の必要はもうなくなったのだ。彼が昭和二十七年の秋にくわだてた川前《かわまえ》工業の詐欺事件も、この見事な応用だったのである。

一年半の閑居の後で七郎はすっかり退屈してしまった。

もちろん、これだけの資金を作った後だから、正業の金融だけでも、十分の贅沢はできたのだ。ただ、彼の心の奥にひそんでいる悪魔的な本能は、それでは満たされなかった。珠枝をああして辱《はずか》しめたことなどは、彼に言わせれば一時のなぐさみにすぎなかった。

戦後派とか、現代人とかいわれる人種に共通する性格の一つが、目的を欠いた行動にあるとするならば、彼などはその典型かもしれない。

もはや彼には、黄金は必需品ではなくなっていた。それなのに、彼は犯罪、詐欺のための詐欺を求めだしたのである……。

今度の犠牲者に選ばれた川前工業というのは、小さな造船会社だった。戦争中には、駆潜艇《くせんてい》、魚雷艇《ぎょらいてい》などの小さな船舶を作っていた実績があり、戦後は漁船などを建造しはじめたが、経営は決して楽ではなかった。

朝鮮動乱のおかげで、いくらかうるおったのは事実だが、大会社の復旧のテンポにくらべれば、二流会社というものはどうしても回復がおくれがちなのだ。だから、この会社の専務の五十畑敏行《いそはたとしゆき》から金融の相談をもちかけられたときには、七郎はほくそ笑んだ。金額は六百万ということだったから、もちろん、彼の現在の資力をもってすれば、個人的にも融通ができないことはなかったが、彼はここでまた一つ、新手の詐欺をやってみたかったのである。

「そうですね。いや、ふだんなら、そのくらいのお金はなんでもないのですが、いまはちょうど、資金があちらこちらに散らばっておりますので……」

七郎は最初はわざとしぶってみせた。

「それを、あなたのお力で、なんとかなりませんでしょうか？　利子は月一割、いや、一割二分までお払いいたしますが……」

「朝鮮戦争景気のおかげで、たしかに市中金利が下がっていますがね。それでも、あなたのおっしゃるような利子では、なかなか借りられませんよ。私などは、特に手がたく、信用第一主義で仕事をしておりますから、資金さえ遊んでいれば、法定の利率ぎりぎりの線ぐらいで、ご相談に応ずるのですが」

「いや、その評判を聞いておうかがいしたのです。こう申してはなんですが、ふつうの市中の金融業者のお方は、名目だけは法律できめられたぎりぎりの一線を守るようにみせかけて、実際は調査料とか手数料とかいう名前で、たいへんな高利を請求なさるようですね」

「そういうことは事実です。しかし、私に関するかぎり、お約束の利子以外には一銭もいただいたことはありませんし、いままで警察関係の間違いをおこしたことは一度もありません。いや、一度だけは手違いで、金をそろえるのがおくれたために、むこうが誤解して被害届を出したことがありました。なにしろ五千万円という大金ですから、むこうも頭にきたのでしょう。しかし、それから六時間後に、金をそろえてとどけたので、むこうもすぐに被害届を撤回してくれましてねえ」

淡々として、自分の落度をすなおに物語ってみせた七郎の態度は、相手にいっそう信頼感を抱かせたようだった。

「いや、こういうご商売をやっておられれば、たまにはそういうこともありますでしょうな。私どものほうでは、そんな野暮なまねはいたしませんが、なんとか、あなたのお力で、ご無理は願えませんでしょうか?」

七郎は黙って相手の顔を見つめた。

もちろん、戦争のおかげで、重役陣が一新され、そのはずみで、運よく専務というような椅子を、獲得したのだろうが、この男はただいたずらに年だけくったという感じ、実直だけが取柄というタイプだった。

「それだけの利子をお払いになっても、かまわないとおっしゃるなら、われわれのような業者にたよらなくてもすむ方法を教えてさしあげましょうか？」

「銀行から金を借りるのでしょうか？」

「違います。バッタという手を使うのです」

「バッタとおっしゃいますと？」

「これは失礼、香具師《てきや》仲間の隠語でしてね。なにしろ、こういう仕事をしていますと、いろいろ変わった連中にもつきあいができますから、つい、そういう社会の言葉が出るのです」

七郎はわざと苦笑いして、

「つまり、バッタというのは、品物を右からひいて、そのまま左へ流すことなのです。たとえば、あなたのほうの会社が、ほかの会社に材料を発注なさる。会社と会社の取引ですから、三カ月の約手で支払いはすみましょう。だから、たとえば八百万相当の材料を仕入れ、それを七掛けで売るとするのですよ。手どりは五百六十万ですか……。もちろん、期限がきたら、手形は八百万でおとさなければいけないわけですが、それでも月に一割三分ぐらいの利率になっているでしょう。金融のために手形を発行なさるのと同じ理屈じゃありませんか」

「なるほど、それも一つの手ですね。いや、資材の横流しと言っていただければ、最初からわかったのですが」

五十畑専務は、顔に縦皺をよせて考えこんだ。

「ただ、それには、こちらがすぐに手に入れられて、かんたんに処分できる品物でなければいけないわけですね。それに、こまったことには、金属材料はいま品不足で、なかなか入手が困難なのです。苦労して、手に入れた材料を横流しして、仕事ができなくなったりしては、それこそ虻蜂《あぶはち》とらずです」

「あいにく、私は金融関係のことは専門でも、商品関係はくわしくありませんから、それとご忠告はできませんが、なにか格好の品物はありませんかね」

「そうですねえ」

専務は数分苦吟していたが、やがて何かに思いついたように眼を光らせて、

「鶴岡さん、自転車のタイヤはどうでしょう?」

「タイヤ?」

「そうです。うちでは、輸出むけに自転車も作っていますから、大正ゴムからタイヤを

買わないかと交渉をうけたことがあるのです。たしか、一台分が二千円だったという記憶がありますが……」

「それなら、りっぱなものじゃありませんか。ああいう物は必需品だし、いくらでもバッタができますよ」

「でも、問題は買い手ですね。一台二台分ならともかく、三千台以上まとめるとなると、ちょっとかんたんにいかんでしょうね。それに、われわれのほうとしては、会社自体が横流しをしているという事実は知られたくないのです。いくらかでも利潤をとって転売するなら、これは商売の常道ですが、初めから、損をして投げ売りに出すということがわかっては、会社としても、不渡りの手形を出した以上に、信用をそこねますからね」

七郎は心の中でほくそ笑んでいた。

わずかのヒントを投げ出しただけで、この相手は、予想したよりもはるかに早く、はるかにすなおに、自分の計画にのってきたのだった。こういう相手を料理することは、彼の力と才能とをもってすれば、赤子の手をねじるよりたやすく思われたのである。

「そうですね……。あなたがたは、まともな方法でお仕事をなさるわけでしょうから、こういう裏街道の仕事にはご経験もないでしょう。それでは、私がこの際一役買ってさしあげましょうか？」

「お願いできますか？」

「言い出しっぺで、しかたがありますまい。まあ、ここで私が親身になっておつくししてあげれば、これからも末長くおつきあい願えるでしょうから」

七郎は会心の微笑を浮かべて言ったのだった。


男の心の中にきざしたかすかな変化は、ふつうの第三者にはわからなくても、肉体の交渉を持っている女には、たちまち感じられるものなのだ。

たか子も綾香も、ほとんど同時に、七郎の変化に気がついたらしかった。

「あなた、あなたはまたなにか、悪いことをお考えになっているんじゃありません？」

たか子は心配そうにたずねだした。こうして、七郎と同棲するようになってから、嫉妬らしい嫉妬も見せず、一つとしてさからいもせず、従順で忠実な新妻らしく平和な、幸福そうな、表情になっていたのに、その顔には雷雲のような影がかすめてきた。

幸福の中にひそんでいた不安が、一瞬に堰《せき》をきってふき出したのだろうと思いながら、七郎はわざと意地わるくたずねてみた。

「それでは、おまえはどうするつもりだ？　おれがまた、むかしのようなことをやりだしたなら」

「およしになって！　それだけは！」

血を吐くようにたか子は叫んだ。

「どうしてだ？　おれが、失敗するとでも思っているのか？」

「わかりません。そんなことは……。いいえ、あなたは自分の思っていることはなんでも成功なさるお方ですから、今度のことにしたって、きっとうまくおやりになるでしょう」

言葉だけをとりあげれば、痛烈な皮肉のようにも聞こえるが、その表情は真剣そのものだった。

「それでは何を心配しているのだ？」

「これがおわかりにならないの？　わたしの気持ちが？　わたしは、毎日神様に願《がん》をかけているのよ。終戦後しばらくは、ああいう時代でしたもの。程度の違いはあったとしても、誰もが悪いことをしていたんでしょう。たとえば戦国時代のようなもので、たとえ斬取《きりとり》強盗をしても成功して一国一城の主になれば、誰もなんとも言わなかったのよ」

たか子には、まるで何かの霊がのりうつったようだった。いつもに似あわず、その言葉にも熱があふれ、声もかわってきたようだった。

「ところが、たとえば由井正雪《ゆいしょうせつ》のように、世の中が平和になってから、同じことをやろうとしても、成功はしなかったのよ。たとえば西郷隆盛《さいごうたかもり》にしたって、十何年か前に、江戸を攻めたときの思いあがりが、西南戦争のときに残っていなかったとはいえないでしょう。わずかの間に、警察の力だって、ぐっと大きく強くなってしまったわ。あなたは二年前には、たしかに成功したでしょう。でも、今度はきっと前のようにはいかないわ」

「おれは同じ手は二度と使わない主義だ。警察の力がましてくればくるほど、そいつをたたきのめすということが、楽しくなってくるんだよ」

「わたしに死ねとおっしゃるの？」

たか子は譫言《うわごと》のように呟いたが、それから石になったかと思われるくらい、一言も口をきかなかった。

その点では、綾香はまったく反対だった。いまでは、綾子と名前をかえているのだが、七郎の顔を見るなり、まるでそそのかすように、

「また始めるのね。大芝居を？」

と言いだした。

「わかるか？　それが」

「そんなことがわからないようじゃあ、女房とは言えないわ」

平気な顔で煙草をふかしながら、

「それでこそ、わたしのご亭主よ。この二年ほど、まるで牙のぬけた虎みたいになっていたんで、わたしもやきもきしていたんだけれど、あなたの気持ちがすすまなかったら、こっちが、どんなに、けしかけたところで、しかたがないと思って、黙ってがまんしていたのよ」

と、恐ろしいせりふを言いだした。

「おまえという女にもおどろいた。万一のことがあったらどうするつもりだ」

七郎はこちらにも意地わるく問い返したが、綾子は逆に上手《うわて》に出た。

「あなたは自分のすることで、失敗するようなことはないわ。たとえばサーカスの綱わたりにしたって、見物はいま落ちるか、いま落ちはしないかと、はらはらしながら、手に汗を握って見ているわけでしょう。ところが、綱をわたっている人間のほうは、落ちるということなど、ちっとも考えていないんじゃない？　本人が、落ちるかもしれないと迷ったときが、ほんとうに足をふみはずすときじゃないかしら」

「うまいことを言うものだ」

「それに、わたしは悪党のあなたに惚れてこうしているのよ。あなたが善人になりきったときには、わたしはおひまをいただくかもしれないわよ」

「どうしてだ？」

「あなたが悪事を考えているときの顔は、なんとも言えないほどすばらしいのよ。ちょうど、むかしの剣豪が、命を賭けた勝負に出かけようとしているときのような感じじゃないかしら、相手を斬るか自分が斬られるか——。いや、ぜったいに斬ってみせる、と思いこんでいるときの顔を見たなら、どんな女でもとたんに惚れこむんじゃないかしら？」

「うむ……」

七郎は思わずかるくうめいていた。この女は、たか子にくらべれば、教育も教養もとぼしいのだ。

こういうたとえにしたところで、講談本か、映画かで身につけた知識にすぎないだろう。しかし、このとき、七郎は自分にも理解できなかった自分の心の秘密を、ずばりと言いきられたように感じたのだ。

「そういうことを言われるようでは、おれはよくよく、悪党に生まれついていたということになるな」

「そうよ。あなたは百年に一人、生まれるか生まれないかというような大悪党だったのよ。わたしは最初に会ったときから、一目でそのことを見ぬいていたの」

綾子は言葉も鋭くつづけた。

「あなたが失敗するのは、いいことをしようなどと考えだしたときよ。これからあなたが、どんなに善根を積んだところで、いままでの罪は帳消しにはなりゃしない。死んだ人間が生き返ってこられないように。人間は生まれかわってこないかぎり、生まれつきの性格は曲げられないのよ。あなたは前のように、図太く、悪に生きぬいたらいいわ。そのかわり、わたしは地獄の底まで、ついていくわ……」

綾子の言葉は、さすがの七郎にも、かすかな恐怖を感じさせたくらいだった。

それはともあれ、矢は弦《つる》をはなれたのだ。

いったん、五十畑専務とした約束を、いや、自分の心に思い定めた犯罪の計画を、彼は反古《ほご》にしようとはしなかった。

七郎はすぐ、川前工業資材課長代理の名刺を作り、大正ゴムの本社へのりこんだ。

専務の了解を得てあるから、これだけではもちろん詐欺にも何にもならない。

交渉はまもなく成立した。

ただ、このような場合には、会社相互の直接取引ではなく、特約店を通じて、品物を受け渡しするのが、商取引の常道なのだ。

大正ゴムが指定した大泉《おおいずみ》商事という会社からは、社員が川前工業の本社へやってきた。

しかし、専務から連絡があったことだから、受付もぼろは出さなかった。

七郎は指定の時間に、ちゃんと会社にいあわせて、会社の応接室で堂々と相手に面会したのである。

すべての準備はととのった。金額こそたいしたことはなかったのだが、七郎はこの犯罪にも、全力を傾倒していたのだった。

大正ゴムの本社へのりこんでから三日のあいだ、鶴岡七郎は、川前工業の本社に通いつめていた。

いつ先方から電話があるかしれないし、それからあわてて連絡してもらったのでは、ひょっとしたら、むこうの疑惑をまねかないともかぎらないと言って、五十畑専務を納得させたのである。

といって、彼の仕事は、このタイヤのバッタが専門で、ほかには何も用事はないのだから、大泉商事から電話がかかってこないかぎり、資材課のあいている机にすわって、退屈そうに、煙草をふかしていればすんだのだ。

最初の一日は、ぎょろぎょろと、彼に白い眼をむけていた課員たちも、二日目には、すっかりその存在になれきって、注意もはらわなくなってきた。

そういう人間の習慣性に乗ずることが、七郎の真の狙いだったのである。彼は最初の晩には、資材課長の堀内栄三郎《ほりうちえいざぶろう》を酒場にさそい、二日目の夜には、経理課長の梶鉄男《かじてつお》を料理屋へさそった。

「なんといっても、今度の仕事に成功すれば、専務さんから、十万円のお礼をいただくことになっていますしねえ。五百万の金融に対しての十万は、二分ですから、たいした率ではありませんが、四日や五日のおつとめに対して十万円は相当なものです。せめて、あなたにも、一杯のんでいただきたいと思いましてね」

七郎は、相手の気持ちをほぐすように挨拶した。名は人をあらわすというが、いかにも堅物らしいこの経理課長の眼にも、ちょっと動揺の色があらわれた。

「そうですか？　いやあなたのように、お若いのに、それだけのお働きがあるとは、ごりっぱなものです……。私などは、自分一人のせいではないにしても、ボーナスの時節になると、社へ出るのも、足がすくむような思いがしましてね」

成績の上がらない会社の経理担当者としては、これもたしかに実感だろう。

七郎も、最初はたいした男ではないなと思ったのだが、酒を飲みだしてからの話しぶりを聞いて、逆にこれは相当なものだと感じだした。

秋田の生まれで、今度の戦争でも、フィリピンの山奥を何カ月か逃げまわった末、ようやく生還したのだというが、北国人独特の芯の強さが、飢餓と砲火でさらに鍛え直されたのだろうか、飲んでもぜったいに崩れないし、しかも生酔《なまよ》い半分にもらす言葉にも、七郎に心を許していないところがある……。

「鶴岡さん、あなたのご計画は、専務からも聞いて、非常手段としてはやむを得ないと思ったのですが、ほんとうに大丈夫でしょうね」

「なにが大丈夫かとおたずねです？」

「仕込んだタイヤを、あなたがどこへお売りになるか。――これはあなたご自身の問題で、私のタッチすることではありません。ただ、このごろは手形のパクリが流行犯罪になっているでしょう。万一のことがあってはと思うと、私も心配になりましてねえ」

七郎も、一瞬ぎくりとした。風の噂にでも、彼自身の過去の犯罪の話を聞きこんで、いやみを言っているかと思ったのだ。

「たしかに、パクリというのは、よくある手ですよ。私もこの商売を始めた当時は、何度かひっかかったことがありましてね。金額は少なかったけれども、癪《しゃく》なものです」

七郎は、ひとごとのように笑ってみせた。

「でも、こうして年季を入れたせいですか、このごろでは相手の顔を見ただけで、そういう詐欺を考えている男かどうかは、たいてい見破るようになりました。いかがです。私をそんな詐欺師とお考えなのですか？」

「まさか……。専務が信用するほどのお方ですから、私もそんなことは、夢にも思ってはいませんがねえ」

梶鉄男は追従《ついしょう》のように笑ったが、その眼に満ちている警戒の光は、前よりも強くなったようだった。

「とにかく、私としては、現金と引きかえでなければ、手形はわたさないようにするつもりです。そのことだけはお含みください」

七郎は内心ひやりとした。もちろん、一社の経理課長としては、これくらいの慎重さはほしいものだが、こういう骨の硬さでは、料理もむずかしいなと思ったのである。

「ほう、専務さんのお話があってもですか。手形は私にわたすのではなく、あなたがお持ちになって、むこうの人にわたすということになさったら、パクられる余地はないじゃありませんか？」

七郎はわざと笑ってみせた。

「そうすれば、私の個人的な責任はないわけですがね。会社全体のことを思うと、それだけではすみませんよ」

「どうしてです？」

「手形をむこうへ渡してしまえば、とうぜんこちらの支払い義務は発生するわけですね。そのタイヤを売った金が、会社へはいるかどうかは別の問題でしょう」

「それはたしかにそのとおりです」

七郎はしかたなく苦笑してみせた。

「これが、商事会社か何かで、右の品物を左にさばいて、なにがしかの純益を得るのが本道なら、私はなにも心配はしません。しかし今度の取引は、金融のかわりの闇取引ですからね……。たとえ、専務に睨まれても、あなたがこの条件をのんでくださらなければ、私はこの取引を中止するよう、社長に進言するつもりです」

もちろん、どういう会社にも、社長派とか専務派とか、そういう社内の派閥はあるものだ。この会社にしてもその例外ではないのだろう。そういう眼にみえない内紛が、ちらりとこうして言葉の端にあらわれたのだろうと思いながら、七郎はわざと膝をたたいてみせた。

「えらい……。あなたのように責任感の旺盛なお方が、課長クラスにならんでおられれば、おたくの将来の発展は期して待つべきです。一時の不調は、個人にも会社にもあり得る話ですよ。よござんす。鶴岡七郎も男です。お約束の金を、耳をそろえてならべるまでは、その手形はいただきますまい」

「それで、私も安心しました」

梶鉄男は、いかにも肩の荷をおろしたように言った。

「そのかわり、私にも条件がありますよ」

「とおっしゃると？」

「正式な手形は、現金と引きかえでも結構です。その前に写しの手形を一枚切っていただきたいのです」

「写しの手形？」

梶鉄男は、ぴくりと眉をひそめた。

「それは、どういう形式をとればいいのですか？　いったい、なんのために発行するのですか？」

たしかに、外国へ送金する為替手形でもないかぎり、手形に写しは必要がないはずだから、梶鉄男がこう問い返したのも無理はなかった。

「それは、あなたご自身の言い出された条件を満たすためには、最小限度に必要なものですよ」

七郎は一瞬に作戦を切りかえ、しかもたくみにポイントははずさなかった。

「私はある香具師《やし》の親分と義兄弟の仲です。ですから、今度のタイヤも、品物が出さえすれば、上野の御徒町《おかちまち》あたりに流し、半日で換金できる自信があります……。しかし、あなたは責任上、その半日も待てないとおっしゃるのでしょう」

「まあ……」

「ということは、私が一時ほかから金を融通してそちらへ先にさしあげ、そのタイヤの売り上げをちょうだいすればいいということになりますね。これなら、ふつうの手形金融と同じことになるわけで……。ただ、私が途中で、闇物資のブローカーを働かなければならないというよけいな重荷が増えただけです」

「……」

「まあ、それも十万円のお礼の中に含まれていることでしょうから、いまさら否やは申しませんが、最初の私の金融のためには、何かのしるしがいります。もちろん、最後は私の信用一つになってきますが、私が金主から金を借り出すために、おたくの手形の写しを持っていったなら、この現物が割れしだい、あすにも金を返すといったら、よけい信用がつくとはお考えになりませんか？」

「なるほど、それもありそうなことですね」

なんといっても、課長は課長の器《うつわ》でしかなかった。

梶鉄男は、自分が手形をパクられさえしなければいいという一念のあまり、それよりも、さらに危険といえるこの罠に、まんまとのってきたのだった。

「でも、その写しというのはどうするのですか？　銀行へとどけ出てある印鑑までおすのですか？」

「その必要はないでしょう。ただ、金額と社長名がありさえすれば、それに写しというスタンプをおしてくだされば結構です」

「それならお安いご用です」

梶鉄男の口からは、緊張が一瞬にほぐれたような溜息がとび出した。

「よその会社では、手形となると、社長がいちいち墨をすって筆で署名するところもあるようですが、うちの会社はゴム印です。それなら、私のデスクの上にも、堀内君のデスクの上にも、しょっちゅうおいてありますよ」

「ほう、不用心なことをなさるものですね」

七郎は、腹の底から笑いだしたくなった。

堅物を誇るような人間にかぎって、いったん崩れだしたときにはもろいものだ。いわずもがなのことまでぶちまけて、かえって自分の破れをまねくのは、かえって硬骨漢《こうこつかん》に多い性格なのである……。

「いや、なにも不用心ではありませんよ」

相手はむっとしたように、

「たとえば、小切手でも、あのゴム印をおしただけでは、なんの効力も発生しませんからね。銀行へとどけてある印鑑をおさないかぎり、何千万円の金額が書きこんであったとしても、鼻紙同様――。いや、洟《はな》さえかめませんからなあ」

「その無価値な紙片一枚を見せて、最初に金を作るのですから、私も骨がおれますよ。ただ、おたくでは、その銀行印を、どういうふうに保管しておいでなんです？」

「それには、万全の策が講じてありますよ。判は鍵のかかった印箱に入れ、社長室の大金庫の中におさめてあります。金庫の鍵は、社長か専務が保管して、ほかの人間には、手もふれさせません」

「なるほど、それで？」

「印箱の鍵はやはり大金庫の中に入れてありますが、これに手をふれることができるのは、社長と専務のほかには、私だけなのです。しかし、社規として、銀行印はいったん印箱からとり出したら、ぜったい手からはなしてはいけないということになっています」

「つまり、判をおしている途中で、便所へたったり、代理の人間に、判をおさせたりしてはいけないというわけですね？」

「そうです……。それだけ慎重にやっていれば、万が一にも間違いはおこりますまいからね」

——その万に一つの間違いがこれから現実におこるのだ……。

と七郎は、ひくく口の中で呟いていた。


現在の七郎の実力をもってすれば、五百万ぐらいの現金をそろえるぐらいは、なんの造作もないことだった。

しかし、これではただ働きも同じことになる。宝の山へふみこんで、手をむなしくして帰ることは、七郎の性格にはないことだった。

彼はまず、八百万の手形の写しを、梶鉄男から手に入れた。銀行印もおしてはおらず、スタンプで「写」とおしてあるこの手形用紙は、たしかに無価値な紙片でしかない。ただ、七郎の才能をもってするならば、これを八百万円の有価証券に変造することは、なんの困難もなかったのである。

それ以外にも、七郎は人目をしのんで、資材課長の机においてある社長名のゴム印を、自分が持ちこんだ白地の手形用紙におすことに成功していた。

これだけの準備ができたうえで、彼は五百六十万円の現金を川前工業に持ちこみ、五十畑専務の前に積みあげてみせた。

「これは？」

とびっくりしている、専務の前に、彼は梶鉄男を呼びつけて、あのときの話をくり返させた。

「私は梶さんの責任感に、心から惚れこんでしまいましてね……。いや、一流会社の経理課長をしているお方もずいぶん存じあげておりますが、これほどしっかりしたお方は知りません。専務さんといい梶さんといい、失礼ですが、この社には、すぎた人材でいらっしゃる……」

甘い言葉というものは、人間の心の鋼鉄の壁をもとかす力をもっている。専務の口もともゆるみ、梶鉄男の顔にも会心の微笑がただよった。

「しかし、おことわりしておきますが、これは私の遊んでいる金ではないのです。三日の期限を切って信用ひとつで借りてきた金ですから、きょうの大泉商事のタイヤは、前の予定どおり、品物をひきとってもらわなければいけません。私はそれを半日で換金して、金主に金を返さないと、たいへんなことになるのです」

「わかりました……。ただ、そちらの取引の間にともなう危険は、あなたのほうで責任を負担してくださるというわけですね？」

梶鉄男は、ここまできてもまだ慎重にだめをおした。

「危険というと、品物を渡して、その代金をわたしてもらえない可能性もある――ということですか？　いや、そのことなら、私はぜんぜん心配もしていません。男同士の約束を守りきれない相手とは、私も最初から取引しようとは思いませんよ」

五十畑敏行と梶鉄男は、自分たちの取越し苦労を恥じたように顔を見あわせていた。

最後まで残された一分一厘の疑惑も七郎のこの一言で、完全に吹っとんだようだった。

「それでは、本物の八百万円の手形をおわたし願えませんか？　私のほうでは、こうして最初に現金をそろえたのですし、もう大泉商事のほうへは、ごいっしょにおいでいただく必要もありますまい」

「たしかに……」

専務も課長もうなずいた。金は払うといっても、工場のほうへはこんで、原材料として使うのではなく、そのまま闇に流してしまう資材なのだ。できるなら取引にも立ち会いたくないという表情が、はっきり顔ににじみ出ていた。

もちろん今度の手形には、正式に印鑑がおしてあった。どこへ持ち出しても通用する、なに一つ、欠点のない手形だった。

それを確認して、鞄におさめると、七郎は二人を見つめて言った。

「それでは、私はこれから大泉商事へ出かけて、この手形をわたし、タイヤをひきとります。ただ、くれぐれも申しあげておきますが、私を二階へあげて、梯子《はしご》をとるようなまねはなさらないでください。大正ゴムなり大泉商事から連絡があっても、私はあくまで、この社の人間だということにしていただかなければ困るのです」

「承知しました。決して、あなたを裏切るようなまねはしません。ああ、それからこれはお約束のお礼です。今晩かあすの晩にでも、またあらためて、一席設けたいと思いますが、ご都合はいかがでしょう？」

すっかり安心しきった専務は、泥棒に追い銭のような結果になるともしらず、十万円の札束を一つ、七郎にわたしてくれた。

七郎はこの会社を出るなり、近くのホテルへ飛びこみ、部屋に鍵をかけて、印鑑の転写をはじめた。

きのう受けとった、写しの手形の「写」というスタンプは、インキ消しで完全に消してある。特殊の科学的検査をされればともかく、肉眼ではその痕跡もわからないのだ。

正式の手形には三カ所に印がおしてある。その手形の上に鼻の脂をぬったタイプ用紙をのせて、写しとった印鑑を、七郎は手ぎわよく、もう一枚の手形の上に転写していった。

一時間の後には、写しが写しではなくなった。

本物の手形の朱肉がうすれ、七郎の作った手形の印の朱肉が濃くなったことを除けば、この二枚の手形には、少なくとも、肉眼で見たところ、寸分の相違もなかったのだ。このようにして、川前工業は、いま手に入れた五百六十万円の現金のために、三カ月後には、千六百万円の金を支払わねばならなくなったのである……。

いっさいの準備を完了した七郎は、それから、大泉商事の本社へ出かけていった。

川前工業の社名がはいったトラックは、もう倉庫の前で待機している。

大泉商事の側としても、正式な契約書はうけとっていることだし、川前工業の本社では、五十畑専務といっしょに七郎に会っていることだし、手形も印鑑の肉のうすさをのぞいては、なに一つ非を打つところもなし、この大陰謀に気がついた様子はなかった。

それでも念には念をいれ、自分の取引銀行を通じて、川前工業の取引銀行へ、手形の真否を電話で確認したのは、最大限の用心をしたつもりには違いないが、五十畑専務にしても梶課長にしても、このときは、完全に七郎の芝居にだまされきっていたのだ。こんなところでぼろが出る気づかいはない……。

タイヤを満載した三台のトラックは、まもなく、大泉商事の倉庫の前を出発した。しかしこの車は、川前工業の本社なり工場のほうへは向かわなかった。

一台は深川木場《ふかがわきば》のある空地に、一台は晴海《はるみ》の埋立地に、一台は蒲田《かまた》付近のある空地に、予定どおりに停車すると、たちまち何台かのオート三輪がむらがってきて、積荷を積みかえた。もちろん、一台のトラックには、一人ずつ、太田洋助の家の若い者が乗りこんでいたのだが、こういうときの統制には、かえってこうした仲間のほうが、一糸乱れぬ力を発揮するのである。

積荷をわけたオート三輪は、一台一台と、上野御徒町、いわゆるアメ屋横丁というあたりへやってきた。

そこでは、鶴岡七郎と太田洋助が待ちかまえていて、前もって集めている買い手に品物を右から左へさばいた。

市価の七割で仕入れた品物を、さらに三割引きで投げ売りするのだから、結局半値になっている。

わずか三時間のうちに、タイヤは影も形もなくなり、七郎の手には約四百万の現金が残った。

「ご苦労さん。一杯のもうよ」

七郎は洋助を近くの料理屋へさそったが、頭の回転は人一倍早い洋助にも、七郎の狙いはわからなかったらしい。

「先生、この金はいつ持ち逃げさせるんですね？」

と、身をのり出してたずねてきた。

「いや、それは僕の金だから、今度は持ち逃げされちゃ困るよ。川前工業には、現金で五百六十万払っておいたし、大正ゴムのほうには、川前の手形をわたしておいた。ひょっとしたら、契約違反の問題は残るかもしれないが、それはこっちの知ったことじゃない」

「なんですって！」

太田洋助は眼をぱちくりさせて、

「それでは、まっとうすぎるほど、まっとうな取引じゃありませんか？　それなら、なんでバッタなんかやらなくちゃいけないんです？　いったいむこうからはいくら？」

「十万円もらったよ。しかし、君に約束した礼金のほうは値切りはしない。オート三輪の輸送費から、若い者の小遣い、買い手を捜す手数料、こめて四十万という約束だったね。これは持っていきたまえ」

七郎は、四百枚の千円札を洋助の眼の前にさし出した。彼も名うての曲者だけに、七郎の意図にはおぼろげにも感づいたらしい。

「これはありがたくいただきますが、今度も魂胆はあるんですね？　損して得とれ——という流儀で、ドロドロという鳴り物といっしょに、浅黄《あさぎ》の幕がさっとおちて」

「石川五右衛門《いしかわごえもん》の正体がばれる、ということになりそうだね」

七郎は笑いながら答えた。

「たしかにそうさ。一日十万円の持ち出しで、三日も会社づとめをさせられたんじゃかなわない。一日あたり百万以上はいただかないと——。きょうは、専務も経理課長も、にこにこ相好を崩していたが、三カ月したらおどろくよ。そのときの顔が見たいものだ……」

事実、七郎の手もとに残っている八百万の手形と、あと数枚の白地手形は、一つの会社を壊滅させるだけの力をもっていたのである。

いちおうの会社ともなれば自分の会社の製品に対しては、たえず市場調査をおこたらないから、新品のタイヤが、ほとんど半値で多量に流れたという情報はすぐ大正ゴムの側にも聞こえたらしい。

どこかの問屋筋でも倒産したかと心配した大正ゴムでは、いろいろと調査機関を動員して、川前工業がその横流しの張本人だということをつきとめたらしいのだが、もちろんこれだけでは、七郎もなんの罪に問われるわけもなかった。

契約違反で、民事訴訟がおこっているという五十畑専務の話も、七郎は聞き流しにして、時のくるのを待った。

五十畑専務も梶課長も、例の写しの手形のことについては、一言もふれなかった、もちろん、二人としては、無価値な紙片だから、いまさらあらためてとり返す必要はないと思ったのだろう。そして日がたつにつれて、そういうものを作ったことさえ、自然に忘れてしまったろうが、この紙片は、印鑑転写の魔術によって、時限爆弾のような危険な武器にかわっていたのである……。

ただ、この手形を七郎が、銀行へ持ちこむことは、決して得策とはいえなかった。最後にその支払いを求める人間は、九鬼善司にしようと予定していたのだが、善司のほうはどうしたことか、今度はこの役をいやがった。

「あなたには、犬馬の労をとると約束しておいて、こういうことを言いだすのは、なんとも、申しわけないがねえ。今度ばかりは、ひとつかんべんしてくれないか？」

「どうしてだ？　結婚したんで、気がよわくなったのか？　足を洗って、かたぎになるつもりか？」

七郎は不審に思ってたずねたが、相手はかすかに苦笑して、

「そういうわけじゃないんだが……。なんでも僕の運勢は、来年の二月まで八方ふさがりか何かで、積極的に行動すると、必ず大変な破れがくるそうだ……。僕一人が失敗するのならしかたがないが、あなたにまで、累《るい》をおよぼしてはすまないと思ってね」

と、弱音をはいてしまった。

「しかたがないな……。でも、これだけは強制もできないし、ほかに適当な人間を見つけることにしよう」

もちろん、微妙な腹芸を必要とする大芝居だから、戦意を失った人間では役にたたない。七郎も、あえて深押しはしなかったが、善司はとたんに身をのり出した。

「木島でどうだろう？」

「木島君が？」

「そうだ。彼は例の通運事件が発覚してから、仕事もなくて、ぶらぶらしているよ。もちろん食うに困っているわけじゃないが……。ひとつ、前のことは水に流して、彼を使ってやってくれないかね？」

「うむ……」

七郎も、この言葉はすげなくことわるわけにはいかなかった。禁をおかして、殺人を行なってから、仕事の面で協力を求めることはなかったが、個人的な交流までたち切ったというわけではない。ただ、ときどき、顔をあわせても相手がなんとなく寂しさを感じていることは、七郎にもよくわかった。

もちろん、殺人の罪にしても、自分なり、同志なりの罪をかばおうとしてやったことなのだ。ある時期がすぎれば執行猶予のように、これを不問に付してしまうのも、一つの人情かもしれない。

「あなたが、この役を任せたら彼はおそらく感激するよ。それこそ、どんな芝居でも喜んでやりぬけることだろう。そのほうが、かえっていいんじゃないのかね？」

七郎の心が動きかけたとみたのか、善司はしきりにすすめてきた。

「まあ、とにかく、いちおう話はしてみようよ。ひきうけてくれるかどうかは別としてね」

しかし善司の立ち会いで、この話をしたとき木島良助は、涙さえ浮かべて七郎の手を握った。

「ありがとう。よく言ってくれた。……僕はあなたと別れてから、初めてあなたの偉大さを再認識したんだよ。僕にしたって、第一線部隊長として手柄をたてるぐらいの力はあると思うが……。こういう緻密な計画をたて大作戦を遂行することは柄じゃない。前の罪を許してくれて、この命令を下してもらったうえは、たとえ命を投げ出しても、あなたには迷惑をかけないよ」

七郎も、この言葉は額面どおりに信用した。

兵を喜んで死地に飛びこませることは、名将の一つの資格だといわれるが、それには信賞必罰の鉄則と、ある場合には、その法則をふみにじるほどの寛大さが必要なものなのだ……。

それはともかく、約束手形というものは、中間ではどういう人間の手に渡っていても、約束の支払い日になれば、必ず手形交換所を通じて、振出人の取引銀行へ返ってくる。

その場合、預金の残が手形の金額よりも足りなければ、とたんに事業家にとっては命とりといえる不渡りが発生するのだが、実際問題としては、二十四時間の余裕が暗黙のうちに認められているのだった。

だから、今度の事件で七郎のとった作戦はこういうものだった。

川前工業としては、とうぜん大泉商事への支払いにそなえて、期日以前に八百万以上の現金を銀行に残しているはずだ。だから、彼の持っている手形の支払い日を、大泉商事にわたした本物の手形の支払い日より、一日くりあげておきさえすれば、準備してある金は残らず奪えるということになる。もちろん、川前工業としてはわずか一日後には、正規の手形にまた八百万円の金を払わなければならなくなるわけだが、かりに、そこで不渡りが発生したとしても、それは七郎たちの利益になんの関係もなかったのである。

この計画は、予定どおりに進行した。

木島良助は、支払い日にその手形を銀行に振り込み、八百万円の現金を手に入れたが、その翌日には、川前工業はひっくりかえるようなさわぎになった。

もちろん、事件の真相を見やぶることは、半日や一日ではできない相談だったが、こうなっては、まず不渡りの発生を防ぐことが最大の急務なのだ。七郎の偵察したところでは、社長自身が個人の財産を担保に、たいへんな高利の金を借り、なんとか破局は回避したらしいが、他人のなやみは、彼には痛くもかゆくもないことだった。

ただ、万全を期して、七郎は良助を伊豆の温泉へ雲がくれさせ、後の経過を見まもっていた。

ただここで、七郎も予想していなかった事態がおこった。東京地方検察庁から福永博正検事の名前で、参考人としての出頭命令が伝達されてきたのである。

もちろん、鬼と言われるこの検事が、彼の犯罪史の初期から、彼の行動に眼をつけ、じっと機会を待っていたのだということは、さすがの七郎にも想像はできなかった。

ただ、東京地検でも一、二を争う偉材と言われるこの検事の名前は、彼の心をこのうえもなく刺激した。

しかし、自分の犯罪に絶対的に自信をもっていた彼は、決して恐怖を感じたわけではない。むしろ逆に、ここで福永検事の追及を徹底的にかわしきれれば、そのときこそ完璧な勝利を誇り得ると、熾烈《しれつ》な闘志を燃やしたのである。

そして、対決のときはやってきた。検事室の扉があいたとき、七郎は真剣勝負の場へのぞむ剣客は、こんな気持ちではなかったかと、自分の心にたずねてみたくらいであった。

ただ、長い検事生活で身についた第二の天性がそうさせるのか、福永検事は、七郎の顔を見ても、ほとんど無表情のままだった。

「君が鶴岡七郎君だね。まあ、かけたまえ」

と言う声も、事務的に淡々としていて、なんの抑揚も感じられない。

「失礼します」

臍下丹田《せいかたんでん》に力をこめて答えると、七郎はかるく一礼して、椅子に腰をおろした。

姓名、住所、職業、経歴などをいちおう形式的にたずねたうえで、福永検事は初めて眼を光らせた。

「君は隅田光一と太陽クラブでいっしょに働いていたようだね。彼という男をどう思う？　その行為よりは、人物の印象だが……」

「天才でした。少なくとも、頭の働き、着想、予見、そういういくつかの点では、私など足もとにもよれなかったかもしれません。ただ、その反面、彼はあまりに脆すぎましたね。頭だけが猛烈に先走って足がともなわなかったり、性格に極端な利己主義があったりして、どこか、ついてゆけないところがありました……。まあ、もう少し生きていて、円熟してくれれば、そういう欠点もなくなったかもしれませんが」

「なるほど、さすがによく見ているね。すると、彼がああいう非業の最期をとげたのも、自分自身の性格から生まれた必然的な結果だと思っているのかね？」

「まあ、そう言えるかもしれません。人間というものの運命は、結局は、人間自身の中にひそんでいるんじゃないでしょうか」

　検事はかるくうなずくと、書類をとりあげてすぐに本題にはいった。

「ところで、きょう来てもらったのはほかでもない。川前工業の事件だが、心あたりはあるだろうね？」

「タイヤの横流し事件でしょうか？」

　七郎は予定どおり、大きな罪を否定するために小さな罪を認める作戦に出た。

「それもあるが……」

「あのことならば、むこうの五十畑さんから依頼をうけてやったことです。会社の資材課長代理という肩書を使ったことは、検事さんからご覧になれば悪いことかもしれませんが、実際問題としてはままある話です。それがたとえば詐欺になるとでもおっしゃるのですか?」

この点を問題にするならば、五十畑専務の刑事責任は、とうぜん彼に先行するのだ。どれほど法律の条文と、判例集を調べても、彼が実刑に問われる恐れはなかったのである。

「いや、僕が問題にしているのは金のほうだ」

検事は大きく首を振った。

「その金だったら、お約束どおり、まず五百六十万円の現金をお立てかえし、十万円だけお礼をいただきました。預かった手形はそのまま大泉商事へわたして品物をひきとったのですし、なんのやましいところもありません」

「それで、君の立てかえた五百六十万の現金はどこから出た?」

「男同士の話しあいで、満二日、足かけ三日という約束で金主から融通してもらったのです。その名前は、どんなことがあっても、申しあげられませんが」

「なるほど、ただ君は、その金を借り出すときの証拠として、川前工業のほうから、写しの手形をうけとったそうだね。その写しのほうは、いまどこにある？」

やはり、軽蔑できるような相手ではない、と七郎は腹の底で思った。

眉毛一本動かすでもなく、語気を強めるわけでもないが、水の流れるように淡々と、自然に事件の核心へしぼりあげてくる呼吸は、真綿で首を絞められるような感じがするのだった。

「さあ……。あれはどうしましたかな」

七郎は記憶をたどるように、わざと、額に手をあて、ちょっと間をおいて、

「とにかく、金主のほうからは返してもらったおぼえはあります。——ただ、川前さんのほうへはお返ししなかったかもしれませんね。たしか後で五十畑さんと会ったとき、ほかの話のついでに、そのことにふれたら、どうせなんの価値もない紙片だから、君のほうでやぶってくれればそれでいいさ——、と聞いたような記憶もありますが」

「それで、君が自分で破ったおぼえはあるのかね？」

「それがはっきりしません。たとえば、手紙や何かで、必要がなくなったものは後でまとめて焼くようにしていますから、あれもいっしょに処分したか……、それとも、金庫の中にでも、まだしまってあるか、そこのところはこの場ではなんとも申しあげかねます。なにしろ、十万円の仕事でしたし、こちらも忙しいものですから、一つのことには、

あまりかかずらってもおられないのです」

「なるほど、君も、いろいろの会社を相手に、忙しく仕事をしているからね」

福永検事は唇の端に、剃刀のような笑いを浮かべた。

「たとえば、大和皮革の上松専務は、君に金融をたのんだ後で、自殺をしたようだね？」

「お気の毒なことをしたものです……」

七郎は平然と答え返した。

「私がお金をお届けしてから、いろいろと雑談になったとき、この金は一時流用してもかまわないけれども、値上がりの確実な株はあるまいか——というような話が出たのです。いやしくも、一社の専務がそういうのですから、私のほうも信用しました。それで、そのご指示どおりに働いたのですが、上松さんのほうでは、最初の思惑と違って、会社のほうをごまかしきれなくなったので、苦衷《くちゅう》のあまり、死んで責任をとろうとなさったのじゃありませんか。でも私の聞いた話によりますと、書置きの中にも、私を責めるような言葉は、一言も書きのこしていなかったそうですが」

七郎は、ここで言葉を切って、福永検事の顔を見つめたが、検事の眼には、明らかに冷たい怒りが燃えていた。机の上においてある両手の指が、かすかにふるえていることを、七郎は鋭く見のがさなかった。

しかし、ここで怒りを爆発させることは不得策だと思ったのだろう。検事は煙草に火をつけて、呼吸を整えると、次の質問にはいった。机の上の書類の間から、証拠物件として提出された八百万の約束手形をぬき出すと、

「まあ、余談はぬきにして、本筋の話をするが、君はこの手形に見おぼえがあるかね？」

と錐《きり》をさすようにつっこんできた。

七郎は、ゆっくりとそれを手にとって表と裏をあらためて見た。スタンプインクの文字を消し、印鑑を転写して彼の作ったものに違いないが、もちろん、そんなことはおくびにも出さなかった。

「私がうけとって大泉商事へわたした手形と似ていますが、日付や受取人はちょっと違うようですねえ」

「その裏書きの最終受取人の名前におぼえがあるだろう。木島良助――。君や隅田君といっしょに、太陽クラブをおったてた一人だよ」

「そうですね。いや、彼と私はこのごろはたいしたつきあいがないのですよ。ああいう

事件があった後では、おたがいにかたぎの会社づとめもできませんから、彼もやっぱり金融ブローカーになりました。そんな関係で、ちょくちょく顔をあわせることもあるのですが、なにも、自分の手の内をいちいち打ち明けあうこともありませんし、この手形のことについては何も聞いていません」

「だが、君が手に入れた写しの手形というのはこれではないのかな」

「検事さん、何をおっしゃるのです」

七郎は語気を強めて反撃した。

「手形というものは、印鑑をおしていないかぎり、なんの効力もない紙片だということは手形のイロハの知識です。この印鑑が、私の作った偽印だとおっしゃるのですか」

「……」

「私は学生のころ警視庁へ見学に行ったことがあります。そのとき、鑑定室かどこかで、印章の鑑定装置を見せられました。なんでも顕微鏡のようなもので、五十倍ぐらいに拡大して見れば、どんなに精巧に作られた偽印でも、すぐわかるという説明を聞いたことがあります。今度はそういう検査はなさらなかったのですか？」

「……」

「それ、ごらんなさい。もしその検査がまだだとすれば、警察官の怠慢はこのうえもないと言えるでしょうし、もしその検査をして、この印鑑が本物だとわかったうえで、私にそういう質問をなさるとすれば、検察庁では、無実の罪をつくりあげて、人をおとしいれようとしているのかと開き直られても、一言もないでしょうね」

「雄弁だねえ。君は」

福永検事は、苦笑とも冷笑ともつかない笑いを浮かべながら、

「そういうところを見ていると、僕は学生時代の隅田光一を思い出すよ。刑罰計量論とかいう、人間ばなれのした理論をひっさげて、東大のゼミの講師になって出た僕にくってかかったときの印象によく似ている」

「死んだ男の話は、いまはぬきにしていただけませんか。もちろん、なつかしい親友でしたが、ここはそのお通夜の席でもありますまい……」

あくまで強気でおしきろうとするのが、七郎の作戦だった。へたに弱さを見せたのでは、それでなくても、彼に疑惑をいだいているこの検事は、何かをかくしているな――と思いこむことだろう。ここで一歩をゆずることはそのまま破滅を意味することだった。

検事もこれにはまいったのか、ふたたび話を川前工業の事件にもどして、最初の内容から、梶課長のつけた注文を満足させるいきさつまで、いちいち細かに質問を始めた。

別に書類を見くらべるわけでもなく、七郎の返答をメモするわけでもないのだが、そ

れでも急所はぴしりぴしりとおさえて、ぜんぜんつぼをはずさない。

もちろん、ゆずってよい線と、ぜったいに後へはひけない線との区別は七郎も心得てはいたが、こういう鋭い検事にあっては、わずか一言の失言が、そのまま命とりにならないとは言いきれない。夕方までつづいたやりとりは、七郎にとっても命をきざむような勝負に違いなかった。

そろそろ日が傾いて、西の窓を赤くそめだしたころ、福永検事はこの部屋に二人の人間を呼び入れた。

五十畑専務と梶課長だったが、二人とも、あらゆる理屈を超越して、七郎が犯人だということを本能的に感じているのか、けがらわしいものでも見るように顔をそむけ、挨拶ひとつしようとしない。

「実はいままで、鶴岡君に、いろいろと話を聞いていたのですがね」

二人が椅子に腰をおろすのを待って、福永検事は口を開いた。

「しかし、どう考えても、鶴岡君がこの手形を作ったということは言いきれませんね。法律的にはどうすることもできないのです」

五十畑専務は吐息をもらし、梶課長は自分に罪があるとでも言われたように身ぶるいした。

「とにかく、この手形は不法に作られたものであっても、合法的なものだということになりますね。偽造手形とはいえません」

福永検事は、まるで芝居に出てくる上使《じょうし》のように手形を両手で垂直に持ち、ゆっくり回転椅子をまわして言った。

「わたくしには、これがどうして作られたか、誰が犯人かということについて、いちおうの心あたりはあるのですが、ただ……」

検事の動きが、窓を正面に見る位置でぴたりととまったとき、七郎は初めて愕然とした。

夕日！

その光をすかして見たならば、印鑑のトリックは見やぶられなくとも、スタンプインクを消したあとは、おそらく歴然とするだろう。そもそも、印鑑の試験だけに気をとられて、この手形の用紙全体を精密に検査しなかったのは、警視庁の失態に違いないが、考えてみれば、自分のほうも危ない橋を渡りすぎたのだ……。写しの手形まで使わなくても、白地の約手用紙に印鑑を転写したとすれば、こういうことにはならなかったのだ……。

彼が初めて味わった悔恨だった。上手の手から水がもれる――という諺のように、不敗の記録もついに敗れる日がきたのか！

七郎がまだ、心に対策もたてきれないでいるうちに、福永検事は手形をおいて正面にむき直り、つき刺すような声で言った。

「鶴岡君、君を、川前工業に対する詐欺罪の容疑で拘留する」

「検事さんが職権を行使なさることに反対できませんが、その罪状に対しては私は承服できません」

なんとしても、剣《けん》ケ峰《みね》に足の指一本でも残して、捨て身のうっちゃりに出なければならない場合なのだ。七郎は検事の両眼を鋭く見つめ、猛獣にでも対したようにまたたきもせず、視線もそらさなかった。しかし人間は生死の竿頭に立たされると妙なことを考えるものなのだ。七郎がこのとき真剣に考えていたのは、当面の打開策ではなかった。どうでもいいような妄想だった。

――この検事はいま初めてスタンプを消した跡に気がついたのか？ それとも前から気がついていて、わざと大芝居を打ったのか？

七郎はその夜から新橋署の留置所へたたきこまれたが、まだ勝負は捨てていなかった。あの手形は、写しを変造したものとわかっても、彼がそれを作ったということは、あくまで推定にすぎないのだ。

むかしなら、拘留期限は無制限に延長できるし、予審などという制度があるために、二年でも三年でも、無意味な未決の獄中生活を送らなければならなくなるのだが、新憲法の下では、そういうことは認められていない。

どんなに、検察側が延長策をはかっても、一月近くのあいだを頑強に頑張りぬいて、あくまで否認し通せば、証拠不十分で無罪なり起訴猶予にもちこめる見込みはある。引き分けなり逆転勝ちなりへもちこむ可能性も絶無とは言いきれないのだった。

四畳の雑居房に、六人から七人つめこまれる留置所の生活は、もちろん快適なものではなかった。しかし、ここでは刑務所とは違って、まだ差入れの美食を口にすることもできる。接見禁止の処置はとうぜんとられるに違いないが、それでも時がたつにつれて、外部との連絡もとれてくるだろう。

七郎は自分のいまの立場も忘れて、その夜をゆっくり熟睡した。

その翌日は、前哨戦の段階なのか、新橋署の若い経済主任が取調べにあたり、午前と午後の二回、数時間にわたって、熾烈な尋問がつづいたが、七郎の法律的な知識ははるかに彼を上まわっていた。ぬらりくらりと急所をかわし、なんのきめ手もつかませないで逃げきることは、それほどの難事でもなかったのである。

尋問が一区切りついたとき、七郎は相手に部下の者と面会させてくれと申しいれた。

「それはできない。君にはいま、接見禁止の処置がとられている。けさも、君の奥さんが二人もやってきたのだが、規則をまげるわけにはいかないからね」

二人というあたりにちょっと力がはいり、かるい皮肉が感じられたが、七郎はびくともしなかった。

「そういう個人的な問題はいまはどうでもいいのです。ただ私の手もとには、あすから明後日にかけて、銀行へ振りこまなければならない手形が何枚かあります。それを処置しておかなければ、三百万ほどの損害が生ずるのですが、万一の場合、警察ではその損害を補償してくださるのですか？」

「それも、変造したわけではあるまいね？」

主任はかるくいやみを言ったが、それでも後で難癖をつけられてはやりきれないと思ったのだろう、会社名だけをメモさせ、自分で電話をかけてくれた。

その一つ、北海漁業という名前が読みあげられたとき、七郎は腹の中で笑いだした。

もちろん、ここまで追いつめられるとは思わなかったが、場合によっては二日や三日、留置所にとめられることもしかたがないと考えて、そのときの暗号文はちゃんと用意してあったのだ。手もとにない北海漁業の手形を処分しろということは、木島良助をうまくかくしおおせて、ぜったいに捕えさせるな——という意味だったのである。

その翌日、相手はちょっと戦法をかえて、七郎がいままで計画し実行したいくつかの事件のことにふれてきた。もちろん確証をつかんでいるわけはないが、警察ではもうこれだけのことを調べあげている。否定しつづけてもだめだと言わんばかりの示威なのだ。だが七郎は屈しなかった。あくまで知らぬ存ぜぬでつっぱり通して、一分の隙も見せなかった。

そして、その夜、だいぶおそくなってから、留置所には何人かの新入りがあった。一目で与太者か愚連隊と思われる風体《ふうてい》だったが、彼らは一人ずつ分散され、監房の中へおしこまれてきたのである。

「鶴岡さんはおいでですか？」

七郎の部屋につめこまれた一人は、あたりを見まわしながらひくい声でたずねた。

「僕だが、君は？」

「へえ、油屋一家の若い者で、神戸《かんべ》と申しますんで」

「うむ……」

もちろん心は許せなかった。極端な想像をするならば、彼の調べに手を焼いた警察側が密偵を入れて、秘密をさぐり出そうとしているとも考えられないではない……。

「まあ、こっちへ来い。どうしたんだ」

相手が身動きの余地もないほど立てこんでいる人の間をかきわけて、七郎のそばへすわると耳に、口をよせて、

「定子姐さんの言いつけで、ここのハコの数だけの人間が酔ったふりをして、なれあいの喧嘩をおっぱじめ、ここへはいってきたんでござんす」

「定子さんが？」

「へえ、先生の奥さんがのりこんできて、女同士が膝をだいての相談があったらしいんで……。なに、かたぎの衆に迷惑をかけたわけではござんせんし、あすはもらい下げで出られまさあ」

「僕と連絡をとるために、わざわざ豚箱入りをしてくれたのかね？　それはまたなんともお礼の言いようがないが、たのみにいったのはどっちだ？」

「へえ、以前に芸者をしておられたほうの奥さんで……。たしか、綾子さんとか綾香さんとか。先生、このとおり小指までつめた男でござんす。ご心配には及びませんぜ」

相手は小指の欠けた左手を七郎に握らせて囁いてきた。

なるほど、彼女ならこのくらいの芝居は打つだろうと、七郎はひそかに舌をまいていた。女の直感というものは恐ろしい。どこまで彼が追いつめられたかまでは見やぶれなくても、接見禁止という処置を聞いて事態の急を直感的にさとったのだろう。いつかも

彼に誓ったように、こうなれば、どのような非常手段に訴えても、彼をこの窮地から救い出さねばならないと必死の覚悟をきめたのだろう。たしかに、彼が悪の道に徹しようとするかぎり、これ以上の伴侶はのぞめないかもしれない。ただ……。

「たいしたことはないと伝言してくれたまえ。僕が川前工業という会社からもらった写しの手形が、いつのまにかスタンプの文字を消されて本物になっていたんだ。その手形を使ったのは、木島良助という僕のむかしの友だちだが……。彼が出てくるなら、僕はおそらく無罪放免だ。しかし、こういうまねをするやつのことだから、なかなか、捕まりはしないだろうね」

この男は信用できるとしても、この部屋の誰がこの話を耳にし、彼を売ろうとしないともかぎらないのだ。七郎はすこぶる迂遠《うえん》な表現で、自分の真意を伝えるしか方法がなかったのである。

木島良助は、そのとき一人で、熱海の青海荘という宿屋に滞在していた。

もちろん、名前はかくして変名を使っていたが、まだ全国指名手配という段階までいってはいないのだから、なにも心配することはなかった。

東京からはたえず電話の連絡があった。綾子からは、七郎が捕まったことと、いましばらく身をかくしているように、と留置所の中から伝言があったと知らせてよこした。

彼の家も、いちおう、家宅捜査はされたらしいが、別にたいした物は残してはいなかったから、こちらにはなんの心配もなかった。

七郎が捕まって五日目——。たか子は突然、この宿へ良助を訪ねてきた。

彼がここに身をかくしていることは、味方には公然の秘密だから、良助も最初はなんとも思わなかったが、さすがにその顔を見たときはぎくりとした。

たか子は死人のようだった。顔は青ざめ眼は血ばしり、しかもろくに化粧もしていないらしい。力なくおちた両肩の上には、まるで眼に見えない幽霊がのしかかっているように思われた……。

「奥さん、どうなすったのです？　ずいぶんお顔の色がお悪いようですが」

七郎の逮捕が原因だということはわかっていたが、良助はやはりそうたずねないではおられなかった。

「はい……。この五日、一睡もいたしませんし、ご飯もぜんぜん喉へは通りませんから」

たか子はひくく、呟くような声で、

「わたくしは、もう生きていく気力もなくしてしまったようです」

「何をおっしゃる？」

良助は強いて笑ってみせた。

「もちろん、奥さんのご心配はよくわかりますよ。ただ人生というものは、晴れ間もあれば嵐もある。戦争と同じで勝ちもあれば負けもあるものです。ことに鶴岡さんのような人が、これっきりおしまいになるということは、ぜったい考えられませんとも。もう少し旦那さんを信頼してあげないと、鶴岡さんがかわいそうですよ」

「そうでしょうか？」

たか子は、いまにも泣きだしそうに、唇を曲げて、

「わたくしは平凡な女です。あの人にも、そんなにえらくなってもらいたいとも、そんなにお金をつくってもらいたいとも思ってはいません……。いま持っているお金を全部捨ててしまって、貧乏しても、いい子供をうんで、丈夫に育てていければ、それで思いのこすことはありませんわ」

「女の人は、そう思うのでしょうけれども、男には、意地とか野心とか、女にはわからないような感情が働くこともあるのですよ」

「わかっています……。あの人を変えられないと思ったときから、わたくしは自分をあの人のために変えようと、一生懸命に努力してきたつもりです。でも、でも、人間のもって生まれた本質というものは、やっぱり、変わらないのですねえ」

たか子の顔には、深い悲しみをのりこえた、一種の諦観とでも言いたい表情がみなぎっていた。

「とにかく、ここまでまいりますにも、デパートへよって何度かエレベーターを上がったり、おりたりして、尾行のないことをたしかめてから、初めて電車に乗ったのです。まるでわたくしが、なにかの犯罪をおかしたような気になりました」

「それは、僕たちに対する皮肉ですか」

良心の呵責かどうかはしれないが、さっきから、良助の心の中には、うずくような感じがおこっていた。

「それでは、奥さんはなぜ、わざわざ熱海までいらっしゃったのです？　僕に自首して出ろ、そして鶴岡さんを救い出してくれと、そうおっしゃりにいらっしゃったのですか」

「わたくしは、別に皮肉を申しあげるつもりもございませんし、あなたを苦しめるようなお願いをするつもりもございません」

たか子は空ろな眼をあげて、窓の外に展開されている相模《さがみ》湾の絵のような光景を、しばらく見つめていた。

「ただ、わたくしは、これで身をひくつもりなのです。その前に、どなたかにお会いして、わたくしの気持ちを聞いていただきたいと、そう思っておうかがいしただけです」

良助のほうへふり返って、たか子は重い調子で言った。

「身をひく――とおっしゃると、鶴岡さんと離婚なさるということですか？」

「はい……」

良助は大きく溜息をついた。彼はひそかにそれ以上の最悪の事態さえおそれていたのだ。この程度の決心だったなら、時間をかけて説きふせれば、翻意させる可能性もないでもないと思われた。

「まあ、ひとつお湯にでもはいってこられたらいかがですか？　熱海へいらっしゃって温泉へおはいりにならなくては、宿屋のほうも妙に気をまわすかもしれませんし、それから、ゆっくりお話ししようじゃありませんか？」

たか子はなんとも答えなかった。ただ、肩から首筋へかけて、かたくこわばっているような姿態の感じが、心の中の不動の決心を暗示しているようだった。

たか子は、それから二時間ほど話して食事もとらずに帰っていった。

心配になった彼は、駅まで送っていったのだが、改札口で別れたときのたか子はあんがい元気だった。

やはり人間というものは、なにかを心に思いつめると、それを口から吐き出さないかぎりどうにもならなくなることがあるし、その内攻がこういう行動をとらせたに違いないが、これでしばらく、破局は回避できるだろうと、彼は宿へ帰ってきながら考えていた。

しかし、女の心というものは、ある場合には、男の思いもおよばない動きを示すものだ。

その翌日のおひるごろ、彼のところへかかってきた電話は、そういう一時の気休めを、一度にふっ飛ばしてしまった。

電話の主は綾子だった。最初から、興奮しているような甲高い声で、

「木島さん、あの人の奥さんが、たか子さんが自殺したのよ。知っている？」

「自殺？　いつ、どこで？」

もちろん、宿の交換台で接続し、内線へ切りかえられるのだから、誰も聞いてはいないはずだが、良助もこのときは、声を低め、あたりを見まわさずにはいられなかった。

十何時間前に、この部屋を去ったたか子が、いまこの場にたたずんで、自分の死の知らせに耳をかたむけているような、そんな妄想にとらわれたのだ。

「熱海の錦《にしき》ケ浦《うら》からとびこんだのよ。けさはやく、死体が上がって、遺留品から身も

とがわかったらしいのよ。あなたのところへは寄らなかった？」

「寄った……。でも、僕は駅までつれていってやって、東京へ送りかえしたのだが」

かすれた声で答え返したが、彼は全身が鳥肌たつような思いだった。あの殺人と、死体を処分したときの恐怖も、これにくらべれば物の数でもないような気がした……。

たか子は、いったん改札口をくぐっても、列車へは乗らなかったのだ。

あるいは、湯河原《ゆがわら》あたりまで行って、折り返してきたのかもしれないが、とにかく、彼女は、いま自分がいるこの宿と、眼と鼻の場所を死に場所にえらんだのだ……。

「でも、他人でないことはたしかだわ。わたしは表へ出られないから、九鬼さんたちに行ってもらうことにしたけれど、あなたは？」

「東京へ帰る……。もうここにはいられない」

「そう？　それでは今晩、どこかで会って、今後のことを相談しましょうね。東京へ帰ったら連絡して」

この電話が終わるとすぐに、彼は帳場をよび出して、東京に急用がおこったから帰ると言いだした。別におかしくもないことだから、宿では何とも思わなかったらしいが、玄関でも、駅でも、彼は殺人光線のような視線が、自分の後ろからあびせられているような気がしてならなかった。

東京へもどるとすぐ、新橋近くの料理屋で彼は綾子とおちあった。

「ばかなまねをしたものね。生きてさえいれば、どんなおもしろいことでもできるのにさ」

彼の話を聞いて、綾子はいかにも悟りすましたように言ったが、良助はすなおにその言葉には同意できなかった。

「そうとばかりは言えないね……。はたの人間から見れば、どんなにばかばかしく見えることでも、本人には絶対なことがある。少なくとも、あの奥さんは、自分が命をすてることによって、鶴岡さんの心をかえようと思いこんだのかもしれないよ」

「つまり、警察でいっさいの泥を吐いて刑務所へ行ってくれ——と、草葉のかげから手をあわせて、おがんでいるつもりかしら?」

「そうとばかりは言えないね……。僕には面とむかっては何も言わなかったが、心の中では、それこそ手をあわせておがんでいたのかもしれない。

——今度ばかりは、あなたが罪を背負ってあの人を助けてやってください。そのかわり、あの人も今度こそ、あなたとわたしの気持ちに動かされて、真人間になるでしょう……」

「貞女ね。いまどき、そんな貞女は、飛行機で捜しまわっても見つからないわ」

綾子は額に青筋をたて、手酌で酒をあおっていた。

「それで、あなたはどうするつもり？」

「自首して出るよ。あの手形は、鶴岡君の事務所へ行ったとき、机の上にほうり出してあったものだ、これは物になるなと思って、持って帰って細工したと言えば、ぴたりと口はあう。そうなれば、どういう検事でも、二人いっしょに罪にはできない」

「いけない。それはいけないわ」

綾子も顔色をかえていた。

「あの人からは、どんなことがあっても、あなたを捕えさせてはいけないと中から連絡があったのよ。こまかな細工はわからないけれども、あの人のことですもの、あなたに傷をつけないで、自分も帰ってこられるという自信があるんでしょう……。それなのに、あなたをここで自首させては」

「わかる。その気持ちにはお礼を言うが、あの奥さんが死んだということは、もう鶴岡さんの耳にはいっているはずだよ。どんな強気な人間でも、がっくりとくるようなニュースだよ。きっと鶴岡さんだって今晩一晩は寝ないで考えるだろう。ただでも、頭が変になるような場所だ……。あすにでも、がっくり崩れてしまわないとは言いきれないよ」

綾子の額には、またぴくぴくと青筋がうごめいた。眉の根を寄せ、眼をすえてしばらく考えこんでいたが、やがて静かに両手をついて、

「お願いします。木島さん、わたしの口から言うのではなく、あの人からの最後のたのみだと思って」

「初めからそのつもりだよ」

彼は屈託もなく笑った。

あの電話を聞いたときから、肩に感じていた重荷がふわっととれたような気がしたのだった。

「鶴岡さんが崩れたら、こっちはとも倒れ。倒れなくても、むかしのことを考えれば、一度は別荘へ行かなくっちゃいけない体だし、このへんで借金を返しておいたほうが、妙な幽霊になやまされなくてもすみそうだ……」

その晩のうちに、木島良助は警視庁へ自首して出た。

頑強な否定をつづけていた七郎と、彼との陳述は、表裏をなしてぴたりと合ったのだ。良助のほうで、七郎が無価値な紙片と思いこんで机の上に投げ出しておいた手形を盗み、印鑑転写をやってのけたのだと主張すれば、この場合、七郎はなんの罪にも問われない。

それに、こうして、たか子が錦ケ浦から身を投げて死んだということは、警察なり、検察庁なりを精神的に動かしたに違いなかった。

七郎はまもなく釈放されたが、最後に彼を呼び出した福永検事は、鋭い中にも一抹《いちまつ》の人情をたたえた調子で言った。

「鶴岡君、君も罪つくりな男だね」

「はい……。女房には、気の毒なことをしました。結婚して、まだまもないのに……」

七郎も、そのときばかりは神妙な顔をした。

「まあ、奥さんとしたならば、君に一種の死諫《しかん》をしたということになるだろう。これにこりたら、これからは、こういう間違いはおこさないよう十分に気をつけるのだね。隅田君の最期がいい例だ……。君たちほどの才能をもっていたならば、金融業などという危ない商売をしなくてもいくらでも成功できそうなものじゃないか……」

七郎はこの検事にはさからわなかったが、その胸には、新しい怒りが燃えていた。

もちろん、たか子の最期の気持ちは、彼にもわかりすぎるほどよくわかっていた。その犠牲がひいては福永検事にまで、このような態度をとらせたことは、心から感謝していたが、彼の本性の中には、善意の圧迫をはね返したくなるものがひそんでいたのだ。

——いまに見ていろ。きっと仇はとってやるから。

検事の前に頭を下げながら、七郎は口の中で呟いていた。愛していた女を失ったという怒りを彼は、自分への反省にはむけず、川前工業へむけたのだ。

もちろん、人は外道《げどう》の逆恨みというだろう。

しかし、半年の後に、川前工業は、六千万円の不渡りを出して倒産した。

そのとき、鶴岡七郎の名前は表面に出なかったが、その命とりになった手形が、彼の手もとから飛び出した白地手形に、会社の正式に発行した八百万の手形の印鑑を転写したものだということは、知る者ぞ知る秘密であった。

13　殺人者の笑い

妻の自殺と友人の逮捕。

これを戦争にたとえれば、戦死一名、捕虜一名ということになるだろうが、たしかに八百万円の代償としては、あまりにも大きすぎる犠牲であった。

いや、物質的な問題だけにかぎるならば、鶴岡七郎はこの後で、一つの会社を崩壊させるに足るだけの偽造手形を発行し、その額面の何割かにあたる黄金を手に入れたのだから、まだみずからなぐさめることもできた。

二人の犠牲に対しては、とうぜん、心もいたんだが、これも時が自然に癒やしてくれる手傷にすぎないと、七郎は無理に心に言い聞かせた。

ただ、彼にがまんのできなかったことは、必勝の誇りを傷つけられたことだった。福永検事に、あのような芝居がかったゼスチュアで自分の陰謀を見やぶられたということが、彼にとっては、腸《はらわた》のちぎれるような痛恨事だったのである……。

彼は心に復讐を誓った。

だが彼の性格や犯罪理念などからいって、たとえば、暴力団の一人に拳銃を持たせて、検事をおそわせるなどということは、考えられることではなかった。

今度こそ、どのような鋭敏な警察官でも、鬼といわれる福永検事でも、手のほどこしようのないほどの完全犯罪をやってみせる。法律の盲点、死角を利用して、完璧の勝利をかちとってみせる。——それが最高の復讐だと、七郎はかたく信じたのだ。

新居はそのまま売りはらって、七郎は綾子と同棲するようになった。

いくらなんでも、世間に対する手前もあって、綾子をすぐたか子のかわりに家へ入れるわけにはいかなかった。といって、たとえ短い期間でも、たか子の残した思い出は、一種の雰囲気といった感じで、家の隅々にただよいつづけている。いかに剛気な七郎でも、一人でそれに直面する気力はもちあわせがなかったのだ。

その点では、自分から鬼の女房に鬼神と言いきるだけあって、綾子のほうは、七郎にもなんの抵抗も感じさせなかった。もって生まれた本質も同じ、犯した罪も共通する人びとの間には、相互の信頼感が生まれるのが常なのだ。

「あなたはいまでも、あの人のことを考えている?」

百カ日もどうやら終わろうとしたある夜のこと、綾子は何を思い出したか、眉をひそめて聞いた。

「まあねえ、だが、どうしてそんなことを聞くのだ？」

「あなたが、昨夜もあの人の名前を呼んだから――、自分では、忘れよう忘れようとしても、心の底には、やはり忘れきれないものがあるのね？」

「うむ」

七郎も苦笑いするしかなかった。

「でも、だめよ。死んだ人のことは、一日も早く忘れてしまわなくっちゃ」

「やいているのか？」

「まさか、――勝負は、わたしが勝ったのよ。あの人は自分で負けたと思いこんだからこそ、自分で死のうという気になったのよ」

いかにも芸者あがりらしい単純率直な断定だが、七郎はあえて、それを否定しようとも思わなかった。

「わたしは商売をしていたころ、あるお客さんから、魂というものの話を聞かされたわ。たとえば死霊《しりよう》、生霊《いきりよう》というものは、ほんとうにあるんですって。背中が痛んだり、神経痛がおこったりするのは、死霊のほうのたたりですって」

「そのお客というのは坊主かい？　人もあろうに、おまえから説教されるとは思わなかったが」

七郎はかるく体をかわそうとしたが、どうしたことか、綾子は妙にしつこかった。

「誰の口から出たとしても、いい言葉には値打ちがあるのよ。その人はこういうことも言ったわ。人間なにをするにしても、強く一つの道に徹しているあいだは、どんな霊もよりつけないんですって……。ただ、緊張がゆるんだり、気力が衰えたりすれば、すぐに、そういう霊がとりつく、それが人間の失敗の原因になるということだったわ」

「うむ……」

年も学歴も教養も、一人前とは言えないようなこの女の言葉には、きょうはふしぎな力があった。ばかばかしいとは思いながらも、七郎はひきこまれるように、その言葉に耳を傾けないではいられなかった。

「わかるでしょう？　なんでも、競馬の騎手だって、一度落馬して怪我をしたら、傷がなおりしだい、すぐまた馬に乗らないと、二度と馬には乗れなくなるということよ」

「おまえの言わんとすることはわかった。つまり今度の事件は、おれにとってはかすり傷だが、この失敗をくよくよ気にしていたり、死んだ女のことを、いつまでも忘れずにいたりすれば、また失敗をくり返すか、それとも、新しいことをやりだす勇気をなくしてしまうというわけだね」

「そうなの。何よりも、わたしには、それが心配でたまらないの」

綾子は、牝狐《めぎつね》のように眼を光らせた。

「おまえだけは、もう少し、おれという人間を知っていてくれると思っていたが……。たしかに、おれはまじめに一生を送れるような人間じゃない。まあ見ていろ。いまに、あと半年もたたないうちに、必ずチャンスがやってくる。そのときこそ、こっちも獅子《しし》奮迅《ふんじん》の働きをしてみせるさ。死んだ人間のことは、いまさらくよくよしてもしかたがない。ただ、おれのかわりに、刑務所へ行ってくれた木島君には、出てきてから、一生遊んで食っていけるだけの保証をしてやらないとね」

「うれしいわ。あなたから、それだけの言葉を聞くのはひさしぶりよ」

いかにも悪を挑発するような綾子の態度には、ちょっと異常な感じがあった。

「でも、おまえもかわった女だな。亭主のおれを、それほど悪党にしたいのか？」

七郎はじっと綾子の眼をみつめて聞いた。

「そうじゃないの。わたしは仇を討ちたいの。いや、あなたに仇を討たせたくってしかたがないのよ」

「仇というのは誰に？」

「検事に。あなたを捕えた福永という検事の鼻をあかしてやりたくってしかたがないの」

七郎はかすかな戦慄さえ感じていた。たしかにそういう考えは、いま彼の心を占めて動かすこともできないような一念だった。

ただ、彼はそれを心にかたく秘めたまま、言葉にも態度にも、出してみせたことはなかったはずなのに、どうして綾子は、それを見やぶったのだろう?

それは、肉体だけではなく魂までも同化した男女だけにあらわれる、ふしぎな精神感応かもしれなかった。死霊、生霊などという話を聞いたときには、鼻で笑っていた七郎も、このときはじめて、魂というものの存在を信じたのだった……。

昭和二十八年二月、株価は記録的な暴落を呈し始めた。

もちろん、昭和二十七年の上げ相場も後でふり返ってみれば、決して正常なものではなかった。

たとえば、当時東京海上とならんで、二大仕手株《してかぶ》といわれた平和不動産は、一年間に、百三十円台から八百三十円まで、七百円も値をとばした。

年末から年頭にかけては、連日、ストップ高を演ずる株も、数えきれないくらいだった。

どこの証券会社の店頭も、黒山のような混雑だった。

リュックサックに、札束をつめこんだ農民が、株の買い出しに、兜町へ日参し、取引高も、前例のない数字を示すようになった。

その反動は、二月上旬にあらわれた。

最初は、動あれば反動ありという諺にみられるような相場の自律作用にすぎないとたかをくっていた人びとも、吉田首相のばか野郎解散と、スターリンの死には顔色をかえた。

スターリンの死が、百年戦争と思われていた朝鮮戦争の終結を意味することは誰にも明白なことだった。

あらゆる株の値段は雪崩《なだれ》のように崩れた。たとえば、平和不動産は三百七十円まで半値に下げたが、これなどはまだいいほうだった。

ある店頭株などは、四百五十円から一カ月の間に、額面を割った三十八円にまで落ちこんだ。

まだ、完全な健康を回復していなかった日本経済は、ふたたび破局に直面したかのようにみえたのである。

あらゆる経済人が、顔色を失い、戦々恐々としていたこの瞬間に、鶴岡七郎は初めて神機の到来を感じた。

危険を悟って、年末には持ち株の大半を現金にかえていたため、この下げ相場による彼の損害は、かすり傷にすぎなかった。

そして、こういう異常な経済情勢は、そのまま異常な金融に直結する。株式市場が不況になれば、市中の金融業者は、とたんに忙しくなりだすものだし、そうなれば、金融犯罪を遂行するためには、絶好の場が生まれるのだ。

七郎は、この機会をとらえて、半年で巨億の黄金を獲得し、かつての三井、三菱にも匹敵する財閥の基をきずいて自分の犯罪史を終結しようという大野望に燃えたったのである。

しかし、彼自身はほとんど無傷に近くても、やはり彼の周囲には、相当な犠牲者が出たのだ。

三月なかばには、九鬼善司が、まるで死人のような顔で、彼のところにかけこむと、五百万円貸してくれないかと言いだしたのである。

「君と僕との間だから、担保とか利息とか、そういう野暮なことも言わないが、いったい、どうしたというのだね？」

「お国だ……。あの悪女のおかげで、店を差し押えられる始末でね」

髪をかきむしりながら、善司はうめいた。

「株か？　お国といえば、たしか国池《くにいけ》製作所の通称だったな？　八百七十五円のやつが、七十二円になっている……」

「そうだ。それだけならまだいいんだが、三宅《みやけ》工業に、大東《だいとう》飛行機に、東北《とうほく》硫黄《いおう》に協《きょう》和《わ》自動車に……」

善司が名前をあげた株は、ほとんど店頭銘柄の三流株だけだった。

すべて相場の末期になれば、こういう株だけが、人気にあおられて、爆発的に値をとばす。うまくいったときの儲けも大きいが、そのかわり、いったん相場が逆転したときの被害は、それこそ命とりなのだ。

「なんだい、君はたしか今年の二月まで八方ふさがりか何かで、すべてにつけて積極的に行動することは、とめられていたんじゃないかな」

最後には助けてやるつもりでいたが、七郎は持ちまえのいたずら心から、いちおう相手をからかってみたくなった。

「それがねえ……」

善司は血を吐くような溜息とともに、

「なにしろ、株という株は、このところ買えば必ず儲かるだろう。百万も資本を寝かせておけば、それこそ一秒何十円という割合で儲かるだろう。こういってはなんだが、法律にふれるおそれはなし、詐欺よりはずっとましだと思ってね」

「ばか！　そのギャンブルに失敗して、こっちが心血を注いで詐欺で作った金を借りにきたのか！」

ここで一喝したのも、七郎の演技の一つだったが、善司はとたんにがたがたと身をふるわせて、

「すまん……。すまない。なにもあなたなり、あなたの仕事なりを軽蔑するつもりはなかったんだが……。人間というものは盲目なものだ。この調子では、どんな高利の金を借りても儲かるし、あなたに話したらとめられるだろうと思って、ほかの業者から金を借り、のこらず勝負につぎこんだのだ……」

「うむ」

「それだけならまだいいよ。うちのおやじなんぞは、去年じゅう、こんなに株が上がるわけはないと言って、持ってもいない株を逆に空売《からう》りしたのだ」

「それだったら、今度の下げ相場では、莫大な儲けになったろう」

「ところが、人間初志を貫徹するということはむずかしいもんだねえ。何度か証拠金を

ぶっとばされて、頭にきたあげく、一月中ごろから、今度は買い方にまわったらしい。それからとたんにこの暴落だ……。僕と違って、資本も大きいかわりに損もきつい。どうしても、あのキャバレーは人手に渡さなければいけないらしいよ」

決して、知人の失敗を喜ぶわけではないが、こういう話は、七郎の自信をいっそう高めるばかりだった。

善司にしても若いとはいえ、隅田光一とともに血の出るような思いをして、株というものの恐ろしさは、骨身にしみていたはずなのだ。

彼の父親にしたところで、海千山千の苦労人。――この二人が、これほど惨憺たる失敗をしたということは、いわば現在の社会の縮図にすぎない。

彼のカモになる犠牲者は、それこそ、無数に存在するだろう、と思われたのである。

「まあ、過ぎたことを、いまさらとやかくいってみたってしかたがないさ」

七郎は、ゆっくり言葉をやわらげた。

「君のお父さんのほうまでは、力がおよばないかもしれないがね。君のほうは、いままでのよしみで責任をもつ。借金は全部でいくらあるかしれないが、のこらず僕が肩がわりしてやろう」

「すまない……。すまない。そのかわり、僕にできることなら、なんでもする……」

「そのかわり一つ注文がある。人間を一人捜してもらいたい」

「どんな人間だ?」

善司の顔には、安堵と危惧の表情が入り乱れていた。

七郎はゆっくり煙草に火をつけて、

「中米か南米では、だいたいスペイン語を使っているね。それならいちばんいいんだが、場合によってはオランダ語でも、インドネシア語でもかまわない……」

「その言葉をしゃべる人間を捜せばいいのか? それだったら……」

「そんなやさしい問題じゃない。そういう言葉を使っている外国の大使館なり公使館の人間を一人買収するんだよ」

「なるほど、そうなってくると難題だな。カナダ大使館の館員なら、一人知っているが、それではだめか?」

「だめだ。英語、フランス語、ドイツ語と、この三国語では危ない。いかになんでも、一つの会社の重役ともなれば英語の会話は聞けばいくらかわかるだろう。ドイツ語にしても、フランス語にしても、戦前はあれだけ映画がはいってきたし、片言ぐらいは理解されるおそれがある」

「新手の詐欺を考えだしたな？」

善司にしても、この数年、七郎の片腕として働いてきたのだ。もちろん、これだけの言葉から、七郎の計画の全貌を読みとることは不可能だとしても、一つの精緻な計画が、その心の中で完成したことだけは気づいたのだろう。

「まあ、そういったところだね……」

七郎は静かに言葉をつづけた。

「国語の問題はそのとおりだが、国はできるだけ小さいほうがいい。日本とは、あんまり関係のないようなそういう国のほうがいい」

「それで？」

「どういう外国公館にしても、通訳はぜったいにつきものだ。それがたとえばスペイン大使館だったなら、大使の秘書のほかに、英語もフランス語もスペイン語も、日本語もしゃべれる通訳が何人かいるだろうが、僕のちょっと聞いた話では、中南米あたりの小国だと、公使館には、日本語とスペイン語と両方できる人間は、だいたい公使の秘書一人、そのほかにはいないという話だ」

「まさか、一人ということはないと思うが、その数ができるだけ少ないところを捜せばいいというわけだね？　しかも、欲の皮がつっぱっていて、そのうえ、できるだけ、公使に親しい人物のほうがいいのだね」

「そうだ。そういう意味では秘書が理想的だな。君はそこまでいう必要はないが、事件が発覚する前に、本国へ逃げ帰ってくれという条件をつけるよ。なに、こちらもどうせ他人の金をふんだくるんだから、何割かのリベートは提供するし、本国へ帰って、一生遊んで暮らせるだけの金をかき集めるためなら、こっちの片棒をかつごうという人間だってみつからないことはないだろう」

「それはたしかにみつかると思う」

善司も、いくらか自信を回復したようだった。

ぐっと机の上に身をのり出して、

「それで、今度の目標は何千万ぐらいだ？」

と真剣な調子でたずねてきた。

「今度は桁が一つ違う。そういう相手がみつかったとしても、それを手なずけ、公使から門番にいたるまで全部の人間をだましぬかなくっちゃいけないんだ。それも、一カ月二カ月じゃいけない。長くて半年、短くても、三カ月の時間はかけないと……。そのかわり、それだけの大芝居をうつからには、少なくとも三億はいただくよ」

「三億……。相手のリベートなり、割引の手数料なり、そのほかの諸雑費を計算に入れても、まず手取りの二億はかたいところだな」

もちろん、これがほかの人間の口から出た言葉なら、善司もとんだ大風呂敷をひろげるものだぐらいにしか思わなかったろうが、いままでの七郎の犯罪史は、たしかにこれだけの狙いをも、空虚な放言と思わせないだけの力をもっていたのである……。

とりあえず、焦眉の急の借金を肩がわりしてもらった善司は、それから必死になって、そういう条件を満たす相手を捜しまわった。

そして二週間後には、中米パセドナ公使館の公使秘書、フランシスコ・ゴンザロという青年を捜しあてて、七郎のところへ知らせてきた。

二十七歳の独身で、母親は日本人、スペイン語と日本語をあやつるという点も、この公使館には、この両方の言葉を話せる人間が、ほかに一人もいないという点も、七郎の求めた条件とぴったり適合していたのだ。

赤坂のあるナイトクラブに、今晩彼をつれてくるから——という話を聞いたうえで、七郎は善司といっしょに、公使館の建物を検分に出かけた。

場所は赤坂檜町《ひのき》、乃木神社から三町ほどはなれた高台にある、堂々たる二階建ての洋館だった。

もちろん一国を代表して他国の首都にとどまる使節の公館だから、できるだけの威容を整えるのはとうぜんだが、七郎の眼には、それも豪華な舞台装置にしかみえなかった。屋上高くひるがえる五色の国旗も、彼が、これから演出しようとしている大犯罪劇の成功を祝っているとしか思えなかった。

「これだったら、誰でも信用するだろう。舞台としては前例もない檜舞台、いつかの銀行以上だよ」

善司も安心したらしい。そっと、七郎に囁いてきた。

「うむ、まして日本人という人種は、外国人、とくに白色人種に対しては、奇妙な劣等感を感じているからな。今度の戦争中にも、フィリピンの戦線で、アメリカの国旗を指さして、『あの旗をうて』と命令した隊長がいたろう。たしか、映画の題名にもなったはずだが、それも一種の民族的劣等感の裏返しだったかもしれないな」

「それで、あなたは、その民族的劣等感を、今度は、とことんまで利用しようというわけだね」

「そうだとも。それに加えて、この門から一歩でも中へふみこめば、日本の土地でありながら、日本の法律は適用できないんだよ。あの旗が立っているかぎり、この建物の構内はパセドナ共和国の支配下にあると同じことだ。たとえ犯罪が判明しても、日本の警察はふみこめない……。外務省を通じて、まだるっこい外交交渉にもちこまなくっちゃいけないんだが、そのころには、犯人は海のむこうに逃げている……。そして、被害者の九割までは、おそらくそこまではもちこむまい」

「恐ろしい死角があったものだね。むかし上海《シャンハイ》なり天津《テンシン》なりの外国租界は、犯罪者にとっては天国のようなものだったと言われていたが、それ以上の大きなかくれみのだね」

善司も興奮しきっていた。

たしかに、彼が七郎から打ち明けられたこの計画は、どういう見地からつっこんでも、完全無欠なものとしか思えなかったのだ。後日、福永検事が舌をまいて、日本犯罪史上、空前の知能犯罪だと称したのも決して誇張ではなかったのである。

鶴岡七郎が今度企てた犯罪は、数年前彼が偶然、眼を通した「幽霊西へ行く」という探偵小説からヒントを得たものだった。たいした傑作とは言えないから、彼も物語全体の筋は、ほとんど忘れてしまっていたが、ただその中には一カ所だけ、これをたくみに変形応用するならば、巨億の富を約束してくれそうな、すばらしいトリックがあったのだ。

この小説は、夜の湘南《しようなん》街道を、東京から熱海へむかって疾走する自動車の中から始まっている……。

運転手を別として、この車に乗っているのは、警視庁の捜査一課長とその弟の二人きり。――ところが、この車はある町の入口で、非常線にかかって停められる。

この町で、殺人事件がおこって、目下犯人を手配中だというのだが、もちろん、こういう人物が乗っていることだから、警戒陣もふるえあがり、恐縮して通行を許すのだ。

それからまもなく、刑事ふうの一人の男が手を上げて車を停め、また誰何《すいか》を始めるが、捜査課長の車だと聞くと、恐縮しながらも、そこまで乗せていってくれないかとたのむのだった。

課長は快諾して、その男を助手台に乗せてやる。それからまもなく、この自動車はもう一度警戒網にひっかかるが相手の警官は、捜査課長の一行と聞いて、しゃっちょこばりながら、

「お三人ですね？」

とだめをおすのだ。捜査課長も何気なく、

「ああ、三人だよ」

と答え、そのまま無事に関所を通過するのだが……。

実は、この助手台に乗っていた男こそ、こうして警察が眼の色を変えて捜している殺

人鬼だったのだ。捜査課長は知らず知らずこの重大犯人の逃亡を助けていたのである。

もちろん、これはちょっとした誤解から発生したものだった。

車の中にこのとき乗っていた人間は、あわせて四人のはずなのだが、警察側は運転手を計算に入れずに客を三人と数え、捜査課長のほうでは、途中から乗ってきたこの男を、いま質問をあびせている地元の警察の人間だと思いこんでいたために、これを計算に入れないで、運転手とも三人と答えたのだった——。

どこにでもありそうな双方の誤解から、このとき逮捕をまぬがれた第四の男、この殺人犯人を、作者は幽霊と称したのだ。

こうして、両方の眼にふれながら、両方ともに、相手側の人間として信じこむような幽霊を、いかにして現実の舞台へ登場させるか——、その実現に、鶴岡七郎は数年心魂を傾けてきたのだ。

もちろん、いつかの銀行の応接間を使った導入詐欺も、幽霊的な犯罪だと言えないことはない。ただ、あの程度のトリックでは、七郎は満足できなかった。それからそれへと思案をめぐらしているうちに、彼は初めて外国公館を舞台に使うことによって、恐るべき幽霊を出現させられると見きわめをつけたのである。

彼が善司をつかまえて持ち出したいくつかの条件は、この大芝居を演出するためには、必要欠くべからざるものばかりだったのである。

その夜、七郎と善司は、あるナイトクラブで、フランシスコ・ゴンザロに会った。パセドナ人と日本人の混血児だというこの青年は、色は白く、眼は黒く、唇は紅でも塗ったように赤かった。

フロアで歌う外国人の女の歌手を見つめる眼も、最初からあらわな情欲に燃えている。じっとその顔や態度を観察していた七郎は、本能的に、この男なら物になると感じていた。

といって、相手を完全におとしいれるまでは、秘密を打ち明けることなど、思いもよらなかった。七郎としても、一生一度の正念場だけに、途中の出費は、気にもとめてはいられなかった。その晩は、初対面の挨拶から、四方山《よもやま》の世間話をしたばかり、おたがいに酒をあびるほど飲んで、そのまま帰ってきたのだが、そういう招待は、一週間に三度もつづいた。

最初は別になんとも思わなかったかもしれないが、こうしてたび重なるうちには、相手も、七郎が何かの魂胆をもっているなと思いだしたらしい。

三度目には、グラスにつがれたシャンペンにも口をふれようとせず、

「鶴岡さん、こうしていつもご馳走になってすみませんが、あなたは私という人間に、

なにか利用価値を見いだしておられるのですか」

と、多少のなまりはあるけれども、流暢《りゅうちょう》といえる日本語でたずねてきた。

「ありますとも、大ありですよ」

七郎は、顔いっぱいに微笑を浮かべて答えた。

「それはどういうことですか？」

ゴンザロの顔には、かすかな不安の影がただよっていた。

「いや、あなたのお力をもってすれば、なんでもないことです」

七郎は、シャンペングラスをとりあげて、

「これですよ」

と事もなげに言った。

「シャンペンをどうしろとおっしゃるのですか？」

「いや、私のほうでは、シャンペンだけではなく、お酒一般のことを申しておるのです」

七郎は、テーブルの上に身をのり出して声をひそめると、

「こんなことは、いまさら申しあげるまでもないでしょうが、日本では、まだ正式に外国酒を輸入することは認められていません。こういうところではたいてい、アメリカ軍

から闇で流れ出すお酒を買って、それで営業をつづけているわけなのですよ」

「なるほど、それで？」

「ところが、最近はその取締まりがえらく厳重になってきましてね。もちろん、物の値段というものは、需要供給の原則によってきまるのが、常識以前の法則ですが、半年前にくらべると、値段は五割も上がって、それでもなかなか手にはいらないのですよ」

「ラ・ゲエラ・カンビア・ムーチョ・アル・デスチノ・デ・ロス・オンブレス——エス・ビルダー」

大きく肩をすくめて、ゴンザロは言った。

「え、それはどういう意味ですか？」

おそらく、スペイン語には違いないが、この独白《モノローグ》に似た言葉の意味は、七郎には一言もわからなかった。

「これは失礼、うっかりしました」

ゴンザロもすっかり苦笑して、

「戦争というものは、人びとにいろいろ運命の変化をもたらす——と言ったのです。戦争が始まろうが終わろうが、あなたや私のように、戦闘には直接なんの関係もない人間が、こうして酒で結ばれるとは、たしかにふしぎなご縁ですね」

「たしかにそうです」

　七郎は大きく相槌をうって、

「ところで、あなたのほうでは、外交官の特権として、公使館で使うという名目が立ちさえすれば、どんなお酒でも無税で輸入できるでしょう？　そういう品物を、いくらか私のほうへまわしていただけませんか？　もちろん、あなたには、相当以上のリベートは、お払いするつもりですが……」

　こういう交渉をもちかけたとはいっても、七郎の真の狙いが酒の無為替輸入などにかったことはいうまでもない。

　これは一つのさぐりの鉤《はり》だった。小さな罪から大きな罪の深みへ追いこんでゆこうとするいつもの常套手段にすぎなかった。

　しかし、ゴンザロのほうは、そこまでのことは夢にも想像できなかったらしい。

「それはお安いご用です。もちろん、あまり大量になれば公使にも、事情を打ち明けなければいけませんが、なに、一軒や二軒のお店で使うぐらいの分量なら、私のサイン一つであすにでも、倉庫から出してあげますよ」

　彼は笑って、葉巻に火をつけると、

「正式のパーティとなると、どんなお酒が入用になるかわかりませんし、それでなくても毎週土曜日には、カクテルパーティがあって、その後で公使がポーカーをやりだしますし……。ウイスキーでもブランデーでもワインでも、いちおう名前の通ったお酒は、大量に準備してあるのです」

「それは何より好都合でした。それでは、とりあえず、ジョニィ・ウォーカーと、オート・ソートロンと、トルデ・バスカをいただきましょうか」

「承知しました」

ゴンザロは、事もなげに答えた。

このようにして、この最初の商談は無事に成立した。七郎は三箱の酒に、むこうの要求どおりの金を払い、ほかにリベートとして、五万円をつかませた。

これに三回の供応に使った費用まであわせると、酒そのものの値段としては、闇で手に入れたほうが、はるかに安くついたわけだが、こういう資本投下は、七郎に言わせれば、黄金の卵を産んでくれる鶏に与える餌のような、わずかな出費にすぎなかったのである。

このような酒の取引は十回ほどくり返されたが、七郎がゴンザロと顔をあわせたのは、さらにその数倍にのぼった。

その間に七郎はこの相手の性格を隅から隅まで観察し、それと同時に、世間話のような調子で、公使ペドロ・ガルシャの性格なり、公使館の内情なりについて、正確で細密な情報を手に入れてしまった。

ガルシャ公使もリマ夫人も、日本語はアリガトーとかコンニチハとか、ごくかんたんな単語のほかには、どんな会話も文章も理解できないらしい。館員たちもある者は、英語やフランス語は話せるが、日本語とスペイン語を両方あやつれる人間は、このゴンザロのほかにはいないのだ……。

これは、七郎の希望どおりの条件だった。これだけの知識を身につけ、ゴンザロにさんざん悪銭を使わせて贅沢と浪費の癖を身につけさせてから、七郎はわざと相手をつっぱなした。

といっても、交際を断ったわけではなく、酒の新しい注文を出さなかっただけだが、予想どおりに、ゴンザロは一週間もすると、もぞもぞしはじめた。

「鶴岡さん、もうお酒はご入用ないのですか」

とたずねる声にも、なんとなく、卑屈な響きがともなっている。

「どういう情勢の変化ですかね。この一週間ほど前から、闇の洋酒の値段がどんどん下がりましてね。いままではなかった品物も、いくらでも手にはいるようになったのですよ。ですから、われわれのほうとしても、いちおう、仕入れは手びかえようということになりましてね」

「そうですか？」

ゴンザロは、ぴくりと眉をひそめた。

「なるほど需要供給の関係ですね」

前に、七郎が言ったのと同じせりふをくり返して、ゴンザロはかるい苦笑を浮かべた。

いくらか黒みがかった青い眼は、いつのまにか、下のテーブルの上へおちた。酒のグラスをひきよせる長い指先もかすかにふるえていた。

わずかの間にこの男が、安子《やすこ》というキャバレーの女と深間《ふかま》になったことは、七郎もちゃんと知っていた。というよりも、彼の指示によって、九鬼善司が二人を結びつけたのだ。俸給以外のこういう収入があればこそ、贅沢なあいびきもできたのだが、この女と会えなくなるということは、いまでは、この青年にとって、身を切るような苦痛に違いない……。

じっと、相手の態度の変化を観察していた七郎は、いまこそ最後の切り札を投げ出すべきチャンスだ、と直感した。

「ゴンザロさん、なにもそんなにくよくよなさることはないじゃありませんか。お酒のほうがだめになっても、あなたがその気におなりになれば、お金儲けの方法は、いくらでも眼の前にころがっていますよ」

「それはどういう方法です？」

とたんにゴンザロは眼を輝かせて、身をのり出した。

「別にむずかしい方法ではありません。外交官の特権を行使なさればいいのです」

「それは？」

相手がじれだしたのを見はからって、七郎はゆっくり煙草に火をつけると、

「あなたはいつか、ガルシャ公使が、たいへん冷たくて情のない人だと、愚痴をこぼされたことがありましたね。こういう人間の下では、長く働いている気がしない。いちおうの金ができたら、本国へ帰って小さな農園でも経営したいと言われましたね？　あれは本心ですか？」

「そうですとも……。何しろあの公使ときた日には、むかしのスペイン貴族の血をひいているということが最大のご自慢でしてね。たしかに、祖先の血というものは、何物にもかえられない宝でしょうが、考えてみれば、むかしのスペイン人は、それこそ非情と残虐で世界じゅうに名前をとどろかした人種じゃありませんか」

「わかりました。それでは、あなたに十万ドルを提供しましょうか。それだけのお金がおありになれば、お国へ帰って、小さな農園ぐらいは買えるんじゃないでしょうか」

「十万ドル!」

たしかに、これだけの金額は、この青年にとっては、一生を費やしても手に入れられそうにもない富だったろう。その長身は、とたんにおののきはじめた。

「セニョール・鶴岡。あなたはまさか私をからかっておられるのではないでしょうね。十万ドルといえば大金です。日本の円でも公定で三千六百万円、闇ドルを買うなら、四千万円はするでしょう。それだけのお金を私にくださるからには、あなたは私に、どんな代償を求められるのです?」

「犯罪ですよ」

「犯罪?」

「そうです。ただ、この犯罪には、人間の血を見る必要はないのです。短刀も、ピストルも、毒薬も、凶器はいっさいいりません。必要な武器というのは舌一枚と外交官的な社交性——。それだけで、私は何億かの金を手にできる。たとえ、あなたにその中から、四千万円さしあげても私の算盤は収支償うのです」

「それで、それで、危険はないのですか?」

「人生には危険がつきものですよ。どれほど慎重な態度をとって、安全第一主義で行動したところで、結果論として失敗の危険はたえずつきまとっているのです」

ゴンザロは眼を伏せて黙りこんだが、七郎は、さらに追いうちをかけるように次の言葉をつづけた。

「それに、あなた個人としては、九割まで危険を回避することもおできになるだろうと思います。事件が発覚する以前に、十万ドルの現金を握って本国へお帰りになれば――、外交官の特権として、税関の検査もありません。旅券を手に入れるのもご自由でしょう。その後で、あなたを本国まで追いかけて、逮捕命令が出されることは、まず九割まではありますまい」

ゴンザロはふたたび眼をあげた。

何かの決意を男性的なふとい調子の声にみなぎらせて、

「セニョール・鶴岡、場所をかえて、ゆっくりお話をうかがいましょう」

九鬼善司が、杉下透《すぎしたとおる》という偽名で、パセドナ公使館へのりこんだのは、その二日後のことだった。

この役割は、七郎としては、最初、ほかの人物にあてはめていたのだが、今度は善司のほうが乗り気になって、自分から志願して出たのだ。

そうなれば、七郎のほうとしても、それを、拒否するだけの理由はなかったのである。

予定どおり、善司はまず、ペドロ・ガルシャ公使に紹介された。きれいに後ろになでつけた白髪も、六尺ゆたかな長身も、鷲のように鋭い感じの眼鼻だちも、人を威圧するような重みがある。

外交官らしい柔和な微笑は浮かべているが、たしかにインカ帝国を攻めほろぼした祖先の血は、いまでもこの人物の体内に、沸々《ふつふつ》と流れているのだろう。

「ペルミッタ・ケ・レ・プレセンテ・ア・ウステー・ミ・アミーゴ・トール・スギシタ・エステ・セニョール・エス・エル・ソシヨ・エン・エル・デパルトメント・エステルナ・デ・サンシン・ショージ」

ゴンザロはスペイン語で、公使に彼を紹介した。

三信《さんしん》商事という会社の渉外課につとめている友人の杉下透君を紹介します――という意味なのだ。

「ケ・クラセ・デ・コンパニーヤ？」

〔それはどういう会社です？〕

と公使は問い返した。

「ウノ・デ・ラス・コンパニーヤ・コメルシアル・ケ・セ・ア・エスタブレシード・デイビディード・デ・ミツイ・ブッサン・デスプエス・デ・セグンダ・ゲエラ・ムンデ

イ・アール」

〔もとの三井物産が、戦争のおかげで、解体されて生まれた、小貿易会社の一つです〕

「オー！　ミツイ・ブッサン」

なんといっても、三井物産といえば、戦争前までは、東京海上や日本郵船などとならんで、世界に名前をうたわれた大会社の一つなのだ。

公使も記憶をたどるように、何度かその名をくり返していた。

ゴンザロは、そばにおいてあった美しい京人形の箱をとりあげて、

「エスタ・ムニエーカ・エス・エル・レガロ・デル・セニョール・スギシタ・バラ・ウステエ」

〔このお人形は杉下君からの贈り物です〕

といって、公使の手にわたした。

「ムチャス・グラシャス・エス・ムイ・マラゼヨーソ・レ・アグラディス・ムチーシモ・ポル・スーレガロ」

〔ありがとう。見事なものです。こういうものをいただいて、感謝しています〕

もちろん、経済的には、なんの不自由も感じないとはいっても、やはりこうして故郷を遠くはなれた異国へ来ていれば、人の親切というものは、深く身にしみてくるのだろ

う。

公使は、ただの外交辞令と思えないような熱っぽい調子で言って、ぐっと善司の手を握りしめた。

このようにして、公使との第一回の会見は、上首尾に終わったが、この部屋を出て館員の一人一人に、善司を紹介したときのゴンザロのせりふは、ぜんぜん、違っていた。

「こちらは杉下透君、仕事が忙しくなって、僕一人では、手がまわらなくなったから、僕の助手をつとめてもらうことにした。いま、公使にも紹介してきたところだが、よろしくひきまわしてくれたまえ」

なんといっても、いままで公使の部屋で、公使自身と話しあっていたことだし、公使秘書の口から、正式にこう言いわたされれば、信用しないほうが、どうかしている。

こう紹介された職員の中には、一人としてこの人物の正体を疑う者はいなかった。

いや、かりに誰かが、かすかな疑惑を残していたとしても、それから毎日のように、この公使館を訪ねてくる彼がゴンザロをまじえて、公使と親しく話しあっている光景を目撃しては、そういう最後の疑惑さえ完全にふっとばしてしまったろう。

善司は公使にも、公使夫人にも、高価な贈り物を惜しまなかった。

「ソブレ・トド・エス・アグラデシード・ムーチョ・エル・セル・トラタード・アマプ

レメンテ・エン・エル・パイス・エストランへロ・ピエンソ・ケ・ノ・アイ・デイフエレンシャ・デ・ナショナリダー・デランテ・デ・アミスタッド」

〔異邦で人の親切をうけるのは、たいへんうれしいものです。友情の前には、国籍の違いなど、問題にならないものですね〕

公使は、感謝に満ちたこういう言葉を、善司にあびせるようになっていた。

このようにして、七郎の一世一代の大芝居の準備は完了した。

パセドナ公使館の中には、こうして一人の幽霊がさまよいはじめたのだ。

足もあり、生きた肉体をもった人間——。ただ公使の眼からは外部の人間にみえ、ほかの館員の眼には、正式に任命された公使秘書の助手としかみえないこの人物は、たしかに幽霊と称するにふさわしい存在だったに違いない。

しかし、公使や館員たちをだましたところで、それだけでは、なんの利益も得られるわけではなかった。

九鬼善司が、二カ月も忠実に、幽霊の役割を実行している間に、七郎はこの部隊へさそいこむ犠牲者をいくつか物色していた。

そして、まずその槍玉に上がったのは、製薬会社としては、日本でも五本の指に数えられる高岡《たかおか》薬品工業だった。

高岡薬品工業が、六億にあまる不良負債を背負って、息もたえだえの窮地に追いこまれていたのは、ペニシリンのおかげだった。

ペニシリン——。今度の戦争中に、英米の化学者によって発見され、急性肺炎のために一時重態におちいったチャーチル首相をはじめ、無数の人びとの命を救って霊薬と呼ばれたこの薬品は、終戦直後の日本では、黄金以上に尊ばれた。

ほとんどすべての製薬会社が、先をあらそって外国の特許を買い、その製造にのり出したのだが、これは結果論として、過剰設備による過剰生産をまねいたのである。

製品の値段は嘘のように下がり、どの会社でもその在庫がふえていくことに頭痛鉢巻の状態だった。人間にとっては天来の妙薬が、製薬会社にとっては、まるで命とりのような作用をしたということは、なんとも皮肉な現象だった……。

ことに、高岡薬品の場合には、社長・高岡桑太郎《くわたろう》の慎重すぎる性格が災いして、その製造開始が一年おくれたために初期の妙味のある商売にはまにあわず、逆に製品の値下がりの影響をもろに受ける、というような悲運に直面したのである……。

もちろん、ほかにもいくつかの失敗はあったが、これが最大の原因となって、この会社は、日歩三十銭というような高利の市中金融にたよらなければならなくなったのだ。

これだけの予備知識を頭に入れたうえで、七郎はこの社の金融担当専務、小岩恭造《こいわきようぞう》に接近した。

この専務は年も分別盛りの五十一、なかなかの切れ者らしかったが、相手が鋭いとみればみるほど、烈々たる征服欲を燃やすのが七郎の持ち前の性格だった。

「小岩さん、銀行利子にちょっと毛の生えた程度で、相当まとまった金融の道がつくのですが、おやりになるつもりはありませんか」

何度か顔をあわせた後で、七郎は初めて鉤を投げてみた。

「銀行利子の程度で？」

小岩専務は、とたんに、眼を輝かせて身をのり出した。

もちろん、高利の市中金融は、事業会社にとっては、カンフル注射のようなもの、非常事態以外にたよってはならないというのが原則である。へたをすると、営業の利益が全部、利子の支払いにもってゆかれるどころか、手形の書きかえ書きかえで、負債が雪だるまのようにふえてゆく危険をともなうのだ。

だから、やむを得ず高利の金を借りたような場合でも、できるだけ早い機会に低利の金に借りかえるのが常道である。小岩専務がこういう話に注意をはらわないとしたら、かえっておかしいくらいだった。

「そうです、日歩五銭でいいというのですから、年には一割八分三厘ぐらいになりますかね——。銀行の裏口貸出しでも、これぐらいは請求するでしょう」

「ごもっともです。ただ、その相手は信用できるところですか？　いや、こう申してはなんですが、あんまり甘すぎるようなお話で、かえって裏が心配ですなあ」

「裏というなら、私も周旋手数料をいただきますからね。総額の三パーセントはいただかないと、こちらも商売になりません」

わざと小さな欲を表面に出してみせたのが、かえってむこうの安心を誘ったらしい。

「それはとうぜんのことですとも。もしも、あなたのご尽力で、そういう有利な取引がまとまれば、私どものほうでは、もっと奮発してもいいと思っているくらいです」

「それから、これは一つの法律にふれます。もちろん、表面に出る気づかいはありますまいが、あらかじめおことわりしておきます」

「とおっしゃると？」

「外国為替管理令です。もちろん日本の経済なり貿易が完全に自由化すれば、こういう種類の法律は有名無実の存在となるでしょうが、現在のところは罪。——それがおいやなら、もうこれ以上は申しあげますまい」

「いや、どうぞお話しになってください。決してほかにはもらしませんから」

小岩専務は真剣だった。たしかに七郎のもちだした利子の条件は、一般刑法ならばともかく、こういう末端の経済法には、反逆してもいいと思わせるだけの魅力をもっていた。

七郎はゆっくり煙草に火をつけ、わざと高飛車な態度に出た。

「相手は一国の公使館――。公使が、じきじきにお目にかかる。こう申しあげたなら、あなたは、信用なさいませんか？」

「その国の名前は？」

「それはあなたのほうの態度が、もう少しはっきりするまでは申しあげられません。ただ中米のある共和国、領土はあまり大きくありませんが、砂糖やコーヒー、それから石油などの資源もあって、たいへん豊かな国だとご承知ください」

「なるほど、それで？」

「そういう国のことですから、東京駐在の公使館でも、ドルはくさるほど持っているのです。日本人館員の俸給や、外交工作に使う費用や、公使の機密費など、あわせて百万ドルぐらいの金が、毎年円にかえられて、日本国内で使われるのです」

「なるほど、公定換算率でも、三億六千万という金額になりますね。でも一国の外交機関ともなれば、日本のような敗戦国とは違って、そのくらいのことはありましょうようなあ」

これがいわゆる日本人の外国人に対する劣等感のあらわれなのか、小岩専務もこの金額には、なんの疑惑ももたないようだった。

「そこに微妙な問題がひそんでいるわけですよ。いま一ドルは闇相場で四百十円ぐらいしているわけでしょう。しかし、公使は日本で三億六千万円の金を使えれば、本国の政府には、百万ドルの予算を完全に消費したと報告できるわけなのです」

「なるほど、一ドルについて五十円、百万ドルについては五千万円の金が、使い方一つで浮いてくるわけですね」

「そうです。なにしろ、この本国は革命が多くて、政界も変転が激しいようですから、何かの公職についたなら、その間に一財産作ってやろうという考えをおこしても、公使――いや人間としては、自然な感情じゃありませんか」

「わかりました。それで実際問題としては……」

「たとえばあなたのほうが、四千万円に日歩五銭の利子をふくめた約手を発行なさるとします。それに対して、公使はアメリカ銀行の十万ドルの小切手を切ります。もちろんそれを正式に円とかえたのでは、三千六百万円にしかなりませんが、それを公使の秘書が、ある貿易会社にもちこんで四千百万円にかえるのですよ。その百万円は秘書の収入、四百万円プラス利子――。三ヵ月として総額五百八十万円ぐらいは公使の個人収入になる。そして、期限がきたとき、公使館ではこの金を公定の三千六百万円で両替して使ったということになるのです」

「わかりました。それでは、私のほうでは九十日の約手を割り引いていただくとして、いまの条件だと四千百八十万円の額面で、四千万円の現金がいただけるわけですね。あなたへのお礼を百二十万円として、日歩八銭四厘ぐらいにつきますか」

さすがに経理担当の重役だけに、算盤は明るい。これだけの計算を暗算でやってのけて、なんの狂いもみせなかった。

「それでは、社長とも相談いたしまして、あらためてご連絡いたします。どうか一、二日お待ちください」

ぱっと明るくなった、この相手の顔を見て、七郎は、魚が鉤にかかったことを確信した。

その二日後、七郎はある場所で、フランシスコ・ゴンザロとその助手杉下透――実は九鬼善司の幽霊を、小岩専務に紹介し、あとは直接交渉をしてくれと言ってひき下がった。

彼自身がこれ以上深入りすることは危険だった。それに、こういう犯罪の性質上、できるだけ短い時間のうちに、多くの犠牲者を公使館へ送りこみ、連続的に約手を奪取する必要があった。そのためには、彼は本舞台をはなれて、犠牲者を物色しなければならなかったのである。

しかし、この二人は七郎の期待を裏切らなかった。七郎があらまし説明していた条件を、さらに細かく、パセドナ共和国の政情まであわせて物語ったことだから、この専務も完全に二人を信用してしまったのである。

その翌日、彼は高岡社長に、このことを報告して、その最後の断を求めた。

「なるほど、それは一口にいえば闇ドル売買ということになるわけだね」

老社長も、最近めっきり衰えをみせた顔に不安の色を浮かべて、

「それがほんとうだとすれば、借金が一部でも三分の一以下の利子になるのだから、うちとしてもありがたい話だ。ただ、むこうとしては、なにもこちらの手形を預からなくとも、ドルの小切手をそのまま円にかえればいいんじゃないのかな」

「たしかに、それでも公使としては、十万ドルについて四百万円の儲けにはなりますね。ただ、それよりも五百八十万円ほしいのは人情でしょう。ですから、鶴岡君にも、株が上場されている一流会社の約手でなければ困る、と注文をつけたらしいのです」

「なるほど、うちはまだ世間では、一流会社としての信用を保っているというわけだね」

高岡社長は苦笑いした。

「ただ、その二人の身もとはたしかかな？　こう言ってはなんだが、籠ぬけ詐欺というのはよくある例だ。まず、君自身が公使館をたずねていって、二人がほんとうにそこの人間かどうかを確かめる必要があるんじゃないか」

「こちらからも、けさあらためて電話をかけてみました。名刺の肩書だけでは、信用ができなかったものですから」

「それで？」

「杉下透という人は、たしかに秘書の助手だが、きょうはまだお見えになっていないというのです。それから秘書につないでもらうようにたのむと、たしかにゴンザロ氏が出てきました。きょうの午後なら公使も在館しているから、おいでになれば、おひきあわせしようというのです」

「そこまで言うなら、まず間違いはないだろうが、念には念を入れろということもある。出かける前に、どこか新聞社へよって、資料部で、公使の写真を見せてもらってはどうだ？」

「万一、替え玉の公使にひきあわされたとしても、こっちにはわかるまい、というわけですね？　その必要もあるまいと思いますが、念には念を入れておきましょう」

「それで、言葉のほうはどうなのだ？　パセドナといえば、たしかにスペイン語のはずだが、うちにはスペイン語を話せる人間はいないだろう。誰か臨時に通訳を頼んで……」

「むこうは、それだけは困るというのです。たしかに外交官というものは、治外法権をもっていましょう。その権限を濫用し、闇ドルを動かしていることが、万一よそにわかっては大変な国際問題になる。だから、うちとしても、せいぜい私と経理課長ぐらいに、人数をしぼってくれというのです」

「それでは、君はとうぜん出てゆくとして、誰か通訳を経理課長に仕立てて連れていってはどうだ？」

「その必要はありますまい」

小岩専務は、いつもの社長の癖が出たなと言わんばかりの笑いを浮かべた。

「公使自身は、日本語はぜんぜんわからないそうですか、ただ彼が顔を出すのは、儀礼的な挨拶と、この取引には自分が後ろについているから心配はいらないと、こちらを安心させるためだというのです。ですから会見も短時間、会話もありきたりの程度でしょうから、むこうの秘書の通訳で、十分まにあうのではないでしょうか？」

「それで、むこうの秘書というのは、日本語ができるのかね？」

「ゴンザロ氏のほうは、母親が日本人だということで、スペイン語も日本語もぺらぺらだそうです。助手の杉下君のほうは、まだスペイン語をはじめたばかりだというのですが、これはしかたがないでしょう」

「それでは、そのゴンザロという秘書が万事心得ているというわけだね」

「そうです」

高岡社長は眼を閉じた。石橋をたたいて渡ると言われるような、慎重きわまる性格の持ち主だけに、まだこの取引には幾分の不安を感じていたかもしれないが、それも口ではどうにも言いあらわせなかったらしい。

「それに、むこうは、うちにとっても、たいへん有利なことをもち出したのです。秘書にしても、今度の取引で百万円儲かるわけですし、それに鶴岡君のお礼のほうから、また、何割かのリベートをとりたてるつもりでしょうが、この取引がうまくいったら、本国から来ている商社に話をして、ペニシリンを大量に買ってもいいというのです」

「ペニシリン……。これがさばけるとすれば、うちとしても、約手の割引以上の利益をあげられるわけだね」

高岡社長も、この餌には見事にひっかかったようだ。

「まあ。とにかく、公使館のほうへ行ってきたまえ。その報告を聞いたうえで、あすにでも約手は発行しよう」

その日の午後、九鬼善司はパセドナ国旗をひるがえしたクライスラーで、高岡薬品の本社まで、小岩専務を迎えにやってきた。

イギリスの特務機関長をしていた、ロバート・ベイドウンポウエルは、

「人間が帽子とネクタイをとりかえただけで、どんなに早がわりができるか、それは、まことにおどろくべきものがある」

と言っているが、専門のスパイに必要なこの心得は、善司も今度は実行していた。

変装——といっても目立ったものではない。ただ、いつもと違った眼鏡をかけ、口の中にはふくみ綿がわりのスポンジを入れ、シャツの下には真綿をまいて、ふとっているように見せかけているだけだが、それでも、いつもの彼とは、ぜんぜん別人のように見えたのである。

国旗は、社長の疑惑さえふっとばした。まして、この車に乗せられて、同じ国旗のひるがえっている公使館の建物につれこまれたときには、小岩専務も広田《ひろた》経理課長も、ま

るで魔術にでもかけられたように、最後の警戒心さえなくしていた。

「杉下さん、ただいま極東《きよくとう》紡績の豊田《とよだ》さんから電話がございました。三時ごろ、またご連絡するとおっしゃっておいででしたが」

極東紡績というのは、七郎がいま同じような工作を進めている第二の犠牲者だったが、善司の姿を見かけて、女の子が言ったこういう言葉は、いよいよ二人を安心させた。秘書の部屋へはいると、ゴンザロは、顔いっぱいにこぼれるような微笑を浮かべ、デスクから立ち上がった。

「私がちょっと忙しかったものですから、杉下君をお迎えに出したのです。失礼しました」

「いいえ、とんでもありません」

小岩専務はていねいに頭をさげた。もちろん、彼自身も一流会社の重役としてたいていの場所へ出ても、気おくれはしないのだが、やはり外国公館というものは、一種独特の雰囲気をもっている。なんとなく、体のひきしまるような感じにおそわれたのも、とうぜんのことだったかもしれない。

コーヒーが出され、香りの高いハバナ葉巻がすすめられた。

「公使にはお会いになりますか？」

しばらくしてから、ゴンザロは聞いた。

「ぜひ……。お忙しいことは重々承知しておりますが、一目だけでもお会いできましたら……」

「それではどうぞ」

ゴンザロは立ち上がって、一同を公使の部屋へ案内した。

ガルシャ公使は、デスクにすわって、何かの公文書に眼を通していたが、その顔を一眼見たとき、小岩専務は、背の上にのしかかっていた最後の重荷が完全に除き去られたように感じた。

もちろん、とうぜんのことだが、この公使の顔は、先ほど新聞社で調べてきた写真と寸分かわりなかったのである。

「ウノ・デ・ロス・ソシオス・デ・ラ・コンパニーヤ・デ・スギシタ・キエレ・べェッレ・ア・ウステース」

スペイン語で、ゴンザロは公使にむかって紹介した。もちろん、スギシタという固有名詞が出てきたことは、小岩専務にもわかったが、あとの言葉はなに一つわからなかった。

もし、彼が、スペイン語を理解できたとしたら、この短い言葉の中に、

「公使に、杉下君の会社のお方が、お目にかかりたいと申しておられます」

という意味をくみとって、それこそ、愕然としたに違いない。しかし、そのような事態の生ずるわけはなかった。

もちろん、ガルシャ公使のほうは、まだ九鬼善司を三信商事の社員杉下透だとばかり思いこんでいる……。きょうも、前もってこの訪問のことは聞いていたのだから、なんの疑惑もおこさなかった。

「ソイ、レガショオン・ケ・セ・リアマ・ペドロ・ガルシャ――アガ・エル・ファボール・デ・センタルセ」

〔私が公使のペドロ・ガルシャです。さあ、どうぞ、おかけください〕

やわらかな微笑を浮かべて、公使は言った。この言葉の意味も、もちろん二人にはわからなかった。が、椅子のほうを指さしたゼスチュアから、だいたいのことは理解できた。

名刺に刷られた肩書も、公使にはわかるわけがなかった。

公使が、日ごろもらっている贈り物に対して述べた謝礼の言葉も、小岩専務たちには伝わるわけがなかった。

この場の会話は、完全にゴンザロ一人にあやつられたのだ。小岩専務が、この手形のことについていちいちだめをおしてゆく言葉は、スペイン語にかわると、ほとんどなんの意味ももたない会話となってしまったのである。

「デ・ケ・エリオス・アブラン？」

〔彼らは何を言わんとしているのか？〕

最後に公使は首をひねりながら聞いた。

「ビエネン・パラ・ロガツレ・ア・ウステー・ケ・レス・ベンデ・エル・アウト・ビエホ・ケ・ノ・セ・ウサ」

〔公使の自動車の中で、ご不用のものがありましたら、一台払い下げていただけないかというお話です〕

「ベノ・トラーテ・デ・コンスルタール・コン・エル・セニョール・スギシタ・バラ・ケ・レ・ブレステ・ラ・コンベニエンシア」

〔よろしい。杉下君とも相談して、便宜をはかってあげてくれたまえ〕

公使は大きくうなずいた。

「お話は全部了解なさったそうです。後の細部については杉下君と私が、むこうでご相談いたします」

小岩専務を見つめてゴンザロは言った。専務のほうも、まさか約手の割引の話とドルの闇取引の話が、自動車の払い下げの話に変わっていたとは、知るよしもなかった。

「サンキュー、サンキュー」

専務は立ち上がって、頭を下げた。

「ドウ・ユー・スピーク・イングリッシュ？」

公使は意外そうな顔をしていた。

ゴンザロと、善司は思わず顔を見あわせた。考えてみれば危険な一瞬だった。

ガルシャ公使が外交官として、英語を自由に話すのは、とうぜんきわまることなのだし、小岩専務にしたところで戦後GHQとの交渉にはさんざん苦労したことだから、かんたんな英会話ぐらいはわかるだろう。ここで英語で話しあわれたのでは、せっかくここまで積み上げてきた完全犯罪の計画も、たちまち瓦解する恐れがある。

「さあ、まいりましょう。公使も、たいへんお忙しいのです」

善司は冷や汗をかきながら、小岩専務の腕をとらえた。

「ザッツ・オーケー・グッドバイ」

さいわいに、公使のもらした一言は、あたりさわりのないものだった……。

もう一度、秘書室へ帰って、手形と闇ドルに関する商談が再開された。

だが、小岩専務は、最初に予定されていた四千万円のかわりに、六千万円の手形を割り引いてもらえないかと、おそるおそる言いだしたのだった。

善司とゴンザロは今度は微笑しながら顔を見あわせた。この大芝居は予想以上の大成功をおさめたのだ！　この専務たちは、彼らのしかけた罠に見事におちこんだばかりでなく、自分からその損害を増大させてきたのである……。


その翌々日、小岩専務はなんの疑惑ももたず、広田経理課長といっしょに、六千万円の約手のはいった鞄を大事にかかえ、パセドナ公使館へやってきた。

ゴンザロも九鬼善司の幽霊、杉下透も、笑いをおさえながら、丁重に二人を迎えた。

「一昨日お願いいたしました約手は、このとおりここにあります。六百万円のものが十枚、それにこれは利子に相当する二百七十万円のものが一枚——。いちおう、おあらためください」

小岩専務はデスクの上に、手形をそろえて頭を下げた。

「そうですか？　何しろ、私はむこう生まれでして、日本語の会話はふつうにできますが、こういう有価証券の鑑定などとなると、ぜんぜん自信がないのです。杉下君、この書類にはなんの欠点もないのだろうね？」

ゴンザロは、わざと心配顔をしてみせた。

「いや、その点は大丈夫です。私もここにおる広田君も、会社経理を担当して二十年近くになります。書類の不備とか何かの理由で、後でご迷惑をおかけするようなことはぜったいにありません」

ここまでくると、今度は小岩専務のほうがあせりだした。

「そうですか？　こう申してはなんですが、今度のことはおたがいに、表面には出せない問題ですから、もし万一の事態が発生したら、私は即座にくびになりますので……。杉下君、大丈夫だろうね？」

外国人はどういう素人でも天性の役者だと言われるが、このときのゴンザロの心配そうな表情は、一つ穴のむじなの九鬼善司まで、本心かと思うくらい真にせまっていた。

「まあ、その点ならば私がうけあいます」

善司も、すぐにそのせりふをひきとって、

「なにしろ、手形を使う金融犯罪は、戦後の日本では、流行犯罪といわれていましてね。たとえば、安全確実に割り引いてやると称して本物の手形をパクってみたり、また逆に偽の手形をつかませて現金を詐取したり。私もずいぶん話は聞いていますが、私はこのお二人に、高岡薬品の社長室でお会いしていますから、その点はぜったい間違いありません」

と、考えてみれば、皮肉たっぷりなせりふで、ゴンザロをなだめるような態度をみせた。

「それでは、これをいちおうお預かりしたうえで、銀行の確認を求め、ドルの小切手を貿易会社にまわします。前にも申しあげましたように、厄介な操作をいたしますので、三日はかかると思いますが、きょうから四日目に、またあらためてご連絡ねがえますか」

ゴンザロはやっと安心したように、葉巻に火をつけながら言った。

「結構です。ただ、こう申してはなんですが、念のために預かり証をいただけませんか。もちろん、手形が現金になったときには、すぐにお返しいたしますから」

小岩専務は、上眼使いにゴンザロを見つめながら、おそるおそる言いだした。

「承知しました。それはとうぜんのことです」

ゴンザロは、葉巻をくわえたままタイプにむかい、パチパチと一通の書類をうちあげて、

「それでは、公使のサインをいただいてきますから」

と言い残して部屋を出た。

「かたいお方ですなあ……。でも、杉下さん、あなたが保証してくださったおかげで助

かりましたよ。まったく、近ごろの手形詐欺ときたら、たいへん悪質になって、どんな所でも舞台に使うようですから」

まさか、この建物がその舞台、眼の前の男がその犯人だとは夢にも思っていないのだろう。専務の真剣な言葉を聞いて、善司は死ぬ思いで笑いをかみ殺した。

ゴンザロはまもなく帰ってきた。どうせ、この書類を公使に見せたわけはなし、館内のどこかでひまをつぶしてきたのだろうが、それでも言葉だけは重々しく、

「ただいま公使は、ブラジル大使と重要会談中ですから、きょうはお目にかかれませんが、よろしくと申しておられます。預かり証はこれでよろしいですか？」

と余白の欄にサインしてある書類を見せた。この用紙には、四方にパセドナの国旗が印刷してある。といっても、別に公文書に使う用紙ではないが、この二人に安心感を与える点では、絶大な効果があることは間違いなかった。

「……………」

こう言われても、この二人には、スペイン語は一言もわからないのだ。ただ、二人顔を見あわせ、何かをたずねあうような表情であった。

「それでは判をおしましょう」

ゴンザロは、またその紙を受け取って、デスクの上においてあるスタンプを勢いよく

おした。もちろん、外国では正式の文書に印鑑をおすということはない。このスタンプも、ふつうの手紙におすなんの意味もないものだが、この動作が、日本流の署名捺印という習慣を連想させたのだろう。小岩専務の重苦しい表情もやっとほぐれたようだった。

「ほんとうならば日本語の預かり証をさしあげればよろしいのでしょうが、公使は日本語ができませんため、責任を重んじて日本語の書類にはいっさいサインをなさいません。もちろん、外務省を通じて交換される公文書で、日本語とスペイン語の両方が正文となっているものは別ですが」

ゴンザロの言葉は、完全に止《とど》めの一撃となった。小岩専務は安堵の微笑に顔を崩して、

「どうもお手数をおかけしました。それではこれをいただいてまいります。重要会談のところをご中座願いまして、まことに申しわけありません。それでは三日しましたら、また電話でご連絡いたしたうえでおうかがいします」

と暇《いとま》をつげた。

二人を玄関まで送り出して、善司がこの部屋へ帰ってきたとき、ゴンザロは椅子にすわったまま、腹をかかえて笑っていた。

「セニョール・九鬼、どうだった？　きょうの芝居は？」

ようやく笑いをおさめて、ゴンザロは聞いた。

「上出来だった。まったくあなたはたいへんな役者だが、何をそんなに笑っている？」

「もし、これから何日かして、事件の真相に気がついた彼らが、あの文書を翻訳させてみたら、飛び上がるだろうと思ってね」

「いったいどんな文章なんだ？」

「汝《なんじ》らは地上最大の愚か者である、尻尾をぬかれた豚といえども、かかる愚行はなさざるところであろう……。はははは」

電話のベルが鳴りだした。笑いをおさめたゴンザロは受話器をとりあげ、

「わかりました。どうかこちらへ通してください」

と言うなり、掌《て》で蓋をして、

「セニョール・杉下、極東紡績――。第二番目の豚がやってきたよ」

と、残酷な殺人者の笑いを顔いっぱいにみなぎらせた。

鶴岡七郎の犯罪史の中でも、これほど短期間に、これほど大きな戦果をあげた犯罪はまたとなかった。

わずか五日の間に、高岡薬品をはじめとして、この豪華な舞台につれこまれ、奇怪な大魔術のとりこになって、手形を詐取された会社は、あわせて八社、その総額は、あわ

せて三億七千万円に達したのである。

こういう手形を、七郎は右左に現金化していった。たとえ不況に苦しんでいても、もともと一流会社ばかり、腐っても鯛というような信用があることだから、あわせて二億六千万円という現金にするのは、それほどむずかしいことでもなかった。

もちろん、最後の芝居がかたづくまでには、最初の被害者、高岡薬品に対する支払いの期限がきていた。

しかし、善司は電話で小岩専務に、いまゴンザロ氏は公使夫妻といっしょに関西へ旅行に出かけたが、二日すれば帰ってくるはずだから、それまで待ってもらいたいと話して納得させたのだった。

小岩専務も、これは困ったことになったと思ったかもしれない。しかし、自分から公使館にかけた電話に、秘書の助手が出てきて、こう堂々と挨拶されては、まだ疑いをおこすまでにはいたらなかったろう。

まあ、公務とあればしかたがありませんな——と、苦い返事をして、そのまま電話を切ったのである。

その夜、帝国ホテルの一室で、七郎は約束どおり四千万円の札束をつみあげて、ゴンザロにわたした。

「これがあなたへのお約束のお礼です。この十日ほどは、ほんとうにご苦労さまでした」

ゴンザロはひゅーっと口笛を鳴らした。札束を一つ一つと数えながら、

「セニョール・鶴岡、あなたはたいへんな天才です。世界最高の犯罪者の一人です。ただ、あなたは時と舞台に恵まれませんでしたねえ……。もしあなたが、禁酒法当時のアメリカに生まれていたら、おそらくアル・カポネと肩をならべる、世界最大のギャングのボスになったでしょう」

と奇妙なお世辞をならべたてた。

七郎はにこりともせず、この言葉を聞き流した。相手が札束の最後の一つを数え終わるのを待って、

「それで、あなたは、すぐ本国へお帰りになるわけですね？」

「そうです。公使に願い出て、二週間の賜暇《しか》をもらいました。すっぱりやめてもいいのですが、ここで外交官の特権をなくしてしまっては、たいへんなことになりますしね。明日の夜のＰＡＡを予約しましたから、敵がさわぎだすころにはシスコについていますす」

「ご無事なご旅行をお祈りします。また会いましょう——と、言いたいところですが、今度は二度と会えないことを祈っております」

「たしかに」

ゴンザロは白い歯を見せて笑った。

「ありがたいことに、外交官の荷物は税関の検査がありません。アメリカへ着けば、この円はすぐにドルにかえられます。十万ドルというお金は、私が一生夢見ていたお金です。いずれはこれを百万ドルぐらいにふやして、パセドナきっての実業家にもなれるでしょう」

と言いながら、天井のほうに投げた情熱的な眼に、七郎はふっと危険なものを感じた。南欧系の人間は、どうしても華美になりやすく、賭博好きな性格をもっている。もちろん、そんな性格があればこそ、こういう犯罪にも荷担したのだろうが、おそらくはこの金も十倍にふえるどころか、わずかの間に雲散霧消《うんさんむしょう》してしまうだろうという予感がしたのだった……。

しかし犯罪に感傷は禁物なのだ。それは被害者ばかりではなく、道具として使う共犯者に対しても言えることなのだ。まして、このような異邦人が、海をへだてた外国で、どんな目にあおうと知ったことではなかった。

「まあ、今晩は乾杯して、それでお別れいたしましょう」

「そうですね。私はこれから、彼女を死ぬほどかわいがってやらなければなりません」

三人は、シャンペンのグラスをあけて戦勝を祝った。きょうかぎり、パセドナ公使館からは幽霊も消える……。ゴンザロが本国へ飛び、杉下透が九鬼善司にかえってしまえば、この犯罪は、完全犯罪と称してよいほどの成果をあげることができるはず。

それなのに七郎はまだ自分の成功を心から喜びきれなかった。これで福永検事に対する復讐は完了した……。いかにこの鬼検事が敏腕を誇っても、今度の事件では、自分の尻をおさえきれまいと、頭ではかたく信じていたのに、心には何か重くよどんで去らない影があったのである……。

ゴンザロが女を求めて去った後で、七郎は別に用意しておいた四千万円の札束をとり出した。

「さあ、これは君の取り分だ。株の損害はこれで埋めて、まだおつりがくるだろう」

「うん……」

善司の答えは重かった。この報酬は別に、前もってきめておいたわけではない。ただ、いままでの習慣に従っただけなのだが、その顔にはなんとなく不満そうな色がある。

「どうした？　これでは不足なのか？」

「いや、あんたにこういうことを言ってはわるいけれども……」

善司は上眼づかいに七郎の顔を見つめながら、

「僕一人には、これでも十分すぎる金額だ。またあなたが僕のおやじのことまでは、かまっていられないというのもとうぜんだ。ただ、僕としては、やはりおやじの青い顔は見ておられないんだよ」

「うむ……」

「こういうことを言うのはなんだが、今度は、僕もあなたの人形以上の働きはしたつもりだ。少なくとも、東京輸送機、宮畑《みやはた》製作所、あの二つの豚を見つけて、公使館へ呼びいれ、料理をしたのは僕の仕事だ。もちろん、あなたの計画なり、作戦指導がなかったならば、できることではなかったが」

「うむ……」

七郎の胸には苦いものが走った。金を惜しむというよりも、もうこの男とは、行動をともにしきれないという思いにとらわれたのだった。

「それでは、君はおやじの借金を返してやって、そのかわり、あのキャバレーの経営権を、のっとりたいというのかね？」

「かんたんに言えばそのとおりだ。もちろん、今度の事件のことは、僕が捕まってどんな目にあっても、あなたのことはもらさないが、もうこのへんがおたがいに仕事のしおさめじゃないのかね？」

「うん……」

たしかに犯罪というものは、戦争と同様、切り上げ時にすべてがかかっている。勝利を勝利としておさめるのも、大戦略をあやまって、敵の反撃に潰走《かいそう》しなければならなくなるのも、紙一枚の違いできまるものなのだ。

そのことは、七郎も根本的な処世訓として、誰に言われるまでもなく、十分承知していたが、まるで、たか子の魂がのりうつったような善司の言葉を聞くと、奇妙な反発心がともなった。

「わかった。君の意見は意見として、十分肝に銘じておくが……。とにかく、一口に言えば、君は今度の事件を最後として悪事の足を洗いたい。だから、退職金というような金を一時払いにしてほしいというのだね？」

「ざっくばらんに言えばそのとおりだ。金額もそのものずばりでいこう。八千万円だけもらえないか？」

「わかった」

七郎はゆっくり煙草に火をつけて、

「とりあえず、今夜はこの四千万円を持ってゆきたまえ。後の四千万円はあす渡す、それを最後に別れるとしよう」

「すまない。無理を言って」

「なにもあやまることはない。ただ、これからは、僕も君の力は借りないし、君も僕にはたよらずに自分の道を歩みたまえ。ただ、一言忠告させてもらうなら、君は一人では犯罪には成功できない男だよ。だから、今度の成功で思いあがって、一人でもやっていけると考えたら、そのときこそ、君は自分の墓穴を掘ることになるだろうね」


それから二日後、高岡薬品工業の本社では、たいへんなさわぎがもちあがった。

パセドナ公使館へ電話をかけた小岩専務が、杉下透はきていないし、ゴンザロ秘書は飛行機で本国へ帰ってしまったという話を聞いて、ただならぬ不安にとらわれたのだ。

スペイン語の辞書を一冊買ってこさせると、彼は自分の部屋で、あの預かり証を一字一字逐語訳《ちくご》していった。

もちろん文法から始めたわけではないから、正確な文意はつかめないとしても、だいたいのことは理解できる。

「汝らは……最大の愚か者……この世において……豚……尻尾をぬく……」

とぎれとぎれの単語の意味が、彼をふるえあがらせた。この一枚の紙片にはもっともらしく、￥62,700,000という数字がタイプで印字してあるが、その金額に相当する約束手形を預かったなどという記述はどこにもない。

「やられた！」

両手で額をおさえて彼はうめいた。

頰から腋の下から、とめどもなく冷や汗がにじみ出ていた。

すぐ、このことを社長に報告して、しかるべき処置をとらなければ――と、思いながら、彼は全身の関節がばらばらになったような感じで、どうしても椅子から立ち上がることができなかった。

警視庁捜査第三課七号室。

この部屋は、全国指名手配に相当する詐欺事件だけを担当する係である。

この部屋の主任に新しく任命された西郷《さいごう》俊輔《しゅんすけ》警部が最初にぶつかったのは、この高岡薬品工業の事件だった。

あまりのことにたまりかねた小岩専務は、警視庁の秘書課長を通じて、内密のうちに捜査を進めてくれと申し入れてきたのだ。

西郷警部も当惑した。ただの詐欺や、闇ドルの取引ならば、捜査は困難だといっても、なんとか方法もある。ただ、一国の公使館を舞台とし、公使自身まで登場しているこの事件は、明らかに警察力の限界を越える。まさか、国交断絶とまではいかなくても、へたにこの問題をとりあげたら、微妙な国際問題はどこまでも発展してゆくかもしれないのだ。

思案に余った西郷警部は、高等学校の先輩にあたる福永検事のところへ、新任の挨拶に出かけたとき、この話をもち出して、なにかいい知恵があったら貸してもらえないかと頼みこんだ。

「なに、なに、なんだと!」

福永検事も真っ青になっていた。氷のように冷静だといわれるこの検事が、これほど露骨に感情をあらわすとは、警部も予想していなかった。

「何か、何かあったのですか?」

逆に、われを忘れて問い返すと、福永検事は眉間に深い縦皺をよせて、

「鶴岡七郎の犯罪だよ。彼がこの犯罪を計画し、細かなところまで筋書を書き、何人かの人間をあやつって、この大芝居を演出したということには、まず、間違いもあるまい

な」

と吐き出すように言ったのである。

「彼が、鶴岡七郎という男が、それほどの曲者なのですか？」

「そのとおり。年はまだ三十になっていないが、知恵は天才といってよかろう。勇気は、何十年となく年季を入れた海千山千の苦労人の鼻面をつかんでふりまわせるだけのものを持っている。ただ、仁徳というものは、薬にしたくも持っていない——。逆にそういう性格破綻、かたよった天分の伸び方が、こういう犯罪を次々に遂行させてくるのだね」

「前には？」

「川前工業の手形偽造事件——。これが彼のぼろを出した唯一の事件だが、もちろん彼の犯罪はこれだけではない。いまでも未解決になっているいくつかの経済事犯では、首謀者だったと推定できるが、残念なことに証拠がない。どんなに捜査を進めてみても、どんな法律を適用しようと思っても、彼はたくみに逃げきるのだ」

「それでは僕がやりましょう。それだけのヒントを与えていただけば、今度こそ彼の首をしめあげて、身動きできなくしてやります」

福永検事は首をふった。

「だめだろう。僕の感覚では、彼は今度も尻尾を出さないだろう。もちろん、ゴンザロという秘書と杉下透という男のしたことは、治外法権的な詐欺、ただ鶴岡が、自分もだまされたといえばそれまでだ。この二人を捕えて、その口から鶴岡との関係を自白させないかぎり、鶴岡は法律的には安全なのだ」

「でも、闇ドルのほうの話は？」

「外国為替管理令違反では、未遂も罰せられることになっている。だからこの事件が表面に出れば、とうぜん会社が主犯になる。鶴岡には教唆《きょうさ》の罪が適用されるが、教唆を主犯以上に重く罰することは、法律論への反逆だ。どのような裁判官でも、そういう判決は下せない」

「それではどうすればいいのです？」

「彼をどういう罪で断罪するか、そのことで僕は何年も頭をなやましているのだよ」

検事の表情は暗かった。

「恐るべき男だ。少なくとも、外国公館を舞台にした今度の事件は、いま僕が聞いた印象でも、日本犯罪史上空前の知能犯罪だろう。検事として僕は歯ぎしりする。いつかはたたきのめしてやらなければと思う。しかし、彼の運勢が衰えないかぎり、自分から彼が墓穴を掘らないかぎり、それはとうてい不可能だろう」

14　運命の反転

毎日午後四時半になると、金融業者の事務所にも奇妙な閑散がおとずれてくる。

もちろん、こういう業者たちは、たとえば銀行や信用組合などのように、午後三時きっかりに、鉄の扉をおろすわけではない。それどころか、「三時五十分の客」といわれるような、切羽つまった金策に狂奔した依頼者が、銀行の閉店時間ぎりぎりに、飛びこんでくることが多いものだが、その処理も、ほぼ一時間もすればかたづいてしまうのだ。

それから三十分ほどの間、七郎は事務所のそばの「スワン」という喫茶店でぼんやりと過ごすのが習慣だった。

いや、他人の眼には、ぼんやりしていると見えるのだろうが、この間にも七郎の頭脳は一分一秒も休みなく働いていた。

きょうの仕事の経過をふりかえり、経済界の今後の成り行きに対して予測をたてる——。そして、これまで彼が連続的に成功してきた大犯罪の計画も、その多くは、こういう瞑想の間から生まれたものだった。

ことに、このパセドナ公使館の一幕を仕上げてから数日の間は、彼も奇妙な虚脱感のとりことなっていた。

夜寝ていても寝汗が出る。食欲も進まず、体も妙にけだるかった。

しかし、七郎はその理由を深くつっこんでは考えなかった。今度の事件にしたところで、自分は表面に出ないといっても、やはりその心魂は傾けつくしたのだ。睡眠時間さえ極度に切りつめるような精神の集中、白刃の上を裸足で渡るような思いがつづいたことだから、とうぜんその反動が出たのだろうと、彼は強いて自分自身に言い聞かせた。

もちろん、この数日の間に、詐欺にかかったことを悟った被害者たちは、血相かえて彼の事務所へつめかけたが、七郎はその一人一人に、おどろいた表情をみせ、そんなばかな話が——と、笑ってみせ、しまいには、いっしょになって、自分の手数料の損失を慨嘆してみせた。

すべては演技、完全に計算され、計画された演技の連続だった。相手もほとんど、この芝居には、だまされたらしい。それでいて、一度も警察から呼び出しをうけなかったのは、むこうとしても、自分の犯した外国為替管理令違反の罪が表面化することを恐れているのだろう。この戦いは勝ちきったと、彼はひそかに信じていたのである。

この日も彼は、極東紡績の経理課長をあしらって帰すと、「スワン」の店へはいっていったが、いつもすわりつけのテーブルには、一人の男が腰をおろして新聞をひろげていた。

店じゅうを見まわしても、ほかに空《あ》いているテーブルはない。この男はすぐに帰るだろうと見当をつけて近づいていくと、相手は新聞をおいて、射すくめるような視線を七郎にあびせてきた。

それは福永検事だった！

恐れを知らぬ七郎も、この一瞬はぎくりとした。全身の毛穴という毛穴からとめどもなく冷や汗が流れ出した……。

この鬼検事が、偶然この時刻にこの場所へ来あわせるということはぜったいに考えられない。明らかに自分を狙っての待ち伏せなのだ。

警察官は、自分の所属警察の管轄を離れれば、現行犯でないかぎり逮捕権を失うが、検事は、日本じゅうのどういう場所でも、即座に逮捕権を発動できる……。この店にいあわせるすべての客が、七郎には変装した刑事のように思われた。

「ほう、鶴岡君か、久しぶりだったね。まあかけないか」

福永検事は、思ったよりも静かな口調で言った。餌をかくした誘いの言葉かもしれないが、こう言われて後へひくことは、七郎の自尊心が許さなかった。

「失礼します。コーヒーを一つ」

と、女の子に言いつけて、彼は検事の真向かいの椅子に真剣勝負のつもりで腰をかけた。

「忙しいかね。君」

検事は言葉になんの抑揚もつけず、コーヒー茶碗をかきまわしながらたずねた。

「なんとかやっております。おたがいに、食っていかなくちゃいけないものですから」

「さいわいに、このごろは、食糧事情も緩和されたから、検事の俸給でも、どうにか、栄養失調にならない程度に食っていけるがね」

最初の一言一言が、すでに白刃をかくしていた。

「顔色が悪いじゃないか。どうかしたのか」

「疲れたのでしょうか。ただ、柔道で鍛えあげた体ですから、めったなことではまいりませんよ」

「そうかね?」

福永検事が眉をひそめた。たしかにそこまでの会話は、どんな人間の間にもとりかわされるような性質のものだった。しかし七郎にはまだ相手の真意がくみとれなかった。

「ところで、きょうの新聞には、原子物理の新発見があったと出ていたね。僕は門外漢だから、くわしいことはわからないが、湯川粒子《ゆかわりゅうし》以来の発見だと解説には出ていたね。あの写真の、鶴岡三郎博士というのは、よく君に似ていたが」

「兄です。僕の家は代々の医者で、僕の祖父は、北松宮《きたまつのみや》さまの侍医などしていました。僕は九人の末っ子ですが、男の兄弟はたいてい医者になりました。あの兄貴と僕は、少しかわりだねのほうでしてね」

「名門だね……。君の才能も、そういうところに原因があるかもしれないな」

検事は笑って、コーヒーを口にはこんだ。

「僕に才能がある、とおっしゃるのですか?」

「少なくとも語学の才はあるだろう。英語やドイツ語だけではなく、スペイン語までわかるだろう」

「とんでもない……。英語でさえ、われわれのような年輩ではあやしいものです」

七郎も不敵な笑いを投げ返した。

「そういうことをおっしゃるようでは、検事さんは、パセドナ公使館の事件をお聞きになったのですね?」

「聞かないと言っても、君は信用しないだろうな」

「いや、実のところ、僕もあれには弱りましてね。半分は好意、半分は手数料ほしさにお世話したものの、あれほど見事にだまされるとは思ってもみなかったのです。たとえば、自分のあつかった手形が不渡りになったような場合、どこまでも責任をおうのは、金融業者の不文律です。ですから、今度もなんとかして格好をつけなければと思って、いろいろ奔走してみましたが、なにしろ場所が外国公館で二人の相手が逃げてしまっては……。こういうことを申しあげても、検事さんが信用してくれるかどうかわかりませんがね」

「僕は、金融なり法律なりの問題で、君をだませる男があるということは信じられないのだよ」

検事の眼には、冷たく鋭い光があった。その眼の色を見たとき、七郎は、この相手が真相を見やぶっていながら、まだ証拠をおさえきれずに苦慮しているなと直感した。

「それは身にあまるお言葉ですねえ。こういう仕事をしていれば、狐や狸を相手にしなければならないこともよくありますよ。不渡りをつかまされたことも何度あったかしれません。まあ、こうして一年一年と年季を入れているうちに、経験を積んできて、人にだまされなくなるのが誰しもじゃないでしょうか」

「謙遜するね。これが隅田君だったら、二十年の経験も、天才の直感にはかなうまいとうそぶくところだろうが」

「隅田は隅田、僕は僕です」

こうして、息づまるような会話のやりとりをつづけながら、七郎は隣りのテーブルにすわっている男が、それとなく、鋭い注意をこちらへはらっていることを感じていた。その眼の鋭さも、武道で鍛えられたらしいがっちりした体つきも、ただものとは思えない。だが、七郎がこの人物を西郷警部だと知ったのは、後日のことだった。

「ただ、君たち二人には、一つの共通な信条があるね。黄金に対する盲目的な崇拝だ」

「そうおっしゃるけれど、黄金の力は万能ですよ。世間では金融業者というと、前資本主義時代の高利貸を連想します。たとえば、芝居に出てくるような病人の布団さえはがしかねない高利貸、せいぜい間貫一というのが、世間の通念じゃないでしょうか」

「それでは、君は自分のしていることなどを、どう思うのだ」

「僕たちは、経済界の医者をもって自認していますよ。もちろん銀行などという天下公認の金融機関はありますが、これはたとえば大病院のようなもの、官僚的で、規則ずくめで、病人の急場にまにあわないことはとうぜんだというような態度をとっている……。僕たちは町の開業医のようなものですから、病院ほどの大規模な力はもっていないけれども、いざという場合のカンフル一本は、患者の命を救うこともありますから」

「だが、医は仁術だとむかしからいうな。君にこういうことを言って聞かせる必要はあるまいが、医者がカンフルのかわりにモルヒネをうちだしたら……、相手の弱みにつけこんで金をまきあげようとしたら。仁を忘れた医者ほどこわいものはないのだ」

どうしたことか、きょうの福永検事は、ああして検事室で対決したときよりも、一回り大きいような感じだった。みずからを正しく持して信念に生きる者のこういう遠まわしの話は、七郎にも容易にははね返せない感じがした。

「ほかにお話はありましょうか。僕はこれからちょっと約束がありますので……」

めったにおぼえない弱気な言葉が、思わず七郎の口からとび出した。

「被疑者は逮捕または勾留されている場合を除いては、出頭を拒み、またいつでも退出できる――。まして、僕はいま検事として、ここにすわっているわけではない」

福永検事は、剃刀のような笑いを浮かべた。

「しかし、いずれはそういうことになるだろう。ただ、僕はその前に、君に一つの機会を与えたいのだよ」

「とおっしゃるのは？」

「僕は正直なことを言って、君の才能を認めないわけにはいかないのだ。お兄さんが科学の方面で、あれだけの業績をあげたとなるとなおさらだが……。なぜ、君はそのありあまる才能を、ほかの方面にむけないのだ？　それだけの知力と胆力がありさえすれば、どういう道に進んでも、君が成功することはまず疑いもあるまいに」

「金融業という仕事は、軽蔑に値するとおっしゃるのですか？」

「いや、僕はカンフルのかわりに、モルヒネを使う医者の行為を責めているのだよ」

検事は長い指を組んでテーブルの上に身をのり出した。

「鶴岡君、君のいままでしたことを洗いざらいぶちまける気はないか？　すべてをここで清算して、再出発する気にはなれないか？」

「ははははは、まるで僕は日本一の悪党みたいですねえ。鶴岡七郎懺悔録、空前のベストセラーになりますか」

検事は笑いもしなかった。爛々と眼を光らせて、

「鶴岡君、僕はきょうは一人の私人にすぎない。検事としてものを言うつもりはない。ただ、君のほうから、いままでのいっさいの罪を告白する気になれば、法という非情のものに情があるということは伝えておこう」

「よく言いふるされた言葉ですね。僕が浪花節のファンなら、涙を流して、恐れいりましたと手をつくところでしょうが、あいにく申しあげることは一つもありません」

「そうか。それでは行きたまえ」

検事は微動もしなかった。

「だが、最後にこれだけは注意しておく。これからまもなく、君はもう一度、僕と顔をあわせることになるだろう。それまでに、僕は君のやってきたことを残らず白日の下《もと》にさらけ出して見せるつもりだが……。それから、法のあわれみを乞《こ》うても、時はおそいのだよ」

「僕は金はほしいと思いますが、乞食になりたいとは思いません。自由はたえず求めますが、人のあわれみは求めませんよ」

新しい闘志が七郎の全身に燃え上がった。

「それでは失礼いたします。いろいろとご高説をうけたまわってありがとうございました」

高飛車にこう言いすてると、七郎はそのまま立ち上がって店を出た。いつ、待て——と、声がかかるかと思ったが、その声はどこからも聞こえなかった。

福永検事の出現は、七郎にとって前途の不吉を暗示する第一の凶兆だった。

彼はすぐ事務所へ帰ると、九鬼善司に電話をかけ、四、五日温泉へでも行ってくるように忠告した。

福永検事もあれだけのことを言いきったからには、必ず何かの手を打ってくるだろう。その対策はもちろん、その出ようを見なければ立てきれないが、それにしても、この際は、万全の手段をとっておいたほうがよいと思ったのだ。

どこへ寄る気もしなかった。それからすぐに、車をとばして家へ帰ってくると、綾子が青い顔をして彼を迎えた。

「お帰りなさい」

と言う声も、いつもとは変わった暗さがある。

「どうした。まさか家へ警察がやってきたわけではなかろうね」

洋服を着かえながらたずねたが、綾子は黙って首をふった。

「それではどうした？　妙に顔色が悪いようだが」

「そう思って、わたしも、きょうお医者へ行ったのよ。そうしたら……、ふつうじゃないとそう言うのよ」

「子供ができたか？」

七郎は声をはずませた。ああして、命がけの冒険をくり返している間は、子供がほしいというような感情は、一度もおこしたことはないが、こうして巨富を積んだいまとなっては、彼は無性に自分の子供がほしくなってきたのだ。

「もし、そうだったら、わたしもどんなにうれしいかわからないけれど」

綾子の眼からは涙が散った。自分の口から毒婦だと言っているこの女の涙を見たとき、七郎はここにも一つの凶兆を感じた。

「どうした？　いったいどうしたのだ？」

綾子は泣き笑いのような声をたて、ちょっと間をおいて、

「肺病なのよ。知らないうちに、左の肺が四分の一ぐらいおかされていたらしいの。もう長くあなたのおそばにおられないわ」

「肺が？」

この言葉は、七郎にとってもかなりのショックだった。だが、彼は無理に笑顔をつくってテーブルの前にすわると、

「なに、そんなことなら、そんなに心配することはないとも。肺病が命とりだというのは、一むかし前の考えだ。もちろん戦争中には薬もなかったし、栄養もとれなかったから、しかたがないが、いまではストレプトマイシンとか、パスとか、いろいろの特効薬もできている……。外科の技術も進んでいるから、気胸《ききょう》とか、切開とかいう方法も、かんたんにできるんだ。治してみせる。治してやる。どういう名医を捜し出しても、もとの体にしてやるよ」

力をこめて言った言葉も、綾子の心を動かすことはできなかったかもしれない。

「だめ、だめよ。わたしはだめ」

「なぜ、なぜだ？　どうしてそんなことを言うのだ？」

「むかし、子供のころに、わたしはある人から聞かされたのよ。肺病というものは、自分なり先祖なりの犯した罪が自分自身の身に返ってきたものなんですって……。ほかの病気もそうだけれど、ことにこの病気は、人の恨みのおかげですって。あなたなり、わたしのしてきたことを考えたなら、わたしが死んでもしかたがないわ」

「ばか、ばかな……」

綾子の過去を考えたら、こういう素朴な考えのとりこになるのもしかたがないと思いながら、七郎は強いて高笑いをしてみせた。

「それは病気の原因を知らなかった、むかしの人間の単純な考えさ。とるにたらない迷信だよ。いまでは、結核という病気は、結核菌という菌が人体にとりついておこるものだと、小学生だって知っているじゃないか、人間がどんなことをしてこようが、細菌の作用とはなんの関係もない」

「でも、そういう黴菌《ばいきん》は、どこにでもうじょうじょいるわけでしょう。唾一滴にも五万の菌がいるそうよ。それなのに、肺病にかかる人間と、かからない人間がいるのはどういうわけ？」

「それは、人間の抵抗力の問題だ。どういう菌を吸いこんでも、体力の強い人間は殺してしまう。弱い人間だけが菌との戦いに負けて病気になる——。これは医学の定説だ。生物学の真理なんだ」

たたきのめすように言ったこの言葉も、まだ、綾子を納得させることはできなかったらしい。

なんとなくやつれの見える項《うなじ》をたれて、うつむいたまま答えた。

「世の中には、理屈だけでは割り切れないことはいくらもあるわ……」

「ばか！　おまえともあろう女がどうしたんだ。戦争は負けたと思った瞬間に負けるのだ」

綾子も病気のために、弱気になっているのだろうと思いながらも、七郎はどなりたてずにはおられなかった。七郎はそれから綾子を連れて医者へ出かけたが、その医者もまだはっきりしたことは言わなかった。

「とにかく、レントゲンをとってみませんか。さっきもおすすめしたのですが、奥さんがおいやだとおっしゃるものですから」

この言葉は七郎にもうなずけた。いやがる綾子をなだめすかして、レントゲンだけはとったが、その日は結果もわからなかった。

しかし、その夜、床についてからの綾子の欲望はすさまじかった。結核の初期の病人は性欲が昂進するといわれるが、その程度では説明できない激情だった。

官能の喜びに身をひたしながら、七郎はふと、綾子が自分の寿命の長くないことを悟って、わずかの間に、生命の炎を燃えつくさせようとしているのではないかと思ったくらいだった。

その翌朝は、十時から、重要な取引の約束があったので、七郎はレントゲンの結果に心を残して家を出た。

客と話をしていても、そのことが気になってたまらなかったのだが、綾子からは電話もかかってこなかった。

十一時すぎ、客が帰ったとたんに、彼は電話機に手をのばしたが、そのときはげしい咳が出た。

五分ほど咳きこみつづけたあとで、口からはなしたハンカチを見つめて、七郎はぎくりとした。

痰《たん》にまじって、かすかな血が走っていたのだ。

「おれもか……」

この血痰を見つめて、七郎は呟いた。

一種の戦慄が総身をかすめた。

もちろん、喀血《かっけつ》というにはほど遠いし、起居をともにしている綾子が結核にかかっていたとすれば、彼自身にも、いつのまにか、病気がうつったとしてもふしぎはない。

それに、彼自身は戦争中に左の胸をわずらった前科があるのだ……。

これは第三の凶兆だった。七郎は顔に手をあてて溜息をついた。

彼自身、決して病気を恐れているわけではない。綾子にきのう言い聞かせた言葉も、決してただの気やすめではなく、自分自身の腹から出た信念には違いなかった。ただ福永検事の猛反撃が予想される現在、この病気におそわれたということは、彼はいままで自分にほほえみつづけていた幸運が、一瞬に背をむけたと感じないではおられなかったのである……。

たちまち、部屋がそうぞうしくなった。

はっと眼をあげた七郎は、自分のデスクの前へ、人相のわるい男が歩みよってくるのを見てとった。

それも一人ではない。女の事務員をつきとばして、四人があとにつづいたのだ。

刑事か？

きのう、ああして福永検事の待ち伏せをうけた後だけに、七郎は一瞬、そう思った。だが、この相手の眼には殺気がある。頬のあたりをはっている傷痕も赤黒くまだなまなましい。誰か、パセドナ公使館で被害を受けた犠牲者が、彼を恨んで、むけてよこした刺客だな——と、七郎はたちまち思い返した。

「鶴岡七郎という野郎はてめえか」

ぱちりと、ジャックナイフが開き、その刃が、さっと上へ返った。こういう仕事には、なれているような手さばきだった。

七郎はこのとき、福永検事が彼に死刑を宣告し、その執行人として、この男を送りつけたのかと、奇妙な妄想にとらわれていた。

これから数分のあいだにおこったことは七郎にも、理屈で説明できることではなかった。

ただ、窮鼠《きゅうそ》かえって猫をかむというような心境と、中学のころから、武道で鍛えあげた動物的な敏捷さが、彼の命を救ったのだ。

デスク越しにつっかけてきた第一の男のナイフの切っ先を、彼は左に飛んでかわした。

横からつっかけてきた第二の男の攻撃は、かろうじて左手ではらいのけた。

しかし、こういう抵抗も、せいぜい一時の効果をおさめられるにすぎない。数をいうなら五対一、そして体力でも気力でも敵には格段の強みがある。まして七郎の抵抗は、相手の怒りを、いやがうえにもかきたてたようだった。

――死ぬのか？　おれも、何億かの金をつかみながら、なすこともなく、このまま豚のように殺されるのか？

死の直前に、人間は自分の一生の思い出を、映画のフラッシュ・バックのように脳裏にうつし出すというが、このとき彼は、自嘲のような、こんな観念にとらわれていた。

デスクを楯《たて》にとり、一人の体で次の一人の攻撃をうけとめる防戦は、どれだけつづいたかしれないが、そのあいだに、七郎の頭には、いつか金森光蔵から聞いた言葉が、稲妻のようにひらめいた。

――死ね。死んでそうして生き返るのだ。

その瞬間、七郎の手は、自然にかたい金属にふれた。部屋の隅においてある消火器だった。

無意識に、彼は両手でこれをとりあげた。そのとき、左の二の腕にやけつくような痛みがきたが、七郎はそれを物ともせず、敵にむかって、このボンベから、消火液の放射をあびせかけた。

「あっ！」

敵もこの思いがけない逆襲には虚をつかれたらしい。眼をやられ、顔をおさえてよろめいたが、そのとき、七郎は消火器を逆手に持ちかえて敵を一人一人たたきのめした。

勝負は一瞬に逆転した。

五人の男は、血まみれの顔をおさえて床に倒れてうめいている。そのみじめな姿を見おろしながら、七郎は大きく溜息をついた。

勝ったという実感はわかなかった。いや、自分が生きているという意識さえ、すぐには返ってこなかった。

「社長……」

部屋のむこうの隅にへばりついて、がたがた震えていたらしい社員が一人、おそるおそる近づいてきて声をかけた。

「うむ……」

「左の腕が……」

気がついてみると、洋服の左の袖が二寸ほど切られ、どくどくと血がにじみ出ていた。

「たいしたことはない……。かすり傷だ」

と、七郎が答えたとき、緊張しきった表情の警官が数人、部屋へとびこんできた。きっと、このどさくさにまぎれて、ここを飛び出した事務員の一人が、急を知らせたのだろう。彼としては、警察沙汰にはしたくなかったが、いまさらどうにもならなかった。

「おけがは？　相手は逃げましたか？」

一人の警官が狼狽したようにたずねた。

「命に別状はないでしょう。犯人たちは、そこにごろごろ鮪《まぐろ》みたいにころがっていますよ」

七郎は唇を歪めて答えたが、社員の一人は彼の腕をハンカチで縛って、止血の応急手当てをしながら、

「なにしろ、うちの社長は柔道三段で、素手で五人のジャックナイフを相手にしたのです……。私も腰をぬかしそうになりましたが、そのうちに、消火器の泡をぶっかけて、逆に五人をたたきのめしました。いや、芝居や映画ならばともかく、鬼神もおよばぬ働きとは、ああいうことをいうのでしょう」

と手ばなしの賛辞をならべたてた。

「そうですか？　いや、やはり心得がおありのお方は違いますなあ。われわれのような

警察官でも、それほど臨機応変の処置はとれるかどうかわかりません……。とにかく、こいつどもは、殺人未遂、少なくとも傷害の現行犯ですから、ここから連行してまいりますが、あなたのほうも、医者の手当てが終わりましたら、警察のほうまでご足労願えましょうか。いろいろ事情をおうかがいしたいと思いますので」

「まいりましょう」

七郎は他人のことのように答えた。

都合よく、病院はすぐ隣りにあった。彼はこの刺客たちの処置を警察にまかせて診察をうけにいったが、さいわいに傷はたいしたこともなかった。

五針も縫って、十日もすれば治る程度の負傷だった。

七郎はやっと、このときになって、血痰のことを思い出した。医者にこのことを話してみると相手は職業的な無表情のまま、すぐ診察をはじめたが、そのときちらりと、顔をかすめた影を七郎は見のがさなかった。

「先生、どうです？　だいぶわるいですか？　こちらはたいていのことではおどろきませんから、ほんとうのことを言ってください」

「そうですな……」

相手はちょっと首をかしげて、

「とにかくレントゲンを撮ってみましょう。それからでないと、正確なことはわかりませんが、なに、このごろはむかしと違って、マイシンとかパスとか、いろいろ特効薬もできていますし、外科療法も進歩していますから、ご心配はいりませんよ。最悪の場合でも、二、三カ月入院なさるつもりなら」

と、きのうの彼の言葉をそのまま裏返したような返事をした。

「二、三カ月も？」

「いや、私は最悪の場合のことを申しあげただけです。ただ、こうして聴診してみただけでも、しばらくは絶対安静を守っていただかなければいけない、という程度のことはわかりますが……」

「絶対安静――。それはとうてい不可能です」

「何をおっしゃる。お金儲けも大事でしょうが、それも体があってのことじゃありませんか。いま、かりに片腕を切らなければいけないような事態となったら、あなただって二カ月や三カ月は寝てもしかたがないと覚悟をきめたでしょうに」

医者は叱りつけるように言ったが、七郎は答えもしなかった。

彼は、初めて、戦いに勝利を得るよりも、勝利を確保することがはるかにむずかしいという真理を悟った。

いま、その脳裏を占めているのは、福永検事と、きょうの暴力団の背後にひそむ眼に見えぬ敵に対する戦意だけだった。

この逆襲を徹底的にはね返すまでは、たとえバケツ一杯の血を吐いても、床《とこ》についてはならないと、彼は悲壮な覚悟をきめたのである……。

傷の痛さをこらえながら、七郎はその足で警察へ出頭した。

もちろん、彼としては行きたくない場所であり、行きたくはなかったが、この際は、一分の弱みもみせられなかった。だが、気のせいかもしれないが、取調べの調子には、なんとなく妙なところがあった。

犯人は、銀座一帯を縄ばりとする暴力団、土橋《どばし》組の一家の者らしい。そのたのみ手の名前は、頑として口を割らないというのだが、それも、こういう殺し屋としてはしかたがないだろう。

「むこうのほうは、あなたを殺す意志はなかったというのです。ナイフで脅迫するつもりだったが、あなたが机の上の文鎮に手をのばしたので、いきなりつっかけたというのです」

江藤《えとう》という主任は、まるで弁護士のような口をきいた。

「そうですかねえ。いや、とっさの場合でしたから、私もどんな行動に出たかはおぼえていませんが、自分の名前も名のらず、用件は一言も話さず、いきなり凶器をつきつけてくるような相手は、たとえたたき殺したとしても、正当防衛は認められるんじゃないでしょうか？」

「なかなか、法律には明るくていらっしゃる」

江藤主任は、皮肉な笑いと言葉をもらして、煙草に火をつけると、

「ただ、われわれのほうとしては、こういう事件がおこった動機というものを調べあげなければいけないのです。いかになんでも、彼らが白昼、五人組でおしこみ強盗をするつもりだったとは思えませんからね。恐喝、脅迫、殺人未遂——。このうちどの罪状を適用するかは、後の問題として、あなたは彼らにおどかされる理由にお心あたりがおありですか？」

「さあ、われわれのような金融業者は、ともすると、人の恨みを買うものですから」

七郎は、はね返すように答えた。

「俗に、借りるときの恵比寿《えびす》顔、返すときの閻魔《えんま》顔——とも言いましてね。どうしても必要な金を切羽つまって借りにくるときは、三拝九拝するくせに、いったん金を手にしてしまうと、まるでもらったような気になるんじゃないでしょうか」

「それでは、あなたは、彼らなり土橋組の関係者に、お金を貸しておられたのですか？」

「さあ……。金主のほうは数が少ないといっても、こちらが貸し手にまわっているほうは、それこそ数えきれませんし、直接にではなくとも、たとえば、二号とかなんとか、そんな関係者が借り手にまわっていないとはいえないでしょう。ですが、私は被害者で、殺されかけた男です。そういう事情は、むしろ彼らから、お聞きくださるのが順当じゃありませんか？」

七郎は精いっぱいの皮肉をきかせた。

「それが、われわれの常識では、こういう暴力団が、金融業者のところへ飛びこんでくるのは、俗にパクリという手形詐欺の後始末が多いのですよ。まあ、あなたにこういうことを申しあげるのは、釈迦に説法かもしれませんが、たちの悪い金融業者が、どこかの会社をだまして手形をパクる。会社のほうとしては、どうにもならないものだから、暴力団を使って、またこれをとりもどしにかかろうとする例が多いのでしてね」

「パクリとサルベージのことならば、十分承知していますが、それでは私がどこかの会社をだまして、手形をパクったとおっしゃるのですか？」

「さあ……。そこまではなんとも言いきれませんが。手形は有価証券で、期限がくるまで、いろいろの人間のところを転々としている例が多いでしょう。ですから、あなたにおぼえがなくても、誰かがパクった手形が、あなたのところへまわっていて、こんなことになったのではないかと思いましてね」

真綿で首をじめるような、遠まわしのじわじわした追及だった。これがいつもの七郎なら、一歩もゆずらず、反撃に出るところだが、麻酔の力がきれたせいか、傷の痛みはだんだんひどくなってきていた。それに、現在の彼の立場から言えば、警察で長い話をするのは得策ではなかった。早く、太田洋助なり、その他の勢力を動かして、裏から妥協策にもちこむほうが、第二の襲撃から身をまもる近道だった。

「どうしました。顔色が悪いようですが」

「顔色も悪くなるでしょうよ。私はいま五針も腕を縫ってもらったばかりですよ」

七郎は右の拳で、デスクをどんとたたくと、

「本来ならば、家へ帰って、安静にしておらなければいけない体です。それをこうして、協力的な態度に出ているのに、まるであなたの調べ方は、こっちが悪いと言わんばかりだ……。刑事訴訟法第一九八条の条文にもとづいて、私はこれから退出します」

相手はぎょろりと眼を光らせた。せっかく大魚を鉤にかけながら、釣り逃がしてしまったというような表情がはっきりと顔ににじみ出ていたが、傷と法律の条文を、こうし

て楯にとられては、これ以上追及することも無理だったろう。

「どうぞ」

と吐き出すように言ってのけた。

「失礼します」

七郎は立ち上がって、ドアのそばへ来るなり後ろをふり返って、

「主任さん、あなたの顔には、私が殺されたほうがよかったと書いてあるみたいですね。しかし、私はこんなことではまだ死にきれませんよ。はははは、私のもっている全部の力を発揮して、この世に何かを残さないうちは……」

と、いままでの鬱憤を全部一度に吐き出した。

それから一時間後に、この報告を聞いた西郷警部は、すぐに検察庁へかけつけ、福永検事に一部始終を報告した。

「まったく図々しい野郎です。自分が死んだほうが警察は喜ぶだろうと、捨てぜりふを残して、帰っていったそうですから。なんで、やつらが、心臓をずぶりと一突きやってくれなかったろうと、私は職務をはなれた義憤さえ感じます」

「そういう男だ……。僕には、殺人犯など、たいしてこわいとは思えない。ただ、あれ

ほどの知能犯となってくるとね……」

　検事はぐっと眉間に皺をよせて、

「それで、その暴力団を、さしむけたのは？」

「それはまだ泥を吐いてはいないようです。高岡薬品か、それともほかの会社か、まあどこにせよ、ああいう被害にあって、われわれがこれほど歯ぎしりしているのをみたら、それぐらいのことはしたくもなるでしょう」

「そういう気持ちはわかるがね。ただ、ああいう高度の知能犯に、暴力をもって復讐するというのもどうかね。僕としては、どうしても知恵で彼をたたきのめしたいのだ。彼が愚弄し玩具のようにあつかっている法律を使って、彼を罰してやりたいのだ」

「そのお気持ちはよくわかりますが、なにしろやつは、六法全書を隅から隅まで調べつくしているんでしょう。法律の網の目をどんなに細かくしてみたところで、やはり抜け道なり盲点なりは出てきますからね」

「そういう隙を発見する点では、彼は天才だからな。ところで、ほかの収穫は……」

「いま手分けをして、彼の知人、友人を一人ずつ洗わせています。その中に、杉下透に化けた男が必ずまじっているはずです」

「その方法はいいだろうが、あの男が、そんな手ぬかりをするかなあ……。僕が彼の立場におかれたら、公使館に化けこませる人間は、自分とはいままでなんの関係もなかった男をえらぶ。仕事が終わったら、金を分けてやって、大阪なり九州なりへ飛ばしてしまえば、おそらくその線から発覚はしまいからね」

警部は大きな溜息をもらした。

もちろん、公使館へ正式に申し入れたわけではないが、ゴンザロが国外へ逃亡してしまったことは、羽田《はねだ》の調査でわかっていた。

もう、どのような阿呆でも、二度と日本へ帰ってくることはなかろうし、この事件を国際問題化して、彼の逮捕引渡しも要求できないというのが、警部の勘だった。

それに、杉下透と名のった人物の調査もなかなか進まなかった。高岡薬品工業の二人を、警察へ呼んで、モンタージュ写真の作成に協力してもらっているのだが、その仕事もなかなか思うようには運ばなかった。

できた写真を全国に配布して、指名手配するという定石も、いつ実現するかわからなかった。

それにこの人物が、いま検事の指摘したような男だとすれば、鶴岡七郎の知人、友人を残らず洗い出すという努力も水泡《すいほう》に帰してしまう……。

「それで、彼の傷はだいぶ重いのかね」

思い出したように、検事はたずねた。

「はい、警察の調べたところでは、全治二週間という程度だそうです。ただ、彼はそのときいっしょに、胸のほうも診察してもらったようでして——。これもレントゲンの結果をみないとなんですが、医者のほうでは、昔流に言うと、結核の第二期ぐらいかなと言っています」

「結核の第二期？」

福永検事は眼をあげた。

いままで理解のできなかった秘密の一つを、やっと探りあてたというような表情だった。

「その病気が何か……」

「いや、これはまだ、医学的には、はっきり究明されていないがね。僕の経験から言うと、結核と犯罪とは、ぜんぜん関係をもっていないとはいえないのだよ」

「と言いますと？」

「本人が自覚しようがしまいが、また医学者はなんと言おうが、結核菌というやつは、人間の脳髄に何かの作用を及ぼすのではないかな？　僕の学生時代の体験も、胸のわるいような友人は、たいてい頭がよかったよ。しかも病気が進むにつれて、頭がさえてきたようだった」

「それで？」

「ところが、そういうときの才能は、ともすれば破壊的な方向にむかうのだね。たとえば赤だ。むかし、共産主義がまだ非合法的存在だったころ、赤化した学生は、九割九分まで秀才だった。そして、その大部分は結核にやられていたという話だった」

「すると、鶴岡七郎の犯罪も、もとをただせば、結核菌の作用だったというわけですか。といって、結核菌を刑務所へ入れて、本人は無罪というわけにもいきませんしねえ」

警部の苦しまぎれの冗談にも検事は笑いもしなかった。ただ、その顔は、さっきよりずっと明るさをとりもどしたようだった。

「西郷君、僕はいま、やっと彼をたたきのめす自信が出たよ」

「それは？」

「これは理屈でもなんでもない。一つの人生観の産物だが、戦争にでも、勝負にでも、極端なことをいえば犯罪にも、一つの運というものがある。たとえば麻雀にしたところで、ついている相手は恐ろしい。どういう無謀な手を狙っても必ず上がってしまうのだ」

「わかりました。それでは、鶴岡の悪運もそろそろつきたとおっしゃるのですね。悪盛んなれば天に勝つ——としても、それはもうこれ以上つづくまいということですね」

「そうなのだ。彼が傷をおわされ、胸の病いを自覚したということは、直接には、彼の犯罪とも、彼を捕えようとするわれわれの立場ともなんの関係もないことだ。ただ、僕はそこに一つの天啓をみる。彼の運勢は退《ひ》き潮にかわった。このときこそ、どこまでも追撃して彼のとどめを刺すべきだ」

西郷警部は黙って検事の眼を見つめた。鬼といわれるほど厳しく、氷といわれるほど冷たくて理知的なこの先輩の口から、こういう東洋的な哲学者的な言葉を聞くとは思ってもいなかったのだ。

しかし、検事は真剣な調子でつづけた。

「犯罪者は、たえず両刃の剣を使っている。運がついているときには、自分の身を守り、罪を犯すために役だった武器が、逆運になれば、自分の身を傷つけ罪を発覚させる働きをもってくる。見ていたまえ。いまに鶴岡七郎は自分の最初使った武器で、自分を葬るようになるだろう……」

福永検事のこの予言は、ちょうど同じころ、太平洋のむこうで実現しはじめていた。

アメリカの砂漠の中の町、ラスベガス——。これはまたモンテカルロに匹敵する賭博と歓楽の町として知られているが、この町はずれの「レオ・マリア」という酒場から、スペイン語で何かわめき散らしながら、バーテンにつまみ出された一人の酔いどれがあった。

フランシスコ・ゴンザロ――。その名前は誰も知らなかったが、客の一人は、手をはたきながらはいってきたバーテンに聞いた。

「やつは、いったい何を言っていたんだ？」

「なにね」

このスペイン系のバーテンは、にやにや笑いながら、

「ここで十万ドルすってしまって頭へきたんでしょうよ。おれはこれからもう一度、日本へ帰って豚を殺してくる、カモをしめてくるって、しつこく言ってやがったんでさあ」

たしかに、この町では、誰も王者にもなれれば乞食にもなれる。こういう光景は毎日のように見られるものだから、バーテンも客も、この酔いどれの言葉の意味をそれ以上深く追及もしなかった。

しかし、鶴岡七郎の運勢の逆転は、この町の賭博場の、赤と黒とにぬりわけられた、ルーレットの盤を転がりまわる無心の球の動きにもあらわれていたのだった。

この注意人物ゴンザロが、百万ドルを手に入れるかわりに、四千万円をまたたくうち

に使いはたして、ふたたび日本へ舞いもどってこようとは、西郷警部にも、福永検事にも、そして彼を犯罪の武器として使い捨てた鶴岡七郎にも、予想のおよばなかった出来事だった。

綾子のほうの病状も、自分と同じ程度だということはわかったが、七郎はもう自分たちの病気のことは気にかけてもいられなかった。静養は時がきたならゆっくりできる。それまでは、不撓不屈の精神力で、病気の進行をおさえながら、当面焦眉の急務を、この犯罪の収拾工作を完遂してゆかねばならないというのが彼の一念だった。

綾子の体を診察した医者も入院療養をすすめてきたが、彼は彼女の言葉をいれて医者の忠告を聞きいれなかった。

あと三カ月——。それまでは、たとえ二人とも血を吐いて倒れたとしても、鬼となりきらねばならなかったのである。

まず当面の第一の問題は、土橋組との和解工作だった。もちろん、表には出せないし、警察側には、そういう動きは片鱗も感知させてはならないのだが、彼はどうにか太田洋助と高島組の組長高島長蔵の力を借りて、この工作に成功した。

この襲撃は、極東紡績の意をうけて行なわれたものだった。もちろん、この会社の誰に頼まれたかということは、むこうも男の秘密として、最後まで口を割らなかった。また、七郎のほうとしても、すでに秘密に現金化してしまった手形を返すことは、たとえ、その気があったとしたところで不可能なことだった。なんとか、土橋組自体の顔をたて、極東紡績と絶縁させ、この問題から、手をひかせるまでには、十日の日数と、相当の出費を必要としたのである……。

そこへまた、一難去ってまた一難というように、次の不運がおそってきた。大酒と荒淫《こういん》、それに去年来の経済的な苦労が、自然にその健康を害していたのだろうが、九鬼善司の父、勝章はとつぜん脳溢血の発作をおこし、数日意識不明の状態をつづけた後で、息をひきとってしまったのである。

この知らせを聞いたとき七郎は天をあおいで嘆息した。もちろん友人の父であり、最初の事件では事情を知りながら一役買ってくれたことだから、個人的な哀惜の情はとうぜんともなっていたが、それよりも彼の心を悩ましたのは、この際どうしても表面に出なければならない善司が、うまく警察の追及からのがれきれるかということだった。

この知らせを聞いて、奥伊豆の温泉場からもどってきた善司も、やはり思いは同じだったのだろう。自分の家へ帰る前に、ある待合へいったんおちつき、そこで七郎とおちあったが、さすがにその顔は真っ青だった。

「気の毒に……。まだお年も若かったのにな」

七郎としては、いちおう悔やみの言葉をのべなければと思ったのだが、善司のほうは、父の死を悲しむどころではなさそうだった。

「いやなときに死んでくれたものだよ。もう少し早いか遅いかすれば、僕もこれほど苦しまなくともすんだろうに」

子としてはあるまじき言葉だが、現在の善司の心境を考えれば、こういうせりふがとび出しても、ぜんぜん不思議なことはなかった。

「わかる。君の気持ちはよくわかるが……」

「留守中に、店のほうへ刑事が来たらしい。公使館のほうへ出た日は、競馬や競輪へ行ったことになっているから、女房もそう答えたらしいんだが……」

「うむ」

七郎も腕を組んでうなった。福永検事があれほど堂々と自分の決意を表明したからには、七郎の友人、知人は一人一人と洗われつづけているに違いない。その一人として、善司もこの程度の追及を受けるのはとうぜんとしても、この刑事がどのように報告し、検事がこの線にどれだけの疑惑をいだいていたかは、こちらからは、なんの推測もできないのだ……。

「とにかく、葬式には出なければいけないだろうな」

溜息をついて善司はたずねた。

「うむ、親子としてはとうぜんのことだ。これが国外へでもいっているというのならともかく、実の子が親の葬式へ出ないわけにもいくまい」

「しかし、葬式というのは、ほとんど公開の場といってもいいのだよ。もしも、警察が僕に対して、かすかな疑惑でも抱いていたら、被害者を弔問客の中にまぜて面通しをやらせるだろう。そうなれば、逃げようとしても、逃げきれない……」

「うむ」

激しい悔恨が、七郎の胸をかんできた。八千万円の分け前のことはいまぬきにするとしても、あの完全犯罪には、こういうミスキャストがあったのだ。役者もよし、演技もすぐれていたことは疑いもないにせよ、こういう事態に直面したいまとなっては、この人物は彼にとって恐るべき両刃の剣となったのである……。

七郎が安全にこの事件の罪をのがれるためには、杉下透という人物と前にはたいしたつきあいがなく、自分もいっしょにだまされたという条件を作り出すことがぜったいに必要だった。さいわい、いままではまがりなりにも、事件はそういう道をたどってきたのだが、もし善司がここで被害者に直面し、杉下透と一人二役の存在だという秘密が露見したならば、七郎の抗弁は、たちまち根拠を失うのだ。精緻をきわめた完全犯罪も一瞬にして瓦解する……。

たらたらと冷たい汗がにじみ出た。はげしい咳がとまらなかった。

「どうかしたのか？　顔色もわるいようだが」

「うん、知らないうちに胸をやられていたらしい。しかしたいしたことはないよ」

七郎はハンカチで汗をふきながら、

「とにかくこの際は、とりあえず葬式を無事に終了させる必要がある。たとえ、警察がどんな嫌疑をかけていても、葬式の——、それも父親の葬式の現場からすぐに連行するような非常識なまねはしないだろう」

「でも……」

「とにかく、一般の会葬者と顔をあわせる機会だけは、なんとかさけるのだ。さいわい、僕はある薬を知っている。これを飲むと一時的に失神するが、命にはもちろん別状はない。あたりの人間は、緊張のあまり脳貧血でもおこしたと思うんじゃないだろうか」

「うん。飲もう。後のことは後の相談として——。喪主の席に立っているのはたえられない」

善司はうめくように答えたが、このとき、七郎の頭には悪魔的な恐ろしい考えが浮かんだ。

もちろん、この薬のことについては、嘘をいったわけではないが、そのかわりに毒を与えたらどうなるかということだった。

こういう芝居をするというのに、彼が他人に相談するわけはない。ビタミン剤か胃腸薬でも飲むように見せかけて人前で堂々と服用するだろう。この薬のことを話してくれた推理小説マニアの医者の話では、劇薬には違いないが、かんたんに診察したぐらいでは、この中毒と見やぶられる気づかいは、ぜったいにないということだったが……。

もし、善司がここで死んだなら——。この薬から彼との連絡がつき、殺人の嫌疑がかかることは、九分九厘まであり得ない。そして、善司が死んでしまったら、彼自身の立場は飛躍的に安全となる……。

妄想にしても恐ろしい着想だった。七郎はこのとき初めて、殺人犯人の心境を理解することができたのだった……。

一人の人間の死は、ときとして、その周囲に醜い波紋をまきおこす。

七郎と別れて本宅へもどった善司は、いちおう死体と涙の対面をしたのだが、その後で、支配人から父の負債は、ぜんぜんかたづいていないという話を聞いて、呆然としたのだった。

ああいう罪を犯して作った八千万円――。その中から、彼は自分の借金をさしひいて、残り七千四百万円をそっくり父にわたしたのだ。

そのときは、勝章も涙をこぼして喜んでいた。この金がどこから出たか――ということには一言もふれず、これさえあれば気がかりな切羽つまった借金は全部返せる。店も差し押えられずにすむから、いずれは、名義もおまえのものに書き換えようと約束してくれたのに。

それでは、この七千四百万円の金はどこに消えたのだ?

父にたずねてみようにも、死人は口をききはしない。それに、もともとああいう性質の金だから、小切手なども利用せず、現金で全部そろえたのが、こうなると、かえって仇《あだ》となったのだ……。

何かある。この金の行方には何かの陰謀がひそんでいる。そしてまた、脳溢血ということになっている父の死にも、なにかの秘密があるかもしれない……。

この際、断固たる処置をとって、死体の解剖を要求するのは子としてとうぜんのことかもしれなかった。ただ、自分でも罪の重荷になやんでいる彼には、他人の罪の摘発など、とうていできるわけがなかった。

世間にはよく例のあることだが、父の情けをうけた女たちは、黒い喪服に身を包んで、この通夜の席に集まってきている。日ごろは、嫉妬と敵意に身を焼いているに違いない彼女たちも、さすがに今度ばかりは、そういう感情を表面にあらわさなかった。

善司の注意は、その一人、節子《せつこ》という女の顔にとまった。父はこの女のところを訪ねて発病し、この家で息をひきとったというのだ。

もちろん、脳溢血の発作とわかったら、その場所から一寸も動かさず、そのまま看病手当てにつとめるのは、医学上の基礎的な知識である。

だから、そのことについては、善司もなに一つ、相手を責める気にもなれなかったが、ただその眼に、彼は、犯罪者でなければわからないような、犯罪者の光を感ぜずにはおられなかった。

発病の日も、彼が現金を父にわたして、東京から姿を消した日の夜だったという。理屈では、父がこれだけの現金を持って、女のところを訪ねるわけはないと思いながら、ふしぎな疑惑は高まるばかりだった……。

「すみません。わたくしがゆきとどきませんで」

身も消えいるばかりに、わびを言うのだが、その言葉も信じきれなかった。じっと善司を見つめる眼には気のせいか、

――そうよ。わたしが殺したのよ。殺してあのお金をとったのよ。でも、あなたはどういうふうにして、どこからあれだけのお金を手に入れたの？

と書いてあるようだった。

善司の腸《はらわた》はいまにもちぎれそうだった。怒りの叫びが喉のあたりまでこみあげて、しかも声にはならなかった。

彼は初めて自分の犯罪の空しさを悟った。黄金というものの持つ二重の魔力、両刃の剣の恐ろしさを腹の底から味わわされたのである。

同じころ、七郎の家で彼らの苦衷をうちあけられた綾子は、眼をすえ、青白い鬼気をこめて呟いた。

「では、あなたが九鬼さんにわたすお薬は、ただ貧血をおこさせるだけの薬じゃなくって、毒というわけね？」

「ばか、何をいう！」

七郎は大きく首をふりながら激しい恐怖を感じていた。自分があのとき、心に浮かべた妄想のことは一言もふれなかったのに、先まわりしてそこをついてきた綾子の感覚は、彼をもぎくりとさせるようなものがあったのだ。

「僕は人殺しなどできない男だ。暴力行為を腹の底から軽蔑しているつもりなんだ。それもピストルや短刀などで、こっちをおどかしてきた相手ならともかく、何年来の親友をそういうことで裏切って殺すことなど、とうていできない」

「そうかしら？」

綾子は眉をひそめたまま、

「それはあなたの裏切りではないのよ。ただ、勝つための計算なのよ。戦争だって犯罪だって犠牲はつきもの、味方を殺すことを恐れていては、敵に……」

「ばか！　そのことはもう言うな！」

七郎は拳をかためて叫んだ。

もちろん、自分の身を案じてくれての言葉に違いはないし、病気で神経がおかされているせいもあるだろうが、こうして平然と殺人を示唆《しさ》してくる綾子の姿は、自分より数段上の美しい女悪魔のように思われた。

綾子はそのまま黙りこんだ。しかし、何か一つの強い考えに縛られているように、その眼は一点を見つめて動かなかった。

九鬼勝章の葬儀はその翌々日だった。

その日の朝はやく、七郎は車をとばして、善司のところを訪ねたが、彼は完全にやつれきっていた。

「お葬式は二時からだったね。そのときはまた出直してくるが、もちろん会えないだろうから、薬をわたしておこうと思ってね」

というと、善司は呆気にとられたように、

「薬？　あなたの奥さんがきのうとどけてくれたのは、それと違うのか？」

と空ろな声で問い返した。

一瞬、七郎の全身を戦慄が走った。

毒——たしかに毒にちがいない。

綾子は、この殺人の計画を、彼が実行しそうもないとみてとって、自分がかわってその役を買って出たのだ。

そう言われてみれば、けさは珍しく病苦を訴えて、自分を家にひきとめようとしたのだ……。それも、あくまでこの殺人を完璧に遂行しぬこうとした大芝居に違いない。

しかし、そういうことは善司に打ち明けきれなかった。七郎は額の汗をハンカチでふきながら、

「いや、女房がちょっと薬をまちがえてね。それで取り替えにきたんだ。そっちを返し

て、そのかわりにこれを二粒飲んでくれたまえ」

「そうか？」

善司としては、いまのところ、七郎の言葉を疑うような心境にはほど遠いのだろう。

ポケットから、散薬の包みをとり出して七郎にわたすと、小声で言った。

「あなたとは、いろいろ話もあるんだが、きょうはこのとおりのとりこみだし、また日をあらためて連絡するよ」

「そうしよう。ではあらためて」

七郎はかるく頭を下げて、この家の玄関を去ったが、車のところまで帰ってくる途中にも、冷や汗が出てとまらなかった。

運転台にすわると、彼は綾子の持ってきた散薬の包みをひろげてみた。

ぷーんとアーモンドに似た臭いがした。青酸カリか青酸ソーダか、少なくとも青酸系の猛毒に違いない。

ふつうなら、この臭いだけで、はっと気がついて口にすることをさけるだろうが、善司のいまの神経では、そういう健全な判断もできるかどうかは疑わしい。

だが七郎の心には、一つの殺人を、友の惨死を防止できたという喜びはなかった。綾子の行為を深く憤る気持ちにもなれなかった。

彼はふと、バックミラーをのぞきこんだが、自分の顔にはぜんぜん、血の気も感じられなかった。

いや、その顔は、これが自分の顔かと思われるほどの恐ろしさをもっていたのである。

九鬼勝章の葬式は、善司が途中で脳貧血のような症状をおこして、一般の焼香に顔を出さなかったことをのぞいては、なんのとどこおりもなくすんだ。

しかし、それもとうぜんのことだったかもしれない。警察は、このときまで九鬼善司が杉下透だということには、まだ片鱗も、疑いを抱いてはいなかったのである。

鶴岡七郎も福永検事も、この場では、あまりに深く相手の手を読み、そして読みすぎの結果に終わったのだ。

七郎と善司が、犯罪者として、幻影におびえたのはとうぜんだったが、福永検事は七郎のかつての手口から判断して、彼が太陽クラブ以来の友人をこの危険な幽霊役にしたてたとは思ってもいなかったのだ。

その考えは、西郷警部にも反映していた。

七郎の身辺を調査しているうちに、友人の一人として九鬼善司の名前が上がったことは事実だが、その父親が銀座で一流のキャバレーを経営し、自分でも有楽町に喫茶店を開いているという事実が、警部に一つの先入観を抱かせたのだ。

若気の至りとでもいうような過ちで、太陽クラブの発足に加わったということも、当時の情勢を考えればうなずけないことはない。その失敗後は、いわゆる改悛《かいしゅん》の情を示して、まじめな生活をつづけているようだし、これだけの父親をもっていれば金に不自由しないだろう。

喫茶店の経営を妻にまかせて、競馬や競輪などに熱をあげるのも珍しいことではないと考えて、それ以上深くつっこんでみようともしなかったのである。

戦争は、敵味方双方の誤算のうえに進行し、誤算の少ないほうが勝つと言われるが、犯罪とその捜査も同じことが言える。

福永検事たちの誤算は、七郎たちが恐れていた最悪の戦場をむなしく逸《いっ》する結果となったのである。

それから二日は、善司も後始末に忙殺されて一歩も本宅を出られなかった。電話では、七郎といろいろ打ち合わせをしたのだが、まだ顔をあわせる機会には恵まれなかった。

そこへ、訪ねてきたのはゴンザロだった。

とっくに本国へ帰ったはずのこの人物の名前を聞いたとき、善司は耳をうたぐった。

しかし、応接室へあらわれた彼は、たしかに本物だった。

「セニョール・九鬼、お父さまがおなくなりになったそうで……。心からお悔やみ申します」

「ありがとう。でも、あなたは？」

「よせばいいのに、ラスベガスで十万ドルを百万ドルにふやしてやろうと思ったのが運のつきでした」

彼は口笛をふき、肩をすくめた。

「それで、日本にいる友だちのことを思い出して、こうして帰ってきたのです」

「僕たちにまた、後金を出せとおっしゃるのですか？　鶴岡さんは、一円も出そうとは言わないでしょうし、僕にしたところで、父が莫大な借金を残したものですから、この家も銀座の店も、いずれは人手にわたさなくてはなるまいと思っているのですよ」

「それはそれは、お気の毒に」

ゴンザロは溜息をついて身をのり出した。

「そうおっしゃるけれど、われわれは金の成る木をもっているようなものじゃありませんか。日本には、毒を食らわば皿まで――という諺もあるでしょう」

「また、あの手をやろうというのですね？」

「そうです。人間は七転び八起き、私はまた新しい豚を絞めようと思って、こうして日本へ戻ってきたのです」

ゴンザロの両眼は炎のように燃えていた。

「さいわい、公使館のほうでは、私たちの芝居に気がついたような様子はありません。豚どものほうも、自分で罪を犯していることですから、こわくなって、泣き寝入りになってしまったのでしょうね」

「でも……」

「いや、私の話を最後まで聞いてください。今度の事件はあくまで私が主役でした。私という存在がなかったならば、あなたにしても鶴岡さんにしても、これだけのことはやってのけられなかったでしょう。もっとも私は、いまになって、自分の分け前が少なすぎたとかなんとか、そういう不平を申すつもりはありません。ただ、私は五分五分という条件で、あなた一人に次の仕事のご協力を求めるのです」

「僕一人に？」

「そうです。私としては、あなたにはセニョール・鶴岡以上の友情を感じています。鶴岡さんは冷たい人だ。たとえ長年の友人でも、自分に利用価値がなくなったとみてとればたちまち消してしまいかねない厳しさをもっている。これ以上のおつきあいはできません」

嘘だ、と善司は叫びたかった。だがその言葉は喉にこびりついたまま離れなかった。あの薬は、綾子が彼のところへ持ってきた薬は、そして七郎がまた取りもどしたあの薬は、何かの毒ではなかったのか？

七郎は自分の犯罪の発覚を恐れるために、彼を毒殺しようとし、そして中途で何かの理由から、計画の実行を思いとどまったのではないか？

ただの妄想として打ち消すには、あまりにも恐ろしい考えだった。

いやこれは、七郎が頭に考え、綾子が実行した一つの殺人未遂だけに、疑心暗鬼として打ち消しきれない迫真性をもっていたのだが……。

「セニョール・九鬼。なんでしたら、今度は私が旅券を提供しますよ。何万ドルという金をつかんで、アメリカへでもわたれれば、逮捕の恐れはぜったいにない。いや、王者のような生活もかんたんにできるのです。これだけの機会と着想に恵まれながら、お父さんの残したわずかな借金などにくよくよしているのは、それこそばかげた話じゃありませんか？」

「わかりました。よく考えてみます」

善司は汗をふきながら、力のぬけた声で答えた。

15　神を恐れざる男

一撃に七郎たちの致命的な急所をつききれなかった恨みはあっても、福永検事は全面的な捜査方針を定め、その指示に従って、西郷警部は、一カ月の間に一歩一歩と七郎の本陣に迫る網をちぢめていた。

「悪の道では天才と言っていいほどの犯罪者だ。いま問題になっている当面の事件では、死力をつくしてぼろは出さないだろう。だが彼にしても、たえず新手の方法を考え出しながら、これだけ連続的に詐欺をつづけてきたことだ。一つ一つの後始末は、完璧にやりぬいたつもりでも、どこかに、手ぬかりはあったんじゃないか？　その一つだけでは、これというきめ手にならなくても、前後の幾つかを照らしあわせてみると、案外なきめ手が見つかるんじゃないのかな？」

福永検事のこういう言葉にヒントを得て、西郷警部は、七郎が関係しているのではないかと思われる未解決の経済事犯の記録を、一つ一つしらみつぶしに調べていたのだ。

もちろん、中には疑心暗鬼から来るむだ玉もあったが、大洋信託はじめ三つの銀行にあらわれた謎の男の素姓は、特に警部の注意をひいた。

この男が札を数える手さばきは、年季を入れた専門の銀行員としか思えなかった――と、どの調書にも書いてある。

ここには鶴岡七郎の名前はぜんぜん出ていない。ただ、そこには一つの殺人事件がともなっている。そして鶴岡七郎が独立してから、警察の注意をひいた最初の事件、米村産業の手形横領事件では、静岡銀行島田東支店の次長吉井広作が、年季を入れた銀行員としてはあるまじき大失態を演じている。

警部はまず島田警察署へこの人物の調査を依頼した。三日後に帰ってきた報告によると、吉井夫婦は、静岡でも東京でも思わしい就職口がないので、大阪に移ったということだった。

それもこの導入詐欺の直後だった。あのとき、七郎は、半年ぐらい待って、ほとぼりをさましたうえで――と、忠告したはずなのだが、吉井広作としては罪の重荷にたえかねて、それまで待ちきれなかったのだろう。

第二の捜査依頼は大阪府警へとんだ。彼は、いまでは小さな商事会社の会計課長としてまじめに暮らしているらしいが、その写真はすぐ東京へ送られてきた。

警部はまず大洋信託銀行の津田営業部長に会って、その写真を見せ、この人物におぼえはないかと聞いてみた。

「これです！　私に化けて導入詐欺をやった男は！　ぜったいに間違いありません」

よほどあの事件が心に忘れきれない印象を残していたのか、津田部長は顔色を変えて叫んだ。

ほかの二軒の銀行の当事者たちも、三人の被害者もこの人物だと言いきった。中の一人は、ちょっと首をひねって躊躇していたが、たしかにこの年月を中においては、正確な記憶もうすらいでいるかもしれない……。

西郷警部は自信をもって、詐欺罪による逮捕令状を請求し、部下の山本《やまもと》刑事を大阪へ派遣した。

もちろん、彼には直接の逮捕権はないわけだが、翌日の昼には、電話で彼を会社から天王寺《てんのうじ》署へ連行し、そこの署員と協力して、取調べ中だという報告がやってきた。

とうぜん、次の段階では、東京へ護送ということになるとしても、万一の場合を考え、地元の警察の顔をたてるためには、ここで若干《じゃっかん》の時間を与え、ある程度の自白をさせておくのが定石なのだ。

第二の電話は、夕刻の退庁間際にやってきた。

「警部殿、やつはやっぱり黒に違いありません。最初はなんのかのと、白《しら》を切りつづけていましたが、しだいに興奮しまして——、鶴岡七郎という名前をもち出したときには口もきけなくなりました」

長年の経験をもつ刑事だが、その声は勝利の喜びにはずんでいるようだった。

「そうか、やっぱりそうだったのか。では……」

「それが、今晩一晩だけ待ってくれというのです。あすになれば、何もかも告白するというので——、とりあえず、留置所へ入れておきましたが……」

取調べの技術としてはとうぜんだが、警部はそのとき、漠然たる不安を感じていた。しかし、それはこうだからこうだと、はっきり説明できるものではなかった。部下と天王寺の署員が、最善と信じている行動を選んだ以上、それに不要な干渉を加えるわけにもいかなかった。

「ご苦労さん。あす、ある程度の自供があったら、すぐに連絡してくれたまえ」

警部はこう命令して電話を切ったが、さすがにその夜はなかなか寝つけなかった。福永検事でさえ、ある意味では一目も二目もおいていたこの恐るべき知能犯に、やっととどめを刺してやれるという見込みが、彼を激しく興奮させたのだ。

だが、その予測はものの見事に裏切られた。翌朝登庁して、すぐ大阪からの長距離電話だと聞いて、警部はとたんに何かあったなと直感していた。

「警部殿、大変……、大変なことになりました」

きのうとはうって変わった声だった。

「どうした？　何があったんだ？」

「彼が昨夜、留置所の中で自殺したのです。毒をのんで——。けさになってわかったので」

「大阪の警察では、留置人の装検はしないのか！」

警部はわれを忘れてどなっていた。

「はい、それが……。靴下の中にでも薬の紙包みをかくしていたのではないかと思われます。もちろん、規則どおりにバンドもはずし、ポケットの中は、全部調べあげたのですが……」

「うむ」

興奮の後には失望感がおこってきた。もちろんこういう方法で自殺を決行するからには、彼が罪を犯していたことには、なんの疑いもない。おそらく彼は、罪悪感にうちひしがれながら、暗い一日一日を送り迎えていたのだろう。詐欺と殺人——。彼がそのうちどこまでの責任を負うべきかは別として、もともと小心者らしいこの男は、この数年間に、生きていく意欲も力も、すべて失いつくしていたのではないかと思われた。

「女房子供もあるはずなのに――。殺人でも犯していないなら、死ぬわけもなかったろうな」

自分の失望をまぎらすように、警部は言ったが、刑事は突き刺すような声で言った。

「警部殿、その男の子が、十日ほど前、自動車事故で死んでいるのです。たった一人の子供なのに、彼もいいかげん気がめいっていたんじゃないでしょうか？　因果応報というのはこのことかもしれませんねえ」

因果応報――。七郎の血を分けていたはずのこの子が、こういうときに悲惨な最期をとげたということは、鶴岡七郎の犯罪に対する天の冷たい裁きだったのかもしれない。山本刑事はしらずしらず、天の声を伝えていたのだろう。警部はそこまでは気がつかなかったが、せっかくここまで追いこみながらと思っただけで、その胸は鉛のように重くなった。

捜査陣は、こうして第二の好機をも空しく逸してしまったが、福永検事も西郷警部も、決して失望してはいなかった。

太田洋助に対しても、出頭命令が出されたが、彼は本能的に身に迫る危険をかぎつけたのか、その三日前から姿を消してしまって、どこへ行ったかわからなかった。

「彼は、最初の静岡銀行の事件では、サルベージをやってのけたのだからね。その支店次長が、こうして自殺して、罪を認めたとなると、やはり導入詐欺の事件も、その後におこった殺人も、この二人がからんでいたとみるのが正しいのかな。もちろん彼らは人形で、その黒幕に鶴岡七郎がかくれていたことは、なんの疑いもないだろうが……」

　この報告を聞いたとき、福永検事は首をひねりながら言った。

「私もそう思います。ただ、そのことはなんの証拠もありませんしね。香具師《てきや》一流の弁舌で、ぬらりくらりと逃げられたら、それまでじゃないでしょうか」

　西郷警部は、いかにもくやしそうだった。

「なにしろ、ああいう仲間の仁義なり結束というものは、われわれの常識を越えているからな、たとえ全国に指名手配をしても、二年や三年は逃げきれるだろう。そのうちに詐欺のほうは時効が完成する。そして、いままで集まっている証拠だけでは、詐欺でも殺人でも太田を起訴するだけの力がない」

「私は、例の日本造船偽支店の件でも、彼が一役買ったのではないかと睨んでいるのです。それで写真を捜したのですが、あいにく前科もありませんし、家にも一枚もないのです」

「そんなやつらだ。警察なり検事の考えるようなことは、ちゃんと手のうちを読んでいる。それで、鶴岡のほうに異常はないか？」

「いまのところ、別に異常はないようです。ただ、医者の話では、片っぽうの肺が、半分ぐらいやられているというのです。気胸をするなり、入院するなりしなければというのに、薬だけで頑張り通しているというのですから、たいへんな精神力ですねえ」

「精神力ももちろんだが、彼は何かを恐れているんだろうよ。罪悪感というよりも、いままで犯してきた罪のどのぼろがどう破れるかわからないので、寝ていられないというのがほんとうじゃないのかな？　僕がとらざるを得なかった回り道の威嚇戦法も、まんざら、むだではなかったらしいな」

警部がかすかな笑いを浮かべたとき、デスクの上の電話のベルが鳴った。

本庁のほうから、西郷警部を呼び出してきたものだったが、話を聞いているうちに警部はみるみる顔色をかえた。

「検事さん、ゴンザロが日本へ帰ってきているらしいのです」

「ゴンザロが？　まさか……」

「それがほんとうらしいのです。丸越《まるこし》デパートから、公使館のゴンザロ秘書のところへ、電気冷蔵庫を二十台とどけたが、代金も払ってもらえないし、なんとなく不審な点もあるので、赤坂署へ内偵をたのんできたというのですが、むこうでは、名前を聞いただけで、はっと思って、すぐ私のところへ連絡してきたのです。デパートが首をひねったとなると、どこか、よくよく妙なところがあったんじゃありませんか」

この言葉が終わった瞬間、福永検事は席を蹴って立ち上がっていた。

「西郷君、すぐに羽田を調べたまえ。それから公使館のほうにも内々に……」

「はい、それで彼がいるとなったら？」

「外交官に国内法は適用できない。公使館には警察はふみこめない。そして、外国使節の秘書は、とうぜん外交官の待遇を受ける」

「それでは、手のほどこしようが……」

「僕は外務省を通じて、パセドナ公使に折衝するよ。公使が断固拒否するならば、それまでだが、まさか一国の公使ともあろう者が、犯罪者の荷担はしないだろう。今度の事件にしたところで、何も知らずに道具に使われただけだろうし、真相を知ったら、かっとなって、最後の処置をとるんじゃないか」

「と言いますと」

「本人の身柄をすぐに引きわたしてくれることは期待できない。それでは公使の大失態だ。ただ、彼を即座にくびにして、外交官の特権を剝奪《はくだつ》するぐらいのことはしてくれるだろう。彼がただの民間人となって、公使館の外へ出たならば、いつからでも日本の国内法が適用できる」

「水から上がった魚ですね。そうしたらすぐ……」

「それでもいいが、できるなら、それからしばらく泳がせておいたほうがかえっていいじゃないか？　彼がそれからどんな人物と連絡をとり、どういうことをやりだすか。十中八、九は杉下透と連絡をとって、何かやりはじめるだろうが、この男の正体がわかったときこそ、鶴岡七郎の最期なのだ」

長年、心に内攻していた義憤が一度に爆発したのか、福永検事は爛々と目を輝かし火を吐くような調子で言った。

ゴンザロのほうは、あれだけの大見得を切ったものの、もちろん金融界の事情にはたいして知識があるわけではないし、自分で犠牲者を捜してくるほどの顔があるわけもない。

そして、彼が唯一のたのみにしていた九鬼善司も、父が死んだ後に残された負債の処理やそのほかの問題に忙殺されて、なかなか新しい犯罪を実行するわけにもいかなかった。七郎にたのめば、なんとかなるかとも思ったのだが、あの薬への疑惑とゴンザロの言葉は、彼の心の中にこれまでになかった不信の情をみなぎらせていた。善司は七郎にゴンザロの再来を打ち明ける気にもなれなかったのである。

あせりだしたゴンザロは、まず自分だけでもできるような、かんたんなバッタ詐欺をはじめたのだ。

一国の公使館から品物を発注すれば、どういう一流デパートでもとびついてくる。本国の商社からの依頼で、商品見本に使うのだといえば、電気冷蔵庫の十台、二十台を買いとっても、ちっともふしぎなことではない。

こういう取引だったら、デパートでも、三カ月ぐらいは支払いを待ってくれる。その間にこの品物を右左に売りとばして、当座の小遣いをかせぎ、そのうちに九鬼善司が捜し出してくる犠牲者を前と同じ方法で料理して、もう一度国外へ逃亡する――。これがゴンザロの計画だった。

しかし、この計画は思わぬところで破れを生じた。

丸越デパートの電気機械売場の主任は得意顔で、この取引の話を妻にもらした。ところが、彼女の父親は、ある会社の重役で、ゴンザロから五千万円の手形をパクられた当人だった……。

天の配剤とでもいえるようなこの偶然は、赤坂署への内偵依頼となり、福永検事と外務省との折衝となり、そして外務省とガルシャ公使との微妙な外交交渉に進展したのだ。

福永検事の予想どおり、ガルシャ公使は激昂した。しかし、彼は怒りの中でも冷静な計算を忘れなかった。

ゴンザロがその現職中に、公使館を舞台にこれだけの事件をまきおこしたということがわかっては、知らないこととは言いながら、自分自身の進退問題に発展し、日本・パセドナ両国の国交にも、微妙な影響をおよぼしかねない。

だから、ゴンザロは即刻馘首《かくしゅ》の処分をとるが、公使館の門を一歩出た瞬間に逮捕するというような激しい手段はとらず、しばらく間をおいてから、ほかの名目で捕えてはもらえまいか――、というのが、公使の持ち出した条件だった。

福永検事も、外務省側も、この条件はなんの反対もなくのんだ。そして、その翌日にはゴンザロは、公使の雷のような罵声をあびて公使館から追い出されたのである……。

警視庁捜査第三課外事係の包囲網は、水をはなれたこの魚の周辺にはりめぐらされた。民間人ゴンザロの一挙一動は、この網からすぐに西郷警部へ、そして福永検事の耳へ伝わるような体制となってきたのである。だが、内心の動きは別として、ゴンザロは表面、動揺しているような様子はみせなかった。この電気冷蔵庫を横流しして作った金がそっくり残っているためかもしれないが、一流ホテルに宿をとり、夜はキャバレーを飲み歩き、ゆうゆうとした生活をつづけていた。

ただ、公使と検事との間にとりかわされた約束は三週間の猶予だった。もちろん、この間に何か新しい犯罪を始めたら、即刻現行犯として逮捕するが、それまではできるだけ彼を自由にしておいて、側面から証拠固めをしてゆくということになっていた。

西郷警部は、この報告を聞きながら、指を折って、この犯罪者に残された自由の日を数え、一人で溜息をついていた。


赤坂のあるナイトクラブで、ゴンザロが九鬼善司に会ったのは、それから五日目のことだった。

「公使館はおやめになったんですね？」

声をひそめて善司は聞いた。

「そうです。例の事件がばれましてね。公使は血も涙もない人間だと申したことがあるでしょう」

自分の首を手刀でたたきながら、ゴンザロはひゅーっと口笛を吹いた。

「しかし、私はいまさらながら、鶴岡さんの計画には感心しましたよ」

「どうしてです？」

「私がこうして自由の身でいられるということがです。たしかに、私が捕まって、いっさい泥を吐いた日には、すぐに公使の責任問題に発展する。弱腰な日本の外務省には、まだまだアメリカにおさえられていた当時の卑屈な劣等感が残っている。警察がどんなに歯ぎしりしても、もうこの事件はこれまででしょう」

「そうですかねえ」

いかにも南国人らしい、楽観的すぎる見通しは、善司にも納得できないものがあった。ただ、彼も心に弱みをもつだけに、冷静な判断もできなかった。甘い考えだとは思いながらも彼はしだいに、ゴンザロの予測を信じる気持ちになっていた。

「それで、あなたはこれからどうなさるおつもりです？」

「まもなく、本国へ帰るつもりです。いや、アメリカででも暮らしましょうか。外交官の旅券はなくても、ふつうの旅券なら手にはいりますから……」

「それでは、まもなくお別れですね？　あなたが公使館から出られた以上、前のお話もいちおう反古《ほご》になったと考えていいわけですね？」

「とんでもない。私に手ぶらで帰れというんですか」

白い歯をみせて、ゴンザロはうそぶいた。

「あなたがたのおかげで、私は贅沢な生活になれました。酒も女も博打も生活の必需品になったのですよ。それなのに、あなたはむこうへ帰ってから、私に乞食をしろというんですか？」

「それではどうしろというのです」

善司は半ば自暴自棄になっていた。

「もう一度、もう一度だけでいいですから、あの手をくり返すのです。その利益を折半して、今度こそお別れをいたしましょう」

「でも、その場所は？　公使館は使えなくなったというのに……」

「なに、最初の方法を思いつくのは、それこそ、天才でなければできないとしても、それをまねして応用することは、ふつうの人間にもかんたんにできるのですよ」

ゴンザロはまた白い歯をむき出して、

「私はある教会の神父さんに、とてもかわいがられています。国旗と十字架、公使と外国人の牧師、眼に見える姿は違っていても、やはり豚どもに与える心理的な効果は同じようなものではありませんかねえ。そこへ、ドルの話をもち出したら、同じようなことになってくるでしょう」

「それで、私がことわったら？」

「あなたは、この話をことわれない」

ゴンザロは眼に冷酷な光をみなぎらせた。

「そのとき、日本の警察は、杉下透なる人物の正体をさとるでしょう。彼と鶴岡七郎との秘密の関係を知るでしょう」

「でも、そのときは、あなたにしても」

「私にしたって、とうぜんなにかの罪にはなるでしょう。しかし、あのとき私はまだ正式の外交官でしたし、あなたがたにそそのかされたといえば情状酌量されるでしょう。それに微妙な外交的考慮が加わったら、せいぜい執行猶予で本国送還というのがおちじゃありませんかねえ」

善司は全身が総毛だつ思いだった。こういう心理的脅迫は、七郎が好んで使った手段だった。

それがいまでは、自分の胸につきつけられた短刀のように思われてきたのである。

「その場合には、あなたが刑務所へ行く確率は十割となります。しかし、今度の事件に成功する確率は相当に高いのです。私は旅券を用意して、すぐアメリカへ逃げますから」

「一か八かの賭けですね？」

「そう、人生はギャンブルです」

善司はもはや断崖の上に追いつめられた思いだった。

たしかに、彼がこう言う以上、相手を殺すか要求をのむか、二つに一つしか道はない。そして臆病な彼には、七郎と別な意味で、殺人による解決などは考えられないものだった。

「それでは一つうかがいます。誓って、これを最後にしてくださいますね？」

「この十字架にかけて誓いましょう」

ゴンザロは胸から銀の十字架をとり出して口にあてた。神を恐れないこの男が、このようなものにかけて誓いをたてるのは、なんとも、ふしぎな光景だが、善司は、それを笑う気持ちにもなれなかった。


ゴンザロが選んだ詐欺の舞台は、築地にあるセント・ペトロ教会だった。

この教会の司教、ポール・ナバロは、ゴンザロの父とは遠い親戚にあたり、ゴンザロも日本へ来てからは、たえずここに出入りしていた。

彼はこの司教を公使のかわりに持ち出し、ここで最後の大芝居を打とうと企てたのである。それと同時に、九鬼善司は豚になる犠牲者を物色していた。

相模《さがみ》化工という会社の手形三千万円――。金額は、ゴンザロの希望より少なかったが、追いつめられた心境にある善司には、金額の多少は言っておられなかった。ここで手に入れた現金は、残らず彼に提供するとしても、この危険な友人には、一日も早く国外に逃亡してもらいたい。そして自分の罪をのがれたいと、彼は心の底から思いこんでいたのであった。

この大芝居の筋書は、鶴岡七郎が公使館を舞台にあてはめて書きおろしたものが、ほとんどそのまま採用され、そうしていったんは成功した。善司はこの手形を預かり、現金にかえてくることを約束して、自由の身で、この教会を去ることができたのである……。

ゴンザロの身辺をたえず警戒していた外事係の刑事たちが、この犯罪を見のがしたのは決してふしぎなことではなかった。

外国人の思想、習慣を知れば知るほど、教会というものは、神聖犯すべからざる存在に見えてくる。彼がこの建物に出入りし、司教とたえず顔をあわせていたことはわかっていたが、その報告を聞いたときには、誰もが罪の懺悔のためだと思ったのだ。良心の呵責になやまされ、今後の方針を定めようとして、足しげく教会を訪ねるのだろう。ひょっとしたら、自首も考えられないではない――というのが、外事係の見通しだった。西郷警部も、福永検事も、半信半疑ながらいくらかこの意見に同調しかけていた。ゴンザロは、たくみに警察の盲点をつき、その作戦もなかばは成功したのである……。

だが、九鬼善司には、次の大きな仕事が残っていた。手形を詐欺するよりもその手形を現金化するほうが、はるかにむずかしく、はるかに慎重を要するということは、彼も多年の経験から、骨身にしみて知りぬいていた。

信頼と不信のまじった複雑な感情から、彼は、この手形を七郎のところへもちこんだ。不信というのはほかでもない。綾子が彼に預けた薬のかもし出した不安だった。もう、犯罪から絶縁すると誓った以上、彼自身は七郎にとって有害無益な存在になってしまったのだ。いつ消されるかもしれないが、そのくらいなら、いっそ道づれに——と思いこんだのが、彼の偽らない心境だった。

だが、一方では七郎に対する信頼感は完全に心から消えていなかった。これまでの例から考えて、たとえ自分がどのような危険にさらされようと、彼は殺人を解決の手段として用いることがない男だと、なにかの声が囁いた。それに、絶体絶命の死地に追いこまれても、無限の知恵と不撓不屈の勇気をふるいおこして、危局を脱しつづけてきたその犯罪史を、善司は忘れることができなかった。もし、万一の事態が発生しても、七郎に下駄を預けておけば、なんとかなるだろうというのが彼の一縷の望みだった。

こういう相反する感情が、同時に心を占めるのは、大変な矛盾のようだが、しょせん人間というものは、矛盾のかたまり以外のものではない。

何も知らない七郎は、微笑を浮かべて彼を迎えた。

「どうだ。しばらく会わなかったが、妙に顔色が悪いじゃないか」

と言う声の調子もなつかしいものだった。

「うん、葬式から後ずっと、家の後始末で疲れたんだろう。それより君の体はどうだ」

「たいしたことはない。僕には、まだまだしなければならない仕事があるよ。それをやりつくさないうちに、死んだり、刑務所へ行ったりしてたまるものか」

声にも言葉にも満ちあふれている自信と力は、前と少しも変わっていなかった。

「それで、実は君に一つだけたのみがある。この手形を割ってもらえないか」

善司がとり出した手形を見て、七郎はぴくりと眉をひそめた。

「相模化工の手形なら額面の六割五分には割れるだろう。概算二千万円というところだが……。ただ、この出所はたしかなのかね」

「たしかだ」

「念のためにもう一度聞くけれども、これは、正当な方法で手に入れてきたものなのか、例の方法でパクってきたものなのか？」

七郎の言葉は刃《やいば》のように鋭かった。パクリと口まで出かけた言葉を、善司はどうにか嚙みつぶした。

「いや、僕はもう犯罪からは、いっさい足を洗おうと誓ったのだからね。おやじが死に、家も店も人手にわたすようになってきては、たしかに困るけれども、それとこれとは別問題だ。この手形は天地神明に誓って、あやしいものではない」

これがいつもの七郎なら、追及につぐ追及を続けて、おそらくかげの秘密をつきとめてしまったろう。だが、病気は、彼の気力をにぶらせていた。金融業者の看板をかけている以上、正規の手形を扱う機会も多いことだし、自分にはいままで一度も嘘をついたことがない男だという観念が、七郎の冷静な判断をあやまらせたのだ。

「よかろう。君を信用して、まず千五百万円だけ渡しておこう。後の金は、あすじゅうに作る」

「すまんな。無理を言って」

「なに、友だちならばおたがいだ」

七郎は、何の疑惑も感じないで、千五百万円の小切手を切って、善司にわたした。

完璧に、公使館の犯罪を模倣《もほう》したようにに見えたこの犯罪にも一つ大きな手ぬかりがあった。その司教がある程度まで、日本語を理解できるということを、ゴンザロは念頭においていなかった。

二人は、いちおう、司教を相模化工の戸塚《とづか》専務にひきあわせ、一間を借りて手形をパクると、裏口から逃げ出したのだが、表口から車で帰ろうとしたこの専務は、庭を逍遥《しょうよう》していた司教の姿を見つめ、車をとめて、あらためて挨拶と礼を述べたのである。

手形の件はくれぐれもよろしく——、という何気ない一言に、司教は思わず顔色をかえた。帰ろうとする戸塚専務をひきとめて、あらためて、自分の部屋へ案内すると、事情をくわしく問いただしたのだ。

多少、言葉の自由を欠くところはあっても、おたがいに疑惑をもちだしては、真相の発覚はもはや時間の問題だった。温厚な司教もさすがに激昂した。神以外には何物もないような、この敬虔《けいけん》な宗教家にとっては、教会が犯罪の舞台に使用された、ということは、一生の屈辱だったろう。

数時間後には警視庁に被害届が提出された。西郷警部にとっては、待ちに待ちつづけていた好機の到来だった。

その三十分後にゴンザロはホテルの部屋で逮捕された。ちょうど九鬼善司が銀行で金を受けとってきて、一千五百万円を彼にわたし、ホテルを去った直後だった。

善司がこのとき、いっしょに逮捕されなかったのは、むしろ奇跡というべきだったろう。

翌日の朝刊には、小さくその記事が出ていた。不良外国人が闇ドルを売買したり、詐欺を働いたりする事件は、それほど珍しいものではない。だから七郎も、ふだんなら見のがしてしまったかもしれないが、その記事の中のフランシスコ・ゴンザロという名前は、彼の網膜に焼きついてはなれなかった。

この人物が、また日本へ帰ってきている。そしてまた同じような罪を犯して捕えられたということは、剛胆無比な彼にとっても、やはり魂を奪われたような衝動に違いなかった。

しまった！

血を吐くような叫びが、思わず口からとび出した。彼が初めて味わった痛切な敗北感だった。

だが、こうしてはいられなかった。自分が自由であるかぎり、座して死を待つということは考えられなかった。最善の努力をつくして事態を収拾し、全面的な崩壊を部分的な敗北で食い止めようと七郎は最後の闘志をかきたてた。

彼はさっそく待合へ九鬼善司をよびよせ、いっさいを追及した。鋭利きわまる質問は、もう善司には受けきれなかった。涙をこぼし、身をふるわせ、両手をついて物語る事件のいきさつを聞き終わったとき、七郎は、事態が自分の予想より、さらに一段と悪化していることを悟った。

「九鬼！　貴様は！　貴様は！」

七郎はわれを忘れて拳をふりあげたが、善司は消えいりそうな声で、

「すまん。なんともわびの言いようがない。なぐってくれ、殺してくれ！」

と言うなり、ぽろぽろ涙をおとした。

「貴様をなぐったところでどうにもならん」

七郎はようやく自分の激情をおさえきった。怒りをぶちまけることはかんたんだが、最善の方策を考え出すことはむずかしい。弱りきっている体力、気力の消耗はできるだけさけなければという一念が、ようやく彼を冷静に返らせたのだ。

「とにかく犠牲は最小限度にくいとめなければ――。ゴンザロが捕まったのはしかたがないとして、われわれに火がつくことは、できるだけ防ごう」

「それはどうして？」

「彼にしたって一日や二日で泥は吐くまい。公使館の事件は、微妙な外交問題に進展する恐れがあるから、警察側もできるだけ表面には出さないだろうが、今度の事件だけでも、詐欺として起訴するには十分すぎるくらいだ」

「それで？」

「まず弁護士を送りこむ。まさか、名刺に印刷はしていないが、東京切っての悪徳弁護士だ。接見禁止の処置はとられても、弁護士だったら、自由に被疑者と面会できる。刑期を終えて後の生活保証を条件にして、できるだけ、われわれとの関係を秘密にさせる」

「それから？」

「それから第二段の構えとして、もう一度君の幽霊をつくりだす。杉下透という人物は、あくまで九鬼とは別人だと頑張り通す」

「できるかな。それが？」

「できるできないの問題ではない。この際、われわれの受ける罪を最小限度にくいとめるには、それ以外の手は考えられない」

「どういうふうに……」

「君のおやじさんは漁色家《ぎょしょくか》だった。腹違いの――隠し子ぐらいがあったとしてもおかしくない。杉下透をそういう人物に仕立てるのだ。君はあの事件では、いちおう、かんたんな変装をしたわけだろう。そこにあらわれる印象は、ちょうど腹違いの兄弟ぐらいの感じじゃないのかね」

「なるほど、ただ、そういう人間はどこにもいない……」

「そこが勝負だ。杉下透が悪意の第三者になってくれれば、いや真犯人になってくれれば、君と僕とは、あくまで善意の第三者だ。彼を紹介し紹介された、それだけの関係ということになる」

「だが、それが、それほどうまくいくかなあ」

善司はふたたび同じ弱音を吐き出したが、たしかにこれは七郎にも自信のもてない策だった。

最初からすべてを克明に計算し、時間を十分にかけて練りあげた計画とは違って、こういう応急手当てには万全ということは期待できないのだ。

だが、そのときの七郎には、それ以上の手段は考えつかなかったのである……。

「この後はまた後の話だ。とにかく、ここまで退却して、どうにかこの線で食いとめよう」

「すまんな。いろいろ迷惑をかけて、僕がいたらなかったために……」

善司はまた手をついて頭を下げたが、七郎は冷たくきびしい言葉の中に鬱積した怒りを吐き出した。

「これは、君たちのためにするんじゃない。君たちはどうなってもかまわないが、僕自身の安全のためには、どうしても打たねばならない手なのだよ」

悲運は新たな悲運をよぶ。手違いのときには、すべて手違いが重なるのだ。

七郎が眼をつけた悪徳弁護士加瀬権三《かせごんぞう》は、あいにく関西へ出かけていて東京にはいあわせなかった。

七郎は必死に代役を捜したが、いざとなると、こういう人間はあんがい見つからないものなのだ。

加瀬弁護士は、三日後に東京へ帰ってきた。七郎にとっては実に高価な時間だった。

それからすぐ面会の手続きがとられ、その報告がとどいたが、それによると、ゴンザロは手形を九鬼善司に渡し、一千五百万円の金をうけとったことだけを、とうとう自白したらしい。ただ、公使館の事件と杉下透の正体だけは、まだ口をつぐんで頑張り通していたというのだが、この弁護士が訪ねていかなかったら、この抵抗も時間の問題かもしれなかった。

七郎は、ようやく一筋の光明を見いだしたような気になった。九鬼善司に対する逮捕令状は発行されたようだが、家へ帰らず、待合に身をかくしていれば、いましばらくは逃げきれる。

その前になすべき方法は、相模化工との和解工作だった。自分の金銭上の損害はしかたがないとしても、会社側がこの手形をとりもどし、被害届を撤回してくれれば少なくともこの事件に関するかぎり、自分は有利な立場にいられるというのが七郎の思惑だった。

だが、その工作には、もう人を立てている余裕がなかった。七郎は自分で会社に電話をかけると、戸塚専務に面会を申しこんだ。

相手の言葉はていねいだった。事故手形がもどってくるのを喜ぶのは、重役としてとうぜんの感情には違いないが、七郎は逆に、その丁重さの中に、漠然たる不安を感じていた。

しかし、矢はすでに弦《つる》をはなれたのだ。いまさら後へはひけなかった。ある金融業者のところにつとめている色川貢《いろかわみつぐ》という人間に、手形を持たせ、いっしょに来てくれるようにたのんだのが、彼としては最後の自衛手段だった。

相模化工の本社についても、最初は別にかわったこともなかった。エレベーターで六階へ案内され、豪華な副社長室へ通されたときにも、まだ変わった気配はなかった。

しばらくして、部屋へはいってきた戸塚専務の態度も丁重そのもので、なんの芝居気も感じられなかった。

「たしかにこれは、うちで振り出したものです。たいへんありがとうございました。いま、社長に知らせてまいりますからちょっとお待ちください」

と言って、静かに部屋を出たが、それと入れ違いに部屋へはいってきた男の顔を見たときには、七郎も歯ぎしりしないではおられなかった。

いつか福永検事が喫茶店で待ちぶせしていたとき、横から鋭い視線をあびせていたあの男――。警察官にちがいない。

「色川君！　手形をぜったいに手からはなすな！」

鋭く短く命令して、七郎はこの相手の前に開き直った。

「あなたが社長さんですか？」

「違う。警視庁警部、西郷俊輔、捜査第三課七号室に勤務している」

冷たく厳しい声で彼はつづけた。

「鶴岡七郎、貴様にも、そろそろ年貢のおさめどきがきたらしいな。詐欺罪の容疑で逮捕する。逮捕令状はここにある」

五、六人の刑事が部屋にはいりこんできた。いざというときには、いつでも飛びかからんばかりの体勢だったが、その中で、七郎はゆうゆうと令状を受けとって眼を通した。

「この手形は証拠物件として押収《おうしゅう》する。押収令状はここにある」

二通目の令状に眼を通した七郎は、最後の力をふりしぼって反撃した。

「警部さん、この令状では、この手形はお渡しできませんね」

「なに、なんだと！」

思いがけない反撃に、警部は真っ赤になっていた。

「この令状には、たしかに僕の名前が書いてありますよ、場所もなるほど相模化工本社副社長室と書いてある。その意味で、僕はまことに不本意ながら、逮捕されなければいけないわけですがね。この手形は、僕が持っているわけではない。机の上においてあるわけではない。こうして、善意の第三者が、かたく手に握っているものを、僕に対する令状で押収なさろうというのは、完全な違法行為、占有権の侵害です」

「……」

警部は一瞬真っ青になった。これだけの強権を発動すれば、たいていの相手なら、ひとたまりもなく崩れるのがとうぜんなのに、ここまで冷静に書類の不備をつかれるとは思ってもいなかったに違いない。

「あなたは誰です？」

警部は唇をかんで色川貢にたずねた。

「花村《はなむら》金融の社員で、色川貢と申します」

「その手形を任意提出してくれませんか」

「それは……。私も社長に怒られますので」

色川貢としても、事情がこんなふうに発展するとは思ってもいなかったのだろう、がたがたふるえているのだが、それでも、警部の言葉には従おうともしなかった。

「それでは、こういうことにしていただけませんか。あなたはその手形を机にのせて便所へ行く、その間に……」

「社長から、有価証券というものは、ぜったいに手から放してはいけないと言われています」

「それでは、しかたがありません。あなたもいっしょに、警視庁まで同行願いましょう」

「私が……」

色川貢もさすがに泣きだしそうな顔になったが、七郎はそのとき、横から声をかけた。

「色川君。君は警察へ行く必要がない。刑事訴訟法第一九八条の条文に従って、君はここから大手をふって帰れるのだ」

西郷警部も、刑事たちも、その瞬間は声をのんだ。どちらが法律の代行者かわからないような光景だった。

「そうはいかない」

扉の外から声をかけてはいってきたのは、福永検事だった。この一瞬にすべての勝負をきめようとする決意を眉間にみなぎらせて、

「鶴岡、君はなんのためにここへやってきたのだ」

「これが事故手形らしいとわかったので、会社へ交渉にきたのです。場合によっては、自分の損を承知で渡してもいいと思ったのですが、警察から権柄《けんぺい》ずくに言われてはそうもいきません」

「君は？」

「私は、ただ、社長、花村社長の命令で……」

福永検事は鋭く言葉をついだ。

「鶴岡七郎ならびに自称色川貢を刑法第二五六条第二項――贓物牙保《ぞうぶつがほ》の現行犯で逮捕する。手形を警察まで持っていこうが、この場で捨てようが、それは、本人たちの任意だ」

「牙保罪？」

七郎は耳を疑った。牙保というのは、法律上の処分、売買、交換、質入れなどを他人のために媒介する行為を示す法律用語である。ただ、手形は有価証券の性質上、この牙

保罪を適用できないというのが、慣習なのである……。

「そんな判例はありますまい。前例を教えていただきましょう」

「判例がなければ、僕がこれから作るのだ」

福永検事は、無理を承知で、あくまで逮捕と手形の押収を強行しようとしているような態度だった。いや、それだけの覚悟がなかったならば、彼が一犯人の逮捕のために、ここまで第一線にのり出してくることもなかったろう。

「あなた自身が法律ですか？　ちょうど東京裁判で、法廷がマッカーサーの指令の指呼に既存の国際法をふみにじったように、後世の批判を恐れずに、法律を曲げて適用するつもりですか？」

「何を言う。僕は法律の枠の外へは、一歩も出られない人間だが、君のように、たえず法律の盲点、死角をついてくる男には、法律をある程度、広義に解釈して適用するのも、やむを得ないことだと考える」

福永検事はさらに一歩前にふみ出して、

「詐欺は最高十年の懲役だが、ほかに何かの罪が併合されたなら、十五年まで求刑できる。ただ僕個人としては、君に死刑の求刑ができないことを残念に思っている」

と、とどめの一言をあびせかけた。

色川貢の手から約手がはなれて床の上におちた。一人の刑事がすばやくそれを拾い上げたのを見たとき、七郎は初めて骨の髄からの敗北感にとらわれた。

自分が意識して犯した罪では、ほとんど不敗の記録を樹立した鶴岡七郎が、自分の関知しなかった他人の犯罪で捕えられたということは、実に皮肉な話だったが、彼はまだこの悲運を天の裁きとして甘受する気にはなれなかった。

身柄はどういう都合なのか、築地署の留置所に収容されたが、彼はまだ勝負を捨てようとはしなかったのである。

牙保という罪は、福永検事が証拠物件であるこの約手を押収するために無理に適用した窮余の一策であることは、彼も最初から見ぬいていた。

これだけの罪状を問われるならば、たとえ新判例は生まれるとしても、常識的に執行猶予となることは、十中八、九間違いはない。その推測を裏書きするように、西郷警部の取調べも、この点には深くふれもせず、パセドナ公使館をめぐる一連の詐欺事件に焦点が絞られてきたのである。

気力はともかく、体力的には消耗しきっているだけに、毎夜の留置所生活と、朝から夜までぶっ通しの尋問は、やはり七郎にとっても激しい責苦だった。

加瀬弁護士の話では、ゴンザロはまだ崩れてはいないようだし、九鬼善司もうまく逃げまわっているようだが、こういう不安定な小康もいつまでつづくかわからない。

杉下透と九鬼善司が異腹のよく似た兄弟だという弁解も、警部は最初から笑って相手にしなかった。

「犯罪者は誰でも嘘をつくものだ。まあ自分の身を守るためには、それもやむを得ないことだろうが、君ほどの知能犯にしては、あまりにも見えすいた作りごとだね。探偵小説の世界でも、最近はそんなトリックじゃ通用しないぜ」

「いくらあり得べからざる出来事でも、それがほんとうだったら、しかたがありますまい」

「まあいいさ。九鬼善司は全国指名手配になっている。彼が捕まりさえすれば、この一人二役の真相はすぐわかるだろう」

たしかにそれは、七郎がもっとも恐れていた点だった。彼とゴンザロがいかに口裏をあわせても、九鬼善司が捕えられ、過酷な取調べに屈してしまえば、それまでなのだ。そして善司の性格には、どこかに隅田光一と共通するインテリ的な脆さがある。そういう危険も十分に考えられることだった……。

そのうちに、検事の尋問がはじまった。七郎はなんとかして、ゴンザロと話す機会を求めたのだが、検察庁へ護送される自動車の中でも、検察庁の控え室でも、同一事件の共犯者はひきはなされることになっている。顔だけは、たえずおたがいに見あわせるのだが、会話の機会はいつになっても出てきそうにはなかった。

七郎はついに苦肉の策を考え出した。

築地署には病監の設備がない。だから、彼がいつものように喀血すれば、身柄はとうぜんほかの警察署にうつされる。そうなれば、逆に検察庁の控え室で、ゴンザロと話しあうこともできるはずなのだ……。

だが、皮肉なことに、喀血はぴたりと止まってしまっていた。もちろんこれも一時的な現象に違いないし、病気は眼にみえないうちに進行しているかもしれないのだが、一日を争う現在では、それを待ってはいられない。

彼は楊枝で歯ぐきを刺し、血を出して喀血をよそおった。

もちろん、すぐに医者の診察はあったが、肺がおかされていることは疑う余地もないことだし、この血が肺から出たものか、歯ぐきから出たものか、そこまでは誰も問題にしなかった。

予期していたように、彼の身柄は病監のある水上署に移されたが、第一段の作戦は、見事に効を奏したのである。

検察庁の控え室でゴンザロとの接触もうまくいった。各署からついてきている警官は、事務的に、自分の署からきている人間はより分けるが、ほかの署からつれてこられた容疑者には、われ関せずという態度なのだ。

「言うなよ。今度の事件のことは……」

七郎の言葉にゴンザロは、皮肉な笑いを浮かべて逆に問い返した。

「その条件は？」

「今度の罪だけでも、君は二年つとめなければならないだろう。そのかわり、娑婆に出てからの後の生活は保証しよう」

「どのくらいで？」

「というと？」

「私はパセドナ人ですからね。検事さんも、私がいっさいを告白すれば、できるだけ寛大な処置をとろうと言ってくれているのですよ。もちろん、あなたが主犯なことは、百も承知のうえですね……。私だって自由はほしい。これは生やさしいお金じゃお売りできませんねえ」

こういう危地に追いこまれながら、まだ駆け引きを弄してくるゴンザロの図太さは、ある意味で、七郎を上まわるものがあるかもしれない。

彼は相手をなぐりつけたい衝動を必死におさえた。

「そのものずばりでいくらほしい？」

「一億円——。まあ、そのくらいいただければ、どんなにでも、あなたのためになる証言はしますがねえ」

七郎は時と場所を忘れて笑いだした。よくもこういう男を信用して道具に使ったものだという悔恨と、こんな生やさしいおどしで、この数年自分が心血を注いで築きあげてきた富の半分をまきあげようと思っている相手に対する軽蔑が、冷たい笑いとなったのだ。

「一時払いなら一千万円、それ以上は一円も出せないよ」

「たったそれだけで？」

ゴンザロは、七郎の腹をさぐるように上眼づかいでその顔を見つめてきたが、七郎は、わざと、つっぱなすように言った。

「そうだ。こっちにしても、こういうことを始める以上、最悪の場合は刑務所行きも覚悟している……。それがいやなら勝手にしろ」

ゴンザロは鋭く眼を光らせたが、もうそれ以上はなんとも答えなかった。

勾留されて十二日目、五度目に七郎を呼び出したときの福永検事の顔の表情は、いつもよりずっと厳しく深刻だった。

「鶴岡、君の細君が死んだよ」

「綾子が……。綾子が？」

「そうだ」

七郎もそのときは耳を疑った、まさか、この検事が嘘をつくとは思えない。しかし綾子の病状も、いますぐに生死の竿頭にたたされるほどの状態ではなかったはずだ……。ただ、結核患者が急死する一つの原因に、多量の喀血による気管の閉塞《へいそく》、それにともなう窒息死がある。それがおこったのかと思いながら、

「病気ですか？」

と問い返すと、検事は大きく首をふった。

「違う。自殺だ」

「自殺？」

「警察のほうの調べでは、無理心中ということになっている。君の細君が男を殺し、自分も跡を追って死んだのだそうだ。遺書も発見されているから、表面は誰でもそう見る

だろうが」

「相手は誰です!」

七郎はわれを忘れて立ち上がっていた。

「君の友人、九鬼善司だ」

「彼が綾子と!」

「遺書によると、ここ三年ほど肉体的関係がつづいていたことになっている。自分の病気を悲観し、男の運命を思って、いっそ来世で、とたどたどしい筆で書いてあったというが、恐ろしい貞女もあったものだね」

恐ろしい貞女――。検事のもらした一言に七郎はこの事件の裏の真相を、はっきり見やぶられたような気がした。

芝居、綾子が彼を救おうとして打った最後の大芝居、おそらくそれに違いない。

彼の運命が、九鬼善司の舌一枚、その証言いかんによって決することを、綾子は彼以上によく知りぬいていたのだ。いや、そのために、綾子は薬を毒とすりかえてまで、善司の命を奪おうとしたのではないか。

善司はそれをうすうす察していた。そして綾子を死神のように恐れていたはずなのに、蟻地獄におちこむ蟻のようにずるずると罠におちこんだのは、いったいどういうわけでだろう？

いや、それは理解のできないこともない。彼は、おそらく孤独のつらさにたえかねたのだ。

全国指名手配で、追われる身となっては、これからどうしていいものか、自分自身の行動さえ、きめきれなかったに違いない。綾子を通じて、捕われている自分の意向を探ろうとして、危険をあえて知りながらひそかに接近したのだろう。そして……。

理屈はいちおうわかるのだが、二人が折り重なって倒れている凄惨な場面を想像するのはやはり恐ろしかった。自分自身の犯罪には、恐怖を感じることもなく、ほとんど不感症になっていた七郎も、このときは心臓の凍りつくような激しい恐怖のとりことなってしまっていた。

「死因は拳銃、場所は小石川の『酔月』という待合だった。君にはゆかりの場所らしいね」

「でも検事さん、そのことを僕に教えてどうなさるおつもりです！」

「僕がかくしたところで、このことは弁護士を通じて、必ず耳にはいることだろうからね」

「それでは……」

「九鬼善司がこうして死んでしまった以上、君の立場はすこぶる有利になったわけだ。たとえ、かりに不義の関係があったとしても、君としては細君に感謝しなければならないだろう。葬式ぐらいは丁重にいとなんでやらなければ、人間としての最低の道にも反するだろうね」

「それは……。死に顔ぐらい見てやりたいとは思いますが、こういう体ではどうにもなりますまいね」

七郎の眼頭はあつくなっていた。自分では、かれきったとばかりに思っていた涙が、このとき初めてこぼれたのだ。

検事はいくらか語気をやわらげて、

「君もずいぶん人を殺したな。自分で手を下したわけではないとしても……。罪というものは結局、何かの形で、自分自身に返ってくる。君もそろそろこのへんで悪事の足を洗わないか？」

二人の女に一人の子供、たしかに彼が愛した人間は、短い間にひきつづいて、この世を去っていったのだ。勝利、黄金、それさえも、いまの七郎の心にあいた空ろな穴を埋めることはできなかった……。

「君がどこまで否認しても、僕は断固として起訴へもちこむ。少なくともセント・ペトロの事件では、ゴンザロと君の罪は明らかだ。そして、パセドナ公使館の約手問題も、手口はまったく同様だ。高岡薬品のほうへ、君が話をもちこんだ以上、裁判所では、君に悪意があったと認定するだろう。九鬼善司が死んでいようが、生きていようが、ここだけはぜったい間違いがない。ゴンザロも、この事実はとうとう認めざるを得なかったのだよ」

これは、七郎にとっては相つぐショックだった。この人物の要求を、桁違いの金額にたたいたのも、自分が断固たる態度を示せば、必ず相手が折れてきて、適当な金額で折れあいがつくと考えたためだった。

戦争でも犯罪でも、一つの誤算は必ず次の誤算を生む。さすがの七郎もこのときだけは、自暴自棄のあまり、勝負を投げようという気になっていた。

「僕のもち出す条件は釈放だ。この二つの罪を認めるならば――。もちろん、弁護士のほうは、とうぜんの権利としてそれを請求してくるだろうが、裁判所は、被告が罪証を隠滅すると疑うだけの理由を聞かされるだろう。僕が賛成しなければ、まずこの保釈は認められないだろうな」

「自由――。つかのまの自由ですね」

「そうだ。そしてこの二つの罪を認めないかぎり、そのわずかの自由も許されないのだ」

七郎はすべてをあきらめていた。福永検事の言葉も決して好意のあらわれではなく、二つの罪でまず彼をぬきさしならないところに追いこみ、さらに証拠を固めたうえで、追起訴にもちこむ作戦だということは見えすいていたが、自由の身になりさえすれば次の手が打てるという希望と、綾子の死体を一目見て、最後の別れを惜しみたいという願望が、そのときの彼の心のすべてを占めていた。

「そうです。僕がやったのです」

七郎は初めて本音をはいた。

すぐに調書がつくられていった。数時間の後に、七郎が署名拇印《ぼいん》を終わったとき、福永検事はかるい溜息をついて言った。

「悪魔の中にも貞女はいる……。しかし、悪魔の行動は、同じ悪魔の仲間にも、やはり幸福をもたらすことがないものだね」

「どうでしょうか？　私は、神も悪魔も信じませんから、そういうたとえ話など、うかがっても理解できません」

検事はぎくりとしたようだった。

「君はまだ負けたと思っていないのか？　自分の罪を認める気になってはいないの

か？」

「たしかに今度は負けました。しかし、人生の勝負は、最後の息をひきとるまでわからない、というのがほんとうじゃないでしょうか？」

エピローグ

鶴岡七郎の犯罪史は、これで終わりを告げている。少なくとも、筆者としては、彼が打ち明けた自身の犯罪記録をすべて物語ったつもりである。

私は、できるかぎり、小説的な粉飾をさけ、事実そのものを正確に再現するようつとめてきた。パセドナ共和国をはじめ、すべての固有名詞には、仮名を用いざるを得なかったが、それはこの物語の性質上やむを得ない最小限度の制約であった。

私の義兄は当時横浜検察庁の検事をしていた。私はその紹介で福永検事にも会い、この事件に関する警察と検察側の動きをすべてたしかめることができたのだった。

これは決して私の想像力が生み出した純粋の創作ではない。金融界の裏面の事情を知る人ならば、あるいはまた、経済事犯に関係をもった人ならば、あの人物か、あの事件か、と必ず納得できるはずなのである。

戦後の異常な経済情勢が生み出した恐るべき異端者には違いないが、こういう天才的知能犯は、命をもった人間としてこの世に実在していたのだった。

福永検事は在任中、必死に鶴岡七郎の他の犯罪を洗ったのだが、結局この最後の二つの事件以外には、彼を起訴するだけの証拠を押えきれなかったのである。

そしてその裁判は、昭和三十四年の春まで続行された。鶴岡七郎の健康がしだいに悪化し、一年半にわたる公判停止の処置がとられたために、ただでも遅いと定評のある日本の裁判が、いよいよ難航をきわめたのだった。

私が箱根芦ノ湯で、彼に会い、この物語を聞かされたのは、その公判が最後の段階に到達し、彼が、きたるべき運命にそなえていた間の出来事だったのである。

しかし、この物語は、公判が終了し、彼の運命が決定するまで公表しないという約束になっていた。

第一審で、彼は初犯としては異例と思われるような十年の刑を言い渡され控訴手続きもとられたが、そのとおりに決定した——。ただ、彼は現在、どこの刑務所にも服役はしていない。その後の彼の運命に興味をもたれる読者諸君のために、私は判決直後、彼から受けとった手紙をここに引用し、この恐るべき犯罪史の筆をおくことにする。

「高木彬光《あきみつ》先生

先生はもう、私の犯罪記録をすべて発表なさってもかまいません。西郷警部や福永検事が、それを読んで、どんなに歯ぎしりしても、私には実害はまったくおよばないのです。

隅田も死に、九鬼も死に、そして木島良助も、刑務所の中で、ポックリ病と思われる病気で最期をとげました。太田洋助も逃走中、北海道で、つまらぬ相手と喧嘩して、短刀で刺し殺されたそうです。もう、私がその立場を考えてやらなければならない相手は、日本に一人もいないのです。

人はおそらく神の裁きが下ったのだというでしょう。先生もご自分の人生観から、この事件を、天意の発露、一つの勧善懲悪《かんぜんちょうあく》の物語として筆をおすすめになるかもしれません。それは先生のご自由ですが、私の心境を申しあげるなら、神はこの世にあり得ないのです。少なくとも私はそういう架空の存在を少しも恐れてはおりません。

これだけの犯罪を犯しつづけた私が、医者も奇跡といったくらいの回復をみせ、こうして生きているということがその何よりの証拠ではありませんか。

知恵と勇気がありさえすれば、この世に恐ろしいものはありません。不治といわれる難病も、私は精神力一つで征服してきたのです。

私はいま自分の犯罪史をかえりみて、われながらよくやりぬいたという感を禁ずることができません。天才といわれた隅田光一でさえ、もしかりに私の立場におかれたら、ここまで成功をおさめることは、とうていできなかったでしょう。私の敗北は、私自身の責任ではなく、他人の失敗に起因するものでした。あのとき、私が執拗な病魔に悩まされて体力と気力が消耗しきっていなければ、私はあの事件でさえ、なんとか無事にしのぎきったろうと、いまでは自信をもって言えるのですが。

とにかく、私は捨て身のうっちゃりを狙っていました。福永検事の投げた餌にわざと飛びついてみせたのも、つかのまの自由を育てあげて、全面的な自由にもちこもうとしたからです。

刑務所の中で数年を過ごすということは、とても私にはたえられません。肉体的な苦痛はともかく、長期にわたって敗北感を味わうということは、私の自尊心が許さないのです。

この手紙の封筒からもおわかりになりましょうが、私はいまニューヨークに来ております。もちろん、裁判進行中の被告人が、日本を離れるということは、法律でかたく禁じられておりますが、私はいままで、法律という無形物の圧力を自力一つでたたきのめしてきた男です。そのくわしい方法はあえて申しあげませんが、私の知恵と資力をもってすれば、偽の旅券をつくり、国外に脱出するぐらいのことは易々《いい》たるものでした。先生もその点は必ずご信用くださるでしょう。

ただ、私がこれからどこへむかうか、どこでどうして生活するかは、先生にも申しあげられません。それは私の秘密です。しかし私は、日本の法網に捕えられないということに、ぜったいの自信があるのです。

日本に対する郷愁といったようなものは、私の心には微塵も残ってはおりません。たか子も死に、綾子も死にました。その当時こそ心も空ろになった思いでしたが、時とともにその傷も癒えました。そして、郷愁というものは、決して風景や自然に対するものではなく、人間に対するものだということを、私は悟ったのでした。いまの日本人に対する私の感情は、軽蔑と憎悪以外の何物でもありません。もちろん少数の人間には、ある程度の親しみは残っておりますが、それにしても、離れがたさを感じさせるほどのものではないのです。

私の行為そのものは、たしかに、法の眼から見ればあやまった面もあるでしょう。しかし日本の法律は、戦争犯罪者をみずからの手では裁けなかったのです。

無謀な戦争に国民をかりたて、何百万の人びとの生命を失わせ、莫大な国富と領土を犠牲にした過去の指導者たちの罪はどれほど糾弾《きゅうだん》しても足りなかったはずです。しかもその犯罪者を裁くのに、日本は戦勝国の力を借りねばならなかった――。そして、その指導者たちの教育が、私たち戦中派の信念を培《つちか》い育てたとしたならば、私が日本の法律による裁判を拒否し、判決の言い渡し以前にそれをのがれたことも、あながち卑怯とは言えますまい。

泥棒にも三分の理という諺もあるからな、とあざ笑う人間もあるでしょう。しかし、私と年代をともにする人びとの多くは、私のこの言葉を、たんなる詭弁《きべん》として笑いとばすことはできないのではありますまいか。私という人間を軽蔑し、私の罪を憎んだとしても、私の言葉の中の真理には、ある程度共感するものがあるのではありますまいか？

法は力、正義の仮面はつけていても、決して正義ではないのです。私のこの十年の生涯は、力に対する力の闘争でした。そして鶴岡七郎という人間は、その勝利に満足して死んでいったのです。

それはもちろん、私個人の死を意味するものではありません。死んでそして生き返る——。金森光蔵氏の教訓に従って、私はまったくの別人としてふたたび別の人生へ第一歩をふみ出してきたのです。

おそらく、私が日本の地をふむことは二度とないでしょう。先生とも、もう永久にお目にかかる機会はないと存じますが、ご健康に十分ご留意のうえ、ますますご活躍あらんことを、せつにお祈りしてやみません。

昭和三十四年三月一日

神を恐れざる男　鶴岡七郎」

カッパ・ノベルス版あとがき

この作品は「週刊スリラー」誌上に『黄金《おうごん》の死角《しかく》』という題名で五十回にわたって連載したものである。この原題については、私としても、執筆中にある不満を感じていたので、これを機会に改題した。

全部で、千百枚という分量は、私の推理小説としては前例もない長さだが、それだけではなく、私のここ数年の作品のなかでは『成吉思汗《ジンギスカン》の秘密』、『人蟻《ひとあり》』とならんで、最も力をこめた作品である。

この物語では、犯人は初めからわかっている。殺人も物語の本筋とはなっていない。それなのに、これは推理小説以外の何物でもない。

ある推理小説史をしらべると、ある時代には、犯罪者の行動そのものを描いた「悪党小説」が探偵小説の主流となっていたようである。この作風は、後に近代期の本格探偵小説全盛時代には倒叙《とうじょ》探偵小説という一つのタイプの作品群にうけつがれている。

私は、この作品で、この手法をさらに現代化してみた。誰《だれ》にもおぼえがあるような、戦後の歴史と経済を背景に、現行の法律の死角《しかく》と盲点《もうてん》をつききった完全犯罪を、いくつとなく遂行《すいこう》していった犯罪者のがわから犯罪そのものを追及してみたのである。

単純な暴力なり殺人なりよりも、もっと恐ろしい犯罪が、この世にはいくつも存在している。そして、これだけ巧妙な犯罪をつぎつぎと遂行していった犯人が、なぜ最後まで捕《とら》えられなかったかということも、犯人は誰か——という謎《なぞ》にもまさる現代の大きな謎ではあるまいか。

一九六〇年六月

高《たか》木《ぎ》彬《あき》光《みつ》

(光文社刊　一九六〇・六・三〇)

わが小説　出あった犯罪の天才

長く作家生活をしていると、材料を提供しましょうかといって来られることも珍しくはない。そういう材料というのは、たいてい個人の体験だが、私の場合、それが作品の素材として役にたつことはほとんどなかった。

ご本人にとっては希有の体験と思われることでも、それが作家として興奮を感じさせるほどの興味をそそることはまれである。まして恋愛小説ならまだしも、推理小説となると、それはいよいよ例外的な現象になる。現実の犯罪というものは、たいていはみみっちく、平凡で変化がないのがふつうである。

しかしこの『白昼の死角』だけは、その例外だった。

この主人公、作品では鶴岡七郎という名前を与えておいたが、これは実在の人物である。ある機会に彼に紹介されて、

「私は鬼といわれたK検事に、何度か歯ぎしりさせたことがあるのですよ」

といわれたときも、私は最初、犯罪者にありがちな誇張した表現だろうと思っていた。しかし、彼が自分でおかしたという十一の犯罪の内容を、十時間にわたって聞いたとき、私は腹の底から驚歎した。

もし、犯罪の天才というものが、この世にあるとしたならば、それはこの男をおいてほかにあるまいとさえ思ったのである。

彼の犯罪はパクリである。手形をねらう知能犯である。しかしそのやり口は、実に水ぎわだっていた。犯罪もこれほどあざやかになってくると、軽べつとか憎しみとか、一口に割りきれない感情を呼びおこす。

とにかく、彼は何億の資本金を持つ大会社の東京支店を作り、二時間で跡形もなく消滅させて見せたのである。

ある皮革会社の重役から、パクリと見やぶられたときには、相手をある待合によびこみ、何人かの刑事たちに、待合の内外に包囲されながら、相手には一銭も金をわたさず、ゆうゆうと大手をふって、この包囲網を粉砕してしまったのである。

ある公使館では、幽霊のような人間を出没させ、国旗と治外法権をかくれみのに使って、いくつかの会社から、巨額の手形を詐取したのだ。

絶対に他人の手にはわたさない印鑑でさえ、彼の手にかかるとかんたんに変造されてしまう。これでと思われるほどやさしい方法だが、それでも五十倍に拡大されて、本物偽物の区別がつかないという巧妙な魔術なのだ。

私は彼をモデルにして、日本で最初の知能犯罪小説を書きあげようと心血をそそいだ。これがこの『白昼の死角』である。私としては、全力をそそいだつもりだが、それでもまだ、彼の巨大な悪魔的性格は、十分に描き出せなかったかも知れない……。

この小説が終りに近づくころ、彼の裁判もまた終幕にむかって進行していた。私はほとんど毎回、彼の運命を見とどけるため、裁判所へ通いつめたのだが、その判決は、私をおどろかせるほどどかるかった。

この裁判所への日参が、後で『破戒裁判』『誘拐』などの作品を私に産ませる動機となったのである。こういう意味でもこの作品は私にとって一つのマイルストーン（里程標）だった。

（朝日新聞　一九六二・四・一六）

これ以上の悪党小説は書けなかった

海外推理小説のルーツをたどるなら、そこには悪党小説と呼ばれる一つのジャンルがある。たとえば、アルセーヌ・ルパンのシリーズは、その代表と言うべきだろう。

私のこの作品は、終戦後数年、日本が廃墟から復活への道をたどりはじめた時代のなまなましい現実社会情勢を背景として、巧妙に法の死角をつき、ほとんど不敗というべき犯罪歴をかさねた天才的知能犯の半生を描いた悪党小説である。

この作品の発表以来約二十年、私はこれ以上の悪党小説を書こうとして、ついにその目的を達することができなかった。

（映画パンフレットより　一九七九・四）

高木作品の思い出

逢《おう》坂《さか》剛《ごう》
（作　家）

手元に一冊の、新書版の古本がある。一九五六年四月十日の奥付で、鱒書房から発行された高木彬光著、『随筆　探偵小説』の初版本である。わたしは、この本を中学時代（つまり昭和三十年代の初め）に、擦り切れるほど読んだ。

そのあと処分したのか、だれかに貸したまま返ってこなかったのか、数年後に書架から消えてしまった。しかし、年を経てもこの本の記憶は鮮明かつ強烈で、おりにふれて思い出すとともに、もう一度読みたいという気持ちが、しだいに強くなった。古書店歩きの際や、目録が送られてくるたびに注意して探したが、なかなか見つからない。さして珍しい本とも思えないのに、なぜか遭遇する機会に恵まれない。

忘れたころになって、出久根達郎さんの経営する古書店、芳雅堂から送られてきた目録の中に、ようやくこの本を見つけた。十三年前、一九九二年五月のことである。手元から消えて、いつの間にか三十年以上たっていた。

しめたと思ったものの、値段を見て「うむむ」と唸った。なんと、二千円の値がついていたのだ。知らない人は知らないだろうが、芳雅堂の本は相場の三分の一、へたをすると四分の一の価格で、二千円などという値段は破格の高値（⁉）なのである。それを考慮に入れると、これはかなりの希覯本らしい。むろん、急いで注文した。

届いた本を見て、なつかしさが込み上げた。黒いカバーに、ドアのノブを引き開ける手と、その隙間から漏れる黄色い光の筋の絵が、鮮やかに記憶によみがえる。上に赤い活字で『随筆　探偵小説』、青い活字で〈高木彬光〉とある。

そう、このころは〈ミステリー〉どころか、〈推理小説〉すらまだ一般的でなく、もっぱら〈探偵小説〉という呼称が幅をきかせていた。わたしのような世代は、この〈探偵小説〉という言葉を聞くだけで、ほっとしてしまう。

本書は、江戸川乱歩の『幻影城』のような、本格的な探偵小説の研究書ではない。そのことは、著者自身もあとがきの中で、正直に述べている。しかし、探偵小説の入門書としてはまことに手ごろで、わたしもこの本でだいぶ勉強した。もっとも、あちこちに書いた随筆を集めたものだから、かならずしも内容の統一性はない。

まず、「探偵小説とは何か」という序章で足慣らしをしたあと、「名探偵の横顔」でシャーロック・ホームズ以下、世界の名探偵を紹介する。アルセーヌ・ルパンを入れているところなど、著者の好みが端的に表れていておもしろい。さらに親馬鹿と言い訳しつつ、自分が生んだ神津恭介をちゃっかり加えているのも、ほほえましい。ちなみに、神津恭介には〈かみつきょうすけ〉とルビが振られ、一時期〈かみつ〉か〈こうづ〉かでもめた論争に、一つの手掛かりを与えている。著者自身によれば、〈かみづ〉が正しいようである。

次に、犯罪の諸相をアトランダムに取り上げた「罪と罰」があり、そのあと全体の三分の二を占めるメインの章、「探偵小説のトリック」がくる。この章は三つに分かれ、それぞれ〈一人二役〉〈アリバイ〉〈密室殺人〉の、探偵小説の三大テーマを取り上げる。

実はこれが問題で、著者はここで古今東西の名作探偵小説を俎上に載せ、堂々とトリックのネタばらしをしているのだ。おそらく今の時代なら非難ごうごう、というより編集者がまず、活字にしないだろう。ことに、〈密室殺人〉については百ページ以上も割き、名作の苦心のトリックを図まで使って、克明に種明かしをする。ただし、他人の作品ばかりでなく、自作のトリックまで惜しげもなく披露しているから、文句をつけにくい。

むろん、当時にしてもルール違反には違いないのだが、わたしはこれでメイントリックの数かずを知り、いくつかの名作を読まずにすませた覚えがある。正直なところ、中学も三年生のころには、いわゆる本格探偵小説の、小説としての完成度の低さ（申し訳ない）にあきがきて、より小説らしいハードボイルドものに、読書傾向が移行しつつあった。したがって、本格物はトリックさえ知ってしまえば読んだも同然、と割り切ったわけである。その意味で、この『随筆　探偵小説』はわたしの中学時代の、バイブルといってもよかった。これをきっかけに、高木彬光作品をたくさん読むようになった。

高木作品は、『刺青殺人事件』『能面殺人事件』『人形はなぜ殺される』といった、神津恭介を主人公とする本格物のほかに、霧島三郎と近松茂道の検事シリーズ、弁護士の百谷泉一郎ものと、かなり多彩である。そのほかに、幕末の俠客大前田英五郎の末裔(!?)と称する、私立探偵大前田英策を主人公にしたシリーズも、おもしろく読んだ。鉄火肌の相方で、その後結婚する女私立探偵川島竜子も、魅力的だった。

このシリーズは、高木作品としては珍しいハードボイルド調の、アクションものである。長編は『悪魔の火祭り』など四作しかないが、短編がその十倍くらいあったはずだ。高木作品の中では、いちばんお気に入りのシリーズだった。大前田英策は、高木彬光が創造した名探偵のうちで、もっとも人間臭く、わたしの好みに合っていたように思う。

しかし高木作品の中で、わたしが同じ作家として最高点をつけるのは、神津恭介ものの中でも毛色の違う『成吉思汗《ジンギスカン》の秘密』と、シリーズものではない『白昼の死角』である。『成吉思汗の秘密』は、それまで日本にほとんど例のなかった、歴史ミステリーの走りといってよい。古くから伝わる〈義経=成吉思汗〉説を、いろいろな史料を収集分析することで検証していく構成は、後年作家になったわたしの小説作法にも、影響を与えたように思う。

さらに『白昼の死角』は、これまた従来だれも手をつけなかった、コンゲーム（という言葉さえ、まだ日本では使われていなかった）の小説である。昭和二十年代という、特別な時代だからこそ成立する手口かもしれないが、ここに描かれた手形詐欺の数かずは独創的で、子供心にも唸ったものだった。モデルになった、〈光クラブ〉の創始者山崎晃嗣は、『私は偽悪者』という手記を残しており、わたしも一時所有していたことがある。

この『白昼の死角』では、金融会社を立ち上げた当初の主人公は、開巻まもなく山崎同様自殺してしまう。その右腕だった男が、あとを引き継いでさらに天才的な詐欺を考案する、という構成になっている。詐欺の手口のいろいろは、作者が実際にモデルになった人物から、伝授（？）を受けたものらしい。その辺の事情については、山前譲氏の解題に、綿密な考証がある。

いずれにせよ、こういう作品を一つでも書けたら、作家はだれしも「どうだ、まいったか！」と自慢して、いっこうに差し支えないだろう。同業の一人として、あやかりたいものである。

解題──異色の犯罪小説《ピカレスク・ロマン》

山《やま》前《まえ》譲《ゆずる》
（推理小説研究家）

巧みに法の網の目をくぐり、冷静沈着に完全犯罪を成功させていく鶴岡七郎を主人公にした『白昼の死角』は、『黄金の死角』と題して一九五九年五月一日から翌六〇年四月二十二日まで「週刊スリラー」に連載されたのち、一九六〇年六月にカッパ・ノベルス（光文社）の一冊として刊行された。探偵側からではなく、犯罪者の視点から描いた長編として、数ある高木彬光作品のなかでも異彩を放ち、同時に、日本のミステリー界においてもユニークな存在となっている。

一九五〇年代後半、松本清張の登場によって大きく様変わりしたミステリー界で、高木彬光は名探偵・神津恭介をいったん引退させ、新たなテーマで創作に取り組んでいく。そのテーマのひとつに「経済」があった。

直接的には、手形のパクリ詐欺を扱った松本清張『眼の壁』（一九五八）に刺激されてのものだったが、取材のなかで、全ての物事の根底には経済があると知り、そして本当の経済の怖さを知って、創作意欲が高まっていく。まず、一九五九年二月から「週刊東京」で百谷泉一郎弁護士初登場の『人蟻』の連載をスタートし、つづいてこの『白昼の死角』を書きはじめたのだった。

物語は、一九四五年の終戦から十年間ほどの、日本社会の動向を背景にしている。太平洋戦争によっていろいろな意味ですべて破壊されてしまった日本社会は、一から逞しく復興していく。しかし、その歩みは一直線ではなく、混乱と動揺は避けられなかった。経済は好不況の波が大きく、既成概念ではなかなか対応できない。新しい勢力が進出し、新たな価値観が生まれていく。

そうした終戦直後の混沌ののち、朝鮮戦争（一九五〇―一九五三）を大きなきっかけとして復興にはずみがつき、一九五二年の講和条約の発効で独立国家としての地位を確保し、いよいよ高度成長時代へと突入するまでの日本経済の現実の動きが、『白昼の死角』では重要な要素となっている。

そして、作者自身が断言しているが、物語が現実に即しているのと同じく、本書の主人公の鶴岡七郎にはモデルがいた。冒頭で紹介されているように、作者がある人物から聞き取った話がベースとなっているのだ。もちろん小説としての脚色はそこかしこにあるだろうが、『白昼の死角』でのまるでフィクションとしか思えないトリッキィな数々の詐欺は、実際にあった事件らしい。

にわかには信じられないことだろうが、物語の前半で語られている、大学生が経営していた高利貸しの会社、本作中では太陽クラブと称されている光クラブをめぐっての事件は、戦後犯罪史のなかではよく知られている。事件があってから五十数年経ってからも、保阪正康『眞説　光クラブ事件―東大生はなぜヤミ金融屋になったのか』（二〇〇四）というノンフィクションがまとめられているほどだ。

このいわゆる光クラブ事件は、東大生が社長を務めた金融会社の興亡である。彼が、友人の日本医大生や慶大生とともに、金貸し業の「光クラブ」を東京都中野区に設立したのは一九四八年九月だった。月一割三分で資金を集め、二割一分から三割の高利で短期貸し付けしていく。銀行よりももちろん高利であり、株式市場もまだ安定していない時代である。高利の配当に惹きつけられて、出資者が殺到した。

一九四九年一月には銀座に進出する。資本金六百万、株主四百人の会社に成長していた。そのとき、社長は二十六歳、専務は二十五歳だった。大学生が経営している――とりわけ社長は旧制一高から東大法学部にすすんだ秀才だという事実が、ひとつのブランドとして安心感を出資者に与え、数ある高利貸しのなかでは特異な存在だったらしい。

だが、その貸付利息は法定利息を超えていた。派手な新聞広告で出資を募っていたこともあって、当局には早くから注目されていたようだ。ついに七月、社長が物価統制法や銀行法違反で逮捕されてしまう。法律理論を駆使して処分保留にこそなったが、この逮捕で信用が失墜、債権者が動揺して債権取り立てにはしる。その額は三千万円ほどだったというが、結局、支払期限とした十一月二十五日の前日深夜、社長は青酸カリによって自殺してしまう。

戦後のいわゆるアプレゲール犯罪の代表例として、この事件は犯罪史ではよく取り上げられてきた。光クラブの社長がモデルの小説として、三島由紀夫『青の時代』、田村泰次郎『大学の門』、北原武夫『悪の華』などが知られている。笹沢左保『青春の葬列』にも彼が陸軍主計少尉だった頃を描いた一編が収録されていた。また、没後には社長の手記も出版されている。

この『白昼の死角』では、社長名を隅田光一とし、太陽クラブと名を変えて、事実がほぼ忠実に描かれている。その金融会社の顛末も十分に興味をそそるだろう。だが、それがたとえ戦後犯罪史に欠かせない事件だったとしても、ここでは巧緻な犯罪者の物語の導入部にしかすぎない。本書の主人公は、光クラブ、いや太陽クラブの一員であったが、結局は失敗に終わった事業をスプリング・ボードとして、新たな道を歩み始めるのだ。

もうひとり、本書には重要な実在の人物が登場している。隅田光一と鶴岡七郎が、金融業の先輩として話を聞きに行く金森光蔵だ。差し押さえの赤紙がたくさん貼られた事務所で悠然と構えている金森のモデルは、戦後の政治・経済史で「怪物」とも称された森脇将光である。

戦後まもなくの混乱期にトイチ（十日で一割の利息）という高利で儲け、一九四八年にはなんと高額所得者第一位になったのが森脇将光だった。と同時に、国税滞納額でも第一位だったというが……。独自の調査網による「森脇メモ」が、戦後二十年ほど、政治・経済のいろいろな事件で見え隠れしている。指揮権発動で知られる一九五四年の「造船疑獄」では、そのメモがまさに火付け役となった。

森脇将光は森脇文庫という出版社も経営していた。『白昼の死角』が連載された「週刊スリラー」の発行元だが、その森脇文庫の編集者だったのが、のちに『ぼくらの七日間戦争』で多くの読者の支持を得た宗田理である。『人蟻』の執筆のときから経済関係の取材を手伝っていて、じつは、鶴岡七郎のモデルであるHを高木彬光に紹介したのが、その宗田理だという。

こうした戦後社会の裏表の「実」に、推理作家としての「虚」を重ねて、『白昼の死角』の物語は展開していく。機が熟するまでじっくり計画を練り、そして成功しても同じ犯罪を繰り返さない鶴岡七郎だから、ひとつひとつの詐欺が完全犯罪の物語として単独で楽しめる。

実際、作者自身が作中の事件を独立させて、「公使館の幽霊」（一九五九）や「朱の奇跡」（一九六〇）と短編に仕立てていた。また、鶴岡七郎が一部参考にしたと作中に紹介されている短編「幽霊西へ行く」も高木彬光の作品で、一九五一年に発表された短編である。なお、雑誌掲載のときは島田一男との合作となっていた。

神津恭介が神の如き名探偵なら、鶴岡七郎は神の如き犯罪者である。法律の死角をついて理詰めで構築されていく彼の犯罪は、ミステリーとしても十分に興味をそそるはずだ。その魅力的な犯罪と犯罪者を映像化したのが、一九七九年四月に公開された東映映画の『白昼の死角』である。監督は村川透。鶴岡七郎は夏八木勲（当時は夏木勲）が演じていた。原作の面白さをたっぷり盛り込んだ、二時間半の大作である。

光文社文庫　光文社

高木彬光コレクション／長編推理小説

白昼《はくちゅう》の死《し》角《かく》　新装版

著　者　高《たか》木《ぎ》彬《あき》光《みつ》

2005年8月20日　初版1刷発行
2025年9月30日　8刷発行

発行者　三　宅　貴　久
印　刷　大　日　本　印　刷
製　本　大　日　本　印　刷

発行所　株式会社　光　文　社
〒112-8011　東京都文京区音羽1-16-6
お問い合わせ
https://www.kobunsha.com/contact/

© Akimitsu Takagi 2005
落丁本·乱丁本は制作部にご連絡くだされば、お取替えいたします。
電話（03）5395-8125
ISBN978-4-334-73926-3　Printed in Japan

R　<日本複製権センター委託出版物>

本書の無断複写複製（コピー）は著作権法上での例外を除き禁じられています。本書をコピーされる場合は、そのつど事前に、日本複製権センター（☎03-6809-1281、e-mail : jrrc_info@jrrc.or.jp）の許諾を得てください。

JASRAC　出 0510036-508　　組版　ＫＰＳプロダクツ

本書の電子化は私的使用に限り、著作権法上認められています。ただし代行業者等の第三者による電子データ化及び電子書籍化は、いかなる場合も認められておりません。

60％ 柴田祐紀
流星さがし 柴田よしき
司馬遼太郎と城を歩く 司馬遼太郎
まんが 超訳「論語と算盤」 渋沢栄一原作
北の夕鶴2/3の殺人 島田荘司
奇想、天を動かす 島田荘司
龍臥亭事件(上・下) 島田荘司
龍臥亭幻想(上・下) 島田荘司
漱石と倫敦ミイラ殺人事件 完全改訂総ルビ版 島田荘司
狐と韃 朱川湊人
鬼棲むところ 朱川湊人
〈銀の鰊亭〉の御挨拶 小路幸也
〈磯貝探偵事務所〉からの御挨拶 小路幸也
少女を殺す100の方法 白井智之
ミステリー・オーバードーズ 白井智之
絶滅のアンソロジー 真藤順丈 リクエスト！
神を喰らう者たち 新堂冬樹

動物警察24時 新堂冬樹
誰よりもつよく抱きしめて 新装版 新堂冬樹
寂聴さんと生きた10年 瀬尾まなほ
孤独を生きる 瀬戸内寂聴
生きることば あなたへ 瀬戸内寂聴
腸詰小僧 曽根圭介短編集 曽根圭介
正体 染井為人
海神 染井為人
成吉思汗の秘密 新装版 高木彬光
白昼の死角 新装版 高木彬光
人形はなぜ殺される 新装版 高木彬光
邪馬台国の秘密 新装版 高木彬光
「横浜」をつくった男 高木彬光
刺青殺人事件 新装版 高木彬光
呪縛の家 新装版 高木彬光
妖婦の宿 名探偵・神津恭介傑作選 高木彬光
ちびねこ亭の思い出ごはん 黒猫と初恋サンドイッチ 高橋由太

光文社文庫　好評既刊

ちびねこ亭の思い出ごはん　三毛猫と昨日のカレー　高橋由太
ちびねこ亭の思い出ごはん　キジトラ猫と菜の花づくし　高橋由太
ちびねこ亭の思い出ごはん　ちょびひげ猫とコロッケパン　高橋由太
ちびねこ亭の思い出ごはん　たび猫とあの日の唐揚げ　高橋由太
ちびねこ亭の思い出ごはん　からす猫とホットチョコレート　高橋由太
ちびねこ亭の思い出ごはん　チューリップ畑の猫と落花生みそ　高橋由太
ちびねこ亭の思い出ごはん　かぎしっぽ猫とあじさい揚げ　高橋由太
ちびねこ亭の思い出ごはん　茶トラ猫とたんぽぽコーヒー　高橋由太
女神のサラダ　瀧羽麻子
あとを継ぐひと　田中兆子
王都炎上　田中芳樹
王子二人　田中芳樹
落日悲歌　田中芳樹
汗血公路　田中芳樹
征馬孤影　田中芳樹
風塵乱舞　田中芳樹
王都奪還　田中芳樹

仮面兵団　田中芳樹
旌旗流転　田中芳樹
妖雲群行　田中芳樹
魔軍襲来　田中芳樹
暗黒神殿　田中芳樹
蛇王再臨　田中芳樹
天鳴地動　田中芳樹
戦旗不倒　田中芳樹
天涯無限　田中芳樹
白昼鬼語　谷崎潤一郎
ショートショート・マルシェ　田丸雅智
ショートショートBAR　田丸雅智
ショートショート列車　田丸雅智
おとぎカンパニー　田丸雅智
おとぎカンパニー　日本昔ばなし編　田丸雅智
令和じゃ妖怪は生きづらい　田丸雅智
怪物なんていわないで　田丸雅智

光文社文庫　好評既刊

優しい死神の飼い方　知念実希人
屋上のテロリスト　知念実希人
黒猫の小夜曲　知念実希人
神のダイスを見上げて　知念実希人
白銀の逃亡者　知念実希人
死神と天使の円舞曲　知念実希人
或るエジプト十字架の謎　柄刀一
或るギリシア棺の謎　柄刀一
エンドレス・スリープ　辻寛之
焼跡の二十面相　辻真先
二十面相暁に死す　辻真先
サクラ咲く　辻村深月
クローバーナイト　辻村深月
みちづれはいても、ひとり　寺地はるな
正しい愛と理想の息子　寺地はるな
アンチェルの蝶　遠田潤子
雪の鉄樹　遠田潤子

オブリヴィオン　遠田潤子
雨の中の涙のように　遠田潤子
にらみ　長岡弘樹
かきあげ家族　中島たい子
霧島から来た刑事　トーキョー・サバイブ　永瀬隼介
19歳　一家四人惨殺犯の告白　完結版　永瀬隼介
SCIS　科学犯罪捜査班　中村啓
SCIS　科学犯罪捜査班II　中村啓
SCIS　科学犯罪捜査班III　中村啓
SCIS　科学犯罪捜査班IV　中村啓
SCIS　科学犯罪捜査班V　中村啓
SCIS　最先端科学犯罪捜査班SS I　中村啓
SCIS　最先端科学犯罪捜査班SS II　中村啓
スタート！　中山七里
秋山善吉工務店　中山七里
能面検事　中山七里
能面検事の奮迅　中山七里

光文社文庫　好評既刊

能面検事の死闘　中山七里
雨に消えて　夏樹静子
東京すみっこごはん　成田名璃子
東京すみっこごはん 雷親父とオムライス　成田名璃子
東京すみっこごはん 親子丼に愛を込めて　成田名璃子
東京すみっこごはん 楓の味噌汁　成田名璃子
東京すみっこごはん レシピノートは永遠に　成田名璃子
ベンチウォーマーズ　成田名璃子
不可触領域　鳴海　章
ただいまつもとの事件簿　新津きよみ
猫に引かれて善光寺　新津きよみ
しずく　西　加奈子
寝台特急殺人事件　西村京太郎
終着駅殺人事件　西村京太郎
夜間飛行殺人事件　西村京太郎
日本一周「旅号」殺人事件　西村京太郎
京都感情旅行殺人事件　西村京太郎

富士急行の女性客　西村京太郎
京都嵐電殺人事件　西村京太郎
十津川警部 帰郷・会津若松　西村京太郎
祭りの果て、郡上八幡　西村京太郎
十津川警部 姫路・千姫殺人事件　西村京太郎
新・東京駅殺人事件　西村京太郎
十津川警部「悪夢」通勤快速の罠　西村京太郎
「ななつ星」一〇〇五番目の乗客　西村京太郎
消えたタンカー 新装版　西村京太郎
十津川警部 幻想の信州上田　西村京太郎
十津川警部 金沢・絢爛たる殺人　西村京太郎
飛鳥II SOS　西村京太郎
十津川警部 トリアージ 生死を分けた石見銀山　西村京太郎
リゾートしらかみの犯罪　西村京太郎
十津川警部 西伊豆変死事件　西村京太郎
十津川警部 君は、あのSLを見たか　西村京太郎
能登花嫁列車殺人事件　西村京太郎

光文社文庫 好評既刊

十津川警部 箱根バイパスの罠 西村京太郎
十津川警部 猫と死体はタンゴ鉄道に乗って 西村京太郎
飯田線・愛と殺人と 西村京太郎
魔界京都放浪記 西村京太郎
十津川警部 長野新幹線の奇妙な犯罪 西村京太郎
特急「志国土佐 時代の夜明けのものがたり」での殺人 西村京太郎
十津川警部、海峡をわたる 春香伝物語 西村京太郎
レジまでの推理 似鳥鶏
難事件カフェ 似鳥鶏
難事件カフェ2 似鳥鶏
雪の炎 新田次郎
喧騒の夜想曲 白眉編Vol.2 日本推理作家協会編
逆玉に明日はない 楡周平
競歩王 額賀澪
モノクロの夏に帰る 額賀澪
アミダサマ 沼田まほかる
師弟 棋士たち 魂の伝承 野澤亘伸

襷を、君に。 蓮見恭子
蒼き山嶺 馳星周
ヒカリ 花村萬月
スクール・ウォーズ 馬場信浩
ロスト・ケア 葉真中顕
絶叫 葉真中顕
コクーン 葉真中顕
Blue 葉真中顕
殺人犯対殺人鬼 早坂吝
Y T 林譲治
「綺麗な人」と言われるようになったのは、四十歳を過ぎてからでした 林真理子
私のこと、好きだった？ 林真理子
出好き、ネコ好き、私好き 林真理子
女はいつも四十雀 林真理子
母親ウエスタン 原田ひ香
彼女の家計簿 原田ひ香
彼女たちが眠る家 原田ひ香

光文社文庫 好評既刊

D・R・Y 原田ひ香
老人ホテル 原田ひ香
あなたも人を殺すわよ 伴一彦
密室の鍵貸します 東川篤哉
密室に向かって撃て！ 東川篤哉
完全犯罪に猫は何匹必要か？ 東川篤哉
学ばない探偵たちの学園 東川篤哉
交換殺人には向かない夜 東川篤哉
中途半端な密室 東川篤哉
ここに死体を捨てないでください！ 東川篤哉
殺意は必ず三度ある 東川篤哉
はやく名探偵になりたい 東川篤哉
私の嫌いな探偵 東川篤哉
探偵さえいなければ 東川篤哉
スクイッド荘の殺人 東川篤哉
犯人のいない殺人の夜 新装版 東野圭吾
怪しい人びと 新装版 東野圭吾

白馬山荘殺人事件 新装版 東野圭吾
11文字の殺人 新装版 東野圭吾
殺人現場は雲の上 新装版 東野圭吾
ブルータスの心臓 新装版 東野圭吾
回廊亭殺人事件 新装版 東野圭吾
美しき凶器 新装版 東野圭吾
ゲームの名は誘拐 東野圭吾
ダイイング・アイ 東野圭吾
あの頃の誰か 東野圭吾
カッコウの卵は誰のもの 東野圭吾
虚ろな十字架 東野圭吾
素敵な日本人 東野圭吾
ブラック・ショーマンと名もなき町の殺人 東野圭吾
夢はトリノをかけめぐる 東野圭吾
サイレント・ブルー 樋口明雄
愛と名誉のためでなく 樋口明雄
黒い手帳 久生十蘭